पंचनामा

पंचनामा

वीरेन्द्र जैन

वाणी प्रकाशन ग्रुप
भारतीय ज्ञानपीठ

वाणी प्रकाशन : भारतीय ज्ञानपीठ की पुस्तकों के एकमात्र प्रकाशक एवं वितरक

सजिल्द पहला संस्करण : 1996
सजिल्द तीसरा संस्करण : 2024

लोकोदय ग्रन्थमाला : ग्रन्थांक 601

प्रकाशक
वाणी प्रकाशन ग्रुप
4695, 21-ए, दरियागंज, नयी दिल्ली-110 002
फ़ोन : 011-23273167, 23275710
ईमेल : sales@vaniprakashan.in

ISBN : 978-93-5518-746-8

पंचनामा
(उपन्यास)
वीरेन्द्र जैन

PANCHNAMA
(Novel)
by Virendra Jain

मुद्रक : आर. टेक ऑफ़सेट प्रिंटर्स, दिल्ली-110 032
आवरण : नरेन्द्र श्रीवास्तव

Price : INR. 595

अपने मानस-पुत्र प्रतीक और
मानुष-पुत्र प्रतीक की स्मृति को

पंचनामा

पंचम

एक

इस गाँव में एक बिरादरी पुण्यात्माओं की है। इस बिरादरी में उसी आत्मा को जन्म धारण करने का अवसर मिलता है, जिसने पिछले जन्म में अनंत पुण्य किए हों। ऐसा न केवल यह बिरादरी मानती आ रही है, गाँव में रहने वाली अन्य बिरादरियों के जीवधारी भी यही मानते आ रहे हैं। अलबत्ता उन्हें यह बात मनवाई इस पुण्यात्मा बिरादरी ने या उनके हालात ने, यह खोज का विषय हो सकता है।

इस बिरादरी में किसी पूर्व-भव की पुण्यात्मा को पुत्र के रूप में जन्म मिलेगा या पुत्री के रूप में, यह भी भूतपूर्व पुण्यात्मा के अभूतपूर्व पुण्यों पर निर्भर है। बिरादरी इतना-भर जानती है कि जो ज्यादा पुण्यों की स्वामिनी आत्मा होती है वह उनकी बिरादरी में पुत्र रूप में जन्म लेती है और जो कुछ कम, वह पुत्री रूप में। इसीलिए पुत्र रूप में जन्मी पुण्यात्मा जन्म भर अपने संचित पुण्यों का फल भोगती रहती है और पुत्री रूप में जन्मी पुण्यात्मा कुछ अर्सा बाद अपने पुण्यों का फल लेकर अन्यत्र चली जाती है।

पुण्यात्माएँ अपने कई जन्मों के पुण्यों के भार से लदी-फदी इधर-उधर भूत-व्यंतर की योनियों में भटकती न फिरें, इसलिए इस गाँव की पुण्यात्माएँ उन पुण्यात्माओं को मानव शरीर धारण करने के अनंत अवसर देती रहती हैं।

प्रकृति द्वारा निश्चित किए गए अंतराल को छोड़कर यहाँ की पुण्यात्माओं के परिवार में नई पुण्यात्माओं के जन्म धारण का सिलसिला अविराम चलता रहता है। नई-नई पुण्यात्माओं के स्वागत-सत्कार के लिए यहाँ की पुण्यात्माएँ सदा तत्पर देखी जा सकती हैं। कई पुण्यात्माएँ तो पापात्माओं की संख्या वृद्धि में भी संकोच नहीं करतीं।

इस बिरादरी की पुण्यात्माएँ केवल इस गाँव में पुण्यात्माओं के बीच जन्म धारण करने-भर से संतुष्ट नहीं होतीं। जब तक भव-बंधन से मुक्ति नहीं मिलती, तब तक अगले तमाम जन्म ऐसे ही पुण्याश्रित कुल और गोत्र में मिलते रहें, इसके प्रति सतर्क रहती हैं। इसीलिए इस भव में भी ये केवल पुण्य कमाना चाहती हैं, पुण्य ही खाती हैं, पुण्य ही पुण्य करती हैं। अपने पुण्यों का अलौकिक फल अगले जन्म के लिए अपने साथ ले जाना चाहती हैं। साथ ही उनके सत्प्रयासों से जो पुण्यात्माएँ उनके इस कुल, गोत्र में जन्म ले चुकी हैं या लेना चाहती हैं, उनके लिए लौकिक सुख-साधन छोड़ जाना चाहती हैं।

कहीं मन की अतल गहराइयों में यह विश्वास भी उन्हें लगातार पुण्य कार्य करने को प्रेरित करता है कि संभव है अगला कोई जन्म फिर इसी गाँव में, इसी बिरादरी में धारण करना पड़ जाए, तब इस जन्म में संचित किए गए लौकिक सुख-साधन अन्य पुण्यात्माओं के साथ-साथ अपने उपभोग के भी काम आएँगे।

इस आशा और विश्वास के चलते ये पुण्यात्माएँ जितना संभव हो, पुण्यों के साथ-साथ लौकिक सुख-समृद्धि का संचय करने के अनथक प्रयास करती रहती हैं।

ये पुण्यात्माएँ पुण्य कार्यों और पुण्य कर्मों की एक ऐसी अनवरत परंपरा विरासत में छोड़ जाना चाहती हैं कि भावी पुण्यात्माओं को यहाँ जन्म लेने पर किसी किस्म का मलाल न हो। उन्हें ऐसा न लगे कि इस जन्म में उन्हें उनके पिछले जन्मों के पुण्यों का प्रतिफल संतोषजनक नहीं मिला।

ऐसा न हो कि उन्हें पुण्य कार्यों से विरक्ति हो जाए अथवा किसी लौकिक विवशता के चलते वे पाप कर्मों की ओर प्रवृत्त हो जाएँ। तब संभव है यदि इन्हीं पुण्यात्माओं में से किसी को चौरासी लाख योनियों में भटकते-भटकते कभी यहाँ फिर से जन्म लेना पड़ जाए तो इन्हें भी पाप कर्म का भागी बनना पड़े!

इस पुण्यात्मा बिरादरी का मूल मंत्र है—पाप से दूर रहो। इस मंत्र का अक्षरशः पालन करते हुए यह बिरादरी ऐसे तमाम कामों से परहेज रखती है जिनके करने से पाप का भागी बनना पड़े।

यह पुण्यात्मा बिरादरी जानती और मानती है कि सबसे ज्यादा पाप जीव-हत्या में है और सबसे ज्यादा पुण्य जीवों की रक्षा में है।

जीव-हत्या से बचने के लिए यह बिरादरी जो भी संभव प्रयास हैं, उन्हें अमल में लाती है। जो भी संभावित पाप कर्म हैं, उनसे बचती है। इसीलिए यह बिरादरी खेती-किसानी नहीं करती। चूँकि खेती-किसानी में जीव-हत्या निहित है। खेत जोतने, खाद सड़ाने, कुआँ से पानी निकालने, जंगली जानवरों से खेती की रक्षा करने, फसल काटने जैसे कामों में जीव-हत्या से बचना असंभव है, सो यह बिरादरी खेती करना पाप है, ऐसा मानती है। इसलिए सभी पुण्यात्माओं के लिए इन कामों पर पाबंदी है। पकाना-खाना चूँकि पुण्यों का फल है, इसलिए उस पर पाबंदी नहीं है।

अलबत्ता खेतों का मालिक होने, खेतों को हलवाहों से जुतवाने, खेतों में फसल पैदा करवाने, अनाज का भंडार करने में किसी किस्म की जीव-हत्या नहीं बल्कि जीवों की रक्षा करने का पुण्य निहित है, जिससे पुण्यों का संचय होता है, इसलिए इस बिरादरी में इन कामों की मनाही नहीं है। बल्कि जिसके पास जितने अधिक खेत हैं, हलवाहे हैं, अनाज का जितना अधिक भंडार है, वह उतना अधिक पुण्यात्मा और अगले कई भव तक पुण्यात्मा बने रहने का अधिकारी माना जाता है।

इस बिरादरी में तो जगजाहिर है, सब पुण्यात्माएँ ही होती हैं, लेकिन इनके आसपास ज्यादा संख्या पापात्माओं की है। पहले भी और अब भी पुण्यात्माओं से कहीं

अधिक संख्या में इनके आसपास पापात्माएँ वास करती रही हैं।

इन पापात्माओं में कुछ तो इनती घोर पापात्माएँ हैं कि पुण्यात्माएँ तो दूर, पापात्माएँ भी उनकी तरफ न देखना चाहती हैं, न उन्हें अपने आसपास फटकने देना चाहती हैं। कुछ लौकिक कार्यव्यापार यदि इनके बिना भी पूरे हो पाते होते तो पुण्यात्माएँ और पापात्माएँ मिलकर इन शूद्र नामधारी घोर पापात्माओं को कब का कहीं खदेड़ आई होतीं।

इन पापात्माओं ने और घोर पापात्माओं ने चूँकि पिछले जन्मों में पाप ही कमाए हैं, सो इस जन्म में पुण्यात्माओं की बिरादरी से इतर बिरादरी में जन्म धारण का अवसर पाया।

यदि ऐसा न हुआ रहा होता तो यह कैसे संभव था कि एक ही जमीन का जल पीने, एक ही जमीन के फल-फूल पाने, एक ही आकाश की हवा से साँस लेने, एक ही सूर्य और चंद्र से तेज और शीतलता प्राप्त करने के बाद भी पुण्यात्माएँ पुण्य कमाने का वरदान पाए रहतीं और पापात्माएँ पाप कमाने को अभिशप्त हुई रहतीं!

ये पापात्माएँ चूँकि इस जन्म में भी खेती करके, पशुपालन करके, जीव-हत्या में निमग्न हैं, इसलिए इनका अगले भवों में भी पापात्माओं के कुल-गोत्र में जन्म लेना निश्चित है। ठीक उसी तरह, जिस तरह पुण्यात्माओं का पुण्य कार्यों के चलते पुण्यात्माओं की बिरादरी में जन्मना तय है। चूँकि पुण्यात्माओं का सुखी-समृद्ध होना या पापात्माओं का दुखी-दरिद्र होना पिछले जन्मों के फल भर निर्भर है और पिछला जन्म फिर से लिया नहीं जा सकता, सो इस नियति में परिवर्तन असंभव है।

यहाँ जो किस्से-कहानियाँ प्रचलित हैं, उनका सार-संक्षेप भी यही रहता है कि जिसने पिछले जन्म में पुण्य किए उसने यह जन्म पुण्यात्माओं की बिरादरी में पाया और जिसने पिछले जन्म में पाप किए उसने यह जन्म पापात्माओं की बिरादरी में पाया।

किस्सों में यह भी बताया हुआ है कि पुण्य और पाप का फैसला भगवान् करता है। इंसान करे तो वह पक्षपात कर सकता है। भगवान् पक्षपात नहीं करता। वह निष्पक्ष है। अंतर्यामी है। चूँकि सभी उसकी संतान हैं। उसे सबके साथ न्याय करना है। सबको संवारना है, सबको सबक देना है, सबका पालन करना है, इसलिए वह अन्याय कर ही नहीं सकता।

इसलिए पुण्यात्माओं को भगवान् में अगाध श्रद्धा है। भगवान् को प्रसन्न रखने के उपाय करने में पूरी बिरादरी में होड़-सी मची रहती है। किसी भी पुण्यात्मा का कोई भी, कैसा भी जघन्य अपराध, ऐब-कुटैब बिरादरी की नजर में क्षम्य, अनदेखा किया जा सकता है, चूँकि उससे बिरादरी का नहीं, उसके अपने पुण्यों का क्षय होना है, लेकिन भगवान् की अवमानना, उसकी पूजा-अर्चना में कोताही बिरादरी की नजर में अक्षम्य अपराध है। उसे नजरअंदाज नहीं किया जा सकता। उससे पापात्माओं तक यह संदेश जाने का भय बना रहता है कि भगवान् न्यायप्रिय नहीं है। वह अनदेखी करता है। जो

उसका शरणागत नहीं है, जो उसकी चलाई परिपाटी को नहीं अपनाता, जो पुण्य कमाने के सबसे प्रबल और अवश्य फलदायी माध्यम—उसकी पूजा-अर्चना में चित्त को नहीं रमाता, यदि वह भी सुखी-समृद्ध है तो कैसे ? उसके पुण्य निस्तेज क्यों नहीं होते ?

हालाँकि पुण्यात्माओं की बिरादरी में ऐसे हितू भगवान् की पूजा-अर्चना से मुँह मोड़ने जैसी मूर्खता कोई क्यों करने लगता, फिर भी पुण्यात्माओं ने कुछ ऐसे उपाय किए हुए हैं जिससे किसी की कोताही की भनक भी पापात्माओं तक न पहुँचे। इस दिशा में स्थायी उपाय है पापात्माओं को मंदिर में आने की मनाही। पुण्यात्माओं को हालाँकि भरोसा है कि उनके 'न' करने के बाद किसी पापात्मा में यह साहस नहीं कि वह उनके मंदिर में आ जाए, फिर भी एहतियात के तौर पर पूजा-अर्चना के बाद अपने भगवान् को ताले में बंद रखने का उपाय भी पुण्यात्माओं ने कर छोड़ा है।

इस व्यवस्था के बाद भी पुण्यात्माओं को यह भय बना रहा कि कहीं भगवान् उनके साथ-साथ पापात्माओं की फरियाद भी न सुन ले, इसलिए पुण्यात्माओं ने भगवान् की पूजा-अर्चना का विधि-विधान इतना खर्चीला और समय व्यय करने वाला बनाया हुआ है कि पापात्माएँ चाह कर भी न तो उतना धन खर्च पाएँ, न समय।

पुण्यात्माओं की बिरादरी भगवान् को अंतर्यामीपन का इतना लाभ भी नहीं लेने देना चाहती कि वे पापात्माओं की आह-कराह भी सुन सकें। भगवान् ऐसा न कर गुजरें इसके लिए वह भगवान् को अपनी पूजा-अर्चना में हर समय इतना उलझाए रखती है कि भगवान् को कहीं और आँख फेरने का अवसर ही न मिले। घंटा-घड़ियाल बजाकर, झाँझ-मजीरा खनका कर, शास्त्र और मंत्र पाठ करके ऐसा स्वर-संधान किए रहती है कि भगवान् को कहीं दूर सिसकते किसी पापात्मा की कराह पर कान देने का अवसर ही न मिले।

सदियों से इतने शोर-शराबे के बीच रहते आ रहे भगवान् को यकीनन ऊँचा सुनने की आदत हो गई होगी, या इन्हीं आत्माओं को हरदम अपनी आँखों के आगे देखते-देखते यह विश्वास हो चला होगा कि इस धरा पर कुल जीवधारी यही हैं।

फिर भी अंतिम उपाय के रूप में पुण्यात्माओं ने सदियों पहले यह प्रचारित कर दिया था कि उनके भगवान् अलग हैं और शेषजन के अलग। अब इस सच्चाई पर न केवल आज की पुण्यात्माओं, पापात्माओं को भी यकीन है।

पापात्माओं को भी भगवान् में भरोसा है। वे भी उसे सर्वस्व मानती हैं। उसे अपना पालनहार, तारणहार मानती हैं। उससे वरदान चाहती हैं, अपने पापों की क्षमा चाहती हैं। सो वे भी भगवान् की पूजा-अर्चना में कोई कोर-कसर नहीं उठा रखना चाहतीं। लेकिन यह सब वे पुण्यात्माओं के भगवान् से नहीं, अपने भगवान् से पाना चाहती हैं। वे भी जानती हैं कि यदि हम अपनी फरियाद पुण्यात्माओं के भगवान् के पास ले गए तो वे तो गैर समझकर सुनेंगे नहीं, इस फेर में अपने भगवान् बैर भाँज लेंगे सो अलग।

तब संभव है लौटकर अपने भगवान् के पास आने पर वहाँ से यह ताना मिले—जा, वहीं जा !

इसीलिए पापात्माएँ अपनी फरियाद लेकर पुण्यात्माओं के भगवान् के पास आना तो दूर उनके आसपास यह ताक-झाँक करने के लिए भी नहीं फटकतीं कि पुण्यात्माएँ आखिर अपने आराध्य को रिझाती कैसे हैं ! ऐसी अनधिकार चेष्टा करके पापात्माएँ अपने उतने से पुण्यों का क्षय नहीं करना चाहतीं जिनके फलस्वरूप उन्हें इतनी पुण्यात्माओं के बीच रहकर यह जन्म काटने का अवसर मिला है।

किस्से-कहानियों में वर्णित ज्ञान-गंगा से पापात्माएँ यह जान चुकी हैं कि जरूर पिछले जन्मों में उन्होंने पाप कर्मों के साथ-साथ अनायास ऐसे कुछ पुण्य भी किए जिनके फलस्वरूप उन्हें यह जन्म पुण्यात्माओं की छत्रछाया में गुजारने का मौका मिला। अन्यथा ऐसे ढेरों गाँव और असंख्य पापात्माएँ भी हैं, जिनके आसपास एक भी पुण्यात्मा नहीं है।

अगले जन्म में भी कम-से-कम इतने पुण्य की भागी बनी रहें इसके लिए ये पापात्माएँ इस जन्म में पुण्यात्माओं का दिल दुखाना पाप समझती हैं। अन्य पापों से जहाँ बचना उनके लिए कठिन है, वहाँ कम-से-कम इस पाप से तो बचती ही बचती हैं।

पुण्यात्माएँ, जैसा कि बताया जा चुका है, पाप से घृणा करती हैं, पापियों से नहीं। पुण्यात्माओं की बिरादरी का चलन है—पाप छुपाकर करो, पापी को दबाकर रखो !

पुण्यात्माएँ पापात्माओं के श्रम और समर्पण के चलते इतना सुख-वैभव बटोरने में सफल होती रहना चाहती हैं कि उनके वंशज तो चैन से खाते-पीते रह ही सकें, यदि अपने इस जन्म के पुण्यों के प्रताप से उन्हें फिर किसी जन्म में यहीं, इसी गाँव में शरीर धारण करना पड़े तो उनके भी भोग-विलास के लिए यहाँ पर्याप्त धन-धान्य और पुण्य कमाने के अवसर मौजूद रहें।

पापात्माओं के समर्पित सहयोग के बावजूद पुण्यात्माओं की यह एक इच्छा चिर कुँवारी रह-रह जाती है। जाने किस भव के अशुभ कर्मों का उदय उनकी इस इच्छापूर्ति में व्यवधान बन-बन जाता है।

दरअसल इन पापात्माओं के बीच कुछ महापापात्माएँ भी यदा-कदा जन्म धारण कर गुजरती हैं। ये जन्मना महापापात्माएँ नहीं होतीं, पुण्यात्माओं की पुण्य कमाने की आकुलता और उनके अशुभ कर्मों का प्रतिफल इन्हें पापात्मा से महापापात्मा में परिवर्तित कर गुजरता है।

इन पापात्माओं का महापापात्मा रूप में परिवर्तित होना पुण्यात्माओं के लिए महाकाल सिद्ध होने लगता है। उनके पुण्यों का क्षय हो-हो जाता है। उनकी अनंत पीढ़ियों की सुख-समृद्धि की कामना चिर-कुँवारी रह-रह जाती है। इनसे मुक्ति का मार्ग न तो पुण्यात्माओं को सूझता है, न उनके पुण्य कर्मों को, न उनके अंतर्यामी भगवान् को, न उनके प्रति समर्पित और एकनिष्ठ सहयोगी पापात्माओं को।

इन महापापात्माओं से पुण्यात्माएँ ही नहीं, पापात्माएँ भी अप्रसन्न रहती हैं।

पुण्यात्माएँ तो इसलिए कि वे महापापात्माएँ पुण्यात्माओं से जबरन उनके पुण्यों के प्रतिफल के रूप में अर्जित धन को उन्हीं के हाथों गठरी में बँधवा कर अंतर्धान हो जाती हैं। इस सीधे से कार्यव्यापार में ना-नुकर करने वाली पुण्यात्मा को महापापात्माएँ फिर एक जन्म धारण करने पर विवश करने में भी नहीं हिचकिचातीं। इस कार्यवाही में शत-प्रतिशत अहित पुण्यात्मा का ही निहित रहता है। महापापात्मा तो सब समेट-बटोर कर ले ही जाती है। अलबत्ता ना-नुकर करने वाली पुण्यात्मा फिर से पुण्य संचय करने के लिए उसी काया और कुल, गोत्र, बिरादरी में मौजूद नहीं रह पाती।

इन महापापात्माओं से पापात्माओं की अप्रसन्नता की वजह इससे अलग है। जब भी किसी पुण्यात्मा से महापापात्माएँ उसके संचित पुण्य छीन कर ले जाती हैं, तब वह ठगी गई, लुटी-पिटी पुण्यात्मा नए सिरे से पुण्य संचय में जुटती है। ऐसी आत्मा तब पापात्माओं के प्रति और भी कठोर, निर्मम, निर्दय, निष्ठुर हो जाती है। वह निर्ममता-पूर्वक पुण्य संचय भी करती है और यह संदेह भी व्यक्त करती रहती है कि उसके दरवाजे तक महापापात्माओं को पापात्माओं ने ही भेजा होगा।

महापापात्माओं और पुण्यात्माओं में कुछ समानताएँ भी हैं। दोनों का प्रचलित नाम एक-एक ही है। जहाँ पापात्माएँ अहीर, सलैया, नाई, धोबी, बढ़ई, लुहार, गड़रिया, बरेदी, मजूर, किसान जैसे अनंत नामों से पहचानी जाती हैं, पुण्यात्माएँ 'सेठ' और महापापात्माएँ 'डाकू' नाम से ख्यात हैं।

पापात्माओं के लिए इनकी अति भी अशुभ है, उनकी भी। इनकी समृद्धि, उपलब्धि भी पापात्माओं का खून-पसीना है, उनकी भी। पापात्माओं की नजर में वे भी नृशंस, कठोर, निर्मम, निर्दयी आत्माएँ हैं और ये भी।

दो

नन्ना सुखी हैं, समृद्ध हैं। नन्ना के पूर्वज भी सुखी थे, समृद्ध थे। नन्ना को यकीन है, उनके वंशज भी सुखी रहेंगे, समृद्ध रहेंगे। नन्ना उनके सुख के लिए अपने उद्यम में कोई कमी नहीं रखना चाहते। नन्ना अपने वंश की, बिरादरी की सुख-समृद्धि का उपाय और कारण दोनों जानते हैं।

नन्ना ने पिछले जन्म में पुण्य किए थे। उनके पूर्वजों ने भी किए थे, और उनके वंशज भी, अभी जिस किसी योनि में होंगे, पुण्य कर रहे होंगे, ताकि उन्हें नन्ना के वंश में अगला कोई-सा जन्म धारण करने का अवसर मिल सके।

नन्ना की पूरी बिरादरी सुखी-समृद्ध है। जिसने पिछले जन्मों में जितने पुण्य किए, जिनके पूर्वज पिछले जन्मों में जितने-जैसे पुण्य करके उनका फल संचित करके छोड़ गए, वह उतना, वैसे सुख और समृद्धि का अधिकारी बना हुआ है।

नन्ना की पूरी बिरादरी पुण्य कमाने, पुण्य करने का एक ही मार्ग अपनाती आ रही है। जरूरतमंद किसानों को उनकी जरूरत-भर का धन-धान्य, वस्त्र-आभूषण देना। इसके एवज में परोपकार का पुण्य और जीवनयापन के लिए, अगली पीढ़ियों के उपभोग के लिए, दी गई वस्तु या धन पर सूद पाना।

नन्ना को खबर नहीं उनके किस पूर्वज ने पहली-पहली बार किसी जरूरतमंद पापात्मा किसान को कर्ज देकर इस पुण्य कार्य का शुभारंभ किया था। नन्ना को इतना-भर याद है कि जब उन्होंने होश सँभाला, उनके नन्ना यह काम करते थे। कायदे से नन्ना के नन्ना के देहांत के बाद यह काम नन्ना के दादा को करना चाहिए था, लेकिन जब तक नन्ना के नन्ना का देहांत हुआ, नन्ना स्वयं इस योग्य हो चुके थे कि अपने नन्ना के तमाम दायित्व नन्ना ने अपने सिर ले लिए। इस तरह नन्ना के दादा को जनम-जिंदगी कोई काम करने का अवसर ही नहीं मिला।

नन्ना को यह भरोसा है कि जब वे स्वयं इस काम को करने में अपने को असमर्थ पाएँगे या जब वे चाहेंगे, हलके नन्ना, नन्ना के अपने तीनों बेटों या हलकाई के दोनों बेटों में से कोई न कोई उनके दायित्व निभाने को तैयार हो जाएगा।

जब तक नन्ना इस दायित्व का निर्वाह करने में समर्थ हैं, उनके भाई, बेटों, भतीजों के पास एक ही अहम काम है—भगवत भजन में मन लगाना।

नन्ना ने बिरादरी के लेखे अपने पुश्तैनी कारोबार में श्रीवृद्धि ही की है। यह नन्ना की भलमनसाहत है कि वे इसमें अपना किया-धरा कुछ नहीं स्वीकारते। यह सब अंतर्यामी का किया-कराया है, ऐसा मानते हैं। नन्ना कुबूलते हैं कि वही जरूरतमंद को उनकी बाखर तक भेजता है, वही बाखर में जरूरतमंद की जरूरत पूरने योग्य कूबत बनाए रखता है।

नन्ना अपने आप को निमित्त मात्र मानते हैं। निमित्त की हैसियत से नन्ना इतना-भर करते हैं कि कर्जा चाहने वाले से खाता-बही में अँगूठा निशानी लेकर कर्ज दे देते हैं। फसल कटने पर कर्जदार से सूद वसूल कर लेते हैं। मूल लौटाने की औकात न तीन पीढ़ी पहले के किसान में थी, न आने वाली तीसरी पीढ़ी में आएगी, नन्ना इस हकीकत से वाकिफ हैं।

किसी प्राकृतिक आपद-विपद के चलते कर्जदार की फसल चौपट हो जाए, तब भी नन्ना सब्र नहीं खोते। कर्जदार को भी ढाढस बँधाते हैं। उसे नए सिरे से कर्ज देते हैं। अलबत्ता बदले में उसके खेत-खलिहान, घर-बाखर रेहन रखकर। यदि किसान के घर गहना-गुरिया, बासन-भाँडे हों, उन्हें गिरवी रखने से कर्ज देना संभव हो, तो वही रखते हैं। जैसी किसान की औकात हो, इच्छा हो। जैसी उसे उसके भगवान् ने प्रेरणा दी हो। जैसी नन्ना के भगवान् की मर्जी रही हो।

इस क्षेत्र में अतिवृष्टि या अनावृष्टि का अवसर आए साल आता ही रहता है। कभी किसी गाँव का बाढ़ से, तो कभी किसी गाँव का सूखा से सामना हो जाता है।

किसी भी किसान की खेती-किसानी है अपने ही गाँव में। ऐसा गाँव किसी प्राकृतिक आपदा का शिकार हुआ कि वहाँ का किसान भी हुआ। जबकि साहूकारों के खेत-खलिहान् कुछ खरीदे हुए, कुछ पुश्तैनी, तो कुछ रेहन रखने के बाद सूद-दर-सूद किसानों से कर्ज की भरपाई के एवज में हासिल हुए, कई-कई गाँवों में हैं। उन्हें इस गाँव से फसल नहीं मिली तो उससे मिल गई। उसमें चौपट हुई तो इसमें पौ-बारह हो गई। कभी न यहाँ मिली, न वहाँ, तब भी गम नहीं। बाखर में इतना संचय है कि घरवाले भी खा सकें और जरूरतमंद को कर्ज के रूप में भी दे सकें।

नन्ना भगवान् को हमेशा खुश रखते आए हैं। अपने पक्ष में रखते आए हैं। नन्ना भगवान् से कुल दो वरदान चाहते हैं। अपने कर्जदारों की इतनी खुशहाली कि वे सूद चुकाने योग्य बने रहें। अपनी समानधर्मा पुण्यात्माओं की इतनी बदहाली कि उनके पास आए कर्जा चाहने वालों को मायूसी हाथ लगे।

तब जरूरतमंद निराश किसान नन्ना के पास ही आएगा····। नन्ना की बाखर का द्वार खटखटाएगा····। हो सका तो अपने साथ औरों को भी लाएगा। नन्ना के बही-खाते में अँगूठा चस्पां कर अपनी कई पीढ़ियों का नाता नन्ना की कई पीढ़ियों से जोड़ जाएगा।

नन्ना से उनके भगवान् प्रसन्न रहते हैं, फिर भी भगवान् से कभी-कभार भूल-चूक

हो जाती है। नन्ना के लेखे उनके हलकाईं को नन्ना के खिलाफ सिरझा कर भगवान् ने अपनी भूल-चूक का ही सबूत दिया था। हलके नन्ना ने भगवान् की शह पाकर नन्ना को वह चोट पहुँचाई कि नन्ना से सहते बने न कहते।

हल्के नन्ना की अनीति को सबसे पहले बउआ ने पहचाना। बउआ ने नन्ना को चेताया। सलाह दी कि हलके लाला की अनीति को जग-उजागर कर दो। उन्हें उनकी करनी का अच्छा सबक सिखाओ।

नन्ना तुरंत चेते। न चेतते तो हाथ मलते रह गए होते। अलबत्ता चेतने के बाद भी नन्ना ने बउआ की पूरी सलाह नहीं मानी। उन्हें सबक तो नहीं सिखाया, न्यारा कर दिया ताकि भगवान् के सिरझाए हलके नन्ना फिर कोई ऊँच-नीच, दाँव-पेंच न कर पाएँ।

हलके नन्ना को न्यारा करते क्षण बिरादरी के पाँच पंचों को बुलाया। पंचों की मौजूदगी में घर की धन-संपत्ति का बँटवारा हुआ। पंचनामा बना। पंचों के सामने हलकाईं ने जो माँगा, जो चाँपा, सब देना, मुँह बंद रखना कुबूल किया। नन्ना को इल्म था, यहाँ 'न' कहने का कोई लाभ नहीं। पाँच पंचों के आगे बड़े भाई की नहीं, मँझले, सँझले, हलके की जिद चलती है।

पंच यह मानकर चलते हैं कि बड़ा बड़े दिनों से पूरे कारोबार पर काबिज है, उसने तो जितना हम पंचों के सामने बँटवारा करने के लिए रखा गया है उससे कहीं अधिक यहाँ-वहाँ दुका-दबा रखा होगा। ऐसे अवसर पर पंच, परमेश्वर की नहीं, हलके, मँझले, सँझले या जो भी कारोबार के प्रति उदासीन, आँखें मूँदे रहे होते हैं, उनके तरफदार की भूमिका अदा करते आए हैं।

नन्ना अपने अनुभव से जानते हैं कि जो बड़ा पंचों के अन्याय को न्याय नहीं मानता, वह धन के साथ-साथ अपना यश भी गँवाता है। बँटवारे के समय का मनमुटाव हलके को स्थायी रूप से पंचों की शतरंज का मोहरा बना देता है। फिर पंच हलके, मँझले या बड़े, जो भी उन्हें अपना तरफदार मान ले, उसे तब तक शह देते हैं, जब तक सब भाइयों का सब-कुछ स्वाहा न हो ले। घर के, कारोबार के, संबंधों के सब भेद उजागर न हो लें।

नन्ना ऐसा घर फूँक तमाशा देखने के इच्छुक कतई नहीं थे।

नन्ना ने ऐसे अवसर पर बेसब्र, बेकाबू होने वाले सगे भाइयों को बाद में एक-दूसरे के खून का प्यासा होते देखा है। एक-दूसरे को राख में मिलाने की जुगत लगाते देखा है। एक-दूसरे का प्रबल शत्रु बनते देखा है। पूरी बिरादरी के सामने अपने वंश की, खानदान की इज्जत का तमाशा बनाने के बाद इसी बिरादरी से मुँह छुपाकर पलायन करते देखा है।

नन्ना ने जिस धीरज के साथ हलकाईं की अनीति को पचाया था, बँटवारे के दौरान भी हलकाईं की ज्यादतियों को पचाने में उसी धैर्य का परिचय दिया। पंच संपत्ति का बँटवारा करवाने के अलावा किसी शुभ कार्य का श्रीगणेश नहीं कर पाए।

नन्ना में सब्र था सो सब सह गए। बउआ में इतना सब्र नहीं था।

बउआ की बेसब्री और तो किसी का कुछ न बिगाड़ सकी, बउआ स्वयं बेचैन रहने लगीं। प्राणों से प्यारे देवर के बदले तेवर बउआ का चैन हर ले गए। उनकी बेचैनी उन्हें न दिन में चैन लेने देती थी, न रात में।

नन्ना की सख्त हिदायत थी, "खबरदार जो किसी को कानोंकान भी खबर दी तो···! भाई तो हाथ से गया ही, धन भी गया, यह सब बर्दाश्त। यदि हलकाई की करतूत उजागर हो गई तो इस उच्च कुल की, नायक वंश की इज्जत भी जाती रहेगी। तब नायक वंश भी ओछे वंशों में लेखा जाएगा। नायक वंश बदनाम हो जाएगा···।"

नन्ना का खानदान बेदाग रहा आया। उसके सम्मान पर आँच नहीं आने पाई। लेकिन बउआ की बेचैनी बउआ का चैन हर ले गई। बउआ सिर्रन हो गई। बउआ जागते में बर्राने लगीं। बउआ सोते में रोने लगीं। बउआ की समझ जाती रही। बउआ की बात का वजन जाता रहा।

बउआ जब-तब घर में से कोई भी चीज उठाकर बाखर के उस हिस्से में फेंकने लगीं, जो बँटवारे के बाद हलके नन्ना के हिस्से में आया था।

जहाँ उनका परिवार — दो बेटे, दो बहुएँ रह रही थीं।

"लो लाला, यह भी रख लो···!" बउआ कहतीं और कोई भी चीज फेंक देतीं।

हलके नन्ना अपनी चतुराई और चालबाजी के बल पर मन चाहा पाकर नन्ना से अलग तो हो गए, लेकिन अलग रह नहीं पाए। अपना छल, बड़े नन्ना का मौन, बड़ी भौजी की बर्राहट ने हलके नन्ना को हिला दिया। अपराध बोध के सताए हलके नन्ना बहुत जल्द गाँव से डेरा उठाकर चले गए।

हलके नन्ना के गाँव से जाने, फिर दुनिया से ही चले जाने की खबर मिल जाने के बाद, दोनों भतीजों द्वारा अपने पिता की करतूत के लिए क्षमा माँगने के बाद भी नन्ना हलके नन्ना को कभी क्षमा नहीं कर पाए।

करते भी कैसे। हलकाई की करतूत का फल, पगलाई बउआ जो रात-दिन नन्ना की चिंता का स्थायी विषय बनी मौजूद रहती हैं।

बँटवारे के दिन से ही नन्ना जब भी ध्यानावस्था में पहुँचते, ध्यान में भगवान् की जगह हलकाई आ विराजने लगे। लाख कोशिशों के बाद भी नन्ना हलके नन्ना को वहाँ से डिगा नहीं पाते।

अलबत्ता नन्ना ध्यानावस्था में हलके नन्ना के दीख जाने पर यह संदेश उन तक जरूर पहुँचाने लगे — अच्छा हुआ हलकाई जो तुम यहाँ से, फिर इस जहाँ से जल्दी चले गए। कहीं तुम्हारे लक्षण हमारे या तुम्हारे बेटों ने अपना लिए होते तो अनर्थ हो जाता! तब नायक वंश का यश और समृद्धि ही नहीं, नाम और नामलेवा भी कोई न रह जाता। तब इस वंश में जन्म लेना पिछले जन्मों के शुभ नहीं अशुभ कर्मों का फल लेखा जाता···

तीन

दादा नन्ना की पहली संतान हैं। नन्ना के नायक वंश को एक पीढ़ी और चलाए रखने, बनाए रखने वाले पहले प्रतिनिधि। दादा नन्ना को इसीलिए सबसे प्रिय रहे। दादा के बाद दो और बेटों, तीन बेटियों के पिता बन जाने के बाद भी। यों भी दादा के जन्म के कई वर्ष बाद बड़ी फुआ, फिर मँझले कक्का, फिर मँझली फुआ, फिर हलके कक्का और तब हलकी फुआ ने जन्म लिया। दादा दसियों वर्ष तक नायक वंश की अगली पीढ़ी के अकेले प्रतिनिधि रहे। तब तक हलके नन्ना के यहाँ भी कोई आस-औलाद नहीं हुई थी। नन्ना के नन्ना भी जीवित थे और नन्ना के दादा भी।

नन्ना के नन्ना ने जिस तरह अपने जीते-जी चार पीढ़ियाँ देखीं, नन्ना की इच्छा भी उतनी ही पीढ़ियाँ देखने की थी। नन्ना की इस इच्छा को सबसे पहले पूरा कर सकते थे दादा के बेटों के बेटे। यह तभी संभव था, जब दादा का विवाह जल्दी होता, उनके बच्चे होते और उन बच्चों का विवाह भी जल्दी होता। इसीलिए दादा का विवाह बहुत छोटी उम्र में, दादा जब बमुश्किल बारह के भी पूरे न हुए थे, तभी कर दिया गया था। और अभी दादा का लड़कपन भी न गया था कि दादा लरकौरे हो गए थे।

दादा के जन्म के समय नन्ना के नन्ना जीवित थे। वही साहूकारी का काम देखते थे। फिर नन्ना ने यह काम सँभाला। फिर हलके नन्ना इस काम के लिए उपलब्ध थे ही, सो दादा के हिस्से में आया केवल आराम। दीन-दुनिया के झंझटों से दादा का दूर का भी रिश्ता न था। दादा को यकीन था जैसे उनके नन्ना को कभी काम नहीं करना पड़ा, संभव है उन्हें भी न करना पड़े। जब तक नन्ना सक्रिय हैं, वह साहूकारी की देखभाल कर ही रहे हैं। अपने बाद वे यह दायित्व हलके नन्ना को सौंपेंगे ही। और हल्के नन्ना जब अपना भार किसी और के कंधों पर देना चाहेंगे, तब तक तो मँझले, हलके या स्वयं हलके नन्ना के बड़े या हलकाई सहर्ष इस भार को उठाने को तैयार हो चुकेंगे।

दादा का समय या तो भगवान् की पूजा-अर्चना में बीतता रहा, या रिश्तेदारियों में शुभ-अशुभ अवसरों पर परिवार की ओर से उपस्थिति दर्ज करवाने में।

दादा का समय यों ही कटता रहता कि यकायक एक दुर्घटना में नाना-नानी का देहांत हो गया। मामा तब छोटे थे। यों तो मामा के काका, फूफा, मौसिया सब थे, लेकिन बाई को अपने नन्हे-से भाई की ज्यादा ही चिंता सताने लगी, सो बाई ने जिद की कि

यहाँ घर में बैठे-ठाले रहने से कहीं अच्छा है दादा उनके साथ उनके पीहर जाकर रहें। इस बहाने उनके भाई की परवरिश और देखरेख ठीक से हो जाएगी।

दादा ने नन्ना के सामने अपनी उलझन पेश की। नन्ना ने सहर्ष उन्हें ससुराल में जा रहने की इजाजत दे दी।

मामा उन दिनों मदरसा में पढ़ने जाते थे। उनकी साहूकारी उनके कक्का की देखरेख में थी ही। दादा को वहाँ रहकर भी कुछ करना नहीं था, बस रहना भर था। वह भी इसलिए कि बाई को अपने भाई को अपनी आँखों के आगे रखने की तमन्ना थी। यों तो यह तमन्ना मामा को अपनी ससुराल में रखकर भी पूरी की जा सकती थी, लेकिन एक तो वहाँ मदरसा नहीं था, दूसरे मामा के कक्का को यह गवारा नहीं था कि उनके रहते, उनके भतीजे को अपनी बहन के दरवाजे पर आसरा लेना पड़े।

जब तक मामा गाँव के मदरसा, फिर कस्बे के स्कूल में पढ़ते रहे दादा वहीं बने रहे। जब मामा आगे की पढ़ाई के लिए शहर गए, दादा अपने गाँव आ रहे।

इस बीच दादा चार बच्चों के पिता बन चुके थे। दाऊ और जिज्जी तो दादा-बाई के साथ ही गए थे। मँझले और सँझले भैया का जन्म ननिहाल में हुआ।

जब तक मामा ने मिडिल पास किया, दाऊ और मँझले भैया भी मदरसा जाने लगे थे। सँझले भैया भी मदरसा जाने की उम्र को पा चुके थे।

दादा ने मामा की योग्यता और दाऊ, मँझले भैया की पढ़ाई में लगन देखकर मन-ही-मन यह तय कर लिया था कि अपने बेटों को पढ़ाना है। ताकि वक्त आने पर वे अपने लिए रोजगार तलाश सकें।

गाँव लौटने पर दादा ने अपनी इच्छा नन्ना को बताई, "हम अपने बेटों को और पढ़ाना चाहते हैं। बही-खाता लिखने जितनी पढ़ाई नहीं, उससे ज्यादा तो बड़े और मँझले पढ़ चुके हैं। उससे कहीं ज्यादा····। इतनी कि वे लाट-कलक्टर बन सकें।"

साहूकारी किसी भी संयुक्त परिवार का कोई एक जन ही करे, यही परिवार के लिए बेहतर माना जाता रहा है। साहूकारी का काम ही ऐसा है। किस किसान से क्या ब्याज दर तय की है। किसे कितनी छूट देनी है। किसे कितना कर्ज दिया जा सकता है। कौन और किस-किस साहूकार की पीढ़ी पर माथा टेकने जाता है। किसे बही-खाते में लिखा क्या पढ़कर सुनाना है। किसे टरकाना है। किसे गले लगाना है। किसे क्या देना है। किससे क्या मिला है और क्या दर्ज करना है। किसका हड़पना है। किसे झड़पना है। किसे किस-किसके कर्ज की भनक नहीं लगने देनी···· ऐसे ढेरों रहस्य हैं जो कागज पर लिखकर नहीं छोड़े जा सकते। जिन्हें मगज में रखकर ही बात-व्यवहार करना होता है।

इसलिए इन तमाम दाँव-पेंच को एक ही जन जानता हो, वही उचित है। दो जन के जानने पर रहस्य रहस्य नहीं रहता। जहाँ एक ही परिवार के दो जन एक ही खातेदार से बात-व्यवहार में जुटे कि गफलत शुरू हुई। एक ने कुछ कहा, दूसरे ने कुछ समझाया।

दोनों के विरोधाभासी वाक्य किसान ने लपके कि वह पड़ा उलझन में। उलझन में पड़ा किसान फिर दूसरे साहूकार की शरण में पहुँचकर ही चैन पाता है। उसके जीवन में पहले ही ढेरों उलझनें हैं, वह एक और उलझन सूद पर क्यों बटोरे?

एक ही परिवार के दो जन साहूकारी करने लगें तो जो नतीजा सामने आता है, उसे नन्ना हाल ही में भुगत चुके हैं। शेष जन तो शायद उस अंजाम को भूल भी चुके हों, हालाँकि उसे भुलाना सरल किसी के लिए नहीं, न वह हादसा, न उसका परिणाम। फिर भी नन्ना को तो वह हरदम यों याद रहता है जैसे अभी उनकी आँखों के आगे वह मंजर आया ही चाहता हो।

हलके नन्ना ने नन्ना के साथ साहूकारी में हाथ बँटाने के संकेत कई बार दिए नन्ना ही टालते रहे। फिर जब हलके नन्ना के दोनों बेटों के विवाह हो गए, तब नन्ना को लगा, अब हलकाई का निठल्ला बैठना बहुओं की नजर में उनका सम्मान कम करेगा। सो उन्हें अपने काम में हाथ बँटाने को शामिल कर लिया। इरादा यह था कि धीरे-धीरे स्वयं को इस काम से मुक्त करके केवल भगवद्‌भजन में रमा लेंगे।

उस शाम एक डाकू गिरोह बाखर में आ धमका। गाँव को उनके आने की भनक तक नहीं लग पाई। डाकुओं ने आने के बाद ऐसा कोई उपद्रव नहीं किया कि कहीं पत्ता तक फड़कता। न किसी को मारा-पीटा, न बाँधा-घसीटा। गिरोह का गिरोह आया और मेहमानों की तरह पौर में डेरा डालकर बैठ गया, पूरे इत्मीनान से।

डाकुओं के आते ही हल्के नन्ना हरकत में आ गए। हलके नन्ना ने सचमुच उनके साथ मेहमानों जैसा सुलूक किया। घर में कुछ न होने का कौल नहीं भरा। घर से चले जाने का आग्रह नहीं किया। कभी भविष्य में बिना कहे सेवा-अर्चना करने का वचन नहीं दिया। वे कितना-कुछ बाखर में होने का अनुमान करके चले हैं, यह जानने की कोशिश नहीं की। यहाँ भंडार भरे पड़े हैं, मुखबिर द्वारा ऐसी गलत सूचना दिये जाने का भ्रम नहीं दिया। क्षमा, कृपा, दया करने की याचना नहीं की।

बल्कि जैसे मेहमान को मेजबान अच्छे से अच्छा खिलाने, दिखाने, अर्पित करने का प्रयास करता है, ठीक उसी तरह बाखर में जहाँ, जितना भी गहना-गुरिया, नकद-कलदार रखे थे, सब डाकू गिरोह के आगे ला-लाकर रख दिए। सब रख देने के बाद इस तरह हाथ जोड़कर खड़े हो गए गोया विदाई की बेला आ गई हो।

हलके नन्ना के चेहरे पर ऐसा विश्वास और तसल्ली का भाव था, गोया कहना चाहते हों—हमारी नीयत पर यकीन न हो तो आप घर की खाना-तलाशी लेकर देख लो। कहीं कुछ मिल जाए तो जो सजा काले चोर की, वह हमें भी मंजूर होगी।

नन्ना को हर क्षण ऐसा लगता रहा कि हलकाई डाकू गिरोह से वैसा सुलूक कर रहे हैं जैसा साहूकार शक्की किसान के सामने करता है। उसकी तसल्ली के लिए खाता-बही उसके सामने फैलाकर कहता है—लो देख लो···जो हमने बताया, वही यहाँ

दर्ज है कि नहीं। इस पर तुम्हारी अँगूठा-निशानी है कि नहीं। यह सब जब दर्ज हुआ, तुम्हें बताकर हुआ। हो सकता है हमें याद न हो, तुम्हें याद न हो, लेकिन यह बही-खाता हमारी-तुम्हारी याददाश्त से थोड़ेई चलता है, यह तो नियम-कायदे से, हमारी-तुम्हारी मौजूदगी में सब दर्ज करता है····।

ऐसा मौका तब आता है जब कोई किसान कई वर्षों तक नियमपूर्वक कर्ज के सूद और मूल के बदले अनाज देते रहने के बाद अपने खाते का हाल-हवाल जानने आता है। अपनी तरफ से यह विश्वास मन में लिए कि अब तो उसका कर्ज चुकता होने की स्थिति में होगा। लेकिन यहाँ आकर पाता है कि अभी तो उस पर इतना कर्ज बकाया है कि अपने जीवन में वह तो दूर, उसकी औलाद भी न चुका पाएगी।

वह याद करने का प्रयास करता है कि कितने अषाढ़ बीते जब उसने साहूकार से एक या डेढ़ बीसी कलदार जितने मूल के बीज या बासन लिए थे।

याद करने की प्रक्रिया के चलते उसकी पेशानी पर बल पड़े कि साहूकार उसकी आँखों के आगे खाता पसार कर लगभग धमकाते हुए कहते हैं — हम पर यकीन नहीं तो लो, तुम खुद देख लो····यहाँ एक-एक पाई का हिसाब लिखा है····

फिर भरोसा दिलाते हैं—तुम तो पढ़ना क्या जानो। चाहो तो किसी और से दिखवा लो। पर हम पूरी बही तो तुम्हें दे नहीं सकते। तुम ऐसा करो, अपना पूरा कर्जा चुका कर अपना कागज फड़वा लो। उसे किसी भी साहूकार से जँचवा लेना। कुछ भी कमी-बेशी हो तो हमसे आकर ले जाना····

किसान चाहकर भी इस प्रस्ताव को स्वीकारे कैसे। वह अपने आपको कोसता है—आग लगे मेरी बुद्धि को। कल क्या खाया था यह तक तो मुझे याद नहीं रहता, चला हूँ इतनी पुरानी रकम याद करने। नाहक साहूकार पर शक किया। कहीं इनकी भृकुटि टेढ़ी हो गई तो बुरे वक्त में कहाँ हाथ फैलाऊँगा!

किसान का चेहरा उतरा कि साहूकार का पारा चढ़ा····

अब भी तसल्ली नहीं तो तुम खुद देख लो। एक बार जान-सुन लो। कल को फिर यह शक-सुबहा लेकर मत आना। हमें भी ऊपर वाले को मुँह दिखाना है।

यह देखो—संवत् दो हजार में तुमने दो पसेरी गेहूँ और एक पसेरी चना बीज के लिए हमसे लिए थे उतरते क्वाँर में। फिर संवत् दो हजार एक में उतरते जेठ में ढाई पसेरी मक्का ले गए थे। संवत् दो हजार दो में बिटिया के ब्याह में हमने लगते अषाढ़ में सात तोला के जेवर, दो चाँदी के पैजना बनवाकर दिए थे। संवत् दो हजार तीन में भादों में तुम्हारे दद्दा की तेरईं के लिए दो पीपा घी के, एक बोरा शक्कर और एक पीपा मीठे तेल का, लट्ठा के दो थान, पुजारी महाराज की पूजा का, सीधे का सामान शहर से लाकर दिया था।

यह देखो····यह सब यहाँ लिखा है! इसके अलावा तुम खुद देखो, लेने वाले खन में कुछ और लिखा है क्या?

अब यह देखो····इस तरफ। जब-जब जितना अनाज तुमसे पाया, उसे शहर की अनाजमंडी में बेचने से जो रकम मिली, सब दर्ज है।

यह रोज-रोज का झंझट अपने बस का नहीं। तुमरे मन में संदेह आया है तो तुम कोई और दरवाजा देख लो। इसमें तो कोई बुद्धिमानी है नहीं कि हम वक्त पर कर्जा दें, ईमानदारी से सब जमा-खर्च दर्ज करें, कर्ज वापस पाने के लिए वर्षों तक सब्र करें और तब हमें मिले तुम्हारी आँखों में शक! कल को तुम तो भरी पँचायत में हमारी पगड़ी उछाल दोगे। तब हम तो कहीं मुँह दिखाने के लायक नहीं रहेंगे।

न भई न, हमें ऐसी साहूकारी नहीं पुसाती। जिसे पुसाये उसके दरवाजे जाओ····

अब कर्ज उठाने वाला अनपढ़ किसान क्या जाने कि सामने खुली बही में उसका भविष्य बंधक है या यह साहूकार परिवार की किसी पुण्यात्मा की कुंडली है। फिर ऊपर से साहूकार की नाराजी का आभास पा चुका कर्जदार भला गर्दन उठा कर कुछ ताक-झाँक करे तो करे कैसे। उसके पाँवों के नीचे से तो जैसे जमीन खिसकती जा रही होती है उस क्षण। जैसे खड़ी फसल चर गया हो कोई जंगली सूअर। जैसे भगवान् ने मुँह फेर लिया हो उसकी तरफ से।

न, न! गर्दन उठानी नहीं है, गर्दन साहूकार के कदमों में धर देने में ही भलाई है अब तो। देर हुई कि अँधेर हुआ····

ठीक उसी तरह डाकू गिरोह के आगे हलकाईं का गहना-गुरिया रख देना नन्ना की समझ में कतई नहीं आया। इतना नादान तो नहीं है हलकाईं। फिर डाकू कोई पहली बार तो आए नहीं हैं इस बाखर में! कभी, किसी बार भी किसी डाकू गिरोह को मिले हैं इतने गहने-गुरिया हमारी बाखर में! चाहे उन्होंने खुद खँगाली हो बाखर, या हमें मार-पीटकर हमसे निकलवाए हों। डाकू खोजते तो इन गहनों का दसवाँ हिस्सा भी न खोज पाते।

नन्ना एक नई उलझन में उलझ गए।

यह सही है कि डाकू इनमें से दसवें हिस्से को भी न खोज पाते, लेकिन ठीक यही दशा स्वयं हलकाईं की भी होनी चाहिए थी! उसे आखिर कब खबर हुई कि बाखर में कहाँ···· कितने गहने-गुरिया रखे हैं? उसने कब खँगाली बाखर? क्यों···· ?

हलकाईं ने तो वे गहने-गुरिया भी डाकुओं के आगे ला हाजिर किए जो अभी हमारी संपत्ति भी नहीं हुए। जो अभी रेहन रखे हैं। जिन्हें कर्जदार कभी भी मूल-सूद चुकाकर वापस माँग सकता है। जो जमानत के तौर पर अमानत हैं किसी की····

हलकाईं को यह भी खयाल न रहा कि ऐसे धन की हिफाजत साहूकार का पहला धर्म है। ऐसा धन तो साहूकार इतनी हिफाजत से रखता है कि डाकू मशाल जलाकर तो दूर, मकान ढहाकर भी खोजें तो उनकी नजर में न पड़े। ये गहने तो कहने भर को गहने हैं। ये तो साख हैं, साख। साहूकार के प्राण बसे होते हैं रेहन के धन में। अमानत में खयानत की बात उजागर हुई कि साहूकार जग से गया समान हुआ····

आखिर हलकाई इतना कब से डरने लगा डाकुओं से ?

डाकू गिरोह अर्जित किया गया सब धन बटोरकर चलता बना।

धन तो जा ही चुका था। अब शेष थी केवल साख। नन्ना किसी भी कीमत पर उसे बचाए रखना चाहने लगे।

नन्ना को इल्म है कि यदि बिरादरी वालों को खबर लगी कि हम लुट गए हैं तो वे रोजाना किसी-न-किसी कर्जदार के हाथ पर हमारे मूल-सूद की रकम रखकर भेजने लगेंगे ताकि यह जग जाहिर हो सके कि हमने उनकी अमानत हड़प ली। अब डाकू तो आकर यह तस्दीक करने से रहे कि नहीं भाई, नन्ना ईमानदार हैं। बेकसूर हैं!

यह बात भला कौन मानेगा कि डाकू सब ले गए! यही कहेंगे—डाकू आए होते तो गाँव को खबर न हुई होती! इतने शांतिप्रिय कब से हो गए डाकू? और इतने डरपोक कब से हो गए साहूकार!

नन्ना कर्जदार को भले ही अपनी बहू-बेटियों से माँगकर दो-गुना, तीन-गुना गहना-गुरिया दे दें, लेकिन किसान यह कहने से बाज न आएगा कि नन्ना कंगाल हो गए, नन्ना ने ठग लिया। नन्ना के मन में पाप आ गया।

तब कोई जरूरतमंद भूलकर भी इस चौखट पर पाँव नहीं धरेगा। नन्ना के जमे-जमाए पाँव ऐसे उखड़ेंगे कि पाताल तक टेक न मिलेगी।

नन्ना को भरोसा है कि साख न गिरने पर, कलई न खुलने पर कोई उतावली मचाता न आएगा। देर-सबेर वे गहने-गुरिया हमारी बपौती हो ही जाएँगे। एक बार गिरवी रखा गहना-गुरिया तो किसान तभी उठा पाता है, जब वह किसी दूसरे साहूकार का कर्जदार होने जा रहा हो।

नन्ना ने साख पर तो आँच नहीं आने दी, लेकिन हलके नन्ना के व्यवहार ने उन्हें नित नई उलझन में डालना जारी रखा। हलके नन्ना की हरकतें नन्ना के लिए अबूझ पहेली बनती गईं।

नन्ना कुछ पूछते, हलके नन्ना कुछ और ही बताने लगते। नन्ना कोई सलाह करते, हलके नन्ना अकबकाने लगते। नन्ना की सवाल पूछती आँखों को देखते ही हलके नन्ना कहते, "बड़े भैया, तुम इतने परेशान न रहा करो। हमारे हाथ-पाँव अभी सही-सलामत हैं। तुम देखना, हम इससे कहीं दुगुना-तिगुना बटोरकर दिखा देंगे। यह तो गनीमत समझो कि हमारी अकल काम कर गई, सो हम सब सस्ते में छूट गए। जान-माल की हानि नहीं हुई। जान बची सो लाखों पाए! रुपया क्या है, हाथ का मैल····"

हलके नन्ना इतना-भर कहते और हकलाने लगते। अपनी हथेलियाँ एक-दूसरे पर रगड़कर मैल की बत्तियाँ छुड़ाने लगते।

नन्ना ने हलकाई के सही-सलामत हाथों को फिर से हाथ दिखाने का अवसर नहीं दिया। मन्ना को यकीन हो चला, बउआ ने हजार बार यह विश्वास दिलाया कि डाकू आए नहीं, न्यौते गए थे। इन्हें न्यौता था हलकाई ने। उन्हीं के सिखाए-पढ़ाए थे वे।

बउआ ने नन्ना से अनुनय की थी, "लाला को ऐसा सबक सिखाओ कि उनकी सात पीढ़ियाँ याद रखें। लाला ने पीठ में छुरा घोंपा है। लाला के मन में खोट आ गया है। लाला के चलते अपने भी अशुभ कर्मों का उदय हो चला है..."

नन्ना ने बउआ का कहा नहीं माना और माना भी। हलकाईं की करतूत को जगजाहिर करके जगहँसाई का सामान तो नहीं जुटाया, अलबत्ता हलकाईं को न्यारा करके उनसे मुक्ति जरूर पा ली।

हलके नन्ना की मिशाल सामने होने से नन्ना को दादा की इच्छा को पूरा करने में ही परिवार की भलाई नजर आई। नन्ना ने महसूस किया कि जब परिवार के दो सदस्य तक एक साथ इस काम में नहीं खप पाते, ऐसे में बड़े के तीन-तीन बेटे भला कैसे खपेंगे? फिर अभी तो बड़े की और औलादें भी होंगी। मँझले की भी होंगी और हलके की भी। उस दशा में अगली पीढ़ी को तो हर हाल में कुछ और रोजगार-व्यापार तलाशने ही होंगे। उनके लायक बनना ही होगा। सिर पर आ पड़े तब तजबीजने में तो सिर फुटव्वल के आसार ही ज्यादा बनेंगे, सो क्यों न समय रहते बड़े ने जो रास्ता चुना है, उनके बच्चों को उस पर चलने दें!

नन्ना ने दादा को 'हाँ' कहने का मन बना लिया लेकिन 'हाँ' की नहीं। दादा ने कई बार याद दिलाया लेकिन नन्ना ने न 'न' की, न 'हाँ'। दादा दुविधा में। आखिर नन्ना की मर्जी पता चले तो कैसे! नन्ना न करें तो कुछ और विचारें। हाँ करें तो बच्चों को पढ़ने भेजें।

आखिर नन्ना ने दादा, मँझले कक्का, हलके कक्का को एक साथ अपने पास बुलाया ताकि तीनों के सामने दादा की मंशा और अपनी शंका बयान कर सकें।

"बड़े, तुम्हारे तीनों बेटे पढ़-लिख जाएँ; मँझले, हलके के भी जो बच्चे हों, वे भी पढ़ें-गुनें। न बनना हो हाकिम-हुक्मरान, तब भी पढ़ें, विद्वान् बनें। यह तो नायक वंश का गौरव बढ़ाने वाला कारनामा होगा। इसमें भला हमें या किसी को भी एतराज क्यों होने लगा। पर यह तभी हो सकता है जब तुम तीनों की रजामंदी हो। साझी गृहस्थी में किसी एक की इच्छा के कोई मायने नहीं होते। किसी एक की तरफदारी भी नहीं की जानी चाहिए।

"अब तुम इसी मामले का लो। तुम कई बार हमसे कह चुके हो कि तुम अपने बेटों को पढ़ाना चाहते हो। यह बात तुमने मँझले, हलके से भी कही होगी। न कही हो तब भी इन्हें तुम्हारी मंशा की खबर तो होगी ही।

"हमारी दुविधा यह है कि हम तब तक हाँ कैसे कहें जब तक मँझले, हलके इस मामले में रजामंद न हों। हमसे इनमें से किसी ने नहीं कहा कि बड़े भैया अपने बच्चों को पढ़ाना-लिखाना चाहते हैं। यह नेक विचार है। आपकी इजाजत चाहिए, सो खुशी-खुशी दे दो...

"अभी तक तो अपने खानदान में अक्षर ज्ञान को ही पढ़ाई मानते आए हैं। उतनी पढ़ाई तो कोई भी बड़ा अपने से छोटे को करवा देता है। तुम्हारे बच्चे यहाँ रहते रहे होते तो मँझले ने, हलके ने, हमने या तुमने ही उन्हें अक्षर ज्ञान करवा दिया होता···पर तुम उस पढ़ाई की बात तो कर नहीं रहे हो। तुम तो नए जमाने की पढ़ाई की बात कर रहे हो।

"अच्छी बात है। बहुत उम्दा विचार है तुम्हारा। बाप को अपनी औलाद की भलाई सोचनी ही होती है। तुमने भली सोची···अब जरूरी तो नहीं कि मँझले और हलके के बच्चे भी ऊँची पढ़ाई करना चाहें। फिर सुना है पढ़ाई भी तो किसिम-किसिम की होती है। किसी में कम खर्च आता है, किसी में बहुत ज्यादा···"

तभी दादा बोले, "यह सब तो हमें भी ज्ञान है। फिर भी हमें तो अपने बच्चों को शिक्षा दिलवानी है। यह तो आपको तय करना है कि ऐसा संभव कैसे हो···हमें तो आपकी आज्ञा और आशीर्वाद चाहिए।"

"वही बताने जा रहे थे हम, बड़े। हमें तो एक ही उपाय दिखाई देता है। तुम्हारे बच्चों की पढ़ाई-लिखाई पर जो भी खर्च आएगा, उसे एक खाते में लिखा जाए। जब मँझले, हलके के बच्चे होंगे, वे पढ़ने जाएँगे, तो उनका खर्चा भी उसी खाते में दर्ज कर लिया जाएगा···यदि तुम तीनों भाई जनम-जिंदगी इकट्ठे रहे, तब तो कोई अड़चन नहीं···यदि न्यारे होने लगोगे, तब जैसा मन हो फैसला ले लेना···चाहो तो खर्च को बिसरा देना, चाहो तो हिसाब जोड़कर हिस्से में से कम कर लेना···"

"हमें मंजूर है," दादा बोले, "अब तो हम अपने बच्चों को पढ़ने भेज सकते हैं?"

नन्ना ने मँझले कक्का, हलके कक्का की तरफ देखा। दोनों को मौन देख उन्हें इस प्रस्ताव से सहमत माना, सो दादा को इजाजत मिल गई।

दादा ने तीनों को शहर ले जाकर स्कूल में दाखिल करवा दिया। छात्रावास में उनके रहने की व्यवस्था कर दी।

तीनों को शहर भेजने के बाद जिज्जी को घर में ही अक्षर ज्ञान करवाना शुरू किया। जब जिज्जी द से दबात को लाख बार समझाने पर भी द से दबोत कहती रहीं, तब दादा ने हार मान ली और जिज्जी की पढ़ाई यहीं समाप्त मान ली गई।

दादा के पास फिर दो काम रह गए—भगवान् की पूजा-अर्चना करना, उनसे अपने परिवार की सुख-समृद्धि और अपने बेटों की उन्नति के लिए प्रार्थना करना और नाते-रिश्तेदारों के यहाँ खुशी-गमी में शरीक होना···

चार

मँझले कक्का ने नन्ना को चिंता-मुक्त कर दिया। जब से हलके नन्ना ने नन्ना की आस्तीन में छुरा घोंपा था, नन्ना चिंतित रहने लगे थे। नन्ना को हरदम यह चिंता लगी रहने लगी थी कि उनके बाद साहूकारी चौपट न हो जाए।

दादा ने साहूकारी में नन्ना का सहयोग करने या अपने सिर लेने के न कभी लक्षण दिखाए, न रुचि। दादा दिन-रात अपने बेटों की उन्नति के स्वप्न देखने में तल्लीन रहे आए। हलके कक्का की अभी उम्र ऐसी नहीं थी कि उन्हें किसी काम में जुटाया जाए। मझले कक्का मौनी ठहरे। उनसे संवाद तक कठिन है, फिर किसी असामी से माथापच्ची वह क्या खाकर करेंगे !

नन्ना की तमन्ना थी कि उनके असक्य होने से पहले तीनों बेटों में से कोई एक उनका साथ देना शुरू कर दे ताकि समय रहते नन्ना उसे कारोबार की तमाम बारीकियाँ, कायदे-कानून, भेद, किसानों से अपने संबंध-संपर्क बता-सिखा सकें।

नन्ना चाहते थे कि यदि बड़ा स्वयं आगे बढ़कर यह सब सँभाले तो ज्यादा उचित होगा। यही परंपरा है। यही चलन है। इसी में परिवार की एकता बनी रहने की संभावना है।

जब दादा ने नन्ना की चाहना को महसूस ही नहीं किया, तब नन्ना ने मँझले से आश लगाई।

मँझले कक्का ने नन्ना को न केवल निराश नहीं किया, उम्मीद से ज्यादा खरा उतरकर नन्ना को आश्चर्यचकित कर दिया।

जिस मँझले को नन्ना मौनी बाबा समझते रहे, उन्हीं मँझले ने साहूकारी का काम हाथ में लेते ही वह मुखरता दिखाई कि नन्ना तो नन्ना, उनके कर्जदार भी मोहित हो-हो गए। मँझले साहूकारी के कारोबार में ऐसे पारंगत हुए कि बिरादरी के अन्य जमे-जमाए साहूकारों के कान करतने लगे।

मँझले कक्का ने नन्ना को साहूकारी के दायित्वों से लगभग मुक्त कर दिया। गाँव-गाँव में फैली अपनी खेती-किसानी की उगाई-बटाई, खाता-बही की लिखत-पढ़त, गहने-गुरिया की खरीद-बिक्री, अनाज को शहर की मंडी में बेचने का काम, सब मँझले कक्का की देखरेख में, उनकी मर्जी और सुविधा से होने लगे।

शहर में अनाज बेचने कई बार जाने-आने पर मँझले कक्का को वहाँ के सेठ-साहूकारों के ठाठ-बाट देखकर हैरानी होने लगी। कक्का को एहसास हुआ कि हम साहूकार कहलाते जरूर हैं, लेकिन हैं नहीं। यदि साहूकार ये हैं तो हम तो मेहनतकश ही हुए। कहने को हमारे पास किसी चीज की कमी नहीं। हमारी बाखर में इतना रखा-दबा पड़ा है कि कई पीढ़ियाँ घर में हाथ पर हाथ रखे बैठकर खा सकें।

लेकिन सिर्फ खा सकें। कहीं इनकी तरह हम भी इच्छाएँ पालने लगें तो अगली पीढ़ी तो क्या हमारे लिए ही छ्योंट जाए।

मझले कक्का ने मन ही मन शहर के साहूकारों से अपनी तुलना की। इनके पास अच्छी-खासी कोठी, सवारी, नौकर-चाकर, खाना-खुराक, दान-दक्षिणा देने की क्षमता, फिर भी धन-धान्य की कमी नहीं।

उधर हम ! यह सही है कि अपने किसानों के बदन के इकलौते लत्ता की अपेक्षा चार कपड़े पहने रहते हैं, हमारी महिलाएँ भी तीन कपड़े पहनती हैं, खाने के लिए भी किसान की अपेक्षा हमारे पास पर्याप्त अन्न रहता है, लेकिन वह सब है कैसा···वैसे कपड़े, वैसा अन्न तो इनके नौकर-चाकर भी नहीं बरतते। कपड़ा, भोजन के अलावा हमारा खर्च ही क्या है ? कभी-कभार बहन-बेटी के विवाह में दान-दहेज ! बस्स ! इन्हीं मौकों पर नए कपड़े पहन लिए। पकवान डकार लिए। गहना-जेवर बनवा लिया। बस्स !

कहीं इनकी तरह सेवा-टहल को दो कारिंदे रख छोड़े, सवारी बाँध ली, झकाझक कपड़े-लत्ते पहनने लगे, पाँव में उम्दा किस्म का जूता डटा लिया, दान-पुण्य, तीमारदारी पर खर्चा करने लगे तो धनवान होने की कलई खुलते कितने दिन लगेंगे !

मझले कक्का को अपनी विपन्नता और अज्ञान पर शर्म आने लगी।

कभी गाँव-देहात से डेरा उठाना पड़ जाए तो जिन आढ़तियों की गद्दी पर आज 'आइए सेठजी !' 'आइए सेठ साहब !' कहकर स्वागत होता है, उनमें से किसी पर मुनीमी की चाकरी भी न मिलेगी। अपनी जिस जमा पूँजी पर हम इतराते फिरते हैं, वह तो यहाँ साल-डेढ़ साल में स्वाहा हो लेगी।

मझले कक्का अपने बड़प्पन की भावना से इस गति से रपटे कि उन्हें पाताल तक कहीं पाँव टेकने की जगह ही न दिखाई दी।

मँझले कक्का ने शहर को और समझने का निश्चय कर लिया। कोई ऐसी पगडंडी, कोई ऐसा मुकाम तलाशना शुरू कर दिया, जिस पर चलकर, जहाँ ठहरकर शहर को जाना जा सके। शहर को पाया जा सके।

शहर को समझने और पाने का मन बनाते समय मँझले कक्का के मन में अपने अलावा कोई नहीं था। मँझले कक्का ने चाहा कि जब शहर समझ में, पकड़ में और पहुँच में आए तो वह साझे में न हो। वह अपना हो, नितांत अपना। अपनों के साथ नहीं।

शहर ने जब मँझले कक्का में प्रवेश किया, तब सबसे पहले कक्का को दादा याद आए।

दादा ने जब दाऊ, मँझले भैया, सँझले भैया को शहर में पढ़ाने की इच्छा जाहिर की थी, तब मँझले कक्का मौन रहे थे चूँकि निर्णय नन्ना पर निर्भर था। उनके अपने मन में जो एकमात्र दुविधा थी वह थी अतिरिक्त खर्च की। बड़े भैया के बच्चों की पढ़ाई पर होने वाला खर्च। सुना था शहर में पढ़ाई बहुत खर्चीली है। फिर पढ़ाई एक-दो साल नहीं, दसियों साल की तपस्या है।

मँझले कक्का में शहर का प्रवेश होते ही कक्का को लगा, बड़े भैया ने तो अपने बच्चों को शहर भेजकर अपने लिए शहर के द्वार खोल लिए। अब यदि हम भी शहर में कोई ठौर-ठिकाना कर लें तो गाँव में रह जाएँगे अकेले हलके। तब हलकाईं को न तो कोई परेशानी होगी, न हिस्सा बटार की चिंता। बल्कि हमारे शहर में होने से उन्हें सुविधा ही होगी।

मँझले कक्का बार-बार शहर आने के अवसर तलाशने लगे। शहर को पूरी तरह जानने, शहर में सेंध लगाने के लिए यह जरूरी जो था। केवल साहूकारी के काम से शहर बार-बार आना संभव नहीं था। बेवजह शहर आने पर नन्ना को नागवार गुजरता और बताकर आने पर नन्ना को प्रयोजन बताना होता, जो संभव नहीं था। बताते तो अकेले शहर फतह करने का सपना कैसे पूरा होता। नन्ना को उनका प्रस्ताव रुचता तो संभव है नन्ना हलके या बड़े को इस मुहिम पर लगा देते।

मँझले कक्का को अंततः शहर आते रहने और ऐलान करके शहर आते रहने का उपाय सूझ ही गया। इस उपाय का सूझना था कि मँझले कक्का डंके की चोट बार-बार शहर आने को आजाद हो गए।

मँझले कक्का ने गाँव में किराने की दुकान खोल दी। दुकान पर हलके कक्का को बैठा दिया कि सब दिन मटरगश्ती करते हो। यहाँ बैठकर दो पैसे कमाओ। रिश्तेदारियों में आना-जाना बड़े भैया करते रहेंगे। कभी वे, कभी हम, दुकान की जरूरत का सामान शहर से लाकर देंगे। तुम दुकानदारी करो····

मँझले कक्का की इस योजना ने जहाँ हलके कक्का को काम से लगाया, वहीं कई साहूकारों को बेकाम का-सा कर दिया। जिन साहूकारों की साहूकारी कई गाँवों में फैली है, वे किसानों की फौरी जरूरत की चीजें स्वयं उनके घर तक पहुँचाते रहे थे। इससे जहाँ दो पैसे ज्यादा की बचत होती है, वहीं अपने किसान के किसी और साहूकार के दरवाजे पर जाने की आशंका से मुक्ति मिली रहती है।

हलके कक्का की दुकान ने ऐसे साहूकारों को दुविधा में डाल दिया। फौरी जरूरत की पूर्ति के लिए अब किसान अपने साहूकार का इंतजार न करके अनाज की पोटली बाँध हलके कक्का की दुकान पर आने लगे। अपने साहूकार से कहीं कम दाम में, उधार नहीं, अनाज के बदले नकद, जरूरत की चीज पाने लगे। यह कोई कर्ज लेना

तो था नहीं कि मूल साहूकार अपने असामी को रोके-टोके।

हलके कक्का घर बैठे बारोजगार हो गए। उनकी दुकान पर सामान के बदले आए अनाज को हर महीना, डेढ़ महीना बाद शहर में बेचने जाना, दुकान की जरूरत की चीजें लाना, लाजिमी हो गया। इस तरह मँझले कक्का के शहर जाने, जाते रहने के अवसर दिनों-दिन बढ़ते गए।

गिरवी रखे गहने-गुरिया नन्ना अपनी बाखर में ही जमीन में दबाकर रखते आए थे। हलके नन्ना धोखाधड़ी नहीं करते तो नन्ना आगे भी ऐसा ही करते। घर में गहने-गुरिया रखने से आड़े वक्त में उन्हें काम में लाना सरल था। लेकिन हलके नन्ना की करतूत ने नन्ना को गहने-गुरिया रखने के लिए कोई ठौर-ठिकाना तलाशने पर विवश कर दिया था।

हलके नन्ना चूँकि ऐसे गहने भी हड़प चुके थे जो निकट भविष्य में अपनी संपत्ति होते। ऐसी स्थिति में नन्ना को तुरंत कहीं गहना-जेवर रखने की उतावली नहीं थी। वह नौबत तो तब आनी थी, जब नए सिरे से कुछ गहने-जेवर रेहन के रूप में या कर्ज अदायगी के रूप में आते।

मँझले कक्का की चाक-चौबंद साहूकारी ने ऐसे दिन जल्दी ही ला दिए। नन्ना ने अपने मन के घोड़े दसों दिशाओं में दौड़ाए और कोई एक ठिकाना जब मन में पक्का हो गया, तब स्वयं वहाँ जाकर अपना प्रस्ताव रखा। सहमति ली।

नन्ना ने अनाज के बोरों में अपने हाथों चाँदी, सोने के गहनों की पहली खेप बंद की। बोरों की अपने हाथों सिलाई की। सुबह-सबेरे अपने सामने उन बोरों को बैलगाड़ी में लदवाया।

मँझले कक्का को हिदायत दी—इस बैलगाड़ी को तुम स्वयं हाँकना या साथ-साथ रहना। इसके फलाँ-फलाँ बोरे में इतने-इतने गहने हैं। इन बोरों को शहर जाकर अपने बहनोई के घर उतरवाना। हम जब बड़े की बिटिया का संबंध तय करने गए थे तब तुम्हारे बहनोई से बातचीत कर आए थे। वे इन्हें अपने पास हिफाजत से रखने को तैयार हैं। कुछ गहनों को तुड़वाकर बड़े की बिटिया के लिए नए चलन के जेवर भी वहीं बनवा लेंगे। अपन भविष्य में भी गहना-जेवर बाखर में न रखकर उन्हीं के पास रखवाएँगे। तुम तो उन्हें गहने सौंप कर पुर्जी ले लेना।

मँझले कक्का अकबकाए से रह गए। नन्ना की बात सुनकर कुछ इस तरह की मुद्रा बनाई गोया आज्ञा शिरोधार्य है।

कक्का चलने को हुए तब नन्ना ने उन्हें फिर टोका, "मँझले, सुना है तुम अपनी जिज्जी-भउआ से मिलने जाते ही नहीं हो! उन्हें तुमसे शिकायत है। कहते थे—मँझले कब शहर आते हैं, कब चले जाते हैं, हमें खबर ही नहीं मिलती····"

कक्का कुछ सफाई दें कि नन्ना ने उन्हें टोका, "हाँ, काम बहुत होता है। पर इतनी

उतावली भी ठीक नहीं। अब देखो, वक्त पर वही काम आ रहे हैं न! आगे से चाहे एक काम का हर्जा ही क्यों न हो, अपने जिज्जी-भउआ को जुहार करने उनकी बैठक तक जरूर जाया करो। तुम शहर जाते रहते हो, इस करके बड़े भी वहाँ नहीं जाते-आते कि मँझले तो गए ही होंगे। तुम्हारे भउआ ने ताना दिया है कि हमारे सालों को बस हम ही प्यारे नहीं हैं····"

कक्का के पास अब कहने को कुछ बचा ही नहीं। पूरी शिकायत और कक्का जो दलील दे सकते थे, सब नन्ना ने स्वयं बयान कर दी थी। जो असलियत थी वह कक्का भला कैसे उजागर कर दें!

—कि भउआ के यहाँ जाने पर ठहरना भी उन्हीं के यहाँ होगा। क्या लाए, किसे बेचा, कितने में बेचा, क्या खरीदा, किससे खरीदा, कितने में खरीदा, इतने दिन किसलिए टिके, अब कहाँ जा रहे हो? यह सब बयान करना होता कि नहीं!

मझले कक्का अनाज बेचने गए तो लेकिन लौटे नहीं। दो गाड़ीवान जो साथ गए थे उन्होंने बताया कि मँझले सेठ हमसे यहीं से चलते में पिछड़ गए थे। हमने सोचा किसी गाँव में पूजा-पाठ को ठहर गए होंगे। हम शहर पहुँचे। मँझले सेठ ने जिस आढ़तिए का ठिकाना बताया था, उसके ठिकाने पर अनाज के बोरे उतरवाए। मँझले सेठ का साँझ तक इंतजार किया। जब नहीं आए तो हमें चिंता हुई। हमने सोचा कहीं गाड़ी तो नहीं बिगड़ गई! या बैल बिदक गए हो! मँझले सेठ को गाड़ी हाँकने का अभ्यास तो है नहीं····हमें अपनी बुद्धि पर तरस आया। हमने यह बात पहलेई क्यों न सोची। उन्हें अकेला छोड़ा ही क्यों! हमने अपनी गाड़ी में बैल जोते और सरपट लौटे कि राह में मँझले सेठ जहाँ कहीं बीदे होंगे, उन्हें सहारा देंगे····हम उन्हें तलाशते-तलाशते यहाँ तक आ गए, पर सेठ हमें कहीं नहीं मिले।

नन्ना की चिंताओं का अंत नहीं। नन्ना ने दादा को शहर दौड़ाया।

दादा ने आकर सूचना दी—मँझले शहर पहुँचे ही नहीं। आढ़तिए के ठीए पर अनाज वैसा का वैसा धरा है। बहनोई जी को भी कोई खबर नहीं। हम उनसे कह आए हैं आसपास तलाश करवाएँ। हम खुद भी गाँव-गाँव खोज-खबर करते लौटे हैं।

नन्ना की चिंता और बढ़ी। खुद भी शहर का एक चक्कर लगाने गए। दादा को मँझले कक्का की तलाश में और बहन-बेटियों की ससुराल में दौड़ाया, हलके कक्का को मँझले कक्का की ससुराल पहुँचाया। सब व्यर्थ। मझले की कहीं कोई खबर नहीं मिली····

घर में कोहराम मच गया····सब चिंता में। अब क्या होगा? कक्का का क्या हुआ? कक्का को जमीन खा गई कि आसमान निगल गया?

मँझले कक्का को न जमीन ने निगला था, न आसमान ने। एक महीना गुजरा था कि एक दिन खाली बैलगाड़ी हाँकते कक्का गाँव आ पहुँचे।

कक्का ने बताया कि उन्हें डाकुओं ने पकड़ लिया था····परिवार ने, गाँव ने राहत

की सांस ली···

मझले कक्का ने विस्तार से अपना किस्सा बयान किया।

जाने कैसे डाकुओं को यह खबर मिल गई थी कि हम अनाज की आड़ में गहना-गुरिया लेकर जा रहे हैं। उन्होंने हमारा पीछा किया···जब देखा कि हमारे दोनों गाड़ीवान अपनी गाड़ियाँ लेकर हमसे काफी आगे निकल गए हैं, तब हमें धर-दबोचा··· हमारी गाड़ी पर कब्जा कर लिया···कुछ डाकुओं ने हमें सँभाला और एक डाकू ने बैलगाड़ी को···

डाकू हमें घने जंगल में ले गए···एक ठिकाने पर पहुँचकर उन्होंने हमें मारा-पीटा, डराया-धमकाया, जान से मार डालने की धमकी दी···तब हमने उन्हें बता दिया कि गहना-गुरिया हमारे पांस हैं और वे इन्हीं बोरियों में रखे हैं···

डाकुओं ने हमें कब्जे में रखा···सुबह एक-दो डाकू हमारी गाड़ी हाँककर कहीं ले गए···जब वे लौटे तब गाड़ी खाली थी···उन्होंने आकर अपने सरदार को खबर दी कि गहने मिल गए हैं।

हमने उनसे अनुनय-विनय की कि हमें छोड़ दो, गहना-गुरिया जो भी घर में था, सब हम लेकर चले थे, वह आप पा ही चुके हैं···

पर डाकू गिरोह ने हमें नहीं छोड़ा···उनका इरादा हमें बंधक बनाए रखकर घर में फिरौती की रकम पहुँचाने की खबर भेजने का था···वे इस इंतजार में रहे आए कि हमारे गुम हो जाने की तलाश थमे। यदि हमारी गुमशुदगी की खबर पुलिस-थाना में पहुँचाई गई हो, तो पुलिस-थाना की चौकसी ठंडी पड़े, तब किसी को फिरौती की खबर देने यहाँ भेजें···

वे इसी इंतजार में थे कि कहीं से पुलिस को डाकुओं के वहाँ छिपे होने की भनक मिल गई। इससे पहले कि पुलिस उन तक पहुँचे, उनके किसी भेदिए ने यह खबर पहुँचा दी। डाकू गिरोह वह ठिकाना छोड़कर भाग गया और जाते-जाते हमें भी मुक्त कर गया···

ऐसा नहीं था कि मँझले कक्का ने कोई अनहोनी बात सुनाई थी। मँझले कक्का के साथ कुछ अनहोनी हुई भी नहीं थी। यह तो साहूकारों के साथ अक्सर होता ही रहता है। वे जितना किसानों से तिल-तिल कर बटोरते हैं, डाकू एक ही झपट्टे में उसका खासा हिस्सा हड़प ले जाते हैं। कई बार तो साहूकार की कमाई वही बचती है जो वह खा, पहन चुका होता है।

हालाँकि जिस दिशा में किसी साहूकार को जाना होता है, उस दिशा में इधर हाल में किसी गिरोह के टहलते होने या डेरा डाले होने का समाचार तो नहीं है, इसकी ठीक-ठीक खबर लगा ली जाती है। 'न' सुन लेने के बाद ही कोई साहूकार उस दिशा में निकलता है।

फिर भी कई बार आमना-सामना हो जाता है। कभी ऐसा गिरोह टकरा जाता है

जिसने तब तक कोई बड़ा कारनामा किया ही न हो, सो वह भी कोई गिरोह है, इसकी किसी को खबर ही नहीं होती···कभी जब तक साहूकार के पास 'न' पहुँचे, वह घर से चले, तब तक कहीं और से, कहीं और को चला डाकू गिरोह टकरा जाता है। तब होता है भरत मिलाप। तब डाकू गिरोह साहूकार के परिवार से राजपाट मँगाकर ही वापस जाने देता है साहूकार को।

मँझले कक्का ने यह पूरा किस्सा साहूकार बिरादरी को भी सुनाया और किसानों को भी, लेकिन गहना-जेवर की बात गोल करके। किसानों ने दुःख प्रकट किया, मँझले कक्का के भाग्य की सराहना की। अलबत्ता साहूकारों के गले कक्का का किस्सा नहीं उतरा। उन्हें कक्का के साथ यह अनहोनी हुई है, ऐसा नहीं लगा। भला कभी हुआ है ऐसा कि कोई साहूकार सपूत डाकूओं के हत्थे चढ़ जाए और बाखर खँगलवाए बिना सही-सलामत अपनों के बीच लौट आए!

बिरादरी अपने और औरों के अनुभव से जानती और मानती आई है कि साहूकार सपूत जब किसी डाकू के चंगुल में फँस जाता है, तब पहले वह नहीं, फिरौती का फरमान ~~औता है।~~ यह नहीं होता कि डाकू किसी को पकड़ें, एक महीने तक खिलाएँ-पिलाएँ, फिर छोड़ दें। उनके पास ऐसा विश्वासी आदमी ही न हो कि महीने-भर तक खबर तक न पहुँचा सकें! इतने दिनों में तो वे दो-चार सौदे निबटा लेते हैं। फिर पुलिस-थाना! हह! पुलिस-थाना से डरने लगे तो कर ली डाकूगिरी।

डाकू तभी छोड़ते हैं जब फिरौती वसूल लें। वह भी गुप-चुप नहीं, ढिंढोरा पीट-कर। डाकू ने कारनामा किया और डंका ही न पिटा तो उसकी साख कैसे बनेगी! दबदबा कैसे कायम होगा! अगला पकड़ा गया साहूकार फिरौती पहुँचाने में उतावली कैसे दिखाएगा!

यह सब तभी संभव होगा, जब डाकू का कारनामा कानों-कान नहीं, डंके की चोट प्रचार पाए। डाकुओं को देर से फिरौती पहुँचाने वाला साहूकार लूला-लँगड़ा घर पहुँचे। पहुँचे भी नहीं, लाद कर उसकी ठठरी ले जानी पड़े। यह धंधे की माँग है। यही धंधे का प्रचार है। यही धंधे की साख है।

इधर मँझले हैं कि और भी मुटा कर आए हैं। खुद गाड़ी हाँकते आए हैं। चेहरे से हवाइयाँ उड़ती नहीं दीखतीं, नूर छलकता दीखता है। पत्थरों पर सोए नहीं, पलका तोड़ते रहे हों, ऐसे जान पड़ते हैं···

पाँच

बिरादरी मँझले कक्का के किस्से को इसलिए सच्चा नहीं मान पा रही थी क्योंकि कक्का किस्से में से मुख्य हिस्सा पचा गए थे। उन्होंने अपने किस्से में यह नहीं बताया था कि डाकुओं को उनके पास से हजारों रुपये के गहने-गुरिया हासिल हो चुके थे। यदि इतना भर बता देते तो पूरी बिरादरी मान लेती कि तब हो सकता है डाकुओं ने कक्का को लिए-लिए फिरने से बेहतर छोड़ देना समझा हो। सोचा हो कि साहूकार से अच्छा-खासा पा ही चुके हैं, घर-द्वार का पता-ठिकाना भी मिल गया है, यह भी भरोसा हो चुका है कि साहूकार मोटा असामी है, फिर कभी गाहे-बगाहे, घूमते-टहलते इसकी बाखर में पहुँचेंगे और अगली किस्त वसूल कर लाएँगे। ढिंढोरा अब नहीं पिटा तो तब पिट जाएगा।

उधर नन्ना को कक्का के किस्से का यही हिस्सा यक़ीन के लायक नहीं लग रहा था कि डाकुओं ने मँझले को अचानक नहीं, घात लगाकर घेरा।

गेहूँ की बोरियों में गहने-गुरिया नन्ना ने अपने हाथों रखे थे। पिछली रात ही रखे थे। यह उपाय नन्ना ने इससे पहले कभी आजमाया नहीं था। इसकी खबर नन्ना को थी या फिर मँझले को। ऐसे में किसी को भनक होने का सवाल ही पैदा नहीं होता था।

तिस पर मँझले यह नहीं कहते कि डाकुओं के डराने-धमकाने पर यह रहस्य उन्होंने उगला। मँझले तो कहते हैं डाकुओं को पहले से खबर थी।

यदि ऐसा होता तो डाकू एक बैलगाड़ी क्यों रोकते! वे इतना जोखिम क्यों उठाते! वे तो तीनों गाड़ियाँ रोकते। बोरे खोलकर देखते। मँझले की, दोनों गाड़ीवानों की खाना-तलाशी लेते। तब भी कुछ हाथ न लगता तो बैलों की खाल उधड़वा कर देखते।

फिर भी नन्ना ने मँझले से पूछताछ नहीं की। नन्ना को गहने-गुरियों से ताल्लुक था और था मँझले के नेक चाल-चलन पर चलते रहने से। जब गहने-गुरिया भी गए, मँझले ने भी धर्माचरण त्याग दिया, तब बात का बतंगड़ बनाने से लाभ क्या!

नन्ना के साथ जो छल मँझले ने किया, ऐसा किसी कर्जदार ने किया होता, किसी किसान ने अच्छी फसल न होने पर, नन्ना के खेत पर पहुँचने से पहले, अपना अनाज खलिहान से उठाकर अपनी बाखर में रख लिया होता, यह सोचकर कि यदि ब्याज के बदले अनाज नन्ना ले गए तो बच्चे चौमासे भर क्या खाएँगे····तब नन्ना ने उसकी बाखर

खुदवा ली होती। अनाज पाताल में भी दबाकर रखा होता तो उसे निकलवाकर किसान को वहीं छोड़ आए होते। खड़े-खड़े उसका खेत-खलिहान कुर्क कर लिया होता।

तब नन्ना को रोकने-टोकने या उस किसान की मदद करने साहूकार बिरादरी का कोई साहूकार आगे न आया होता। किसी भी साहूकार से दगा तो पूरी बिरादरी के प्रति अपराध हुआ न !

मँझले कक्का किसान नहीं, कर्जदार नहीं, नन्ना की औलाद हैं। नन्ना पर कर्ज है उनका पिछले जन्म का। तभी न नन्ना पर उनकी परवरिश का भार आया।

नन्ना जानते हैं मँझले की करनी उजागर करने का कोई लाभ नहीं। पुण्यात्माओं के अशुभ कर्मों का उदय होने पर पुण्यात्मा को स्वयं ही रास्ता तलाशना होता है। पापात्माएँ तो दूर पुण्यात्माएँ भी इसमें सहायक नहीं बनतीं। हाँ, विघ्न-बाधा पहुँचानी हो तो कहो।

नन्ना के जीवन में यह पहला अवसर नहीं है जब उन्हें किसी ने छला। मँझले के हिस्से तो कुछ नया करने का यश या अपयश भी नहीं आया। मँझले ने तो केवल अपने कक्का का, नन्ना के हलकाईं का इतिहास दोहराया है। यह नन्ना की विवशता है कि वे स्वयं हलकाईं की करतूत के बाद जो इतिहास रचा गया था उसे नहीं दोहरा सकते।

मँझले नन्ना की चिंता का विषय नहीं रह गए थे। उनकी चिंता करना या उनके किए पर चिंतन करना व्यर्थ लगा नन्ना को।

नन्ना की चिंता का विषय थी बड़े की बिटिया। उसके रिश्ते की बात महीनों पहले नन्ना स्वयं तय करके आए थे। बीच में जब मँझले की खोज में शहर गए तब लड़के वालों से थोड़ी मोहलत भी ले आए थे।

नन्ना को अब उस प्रसंग को पुनर्जीवित करना सबसे प्रमुख दायित्व जान पड़ा। नन्ना यह अच्छी तरह जान चुके थे कि अब इस परिवार का संयुक्त परिवार बने रहना संभव नहीं है। अब इन तीनों को न्यारा कर देना ही उचित होगा।

नन्ना को यह भी एहसास था कि न्यारा होने के बाद बड़े अपने दम पर बिटिया का ब्याह किसी अच्छे घर में नहीं कर पाएँगे। तब बिटिया को जिंदगी-भर कष्ट भोगने होंगे। होगा तो वही जो उसके भाग्य में होगा, फिर भी जहाँ तक संभव हो नन्ना जिज्जी के भाग्य को सही दिशा दे देना चाहते थे।

नन्ना ने ज्यों ही जिज्जी के विवाह का प्रसंग छेड़ा, मँझले कक्का ने, दादा ने भी दबी जबान इसे अभी टाल जाने को कहा। नन्ना ने उनकी बात अनसुनी कर दी। अपनी तरफ से तिथि तय करके दादा को लड़के वालों के घर भेज दिया कि फलाँ तिथि को बिटिया की ओली भरने आ जाएँ।

दादा के लौटने पर मँझले कक्का ने खुले रूप में नन्ना से जानना चाहा कि जब अभी इतना बड़ा हादसा होकर चुका है, तब बिटिया का विवाह कैसे संभव है ? किसानों से इतनी जल्दी और उगाही नहीं हो पाएगी। अच्छा हो विवाह संबंध को एक-दो साल

के लिए और सरका दिया जाए।

नन्ना ने असमर्थता जाहिर कर दी। नन्ना ने दलील दी, "फिर ऐसा लड़का और खानदान मिले, न मिले। वे हमारी बिटिया के लिए अपना बेटा कुँआरा थोड़ेई रखेंगे।"

मँझले कक्का ने समझाया, "यह तो सही है, लेकिन हम लोग क्या बिटिया को खाली हाथ विदा करेंगे ?"

"खाली हाथ क्यों करेंगे ? बिटिया को ठाट-बाट से इस घर से विदा करना हमारा साझा दायित्व है। फिर हमारी अगली पीढ़ी का यह पहला विवाह है। बड़ी बहू के गहना-जेवर इस घर से हलकाईं की नासमझी के चलते लुटे हैं। बड़ी बहू के हम सब कर्जदार हैं कि नहीं...."

नन्ना की इस सोच ने मँझले कक्का के साथ-साथ हलके कक्का को भी उलझन में डाल दिया। दोनों जन जानते हैं कि बड़ी भौजी के दहेज में आए सब गहने-जेवर हलके नन्ना ने अपने हाथों डाकुओं को सौंप दिए थे। तब न मँझले कक्का का विवाह हुआ था, न हलके कक्का का। दोनों की पत्नियाँ उसके बाद आईं। अच्छा-खासा लेकर आईं। कहीं नन्ना उन्हीं में से कुछ देने के फेर में तो नहीं हैं!

यह कैसे हो सकता है! यह तो उनका निजी धन है! इसे कौन कुबूलेगा! इससे तो अच्छा है हमें न्यारा कर दें। फिर बड़े भैया के हिस्से जो आए उसमें से वे चाहे सब बिटिया को दें चाहे रीते हाथ बेटी विदा करें।

जिज्जी की ओली का दिन जैसे-जैसे नजदीक आ रहा था परिवार में तनाव बढ़ता जा रहा था। मँझले कक्का तो जिज्जी का विवाह अभी करने के पक्ष में शुरू से नहीं थे, हलके कक्का भी उनके स्वर में स्वर मिलाने लगे। हलके कक्का को हलकी काकी के गहने-जेवर जिज्जी के चढ़ावे में चले जाने का भय सताने लगा था। साथ ही उनकी दुकान चूँकि मँझले कक्का के भरोसे चल रही थी, इसलिए भी उन्हें मँझले कक्का के स्वर में स्वर मिलाने में भलाई दीख रही थी।

हलके कक्का और मझले कक्का को यह खबर भी तो नहीं थी कि नन्ना कितने में ब्याह तय करके आए हैं। ऐसे में ठीक-ठीक कितना जाना है, वह सबकी संयुक्त जानकारी में जो जमा पूँजी है उसी में पूरा पड़ जाने वाला है या हमारे आगे हाथ पसारा जाएगा, यह भी पता नहीं चल पा रहा था।

नन्ना अपने बेटों के विरोध के बावजूद इस काम को और टालना नहीं चाहते थे। नन्ना को यकीन था कि मँझले जिस रास्ते पर चल पड़े हैं, वह रास्ता परिवार की तबाही की ओर जाता है। मँझले एक बार अपने भाइयों से बेईमानी करके ही शांत नहीं होने वाले। जब तक उनकी करतूत उजागर नहीं होती, वे यही करेंगे। फिर-फिर करेंगे।

नन्ना मँझले की करतूत उजागर नहीं करना चाहते थे और मँझले की जिम्मेदारियाँ बड़े या हलके को सौंपकर मँझले को यह सोचने का अवसर भी नहीं देना चाहते थे कि उन्हें मँझले की नीयत पर शक हो गया है, या मँझले ने विश्वासघात किया, इसका

विश्वास हो गया है।

दोनों स्थितियों में मँझले तूफान खड़ा करते। जमाने भर के तर्क पेश करते। घर में कलह मचती। उसका परिणाम भी बँटवारे के रूप में सामने आता। तब भी बड़े, मँझले, हलके को अपना-अपना भाग्य खुद सँवारना होता। सो क्यों न बिना कलह-क्लेष के इन्हें न्यारा कर दिया जाए।

नन्ना तीनों बेटों को न्यारा करने का मन बना चुकने के बावजूद बँटवारे को कुछ समय के लिए टालना चाहते थे। नन्ना की इच्छा थी कि बड़े की बिटिया का विवाह संयुक्त रूप में हो जाए। बड़ी बहू का अगला बच्चा भी यहीं, इसी बाखर में हो जाए। मँझली बहू की तीसरी संतान भी जन्म लेने को है। हलकी बहू की तो पहली संतान होने जा रही है। तीनों बहुओं के संतान को जन्म देने के लक्षण नज़र आ रहे हैं।

अभी न्यारे होने पर कोई-न-कोई कलह-क्लेष का ऐसा अवसर आ सकता है कि कुछ समय को तीनों बेटों-बहुओं में बोलचाल तक न रहे। ऐसे में एक-दूसरे के काम आना तो दूर, एक-दूसरे को देखना भी न चाहें। यहीं बनी रहीं तो सब सहूलियत से हो लेगा, अलग-अलग हो गए तो सभी को परेशानी उठानी पड़ेगी।

मँझले और हलके कक्का का आचरण नन्ना की सदेच्छा पूरी होने देगा, इसमें संदेह लगातार बढ़ता जा रहा था। तब हारकर नन्ना ने एक शाम अपने तीनों बेटों को दो टूक फैसला सुनाने का मन बना लिया⋯

अपनी मंशा प्रकट करने के बाद नन्ना ने तीनों को सुझाव दिया, "कायदे से तो बँटवारे के समय पाँच पंच बुलाने चाहिए। तीन समाज के, दो रिश्ते के। लेकिन हम एक भले घर में बिटिया के रिश्ते का वचन दे आए हैं, इसलिए हम नहीं चाहते कि किसी को कानोंकान भी यह खबर लगे कि बिटिया के विवाह का सवाल उठते ही हमारे बेटे किनारा कर गए⋯सो हमने किसी को इत्तला नहीं दी। अलबत्ता तुम दोनों की उतावली को ध्यान में रखकर हमने तय किया है कि हम अपनी जमीन-जायदाद का मौखिक बँटवारा अभी कर लें और पंचनामा बिटिया का विवाह हो जाने के बाद कर लेंगे।

"जहाँ तक हम समझते हैं, मँझले और हलकाई को यह भय है कि कहीं बिटिया उनके हिस्से का गहना-गुरिया न ले जाए! इसीलिए ये उतावली दिखा रहे हैं। इनका भय दूर करने के लिए हालाँकि हमारा वचन ही पर्याप्त होना चाहिए था, पर जब एक-दूसरे पर से भरोसा उठ जाए, तब न वचन का मोल रहता है, न आचरण का।"

नन्ना ने जो सबकी जानकारी में था, वह सब मढ़ा में रखवा लिया। गहने-गुरिया, गिरवी रखे गहने-गुरिया, जमीन-जायदाद के कागज, काँसे, ताँबे के बर्तन, किसानों के कर्ज के कागज। कुल कर्ज की रकम कितनी बनती है, उसका हिसाब। कितने-कितने कर्ज के कागज बाँटने पर सबको बराबर पड़ेगा, इसका हिसाब।

सब चीजों के चार हिस्से किए। तीन तीनों बेटों के और चौथा अपना और बउआ का।

बँटवारे की कार्यवाही पूरी कर चुकने, उसे लिपिबद्ध कर लेने के बाद नन्ना ने कहा, "अब तुम्हें तसल्ली हो गई न ! बिटिया के विवाह के बाद तुम अपना- अपना हिस्सा लेकर अपने-अपने हिस्से की बाखर में चले जाना। तुम्हारे हिस्से की एक पाई भी बिटिया के साथ जाए तो हमसे कहना, हम उसकी भरपाई करेंगे।

"अभी तो इतना भर करो कि जो बाखरें अब तक ढोर बाँधने और अनाज रखने के काम आती रही हैं, उन्हें रहने लायक बनवाओ। इस बीच कोई पूछे, टोके कि ऐसा क्यों कर रहे हो, तो यही कहना कि बिटिया की बारात आनी है। उसे ठहराने के लिए अपनी बाखरें मरम्मत करके रहने लायक बना रहे हैं। यहाँ बारातियों को ठहराना है।"

जिज्जी के विवाह में कितना, क्या खर्च होना है, क्या तय हुआ है, यह नन्ना ने अब भी उजागर नहीं किया था।

मँझले ने जब यह पूछा, नन्ना ने उन्हें उलाहना दिया, "जब तुम बिटिया के विवाह को साझे में करने को राजी ही नहीं हो, तब तुम्हें इससे क्या सरोकार ! जो देना है वह हमारे पास होगा तो हम देंगे, नहीं होगा तो अपने आपको कर्ज पर चढ़ाकर भी जुटाएँगे। हमने वचन दिया है तो उसे निभाएँगे भी हम। हालाँकि हमने यह वचन इस भरोसे दिया था कि हम तीन होनहार सपूतों के बाप हैं। अब हमारे सपूत हमें अकेला छोड़कर भाग खड़े हुए, यह हमारा दुर्भाग्य। इसमें हम किसी को क्या दोष दें !"

नन्ना की बात सुनते ही मँझले कक्का बिफर गए बोले, "हम खूब अच्छी तरह जानते हैं तुम यह सब हमें सुना रहे हो। अब हमसे डाकुओं ने गहना-गुरिया छुड़ा लिया तो इसमें हमारा क्या दोष ! हम तो बिटिया की शादी टालने को इसलिए कह रहे थे कि अभी घर की दशा ठीक नहीं है। साल, दो-साल में कुछ इकट्ठा हो जाएगा तब शान से शादी कर देंगे। हम कोई मुकर थोड़ेई रहे हैं।

"तुमने हमें न्यारा कर दिया, शादी का भार अपने ऊपर ले लिया, तब भी यह जिम्मेदारी हमारी भी तो है। आखिर हमें पता तो होना चाहिए कि जो भार हम उठाने जा रहे हैं उसकी सामर्थ्य भी हममें है या नहीं...."

"हाँ हममें सामर्थ्य है, तभी हम बिटिया को अभी, और इसी घर से विदा करना चाहते हैं, मँझले !" नन्ना ने रहस्योद्‌घाटन किया...."जैसे तुम्हारे पास मँझली बहू का और हलकाईं के पास हलकी बहू का गहना-जेवर है, हमारे पास भी तुम्हारी बाई का गहना-जेवर है। अपने हलकाईं के साथ बँटवारा करते समय उसे हमने पंचों के सामने नहीं रखा था, क्योंकि वह सौंझ का धन नहीं था। जब हम दोनों प्राणी नहीं रहेंगे, तब वह तुम तीनों का जरूर होता, पर अभी तो हम जिंदा हैं, हम पर बड़ी बहू का कर्ज है, सो हम अपनी इच्छा से उसे बड़ी बहू की बिटिया पर खर्चने को तैयार हैं...."

नन्ना अपनी ओर से मँझले कक्का और हलके कक्का को आश्वस्त कर आँगन में आए। वहाँ से एक गेंती उठाई। उसे लेकर भीतर के मढ़ा में गए। थोड़ी देर बाद गहनों से भरे मिट्टी के दो घैला लिए नन्ना फिर सबके बीच हाजिर।

इस धन की जानकारी न दादा को थी, न मँझले कक्का को, न हल्के कक्का को, और न स्वर्ग सिधार चुके हलके नन्ना को····

नन्ना ने अज्ञात धन को सामने रखकर मँझले और हलके कक्का को जहाँ इस छोर से आश्वस्त किया कि जिज्जी के विवाह में उनके हिस्से का कुछ भी खर्च नहीं होने का, वहीं नए सिरे से नई दुविधा में डाल दिया। दोनों पूछना चाहते थे—कहीं और भी तो धन गाढ़ कर नहीं रख छोड़ा है! ऐसे किसी अज्ञात धन की खबर बउआ के पास भी होगी···· !

मँझले और हलकाईं के हाव-भाव देखकर नन्ना ने स्वतः स्पष्ट किया, "और कहीं कुछ नहीं है। अपने सगों से दगाबाजी हमें हमारे आजे-पराजे (पूर्वजों) ने नहीं सिखाई थी। जाने हलकाईं में वे लक्षण कहाँ से आए और अभी कब तक इस कुटुम्ब में अपने पाँव जमाए रखेंगे····"

मँझले कक्का यकायक चौंके। उन्होंने तुरंत बात बदली, "अब इस मौके पर हलके कक्का का जिक्र न करो। हम लोग वैसा कुछ करना तो दूर, सोचना भी नहीं चाहते। रही बात बँटवारे की, सो भले ही वह हो गया है, पर जब तक तुम आज्ञा नहीं दोगे, हम इस बाखर से अलग नहीं जाने के, अपना चूल्हा अलग नहीं करने के····"

हलके कक्का ने भी तुरंत जोड़ा, "मँझले भैया ठीक कहते हैं। तुम विश्वास रखो, हम तीनों भाइयों में कोई फर्क नहीं आने का। हम इकट्ठे ही रहेंगे।"

हलकाईं का पाला बदलना नन्ना को स्पष्ट समझ में आ रहा था। कायदे से नन्ना को बँटवारे के बाद इसी बाखर में हलकाईं के साथ रहना था। इस बाखर में जहाँ जो धन गढ़ा होगा, दबा होगा, देर-सबेर खोदने पर हलकाईं के हाथ ही आना था। फिर ऐसे में मँझले के सहारे चल रही दुकान वह क्यों चौपट होने दे! दुकान का तामझाम जुटाने का गुर सीखने का समय क्यों न चाहे। इस बीच साहूकारी से जो कमाई होगी उसमें उसका भी तो हिस्सा होगा और मेहनत होगी मँझले की।

लेकिन मँझले क्यों पाला बदल रहे हैं यह समझ पाना नन्ना को अपनी समझ से बाहर की बात लगी····

दादा इस पूरे प्रसंग में गर्दन झुकाए चुपचाप बैठे रहे। न उन्होंने गहने-जेवर देखे, न खाता-बही, न कुछ और कागजाद। दादा रह-रहकर यही चाह रहे थे कि यह प्रसंग जितनी जल्दी हो, अतीत बने। नन्ना जो चाहें मुझे दें और आदेश दें कि मुझे कौन-सी बाखर में रहना होगा····

दादा को इल्म था—वह तीनों भाइयों में बड़े हैं। जब विधिवत् बँटवारा होगा, पंचनामा-वसीयतनामा तैयार होगा, पाँच पंच जुटेंगे, तब दादा की इच्छा का कुछ भी नहीं होगा। मँझले कारोबार देखते रहे सो संभव है उनकी इच्छा को भी कोई तवज्जो न मिले। तब हलकाईं जो चाहेंगे वही मान्य होगा।

वह स्थिति यदि अभी कुछ कहा-सुनी हुई तो जरूर पैदा होगी। अभी सब नन्ना

के आदेशानुसार हो गया, हमने कुबूल कर लिया, तो संभव है पंचों के सामने भी जगहँसाई का वातावरण न बने।

सबसे प्रमुख कारण यह कि निकट भविष्य में हमारे द्वार पर ऐसे मेहमान आने वाले हैं जिन्हें यहाँ हम भाइयों में मन-मुटाव का हल्का-सा आभास भी मिला तो वे संबंध बनाने को राजी नहीं होने के।

दादा को बँटवारे में फूटी कौड़ी भी न मिले, वह भी मंजूर था, बशर्ते दोनों भाई खुशी-खुशी उनकी बिटिया की विदा हो लेने दें। इसके बदले यदि वे दादा को अपना कर्जदार बनाना चाहें तो दादा उनके पक्ष में ऐसा रुक्का लिखने को भी तैयार थे।

जिज्जी का विवाह निर्विघ्न संपन्न हो गया। जिज्जी अपनी ससुराल चली गईं। दो-चार दिन पीछे आईं और एक-दो महीने बाद उनकी विदा की रस्म भी संपन्न हो गई।

इस बीच मँझली काकी ने एक बेटी और एक बेटे के बाद अब की बार दूसरी बेटी को जन्म दिया। हलकी काकी ने पहली संतान के रूप में एक बेटे को जन्म दिया लेकिन उनका बेटा ज्यादा दिन जीवित नहीं रह पाया।

नवजात शिशु ने नायक वंश को दुःख ही पहुँचाया। इस दुःख से उबारा बाई की नई संतान के रूप में जन्मे उनके पाँचवें बेटे ने ।

मँझली काकी, हलकी काकी और बाई के बच्चों के जन्म के बाद नन्ना ने परिवार में बँटवारे का प्रसंग फिर छेड़ दिया। इस बीच ऐसा लगने लगा था जैसे सब जन यह भूल चुके हों कि कभी यहाँ बँटवारे की बात न केवल उठी थी, बल्कि विधिवत् लिखत-पढ़त भी हो चुकी थी।

दादा, मँझले कक्का, हलके कक्का—तीनों ने विरोध किया लेकिन नन्ना ने किसी की एक न सुनी।

नन्ना जानते थे कि तीनों भाइयों के विरोध की वजह जुदा-जुदा है। बड़े जहाँ भविष्य के खतरों से डर रहे हैं, हलके जिम्मेदारियों से। हलके को एहसास है कि बँटवारे के बाद उनके और हमारे हिस्से की साहूकारी उन्हीं को देखनी होगी। ऐसे में दुकान पर पूरा ध्यान नहीं दे पाएँगे। फिर दुकान का सौदा-सुलफ भी उन्हीं को लाना होगा। कहीं बँटवारे के बाद मँझले ने अलग दुकान डाल ली तो हलकाईं कहीं के न रह पाएँगे। मँझले का मुकाबला न दुकानदारी में कर पाएँगे, न साहूकारी में।

और मँझले ! उन्होंने हमारे हलकाईं की, अपने हलके कक्का की जो राह पकड़ी है उस पर अभी और चलना चाहते हैं। अभी उनका मन भरा नहीं है। लोभी का, बेईमान का पेट होता भी तो बड़ा है। उसमें घर की धन-दौलत तो कुछ भी नहीं, खानदान की इज्जत-आबरू भी समा जाए, तब भी वह भूख-भूख चिल्लाता है।

मँझले की भूख लोभी की भूख है, बेईमान की भूख है, यह सच्चाई नन्ना से छिपी नहीं रह गई थी।

नन्ना देख रहे थे कि यकायक उनके कर्जदारों के पास इफरात में धन-दौलत आ गई है। रोज कोई-न-कोई कर्ज चुकाकर अपना कागज फड़वाने आ धमकता है।

नन्ना को समझते देर नहीं लगी कि यह मँझले के हाथों डाकुओं द्वारा लूटी गई रकम ही घर में लौट रही है। मँझले इन असामियों को अपना निजी कर्जदार बनाकर यहाँ का कर्जा चुकवा रहे हैं। बेईमानी से दबाए धन पर सूद कमाना चाहते हैं। यहाँ पहुँच रही रकम साँझे की है। इसमें से एक हिस्सा उन्हें भी मिलेगा ही। जो रकम यहाँ पहुँचवा रहे हैं वह उनके अपने खाते में किसी-न-किसी कर्जदार के नाम दर्ज हो ही रही है। ऐसे में कर्जदार भी अपना बना और साँझी साहूकारी के कर्जदार भी कम हो लिए। बँटवारे में जाने कौन-सा कर्जदार किसके हिस्से आता···

नन्ना को भरोसा हो चला कि मँझले ने इसीलिए तब किया गया बँटवारा कुबूल नहीं किया था। तब तो उन्हें केवल इतनी तसल्ली चाहिए थी कि हमारी नजर मँझली बहू के गहने-जेवर पर नहीं है।

अब जब तक साँझे की साहूकारी की जिम्मेदारी मँझले पर है, वह सौंझ के हिसाब में गड़बड़ करके, साँझे का लाभ अपनी अंटी में चाँपते रहेंगे। यहीं की कमाई से यहाँ की साहूकारी खोखली करते रहेंगे। हो सकता है एक दिन ऐसा आए कि हमारे पास तीनों को बाँटने के लिए कुछ बचे ही नहीं।

नन्ना ने बँटवारा करने में और विलंब नहीं किया। बिरादरी के तीन, और रिश्ते के दो—मँझले और हलकाई के ससुर—को पंच बनाकर जमीन-जायदाद का, खेत-खलिहान का, बाखर-टपरा का, बर्तन-भाँडों का, गाय-भैंसों का, बही-खातों का बँटवारा करवा दिया।

दाऊ, मँझले भैया, सँझले भैया की पढ़ाई पर जो खर्च अब तक हुआ था, उतनी राशि की चीजें दादा के हिस्से में से कम करके उसे तीन हिस्सों में बाँट दिया गया। बाद में नन्ना के आग्रह पर उसमें से एक हिस्सा दादा को फिर से दे दिया गया।

हलके भैया भी पढ़ने की उम्र को पा चुके थे। उन्हें अब तक शहर में पढ़ने नहीं भेजा गया था। इस बीच पास के एक गाँव में कक्षा पाँच तक की पढ़ाई के लिए मदरसा कायम हो चुका था। हलके भैया प्राथमिक शिक्षा के लिए नदी पार करके उस गाँव में जाते थे। उनकी पढ़ाई पर सलेट-बत्ती से ज्यादा का खर्च नहीं आता था, सो पंचों ने उस खर्च को पढ़ाई वाले खर्च में नहीं जोड़ा। मँझले कक्का या हलके कक्का ने भी ऐसा आग्रह नहीं किया।

दादा का पाँचवाँ बेटा पंचम अभी दुधमुँहा था, दूध भी सिर्फ बाई का पीता था, सो उसके खर्च को जोड़ने का प्रश्न ही नहीं उठा···

छः

पुरानी बाखर से अपनी इकलौती बिटिया को विदा करके और हलके भैया, नवजात पंचम को गोद में लिए, दादा और बाई नई बाखर में आ गए। पंचम का इस अफरा-तफरी में नामकरण संस्कार तक नहीं हुआ। अपने माता-पिता का पाँचवाँ पुत्र होने के चलते स्वतः उसका नाम पंचम हो गया और सब जन उसे इसी नाम से पुकारने लगे।

नन्ना ने पुरानी बाखर से विदा करते समय दादा को अपने आशीर्वाद के साथ आश्वासन दिया था, "बड़े····तुम चिंता मत करना। हम हर संभव तुम्हारी मदद करेंगे। तुम्हारा काम-धाम जमवाएँगे। तुम अपने बेटों की पढ़ाई मत छुड़वाना। किसी चीज की जरूरत हो तो हमसे कहना।"

नन्ना ने समझाया था, "बड़े, अपने भाइयों के प्रति मन मैला मत करना। ये दोनों तुम्हें, तुम्हारे बच्चों को बहुत चाहते हैं। आगे भी प्रेमभाव बना रहेगा। जरूरत पड़ने पर तुम्हारी मदद भी करेंगे। जहाँ चार बर्तन होते हैं, खनकते ही हैं। बँटवारे के दिन आने पर थोड़ी-बहुत चतुराई मँझले, हलके दिखाते ही हैं। अपने हलके कक्का की चतुराई तुमने अपनी आँखों देखी नहीं थी····"

नन्ना ने दादा को ढाँढस बँधाया था, "बड़े, ऐसे मौके पर बड़े को ही सब्र का घूँट पीना पड़ता है। जमाना बड़े से यही उम्मीद करता है। हमें खुशी है कि तुमने अपने बड़प्पन की रक्षा की। हमें यकीन है कि तुम्हारे दोनों भाई भी तुम्हारे बड़प्पन का सदा सम्मान करेंगे।"

दादा बड़े होने का सबूत तो दे आए थे लेकिन बड़े बने रहने के फेर में हर बार अपने ही बच्चों की नजर में और छोटे होने लगे थे।

दादा को साहूकारी में न रुचि थी, न कोई समझ। साहूकारी के अलावा गाँव में रहकर एक ही काम किया जा सकता था—खेती-किसानी का। दादा वह कर नहीं सकते थे। साहूकारों की पुण्यात्मा बिरादरी इस काम को पाप कर्म समझती है, मानती है। सो, साहूकारों को खेती-किसानी की मनाही है। इस पाबंदी को न मानने वाले को बिरादरी बाहर करते देर नहीं लगती। ऐसे परिवार का कोई साथ देने को तैयार नहीं होता। पाप मार्ग पर चलने वाले का हाथ थामना तो पाप करना ही हुआ न!

दादा को नन्ना ने भरोसा दिलाया था कि जरूरत पड़ने पर वे उनकी मदद करेंगे।

दादा के सामने अभी ऐसे बुरे दिन नहीं आए थे फिर भी यह स्पष्ट हो चुका था कि वह अवसर आने पर नन्ना चाहकर भी दादा की कोई मदद नहीं कर पाएँगे।

दाऊ, मँझले भैया, सँझले भैया जब कभी छुट्टियों में घर आते थे, उनकी वापसी के दिन नन्ना उनकी हथेली पर एक-एक अठन्नी रखते थे। ठीक तभी हलकी काकी के सिर पर जाने कौन से देवता सवारी गाँठने आ धमकते थे।

उनके आते ही हलकी काकी सिर्रियों जैसी हरकतें करने लगतीं। दीवार में सिर दे मारतीं। गोद में उठाया बच्चा दूर पटक देतीं। कभी चकरघिन्नी की तरह चारों तरफ चक्कर काटने लगतीं। कभी जाने कौन-सी बोली-बानी में बोल-कुबोल उच्चारने लगतीं।

हलके कक्का उन देवता को रिझाने-मनाने के डौल करने बैठते। हलकी काकी को चाँप-चूँपकर उनकी छिंगरी उँगली पकड़ते। कोई मंत्र मन-ही-मन घोकते। फिर पूछताछ शुरू होती, "कौन हो ? कहाँ से आए हो ? क्या लेकर टरकोगे ?"

देवता कभी किसी सिद्धस्थान पर नारियल चढ़ाने की माँग करते थे तो कभी मंदिर में एक सप्ताह किसी एक भगवान् की पूजा करने की, कभी गैया का दूध पिलाने की। कभी कहीं से आया हुआ बताते, कभी कहीं से। एक बात अलबत्ता समान रहती थी। वे कोई से देवता क्यों न हों, कहीं से क्यों न आए हों, कैसा भी पूजा-चढ़ावा क्यों न माँगा हो, लेकिन तमाम देवता जाने से पहले नन्ना द्वारा दाऊ, मँझले या सँझले भैया को दी गई अठन्नी वापस जरूर माँगते थे।

देवता की इच्छा, वह भी इतनी सरल इच्छा को भला कौन पूरी करने से कतराता ! सो, हर बार नन्ना की अठन्नी दाऊ, मँझले या सँझले भैया के हाथ से निकलकर हलकी काकी की मुट्ठी में जा समाती रही।

नन्ना कुल एक बार अपने तीनों पौत्रों को अठन्नी दे पाए, वह तब, जब बउआ के देहांत की खबर सुनकर तीनों भाई आए थे। उस बार हलकी काकी को न किसी देवता ने उकसाया, न किसी भूत-व्यंतर ने।

दादा को साहूकारी के बँटवारे में जिन असामियों के कर्ज के कागज मिले थे, वे समय-समय पर दादा को सूद के रूप में अनाज पहुँचा रहे थे। जिन कर्जदारों को इस बीच नए कर्ज की जरूरत महसूस हुई वे किसी और के कर्जदार हो गए। होने से पहले दादा के कर्ज की पूरी रकम चुका गए। जाहिर है यह रकम उन्हें नए कर्जदार से उन्हीं की शर्तों पर मिली।

सूद में मिले अनाज को बेचने पर या किसी कर्जदार का खाता बंद करने पर मिली रकम, दादा दाऊ, मँझले, सँझले भैया को भेजते रहे। दादा को उम्मीद थी—जब तक अंतिम कर्जदार का खाता बंद होगा, दाऊ की पढ़ाई पूरी हो चुकेगी। वह नौकरी पा जाएँगे। फिर अन्य भाइयों की पढ़ाई की व्यवस्था वही करेंगे।

दादा दिन में सपने बुनने और रात में गहने गिनने में व्यस्त रहने लगे....

दादा का, बाई का, हलके भैया का, पंचम का, पंचम के बाद हुए दो भाइयों का कुल खर्च सिर्फ खाना-खुराक का था। इतना अनाज निजी खेतों में हो जाता था।

बँटवारे के बाद के पाँच वर्ष इसी तरह कट गए।

हलके भैया के शहर में पढ़ने जाने के बाद दादा पर अब शहर में रह रहे चार प्राणियों के खर्च का भार आन पड़ा। इधर पंचम ने नदी पार के मदरसा में पढ़ने जाना शुरू कर दिया।

दादा अभी तक उसी किसान का खाता बंद करते आ रहे थे जो स्वयं ऐसा चाहता था। अब एक और बेटे का खर्च बढ़ जाने पर दादा ने रुपयों की जरूरत पड़ते ही स्वतः अपने असामियों के खाते मँझले कक्का को बेचने शुरू कर दिए।

खर्च केवल हलके भैया का ही नहीं बढ़ा था। दाऊ, मँझले भैया, सँझले भैया को भी साल-दर-साल ज्यादा रुपयों की जरूरत पेश आने लगी थी। शहर की महँगाई, बड़ी कक्षाओं का शुल्क, किताबें, खाना-खुराक—सब मदों में खर्च दिन-ब-दिन बढ़ रहा था।

दाऊ के लिए कई वर्षों से विवाह के रिश्ते आने लगे थे। दाऊ की पढ़ाई में व्यवधान न आए इसलिए दादा तमाम रिश्तों को टालते आ रहे थे। वह दाऊ की पढ़ाई का अंतिम वर्ष था, जब उत्तर प्रदेश के एक कस्बे से एक अध्यापक अपनी बेटी का रिश्ता लेकर दादा के पास आए। उनकी बेटी बी.ए. पास थी और अब अध्यापकी का प्रशिक्षण करने जा रही थी।

लड़की के पिता ने दादा को समझाया, "अब तक आपका लड़का छात्रावास में रहता रहा। पढ़ाई पूरी होते ही उसे जहाँ नौकरी मिलेगी, वहाँ घर लेकर रहना होगा। मेरी बेटी बी.ए. पास है। प्रशिक्षण पूरा होते ही अध्यापक हो जाएगी। यदि यह रिश्ता कायम हो जाता है तो कोशिश करके दोनों को एक ही शहर में नौकरी दिलवाई जा सकती है। दोनों नौकरी करेंगे तो अपना भी खर्च पूरा कर पाएँगे और अपने से छोटों की मदद भी कर पाएँगे।"

दादा को उनका प्रस्ताव आकर्षक और व्यावहारिक लगा।

इस तरह वह शिक्षा-सत्र शुरू होने के पहले दाऊ का विवाह हो गया।

दाऊ के विवाह को चार माह भी न गुजरे थे कि एक दिन दादा को खबर मिली कि दाऊ अस्पताल में हैं!

दादा दौड़े-दौड़े शहर गए। जाने से पहले भाभी को भी खबर करते गए। दादा के पहुँचने के अगले दिन भाभी भी वहाँ पहुँच गईं।

दाऊ मरणासन्न स्थिति में थे। दादा के हाथों के तो जैसे तोते ही उड़ गए। दादा को अपने तमाम स्वप्न बिखरते नजर आने लगे।

डॉक्टरों ने, दाऊ के साथियों ने बताया कि एक दिन दाऊ के सिर में दर्द उठा

था। दाऊ एक परिचित डॉक्टर के पास दवाई लेने गए।

डॉक्टर ने दाऊ को दवाई लिखकर दे दी।

जब तक कंपाउंडर दवाई तैयार करे, दाऊ और डॉक्टर बातों में व्यस्त हो गए। उधर कंपाउंडर ने भी दवाई की पुड़िया बनाई और वह भी काम में व्यस्त हो गया।

काफी देर बाद दाऊ को ध्यान आया कि उन्हें कक्षा में पहुँचना है। वह झटपट उठे और कंपाउंडर से दवाई माँगी। कंपाउंडर ने गर्म पानी के साथ दवाई लेने की हिदायत के साथ पुड़िया दाऊ को थमा दी। दाऊ सीधे विश्वविद्यालय न जाकर एक चाय के खोखे पर रुके। उससे एक कप में गर्म पानी माँगा। पानी में दवाई मिलाई और पी गए।

दवाई का गले के नीचे उतरना था कि दाऊ चक्कर खाकर जमीन पर गिर पड़े। उनका शरीर अकड़ने लगा। दाऊ दर्द के मारे तड़पने लगे। आसपास भीड़ इकट्ठी हो गई। किसी की समझ में नहीं आ रहा था कि आखिर हुआ क्या है!

तभी वहाँ वह कंपाउंडर दौड़ा-दौड़ा आया। उसने दाऊ की यह दशा देखी तो क्षण-भर को तो उसके प्राण ही निकल गए। अपनी घबराहट पर काबू पाते ही कंपाउंडर ने वहाँ से जा रही एक बस को रोका। सभी सवारियों से उतरने की प्रार्थना की। बस चालक से आग्रह किया कि इस छात्र को धोखे से गलत दवाई दे दी गई है। इसे तुरंत बड़े अस्पताल पहुँचा दो।

इस बीच दाऊ के कई साथी वहाँ आ पहुँचे थे। सबने मिलकर दाऊ को बस में लिटाया और अस्पताल ले आए।

अस्पताल पहुँचने पर कंपाउंडर ने बताया कि उसके सामने एक ऐसे मरीज की दवाई भी रखी थी जिसे छिपकली ने काटा था। उसकी दवाई में एक और दवाई मिलानी थी। वह दवाई दवाखाने में थी नहीं, सो उसने मरीज को वह दवाई लेने बाजार भेजा हुआ था।

वह मरीज अभी लौटा भी नहीं था कि भूल से उसकी दवाई कंपाउंडर ने दाऊ को थमा दी। मरीज के लौटने पर जब उसकी दवाई की पुड़िया खोली तब कंपाउंडर को पता चला कि उससे कितनी बड़ी भूल हो चुकी है!

वह तुरंत दौड़ा था ताकि दाऊ को दवाई पीने से रोक सके। अफसोस कि वह इसमें कामयाब नहीं हो सका।

अस्पताल में दाऊ की हालत जितनी सुधरती थी, अगले ही पल उससे ज्यादा बिगड़ जाती थी। डॉक्टर बार-बार उनके खून में मिल गए जहर को बाहर करते, नया खून देते, कि थोड़े अंतराल के बाद नया खून भी जहरीला हो चुकता।

दादा का एक पाँव अस्पताल में और दूसरा गाँव में रहने लगा।

इस बीच साहूकारी के तमाम कागज, जमीन के कागज, बाई और भाभी के शरीर पर सुहाग चिह्न माने जाने वाले कर्णफूल और नाक की लौंग के अलावा जो भी

जेवर-गहने थे, सब बिक गए।

एक दिन अस्पताल वालों को, भाभी को, दादा को, उनकी दौड़-भाग को मुक्ति देकर दाऊ ने हमेशा के लिए आँखें बंद कर लीं।

घर में यह समाचार सुनते ही बाई पछाड़ खाकर गिर पड़ी। दहाड़ें मार-मारकर रोने लगी। उसका पला-पुसा राजकुँवर-सा बेटा भगवान् ने छीन लिया। उसने कोई पाप कभी भूल से भी नहीं किया था, फिर भगवान् ने उसे किस अपराध की यह सजा दी!

बाई को सँभालना कठिन होने लगा। वह बार-बार प्राण दे देने की कसमें खाने लगी। जब जरा सबकी नजर से मुक्ति पाती, घर के बाहर कुएँ की तरफ दौड़ लगाती। कुएँ में डूब मरने को उतावली हो-हो जाती।

दादा भी कम दुखी नहीं थे। फिर भी दादा ने चूँकि दाऊ को तिल-तिल कर मरते देखा था, सो, वे दाऊ की मौत को अपने सपनों की मौत तो मानते थे लेकिन दाऊ की मृत्यु को दाऊ की मुक्ति भी मान रहे थे।

दादा ने बाई को समझाया, ढाँढस बँधाया, "तू बड़े के साथ मरना चाहती है, मैं भी! फिर ये जो छः बेटे हैं तेरे-मेरे, इन्हें किसके भरोसे छोड़ जाना चाहती है! यह जो बिटिया अभी दुधमुँही है, जिसका जीवन, जिसका अन्न-जल तू ही है, उसे बेमौत क्यों मारना चाहती है! सब्र कर, बेटी को जिला! वही तेरा कर्तव्य है! हमने कोई पाप नहीं किया। हमने अपना कर्तव्य पूरा किया। जब बड़ा ऊपर से इतनी ही उम्र लेकर चला होगा, तो हम उसे कैसे रोक लेते, बता!"

बाई से कहीं ज्यादा बुरी हालत भाभी की थी। जब तक दाऊ अस्पताल में रहे, जीवित रहे, भाभी ने एक पल को भी दाऊ को अकेला नहीं छोड़ा था और दाऊ थे कि भाभी को हमेशा के लिए अकेला छोड़कर चलते बने।

भाभी पिछले कुछ दिनों में बमुश्किल चार-छः घंटे होश में रहीं। होश में आते ही उनकी बत्तीसी बंद हो जाती। वे बेहोश होकर जमीन पर लुढ़क जातीं।

भाभी अब तक न रोई थीं, न चीखी-चिल्लाई थीं। इस सबका अवसर ही नहीं आया था। जब वे होश में आतीं, उनके मुँह में पानी डाला जाता। इससे पहले कि अन्न का एक दाना भी डाला जाए, भाभी फिर बेहोश हो चुकती थीं।

एक स्थिति ऐसी आ गई कि भाभी बेहोश होने के योग्य भी नहीं रहीं। शरीर जर्जर हो गया। आँखें चेहरे पर कहीं दिखाई ही न दें। गले से हूक-सी उठती, लेकिन मुँह से स्वर बाहर नहीं आ पाता था। भाभी को देखने पर यह आभास मिलना कठिन हो गया कि वे होश में हैं या बेहोश।

भाभी को उनके पिता ने, मँझले भैया ने, सँझले भैया ने ढाँढस बँधाया, साँत्वना दी, सहारा दिया, ताकि उनका दुःख कुछ कम हो सके, उनमें दुःख को सहने की, झेलने की ताकत लौटे। वे जीवन और जगत् अब जिस रूप में उनके सामने था, उसे उसी रूप में स्वीकार कर सकें।

खुद सँभलने के बाद भाभी ने बाई को सँभाला। दादा को भी। दादा-बाई का दुःख कम बड़ा तो नहीं था। उनका पला-पुसा, उनकी आशाओं का केंद्र, उनके भविष्य का आधार, उनकी आँखों के सामने ढह गया था और वे कुछ भी नहीं कर पाए थे। फिर भी भाभी के दुःख के सामने उन्हें अपना दुःख छोटा लगा। उनके साथ, उनके पास तो अब भी छः बेटे थे, अपना घर-द्वार था, लेकिन भाभी का तो जैसे संसार ही समाप्त हो गया। अभी दिन ही कितने हुए थे जब भाभी अपना एक घर छोड़कर इस दूसरे घर में आई थीं। आने के दिन ही यह निश्चित भी था कि यह घर तो कहने-भर को भाभी का घर होगा। सही मायनों में भाभी का घर तो वह होगा जिसे दाऊ और भाभी मिलकर बनाएँगे, बसाएँगे।

भाभी अपनी ससुराल में कुल दूसरी बार आई थीं। पहली बार सुहाग के जोड़े में और दूसरी बार विधवा के वस्त्रों में। दाऊ के साथ महीनों अस्पताल में रहने से भाभी की ट्रेनिंग भी अधूरी छूट गई थी। जहाँ जीवन ही अधूरा रह गया हो, वहाँ इस छोटे से मुद्दे पर किसी का ध्यान भला कहाँ जाने वाला था!

दुःख की टीस कुछ कम होने पर भाभी ने मँझले भैया को बताया कि जब पहली बार भाभी यहाँ आई थीं, और उसके बाद जो पत्राचार दाऊ के साथ हुआ था, उससे उन्हें दाऊ के अपने परिवार के प्रति सँजोए स्वप्नों की जानकारी मिल चुकी थी।

भाभी ने दाऊ के स्वप्न पूरे करने का बीड़ा उठाया।

भाभी ने बताया कि दाऊ ने पंचम को लेकर खासे स्वप्न बुने थे।

दाऊ ने कहा था कि हम अपने पंचम को पढ़ने के लिए किसी महानगर में भेजेंगे। इसे इंजीनियर बनाएँगे। पंचम से छोटे दोनों भाइयों को भी खूब पढ़ाएँगे।

दाऊ ने कहा था कि दादा की जैसी सामर्थ्य थी उन्होंने हमें शिक्षा-दीक्षा दिलवाई। हम चार भाई तो जिस दिशा में चल पड़े हैं उसी में आगे जाना होगा, लेकिन पंचम और दोनों छोटों को अभी शुरुआत करनी है। उनका भविष्य हम अपने मन मुताबिक बना सकते हैं। पंचम को इंजीनियरी, उससे छोटे को डॉक्टरी और सबसे छोटे को आई.ए.एस. करवाएँगे। हम अपनी छुटकी को भी भाभी की तरह पढ़ाएँगे। बड़ी बहन तो पढ़-लिख नहीं पाईं। हम सतभैयों की यह नन्ही-सी बहन अनपढ़ रह गईं तो यह शर्म से डूब मरने की बात होगी।

भाभी और मँझले भैया ने योजना बनाई कि भाभी अगले साल फिर से टीचर ट्रेनिंग में बैठेंगी। मँझले भैया इस साल बी.ए. पूरा कर चुकेंगे। अगले साल वे भी टीचर ट्रेनिंग करेंगे। जब दोनों को अध्यापक की नौकरी मिल जाएगी, तब मँझले भैया पंचम से छोटों को अपने साथ ले जाएँगे, भाभी पंचम को अपने साथ ले जाएँगी···· पंचम उन्हीं के साथ रहेगा···· वही उसे पढ़ा-लिखा कर दाऊ का सपना साकार करेंगी····

भाभी और मँझले भैया की योजना धरी की धरी रह गई। भाभी अपने मायके

पहुँची ही थीं कि एक दिन खबर मिली कि एक साथ नींद की कई गोलियाँ खा लेने से उनकी हालत बिगड़ गई है।

मँझले भैया दौड़े आए। भाभी के उपचार के लिए उन्हें जगह-जगह लिए फिरे, लेकिन भाभी को बचा नहीं पाए···

भाभी चार महीने का विधवा जीवन जीकर दाऊ के पास चली गई····

मँझले भैया बी.ए. पूरा नहीं कर पाए। दादा की हालत हाथ खड़े करने जैसी हो गई। दादा किंकर्त्तव्यविमूढ़ हो चले। दादा की समझ में कुछ भी आना बंद हो गया। मँझले भैया ने दादा को सँभाला।

मामा ने दादा को भरोसा दिलाया—चिंता न करो, हम हैं न। तुम्हारा पेट पल सके इतना तो खेत में अन्न होता है न। शेष सबकी चिंता तुम छोड़ दो। जीजी और तुम बने रहो, यही बहुत है।

मँझले भैया ने बेसिक टीचर ट्रेनिंग में दाखिला ले लिया। भैया चाहते थे कि किसी तरह एक साल और कट जाए, फिर दादा के कष्ट कुछ कम करने के लायक हो जाऊँगा। कहीं, किसी प्राइमरी स्कूल में मास्टरी करूँगा···· दोनों छोटों को अपने साथ ले जाऊँगा···वहीं पढ़ाऊँगा····

दादा ने, बाई ने अपने आपको दुःख और दारिद्र्य सहने के योग्य बना लिया। और कोई चारा भी तो न था।

दादा, जो कभी दिन में सपने बुनते थे और रात में गहने गिनते थे, अब दिन में तिल-तिल कटते क्षण और रात में बर्तन गिनने लगे थे। तीनों भाइयों की थोड़ी-बहुत आर्थिक मदद का दादा के पास यही एक उपाय बचा था····

मँझले भैया एक साल बाद अध्यापक हो गए। जिस गाँव में उन्हें नौकरी पर जाना पड़ा वहाँ पाँचवीं तक का स्कूल था। मँझले भैया अपने साथ पंचम से छोटे दोनों भाइयों को ले गए।

सँझले भैया ने ग्यारहवीं, हलके भैया ने नवमी कक्षा पास कर ली। पंचम भी दर्जा पाँच में पहुँच गया।

इस बीच घर में मौजूद प्रायः सभी काँसे और ताँबे के, पीतल और गिलट के बर्तन एक-एक करके मँझले कक्का की संपत्ति में बदल गए। इसके बाद घर में बँधे ढोरों की बारी आई। वे भी एक-एक कर दूसरों की बाखर में बँधे नजर आने लगे।

घर में अब दादा थे, बाई थी, पंचम था, हलकी बहन थी, दुःख था, दरिद्रता थी, वीरानी थी, चुप्पी थी, संताप था, और थे ढेर सारे सपने।

इन सपनों की डोर कहीं दूर अपने-अपने सपनों में जी रहे, संघर्षों से जूझ रहे मँझले भैया, सँझले भैया, हलके भैया के हाथों में थी····

सात

बाई ने पौर के भीतर कदम रखते ही सिर से पल्लू हटा लिया। अपने दोनों हाथों से पीठ पीछे पौर के दरवाजों को उढ़काती बाई को यह होश नहीं था कि सिर से हटाया पल्लू कब कमर तक के बदन को उघाड़ता जमीन से आ लगा है।

बाई को सिर से पल्लू हटाने के अवसर कम ही मिलते हैं। जब भी घर में कोई पुरुष हो, बाई को न केवल सिर ढकना होता है, बल्कि घूँघट में रहना होता है।

बाहर तो बिना घूँघट किए जाया ही नहीं जा सकता। भले ही दूर-दूर तक रास्ता वीरान हो। किसी पुरुष के प्रकट हो जाने के आसार न हों। बड़े घर की बहुओं को घूँघट में रहना चाहिए। उनका मुख-कमल किसी पुरुष को दिख जाए, यह सुलक्षणा की नहीं, कुलक्षणा की निशानी है।

यों सब जानते-मानते हैं कि इस गाँव में कोई ऐबी-कुटैबी नहीं रहता। दूसरे गाँवों के मर्दों के जैसे किस्से सुनने में आते हैं, वैसा छिछोरपन इस गाँव के मर्दों को छू तक नहीं गया। फिर भी जाने कैसे किसी सुलक्षणा का जब जरा मुँह खुला रह जाता है, किसी-न-किसी सदाचारी ग्रामवासी की नजर में चढ़ जाता है। गढ़ जाता है। ऐसे अवसर का साक्षी अपने हमउम्रों के बीच रहस्य की तरह उस घटना, उस क्षण का बखान बखानते हुए बताता है कि फलाँ साहूकार की साहूकारनी गोरी-नारी है····कि करिया-कलूटी····

यह बखान पूरी सावधानी से किए जाने के बावजूद किसी-न-किसी साहूकार सपूत का कान भी उसे ठीक वैसे ही लपक लेता है जैसे बखानने वाले ने सुलक्षणा की मुखाकृति को क्षणांश में लपका था···

बाई इस मुहिम पर इतनी सावधान रहती हैं कि पर-पुरुष, अपना पुरुष ही नहीं, उनके बेटों को भी बाई का मुख-कमल कभी-कभार देखना नसीब होता है।

आज बाई का मुख-कमल देखना पंचम के नसीब में आया है। घर में पंचम के अलावा हलकी बहन है जो पालने में सो रही है। दादा हलके भैया के साथ शहर गए हैं। पंचम से छोटे दोनों भाई मँझले भैया के साथ जा चुके हैं। वे उन्हीं के साथ रहेंगे, वहीं पढ़ेंगे। पंचम इस साल दर्जा पाँच में पढ़ रहा है। दर्जा पाँच पास करते ही पंचम को भी गाँव से जाना होगा। कहाँ? यह अभी तय नहीं है।

सँझले भैया, हलके भैया जहाँ पढ़ते हैं, उनमें से किसी एक शहर में पंचम को भेजा जा सकता है, लेकिन ऐसा नहीं हो पाएगा। दादा कह चुके हैं कि किसी और बेटे की पढ़ाई का भार उठाना उनकी सामर्थ्य से बाहर है।

दाऊ और भाभी के उपचार में दादा को बहुत खर्च उठाना पड़ा। दादा के पास अब कुल इतनी-सी खेती योग्य जमीन है कि यदि किसी फसल को कोई दैवी आपदा नष्ट न करे तो चार प्राणियों का पेट भरने को पर्याप्त हो जाए।

पंचम आँगन में बैठा बाई की प्रतीक्षा कर रहा था। ज्यों ही पौर का दरवाजा खुला, पंचम आँगन से दौड़ता हुआ पौर में आ पहुँचा था।

पौर में बाई दरवाजे से पीठ टेके जाने क्यों छत की कड़ियाँ गिनने में व्यस्त हो गई। वहाँ पंचम आ पहुँचा है, इस ओर बाई का ध्यान ही नहीं गया।

कड़ियाँ इतनी अधिक नहीं थीं कि उन्हें गिनने में काफी समय लगे, फिर भी बाई की नजर छत से हटने में नहीं आ रही थी····

पंचम ने सोचा—हो न हो, बाई छत की कड़ियों में फँसे कड़ों के बीच बाँस पर लटके मक्का के भुट्टे गिन रही है····

सभी साहूकार घरों की तरह पंचम की बाखर में भी पौर की छत की दो कड़ियों के बीच दो छल्ले लटक रहे हैं। इन छल्लों में एक बाँस फँसाया हुआ है। बाँस पर एक-दूसरे से बँधे ढेर सारे भुट्टे लटके हैं। ये सूखे हुए भुट्टे साल-भर इसी तरह लटके रहते हैं। अषाढ़ की फसल के पहले इनके दाने छीलकर बीज के काम में लाए जाते हैं।

अब वे दिन आने को हैं। पंचम ने सोचा —इसीलिए बाई इन्हें गिनकर तसल्ली कर लेना चाहती है कि बीज के लिए भुट्टे पर्याप्त हैं या नहीं। संभव है बटाईदार किसान ने बाई को याद दिलाया हो। दाने तैयार रखने को कहा हो, या वह लेने आता ही हो····

भुट्टे संख्या में इतने नहीं थे कि उन्हें गिनने में अधिक समय लगे। उन्हें गिनना आसान भी था। एक तरफ के भुट्टे गिनो और उन्हें दो गुणा कर लो। भुट्टों की गिनती पूरी····

बाई को अब भी वहाँ से नजर न हटाते देख पंचम ने सोचा—हो सकता है बाई को केवल भुट्टे गिनने से तसल्ली न हुई हो, इसलिए वह भुट्टों के दाने गिनने लगी हो।

तभी हठात् पंचम को याद आया कि बाई तो बीस से ज्यादा संख्या गिन ही नहीं सकती! ऐसे में दाने तो दूर, बाई भुट्टे भी नहीं गिन सकती, जो दानों से संख्या में हजारों कम और बीस से सैकड़ों ज्यादा हैं।

पंचम ने बाई के चेहरे से ध्यान हटाया ही था कि उसकी नजर बाई के आँचल पर अटक गई। उसे बाई का सीना और दिनों की अपेक्षा ज्यादा उठा हुआ लगा···पोलका का आँचल वाला भाग भीगा हुआ लगा···

पंचम ने बाई से, काकी से, फुआ से सैकड़ों बार सुनी कहानियों में ऐसे प्रसंग सुने थे जिनमें बताया गया था कि किसी भी माँ का आँचल कब और क्यों भीग जाता है।

उन कहानियों का कोई राजा या सेठ बड़ा निर्दयी होता था। अपनी रानी या सेठानी को सताने के लिए, कष्ट पहुँचाने के लिए नित नए उपाय करनेवाला।

उन कहानियों के उस हिस्से का वर्णन करते समय बाई, काकी या फुआ का स्वर-संधान इतना मार्मिक, हृदयद्रावक होता था कि पंचम की आँखों में आँसू छलकने लगते थे। सुनाने वाली बाई, काकी या फुआ तो बाकायदा रोने लगती थीं।

पंचम को कहानी का वह हिस्सा पूरी कहानी विस्मृत हो चुकने के बाद भी याद रहा आता था। कई बार जब किसी कहानी में उस उपाय का वर्णन नहीं आता था, कहानी के राजा या सेठ को वह क्रूरतम उपाय अपनाते हुए नहीं बताया जाता था, पंचम उस कहानी के राजा या सेठ को निर्दयी नहीं मान पाता था। यही नहीं, जिस कहानी में कहानी के राजा या सेठ द्वारा अपनी रानी या सेठानी को सताने का प्रसंग होता था, ऐसी कहानी को सुनते समय पंचम को बराबर उस उपाय को प्रयोग में लाए जाने के वर्णन का इंतजार बना रहता था। जब तक वह वर्णन बाई, काकी या फुआ के मुँह से सुनने को नहीं मिलता था, पंचम का मस्तिष्क कहानी के वर्णित किए जा रहे हिस्से को स्मृति में दर्ज ही नहीं करता था, और जब कहानी का जालिम राजा या सेठ उस उपाय को प्रयोग में ला चुकता था, पंचम काकी, बाई या फुआ की जुबानी उस दर्दनाक वर्णन को सुन चुकता था, तब कहानी के शेष हिस्से को सुनने की पंचम में तमन्ना ही शेष नहीं रह पाती थी। इसीलिए उसे ऐसी कहानियों का कोई और हिस्सा याद ही नहीं रह पाता था…

पंचम की नजर में ऐसी कहानियाँ कुल दो तरह की थीं। एक तरह की वे जिनके राजा या सेठ उस क्रूरतम उपाय को आजमा कर आनंद पाते थे। दूसरी तरह की वे जिनके राजा या सेठ को यह पता नहीं था कि अपनी रानी या सेठानी को सताने का सबसे अच्छा उपाय क्या है। पंमच ऐसी कहानियों के राजा या सेठ को क्षमा कर देता था, लेकिन जो राजा या सेठ अपनी रानी या सेठानी को सताने के लिए उस क्रूरतम उपाय को आजमाते थे, उन्हें पंचम न केवल क्षमा करने को तैयार नहीं था, बल्कि चाहता था, वह स्वयं सम्राट हो और वे राजा या सेठ कहानियों से निकालकर उसके सामने हाजिर किए जाएँ, ताकि वह उन्हें फाँसी पर लटकवा सके।

वह क्रूरतम उपाय था — रानी या सेठानी को अपने दुधमुँहे लाल को अपने आँचल का दूध न पिलाने देना…

रानी या सेठानी का लाल रो रहा है। रानी या सेठानी जानती है कि मेरा लाल भूखा है। उसकी ममता हिंलोरें ले रही है। वह अपने लाल को दूध पिलाना चाहती है।

तभी राजा या सेठ ने उसे सेवकों से पकड़वाकर कमरे में बंद करवा दिया…

रानी या सेठानी का लाल भूख के मारे बिलख-बिलखकर रोता रहा। राजा या सेठ उसे देखकर अट्टहास करता रहा। मन-ही-मन खुश होता है। सोचता रहा—रानी या सेठानी को सबक सिखा दिया…उसे उसकी करनी (?) का दंड दे दिया…

ठीक तभी, कमरे में बंद रानी या सेठानी का आँचल दूध से भीग गया…आँचल

में न समाए इतना दूध इकट्ठा हो गया···दूध की धार आँचल को ढके कपड़ों को भिगोने के बाद जमीन पर गिरने लगी···रानी या सेठानी का लाल माँ के दूध की गंध पाते ही बंद कमरे के दरवाजे पर पहुँच गया···रानी या सेठानी कमरे के भीतर से दया की भीख माँगने लगी··· दरवाजे पर सिर मार-मारकर खुद को लहूलुहान करने लगी···

रानी या सेठानी का लाल कहीं उस खून मिले दूध को चाट कर अपनी भूख न मिटा ले, सो, कहानी के राजा या सेठ ने सेवकों को आदेश दिया—रानी या सेठानी के इस जिगर के टुकड़े के टुकड़े-टुकड़े कर दो !

पंचम को पहले-पहल यह वर्णन सुनते समय दुःख पहुँचता था, फिर कुतूहल होने लगा और बहुत दिनों बाद उसे यह इंतजार रहने लगा कि कब ऐसा वर्णन आए···

इस वर्णन को सुनने से पहले तक वह बेचैन रहने लगा और सुनते ही एक सवाल उसके मन को मथने लगा···

बाई, काकी या फुआ जो भी किस्सा सुनाती हैं, उनमें रानी या सेठानी का दुधमुँहा लाल ही क्यों होता है ? लाली क्यों नहीं ? क्या कभी किसी रानी या सेठानी ने लाली जन्मी ही नहीं ? यह कैसे संभव है ! यदि ऐसा होता तो हर किस्से के लिए एक रानी या सेठानी कहाँ से आती ? सुनाने वाली बाई, काकी या फुआ कहाँ से आतीं ?

पंचम को ऐसा कोई भी किस्सा शुरू होने से पहले यह उम्मीद बनी रहती थी कि इस बार जरूर रानी या सेठानी किसी लाली को जन्म देगी। राजा या सेठ, रानी या सेठानी के अपराध की सजा देने के लिए रानी या सेठानी को अपनी लाली को आँचल से दूध पिलाने का अवसर नहीं देगा···

पंचम को अर्से तक ऐसा कोई किस्सा किसी ने नहीं सुनाया। न बाई ने, न मँझली काकी ने, न बड़ी, मँझली या हलकी फुआ ने।

ऐसा एक किस्सा सुनाया हलकी काकी ने···

जब वह किस्सा सुनने का अवसर आया, तब तक पंचम यह जान गया था कि लाली तो कइयों ने जनी होगी, लेकिन लाली पर कोई किस्सा नहीं बना होगा, क्योंकि लाली को किस्सों में तो दूर, हकीकत में भी यदि वह सामने न हो तो कोई याद नहीं रखता, कोई याद नहीं रखना चाहता···

पंचम को इस बीच यह खबर मिल चुकी थी कि उसके और हलके भैया के बीच बाई की कोख से एक बहन ने जन्म लिया था। वह थोड़े समय ही जीवित रही। पंचम और हलके भैया के बीच पाँच साल का अंतर है, जबकि बड़े भैया से हलकी बहन तक सब बहन-भाइयों के बीच ढाई-तीन साल का अंतर है। उसके और हलके भैया के बीच इतना अंतर क्यों है, इसका रहस्य जानने के फेर में पंचम को बाई से यह सूचना मिली थी कि हलके भैया के बाद और पंचम से पहले बाई ने एक बेटी को जन्म दिया था···

बहन जीवित नहीं रही, यह तो दुखदाई बात हुई, लेकिन बाई, दोनों काकी और तीनों फुआ के सामने आई और चली गई वह बहन, जिसके आने और चले जाने की

सबको खबर है, जब उसी का जिक्र कभी कोई नहीं करता, तब कभी, किसी काल में, किसी सताई गई लाली का किस्सा भला कैसे बनता…

हलकी काकी ने बताया—एक राजा अपनी रानी को बहुत प्यार करता था। रानी जब पहली बार गर्भवती हुई, तब राजा बहुत प्रसन्न हुआ। कुछ दिनों बाद रानी ने एक राजकुमारी को जन्म दिया। यह सुनकर राजा उदास हो गया। राजकुमारी अधिक दिनों तक जीवित नहीं रही।

इसी तरह रानी ने चार राजकुमारियों को जन्म दिया, चारों बार राजा उदास हुआ। चारों राजकुमारियाँ ज्यादा दिनों तक जीवित नहीं रह पाईं।

जब रानी ने पाँचवीं राजकुमारी को जन्म दिया, तब राजा केवल उदास होकर ही नहीं रह गया, उसने सेवकों को आदेश दिया कि रानी को कारागार में डाल दो और उसकी बेटी को महल की छत पर फेंक दो ताकि उसे चील-कौए खा जाएँ!

राजा दूसरी रानी ले आया। उसने राजा को पहली बार में ही एक राजकुमार जन कर दिया। राजा खुश हुआ। उसे अपने राजवंश का उत्तराधिकारी मिल गया।

उधर पहली रानी कारागार में सींखचों से सिर मार-मारकर मर गई। महल की छत पर फेंकी गई राजकुमारी भी माँ के दूध के बिना तड़प-तड़पकर मर गई। उसकी लाश को चील-कौए खा गए।

किस्सा सुन चुकने के बाद पंचम ने चाहा था—काश, यह किस्सा न बनता! काश, यह काकी को याद न रहता!

पंचम ने हलकी काकी से पूछा, "काकी, जब राजा ने रानी को कारागर में बंद करवाया, तब उसके आँचल से दूध की धार नहीं फूटी?"

"कैसे फूटती। उसका आँचल तो सूख चुका था। कलेजा पत्थर हो चुका था।"

"रानी की औलाद लाल नहीं लाली थी, इसीलिए न? उसने लाल जना होता तो उसके रोते ही जरूर रानी के आँचल से…"

"यह बात नहीं है बेटा," हलकी काकी ने पंचम को बात पूरी नहीं करने दी, "माँ के लिए बेटा-बेटी समान होते हैं। वह उनमें भेद नहीं करती। वह तो दोनों को एक समान कष्ट सह कर जन्म देती है। एक समान अपने आँचल का दूध पिलाती है, जतन से पालती है, लाड़-दुलार करती है।"

"फिर…"

"राजा के फरमान से रानी को सदमा पहुँचा था। वह दुःख से पथरा गई थी। अपनी बेटी की दर्दनाक मौत की कल्पना मात्र ने रानी का दूध तो दूध, खून तक सुखा दिया था। रानी तो फिर भी उसकी माँ थी, किसी बच्चे की भूख-प्यास देखकर कोई भी माँ, कोई भी स्त्री बेचैन हुए बिना नहीं रह सकती। देखो, उस राजकुमारी की दर्दनाक कहानी सुनाते-सुनाते मेरा अपना आँचल तक भीग गया है…"

हलकी काकी ने अपने कहे का यकीन दिलाने के लिए पंचम का हाथ पकड़कर

अपने आँचल पर रख लिया था। पंचम की हथेली आँचल के गीलेपन से भीग गई थी। नाक में बाई के दूध की गंध समा गई थी। मुँह में बचपन में बाई के आँचल से पिए दूध की मिठास रच-बस गई थी····

हलकी काकी से सुना किस्सा याद आते ही पंचम को बाई का आँचल क्यों भीगा है, इसका रहस्य समझ में आ गया।

बाई बहुत दिनों बाद उस बाखर में गई थी जहाँ बाई ने पंचम से पहले दूसरी बेटी को जन्म दिया था। वह वहीं जन्मी और वहीं मरी भी। आज वहाँ जाने पर बाई को अपनी बेटी याद आ गयी होगी····उसकी दर्दनाक मौत की याद ने बाई को इतना उदास और अस्थिर कर दिया है कि बाई का आँचल भीग आया। सुना है वह भूखी-प्यासी मरी थी····

हलकी काकी तब घर में नई-नई आई थीं। उनसे घर में ज्यादा काम नहीं लिया जाता था। हलकी काकी को घूँघट करने का ठीक से अभ्यास नहीं था। नन्ना, दादा, मँझले कक्का या हलके कक्का को जब-तब हलकी काकी का सुंदर मुखड़ा दिखाई दे जाता था। इसलिए उनमें से किसी के भी अटारी में खाना खाने के लिए आने के समय हलकी काकी को अटारी में रहने की मनाही थी। हलकी काकी उस पूरे समय एक मढ़ा में बैठी रहती थीं।

उन दिनों हलकी फुआ मायके आई हुई थीं। हलकी काकी की हमउम्र थीं। सावन का महीना था। फुआ गाँव की लड़कियों के साथ खेत-खलिहान में पेड़ों से बाँधे गए झूलों पर झूला झूलने जाती थीं। फुआ को रह-रहकर लगता था कि हलकी भौजी भी गए साल तक अपने घर में सावन में झूला झूलती रही होंगी। उनकी इच्छा भी झूला झूलने की होती होगी। हलकी काकी को फुआ अपने साथ बाहर तो ले नहीं जा सकती थीं, सो फुआ ने घर में ही एक मढ़ा में झूला बाँध दिया।

हलकी फुआ अपने साथ हलकी काकी को उस मढ़ा में लेकर आईं, जिसमें उन्होंने झूला बाँधा था····

मढ़ा में बीचोंबीच एक बिछौना जमीन पर बिछा हुआ था। फुआ ने हलकी काकी से कहा, "हलकी भौजी, इस बिछौने को लपेटकर और बिछौनों के ऊपर रख दो। अपन यहाँ झूला झूलेंगे।"

हलकी काकी ने उत्साह में आकर बिछौने को झटपट लपेटा और वहीं से खड़े-खड़े एक किनारे पर रखी बिछौनों की ढेरी पर फेंक दिया····बिछौना अन्य बिछौनों के ऊपर पहुँचकर वहीं थिर हो गया····

हलकी फुआ ने मढ़ा के दरवाजे उढ़काए और दोनों बारी-बारी से झूला झूलने लगीं। इस सावधानी के साथ कि झूला मढ़ा की छत से न जा टकराए और न किसी को बाहर से दिखाई दे।

नन्ना, दादा, मँझले कक्का, हलके कक्का खाना खाकर जा चुके थे। उनमें से किसी के आने का प्रश्न ही नहीं उठता था। वे या तो पौर में आराम कर रहे होंगे या कहीं गाँव में ही बैठने गए होंगे। यह विश्वास होने पर भी, जब जो झूला नहीं झूल रही होती थी, वह दरवाजे से पीठ टेककर खड़ी हो जाती थी। ताकि नन्ना वगैरह में से कोई पौर से आँगन की तरफ खँखार कर आने लगे तो आहट पाते ही झूलना बंद किया जा सके।

बाई ने मँझली काकी के साथ मिलकर अटारी का सब काम समेट लिया। बउआ को खाना खिला दिया, फिर भी और दिनों की तरह हलकी अभी तक अटारी में नहीं पहुँची थी।

बाई को बेचैनी होने लगी। बाई को अटारी में आए बहुत समय हो चुका था। बाई अटारी में आने से पहले अपनी बेटी को दूध पिलाकर, सुलाकर आई थी। बेटी को भूख लग आई होगी। बाई को अपनी बेटी की चिंता खाए जा रही थी। बेटी ठीक-ठाक होती तो अब तक रो-रोकर बाखर सिर पर उठा चुकी होती। पर बाई की यह बेटी जन्म से ही गूँगी-बहरी थी। अपनी कोई भी जरूरत हिल-डुलकर ही व्यक्त कर पाती थी।

बाई से और इंतजार करते नहीं बन रहा था। मँझली काकी बाई की दशा से अनभिज्ञ नहीं थीं। अनमने ढंग से काम में उलझी बाई को मँझली काकी ने सलाह दी, "जिज्जी तुम जाओ। यहाँ का चौका-बरतन हम समेट लेंगे।"

हलकी काकी तब झूले पर थीं और हलकी फुआ पहरे पर, जब बाई ने मढ़ा का दरवाजा खोलने का प्रयास किया···हलकी फुआ दरवाजे से पीठ टेके खड़ी थीं। फुआ ने दरवाजे में छोटी-सी फाँक बनाकर, आँख गढ़ाकर देखा। इस बीच हलकी काकी का झूला थम गया।

मढ़ा के बाहर बाई को खड़े देखते ही फुआ आश्वस्त हुईं। उन्होंने हलकी काकी को आश्वस्त किया, "हलकी भौजी, तुम तो झूलो। बाहर बड़ी भौजी हैं, कोई और नहीं···"

ज्यों ही दरवाजा खुला···बाई के मुँह से चीख निकल गई ! हलकी काकी पींग भरे झूले से जमीन पर आ गिरीं। फुआ की समझ में नहीं आया कि वे किसे सँभालें··· हलकी भौजी को या बड़ी भौजी को···

बाई खुद ही सँभलीं। मढ़ा में दूर तक नजर-भर कर देखा··· खुद ही से बोलीं, 'बिटिया कहाँ है ?'

अगले ही पल उनकी नजर स्वतः बिछौनों की ढेरी पर चली गई··· बाई दौड़कर बिछौनों की ढेरी के पास गईं। ऊपर का बिछौना उठाकर जमीन पर फैलाया···

बाई को बेटी तो मिली लेकिन निर्जीव ! हलकी काकी और हलकी फुआ को काठ मार गया। उन्हें खबर ही नहीं थी कि उनका उल्लास, उन्माद इतने कठोर विलाप, अवसान को जन्म दे चुका है। हलकी काकी आज से पहले इस मढ़ा में कभी आई ही

नहीं थीं। हलकी फुआ को यह खबर नहीं थी कि बड़ी भौजी अपनी बेटी को अटारी में नहीं ले गई हैं, वह यहीं बिछौने में सोई हुई है····

बाई आज वर्षों बाद उस बाखर में गई थी। हलकी काकी के बुलावे पर गई थी। पंचम को लगा, बाई को पुरानी बातें याद आ गई होंगी····

बाई की नजर अभी भी छत की कड़ियों पर टिकी हुई थी····

पंचम फिर एक नई उलझन में पड़ गया····

बाई को पुरानी यादों ने गुमशुम कर दिया हो यह तो संभव है, लेकिन उन यादों के चलते बाई का आँचल भीग जाए, यह कैसे संभव है! बाई के आँचल में अब दूध है ही कहाँ···· ! दूध होता तो बाई ने हलकी बहन को न पिलाया होता····

पंचम ने यह देखा था कि हलकी बहन जब हुई तब बाई ने और भाइयों की तरह, स्वयं पंचम को भी जिस तरह वर्षों अपने आँचल का दूध पिलाया था, हलकी बहन को नहीं पिलाया····

मँझली काकी, हलकी काकी की बातों से पंचम को यह जानकारी मिली थी कि बाई के आँचल में अब दूध बचा ही नहीं। यह भी कि हलकी बहन संभवतः बाई की अंतिम संतान है। अब बाई किसी संतान को जन्म नहीं दे सकेगी।

इस जानकारी ने पंचम को राहत पहुँचाई थी। बहन जिस हालत में हुई थी, वह पंचम से देखी नहीं जाती थी। बहन के शरीर के प्रायः सभी जोड़ आधे-अधूरे जुड़े थे। बहन देखने में मरियल-सी थी। तिस पर उसे बाई का दूध भी नसीब नहीं हुआ था····

वह तो गनीमत थी कि जब तक बहन अन्न, जल खाने-पीने योग्य हुई, घर में एक गैया बची हुई थी। बहन उसी का दूध पीती रही। अब वह गैया भी नहीं रही। ऐसे में यदि कोई और भाई-बहन आता तो उसे दूध कहाँ से मिलता····

बहन जी तो गई लेकिन अभी भी सब भाई-बहनों में सबसे कमजोर बनी हुई है। अब भी पालने में सोती है। दिन-दिन-भर सोती रहती है। जब तक जगाओ नहीं, जागने का नाम ही नहीं लेती····

पंचम की दुविधा बढ़ती जा रही थी····जब जीवित बहन की जरूरत के समय बाई के आँचल में दूध नहीं उतरा, तब मरी बहन की याद भर आने पर बाई के आँचल में दूध कैसे उतर सकता है? यादें क्या सामने मौजूद दुःख से ज्यादा दुखदाई होती हैं? यदि नहीं, तब बाई का आँचल इस तरह क्यों भीगा?

बाई की नजर कड़ियों पर अब भी ज्यों-की-त्यों टिकी थी। पंचम उसे हिला-डुलाकर अपनी शंका का समाधान चाहता, तब भी शायद बाई से उसे कोई जवाब नहीं मिल पाता।

पंचम ने आगे बढ़कर बाई के आँचल तक हाथ बढ़ाया। पोलका पर एक तरफ से दूसरी तरफ तक हाथ फेरा···· आँचल भीगा तो मिला लेकिन उस तरह का भीगा नहीं,

जैसा हलकी काकी का आँचल छूने पर उनका आँचल भीगा मिला था।

पंचम ने बाई के आँचल से अपना हाथ हटाया···· बाई के आँचल ने उँगलियाँ भिगोई नहीं थीं, फिर भी कुछ चिकनाई-सी उँगलियों पर महसूस तो हुई थी। पंचम अपनी उँगलियाँ नाक के पास लाया कि उसके नथूनों में घी की गंध आ समाई।

घी की गंध पहुँचना हुआ कि पंचम की भूख जागृत हो आई····अब जाकर उसे ख्याल आया कि भूख की वजह से वह कब से बाई के लौटने का इंतजार कर रहा था। बाई के आने में जितनी देर हो रही थी, खाना मिलने की संभावना उतनी ही दूर होती जा रही थी···· बाई आती···· आटा गूँथती···· चूल्हा जलाती···· दाल बनाती···· तब कहीं रोटी बनती···· तब पंचम को रोटी मिलती····

पहले चारों और अब तीनों भाइयों में से किसी के भी गाँव पहुँचने पर मँझली काकी और हलकी काकी उनका न्यौता करती हैं। ऐसे अवसर आने पर बाई चाहती है कि उनके बेटे उस न्यौते को स्वीकार न करें। वे ऐसा नहीं करते, इससे बाई के दिल को ठेस पहुँचती है।

पंचम इस बात को अच्छी तरह जानता है। वह बाई की भावनाओं की कद्र होते देखना चाहता है। पंचम ने मन-ही-मन निश्चय किया हुआ है कि जब वह बाहर पढ़ने जाएगा, छुट्टियों में घर आएगा, तब उसे भी न्यौता जाएगा। उन मौकों पर वह न्यौता लेने से साफ इन्कार कर देगा। वह कभी मँझले कक्का के घर खाना खाने नहीं जाएगा। वह बाई का मनचाहा करके दिखाएगा। वह बाई को संतोष पहुँचाएगा।

यह जानते हुए भी उनके न्यौते को ठुकरा देगा कि जैसा खाना उनके घर रोज-रोज बनता है, वैसा खाना बाई तीज-त्यौहार पर भी नहीं बना पाती। महीनों हो जाते हैं, बाई रोटी पर घी चुपड़ कर नहीं दे पाती। जब तक घर में गाय-भैंसें रहीं, उनके दूध से घी बनाया जाता रहा। वह पूरा का पूरा घी दादा कभी मँझले, कभी सँझले, कभी हलके भैया को पहुँचा देते रहे। अब तो घर में न मवेशी हैं, न दूध, न घी।

मँझले कक्का, हलके कक्का के घर में और अपने घर में बनने वाले खाने में इतना अंतर क्यों है, पंचम नहीं जानता। पंचम केवल इतना जानता है कि अंतर है, और इसी अंतर के चलते जब बाई को खाना नहीं बनाना होता, वह दादा से खाना बनवाती है, मँझली या हलकी काकी में से किसी को नहीं बुलाती।

बाई जानती है मँझली या हलकी यहाँ आएँगीं तो इतना रूखा-सूखा पकाने से पहले नाक-भौं सिकोड़ेंगी, फिर किसी तरह राँध भी गईं तो दस घरों में रोना रोएँगी। गाहे-बगाहे पंचम को अपने घर खाना खाने का प्रलोभन देने लगेंगी। उसे स्नेहवश नहीं, दयावश दो टुकड़े डालने का पुण्य बटोरेंगी····

बाई मँझली या हलकी काकी को नहीं बुलातीं, फिर भी आज हलकी काकी ने बाई को बुलाया, इसका अर्थ है कि मँझली और हलकी काकी में मनमुटाव हुआ है। इसका अर्थ है कल को जरूरत पड़ने पर मँझली काकी भी बाई को बुलवाएँगी। नहीं,

नहीं, मँझली काकी की बड़ी बेटी अब इतनी बड़ी हो चुकी है कि उन्हें किसी की जरूरत नहीं पड़ेगी। इसीलिए मँझली काकी ने हलकी काकी के यहाँ जाने से मना कर दिया होगा....

पंचम को बाई का सीना फूले होने और बाई के पोलका में से घी की गंध आने का रहस्य अभी भी अबूझ बना हुआ था....

पंचम ने एक बार फिर बाई के आँचल को निहारा....

बाई अभी भी छत की कड़ियों को ध्यान से देखे जा रही थी।

पंचम ने बाई के सीने पर हाथ फिराया....

यह क्या! बाई के दोनों दूध के बीच का खाली हिस्सा कहाँ गया? वहाँ यह तीसरा दूध कब उभर आया?

पंचम का कुतूहल बढ़ा। उसने बाई के आँचल पर फिर हाथ फिराया, फिर फिराया.... बाई के शरीर में कोई हरकत नहीं हुई। वह उसी तरह अपलक ऊपर को निहारती अविचल बनी रही....

बाई के दोनों दूध के बीच उभर आए तीसरे दूध ने पंचम को उलझन में डाल दिया....

यह कब बना? कैसे बना?

अपनी जिज्ञासा शांत करने के लिए पंचम ने पोलका के दो बटन खोल दिए।

बटन खुले कि दोनों दूध के बीच अब तक छिपा, पंचम को उलझाए रहा तीसरा दूध, वहाँ से हिला और ऐन पंचम के सामने जमीन पर जा गिरा....

पंचम ने बाई को उसी अवस्था में छोड़ जमीन की तरफ देखा तो देखता रह गया....

उसके ऐन सामने, बाई और उसके पाँवों के बीच आटे का एक गोला पड़ा था....

पंचम ने झुककर उसे उठाया। वह आटे का गोला नहीं, घी में सनी चार रोटियाँ थीं जो गोला बनाकर आँचल में रखी गई थीं। इन्हीं रोटियों के घी ने बाई का आँचल के हिस्से वाला पूरा पोलका घी में सान दिया था।

रोटियाँ देखते ही पंचम की भूख पेट से गले में और गले से जीभ पर आ बिराजी। पंचम वहीं, बाई के पाँवों के पास बैठकर रूखी रोटियाँ निगलने लगा....

वाह री बाई, तुझे याद रहा कि घर में बेटा, बिटिया भूखे हैं। घर पहुँचकर खाना बनाते-बनाते उनके भूख के मारे आधे प्राण सूख जाएँगे, सो तू वहीं से रोटियाँ ले आई!

दो रोटियाँ उदरस्थ करने के बाद पंचम ने याद करना चाहा, बाई को आज रोटी खानी है या नहीं!

नहीं। बाई ने कल रोटी खाई थी। इसका अर्थ है बाई आज रोटी नहीं खाएगी। यदि कल अष्टमी, चतुर्दशी या रविवार हुआ तो बाई कल भी रोटी नहीं खाएगी।

जब से दाऊ का देहांत हुआ, बाई एक दिन एक समय खाना खाती है। दूसरे दिन

उपवास रखती है। यदि उपवास का अगला दिन अष्टमी, चतुर्दशी या रविवार हुआ तो उस दिन भी उपवास रखती है। दादा भी ऐसा ही करना चाहते हैं लेकिन बाई उन्हें उपवास नहीं करने देती। हाँ, वे रोजाना एक समय खाना खाना चाहें तो बाई भरे मन से इसे मान लेती है।

बाई द्वारा लाई गई चार रोटियों में से तीन अपने पेट में और चौथी बहन के लिए पौर के अरा में रखते-रखते पंचम फिर एक नई उलझन में उलझ गया····

बाई यदि हमारे लिए रोटियाँ लाई थी तो हाथ में या किसी कपड़े में बाँध कर क्यों नहीं लाई ?

हो सकता है बाई को इस तरह रोटियाँ लाते शर्म आई हो। सोचा हो, कोई रोटी ले जाते देख लेगा तो क्या कहेगा ? क्या सोचेगा ? गाँव भर में थू-थू होगी। बिरादरी में नीची नजर करके चलना पड़ेगा। घर की कलई खुलेगी।

बाई अभी भी यथावत् खड़ी थी। पंचम को बाई को इस हालत में देखना कष्टकर प्रतीत हो रहा था। बाई को देखने के फेर में उसे बार-बार कड़ियों को देखना पड़ता था, जबकि पंचम इन कड़ियों को खुली आँखों तो दूर, फूटी आँख भी देखना नहीं चाहता। स्वप्न में भी नहीं। इन कड़ियों को देखते ही उसके बदन में एक सिहरन-सी व्याप जाती है। उसके दिल में दहशत-सी पैठ जाती है। पूरे बदन पर फफोले से महसूस होने लगते हैं। उनमें से उठती टीस पंचम को तिलमिला जाती है····

गए साल दादा की कट्टी की जेब से एक दिन एक अठन्नी कम हो गई थी। दादा ने पूरी रेजगारी गिनने के बाद यह मान लिया था कि उनकी जेब में से अठन्नी पंचम ने चुराई है। उसके अलावा घर में ऐसा कोई था नहीं जो इतनी ऊँची खूँटी पर टँगी कट्टी में से कुछ उठा सके।

दादा ने डाँटकर, डपटकर, प्यार करके, फुसलाकर पंचम से पूछा। किसी बार दादा को अपेक्षित उत्तर नहीं मिला। पंचम ने अठन्नी तो नहीं ही चुराई थी, उसे यह तक खबर नहीं थी कि दादा की कट्टी टँगी कहाँ थी। संभव है खबर होती तो वह खोजबीन करता, याद करता कि वह उस जगह गया था या नहीं।

दादा को पंचम की नकार कुछ और ही करने को प्रेरित किए जा रही थी। उन्होंने अपने हाथों रेजगारी गिनकर खूँटी पर टँगी कट्टी की जेब में रखी थी। इस बीच घर में न कोई बाहरी व्यक्ति आया, न गया, फिर अठन्नी कहाँ बिला गई !

पंचम को लाड़-दुलार, डाँट-डपट के बाद भी अपना अपराध न कुबूलते देखकर दादा को यकीन हो चला कि बिना सजा दिए पंचम से सच उगलवाना कठिन है।

दादा ने पंचम के हाथ-पाँव एक रस्सी से बाँधे। उस रस्सी का एक छोर पौर के इन्हीं कड़ों से बाँधा। त्रिशंकु की तरह पंचम को पौर की जमीन और छत के बीच लटका कर दादा ने एक बार फिर सच्चाई उगलने को कहा।

पंचम ने ज्यों ही 'नहीं चुराई' कहा····दादा हरी बेंत से पंचम के बदन पर

जहाँ-तहाँ सटा-सट प्रहार कर उसके बदन से सच्चाई उगलवाने में जुट गए····

जब तक बाई पंचम की चीख-पुकार सुनकर अटारी से दौड़ी-दौड़ी पौर तक आयी, अपने शरीर पर भी हरे बाँस के ढेरों प्रहार झेलने के बाद पंचम को अपनी सुरक्षा में लेने में कामयाब हुई, दादा तीन सोटियाँ पंचम की देह पर तार-तार कर चुके थे····

बाई ने किसी तरह पंचम को जमीन पर उतारा···· दिनों तक हल्दी लगा-लगा- कर पंचम के घाव भरती रही। देह की सिकाई करती रही····

इस सबके बाद, एक रोज थोड़ा-सा धान कूटने से पहले जब बाई ने ओखली की सफाई करने के लिए उसमें हाथ फिराया तो दादा की अठन्नी उसके हाथ में थी····

दादा को, बाई को, अब जाकर एहसास हुआ कि पंचम झूठ नहीं सच बोल रहा था। दादा उससे सच ही सुनना चाहते थे, झूठ नहीं, ऐसे में वह झूठ क्यों बोलता····

दादा ने जिस समय कट्टी की जेब में रेजगारी रखी थी, कट्टी जमीन में बनी इस ओखली के ठीक ऊपर वाली खूँटी पर टँगी थी। जाहिर है दादा की असावधानी से रेजगारी में से एक अठन्नी ओखली में गिरी होगी और ओखली में पहले कभी छूटे रह गए अनाज के छिलकों के रहते गिरने पर आवाज नहीं हुई।

पंचम जो मार खा चुका था, जो तकलीफ झेल चुका था, उसे तो लौटाया नहीं जा सकता था। अलबत्ता, तब से पौर की इन कड़ियों पर नजर पड़ते ही पंचम के पूरे शरीर में झुरझुरी छूटने लगी थी····

बाई अब भी उन्हीं कड़ियों को निहार रही थी····

हठात् पंचम को खयाल आया — कहीं बाई ये रोटियाँ चोरी से तो नहीं लाई? कहीं इसीलिए तो बाई इन कड़ियों को नहीं घूर रही···· ?

यह खयाल आना था कि पंचम को बाई की सुरक्षा की फिक्र सताने लगी। उसे दादा का भय सताने लगा···· दादा द्वारा मारे गए सोटों का दर्द फिर से बदन पर महसूस होने लगा····

पंचम ने बाई को अपने हाथों के घेरे में समेटते हुए कहा, "तू डर मत बाई। मैं दादा से नहीं क़हूँगा···· ! तू भी मत कहना····"

पंचम का ढाँढस बँधाना बाई को ढहा गया। अब तक अपने को बरबस थामे खड़ी बाई ढेर हो गई। जमीन पर घुटनों के बल बैठकर बाई ने पंचम को अपने सीने से लगा लिया····

"ऐसी कोई बात नहीं हुई बेटा। ये रोटियाँ मुझे हलकी ने ज़बरन दी हैं। वह मेरा एहसान नहीं रखना चाहती न, सो हाथ के हाथ मेहनताना थमा दिया····"

बाई ने अपना दुःख, दर्द, रंज बयान किया और फूट-फूटकर रोने लगी····

आठ

पंचम को रह-रहकर लगने लगा था कि इस साल वह पाँचवीं कक्षा उत्तीर्ण नहीं कर पाएगा। मदरसा के मास्टरजी प्रायः कक्षा में पढ़ाते ही नहीं थे। पाँचवीं में कुल दस विद्यार्थी थे। इनमें से नौ और-और गाँवों के थे। पंचम अपने गाँव से आने वाला अकेला विद्यार्थी था। पंचम के अलावा शेष नौ के नौ विद्यार्थी मास्टरजी को पाँच रुपया महीना देते थे। सो मास्टरजी उन्हें मदरसा की छुट्टी के बाद पढ़ाने लगे थे। मदरसा का समय मास्टरजी फुलवारी में पानी सिंचवाने, मदरसा का मैदान साफ करवाने, दौड़, कबड्डी या कोई और खेल खिलवाने में खर्च कर देते थे।

पंचम ने दादा के सामने अपनी समस्या रखी। दादा ने स्पष्ट कह दिया कि उस पर पाँच रुपया महीना खर्च करना उनकी क्षमताओं के बाहर की बात है। दादा ने अपनी विवशता के साथ ही यह भी उजागर किया कि इन नए मास्टरजी की शिकायत करके वे कोई झगड़ा मोल लेना नहीं चाहते। उस दशा में यदि पंचम इस साल कक्षा में अनुत्तीर्ण हो गया तो वे अगले साल उसे दाखिला देने में भी आनाकानी करेंगे।

दादा पंचम की पढ़ाई के प्रति उस तरह चिंतित भी नहीं थे, जिस तरह दाऊ, मँझले भैया, सँझले भैया और हलके भैया की पढ़ाई को लेकर रहते थे। दादा की निश्चिंतता का कारण शायद यह भी था कि पाँचवीं कक्षा के बाद पंचम को पढ़ना-पढ़ाना है या नहीं, यह अभी तक तय नहीं हो पाया था। दादा को नहीं लगता था कि वे पंचम को कहीं पढ़ने भेज सकेंगे। मँझले भैया पंचम से छोटे दोनों भाइयों को अपने साथ ले ही गए थे। हालाँकि वे अभी गाँव में रहकर ही पढ़ सकते थे, फिर भी मँझले भैया दादा की जिम्मेदारियों को अपने सिर लेने के प्रमाण स्वरूप उन्हें साथ ले गए थे। दोनों भाई उसी मदरसा में पढ़ने लगे थे, जिसमें मँझले भैया अध्यापक थे।

लगभग आधा साल बीत गया लेकिन पंचम की पढ़ाई का कोई सिलसिला शुरू नहीं हुआ। इस बीच दादा पंचम को घर के अन्य कामों में उलझाने लगे। कभी जंगल में लकड़ियाँ कटवाने ले जाते, कभी खेत में चारा कटवाने।

इस बीच खेती-किसानी से इतर दादा कुछ ऐसे काम स्वतः करने लगे थे, जो साहूकार बिरादरी करती तो नहीं थी लेकिन जिसके लिए बिरादरी के धर्म में स्पष्ट मनाही नहीं थी।

आखिर पंचम ने पढ़ाई का रास्ता खोज ही लिया। अपनी कक्षा के दो लड़कों से दोस्ती कायम की। जब वे मास्टरजी से पढ़कर अपने घर पहुँचते, पंचम भी अपने गाँव से उनके गाँव जा पहुँचने लगा। उन्हें उस दिन या पिछले दिनों जो भी पढ़ाया गया रहता, वह उनसे सुन-समझकर साँझ गए अपने गाँव लौटकर आने लगा। तीनों में यह समझौता हो चुका था कि इस रहस्य को कोई भी मास्टरजी या किसी भी सहपाठी के सामने उजागर नहीं करेगा। अपमान में, न अभिमान में। कसक में, न ठसक में। भूल में, न भुलावे में।

पंचम की पढ़ाई आगे जारी रह पाने के दो ही उपाय थे। पहला तो यह कि सँझले भैया की इंटर की परीक्षा होते ही उनको नौकरी मिल जाए और दूसरा जैसा सुनने में आ रहा था, नदी पार के गाँव का मदरसा मिडिल स्कूल में बदल जाए।

फिलहाल तो पंचम को अपना भविष्य वही नजर आने लगा था जो दादा का निकट अतीत और वर्तमान था···

घर बैठकर फसल पकने का इंतजार। चूल्हा जलने पर खाना बनने का इंतजार। खा चुकने पर नींद का इंतजार। सो चुकने पर किसी नए स्वप्न का इंतजार···

इधर पंचम को स्वप्नों ने नहीं, मौत ने भी भुलाया हुआ था। इतने से जीवन में तीन बार वह मौत के करीब पहुँचकर भी जीवित लौट चुका था···

पहली बार जब दाऊ का विवाह हुआ। भाभी कुछ दिन गाँव रहकर शहर लौट गयीं। हलके भैया शहर से गाँव आए हुए थे। मँझले काका के बड़े बेटे जो अपने मामा के यहाँ रहकर पढ़ाई कर रहे थे, वह भी राखी के त्यौहार पर गाँव आए हुए थे। एक दिन पंचम, हलके भैया और मँझले कक्का के बड़े बेटे ने मिलकर योजना बनाई, चलकर भाभी को देख आएँ।

तीनों घर में बिना बताए निकल पड़े। जंगल-जंगल नदी किनारे तक पहुँच गए। नदी में पानी ही पानी। वह भी ठहरा हुआ नहीं बहता नीर।

तीनों ने तय किया—जहाँ नदी का पाट सकरा हो, वहाँ से नदी पार की जाए।

ऐसे पाट के मिलते ही हलके भैया ने डुबकी लगाई और उस किनारे जा पहुँचे। फिर पंचम से कहा गया। दूसरे भाई इसी किनारे पर बने रहे ताकि कोई अनहोनी हो तो उसे रोका जा सके।

अनहोनी हुई। पंचम ने डुबकी लगाई तो, लेकिन दूसरे किनारे पर पानी के ऊपर आने की बजाय बीचों-बीच ऊपर आ गया। वहाँ धार तेज थी, सो बह चला नदी के बहाव के साथ-साथ।

दोनों तरफ से दोनों भाई नदी में कूदे और जिस-तिस तरह पंचम को वापस उसी पार लगाया। यदि दोनों सावधान न होते, धैर्य खो बैठते, तो उस दिन पंचम जाने किस हाल में कहाँ जाकर किनारे लगता···

घर में किसी को कानोंकान खबर नहीं होने दी गई, सो नदी में डूबने से बचा

पंचम मरम्मत से बच गया।

दूसरी बार—पंचम नदी किनारे के खेत से चारा काट रहा था, तभी किसी ने आवाज दी, "पंचम भागो ! जंगली सूअर तुम्हारी तरफ आ रहा है····"

पंचम ने लगाई दौड़। आगे-आगे पंचम, पीछे-पीछे सूअर। पंचम को अच्छी तरह खबर थी कि जंगली सूअर के सामने कभी सीधी दौड़ नहीं लगानी चाहिए। जंगली सूअर सीधा सरपट दौड़ता है। उसके सामने टेढ़ा-मेढ़ा दौड़ो तो बचा जा सकता है। जंगली सूअर को पूरी गति से दौड़ते समय यकायक मुड़ने में परेशानी होती है। उसकी गति हवा में उसे तुरंत मुड़ने नहीं देती। इसे दिशा भ्रम हो जाता है। सूअर को जब मुड़ना होता है, तब पहले वह थमता है, अपना भारी-भरकम शरीर सावधानी से मोड़ता है, तब नए सिरे से भागना शुरू करता है।

पंचम यह जानता था। सैकड़ों बार सुन चुका था सूअर के बारे में। लेकिन जब सूअर से सामना हुआ तब सब भूल गया। भागते-भागते सोचने लगा—यदि मुड़ने में समय लिया तो सूअर दबोच लेगा। चीर खाएगा। सामने का सपाट मैदान तो स्पष्ट दिख रहा है। दाएँ-बाएँ जाने सपाट है कि ऊबड़-खाबड़, पत्थर-टीले हैं कि गड्ढे-पेड़-पौधे ! पंचम के पास समय नहीं था, सोचने का भी नहीं। मौत पीछा कर रही थी····

यकायक सामने कुआँ आ गया। पंचम ने क्षणांश में भगवान् का स्मरण किया और कुएँ में छलाँग लगा दी····

सूअर भी अपनी गति से आँधी की तरह आया और कुएँ में····कुएँ की सामने की भींठ से जा टकराया। एक धमाका हुआ और अगले क्षण सूअर के पानी में गिरते ही छपाक की आवाज हुई। कुएँ का पानी इतना ऊपर उछला कि कुछ छींटे कुएँ के बाहर जाकर गिरे।

इस बीच पंचम कुएँ के पानी से निकल कुएँ की पौढ़ी पर पहुँच चुका था। दिल का भय, मौत का संकट थम चुका था। जब तक पंचम कुएँ के बाहर पहुँचा, वहाँ लोगों की भीड़ जुट चुकी थी। उसकी मृत देह ढोने आए जन उसे जीवित अवस्था में ही कंधों पर उठाए-उठाए बाखर तक छोड़ गए थे। अगले दिन सूअर की फूली हुई लाश कुएँ से निकाली गई थी। कुएँ का पानी बीसियों बार साफ किया गया····

मौत से पंचम का तीसरा सामना हुआ जंगल में। दादा पंचम को साथ लेकर लकड़ियाँ काटने गए थे। किसी पेड़ को चारों तरफ से थोड़ा-थोड़ा काटने का काम पंचम को सौंपकर वे और पेड़ तलाशने निकल पड़ते थे या जिसे पंचम थोड़ा काट चुकता था, उसे धराशायी करने तक दादा काटते रहते थे।

यह क्रम चल ही रहा था कि यकायक दादा की आवाज ने पंचम के कुल्हाड़ी चलाते हाथ रोके। दादा दहशतजदा चीख के साथ चिल्लाये····"पंचम, पेड़ पर चढ़ जाओ···· जनाउर (शेर) आ रहा है !" दादा स्वयं पेड़ पर चढ़ते हुए पंचम तक यह संदेश पहुँचा रहे थे।

दादा को तब तक जनाउर दिखाई नहीं दिया था। जनाउर की हुंकार भी अभी तक कानों में नहीं पड़ी थी। पेड़ काटते-काटते दादा ने मवेशियों को, जंगल के छोटे जीव-जंतुओं को कुलाँचे भरते देखा, सो अंदाज लगाया था कि हो न हो आसपास कहीं जनाउर आ पहुँचा है····

पंचम ने कुल्हाड़ी वहीं पटकी और जिस पेड़ को अब तक काट रहा था, उसी की सबसे ऊँची डाल पर जा पहुँचा····

अभी थोड़ा समय गुजरा होगा कि जनाउर भी वहाँ आ पहुँचा। उसने दादा वाले पेड़ के चारों तरफ सैकड़ों फेरे लगाए। उसे दादा दिखाई नहीं दिए थे, अलबत्ता मानुष गंध ने जनाउर को मोहित किया हुआ था। जनाउर ने हर कोने से, दूर से, पेड़ की तरफ देखा, उछालें भरीं। वहीं डेरा जमाया। सब व्यर्थ। दादा तो दूर, उनकी परछाईं तक जनाउर के हाथ नहीं लगी।

जनाउर कोई और उपाय सोचता, कुछ और गुंताड़ा लगाता कि तभी पंचम का संतुलन बिगड़ा। वह सँभला कि इसी बीच जनाउर को पत्तों के हिलने की आवाज ने चौंकाया।

दादा को उनके हाल पर छोड़ जनाउर दो छलाँग में पंचम वाले पेड़ के नीचे आ पहुँचा। पंचम ने इस बीच अपने को अपनी जानकारी में पेड़ के पत्तों के बीच अच्छी तरह ढँक लिया था।

जनाउर ने पंचम को तलाशने का कोई प्रयास ही नहीं किया। उसे यकीन था या संभवतः उसने पेड़ तक आते-आते जान लिया था कि इस पेड़ पर मनुष्य है।

जनाउर ने अब अपनी रणनीति या शिकार नीति जो भी हो, बदल ली। वह पेड़ के नीचे आसन जमा कर बैठ गया····

उस हाल में पंचम भला कब तक पेड़ पर टँगा रह पाता। भूख से, भय से, निद्रा से, वैराग्य से, वजह कोई भी क्यों न होती, पंचम को देर-सबेर जनाउर के गाल में समाना ही था। उसका आहार बनना ही था। ऐसा होने पर पंचम का जीवन तो समाप्त होना ही था, एक नई शुरुआत भी होती जिसके चलते पंचम के जीवन को नहीं उसकी मृत्यु को सब कोसते····

जनाउर के नरभक्षी हो जाने का अर्थ होता—यहाँ के भय, आतंक, आपदाओं में एक और महाविपदा की बढ़ोत्तरी। तब, जब भी कोई आदमजात जनाउर की चपेट में आता, नए सिरे से पंचम की मृत्यु को कोसा जाता····

वह सब नहीं हुआ। नहीं हो पाया। दादा और पंचम सुरक्षित बच गए।

डरे हुए मवेशियों की दौड़ ने बरेदियों को चेताया। बरेदियों ने गाँव वालों को।

आधा दिन बीतते न बीतते आसपास के दो-तीन गाँव के लोग इकट्ठा हुए। ढोल, ढपलावालों को आगे किया। नगाड़े गले में डाले। हाथों में लाठियाँ, सब्बल थामीं और हुंकारा बोल दिया····ढोल, ढपला, नगाड़े का शोर, भीड़ का शोर सुना कि जनाउर ने दी

गदबद पहाड़ की ओर····

ढोल-नगाड़े बजाता समूह दादा और पंचम के पास पहुँचा। दोनों को सकुशल पेड़ से उतारा और गाजे-बाजे के साथ घर तक ले आया।

पंचम दर्जा पाँच में उत्तीर्ण हुआ या अनुत्तीर्ण, पंचम को खबर नहीं। परीक्षाएँ पूरी होते ही मँझले भैया गाँव आए। पंचम से छोटे दोनों भाइयों को छुट्टियों-भर के लिए गाँव में छोड़ा और पंचम को साथ लेकर वापस अपने मुकाम की ओर चल दिए।

पंचम अब तक गाँव की सरहद से कुल एक बार बाहर गया था। तब नदी के बीचोंबीच से, मौत के मुँह से वापसी हो गई थी। इस बार वैसा कुछ नहीं हुआ। मँझले भैया बाकायदा पंचम को अपने साथ गाँव ही नहीं अपना प्रदेश, उत्तर प्रदेश पार करवाते राजस्थान के बीकानेर शहर तक ले आए।

यहाँ पंचम के इकलौते मामा नौकरी करते हैं। आते समय मँझले भैया और पंचम भाभी के मायके में एक रात रुके थे। भाभी के जीते जी जिस घर को पंचम नहीं देख पाया था, उसे उनकी मृत्यु के इतने दिनों बाद देखा। उसे लगा ही नहीं कि भाभी वहाँ नहीं हैं।

भाभी के थोड़े दिनों के संपर्क के दौरान उनके घर का जो वर्णन पंचम ने भाभी से सुना था, उस घर में कदम रखते ही वह सब याद आ गया। उस याद के साथ-साथ चलते पंचम को लगा—भाभी यहाँ हैं, भाभी वहाँ हैं, भाभी इस घर में जहाँ-तहाँ हैं····

मामा के पास एक-दो दिन रुकने के बाद मँझले भैया पंचम को साथ लिए-लिए कहीं और पहुँचने को निकल पड़े।

रेलगाड़ी में बैठने के बाद भी मँझले भैया ने पंचम को यह नहीं बताया कि वे दोनों जा कहाँ रहे हैं।

अभी उनकी यात्रा दो-चार स्टेशन ही पार हो पाई थी कि मँझले भैया एक स्टेशन पर रेल से उतरे और थोड़ी देर बाद वापस रेल के डिब्बे के पास पहुँचकर पंचम को भी उतरने का आदेश दिया।

रेल के वहाँ से गुजरते ही मँझले भैया ने रेल पटरी पार की।

अभी वे दोनों दूसरे प्लेटफॉर्म पर आकर खड़े ही हुए थे कि सामने विपरीत दिशा से एक और रेलगाड़ी आती दिखाई दी।

ज्यों ही रेल प्लेटफॉर्म पर आकर रुकी, मँझले भैया पंचम का हाथ थाम एक डिब्बे में चढ़ गए।

वही चार स्टेशन पार हुए कि भैया और पंचम फिर बीकानेर स्टेशन पर!

पंचम की समझ में नहीं आया कि भैया ने यह चार स्टेशन की लौटाबाद यात्रा क्यों की? आखिर उन्हें पहुँचना कहाँ था? भैया, जहाँ के लिए चले थे, कहीं वहाँ का पता-ठिकाना तो नहीं भूल आए थे?

घर पहुँचकर भैया ने मामा को भी कम आश्चर्य में नहीं डाला। मामा और मँझले भैया देर तक एक कमरे में बैठे जाने क्या-क्या बातें करते रहे। पंचम को भैया का जो इकलौता वाक्य सुनने को मिला, उसमें किसी विषय में भैया ने अपनी लाचारी प्रकट की थी, "मामा, हमारी हिम्मत जवाब दे गई।"

मामा और मँझले भैया की बातचीत समाप्त होने पर पंचम को माईं ने आदेश दिया, "पंचम, अपने कपड़े-लत्ते फिर से झोले में रख लो। अब तुम्हें मामा के साथ बाहर जाना है...."

उसी शाम पंचम की एक और यात्रा फिर शुरू हुई। इस बार साथ थे मामा। पंचम को इस बार भी खबर नहीं थी कि उसे कहाँ पहुँचना है और क्यों पहुँचना है....

पहली बार का सफर जितना आरामदायक था, दूसरी बार का उतना ही कष्टकर। लगता था जैसे तमाम शहर इसी गाड़ी से, आज ही, कहीं और जा पहुँचना चाहता है....

रेल के तमाम डिब्बों में, दरवाजों पर, छतों पर आदमी-ही-आदमी थे। इतनी भीड़ थी, फिर भी न कोई किसी से कुछ कह रहा था, न कोई किसी की कही बात पर कान दे रहा था। सबके चेहरे पर उदासी, मातम, मनहूसियत छाई हुई थी....

मामा किसी तरह पंचम का हाथ थामे, डिब्बे में एक सीट के छोटे से हिस्से में चिपके बैठे थे। पंचम को कभी गोद में बैठा लेते थे, कभी सामने दो खिड़कियों के बीच की जगह में टेक लगाकर खड़े होने को कह देते थे।

रात-भर की कठिन यात्रा के बाद सुबह जब रेल एक ऐसे स्टेशन पर रुकी, जहाँ पूरी रेल की सवारियाँ उतरने लगीं, मामा ने भी उतरने का उपक्रम किया....

मामा पंचम को स्टेशन से बाहर नहीं ले गए। प्लेटफॉर्म पर ही एक बेंच पर चादर बिछाकर कब्जा कर लिया। हाथ-मुँह धोया। साथ लाया जलपान किया। दोनों कामों से निवृत्त होने के बाद चादर पर लेटते हुए पंचम से कहा, "रात-भर के जागे हो, थोड़ा सो लो। थैले में दरी रखी है, उसे यहीं जमीन पर बिछाकर लेट जाओ!"

दोनों जन थोड़ी देर ही लेट पाए थे कि एक और गाड़ी प्लेटफॉर्म पर आ खड़ी हुई। उसमें से भी लोगों का हुजूम उतरा। पूरा स्टेशन नरमुंडों से भर गया। मामा को बरबस बेंच पर उठकर बैठना पड़ा। पंचम भी दरी बिछाकर लेटा नहीं रह पाया। मामा ने पंचम को दरी समेट कर बेंच पर बैठने को कहा।

अभी स्टेशन पर जमा लोग बाहर भी नहीं पहुँचे थे कि एक और गाड़ी स्टेशन पर आ लगी। फिर वही रेला का रेला प्लेटफॉर्म पर यहाँ से वहाँ तक पसर गया।

मामा को एहसास हो चला कि स्टेशन पर लेटना, आराम करना संभव नहीं है।

मामा जब से रेल में सवार हुए थे, पंचम से कुछ कहना चाह रहे थे, पंचम को कुछ समझाना चाह रहे थे, ऐसा पंचम को उनके चेहरे पर लगातार बनी रही उलझन से लगा था। ठीक ऐसी ही उलझन पिछली सुबह जब मँझले भैया उसे रेल में सफर कराने चले

थे, तब उनके चेहरे पर भी थीं।

पंचम खुद भी कम उलझन में नहीं था। उसकी समझ में नहीं आ रहा था कि मँझले भैया की मामा से क्या बातें हुई? ऐसा क्या अनर्थ उनसे करवाया जा रहा था जिसे करने से पहले ही उनका साहस जवाब दे गया!

प्लेटफॉर्म ज्यों ही फिर से खाली हुआ, मामा ने पंचम को वह सब कहने, बताने का मन बना लिया, जो वह कहना तो पिछली शाम से चाह रहे थे, लेकिन कह नहीं पा रहे थे····

मामा बोले, "पंचम बेटे, तुम्हें पढ़ाई करनी है न! खूब पढ़ना है न! अपने सभी भाइयों से ज्यादा! घर की हालत तुमसे छिपी नहीं है। जीजाजी तुम्हें पढ़ा नहीं सकते। मँझले तुमसे दो छोटों को पढ़ाने की जिम्मेदारी ले चुके हैं। सँझले और तुमसे बड़े अभी इस लायक नहीं कि वे तुम्हारी मदद कर सकें।

"इन हालात में तुम्हारी पढ़ाई जारी रखने का एक ही उपाय है। हम वही उपाय आजमाने तुम्हें यहाँ लाए हैं। अब तुम यहीं रहकर पढ़ोगे।"

पंचम को यकायक भाभी की बात याद आई कि दाऊ ने पंचम को किसी महानगर में पढ़ाने का स्वप्न सँजोया था। तो क्या वह स्वप्न पूरा होने जा रहा है? क्या मेरी पढ़ाई का खर्च मामा उठाएँगे? पर मामा की हालत ऐसी कहाँ है कि वे····

पंचम इससे आगे कुछ नहीं सोच पाया। उसे याद आया कि मामा के कक्का मामा की तमाम जमीन-जायदाद हड़प चुके हैं। यदि मामा पढ़-लिखकर नौकरी न पा गए होते तो आज दर-दर की ठोकरें खाते भटक रहे होते। फिर ····

तभी मामा ने उसका ध्यान बँटाया, "देखो, हम तुम्हें जहाँ ले जा रहे हैं, वहाँ तुम्हें अपना नाम पंचम नहीं अकलंक बताना होगा। याद रखना, कोई भी पूछे तो तुम यही कहना कि मेरा नाम अकलंक है····"

"यह कैसे हो सकता है मामा····" पंचम ने टोका, "मेरा नाम तो····फिर मदरसा के प्रमाण-पत्र में भी तो पंचम लिखा होगा····"

"उसका इंतजाम हमने कर लिया है। हम तुम्हारे गाँव के मदरसे का प्रमाण-पत्र नहीं लाए हैं। तुम्हारे मँझले भैया जहाँ पढ़ाते हैं, उसी मदरसे से एक प्रमाण-पत्र बनाकर लाए हैं। इसमें तुम्हारा नाम अकलंक लिखा है। और हाँ, तुम यहाँ आने से पहले राजस्थान के छाबड़िया गाँव में पढ़ते रहे हो, यह भी याद रखना। कोई पूछे तो यही कहना। उसी गाँव के मदरसे का प्रमाण-पत्र हमारे पास है।"

मामा आगे कुछ और भी बताना चाहते थे लेकिन इतना बताते-बताते उनका साहस जवाब दे गया। आँखें भर आईं। गला रुँध गया। मामा रोने लगे।

पंचम को लगा मामा मँझले भैया से ज्यादा साहसी निकले। मँझले भैया को भी यही सब करना था, बताना था, लेकिन वे साहस नहीं कर पाए। मँझले भैया मुझे यहाँ तक नहीं ला पाए, मामा ले आए।

पंचम उलझन में पड़ गया····ऐसा क्यों ?

क्या मामा मुझे किन्हीं विधर्मियों के विद्यालय में पढ़ाने जा रहे हैं ? क्या वहाँ अपना सही नाम और स्थान बताने पर पढ़ने की अनुमति नहीं मिलेगी ?

पंचम को गाँव में सुनी एक पुरानी कथा याद आ गई····

कहते हैं एक समय हमारी बिरादरी में दो भाई हुए थे। बड़े का नाम था अकलंक और छोटे का निकलंक। उनके माता-पिता निर्धन थे। अपने बेटों की शिक्षा-दीक्षा के लिए गुरु की व्यवस्था नहीं कर सकते थे।

उन दिनों वहाँ का राजधर्म कुछ और था। सभी गुरुकुलों में केवल उसी धर्म के अनुयायियों को शिक्षा दी जाती थी। अकलंक, निकलंक वहाँ शिक्षा ग्रहण नहीं कर सकते थे।

दोनों भाई प्रतिभाशाली थे। अकलंक की विशेषता थी कि जो बात वह एक बार सुन लेते थे, वह उन्हें याद रह जाती थी। निकलंक अकलंक से कुछ कम योग्य थे। उन्हें कोई भी बात दो बार सुनने पर याद होती थी।

दोनों भाइयों ने गुरुकुल में जाकर विधिवत् शिक्षा ग्रहण करने की ठानी।

एक दिन बिना किसी को बताए घर से चल पड़े। थोड़ी दूर आने पर अपना पहरावा बदला। सिर के बाल कटवाए और पूछते-पाछते जा पहुँचे एक गुरुकुल में।

वहाँ पूछे जाने पर अपनी जाति और धर्म वही बताया जो उस राज्य का राजधर्म था। परिवार के बारे में पूछे जाने पर कहा—हम भटक गए हैं। खबर नहीं किस दिशा में हमारा घर है, हमारे सगे-संबंधी कहाँ हैं। शिक्षित तो हैं नहीं कि याद रहता।

गुरुकुल में उन्हें प्रवेश मिल गया। कुछ दिनों के अध्ययन-अध्यापन के बाद जब गुरुजनों ने देखा कि ये तो बहुत मेधावी छात्र हैं, तब घर-परिवार को लेकर पूछे जाने वाले सवाल स्वतः बंद हो गए। गुरुकुल वालों की इच्छा यह हो चली कि अब ये यहीं बन रहें ताकि कल को जब इनकी प्रतिभा का डंका बजे तब गुरुकुल की प्रतिष्ठा भी बढ़े।

अकलंक, निकलंक पूरी निष्ठा से गुरुसेवा में उपस्थित रहते। तल्लीन होकर अध्ययन-मनन करते। केवल पूजा-अर्चना का समय आते ही येन-केन प्रकारेण अपने को किसी ऐसे काम में उलझा लेते जो आवश्यक भी जान पड़े और जिसके चलते पूजा-अर्चना में न जुट पाने की तरफ किसी का ध्यान भी न जाए।

दोनों भाई शिक्षित तो होना चाहते थे, लेकिन अपने धर्म से च्युत नहीं होना चाहते थे। अपना लक्ष्य और आराध्य नहीं बदलना चाहते थे। ज्ञान पाने के लिए अपना धर्म नहीं गँवाना चाहते थे। जो उनका अपना नहीं माना जाता, जो उनके लिए देव नहीं है, ऐसे किसी अदेव या कुदेव की पूजा-अर्चना का पाप नहीं करना चाहते थे।

गुरुकुल में विद्याध्ययन करते बहुत समय बीत चुका था। कई वर्षांत के बाद गुरुकुलवासियों का अकलंक, निकलंक की इस चतुराई पर ध्यान गया····बिना उनकी

जानकारी में लाए, उनकी गतिविधियों पर नजर रखी जाने लगी।

अंततः यह रहस्य सामने आ ही गया कि ये दोनों भाई विधर्मी हैं। हों जिस किसी धर्म के अनुयायी, राजधर्म के अनुयायी नहीं हैं।

गुरुजनों में विचार-विमर्श हुआ। सर्वसम्मति से यह निर्णय लिया गया कि इन दोनों भाइयों ने राजधर्म का अपमान किया है। राज्य के नियम का उल्लंघन किया है। गुरुकुल की मर्यादा भंग की है। इन्हें राजा के सुपुर्द कर दिया जाए। वही इनका दंड सुनिश्चित करें।

गुरुकुल से एक संदेशवाहक को राजधानी भेजा गया।

जब तक वह लौटकर आता, किसी शुभचिंतक सहपाठी ने इन दोनों भाइयों को गुरुजनों के निर्णय और भावी कार्यवाही की सूचना दे दी····

इसके बाद गुरुकुल में रुके रहना मृत्यु को खुला आमंत्रण ही था····

दोनों भाई गुरुकुल से भाग खड़े हुए।

इधर ये भागे, उधर राजा के सैनिक गुरुकुल आ पहुँचे। इन्हें गुरुकुल में न पाकर सैनिक भी उसी दिशा में चल पड़े, जिस दिशा में इन दोनों भाइयों के जाने की संभावना थी।

खोजते-खोजते सैनिक अकलंक, निकलंक से कुछ ही योजन दूर रह गए थे····

अकलंक, निकलंक छुपते-छुपाते एक नदी के किनारे तक पहुँचे। वहाँ एक कुम्हार अपने गधे को पेड़ से बाँध कर स्वयं जमीन पर सोया हुआ था। सोने से पहले संभवतः उसने नदी में स्नान किया था। भीगे हुए वस्त्र उसने पास ही सूखने के लिए फैलाए हुए थे।

यह दृश्य देख निकलंक ने अपने बड़े भाई को सुझाव दिया, "भैया, राजा के सैनिक हमारा पीछा कर रहे हैं। वे किसी भी क्षण हमें पकड़ सकते हैं। उनकी पहुँच में आने के बाद हमारी मृत्यु निश्चित है। यदि हम थोड़ी चतुराई से काम लें तो हम दोनों में से कोई एक जीवित बच सकता है····"

अकलंक ने जानना चाहा, "हममें से किसी एक का बचना कैसे संभव है?"

निकलंक ने बताया, "यह जो कुम्हार यहाँ सोया हुआ है। मैं भी इसी के पास सोने का अभिनय करता हूँ। आप इसके वस्त्र पहनकर, गधे को साथ लेकर यहाँ से चले जाइए। यदि सैनिकों से आपकी भेंट हुई भी तो वे आपको कुम्हार समझकर कुछ न कहेंगे। जब वे सैनिक यहाँ पहुँचेंगे, तब मुझे और इस कुम्हार को हम दोनों समझकर या तो बंदी बना लेंगे, या हमारी हत्या कर देंगे।"

अकलंक ने कहा, "निकलंक, हो सकता है जैसा तुम सोच रहे हो, ठीक वैसा ही हो। तुम मेरे छोटे भाई हो। तुम्हारी रक्षा मेरा पहला कर्तव्य है। सो, मैं तुम्हारे बताए उपाय अनुसार यहाँ रुकता हूँ और तुम यहाँ से भाग जाओ····"

निकलंक बोला, "नहीं भैया। मुझसे वय और प्रतिभा दोनों में आप बड़े हैं। मुझसे

ज्यादा आप धर्म के काम आ सकते हैं। आपकी प्रतिभा का हमारे धर्म और समाज को लाभ मिले, इसके लिए आपका जीवित रहना और मेरा अभी धर्म के काम आना ही श्रेयस्कर है। आप अब ज्यादा सोच-विचार में समय नष्ट न करें। सैनिक आते ही होंगे···"

निकलंक ने जैसे भी बन पड़ा, अकलंक को वहाँ से जाने के लिए सहमत कर लिया।

भरे मन से छोटे भाई को मौत के मुँह में छोड़ अकलंक वहाँ से चले गए।

जैसी निकलंक ने कल्पना की थी, ठीक उसी तरह की घटना घटी। सैनिक आए। जमीन पर औंधे मुँह सोए पड़े कुम्हार और निकलंक को गुरुकुल से भाग खड़े हुए सहोदर समझा···राजा के आदेशानुसार सैनिकों ने दोनों की गर्दन उतार ली। शेष शरीर को वहीं, उसी अवस्था में छोड़ा और राजा को दिखाने के लिए गर्दनें लेकर चले गए।

दुःख और पश्चाताप से घिरे अकलंक ने वहाँ लौटकर दोनों को नदी के जल में प्रवाहित किया।

वही अकलंक कालांतर में सिद्धांतचक्रवर्ती आचार्य अकलंक देव नाम से ख्यात हुए। उन्होंने धर्म और दर्शन संबंधी कई महान ग्रंथों की रचना की। जीवनपर्यंत धर्म ध्वजा को दिग्दिगंत तक फहराए रखा···

पंचम ने यह कथा अनंत बार परिवार के किसी-न-किसी सदस्य के मुँह से सुनी थी। कभी धर्म के माहात्म्य के प्रसंग में, कभी त्याग के, कभी शिक्षा के, कभी कर्तव्य के, कभी निष्ठा के।

फिर भी पंचम को यह समझ में नहीं आ रहा था कि आज, जब कि देश में राजतंत्र नहीं है, भारतवर्ष अखंड और विश्व का सबसे बड़ा लोकतांत्रिक देश है, सामाजिक अध्ययन की पुस्तक में स्पष्ट लिखा है कि आज भारत के प्रत्येक नागरिक को अपना धर्म, अपनी भाषा, अपनी भूषा, अपना रोजगार चुनने का मौलिक अधिकार है। अब न कोई धर्म बड़ा है, न कोई छोटा। न कोई जाति बड़ी है, न छोटी। सबको शिक्षा पाने का अधिकार है। समान शिक्षा पाने का। सबको चिकित्सा सुविधा पाने का अधिकार है। सबको अपनी बात कहने का अधिकार है···तब भी उसे अपना नाम या जाति क्यों छुपानी होगी!

मामा अपनी भावनाओं पर काबू पा चुके थे या उनके पास आँसुओं का टोटा पड़ गया, पंचम को खबर नहीं। जो भी हुआ हो, मामा ने अपने आपको संयत किया।

इस बीच एक-दो रेलें और आई थीं। सभी में से भीड़ की भीड़ उतरी। सब-के-सब अफरा-तफरी मचाते स्टेशन के बाहर जा चुके थे।

मामा ने पंचम को नई सीख देनी शुरू की, "और हाँ, पंचम, वहाँ तुम्हें यह नहीं कहना है कि तुम्हारे माँ-बाप, भाई-बहन या कोई सगा-संबंधी है··· कोई भी पूछे तो कहना—मुझे खबर नहीं···

"हालाँकि कोई तुमसे पूछेगा नहीं। वह सब तो मैं बता दूँगा कि तुम कुछ साल पहले एक मेले में अपने परिवार से बिछुड़ गए थे। हमने तुम्हें पाला-पोसा। पढ़ाया-लिखाया। अब तुम्हारी परवरिश हमारी सामर्थ्य से बाहर है, सो हम तुम्हें यहाँ ले आए हैं। हमारे भानजों की देखा-देखी तुम हमें मामा कहने लगे हो····"

मामा की बात सुनकर पंचम को ऐसा लगा जैसे कई सारी रेलें एक के बाद एक धड़धड़ाती हुई उसके ऊपर से गुजर गई हों····

पंचम को लगा उसे चौथी बार मौत के मुँह में मामा ने पहुँचा दिया। पिछली तीन बार तो वह जल, जनाउर और जंगली सूअर से बच गया था····लेकिन प्रकृति के इस सबसे चतुर प्राणी-मानव से नहीं बच पाया···वह मर गया····यह मामा की उदारता थी कि उन्होंने उसे मारने के बाद नए नाम से, नया जीवन भी दे दिया!

पंचम ने जानना चाहा—मामा, मेरे दादा, बाई, पाँचों भाई, दोनों बहनें, कक्का, काकी, पूरा गाँव और स्वयं वह भी फिर से कब जीवन पाएँगे! इन्हें कब तक मेरे लिए मृत रहना होगा···

पंचम मामा से बहुत कुछ कहना चाहता था। इतना कुछ, जितना जीवन में कभी न कहा था, न कहना चाहा था। पंचम को लगा—यह संभवतः अंतिम अवसर है कुछ कह पाने का। और कुछ न सही कम-से-कम अपनी अंतिम इच्छा ही बयान कर दे।

कह दे—कि मामा मैं अकलंक नहीं, पंचम हूँ। मैं अकलंक नहीं, पंचम ही बना रहना चाहता हूँ। मुझे पंचम ही बना रहने दो। नायक वंश में यदि एक कम पढ़ा-लिखा नागरिक रह जाएगा तो आकाश नहीं टूट पड़ेगा···· अभी हमारी धरती इतना अन्न देती है कि मेरा पेट पल सके····मामा इतना अनर्थ न करो····

बाई को जब तुम्हारी करतूत की खबर लगेगी तब उस पर क्या बीतेगी? तुमने तो बाई से बीसियों बार राखी बँधवाई होगी। उसकी रक्षा की कसमें खाई होंगी। मैं उन्हीं का अंश हूँ मामा···· मुझे जीते जी मरा घोषित करके तुम कैसे मुँह दिखाओगे अपनी जिज्जी को! वह न पूछेगी—मेरा लाल कहाँ है? तब उसे क्या जवाब दोगे? क्या उसे भी वही किस्सा सुनाओगे जो अभी मुझे सुना चुके हो! उसे भी कहोगे कि तू मेरी बहन नहीं है! तू तो हमारे दद्दा को मेले में मिली थी। उन्होंने तुझे पाल-पोस कर नायक वंश में ब्याह दिया। सबकी देखा-देखी तू मुझे भैया कहने लगी····

मामा और न जाने क्या-क्या कहते, समझाते, बताते रहे, लेकिन पंचम को उनका बोला एक भी शब्द सुनाई नहीं दिया। वह तो जैसे बहरा हो गया। रेलों की आवाज ने, लोगों की चीख-पुकार ने उसे बहरा किया या निहत्थे मामा के शब्दबाणों ने, पंचम को ठीक-ठीक पता नहीं····

पंचनामा
अकलंक

नौ

पंचम इस बड़े शहर, इस महानगर के रेलवे स्टेशन की भीड़ में छूट गया··· या किसी अज्ञात स्थान को चली किसी रेल में बैठकर अनंत-यात्रा पर निकल गया, खबर नहीं। अलबत्ता अकलंक को अपने साथ लिए उसके 'मुँहबोले' मामा स्टेशन के बाहर आए।

एक ताँगे के पास रुककर मामा ने ताँगेवाले से पूछा, "आश्रम चलोगे भाई?"

ताँगेवाले ने स्वीकृति में सिर हिला दिया।

मामा अकलंक को ताँगे में चढ़ाकर स्वयं भी बैठ गए। ताँगेवाला और सवारियों को आवाजें लगाने लगा···काफी देर आवाज लगाने पर भी कोई और ताँगे में आकर नहीं बैठा।

"पूरे ताँगे का कितना लगेगा भाई?" मामा ने ताँगेवाले से पूछा।

"तीन रुपए बाबूजी," उसने ताँगे को चलाने का अभिनय-सा करते हुए कहा।

मामा ने एक बार अकलंक की तरफ देखा, फिर ताँगेवाले को कहा, "तुम ताँगा हाँको। हम पूरे ताँगे का किराया देंगे।"

ताँगा चल पड़ा···

स्टेशन से थोड़ा आगे आने पर ताँगा मुख्य सड़क को छोड़कर किले की दीवार के पीछे की ओर मोड़ते हुए ताँगेवाला बोला, "नौ बजे के बाद मुख्य सड़क से ताँगा ले जाना मना होता है, इसलिए हमें किले के पीछे से जाना होगा।"

"जहाँ से मर्जी हो चलो भाई, हम तो इस महानगर में पहली बार आए हैं।" मामा ने ताँगेवाले को सूचना दी।

"वह तो हम आपको देखकर ही समझ गए थे, बाबूजी।"

"सो कैसे?" मामा ने उत्सुकता दिखाई।

"जब आपने कहा न आश्रम चलोगे भाई? तभी। दरअसल आश्रम नाम की बस्ती यहाँ से खासी दूर है। वहाँ तक ताँगे से नहीं, मोटर में बैठकर जाना होता है। फिर आपके साथ इस बच्चे को देखकर हम समझ गए कि आप दरअसल अनाथ आश्रम जाना चाहते हैं।"

"हाँ, हाँ, वहीं।" मामा आश्वस्त से हो आए।

"कोई सगा-संबंधी है ये बच्चा?"

"नहीं, नहीं····" मामा ने हड़बड़ाकर कहा।

"तो परोपकार करने निकले हैं।"

"हाँ····"

"बहुत अच्छे। यहाँ हर साल दो-चार आप जैसे धर्मात्मा आते हैं, लावारिसों का जीवन सुधारने। भगवान् बच्चे को लंबी उम्र दे····" ताँगेवाले ने मामा को धन्यवाद और अकलंक को आशीष दी।

किला पार होते ही ताँगा बाएँ हाथ को मुड़ा। फिर दाएँ। फिर बाएँ। फिर एक बड़ी इमारत के सामने आकर थम गया।

आमने-सामने सड़क के दोनों तरफ दो बड़ी इमारतें थीं। ताँगेवाले ने दोनों को तांगे से उतरकर जिस इमारत में जाने का संकेत दिया उस इमारत के बीचोंबीच एक बड़ा-सा दरवाजा था। दरवाजे में लोहे के फाटक लगे थे। पूरी इमारत गेरुए रंग से पुती हुई थी। दोनों फाटक हरे रंग से पोते गए थे। दरवाजे के ऊपर सफेद कलई की पुताई पर काले अक्षरों में लिखा था—अखिल भारतीय अनाथ रक्षक सोसायटी। उसके नीचे लिखा था—अनाथ बच्चों का आश्रम।

सामान हाथों में थामे मामा अकलंक को साथ लिए उस बुलंद दरवाजे तक आए। दरवाजे के दोनों फाटक बंद थे। खटखटाने पर एक फाटक के निचले हिस्से में एक खिड़की-सी खुली। चौकीदार ने झाँककर देखा। सामान सहित दो जनों को देखते ही भीतर आने का संकेत दिया।

ज्यों ही दोनों जन भीतर आए, चौकीदार ने खिड़की बंद करते हुए मामा को एक किनारे पर बने कमरे में जाने का संकेत दिया।

कमरे में एक काना आदमी दिखाई दिया। मामा ने अकलंक को कमरे के बाहर रुकने का संकेत दिया। स्वयं कमरे में गए। उस काने आदमी से कुछ कहा। उनकी बात सुनने के बाद काने आदमी ने चौकीदार को आवाज लगाई।

चौकीदार के आते ही वह बोला, "अधीक्षक साहब को बुला लाओ। कहना कोई सज्जन एक बच्चा दाखिल करवाने आये हैं।"

चौकीदार चला गया। उस आदमी ने मामा से कुर्सी पर बैठने को कहा। बैठते-बैठते मामा ने अकलंक को भी भीतर आकर एक और कुर्सी पर बैठने का इशारा किया।

इस कमरे के सामने बहुत बड़ा आँगन दिखाई दे रहा था। आँगन में बच्चे खेल रहे थे। अकलंक उन बच्चों को खेलते हुए देखने लगा।

तभी अधीक्षक कमरे में आ पहुँचे।

अधीक्षक ने आते ही मामा से पूछा, "आप फार्म भरकर लाए हैं या फार्म दूँ?"

मामा ने अपने झोले से एक फार्म निकालकर अधीक्षक के आगे रख दिया।

अधीक्षक ने फार्म को जाँचा-परखा।

"आप तो समाज के दो प्रतिष्ठित व्यक्तियों के हस्ताक्षर भी करवाकर लाए हैं। ठीक किया, ठीक किया। आपने फार्म खुद मँगवाया था या····"

"नहीं जी, इसमें पहले जिन सज्जन के हस्ताक्षर हैं, फार्म उन्हीं ने मँगाया था। उन्हीं ने सलाह दी थी कि इस बच्चे को यहाँ दाखिल करवा दिया जाए। यहाँ इसका भविष्य सँवर जाएगा।"

"बिल्कुल सही कहा। ये साहब बच्चे के रिश्तेदार लगते हैं क्या?"

"नहीं, इसके नहीं, हमारे रिश्तेदार हैं। मेरे बड़े भानजे के ससुर हैं। इस बच्चे का तो लगता है कोई है ही नहीं। यह हमें एक मेले में भटकता मिला था। अपने और अपने पिता के नाम के अलावा इसे कुछ अता-पता नहीं था कि यह कहाँ का रहने वाला है, इसके माता-पिता कौन हैं, क्या करते हैं।

"हमने कई बरस इसे पाला-पोसा। पढ़ाया-लिखाया। हमारे भानजे-भानजियों की देखा-देखी यह हमें मामा कहने लगा। इसने दर्जा पाँच पास कर लिया है। इससे आगे पढ़ाना और इसकी गुजर-बसर हमारी सामर्थ्य से बाहर की बात है। यह कहीं गलत हाथों में न पड़े, कहीं सेवा-चाकरी में इसका बचपन बर्बाद न हो, हमें इसकी भी फिक्र थी। तभी हमारे बड़े भानजे के ससुर ने सलाह दी कि ऐसा उपाय करो जिससे इस होनहार बच्चे का भविष्य बन जाए और समाज के माथे पर कलंक का टीका भी न लगे····"

"ठीक है, आप इसे छोड़ जाइएगा। हम इसकी देखभाल करेंगे, इसे योग्य और शिक्षित नागरिक बनाएँगे। लेकिन इसे प्रवेश मिलेगा या नहीं, यह हम नहीं इस संस्था के प्रधानमंत्री तय करते हैं। आपको यहाँ एक-दो दिन रुकना होगा।"

काना आदमी अब तक अधीक्षक और मामा की बातें सुन रहा था। अधीक्षक ने अपनी बात पूरी करते ही फार्म उसकी तरफ बढ़ा दिया। उसने फार्म को उलट-पलटकर देखा।

"आपके बच्चे को प्रवेश देना तो पहले ही तय हो चुका है।" उस काने आदमी ने एक नई सूचना दी।

"कब? कैसे?" अधीक्षक झुँझलाया।

"जिन सज्जन ने यह फार्म मँगाया था, उन्हीं ने प्रधानमंत्रीजी से चिट्ठी-पत्री करके इस बच्चे के प्रवेश की मंजूरी ले ली थी। इसीलिए तो अब तक कुल चार बच्चों को दाखिला दिया गया, जबकि कार्यकारिणी ने पाँच की अनुमति दी हुई है।"

"यह बात है। फिर तो आप बेफिक्र होकर इसे छोड़ जाइए," अधीक्षक मामा से बोला, "लाइए बाबू, जरा फार्म तो दीजिए," अधीक्षक ने हाथ बढ़ाते हुए उस काने आदमी से फार्म वापस माँगा।

अपनी मेज पर फार्म को फैलाने के बाद अधीक्षक ने कहा, "अकलंक बेटे, इधर आकर अपना नाम तो लिखो।"

यदि अधीक्षक ने नाम लेकर न पुकारा होता तो फार्म पर अपना नाम लिखते समय पंचम ने पंचम ही लिखा होता। अधीक्षक के नाम लेकर पुकारने से अपनी जगह से उठते-उठते उसे मामाजी की कही बात याद आ गई कि उसका नाम अकलंक है, पंचम नहीं।

अधीक्षक ने फार्म को फिर एक बार उलट-पलटकर देखा। घंटी बजाकर चपरासी को बुलाया। उसे फार्म देते हुए कहीं जाने को कहा।

चपरासी के जाने के बाद अधीक्षक ने मामाजी से कहा, "आपको शाम तक रुकना पड़ेगा। चपरासी हमारी संस्था के प्रधानमंत्री के घर तक गया है। उनके दस्तखत हो जाने पर ही इस बच्चे का प्रवेश पक्का होगा।"

मामाजी जाने कहाँ खोए हुए थे। अधीक्षक की बात सुनते ही वर्तमान में लौटे।

"आप परेशान मत होइए," अधीक्षक ने मामा जी को आश्वस्त किया, "आप तो चलकर अतिथि-कक्ष में आराम कीजिए। शाम को वापस लौट जाइएगा।"

अधीक्षक ने फिर घंटी बजाई। एक और चपरासी वहाँ आ हाजिर हुआ।

"इन्हें अपने साथ अतिथि-कक्ष में ले जाओ।"

चपरासी को कुंजियों का गुच्छा पकड़ाते हुए अधीक्षक स्वयं भी उठ खड़े हुए।

चपरासी मामाजी को दिशा-निर्देश देता-सा अपने साथ ले गया।

अधीक्षक भी दफ्तर के दरवाजे तक आए। वहीं से चपरासी को निर्देश दिया, "इन्हें वहाँ पहुँचाकर एक नंबर कमरे में आ जाना।"

फिर अकलंक से बोले, "अकलंक, तुम मेरे पीछे-पीछे आओ····"

आश्रम की इमारत दो मंजिली थी। ऊपर की मंजिल पर आकर एक किनारे वाले कमरे में पहुँचते ही एक खाली तख्त की तरफ इशारा करते हुए अधीक्षक ने कहा, "अकलंक, आज़ से यह तख्त तुम्हारा है। तुम यहीं रहोगे।"

तब तक चपरासी मामाजी को अतिथि-कक्ष में पहुँचाकर वहाँ आ पहुँचा था। अधीक्षक ने उसे कुंजियों का एक और गुच्छा देते हुए कहा, "स्टोर से एक बिस्तर और जरूरत का सामान ले आओ।"

चपरासी के जाने पर अधीक्षक ने कमरे में दीवार के साथ रखी एक बहुत बड़ी आलमारी का एक खन खोला।

"अलमारी का यह खन तुम्हारा है। अपना सब सामान तुम इसी में रखोगे, समझे!" अधीक्षक ने अकलंक को सूचना दी।

खन को बंद करके अधीक्षक ने चाक से उस पर लिख दिया—अकलंक कुमार।

इस कमरे में पंद्रह तख्त और थे। सब पर एक-एक लड़का बैठा था। सभी तख्त की बिछावन एक-सी थी। हरी दरी, उस पर हरी चादर, सिरहाने पर एक तकिया, उसका गिलाफ भी हरा और पायताने की तरफ एक हरा-सफेद खेस।

प्रत्येक तख्त के ऊपर सिरहाने की ओर दीवार में एक आला बना था जिसमें

किताबें रखी दिखाई दे रही थीं। प्रत्येक दो तख्त के बीच एक लकड़ी की मेज थी। फिर काफी जगह छोड़कर दो तख्त, एक मेज।

कमरे में तख्त के जोड़ों की दो पंक्तियाँ थीं। कुल सोलह तख्त। आठ एक तरफ की दीवार से सटे, आठ दूसरी तरफ की दीवार से। अकलंक का तख्त किनारे पर था। तख्त के पास ही खूब बड़ी खिड़की थी जिससे वह सड़क दिखाई दे रही थी, जिसे अकलंक ने सुबह ताँगे में बैठे-बैठे पार किया था।

सब लड़के पढ़ने की मुद्रा में बैठे थे पर पढ़ कोई नहीं रहा था। सबका ध्यान अकलंक की ओर था। अकलंक का पहनावा सबको अटपटा लग रहा था। अकलंक ने पाजामे के ऊपर छींट के कपड़े की कमीज पहनी हुई थी। अधीक्षक कमरे में एक किनारे से दूसरे किनारे तक चक्कर लगा रहे थे। इसलिए लड़के उसे भर-आँख देख नहीं पा रहे थे।

यकायक अधीक्षक अकलंक के पास रुके। सबको संबोधित करते हुए बोले, "इधर देखो...."

अधीक्षक की आवाज सुनते ही वे गर्दनें, जो अधीक्षक के चहल-कदमी करते समय अकलंक को कनखियों से निहार रही थीं और उनके थिर होते ही अपने सामने खुली किताब पर टिक गईं थीं, एक साथ उठीं और आँख-भर अकलंक को निहारने लगीं।

"इसका नाम है अकलंक कुमार। यह पाँचवीं तक पढ़ा है। अब तुम्हारे साथ रहेगा। यह राजस्थान से आया है।"

अकलंक का परिचय देकर अधीक्षक ने उसे साथ लिए-लिए कमरे का एक चक्कर लगाया। तभी चपरासी मय सामान के वहाँ आ पहुँचा। चपरासी ने अकलंक के तख्त पर ठीक वैसा ही बिस्तर बिछा दिया, जैसा और तख्तों पर बिछा था। आलमारी के जिस खन पर अधीक्षक ने अकलंक का नाम लिखा था, उसमें एक तौलिया, दो चड्डियाँ, दो बनियान, नहाने और कपड़े धोने के साबुन की एक-एक टिक्की रखकर आलमारी में ताला लगा दिया। ताले की एक कुंजी अधीक्षक को और एक अकलंक को थमा दी।

अधीक्षक ने अकलंक को अपने तख्त पर बैठने को कहा और उसके ठीक बगल वाले तख्त पर बैठे लड़के से कहा, "उत्तम, इसका ध्यान रखना..."

उत्तम ने 'हाँ' में गर्दन हिलाई।

अधीक्षक और चपरासी अगले ही पल कमरे से बाहर चले गए।

अधीक्षक के जाते ही अकलंक के पास वाले तख्त पर बैठा उत्तम उठा। देखने में वह अकलंक से बहुत बड़ा लग रहा था—'अधीक्षक ने इसीलिए इसे मेरा ध्यान रखने को कहा है'—अकलंक ने मन-ही-मन सोचा।

उत्तम ने अकलंक का हाथ थामकर उसे तख्त से उठाया। अपना तख्त पार करने के बाद तीसरे तख्त के पास रुककर उसने वहाँ बैठे लड़के की तरफ इशारा करके

अकलंक को बताया, "यह रज्जन है। यह मध्य प्रदेश का रहने वाला है।"

रज्जन ने मुस्कराते हुए हाथ आगे बढ़ाया। अकलंक अब भी उसके चेहरे को निहारे जा रहा था। तभी उत्तम ने कहा, "हाथ मिलाओ न यार!"

अकलंक ने अकबकाकर रज्जन के बढ़े हुए हाथ की तरफ देखा। फिर अपना हाथ उसी तर्ज पर आगे बढ़ा दिया।

रज्जन ने गर्मजोशी के उसकी हथेली दबाते हुए कहा, "मैं भी कक्षा छः में पढ़ता हूँ।"

रज्जन के पास वाले तख्त पर बैठा लड़का इस बीच तख्त से उठ चुका था। जैसे ही उत्तम ने अकलंक को बताया, "यह प्रेम है," अकलंक ने स्वतः आगे बढ़कर उससे हाथ मिला लिया।

अगले दो तख्तों पर विजेंद्र और नरेश थे।

उससे अगले दो तख्तों पर अभय और अमर। दूसरी तरफ के आठ तख्तों पर अशोक, महेंद्र, महेश, दिनेश, रमेश, अजय, विजय और राकेश का परिचय मिला।

सबका परिचय देकर उत्तम अकलंक को कमरे के बाहर ले आया।

बरामदे में रुककर उत्तम ने बताया, "हमारे इस कमरे को कमरा नंबर एक कहते हैं। यह साथ में कमरा नंबर दो है। हमारे कमरे में छठवीं, सातवीं के लड़के रहते हैं। इसमें आठवीं, नवमी के। इनमें कुछ के नाम हैं हरिकिशन, अरिहंत, सुभाष, अनिल, चंदर, प्रकाश, सज्जन और वीरेंद्र भगवानजी। इसके साथ वह कमरा नंबर तीन है। उसमें जो लड़के रहते हैं वे ज्यादातर चीजों के मानीटर हैं। उनका परिचय बाद में। पहले इधर मुड़ो...."

कहने के साथ ही उत्तम बरामदे के दूसरी तरफ मुड़ चुका था। अकलंक उसके पीछे-पीछे चल दिया।

पूरी इमारत दो हिस्सों में थी। एक तरफ के बरामदे में बने इन तीन कमरों का परिचय दिया जा चुका था। दूसरी तरफ के बरामदे में चार कमरे बने हुए थे।

पहले कमरे की तरफ इशारा करते हुए उत्तम ने बताया, " यह कमरा नंबर चार है। इसमें दसवीं, ग्याहरवीं के लड़के रहते हैं। इनमें कुछ हैं आनंदमणि, जिनेंद्र, नरेंद्र, मांगीलाल, श्रीपाल।

"आगे कमरा नंबर पाँच, छः और सात में कॉलेज में पढ़ने वाले लड़के रहते हैं। इन्हें छात्रावासी कहा जाता है। इनके लिए आश्रम के सामने स्कूल और संस्कृत विद्यालय वाला जो भवन है उसमें कमरे बन रहे हैं। जब बन जाएँगे तब ये वहीं रहेंगे।

"इन्हें आश्रम से खाने और रहने की सुविधा मुफ्त मिली हुई है। शेष जरूरतों के लिए वे छोटा-मोटा काम करते हैं।

"आश्रम में अठारह साल की उम्र या ग्यारहवीं कक्षा तक के लड़कों को रखा जाता है। जो भी स्थिति पहले आ जाए, लड़के को आश्रम छोड़ना पड़ता है। आगे पढ़ाई

जारी रखने वाले लड़के तब छात्रावासी बन जाते हैं। जो ग्यारहवीं पास नहीं कर पाते और उससे पहले ही अठारह साल के हो जाते हैं उन्हें आश्रम से हटना पड़ता है।

"हर साल ऐसे कई लड़के आश्रम से विदा होते हैं जो ग्यारहवीं पास नहीं कर पाते। उससे पहले ही अठारह के हो चुकते हैं।

"बात यह है कि यहाँ जब जो बच्चा भर्ती होता है, यदि कुछ पढ़ा-लिखा हुआ तो उसके बाद की कक्षा में प्रवेश मिल जाता है। जो लड़के बिल्कुल अनपढ़ आते हैं उन्हें पहली कक्षा में प्रवेश मिलता है। अब मान लो—आठ, नौ या दस साल का लड़का भर्ती हुआ। पहली कक्षा से पढ़ना शुरू किया। अठारह का होते-न-होते वह पहुँचेगा दसवीं, नवमी या आठवीं में।

"ग्यारहवीं तक वही बच्चे पहुँचते हैं जो या तो पाँच-छः साल की उम्र में यहाँ भर्ती करा दिए जाते हैं, या जो कभी किसी कक्षा में अनुत्तीर्ण नहीं होते।

"ऐसे खुशकिस्मत लड़के यहाँ कम ही होते हैं। ज्यादातर के माँ-बाप ऐसे बुरे समय में मरते हैं कि लड़का इधर का रहता है न उधर का। कई बार नाते-रिश्तेदार यह सोचने में काफी समय गँवा देते हैं कि लड़के को आश्रम में भेजें या उससे अपनी सेवा-टहल करवाते रहें। ऐसे रिश्तेदार तो समाज के दबाव में बच्चे को यहाँ छोड़ते हैं। वरना····

"वह तो गनीमत है कि आश्रम दस साल से ज्यादा की उम्र के बच्चे को भर्ती नहीं करता, वरना यह हालत होती कि आश्रम का लड़का जब दूसरी में पहुँचता, शहर के दुधमुँहे बच्चे दोनों तरफ से उसकी मूँछों से खेलते पाए जाते।

"पहले तो यहाँ दो साल के बच्चे भी भर्ती कर लिए जाते थे। अब ऐसा नहीं होता। जो लोग पाँच साल से छोटे बच्चे को लाते हैं उनसे कह दिया जाता है कि पाँच साल तक तो इस बच्चे का दो रोटी, दो कपड़ों का ही खर्च है, वह आप करो, जब पढ़ने लायक हो जाएगा, तब यहाँ लाना। हाँ, ऐसे बच्चे का नाम तभी लिख लिया जाता है ताकि उसे बाद में आने पर दाखिला जरूर मिल जाए।

"छोटे बच्चों की तीमारदारी बहुत कठिन है न, इसलिए यह नियम बदला गया है। खैर, अब तू भर्ती हो ही चुका है, सब कुछ समझ जाएगा।

"हाँ, तो मैं क्या कह रहा था? हाँ, छात्रावासी लड़कों में कुछ के नाम हैं—बनवारी, अमरनाथ, सुंदरलाल, हुकुमचंद्र, पुष्पराज, पंचम····"

"हैं!" पंचम नाम सुनते ही पंचम उर्फ अकलंक चौंका।

"क्यों, अटपटा नाम है न! दरअसल उनका नाम तो है विजय, लेकिन एक विजय आश्रम में भी है न, सो उन्हें सब पंचम कहते हैं। पंचम उनका अपना नहीं, उनके गाँव का नाम है।" उत्तम ने पंचम का पंचनामा बखाना।

"हाँ, एक बात और। छात्रावासी, सभी लड़के आश्रम से निकलकर छात्रावासी नहीं बनते। कई लड़के उनमें ऐसे भी हैं जो कभी आश्रम में रहे ही नहीं। वे इस शहर में

पढ़ने आए हैं। उनके माँ-बाप उन्हें पढ़ाना चाहते हैं लेकिन इस शहर का पूरा खर्चा नहीं उठा सकते।

"ऐसे असहाय माता-पिता के बच्चों की पढ़ाई में मदद करना भी इस संस्था के उद्देश्यों में से एक है। इन लड़कों को रहना-खाना आश्रम से मिल जाता है। पढ़ाई का खर्च इनके माँ-बाप भेजते हैं। ये केवल पढ़ते हैं, आश्रम वाले छात्रावासियों की तरह इन्हें पढ़ाई के साथ-साथ छोटा-मोटा रोजगार नहीं करना पड़ता···

"और यह जो बीच में बड़ा हॉल है," दोनों तरफ के बरामदों के कमरों के बीचोंबीच बरामदे के इस छोर से उस छोर तक बने हॉल की तरफ इशारा करते हुए उत्तम ने कहा, "इसमें पहली से पाँचवीं तक के लड़के रहते हैं।"

वापस तीन नंबर कमरे के पास आने पर जब उत्तम ने देखा कि कमरे के चारों दरवाजे बंद हैं, तब बाहर ही से वापस लौटते हुए बताया, "इसमें सदानंद, राजेंद्र, जितेंद्र, त्रिलोक, मोतीलाल, खेमचंद्र, सतीश, महेश वगैरह रहते हैं। ये सब यहाँ के दादा लड़के हैं। इन्हें अधीक्षक भी कुछ नहीं कहता। इनमें से कोई किसी कक्षा में पढ़ता है, कोई किसी में।"

सीढ़ियों के पास आकर हॉल के दूसरी तरफ के बरामदे में खड़े होते ही उत्तम ने इशारे से बताना शुरू किया—"उस पहले मकान में पंडित मौलिचंद्र रहते हैं। वे यहाँ के प्रचारक हैं। दूसरे मकान में अधीक्षक और जो हमारे ठीक सामने तीसरा मकान है इसमें संगीत मास्टर राधिकाप्रसादजी।

"उनके मकान के साथ शौचालय बने हैं। इनके नीचे भी शौचालय और मूत्रालय बने हैं। अपने कमरे के नीचे भोजनालय है। उसके साथ राधिकाप्रसादजी के मकान के नीचे गुसलखाने हैं। सामने वह पानी की टंकी के नीचे कुआँ है। कुएँ की बगल में एक तरफ वह जो कमरा है उसमें दूसरे संगीत मास्टर कृष्णचंद्र रहते हैं। वह अंधे हैं। गुसलखाने के साथ वह जो कमरा बना है वह खाने की चीजों का स्टोर है। स्टोर के साथ वाले कमरे में रसोइए रहते हैं। उनके साथ वाला कमरा कपड़ों का स्टोर है। उसके सामने एक और कमरा है वह लकड़ी-कोयले का स्टोर है। उसी स्टोर के ऊपर एक कोठरी है जिसमें श्यामलाल चपरासी रहता है।

"कपड़ों के स्टोर से आश्रम के फाटक तक नीचे जितने कमरे हैं उनमें स्कूल की कक्षाएँ लगती हैं। कक्षा एक से कक्षा छः तक।

"दूसरे बरामदे में अपने कमरे के नीचे रसोई है। उसके बाद कमरा नंबर दो से किनारे तक के तीन कमरों में कक्षा सात और बीच के एक छोटे कमरे में क्राफ्ट की कक्षा लगती है।

"इधर कमरा नबंर तीन के साथ मंदिर है। मंदिर के नीचे आश्रम का बड़ा स्टोर है। वहीं पागल चपरासी कालू की कोठरी है। प्रचारक का कमरा है। बरामदे में मंडली का कमरा, जहाँ लड़कों को गाना-बजाना सिखाया जाता है। फिर अधीक्षक का कमरा।

फाटक का रास्ता। उसके बाद दूसरे किनारे पर आश्रम के प्रधानमंत्री का दफ्तर है।

"बड़े हॉल के नीचे भी एक हॉल है जिसमें स्कूल का छोटा पुस्तकालय है। मंडली के और प्रधानमंत्री के कमरे के साथ दोनों बरामदों में ऊपर आनें की सीढ़ियाँ बनी हैं। एक तरफ की सीढ़ी मंदिर में जाती है, दूसरी तरफ की अतिथि-कक्ष में। लड़के अपने कमरों में श्यामलाल की कोठरी और मास्टर कृष्णचंद्रजी के कमरे के पास की सीढ़ियों से आते-जाते हैं। नीचे की सीढ़ियों से बाहर के लोग मंदिर आते-जाते हैं। आश्रम के लड़के कमरा नंबर तीन के पास बरामदे में बने दरवाजे से···"

सब दिखा-बता कर उत्तम ने अकलंक के कंधे पकड़ उसका चेहरा अपनी तरफ घुमाया। जैसे ही अकलंक की नजर उसके चेहरे पर टिकी, वह हँसता हुआ बोला, "और यह तुम्हारे सामने उत्तमचंद्र है। मैं छठवीं कक्षा में पढ़ता हूँ। तीसरी में था तब एक दिन भूल से गर्म घी से भरी कढ़ाही में पाँव डाल दिया था। पूरा पाँव भुन गया था। तीन साल अस्पताल में रहा तब जाकर चलने-फिरने लायक हुआ। यह देखो···"

कहते न कहते उत्तम ने पाजामा ऊपर उठाकर अपना दाँया पाँव दिखाया। पैर की झुलसी हुई दशा देख अकलंक सिहर उठा। उसने पाँयचा पकड़े उत्तम के दोनों हाथ झटक दिए। पाँयचा हाथों से छूटते ही उत्तम का पाँव पाजामे ने ढँक लिया।

उत्तम हँसा, "अरे यार, बहुत कमजोर दिल के हो तुम तो। देखकर ही डर गए···तो तीन वर्ष पढ़ाई नहीं हो सकी। अब लगभग सोलह की उम्र में छठवीं में हूँ। आठ पास करते-न-करते तुम लोगों से विदा ले लूँगा···"

उत्तम उसे सब दिखा-बता रहा था कि अधीक्षक का बुलावा आ गया।

अधीक्षक के कमरे में पहुँचने पर अधीक्षक ने अकलंक से एक रजिस्टर में कई जगह दस्तखत करवाए। फिर रजिस्टर को बगल में दबाया और अकलंक को अपने पीछे-पीछे आने को कहा।

नीचे की मंजिल का बायाँ बरामदा पार करके अधीक्षक कपड़ों के स्टोर पर आकर रुके। चपरासी और अकलंक उनके पीछे-पीछे थे।

चपरासी ने अधीक्षक से कुंजी लेकर कपड़ों के स्टोर का ताला खोला। अकलंक के नाप के कई कपड़े निकालकर एक तरफ रखे।

अधीक्षक ने उन कपड़ों पर ऐसी जगह जो पहनते समय दिखाई न दे, काली स्याही से 729 लिखा।

कपड़े चपरासी ने सँभाले। काली स्याही और कलम अकलंक को सँभालने को दे दी गई। अधीक्षक ने स्वयं स्टोर का ताला बंद किया।

तीनों जन कमरा नंबर एक में आए। अकलंक को जो कपड़े पहले दिए जा चुके थे उन पर भी वही निशानी बनाई। बिस्तर पर भी।

अधीक्षक ने रजिस्टर खोला।

जहाँ-जहाँ अकलंक के दस्तखत करवाए गए थे, उन पृष्ठों से अधीक्षक एक-एक

कपड़े का नाम बोलने लगे—एक तौलिया, दो चड्डियाँ, दो बनियान, दो खाकी नेकर, दो सफेद कमीज, दो कुर्ते, दो पायजामे, दो बुश्शर्ट, एक खेस, एक दरी, एक चादर, एक तकिया, एक गिलाफ।

अधीक्षक जिस कपड़े का नाम लेते रहे, चपरासी उसे उठाकर आलमारी में रखता गया। बिस्तर को फिर से तख्त पर बिछा लिया गया।

"जो कपड़े तुमने पहने हुए हैं, कल सुबह इन्हें दफ्तर में जमा करवा देना। जो कपड़े मिले हैं, इन्हें पहनना। कब कौन-सा कपड़ा पहनना है यह तुम्हें उत्तम बता देगा!" अधीक्षक ने आदेश दिया और रजिस्टर, स्याही, कलम लिए चले गए।

उनके जाते ही उत्तम ने बताया, "यह जो तेरे कपड़ों पर सात सौ उनतीस (729) नंबर है, यह तेरा आश्रम का भर्ती नंबर है। जब से आश्रम बना है, यहाँ भर्ती होने वाले लड़कों का नाम एक रजिस्टर में दर्ज होता रहा है। आश्रम में भर्ती होने वाले तुम 729वें लड़के हो। इसे याद रखना। कोई कपड़ा कहीं खो गया तो इसी से मिलेगा। कभी अधीक्षक को तुम्हारा कोई कपड़ा-लत्ता कहीं पड़ा दिखा तो इस नंबर से वह जान लेंगे कि तुम्हारा है। दूसरे लड़के भी नंबर के चलते जान पाएँगे कि यह चीज तुम्हारी है।

"आश्रम में प्रार्थना वगैरह के समय हाजिरी इसी नंबर से ली जाती है। एक नाम के दो लड़के होने पर दोनों के नाम के साथ नंबर लगाना होता है।"

उत्तम के बताने पर अकलंक को पता चला कि कपड़ों पर जो निशानी बनाई गई है, वह निशानी नहीं संख्या है। अकलंक ने इससे पहले ऐसी संख्या लिखी कहीं देखी नहीं थी। उसके प्रदेश में हिंदी देवनागरी के अक्षर और अंक ही पढ़ाए, और प्रयोग में लाए जाते हैं। अकलंक ने मन-ही-मन तय किया—'सबसे पहले ये अंक सीखने चाहिए····'

उत्तम उठकर कहीं चला गया। उसके साथ ही कमरे के और लड़के भी कहीं चले गए। अपने को अकेला पाते ही अकलंक को घबराहट-सी महसूस होने लगी। घबराहट जल्दी ही रुदन में तब्दील हो गई। वह बेइंतहा रोने लगा। रोते-रोते बिस्तर पर लेट गया। जाने कब उसकी नींद लग गई।

जब नींद टूटी, लड़के कमरे में मौजूद थे। उत्तम ने उसे एक सेब खाने को दिया। सेब हाथ में आते ही अकलंक को ख्याल आया कि उसने तो सुबह से कुछ खाया ही नहीं है।

सेब खाकर अकलंक तख्त से उठा और कमरे से बाहर चला आया। उत्तम के दिखाए-बताए रास्ते से अतिथि-कक्ष में जा पहुँचा।

अतिथि-कक्ष में मामा बेमतलब इधर-से-उधर चक्कर काट रहे थे। अकलंक को देखते ही मामा ने उसे सीने से लगा लिया। ढेरों ढेर चुंबन लिए। अकलंक के सामने जमीन पर बैठकर बोले, "पंचम बेटा, मुझे माफ कर देना···· तुम्हारा भविष्य सँवारने के लिए यह सब करना पड़ रहा है। मुझे माफ कर देना बेटा····"

मामा फफक-फफककर रो पड़े।

अकलंक ने मामा के आँसू पोंछे। मामा को विश्वास दिलाया कि मैं पढ़ूँगा, मन लगाकर पढ़ूँगा। आप मेरी फिक्र मत करना। बस, बाई को कभी मत बताना कि मैं कहाँ हूँ। मैं खुद कभी-कभी बाई, दादा को अपनी खबर देता रहूँगा।

मामा ने एक बार फिर पंचम को अपने सीने से लगा लिया।

"मैं शाम की गाड़ी से लौट जाऊँगा बेटा। तुम जिज्जी को कभी यहाँ के बारे में मत लिखना। यह भी मत लिखना कि अब तुम्हारा नाम अकलंक है। मैं जिज्जी को बता दूँगा कि पंचम की देखभाल, पढ़ाई-लिखाई की जिम्मेदारी मेरी है। वह बहुत दूर रहता है इसलिए जब तक पढ़ाई पूरी नहीं होती, घर पर नहीं आ सकता। वहाँ का यही नियम है।"

"मामा, मुझे भूख लगी है।" पंचम ने मामा की बातों का अर्थ समझते ही अपनी तात्कालिक जरूरत पेश की।

भोजन मामा ने भी नहीं किया था। साथ लाए भोजन का डिब्बा खोलकर मामा ने पंचम को भोजन कराया। स्वयं मामा पंचम के बार-बार आग्रह के बावजूद मुँह तक एक निवाला भी नहीं ले जा पाए।

शाम होते-न-होते एक घंटी की आवाज सुनाई दी। उस आवाज के दो क्षण बाद उत्तम अतिथि-कक्ष में आया। मामा को प्रणाम किया और अकलंक को अपने साथ लेकर नीचे की मंजिल में पहुँचने के लिए सीढ़ियों की तरफ चल दिया।

यकायक उत्तम को कुछ याद आया। वह पलटा। अकलंक को अपने कमरे की तरफ चलने को कहा। दोनों लगभग दौड़ते हुए कमरे में आए।

उत्तम के कहने पर अकलंक ने अपने खन का ताला खोला। उत्तम ने एक पाजामा-कुर्ता निकालकर अकलंक से उन्हें पहनने को कहा। बोला, "जल्दी कर, हमें अभी दावत खाने बाहर जाना है।"

अकलंक ने वैसा ही किया।

नए कपड़े पहन चुकने पर आलमारी का ताला बंद करके दोनों कमरे से बाहर आ सीढ़ियाँ उतरे और आँगन की तरफ चल पड़े।

आँगन में सब लड़के उजले कपड़े पहने खड़े थे।

अधीक्षक ने सबको एक बार गौर से देखा और जाने का संकेत दिया।

आश्रम की इमारत से कुछ ही दूर जाने पर सब लड़के एक बड़ी हवेली में जा पहुँचे। वहाँ उन्हें पंक्ति में बैठाकर भोजन कराया गया। लौटते समय सब लड़कों को भोजन कराने वाले सेठ ने एक-एक रुपया दिया।

आश्रम में आते ही वह रुपया अधीक्षक ने झपट लिया।

अकलंक जब तक फिर से अतिथि-कक्ष में पहुँचा, मामाजी ज़ा चुके थे····

दस

दावत से लौटते समय उत्तम अकलंक के साथ-साथ नहीं आया था। अकलंक ने इधर-उधर बहुत आँखें नचाईं लेकिन उत्तम कहीं नजर नहीं आया था। उत्तम नजर आया बहुत देर बाद। अकलंक चुपचाप अपने तख्त पर बैठा था। उत्तम तेजी से उसके पास आया और हाथ पकड़कर उसे उठाने लगा···

अकलंक उदास था। मामाजी जा चुके थे। जाते समय वह उनसे मिल भी नहीं पाया था। अकलंक भयभीत था। भय का कारण मामा छोड़ गए थे। उसे जहाँ का और जो बताकर गए थे, वह न वहाँ का था, न वह था। अकलंक उलझन में था, यदि किसी ने उससे वहाँ के बारे में पूछताछ की तो क्या जवाब देगा?

अकलंक के आगे एक दुविधा और भी थी। उसे इस तरह की हिंदी बोलनी नहीं आती थी, जैसी यहाँ लड़के बोल रहे थे। किताबी हिंदी। किताबों में पढ़ी होने से वह समझ तो सब रहा था लेकिन बोलने का अभ्यास न होने से बोल पाना कठिन लग रहा था।

अकलंक ने संवाद की इस लाचारी के चलते मौन को अपना हथियार बनाने का निश्चय कर लिया। सिर्फ सुनो! कहो मत। कहते ही भेद खुल जाएगा।

उत्तम जिस तरह धाराप्रवाह बोलता था, उसमें अकलंक को बोलने का अवसर था भी नहीं। उत्तम अकलंक की ढाल बना रहे तो अकलंक को तब तक बोलने की जरूरत ही न पड़ेगी, जब तक बोलना आ न जाए। यह रहस्य अकलंक ने इसी बीच जान लिया था।

इसीलिए दावत से लौटते समय जब उत्तम नहीं दिखा, तब अकलंक को घबराहट महसूस हुई। मामाजी के जा चुकने की सूचना ने इसे और बढ़ा दिया।

अब उत्तम को देखते ही उसका मन स्थिर हुआ।

अकलंक तख्त से उठा। उत्तम के साथ-साथ छत पर जा पहुँचा।

"तेरा रुपया अधीक्षक ने ले लिया न!" उत्तम ने पूछा।

"हाँ।"

"यही तो रोना है यहाँ का। इसीलिए मैं इधर-उधर हो गया था। अब जब रुपये गिनेगा, तब सोचेगा किस-किसने नहीं दिया···" उत्तम ने ताली बजाते हुए कहा और

अधीक्षक की उलझन की कल्पना करके खुश होने लगा।

थोड़ी देर काल्पनिक खुशी में डूबे रहने के बाद उत्तम ने अकलंक का परिचय-पाठ आगे बढ़ाया, "देख, आज तो छुट्टी थी, कल भी रहेगी। परसों से दिन ऐसे नहीं रह जाएँगे। स्कूल और विद्यालय दोनों खुल जाएँगे।

"सबेरे पाँच बजे आलम सबको जगा देगा। सवा पाँच बजे तक सब लड़के हॉल वाले बरामदे में आ जाएँगे। वहाँ प्रार्थना होगी। फिर सब दौड़ लगाने जाएँगे। लौटकर टट्टी-फड़ाका, मंजन-दातुन करेंगे। नहाएँगे। फिर मंदिर जाएँगे। वहाँ से भोजनालय में जाएँगे। चाय पिएँगे।

"फिर अपने कमरों में आकर स्कूल के लिए तैयार होंगे। साढ़े सात बजे स्कूल की घंटी बजने पर स्कूल जाएँगे। सवा दस बजे स्कूल की आधी छुट्टी होने पर खाना खाने आएँगे। फिर स्कूल जाएँगे। डेढ़ बजे स्कूल की पूरी छुट्टी होगी।

"दो बजे दोपहर का नाश्ता मिलेगा। उसके बाद सब पढ़ने बैठेंगे। स्कूल का काम करेंगे। साढ़े तीन बजे मंडली के लड़के मंडली में जाएँगे। शेष में से जो पढ़ना चाहेगा पढ़ेगा, जो खेलना चाहेगा, खेलेगा। कुछ लड़के यहीं आँगन में खेलेंगे। कुछ पास में एक मैदान है वहाँ जाएँगे।

"पाँच बजे शाम को खाने के समय कोई एक लड़का मैदान में खबर दे आएगा। सब लड़के हाथ-मुँह धोकर शाम का खाना खाएँगे। खाना खाकर मंदिर में आरती करने जाएँगे।

"तब तक विद्यालय की घंटी बज जाएगी। सब विद्यालय जाएँगे। वहाँ धर्म और संस्कृत पढ़ेंगे। रात सवा नौ बजे वहाँ की छुट्टी होने पर आश्रम में लौटेंगे। कोई-कोई आते ही सो जाएगा, कोई-कोई कुछ पढ़-लिखकर।

"सर्दियों में थोड़ी फेर-बदल हो जाएगी। तब स्कूल दस बजे से लगा करेगा। तब मंडली वाले लड़के स्कूल से पहले मंडली में जाया करेंगे। खाना भी स्कूल जाने से पहले मिलेगा। स्कूल की आधी छुट्टी में नाश्ता मिलेगा। स्कूल की छुट्टी के बाद खेलना चाहो खेलो, स्कूल से मिला काम करना चाहो, वह करो।

"ज्यादातर लड़के तब खेलने चले जाएँगे। स्कूल का काम विद्यालय में समय मिलने पर या सुबह चाय पीने के बाद करते हैं।

"एक बात और, तू मंडली में जाएगा न, तो वहाँ जैसा मास्टरजी कहें वैसा गाकर मत दिखाना, वरना तुझे भी मंडली में भर्ती कर लेंगे। तब तेरे पास न गर्मियों में खेलने का समय बचेगा, न सर्दियों में। समझा!"

अकलंक समझा या नहीं समझा, खबर नहीं। अलबत्ता उसने हाँ में गर्दन जरूर हिला दी।

"अब तू सोचता होगा, कब, किस चीज का समय हुआ है, पता कैसे चलेगा? है न?"

अकलंक ने फिर हाँ में गर्दन हिला दी।

"अधीक्षक के कमरे के बाहर बरामदे में वह जो घंटी देख रहा है न," उत्तम ने छत से नीचे बरामदे की तरफ उँगली उठाई, अकलंक ने उसकी उँगली का पीछा किया, "यह घंटी पाँच बजे सबको जगाने के लिए, सवा पाँच बजे प्रार्थना के लिए, साढ़े पाँच बजे घूमने जाने के लिए, साढ़े छः बजे नहाने के लिए, सात बजे मंदिर जाने के लिए, सवा सात बजे नाश्ते के लिए, दो बजे फिर नाश्ते के लिए, ढाई बजे पढ़ने बैठने के लिए, साढ़े तीन बजे मंडली में जाने के लिए, चार बजे खेलने के लिए, पाँच बजे खाने के लिए, साढ़े पाँच बजे मंदिर जाने के लिए और रात दस बजे सोने के लिए बजाई जाती है।

"इसे ठीक समय पर बजाता है पगला चपरासी कालू। कालू सचमुच पागल है। पहले आश्रम में रहकर जब पढ़ता था, एक दिन मंदिर की छत पर बल्ब लगाते समय नीचे आँगन में गिर पड़ा। दिमाग फिर गया। पढ़ाई छूट गई। चपरासी हो गया। वह पगला ठीक समय कैसे जान लेता है यह मैं भी नहीं जानता····

"सर्दियों में स्कूल दस बजे लगता है इसलिए तब सुबह आठ बजे पढ़ने और मंडली वालों को मंडली में जाने के लिए, नौ बजे खाना खाने के लिए, स्कूल के बाद चार बजे खेलने के लिए घंटी बजती है। रविवार और छुट्टियों के दिन हों तो घंटियाँ कम बजती हैं। सुबह नौ बजे खाने की घंटी के बाद डेढ़ बजे नाश्ते की, फिर शाम पाँच बजे खाना खाने की। दावत में जाना हो तो पाँच की जगह साढ़े चार, दावत खाने दूर जाना हो तो और पहले।

"इसके अलावा जब कभी घंटी अचानक, किसी भी समय, लगातार बजे, उसे कालू नहीं कोई लड़का बजा रहा हो, तो समझना चाहिए यह खतरे की घंटी है। इसका मतलब खेल के मैदान में या सड़क पर, आश्रम के किसी लड़के का झगड़ा हो गया है। तब जितनी जल्दी हो सके, लड़ाई में काम आने लायक लकड़ी, विकेट, बैट, डंडा, पत्थर जो भी मिले, लेकर आश्रम के बाहर, लड़ाई के मैदान में पहुँच जाना चाहिए।"

घंटी पुराण यहीं रोककर उत्तम ने पूछा, "सब समझ गया न!"

अकलंक ने फिर हाँ में गर्दन हिला दी।

"तो चल, अब चलकर सोते हैं। तू थका हुआ भी होगा न!"

सुबह घंटी की आवाज आने से पहले से अकलंक जागा हुआ था। सच तो यह है कि वह शायद सोया ही नहीं था। छत से लौटने के बाद उत्तम और अन्य लड़के अपने बिस्तर लेकर कमरे से चले गए थे। जाते समय उत्तम ने अकलंक से पूछा था, "तू बरामदे में सोना चाहेगा या नीचे आँगन में?"

अकलंक ने तख्त पर हाथ रखते हुए बताया—'यहीं।'

"यहाँ गर्मी लगेगी····सोच ले····"

अकलंक ने फिर तख्त पर थपकी दी। मतलब सोच लिया।

सब चले गए थे। कमरे में अकेला होते ही अकलंक को अटपटा-सा लगा। इतना लंबा कमरा। नंगे तख्त। बाहर सड़क से आती इक्का-दुक्का वाहनों की आवाज। सड़क की रोशनी खिड़की से कमरे में आ रही थी। उसी रोशनी में अकलंक देर तक कमरे की छत को एकटक निहारता रहा। इसी बीच कभी एकाध झपकी लगी। थोड़ी ही देर में चौंककर वह फिर जाग गया। सुबह घंटी की आवाज आने तक यही क्रम चलता रहा था।

उत्तम कमरे में आया और अकलंक को अपने साथ प्रार्थना में ले गया।

दो लड़कों ने प्रार्थना-गान किया। शेष ने उनके बोल दोहराए।

राजा, राणा, क्षत्रपति, हथियन के असवार,
मरना सबको एक दिन, अपनी-अपनी बार।
दल-बल, देवी-देवता, मात-पिता, परिवार,
मरती बिरियाँ जीव को, कोऊ न राखन हार।
दाम बिना निर्धन दुखी, तृष्णावश धनवान,
कबहुं न सुख संसार में, सब जग देख्यो छान।
आप अकेला अवतरे, मरे अकेला होय,
यों कबहूं न इस जीव को, साथी-सगा न कोय।
जहाँ देह अपनी नहीं, तहाँ न अपना कोय,
घर-संपत्ति सब प्रगट ये, पर हैं, परिजन लोय।

दौड़ने, स्नान, मंदिर, चाय आदि के लिए भी अकलंक उत्तम के साथ-साथ गया। उत्तम ने बताया, "सुबह दो प्रार्थनाएँ होती हैं। कभी यही, जो आज हुई, कभी दूसरी 'दुःख भी मानव की संपत्ति है' वाली। जिसे जो कंठस्थ हो। जिन्हें प्रार्थना-गान करना होता है, यह उन पर निर्भर करता है कि कौन-सी प्रार्थना होगी।"

दस बजे एक और घंटी बजते ही सब लड़के तैयार होकर नीचे आँगन में आ गए। चाय के समय भोजनालय में भोजन की तैयारी न होते देख सब जान गए थे कि आज भी दावत में जाना है।

अधीक्षक ने आश्रम की भर्ती संख्या बोल-बोलकर सबकी उपस्थिति दर्ज की। प्रत्येक लड़का "हाजिर हूँ" कहता हुआ, पंक्ति में खड़ा होता गया।

दो पंक्ति बन जाने पर कालू सबसे आगे आ गया। आश्रम के रसोइए और श्यामलाल चपरासी सबसे पीछे रहे। चौकीदार ने पूरा फाटक खोल दिया।

आश्रम की इमारत से बारह आते ही बड़े लड़के पंक्ति से अलग होकर चलने लगे। वे सभी ऐसा प्रदर्शन कर रहे थे मानो छोटे लड़कों पर नजर रखने के लिए पंक्ति से बाहर आए हों।

आश्रम से काफी दूर चलकर कई गलियों, मुहल्लों को पार करके जहाँ पहुँचे, पिछली शाम की तरह यहाँ भी एक बड़ी-सी हवेली की छत पर सब लड़कों को आसन

पट्टी पर बैठाकर खाना खिलाया गया।

लौटते समय उत्तम ने अपना जानकारियों का भंडार फिर खोल दिया····

"तू सोचता होगा, यहाँ तो मजे हैं। रोज तर माल खाने को मिलता है। है न!"

अकलंक ने वही हाँ में गर्दन हिला दी।

"ऐसा नहीं है रे। दरअसल आजकल छुट्टियाँ हैं न। पिछले दिनों परीक्षाफल निकला है। सो, जो लड़के अच्छी श्रेणी में पास हुए हैं न, उनके माँ-बाप खुश हैं। इसीलिए दान-पुण्य करने पर तुले हैं। हम अनाथों को भोजन कराना भी तो दान-पुण्य है न। बाद में तो पूरे साल केवल त्यौहारों के दिन ही ऐसा खाना मिलता है। या फिर किसी सेठ के बाप की, माँ की, तेरहवीं, पुण्य तिथि या जन्म तिथि पर। कभी-कभी कोई कम दर्जे का दानी अपने घर न बुलाकर आश्रम में ही पक्का खाना बनवा लेता है। उसमें मजा नहीं आता। अधीक्षक सब चीजों में इतनी कंजूसी और हेराफेरी करता है कि सब बेस्वाद बनता है। दानी से जरूर दोगुनी रकम ऐंठ लेता है। कभी-कभी कोई-कोई खाना बाहर से बनाकर ले आता है। पर उसमें भी वो बात नहीं रहती। ठंडा, गिना-चुना खाना। कभी सब्जी छ्यौंट जाती है, कभी खीर, कभी पूड़ियाँ।

"ज्यादातर दिन तो आश्रम में बने सूखे टिक्कड़, पानी वाली दाल, मिर्चों भरी सब्जी खाकर गुजारा करना पड़ता है। वह भी गिनी-चुनी।

"अरे हाँ," अपनी जानकारियों को बीच में छोड़कर या आश्रम में बनने वाले खाने का ख्याल आने से मुँह कसैला हो आया, जो भी हो, उत्तम रुका। अकलंक की पीठ पर हाथ रखा, फिर शुरू हो गया, "शाम को भी बाहर खाने जाना है। तुझे आदत नहीं होगी रोज-रोज पक्का खाना खाने की। इसलिए बता रहा हूँ। लोभ में ज्यादा मत खा जाना। कहीं दस्त लग जाएँ····"

अकलंक ने हाँ में गर्दन हिला दी। बताया नहीं कि भाई मेरे, मेरे मुँह तक तो कौर ही बमुश्किल पहुँचते हैं। इतनी तरह का और इतना अच्छा खाना मैंने खाना तो दूर, कभी देखा तक नहीं था। मेरा पेट तो यह सब देखकर ही भर जाता है।

आश्रम में पहुँचकर सब लड़के खेल-कूद में व्यस्त हो गए। खेलने-कूदने का आज अंतिम दिन है। कल से स्कूल, विद्यालय खुलते ही सब पर अंकुश लग जाएगा।

अकलंक कुछ देर अपने तख्त पर बैठा रहा। रात-भर जागने, पक्का खाना खाने और धूप में आने-जाने से उसे झपकियाँ आने लगीं।

अकलंक को याद नहीं कब वह बैठे से सो गया।

उत्तम ने जगाया तब नींद टूटी। वह हाथ में एक सेब लिए खड़ा था। उसी ने बताया, "दोपहर के नाश्ते की घंटी तुझे सुनाई नहीं दी न। ऐसे नहीं सोते। अभी तो तू नया है सो मानीटर ने तेरा हिस्सा मुझे दे दिया। आइंदा घंटी बजते ही उठने और, जिस चीज की घंटी बजी है, वहाँ पहुँचने का ध्यान रखना। घंटी बजने के तुरंत बाद जो नहीं पहुँचता उसे चीज तो नहीं मिलती, सजा जरूर मिलती है। समझा! ले, सेब खा।"

अकलंक ने फिर हाँ में गर्दन हिलाई और उसके हाथ से सेब ले लिया।

शाम को फिर घंटी बजी। लड़के दौड़े-दौड़े नीचे की मंजिल में गुसलखानों में गए। हाथ-मुँह धोया। कपड़े बदले और फिर आँगन में पहुँच गए।

अधीक्षक ने सुबह वाला क्रम दोहराया।

उसी तरह चल-चला कर लड़के एक और मुहल्ले की, एक और हवेली में पहुँचे। खाना खाया और लौट आए।

मंदिर में आरती के बाद सब लड़के अपने-अपने कमरों में अपने तख्त पर आ बैठे। पिछले दिन की तरह न कोई खेल में व्यस्त हुआ, न बातचीत में। सब-के-सब पढ़ने का बहाना करते बैठे थे। उनके बैठने के ढंग से लग रहा था कुछ अस्वाभाविक हुआ है, सबको किसी अनहोनी का, आपद का इंतजार है।

उत्तम ने अकलंक को तख्त से उठने का इशारा किया।

अकलंक उत्तम के पीछे-पीछे छत तक आया। निर्दिष्ट स्थान पर बैठ गया।

अकलंक के करीब मुँह लाकर उत्तम ने पूछा, "भोजनालय के बरामदे में टट्टी तूने तो नहीं की?"

अकलंक की समझ में नहीं आया कि उत्तम ने यह प्रश्न क्यों किया। फिर भी उसने न में गर्दन हिलाकर जवाब दे दिया।

"सच कहता है?"

अकलंक ने हाँ में गर्दन हिलाई।

"कसम खाकर कह।"

"माँ-बाप की कसम।"

"अबे, तूने यह कसम कहाँ से सीखी!"

"लड़कों को देते सुना है।"

"हा हा हा हा!" हँसा उत्तम, "सुनी और याद भी कर ली। तेरी याददाश्त तो बहुत तेज है यार। कोई और कसम खा।"

"क्यों?"

"यहाँ यह कसम नहीं मानी जाती।"

"क्यों?"

"जानता नहीं, यह अनाथों का आश्रम है। इसीलिए तो किसी लड़के को यह कसम खाने में देर नहीं लगती। यहाँ जो हैं उनके माँ-बाप हैं ही कहाँ, जो झूठी कसम खाने से उनका कुछ बिगड़े या वे मरें…"

"मेरे तो हैं!"

"चुप! मुझे बताया सो बताया, आइंदा किसी को मत बताना…"

"क्यों?"

"फार्म पर दस्तखत किए थे तूने?"

"हाँ !"

"उसमें क्या लिखा था मालूम है ?"

"नहीं !"

"फार्म में आठवीं घोषणा है—आश्रम में भर्ती किए जा रहे लड़के के माँ-बाप, भाई-बहन जीवित नहीं हैं। वे जीवित हैं, यदि ऐसा सुनने में आया और जाँच करने पर सत्य पाया गया तो माँ-बाप को उनका लड़का सौंप दिया जाएगा और उनसे जितने दिन लड़का आश्रम में रहा है, दो सौ रुपये प्रतिमाह की दर से भरण-पोषण का खर्च लिया जाएगा···"

अकलंक सँभला। सँभल तो तभी गया था जब यह रहस्य मुँह से निकल गया था। निकलना तो था ही। बात माँ-बाप के जीते-जी मरा मान लेने की जो थी। उसने तो अपनी बात को सत्य प्रमाणित करने के लिए माँ-बाप की कसम खाई थी।

कही हुई बात तो लौटाई नहीं जा सकती थी। उसे सँभाला जा सकता था। अकलंक ने वही किया, "पर मेरे माँ-बाप को तो मालूम ही नहीं कि मैं कहाँ हूँ। यदि उन्हें मालूम होता तो वे मुझे यहाँ रहने ही नहीं देते।"

"जो तुझे यहाँ भर्ती करवाने आए थे, वे कौन थे ?"

"मेरे मामा··· मुँह बोले···" अकलंक ने मुँहबोले को मुँह के मुँह में ही कहा।

"एक बात बताऊँ ? तू बुरा तो नहीं मानेगा ?"

उत्तम ने अभी कुछ कहा भी नहीं था, कहने की इजाजत चाही थी, पर अकलंक दुविधा में पड़ गया। कहीं इसने मेरा अतीत जानना चाहा तो !

उत्तम अकलंक की हाँ के इंतजार में बैठा था। अकलंक को भी कहना पड़ा, "पूछिए।"

"तू कल से तो कुछ बोला नहीं न। अभी तूने जो बोला न, उससे ऐसा नहीं लगा कि तू राजस्थानी है। नहीं है न !"

अकलंक का अंदाजा सही निकला।

"मुझे खुद खबर नहीं, मैं कहाँ का हूँ। जो मुझे यहाँ छोड़ने आए थे, उन्होंने बताया था कि मैं उन्हें एक मेले में मिला था। तब मुझे अपने और अपने पिता के नाम के अलावा अपने बारे में कुछ भी पता नहीं था···"

"पर यार, उसके बाद तू इतने साल राजस्थान में रहा। खैर, तू फिक्र मत कर। मैं हूँ न तेरे साथ। हाँ, एक बात का ख्याल रखना। यदि तुझसे कहा जाए कि तू किसी और कमरे में रहने लग, तो तू कहना, नहीं, मैं तो उत्तम के पास ही रहूँगा।"

उत्तम की आवाज यकायक मद्धिम पड़ गई। वह अकलंक के और करीब चला आया।

"ऐसा है यार, मैं सोलह साल का होने वाला हूँ। छठी में पढ़ने वाले तुम सब हो दस-ग्यारह के। इसीलिए मेरे साथ वाले तख्त पर कोई टिकता ही नहीं। सब सोचते हैं

मैं उनसे उम्र में इतना बड़ा हूँ। मेरे से बात करने में उन्हें झिझक आती है। हँसी-मजाक करते डरते हैं कि कहीं मैं गुस्सा न करूँ। मारपीट न कर दूँ।

"मैं तुझे यकीन दिलाता हूँ अकलंक, मैं तेरी हिफाजत करूँगा। तुझे अपने बराबर का समझूँगा। तुझे मेरे साथ कैसी भी बात, कैसा भी हँसी-मजाक करने की आजादी होगी। यदि मेरा कोई काम, या मेरी कोई बात तुझे बुरी लगे तो तू मुझे पीट भी देना। मैं बुरा नहीं मानूँगा···"

उत्तम अकलंक को और भी बहुत कुछ बताता, पर इतना बताते-न-बताते उसका गला भर आया। चेहरा बुझ गया।

अकलंक ने उत्तम का हाथ दबाते हुए कहा, "मैं तुम्हारा साथ कभी नहीं छोड़ूँगा। तुम मेरे दाऊ भी रहोगे और दोस्त भी····"

उत्तम का क्षण-भर पहले बुझ चुका चेहरा खिल गया। वह तेजी से उठा। अकलंक का हाथ थाम कर उसे भी उठाते हुए बोला, "तो आ, इसी बात पर गले मिलते हैं।"

दोनों एक-दूसरे के गले लगकर एक-दूसरे में साहस की, विश्वास की, अपनत्व की भावना पहुँचाने लगे····

"ओए नए लड़के, भरत-मिलाप हो गया हो तो नीचे आ जा। तुझे अधीक्षक खोज रहे हैं।"

सीढ़ियों से किसी ने थोड़ा सख्ती, थोड़ी नाराजी के साथ आवाज दी।

उत्तम अकलंक अलग-अलग हो गए।

लड़का आदेश, सूचना देकर जा चुका था।

अकलंक ने उत्तम की तरफ देखा। उसके चेहरे पर आई घबराहट को दूर करने के लिए उत्तम ने कहा, "तू क्यों डरता है? अधीक्षक सब छोटे लड़कों की चड्डियाँ देख रहा होगा। बरामदे में जिसने भी टट्टी की होगी, उसने चड्डी जरूर धोई होगी या फेंक दी होगी। अब जिसके पास एक चड्डी गीली या कम मिलेगी, अधीक्षक उसी से बरामदे की सफाई करवाएगा। इसमें तेरे डरने की कोई बात ही नहीं। चल, चलकर अपनी दूसरी चड्डी अधीक्षक को दिखा दे।"

वे छत से नीचे उतरने के लिए सीढ़ियों की तरफ बढ़े।

पहली सीढ़ी पर पाँव रखते ही उत्तम ने अकलंक को रोका।

"और हाँ, मैंने जो कहा उसका ख्याल रखना। अपने माँ-बाप के जिंदा होने की बात कभी किसी से न कहना, और किसी और तख्त या कमरे में जाने को कोई भी कहे, मना कर देना। बाकी सब मैं सँभाल लूँगा···"

ग्यारह

स्कूल खुल गए। चाय पीकर लड़के अभी तैयार भी नहीं हो पाए थे कि आश्रम की घंटी से अलग किसी घंटे की आवाज···टन-टना-टन, टन-टन-टन, टन-टन-टन, टन-टन-टन···ने अफरा-तफरी मचा दी।

कमरे में अकलंक अकेला रह गया। नीचे आँगन में इतना शोर था कि बरबस अकलंक कमरे से उठकर बरामदे में आ गया।

आँगन में लड़कों का हुजूम मौजूद था। खाकी नेकर, सफेद कमीज, सफेद मोजे, काले जूते पहने ढेर-के-ढेर लड़के। ऊपर से देखने में सब लड़के एक से लग रहे थे। उनमें कौन आश्रम का है, कौन शहर का, पता लगाना कठिन था।

आँगन में बीचोंबीच बने संगमरमर के चबूतरे पर चार-छः लड़के आकर खड़े हो गए। एक सीटी की आवाज हुई और तमाम लड़के पंक्तियों में खड़े नजर आए।

आँगन के एक किनारे पर कबूतरों को पानी पिलाने के लिए बनी संगमरमर की हौदी का पानी सबके शांत हो जाने के बाद भी कँपकँपाता रहा। आँगन में बैठे रहने वाले तमाम कबूतर छत की मुँडेर पर, बरामदे के खंभों में बने छेदों में दुबक चुके थे।

"सावधान!" लड़कों की पंक्तियों के आगे आ खड़े हुए एक अध्यापक ने गरजती आवाज में कहा। तब तक वहाँ कई अध्यापक आ चुके थे। सब फुलपैंट पहने थे। केवल सावधान कहने वाले अध्यापक नेकर पहने थे। चमड़े की जगह कपड़े के जूते पहने थे। गले में सीटी लटकाई हुई थी।

सब लड़के सावधान की मुद्रा में खड़े हो गए।

इस बीच एक हारमोनियम चबूतरे पर पहुँचाया गया। कुर्ता-पाजामा पहने एक गोरे से सज्जन ने उसे बजाना शुरू किया।

अकलंक बरामदे में खड़े-खड़े टुकुर-टुकुर देखता रहा। हारमोनियम के स्वर से स्वर मिलाकर पहले चबूतरे पर खड़े लड़के एक पंक्ति बोल रहे थे, फिर पंक्तियों में खड़े लड़के उसे दोहराते थे।

प्रार्थना पूरी होते ही एक-एक पंक्ति आँगन से कक्षाओं की तरफ जाने लगी।

अंतिम पंक्ति के वहाँ से विदा होते ही अधीक्षक की आवाज आई, "अकलंक··· नीचे आओ···"

अधीक्षक देर से अकलंक की ताक-झाँक पर नजर रखे हुए होंगे। ऐसा अकलंक को लगा। उसने दुबक जाना चाहा, लेकिन अब उसका कोई लाभ नहीं था। अधीक्षक उसे देख चुके थे।

अधीक्षक अकलंक को साथ लिए-लिए पहली से पाँचवीं तक की कक्षाओं को पार कर कक्षा छः 'सी' वाले कमरे के सामने आकर थमे। कक्षा में उपस्थित अध्यापक अधीक्षक को बाहर देखते ही स्वयं भी बाहर आए। अधीक्षक ने उनके हाथ में एक कागज थमाया। अध्यापक ने उसे पढ़ा। पढ़कर अकलंक की पीठ थपथपाई। अधीक्षक से कहा, "आप पधारिए।"

अधीक्षक अपने कमरे की तरफ जाने के लिए मुड़ गए।

"आओ बेटे, भीतर आओ...." अध्यापक ने अकलंक की पीठ पर थपकी देते हुए कहा और उसे कक्षा के भीतर ले आए।

कक्षा में बहुत से लड़के बैठे थे। बैंचों की तीन पंक्तियाँ बनी हुई थीं। प्रत्येक पंक्ति की प्रत्येक बैंच पर तीन-तीन लड़के बैठे थे।

"यह अकलंक कुमार है। आज से यह भी तुम्हारा साथी हुआ। इसका स्वागत करो!" अध्यापक ने अकलंक का हाथ ऊपर उठाते हुए कहा।

"स्वागत है...." पूरी कक्षा एक स्वर में बोली।

उत्तर में अकलंक ने हाथ जोड़कर सबका अभिवादन किया।

"शाबाश!" अध्यापक ने फिर अकलंक की पीठ थपथपाई, "तुम तो बहुत होशियार हो। अच्छा जाओ, वहाँ उत्तम के पास बैठ जाओ। कल से ड्रेस पहनकर आना।"

स्कूल की छुट्टी के बाद दोपहर का नाश्ता लेने खड़े अकलंक को पंक्ति से निकालकर अधीक्षक अपने कमरे में ले गए।

एक लड़का उसके हिस्से का नाश्ता लेकर भीतर आया।

अधीक्षक ने उस लड़के से कहा, "यह नया आया है। कक्षा छः में पढ़ेगा।"

फिर अकलंक से कहा, "ये सुरेशचंद्रजी हैं। इनसे अपनी कक्षा की किताबें, कापियाँ ले लेना।"

अकलंक ने हाँ में गर्दन हिला दी।

"थोड़ी देर बाद कमरा नंबर तीन में आ जाना।" सुरेश ने हिदायत दी।

अकलंक ने फिर वही किया।

"अब तुम जाओ!" अधीक्षक ने आदेश दिया।

थोड़ी देर बाद कमरा नंबर तीन में पहुँचने पर अकलंक ने देखा वहाँ सुरेशजी मौजूद हैं। वहाँ और भी कई लड़के थे। उनमें एक छोटा मगर मोटा लड़का भी था। अकलंक को समझते देर नहीं लगी, यह सतीश है। उत्तम ने उसका हुलिया इसी तरह का

बताया था। उत्तम के कहे अनुसार इनमें एक खेमचंद्र, एक राजेंद्र, एक त्रिलोक, एक रमेश होना चाहिए था।

"क्या नाम है तेरा?" सुरेश ने पूछा।

"जी, अकलंक कुमार।"

"कौन-कौन हैं तेरे घर में?" सुरेश ने अगला सवाल किया।

अकलंक को उत्तम की हिदायत, मामा की सलाह याद हो आई।

"जी, कोई नहीं।"

"छठी में पढ़ेगा न।"

"जी हाँ।"

"नाम लिखा गया?"

"जी हाँ।"

"कौन से सेक्शन में?"

"जी, छठी सी में।"

"अच्छा, देख ये राजेंद्र कुमार जी हैं," अपने सामने बैठे लड़के की तरफ इशारा करते हुए सुरेश ने कहा, "ये भी छठी में पढ़ते हैं। तुझे इनका स्कूल का काम भी करना होगा। बदले में हम तुझे ज्यादा नाश्ता देंगे। भरपेट खाना देंगे। तुझे दावत में खूब भेजेंगे और तेरे से दावत में मिला ईनाम भी नहीं लेंगे। बोल, करेगा न?"

"जी कर दूँगा···लेकिन बदले में कुछ नहीं लूँगा।"

"कोई बात नहीं। ऐसा कर, तू अपना बिस्तर इसी कमरे में ले आ····"

अकलंक को यकायक उत्तम का उदास चेहरा, अनुनय याद आई।

"जी, मैं वहीं ठीक हूँ। इन्का काम कर दूँगा।"

"जैसी तेरी मर्जी।" सुरेश ने बात यहीं समाप्त कर दी।

इस बीच सतीश मोटा अकलंक के लिए छठी कक्षा की किताबें, ढेर सारी कापियाँ, ज्योमैट्री बॉक्स, दो पेन, स्याही की एक दवात, दो जोड़ी मोजे, एक फुटरूल, दो स्याही सोख मेज पर रख चुका था।

"इन्हें उठा और जा···किताबों, कापियों पर अपना नाम लिख लेना। इन्हें खोना नहीं। दोबारा नहीं मिलेंगी। जब कोई कापी भर जाए, तब भरी कापी दिखाकर दूसरी ले जाना। पन्ने मत फाड़ना। समझा····"

"जी, समझ गया।"

"तो जा····"

अकलंक वहाँ से उठकर अपने कमरे में आ गया।

उत्तम ने उसे खाकी कागज दिए। किताबों, कापियों पर जिल्द चढ़ाने में मदद की। इस काम को करते-करते अकलंक ने उसे पूरा घटनाक्रम सुना दिया।

तभी अकलंक को अपने साथ ले जाने को सुरेश कमरे में आया।

वह अकलंक को आश्रम से बाहर एक जूतों की दुकान पर ले गया। एक जोड़ी काले जूते दिलाए। एक पॉलिस की डिब्बी। जूतों और पॉलिस की डिब्बी का जो भुगतान किया उससे कहीं ज्यादा का पर्चा बनवाया और 'किसी से कहना नहीं' की हिदायत के साथ आश्रम में लौटा लाया।

अकलंक ने आलमारी के अपने खन में जूते रखने के बाद कुंजी को अपनी कमर में बँधे काले धागे में बाँधा ही था कि घंटी बजी।

घंटी के बजते ही चार-पाँच लड़के कमरे से बाहर चले गए। उत्तम ने अकलंक को भी चलने का इशारा किया। बाहर गए लड़के बाहर ही खड़े थे। जब उत्तम और अकलंक उनके पास पहुँच गए, तभी वे आगे बढ़े।

रास्ते-भर उत्तम अकलंक से कुछ कहना चाहता रहा, लेकिन कहने का अवसर नहीं मिला। उसने एक-दो बार हाथ से अकलंक को कुछ न करने का संकेत दिया, पर अकलंक तो सिवाय चलने के कुछ कर ही नहीं रहा था, सो वह समझा ही नहीं कि उत्तम क्या कहना चाहता है। इतना तय था कि वह थमने के लिए नहीं कह रहा था।

वे मंडली के कमरे के पास आकर थमे।

कमरे में दरी बिछी हुई थी। तीन तरफ बड़ी-बड़ी आलमारियाँ थीं। आलमारियों में काँच के दरवाजे। दरवाजों से दिखाई दे रहे थे भीतर रखे ढेरों साज। चौथी तरफ दो कुर्सियाँ, दो स्टूल। कुर्सियों पर संगीत मास्टर राधिकाप्रसाद और मास्टर कृष्णचंद्र बैठे दिखाई दिए। उनके सामने स्टूल पर हारमोनियम रखे थे। उनके एक तरफ आलम तबले की जोड़ी लिए बैठा था। दूसरी तरफ सज्जन जलतरंग लिए। सामने बहुत से लड़के गोदी लगाकर बैठे थे। जो और लड़के आते जा रहे थे, यहीं बैठते गए।

अकलंक यहाँ मौजूद साज-सामान में से केवल हारमोनियम और तबले को पहचान पाया। जलतरंग, बैंजो, मैंडोलियन, तानपूरा, स्टीलतरंग, सारंगी, इकतारा, ये नाम उत्तम ने गिनाए तो थे, लेकिन यहाँ रखे साजों में से कौन-सा क्या है, अकलंक नहीं जानता। उसकी पहचान के तीन और साज दिखाई दे रहे थे—बाँसुरी, ढोलक और खड़ताल-मजीरा।

राधिकाप्रसादजी ने अकलंक को सब लड़कों से आगे आकर बैठने को कहा।

"मैं जो गाऊँ उसे दोहराना।" उन्होंने आदेश दिया।

सा/रे/गा/मा/पा/धा/नी/सा

सा/नी/धा/पा/मा/गा/रे/सा

अकलंक ने सब दोहरा दिए।

"शाबाश!" राधिकाप्रसादजी बोले, "इसे सरगम कहते हैं। सीधी को आरोह और उलटी को अवरोह। संगीत के ये सात स्वर हैं। सा रे गा मा पा धा नी।"

अकलंक को विचित्र अनूभूति होने लगी। सब-कुछ मधुर-मधुर, हर्षित-हर्षित-सा

लगने लगा।

"मास्टरजी, आपको कैसा लगा?" राधिकाप्रसादजी ने अंधे मास्टर कृष्णचंद्रजी की राय जाननी चाही।

"बहुत अच्छा गला पाया है इसने। स्वर-संधान भी अच्छा है। क्या नाम है तुम्हारा?" मास्टर कृष्णचंद्रजी ने आवाज की दिशा में गर्दन उठाकर पूछा।

"जी, अकलंक कुमार।"

"बहुत प्यारा नाम है। महान् आत्मा का नाम है ये तो····" मास्टरजी को सिद्धांत-चक्रवर्ती आचार्य अकलंक देव का स्मरण हो आया।

"मास्टरजी, यह लड़का बहुत काम का निकलेगा। एक तो इसका गला मधुर है, दूसरे इसका उच्चारण स्पष्ट है। तीसरे, जब यह पंचम में पहुँचता है तब इसकी सूरत रोनी-सी हो जाती है। यह नाटकों के विरह गीत गाने में समा बाँध लेगा····"

अकलंक का स्वर परीक्षण होने के बाद देर तक मंडली में सामूहिक गायन-वादन का सिलसिला चला।

मंडली की कक्षा समाप्त होने पर राधिकाप्रसादजी ने कहा, "अकलंक बेटे, कल से मंडली की घंटी बजने पर यहाँ पहुँच जाया करना।"

"जी।" कहकर अकलंक कक्षा से बाहर आ गया।

"खुद को मरवा लिया न तूने!" बाहर आते ही उत्तम ने टोका, "मैंने कहा था न, मंडली में ढंग से गाकर मत दिखाना।"

"मैं तो भूल ही गया।"

"मैं खामखा कल तेरी याददाश्त की तारीफ कर गया। अब भुगत मेरी तरह। न अब खेलने का वक्त मिलेगा, न स्कूल का काम करने का, न गर्मियों में मटरगश्ती करने का।"

शाम की आरती के बाद विद्यालय का घंटा बजा।

विद्यालय सड़क पार के दूसरे भवन में है। आश्रम से निकलते ही उत्तम ने बताया, "विद्यालय में धर्म और संस्कृत की शिक्षा दी जाती है। छात्रावास के लड़कों को भी विद्यालय में पढ़ना अनिवार्य है। आश्रम वालों को तो है ही। विद्यालय में तेरा एक और नामकरण होगा। धर्म की कक्षा में यही नाम चलेगा। संस्कृत की कक्षा में नया नाम रखा जाएगा।"

अकलंक ने उत्तम को हैरानी से देखा।

"वह तू नहीं समझेगा। फिर भी बताता हूँ। विद्यालय के लिए सरकार से रुपया मिलता है, धर्म की शिक्षा देने के लिए बंबई की एक संस्था से। कभी कोई आकर दोनों के हाजिरी रजिस्टर देखे और कहे कि एक ही विद्यार्थी के लिए दो जगह से सहायता क्यों लेते हो? तब? इसलिए दो रजिस्टरों में दो नाम लिखते हैं। छः बजे से सात बजे तक धर्म शिक्षा का समय। सवा सात बजे से सवा नौ बजे तक संस्कृत का।

"अब जिसका मन हो, आ जाए। धर्म वाला आएगा तो सात से पहले। तब अगर उसने मुझसे आकर पूछा—क्या नाम है? मैं कहूँगा—उत्तमचंद्र। वह रजिस्टर से मिलान करेगा। तसल्ली हो जाएगी।

"संस्कृत वाला जब भी आएगा, सात बजे के बाद आएगा, क्योंकि संस्कृत विद्यालय सात बजे के बाद लगता है।

"वह मुझसे आकर पूछेगा—क्या नाम है? मैं कहूँगा—सर्वोत्तम कुमार। वह भी रजिस्टर से मिलान करेगा। सही पाएगा। चला जाएगा।"

विद्यालय में प्रार्थना के बाद प्राचार्य अकलंक को अपने कमरे में ले गए।

"क्या नाम है तुम्हारा?"

"जी, अकलंक कुमार।"

"बहुत अच्छा नाम है। आज से तुम्हारा एक और नाम है—आनंदवर्धन। समझे! इसे याद रखना। संस्कृत वाले अध्यापक जब उपस्थिति लें, तब इस नाम पर तुम कहना—उपस्थित हूँ। समझे!"

इसी के साथ अकलंक को अकलंक नाम से बाल-बोध तीसरा भाग और आनंदवर्धन नाम से प्रथमा कक्षा का विद्यार्थी बना लिया गया।

स्कूल, मंडली, विद्यालय, नए-नए विषय, नए-नए सहपाठी, नया-नया परिवेश, अकलंक इसमें ऐसा रमा कि बुध, बृहस्पति, शुक्र और शनिवार कब निकल गए, पता ही नहीं चला। स्कूल का काम करो, तो विद्यालय का पाठ याद करना कठिन, विद्यालय का करो तो मंडली में सीखा भजन याद रखना कठिन। वह तो गनीमत थी कि कदम-कदम पर उत्तम याद दिलाने, हाथ बँटाने को मौजूद था····

सुबह और दिनों की तरह अकलंक तेल की पंक्ति में खड़ा हुआ। तेल से भरी कटोरी एक नबंर कमरे के बाहर बरामदे की दीवार पर रखी थी। एक-एक कर लड़के अपनी बारी आने पर तेल लेते रहे। राजेंद्र तेल लेने वाले लड़कों पर एक उचटती नजर डालता रहा। तेल बाँटने का काम राजेंद्र की जिम्मेदारी है।

अकलंक ने और दिनों की तरह तेल की कटोरी में एक हाथ की पाँचों उँगलियाँ डालीं। उँगलियों के अच्छी तरह तेल में डूब जाने पर दूसरी हथेली कटोरी के पास पहुँचाई ताकि तेल जमीन पर न गिरे।

अभी उसका हाथ तेल की कटोरी से बाहर आ भी न पाया था कि राजेंद्र ने उसका हाथ थाम लिया। अकलंक सँभले कि इससे पहले ही राजेंद्र ने अकलंक के गाल पर एक तमाचा जड़ दिया। वह अपने गाल तक हाथ ले जाता कि तब तक दूसरे गाल पर एक और तमाचा आ पड़ा।

राजेंद्र ने अब अकलंक का तेल भीगा हाथ एक तरफ झटका। उँगलियों पर लगा तेल पंक्ति में खड़े कई लड़कों की बनियान, चड्डी पर जा लगा। सब नहा-धोकर आए

थे। तेल लगाने के बाद कपड़े पहनने थे।

राजेंद्र ने उसे पंक्ति से बाहर खींचा। उसका एक हाथ मोड़ कर पीठ पर अटकाया। तेल की कटोरी की तरफ चेहरा घुमाया और हाथ को और उमेठते हुए बोला, "देख बेटे, ऐसे लेते हैं तेल!"

"चलो, शुरू करो!"

राजेंद्र का आदेश मिलते ही पंक्ति में ठिठके लड़के एक-एक कर तेल लेने लगे। जो भी लड़का तेल की कटोरी तक पहुँच रहा था, वह कटोरी में नाममात्र को दो उँगलियाँ डुबोता, बाहर निकालता, बहुत सारा तेल ले चुकने का अभिनय करता और उतने से तेल से सिर, मुँह, हाथ, पाँव सब पर तेल मल लेता।

"देखा बेटे, ऐसे लेते हैं तेल। और देख!" राजेंद्र ने कहा और कहने के साथ ही अकलंक का हाथ और जोर से उमेठ दिया।

यह तो अकलंक चार दिन से देख रहा था कि लड़के नाममात्र का तेल लेते हैं। वह मान बैठा था कि लड़कों को तेल लगाने से चिढ़ होगी। उसने तो ठीक उसी तरह आज भी तेल लिया जैसे चार दिन से ले रहा था। फिर!

तभी वहाँ अधीक्षक आ गया। यह नजारा देख उसने पूछा, "क्या हुआ?"

"यह तेल की कटोरी गिराने पर तुला हुआ था···" राजेंद्र ने पूरी ताकत से अकलंक का हाथ उमेठते हुए बताया।

"क्यों बे!" अधीक्षक ने अकलंक की पसली में घूँसा मारते हुए कहा। फिर राजेंद्र से बोला, "आज इसके लिए इतनी सजा काफी है।"

वहाँ से दंडित हुआ, लज्जित हुआ अकलंक रुआँसा-सा कमरे में आया। कमरे में उत्तम के अलावा कोई नहीं था। इस बीच सब लड़के कपड़े पहनकर मंदिर के बाहर पहुँच चुके थे।

"इसमें रोने की क्या बात है?" उत्तम ने हैरानी जताई, "यह तो होना ही था। तुझे राजेंद्र का काम करने को कहा था न सुरेश ने। उसने चार दिन तेरा इंतजार किया। तुझे ज्यादा तेल भी दिया, फिर भी तू नहीं गया। ऐसे में तुझे सबक न सिखाता तो क्या गले लगाता!"

"पर···अधीक्षक ने भी मुझी को क्यों पीटा?"

"नहीं तो क्या शाबाशी देता! इस दो सौ ग्राम तेल में सबको तेल बाँटने के बाद जो रोजाना के तेल के खर्च का आठ सौ ग्राम तेल बचता है, वह राजेंद्र थोड़ेई पीता है, अधीक्षक डकारता है।"

अकलंक अब सचमुच हैरान रह गया।

"इसका मतलब लड़के किसी से कह भी नहीं सकते?"

"अरे! तेरे तो पर निकलने लगे! तू तो बड़ा खतरनाक लगता है! सुन! किसी से कानोंकान भी कहने की जरूरत नहीं है। तुझे तेल चाहिए न! मैं लाकर दूँगा तुझे!"

"कहाँ से ?"

"राजेंद्र से लाकर दूँगा। मैंने कोई कोल्हू थोड़ेई लगाया हुआ है।"

"तुम्हें दे देगा वह ?"

"उसका बाप होता न, तो वह भी देता····"

"क्यों ?" अकलंक को उत्तम की बात पर यकीन नहीं हो रहा था।

"क्योंकि मैंने एक बार इसकी जमकर पिटाई लगाई थी। तब से यह मुझसे डरता है। मेरे आगे ज्यादा चूँ-चपड़ नहीं करता। इसे पता है, यदि इसने मेरे साथ तीन-दो-पाँच की तो अकेले में मैं इसका भुर्ता बना दूँगा। मेरी वजह से तो इसको एक नाम मिला था—लंगड़।"

अकलंक अपलक उत्तम को निहारे जा रहा था।

"तुझे यकीन नहीं आया न। अभी तो तू झटपट मंदिर चल। बाद में पूरा किस्सा सुनाऊँगा, तब तुझे यकीन आ जाएगा। तब भी न आए तो किसी भी पुराने लड़के से पूछकर देख लेना। अब चल भी!"

उसी दुविधा, हैरानी की हालत में अकलंक मंदिर में जा पहुँचा।

रविवार को आश्रम के लड़के मंदिर में सिर्फ दर्शन करने नहीं जाते। इस दिन सामूहिक पूजन भी करते हैं। देवदर्शन करके सब लड़के मंदिर के दालान में बैठ गए। पूजा के वस्त्र पहने, हाथ में सामग्री लिए खेमचंद्र, वीरेंद्र भगवानजी, अनिल और हरिकिशन भगवान की प्रतिमा के आगे रखी पूजा की बेदी के दोनों तरफ खड़े हो गए।

बाहर दालान में लड़कों के बीच मास्टर कृष्णचंद्रजी हारमोनियम लेकर बैठे थे। वे पहले से वहाँ मौजूद थे। लड़के ही उनके इर्द-गिर्द जा बैठे थे। उन्हीं के पास आलम तबले की जोड़ी लिए बैठा था। मंदिर में सुगंधित धूपबत्ती की खुशबू फैली थी। हरिकिशन थोड़ी-थोड़ी देर बाद धूपदानी में धूप डाल रहा था।

लड़कों के बीच पूजा की पुस्तकें देने के लिए वीरेंद्र भगवानजी दालान में आए। थोड़े-थोड़े लड़कों के बीच एक-एक पुस्तक दे गए। बेदी के पास पहुँचकर हरिकिशन को धूपदानी में धूप डालने से रोका और मन-ही-मन कुछ जपने लगे।

पूजन आरंभ हुई।

बाहर बैठे लड़कों ने पूजा के बोल हारमोनियम के स्वर से स्वर मिलाकर बोले। आलम तबले पर थाप देता रहा। बोल पूरे होने पर बाहर बैठे लड़के मौन हो गए। भीतर बेदी के पास खड़े लड़कों में से भगवानजी ने मन-ही-मन में और खेमचंद्र ने पुस्तक में से पढ़कर मंत्र पढ़ा।

जैसे ही भीतर के चारों लड़कों ने स्वाहा कहा, बाहर बैठे लड़के अगले बोल का सस्वर पाठ करने लगे।

पाँच-सात पद्य पढ़े जाने तक अकलंक मौन साधे बैठा रहा।

उसे राजेंद्र के व्यवहार ने बुरी तरह डरा दिया था। अधीक्षक के व्यवहार ने डर

को और भी पुख्ता कर दिया था। तिस पर उत्तम के रहस्योद्घाटन ने तो रही-सही न्याय की उम्मीद, अन्याय की रोकथाम की संभावना को सिरे से ही खत्म कर दिया था।

अब फरियाद करे तो कहाँ करे। अकलंक को कोई राह नहीं सूझ रही थी। यकायक उसे ध्यान आया कि वह कहीं और नहीं अभी ऐसी जगह बैठा है, जहाँ सबकी सुनी जाती है। जहाँ मौजूद अंतर्यामी सब देखता है। सबके दुःख हरता है। जो दुःख है, वह इससे कहकर तो देखो!

अगले पद्य के बोल शुरू होते ही अकलंक का स्वर भी सब के स्वर में आ मिला। पूजन उसे कंठस्थ थी ही। गाँव में बाई के साथ प्रतिदिन मंदिर में बोलता रहा था। बाई को पढ़ना नहीं आता, इसलिए पहले पढ़कर, फिर कंठस्थ होने के बाद बिना पढ़े ही बाई को पूजन करने में सहयोग देता आया था वर्षों से।

दो-चार पद्य बोलने के बाद अकलंक के ध्यान से यह बात उतर गई कि वह अकेला पूजन करने नहीं आया, समूह के साथ आया है। उसके बोल समाप्त हों, मंत्र पढ़कर स्वाहा बोला जा सके, इसकी प्रतीक्षा एक-दो को नहीं सौ जनों को है।

मास्टर कृष्णचंद्र का हारमोनियम बार-बार पद्य को शुरू से बजाता रहा, आलम तबले पर थाप देता रहा और अकलंक अनेक-अनेक बार एक-एक पद्य को गाता रहा।

जब पद्य को बोलते-बोलते अकलंक को तृप्ति की अनुभूति होती, वह स्वयं ही स्वाहा वाला, अर्घ्य अर्पित करने वाला मंत्र भी बोलता रहा। शेष लड़कों के पास कुल एक काम रह गया। स्वाहा कहते समय अपना स्वर शामिल करना और बेदी पर पूजा की थाली से अर्घ्य अर्पित करना।

जितनी भी पूजाएँ की जानी थीं, आँखें बंद किए-किए अकलंक बोलता रहा। लड़के उसे एकटक देख रहे हैं, वह सबके कुतूहल का केंद्र बन गया है, इस तरफ उसका ध्यान ही नहीं था। वह आश्रम में है, आश्रम के मंदिर में है, उसे तो यह भी ख्याल नहीं रहा था। वह तो मन-ही-मन अपने को गाँव के मंदिर में पा रहा था। सामने वहीं के भगवान् थे और साथ में बैठी थी बाई····

"उठो बाई, अब विसर्जन पाठ करना है····"

सब लड़के उठ खड़े हुए। उन्हें लगा अकलंक ने किसी और से नहीं, उन्हीं से कहा है। बाई नहीं भाई कहा है।

"बहुत अच्छे! बहुते अच्छे बेटे! इसे कहते हैं प्रभु की आराधना में अपने को भूल जाना। तल्लीन हो जाना। प्रभु में रम जाना····" मास्टर कृष्णचंद्रजी ने अकलंक को शाबाशी दी।

अकलंक ने यकायक आँखें खोलीं। इतनी आँखें अपने पर टिकी देख अपने आप में सिमट गया अकलंक।

आँखों में उमड़ आए आँसुओं को बरबस जज्ब किया। उठकर नल के पास पहुँचा। मुँह धोया और वहीं से मंदिर की सीढ़ियाँ उतर नीचे आँगन में जा पहुँचा।

अकलंक को लगा—उसने अधीक्षक से, राजेंद्र से हिसाब बराबर कर लिया। उन्होंने तो अपने को शर्मनाक मामले में महत्त्वपूर्ण सिद्ध किया था, उसने श्रेष्ठ काम में उन्हें पछाड़ दिया। अब लड़के जब उन्हें याद करेंगे, तब घृणा से याद करेंगे, और उसे याद करेंगे गौरव से, सम्मान से। लड़कों की आँखों में अपने प्रति सम्मान का भाव अपनी आँखों देख चुका है वह। यह भाव अधीक्षक या राजेंद्र सबकी आँखों में पैदा करके तो दिखाएँ····

अगले कई दिनों तक आश्रम में अकलंक की ही चर्चा बनी रही। अगले तीन रविवार भी अकलंक ने तल्लीनता से पूजा-अर्चना में हिस्सा लिया। पहले रविवार जैसा माहौल तो नहीं बना, लेकिन लड़कों का मानना था कि इस तन्मयता के साथ पहले कभी भी उन्होंने पूजा नहीं की थी।

इस बीच अकलंक को एक और उपलब्धि हाथ लगी। राजेंद्र ने एक बार फिर अकलंक के हाथों मात खाई।

तेलवाली घटना के बाद अकलंक ने राजेंद्र का स्कूल का काम कर देने में कोताही नहीं की। करता तो वह पहले भी नहीं, पर तब याद नहीं रहा था, अब भूलना कठिन था।

हुआ यह कि जो अध्यापक अकलंक को हिंदी पढ़ाते हैं वही छठी बी को भी हिंदी पढ़ाते हैं। एक दिन कापियाँ देखते समय उन्होंने अकलंक की हस्तलिपि की प्रशंसा की। संयोग के उसी दिन छठी बी में कापियाँ जाँचते समय वही हस्तलिपि उनकी नजर से गुजरी। वह तुरंत माजरा समझ गए। उन्होंने राजेंद्र की कापी फाड़कर फेंक दी। पूरा काम फिर से, अपने हाथ से नई कापी पर करके लाने को कहा।

इसके बाद राजेंद्र ने अकलंक से काम करवाना तो दूर उसकी कापी से नकल तक न करने की कसम खा ली।

इस तरह अकलंक को बमुश्किल दस दिन में इस बेगार से मुक्ति मिल गई····

स्कूल में गर्मियों की छुट्टियाँ घोषित हो गईं। मंडली के देश-भ्रमण पर जाने की तैयारियाँ शुरू हो गईं। मंडली में जाने वाले लड़कों को दिन-दिन-भर नाटकों का पूर्वाभ्यास, साज बजाने, गाने याद कराने का कार्यक्रम चल पड़ा।

अकलंक को अभिनय, गायन में इतना आनंद आने लगा कि वह सुध-बुध खोकर उसी में खोया रहने लगा।

अधीक्षक के कमरे के बाहर मंडली में जाने वाले लड़कों को कई-कई जोड़ी नए कपड़े दिए गए।

अकलंक कपड़े लेकर अपने कमरे की तरफ चला, लेकिन कमरे की जगह उत्तम उसे गुसलखाने में ले गया।

वहाँ रखी एक बालटी में उत्तम ने अपने कपड़े डाले और अकलंक के भी।

अकलंक को वहीं छोड़कर वह कमरे तक गया। वहाँ से साबुन और नील लाया और दोनों जन मिलकर कपड़े धोने में जुट गए।

कपड़े धोए, निचोड़े, नील दिया और ऊपर आकर बरामदे में सूखने को टाँग दिए।

तभी सतीश मोटा अकलंक को खोजता हुआ वहाँ आया।

अकलंक को देखते ही वह बोला, "तुझे राजेंद्रजी बुला रहे हैं।"

अकलंक चलने को हुआ तभी उत्तम ने सतीश को टोका, "क्यों बे मोटे, चमचे, मुझे नहीं बुलाया··· ?"

"नहीं जी···" सतीश ने कहा और अकलंक का हाथ पकड़ उसे जल्दी-जल्दी कमरा नंबर तीन की तरफ ले जाने लगा।

"इसके कपड़े कहाँ हैं ?" अकलंक को खाली हाथ आया देख राजेंद्र ने सतीश से पूछा।

"इसके कपड़े तो तार पर सूख रहे हैं।" सतीश ने बताया।

"क्या ?" राजेंद्र चौंका। कुछ देर अकलंक की तरफ एकटक देखता रहा। अकलंक की समझ में नहीं आया कि यह सब क्या हो रहा है। वह बुद्धू बना खड़ा रहा।

राजेंद्र ने हाथ से इशारा किया, "जा···"

अकलंक जब लौटा, उत्तम मंद-मंद मुस्करा रहा था।

"तुझे खाली हाथ देखकर लंगड़ का चेहरा इतना-सा रह गया था न!" उत्तम ने अपनी उँगलियों को लगभग एक जुट करते हुए पूछा। इधर उत्तम जब भी राजेंद्र का जिक्र आता, उसे लंगड़ ही कहने लगा था। खासकर अकलंक के सामने।

"हाँ, पर क्यों ?"

"वह तेरे कपड़े नहीं छीन पाया न !"

"छीन पाया ? छीनता क्यों ? छीनने थे तो दिए क्यों थे ?"

"दरअसल, अधीक्षक जिस दुकान से कपड़े लाया है, वहाँ कहकर आया है कि जो कपड़े छोटे-बड़े रह जाएँगे, वे वापस कर दिए जाएँगे। अब सबके सामने तो दे दिए। बाद में छीनकर पुराने, धुले कपड़े पकड़ा दिए जाएँगे। इस तरह जितने कपड़े इकट्ठे हो जाएँगे, सब वापस कर दिए जाएँगे। बिल पूरे कपड़ों का बन ही चुका है। लौटी हुई रकम अधीक्षक रख लेगा। कुछ रुपये लंगड़ को, सुरेश को थमा देगा···"

"वे रुपयों का क्या करेंगे ?"

"अरे, तुझे यह भी नहीं पता! बाजार में चाट-पकौड़ी खाएँगे। सिनेमा देखेंगे। गुलछर्रे उड़ाएँगे। तुझे पता है, तीन साल पहले जब यह अधीक्षक आया था, सुरेश नवीं में था, लंगड़ छठी में। आज भी सुरेश नवीं में है, लंगड़ छठी में। अधीक्षक उनके जरिए हेराफेरी करता है। ज्यादतियाँ करता है। कल को कोई ऊँच-नीच हुई तो दोष इन पर आएगा। अधीक्षक साफ बच जाएगा।"

"फिर सबके कपड़े क्यों नहीं छीने ?"

"सबके थोड़े ही छीनते हैं। जिन लड़कों पर लंगड़ का, सुरेश का जोर नहीं चलता उनसे नहीं छीनते। उनसे छीनने के लिए अधीक्षक को सामने आना पड़ेगा कि नहीं! मैंने इसीलिए तेरे कपड़े भिगो दिए थे ताकि ये वापस करने लायक न रहें।"

"और अपने कपड़े भी इसीलिए भिगोए थे ?"

"मैं क्यों इसलिए भिगोता ? मैं लंगड़ से डरता हूँ क्या ? बल्कि वही मुझसे डरता है। मैंने अपने कपड़े साथ में इसलिए भिगोए ताकि लंगड़ को शक न हो।"

"तुम उस दिन भी कह रहे थे कि राजेंद्र तुमसे डरता है। पर क्यों ?"

"हाँ, उस दिन बता नहीं पाया था। पर यार, तू तो उससे इतना डरता है कि मेरे सामने भी लंगड़ नहीं, राजेंद्र कहता है। खैर, मैं तुझे अपना किस्सा बताता हूँ। हो सकता है उसे सुनकर तेरा डर कुछ कम हो....

"हुआ यह है कि जब मैं पाँव ठीक होने पर आश्रम लौटा, तब मैंने देखा, नया अधीक्षक आ गया है। उसने राजेंद्र लंगड़, तब यह लंगड़ नहीं सिर्फ राजेंद्र कहलाता था, इसे कई चीजों का मानीटर बना दिया है। इसने अधीक्षक की शह पाते ही किसी को कुछ समझना ही छोड़ दिया है।

"पहले यह मेरे साथ मेरी कक्षा में पढ़ता था। मैं तो तीन पास करके अस्पताल चला गया। इधर यह इस बीच छठी में पहुँच गया था। है तो मेरी ही उम्र का। बड़ी कक्षा में चला गया था तो क्या। मैं ठीक-ठाक होता तो मैं भी तब छठी में होता।

"एक साल तो मैंने इसकी धौंस सही। दूसरे साल थोड़ा विरोध शुरू किया। कई बार इशारे से, हाव-भाव से इसकी बात टालकर इसे समझाना चाहा कि मेरे ऊपर तेरी धौंस नहीं चलने वाली। हाँ, सुरेश की भले ही चल जाए। यह नहीं माना।

"अगले साल, यानी पिछले साल मैं भी छठी में पहुँच गया। यह तो जब से मैं लौटा छठी का छठी में था ही। अब तो मैंने इसकी बराबरी कर ली थी।

"मैंने कई बार देखा था कि फुटबाल खेलते समय जैसे ही यह फुटबाल लेकर आगे बढ़ता है, सब लड़के इधर-उधर हट जाते हैं। उस दिन इसकी विरोधी टीम में मैं भी था। मैंने इसे सबक सिखाने की ठान ली। बहाना भी था ही। खेल-खेल में गलती हो गई होगी।

"यह हमारे गोल की तरफ गेंद लाया। मैं बैकची बना हुआ था। मैंने गेंद इसके पास से छीन ली। किक मार कर दूर पहुँचा दी। इसे यह बुरा लगा। लगना ही था। यह गेंद के पीछे न जाकर मुझे जूते से ठोकर मारने को लपका। मैं तो पहले से सावधान था। मुझे पता था यह ऐसी ही कोई हरकत करेगा। मैंने इसका पाँव अधर में थाम लिया। इसने दूसरा पाँव मेरे मुँह पर मारने के लिए उठाया कि मैंने वह भी थाम लिया।

"अब इसके दोनों पाँव मेरे हाथों में थे और यह अर्ध-शीर्षासन वाली मुद्रा में। धड़ जमीन की तरफ अधर में। दोनों हाथ जमीन पर।

"इसने माफी माँगने की बजाय मुझे गाली दी। मैंने इसे अधर में तीन-चार चक्कर कटाए और छोड़ दिया। यह जाकर गोल पोस्ट से टकराया। पाँव की हड्डी खटाक् बोल गई।

"इसे अस्पताल ले जाया गया···पलस्तर चढ़ा। दो महीने बिस्तर पर रहा। नया नामकरण हुआ—राजेंद्र उर्फ लंगड़।

"तभी से यह मुझसे डरने लगा। जानता है न, मेरा क्या है, जहाँ दो साल बाद नहीं गया, दो साल पहले आश्रम से चला जाऊँगा। पूरी पढ़ाई न दो साल बाद कर पानी है न दो साल पहले। फिर पिछले साल छठी कक्षा उत्तीर्ण नहीं कर पाया। इस साल भी रह गया तो समझो अपनी तो छुट्टी। अपन कोई सुरेश, राजेंद्र या सतीश तो हैं नहीं कि सात खून माफ हों···"

शौर्य-गाथा समाप्ति तक आते-आते करुण-गाथा बन गई। उत्तम उदास हो आया। अकलंक को भी दुःख हुआ।

"तुम फिक्र मत करो यार। मैं हूँ न। मैं तुम्हारी मदद करूँगा। तुम इस साल जरूर पास होओगे।"

अकलंक ने उत्तम को ढाँढस बँधाया।

"जाते-जाते तेरे जैसा दोस्त पा गया, यह क्या कम है···" उत्तम ने कहा और ठहाका लगाया।

अकलंक ठीक-ठीक अंदाज नहीं पाया कि अभी-अभी उत्तम हँसा था या रोया।

शाम को भोजन के समय अधीक्षक ने अकलंक को बेवजह झिड़का। कभी कहा—रोटी ढंग से खाओ! कभी—थाली बज क्यों रही है! कभी—मुँह खोलकर क्यों चबाते हो!

लड़कों को इंतजार था उस क्षण का, जब अधीक्षक का करारा तमाचा अकलंक के गाल पर पड़ना था···उसके मुँह का कौर आसपास वालों की थाली में गिरना था···

खाने के समय एकाग्रता भंग होना लड़कों को बर्दाश्त नहीं होता। पूरा ध्यान खाने पर, और जल्दी-जल्दी खाने पर देना होता है। जाने कब ऐलान हो जाए—रोटियाँ खत्म! दाल खत्म! सब्जी खत्म! भले ही सबके सब भूखे हों, दोबारा कुछ नहीं बनने का। भूखे के भूखे भी रहेंगे, और अधीक्षक से सुनने को मिलेगा—पेटू कहीं के।

इसलिए झटपट खाओ। थाली में रोटी के आते ही निगल लो। दाल, सब्जी कटोरी में बची हो, तभी हाथ खड़ा कर दो। ताकि परोसने वालों का ध्यान चला जाए। वे फिर परोस दें। खाना परोसने का काम करने वाले लड़कों से कभी भूल कर भी लड़ो नहीं। उन्हें नाराज मत करो। वरना उन्हें उठा हुआ हाथ दिखना बंद हो जाएगा। सब चीजें होते हुए भी पा नहीं पाओगे। भोजनालय में मुँह का काम खाना है, बोलना नहीं। बोले कि थाली हाथ में थमा बाहर कर दिए गए···

अधीक्षक लाल-पीला तो हुआ, पर उसने पीटा नहीं।

"तू आज बच ही गया। हालाँकि अधीक्षक के हाथ तो बहुत खुजला रहे थे तुझे पीटने को····" उत्तम ने भोजन के बाद मंदिर के रास्ते में अकलंक को छेड़ा।

"मुझे भला क्यों पीटते वे ?"

"उसे पता चल गया है न कि तूने कपड़े धो डाले।"

"तो क्या हुआ ! अब भी तो छीन सकते हैं। "

"नहीं, छीनेगा भी नहीं। छीनने से उसे क्या मिलेगा। फिर वह तुझे ज्यादा नाराज भी तो नहीं करना चाहता···"

"मैं नया हूँ इसलिए न !"

"नहीं, वह बात नहीं है। यहाँ पिटाई के मामले में नए-पुराने का लिहाज नहीं किया जाता। उस दिन तुझे लंगड़ और अधीक्षक ने पीटा नहीं था क्या ? तब तो तू और भी नया था···"

"हाँ···फिर अब नाराज क्यों नहीं करना चाहते ?"

"उसे डर है कहीं तू अपने डेढ़ सौ रुपये न माँग ले।"

"कौन से डेढ़ सौ रुपये ? मेरे तो कोई रुपये नहीं उनके पास।"

"इसका मतलब मेरा शक सही था। तुझे पता ही नहीं, वरना तू अब तक मुझे जरूर बता चुकता। तेरे वे मुँहबोले मामा थे न, वे तेरे लिए अधीक्षक के पास डेढ़ सौ रुपये छोड़ गए थे। तू तो तब यहाँ था नहीं न। तू होता भी तो इतनी रकम वे तेरे हाथ में देते भी नहीं। "

"तुम्हें कैसे पता चला ! तुम भी तो तब यहाँ नहीं थे ?"

"तेरे मामा को स्टेशन तक छोड़ने श्यामलाल को भेजा था अधीक्षक ने। गाड़ी में बैठते समय उन्होंने पाँच रुपये श्यामलाल को भी दिए थे और बताया था कि तेरे लिए वे डेढ सौ रुपये अधीक्षक को दे आए हैं।"

"पर श्यामलाल ने मुझे तो कभी नहीं बताया। न अधीक्षक ने ही····"

"श्यामलाल को क्या पता कि तुझे मालूम नहीं है। और अधीक्षक ! वह साला क्यों बताने लगा।"

"मैं अधीक्षक से पैसे माँगूँगा।"

"तुझे मार खानी है क्या ?"

"क्यों, मारेंगे किस बात पर ?"

"मारेगा नहीं तो क्या लाड़ लड़ाएगा। वह तो कहेगा उसके पास तेरे कोई रुपये नहीं हैं····"

"कैसे कहेंगे ! मैं श्यामलाल को बुलवाकर पुछवा दूँगा····"

"तेरा दिमाग खराब है क्या ? अधीक्षक के आगे श्यामलाल 'हाँ' किसलिए भरेगा ? उसे नौकरी नहीं करनी है क्या ?"

"तुम्हें किसलिए बताया फिर ?"

"कहा न, उसे क्या पता था कि तुझे पता नहीं है। जब अधीक्षक के आगे कहना होगा, तब तो वह समझ जाएगा न कि तुझे पता नहीं है इसलिए तू उससे गवाही दिलवा रहा है।"

"फिर···फिर रुपये कैसे मिलेंगे?"

"रुपये-उपये नहीं मिलेंगे। तू भूल जा कि अधीक्षक के पास तेरे रुपये हैं। और यार, जो आदमी साक्षात् तुझे भूल गया, तुझसे पिंड छुड़ा कर भाग गया, उसके रुपयों को क्या याद रखना, उसके रुपयों का क्या लालच दिखाना···अभी तो कई मौके ऐसे आएँगे जब तेरे हाथ से रुपये छीन लिए जाएँगे···पहले ही दिन हुआ था न ऐसा···जब दावत से लौटा था, अधीक्षक ने रुपया ले लिया था न!"

"हाँ···" अकलंक को वह घटना याद हो आई।

"फिर··· ? जब साक्षात् झपट लेता है, तब पीछे से मिले को हड़पना तो उसका अधिकार ही हुआ न!"

"क्यों?"

"यहाँ यह शब्द बोलना मना है। समझा!"

अकलंक थम गया। चलते पाँव उठकर ही न दें।

"अब चल भी यार। तू एक ही काम कर सकता है। वही कर। चलकर भगवान् को भक्तिभाव से याद कर। उसके सामने रो, गिड़िगिड़ा, कह कि वह इन्हें सबक सिखाए। इस काम में तो तू पारंगत है न! चल, चल, तेरा भगवान् सोच रहा होगा, मेरा परम भक्त नहीं आया। आज की आरती फीकी रही। कहीं ऐसा न हो, तुझे मैंने रोका, इसलिए वह मेरा दुश्मन हो जाए···"

अकलंक को क्षण भर पहले चलना कठिन लग रहा था, अब रुकना पाप लगा। वह जान गया—जब तक यहाँ ठहरेगा, भगवान् की अवमानना होगी।

भगवान् को अपमान से बचाने के लिए अकलंक के पाँव गति में आ गए···

बारह

मंडली को आश्रम से चले दस दिन हो गए। इस बीच तीन शहरों में दो-दो दिन रुकना हुआ। दिन में नाटक का पूर्वाभ्यास, आराम या सफर तय किया जाता रहा। शाम को मंदिर में भजन-कीर्तन और रात में स्थानीय मैदानों में नाटक का मंचन।

शहर की समाज को पहले से मंडली के आने की सूचना होने से रहने-ठहरने, खाने-पीने की व्यवस्था और दर्शक-मंच सब चाक-चौबंद मिलते रहे। आश्रम को काफी रुपया और कपड़े-लत्ते दान में मिल चुके थे।

ग्यारहवें दिन मंडली दिल्ली पहुँची। यहाँ के एक धनी सेठ की हवेली में ठहराया गया। हवेली क्या पूरा महल था। उसी में कई घर, मैदान, पार्क, मंदिर यहाँ तक कि स्कूल भी।

अकलंक को जगह-जगह जाने, तरह-तरह के लोगों को देखने, जानने, उनसे मिलने में आनंद आ रहा था। वह अपना काम भी मन लगाकर करता रहा। इस बीच लड़कों को जो इनाम-इकराम मिले, वे शहर छोड़ते ही प्रचारक पंडितजी जब्त करते रहे।

पिछले स्टेशन से दिल्ली तक की यात्रा तो यादगार बन गई। पूरी मंडली अपने लिए आरक्षित जिस छोटे से डिब्बे में बैठी थी, एक स्टेशन पर कुछ यात्री उसमें जबरन चढ़ने लगे। पंडितजी ने बहुत मना किया, वे नहीं माने। तभी मास्टर राधिकाप्रसादजी ने कड़कती आवाज में कहा, "जवानो! तलवारें निकालो!"

लड़कों ने नाटक के सामान की पेटी में से तलवारें उठाईं और म्यान से बाहर निकाल दरवाजों की तरफ लपके।

लड़कों के अभिनय और नकली तलवारों की चमक ने वह शमा बाँधा कि तब तक धौंस जमा रहे यात्री दहशत के मारे ऐसे भागे कि याद ही नहीं रहा, सामान कहाँ पटका, साथ आया परिवार कहाँ अटका···

यहाँ मंडली को दस दिन रुकना था। पहले तीन दिन सेठजी की हवेली में नाटक मंचन होना था। चौथे दिन से और-और मुहल्लों में। ठहरना पूरे दस दिन इसी हवेली में था।

दिन में दो बार नाटक का पूर्वाभ्यास कर लिया गया।

रात सेठजी की हवेली के मैदान में नाटक मंचन से पूर्व सेठ-सेठानी के अलावा

ैकड़ों की संख्या में दर्शक जमा हो चुके थे। इनमें कई नगर-सेठ भी थे।

नाटक का विषय था युद्ध की विभीषिका। दो राजाओं में युद्ध छिड़ा। कई सैनिक मारे गए। दोनों राजा भी मारे गए। दोनों राज्यों को तो दूसरे राजा मिल गए, अनाथ हुए बच्चों को पिता कहाँ से मिलें? उनका क्या होगा? एक सज्जन उन सब बच्चों को इक्ट्ठा करके एक अनाथालय में ले गए। वहाँ उनकी परवरिश होने लगी···

नाटक पूरा होते ही आश्रम के प्रचारक पंडितजी ने मंच सँभाल लिया। दर्शकों से आह्वान किया—हमारी संस्था समाज के अनाथ बच्चों का पालन-पोषण करती है। उदार मन से, खुले हाथों इस संस्था को दान देकर अनाथों की सेवा का पुण्य कमाइए। ये अनाथ आपके दरवाजे आए हैं। इनका भविष्य आपकी दया पर निर्भर है। आपके दान पर निर्भर है। आश्रम में इन्हें उत्तम शिक्षा दी जाती है। अच्छे संस्कार सिखाए जाते हैं।

पंडितजी का आह्वान रंग लाया। सेठजी ने ग्यारह हजार रुपये दान की घोषणा की। और-और नगर-सेठों ने भी उनका अनुकरण किया। कइयों ने आश्वासन दिया, उनके क्षेत्र में जब नाटक खेला जाएगा, तब वे और दान देंगे, औरों को भी प्रेरित करेंगे। नाटक अच्छा होना चाहिए। इससे लंबा होना चाहिए। रोचक होना चाहिए। दान तो हम देंगे ही देंगे।

नाटक की समाप्ति पर सब लड़कों ने मंच के पास बने कमरे में अपना-अपना स्वाँग उतारा। कपड़े बदले और अपने कमरे में सोने चले गए।

अकलंक ने अब तक स्वाँग नहीं उतारा था। वह दर्पण में अपने आपको निहारे जा रहा था। अकलंक को जाने क्यों आज पंडितजी के भाषण ने बाँध लिया। हालाँकि यह भाषण वह पिछले दस दिन में कई बार सुन चुका था। फिर आज···

उसे लगा, कुछ साल बाद पंडितजी किसी और मंच पर जब यह भाषण देंगे तब इसमें यह भी जोड़ेंगे— हमारे आश्रम ने समाज को कई अच्छे नागरिक तैयार करके दिए हैं। उनमें से एक श्रीमान अकलंक कुमार तो आप लोगों के बीच विराजमान भी हैं····

"क्यों भई, स्वाँग नहीं उतारना क्या?" अचानक अशोक ने अकलंक को स्वप्न से यथार्थ में ला पहुँचाया।

अकलंक झटपट स्वाँग उतारकर कपड़े बदलकर चलने लगा। तभी अशोक ने टोका, "अरे चले कहाँ! ठहरो। यहाँ से सब सामान खिसकाकर पंडितजी का बिस्तर लगाना है।"

अकलंक रुक गया। दोनों ने सामान हटाया, बिस्तर बिछाया, तब जाना हुआ।

रात काफी हो चली थी। कुछ लड़कों को नींद आने लगी थी। तभी मास्टर राधिकाप्रसादजी ने आकर सूचना दी, "कल सुबह आश्रम के समय पर उठना है। उसी तरह प्रार्थना करनी है। मंदिर जाना है। पूजा करनी है। सेठ-सेठानी कल की सुबह हमारे साथ बिताएँगे। अब भगवान् का नाम लो और सो जाओ।"

मास्टरजी के जाते ही सबने श्लोक-पाठ किया। पाठ पूरा होने पर मंदिर की तरफ मुँह करके जमीन पर सिर टेक दिया···

जब सिर ऊपर उठाए तो सामने पंडितजी खड़े दिखाई दिए।

पंडितजी अकलंक को अपने साथ लेकर कमरे से बाहर आ गए। पीछे से लड़कों के सामूहिक ठहाके की आवाज सुनाई दी।

अपने कमरे में पहुँचकर पंडितजी ने धोती, कुर्ता, बनियान उतारी। सिर्फ चड्ढी पहने बिस्तर पर लेट गए और अकलंक से पाँव दबाने को कहा।

अकलंक को ध्यान आया, वह खुद भी सिर्फ चड्ढी, बनियान पहने यहाँ तक चला आया है। वह उठने लगा तो पंडितजी ने रोक लिया।

पंडितजी ने अकलंक के अभिनय की तारीफ शुरू की। अकलंक खुश ! वह खुद भी आज पंडितजी से प्रभावित हुआ था। सो तन्मय होकर उनके पाँव दबाने लगा।

जाने कब ख्यालों में खो गया। उसी मुद्रा में बैठे-बैठे उसे नींद आ गई। वह वहीं पंडितजी के पायताने लुढ़क गया····

अपने ऊपर कोई भारी वजन रखा महसूस होते ही अकलंक की आँख खुल गई।

अपने ऊपर लेटे आदमी को बगल में पलटा और ताबड़-तोड़ कई घूँसे जड़ दिए। उसमें कोई हरकत न होते देख अकलंक डर गया। उठा। बत्ती जलाई।

कमरे में रोशनी होते ही अकलंक की आँखों के आगे अँधेरा छा गया। कमरे में उसके और पंडितजी के अलावा कोई नहीं था। पंडितजी बेसुध से चित्त लेटे खर्राटे ले रहे थे।

फिर वह कौन था जो मेरे ऊपर लेटा था ? अब कहाँ गया ?

"पंडितजी····" अकलंक के मुँह से यकायक चीख-सी निकल गई।

पंडितजी अब भी बेसुध थे। उनके खर्राटों की आवाज पूरे कमरे में गूँज रही थी।

एक साथ कई लड़के कमरे में दौड़े आए। उन्हें देखते ही अकलंक सँभला।

लड़कों ने पूछा, "क्या हुआ था ?"

"कुछ नहीं····" अकलंक ने सँभलकर जवाब दिया।

"फिर तुम चीखे क्यों ?" संतोष ने जानना चाहा।

अकलंक से अब झूठ बोलते न बना। सच कहा नहीं जा सकता था।

वह फफ़क-फफककर रोने लगा।

लड़के उसे अपने साथ दूसरे कमरे में ले आए।

"क्यों अकलंक, पंडित ने तेरे साथ कुछ ऐसा-वैसा किया क्या ?" कहने के साथ ही रमेश अकलंक की चड्ढी को झाड़ने लगा। एक-दो बार आगे की तरफ हाथ मारा, फिर पीछे कई बार हाथ चलाया। जैसे कूड़ा झाड़ रहा हो, सलवटें हटा रहा हो।

"गनीमत है, यह बच गया····" रमेश ने चड्ढी झाड़ने के बाद ऐलान किया। उसके ये शब्द सुनते ही लड़कों ने चैन की साँस ली।

अकलंक रात-भर जागता रहा। अपनी नियति पर अफसोस करता रहा। उधर

लड़के एक-दूसरे को बताने के बहाने अकलंक को बताते रहे—कि आश्रम में आए प्रायः हर लड़के को कभी-न-कभी किसी का गिलमा बनना पड़ता है। लड़के ग्लानि, भय, असुरक्षा के चलते न कह पाते हैं, न विरोध कर पाते हैं।

सुबह मास्टरजी के आने से. पहले ही अकलंक ने सब लड़कों को जगा दिया। मुँह-हाथ धोकर सब एक बड़े कमरे में पहुँच गए। कुछ देर बाद सेठ-सेठानी और उनके परिवार के कई सदस्य भी वहाँ आ गए।

मास्टरजी ने हारमोनियम पर 'दुःख भी मानव की संपत्ति है' वाली प्रार्थना की धुन बजाई।

अकलंक और राजेश ने प्रार्थना गान शुरू किया…

दुख भी मानव की संपत्ति है, तू क्यों दुख से घबराता है।

दुख आया है तो जाएगा, सुख आया है तो जाएगा।
दुख जाएगा तो सुख देकर, सुख जाएगा तो दुख देकर।
सुख देकर जाने वाले से, रे मानव क्यों भय खाता है।
दुख भी मानव की संपत्ति है, तू क्यों दुख से घबराता है।

सुख संध्या का वह लाल क्षितिज, जिसके पश्चात् अँधेरा है।
दुख प्रातः की वो उगती किरण, जिसके पश्चात् सबेरा है।
सुख में सब भूले रहते हैं, दुख सबकी याद दिलाता है।
दुख भी मानव की संपत्ति है, तू क्यों दुख से घबराता है।

सुख में हैं व्यस्न प्रमाद भरे, दुख में पुरुषार्थ चमकता है।
दुख की ज्वाला में दहकर ही कुंदन-सा तेज दमकता है।
दुख का अभ्यासी मानव ही सुख पर अधिकार जमाता है।
दुख भी मानव की संपत्ति है, तू क्यों दुख से घबराता है।

दुख के सम्मुख जो सिहर उठे उनको इतिहास न जान सका।
जो दुख में कर्मठ धीर रहे उनको ही जग पहचान सका।
दुख एक कसौटी है जिस पर, ये मानव परखा जाता है।
दुख भी मानव की संपत्ति है, तू क्यों दुख से घबराता है।

प्रार्थना शुरू होने के कुछ ही देर बाद अकलंक का गला भर्रा आया। उसे अपनी लाचारी पर रोना आ गया। प्रार्थना के बोल और मार्मिक हो चले। उसके दुःख से वाकिफ लड़कों के स्वर भी मर्मांतक हो चले।

प्रार्थना पूरी होते-न-होते अकलंक जाने कहाँ ध्यानस्थ हो गया। उसे समय का, स्थान का कोई ध्यान ही न रहा। वह वहाँ होकर भी तब वहाँ था ही नहीं जैसे। केवल

आँखों से झरते आँसू और कंठ से फूटते बोल····‘हे प्रभु, आसरा मोहि तेरा, राख ले अपने चरणों का चेरा····’ उसके होने का सबूत दे रहे थे।

सेठ-सेठानी एकाग्र हो अकलंक को निहारते रहे।

चेत आने पर अकलंक सँभला। सेठजी उसके करीब आए। सिर पर हाथ रखकर बोले, "चुप हो जाओ, बेटे। तुम्हें ऐसा क्या दुःख है जो प्रभु को इतनी आतुरता से टेर लगा रहे हो?"

सेठजी के शब्द सुनते ही पंडितजी हरकत में आ गए।

"बहुत भावुक लड़का है, यह सेठजी। भगवान् में बहुत श्रद्धा है इसकी। इसका मन तो चौबीसों घंटे प्रभु की भक्ति में रमा रहता है। हमें-आपको यह चलता-फिरता नजर जरूर आता है, पर यह हमेशा होता वहीं है। अपने आराध्यदेव के श्रीचरणों में।"

"यह तो बहुत अच्छी बात है, क्या नाम है हमारे बेटे का?"

"अपना नाम बताओ, बेटे····" पंडितजी ने अकलंक को चेताया।

"पंडित के मुँह से बेटा शब्द सुनते ही अकलंक की भावभंगिमा बदल गई। उसने घूरकर पंडित को देखा और तुरंत सेठजी की तरफ मुँह फेर लिया।

"जी, अकलंक कुमार।"

"वाह! क्या नाम पाया है। यथा नाम तथा गुण।"

सेठजी कुछ और कहते कि तभी पंडित फिर बीच में कूदा, "अच्छा, अब जाकर पूजा की तैयारी करो। सेठानीजी, सेठजी, आप भी स्नान करके मंदिर में पधारिए।" पंडित ने मसका लगाया।

पूजन के समय सेठजी ने अकलंक का जो रूप देखा वह तो जैसे उनके मन में बस गया। बार-बार पूछने लगे, "बेटे, इतना कैसे तल्लीन कर पाते हो अपने को प्रभु में? हमें भी बताओ न!"

अकलंक ने चाहा कह दे—‘मेरी तरह दुःख झेलो, फिर उसे पुकारो, याद करो····’ पर कहा नहीं, जरूरी भी नहीं लगा। भला सेठजी का दुःख से क्या सरोकार!

दिन जिस-जिस तरह बीता। शाम के नाटक में अकलंक को सम्राट का अभिनय करना था। नाटक के पहले हिस्से में अंतिम दृश्यों में से एक में अकलंक को अभिनय करना था, शेष में घायल बनकर लेटे रहना था।

सम्राट जंगल में शेर का शिकार करने को भटक रहा है····सम्राट शेर का शिकार तो नहीं कर पाता अलबत्ता शेर सम्राट को अपना शिकार बना लेता है। घायल सम्राट शेर से बचता-बचता भाग रहा है। वह अपने सैनिकों से बिछुड़ गया है····तभी उसका सामना अपने शत्रु राजा से हो गया। शत्रु राजा ने उसे मारना चाहा लेकिन उसके नीतिवान मंत्री ने राजा को समझाया—‘घायल की सेवा, शरणागत की रक्षा ही क्षत्रिय का धर्म है, राजन्। इस तरह असहाय सम्राट को मारना आप जैसे महावीर को शोभा नहीं देता····’ राजा को सदबुद्धि आई है। वह घायल सम्राट को उपचार के लिए अपने राज्य में ले गया····

शेर से मुठभेड़ तक का विवरण मास्टरजी को मौखिक बताना था। अकलंक को घायलावस्था का अभिनय करते हुए मंच पर जा गिरना था।

मास्टरजी ने विवरण बताना शुरू किया, लेकिन तलवारें लेकर निकले जिन सैनिकों को मंच की दूसरी तरफ से सम्राट को तलाशने का अभिनय करते हुए स्वाँग कक्ष में अब तक पहुँच जाना चाहिए था, वे नहीं पहुँचे।

मास्टरजी का वर्णन समाप्ति की तरफ पहुँच रहा था, तब कहीं सैनिक बना पहला लड़का स्वाँग-कक्ष में आया। अकलंक ने झटपट उससे तलवार ली और अपनी कमर में बाँधने लगा।

यकायक पंडित वहाँ आया। अकलंक के हाथ में दर्पण देकर अपना स्वाँग देखने को कहा और इस बीच खुद उसकी कमर में तलवार बाँध दी।

अकलंक मंच की पहली सीढ़ी पर पहुँचा ही था कि उसे राजेश की आवाज सुनाई दी, "पंडितजी, आपने तलवार उलटी बाँधी है⋯"

अकलंक क्षण-भर को ठिठका। अगले ही क्षण मंच पर धड़ाम से जा गिरा⋯

पंडित ने तलवार की मूठ अकलंक के पेट की तरफ बाँधी थी। लोहे की तलवार की पतली, पैनी मूठ अकलंक का पेट छीलती चली गई। खून की धार बह चली।

जब तक शत्रु राजा ने उसे नहीं उठवाया, वह वहीं पड़ा रहा। शत्रु राजा-मंत्री संवाद के बाद राजा का आदेश मिलने पर जब उसके सैनिकों ने अकलंक को उठाना चाहा, वह बेहोश हो चुका था।

सैनिक झटपट उसे उठाकर स्वाग-कक्ष में लाए। एक लड़के ने अंधे मास्टर कृष्णचंद्रजी को बताया कि अकलंक सचमुच घायल हो गया है।

मास्टरजी ने घोषणा की—भाइयो, घायल सम्राट उपचार के लिए गया है। शेष नाटक अब कल होगा।

सेठ-सेठानी को खबर दी गई। वे अब तक निश्चिंत बैठे अकलंक के स्वाभाविक अभिनय की प्रशंसा में खोए थे। असलियत मालूम होते ही दौड़े आए। तुरंत चिकित्सक बुलाया गया।

नाटक तो फिर नहीं हो सका, उपचार का सिलसिला जरूर लंबा खिंच गया। डॉक्टर को डर था कहीं खून ज्यादा न रिस गया हो। कहीं सेप्टिक न हो जाए। कहीं तलवार की मूठ जंग लगी न रही हो।

दिल्ली में जब तक मंडली रही, अकलंक मंडली के काम नहीं आया। जब मंडली आगे के लिए प्रस्थान कर गई, तब भी सेठजी ने अकलंक को नहीं ले जाने दिया। उन्होंने पंडित को आश्वस्त किया—अकलंक के स्वस्थ होते ही हम इसे आश्रम पहुँचा देंगे।

जिस दिन मंडली आश्रम से रवाना होनी थी, ठीक उसी दिन उत्तम को मंडली के

साथ न ले जाने का निर्णय ले लिया गया था। उसकी गैर मौजूदगी में अकलंक पर जो बीती, दिल्ली से लौटते ही अकलंक ने वह सब उत्तम को बता दिया था।

मंडली के लौट आने पर उत्तम ने अकलंक को समझाया, "अब मैं कदम-कदम पर तेरा ध्यान नहीं रखूँगा। कोई बड़ी दुविधा सामने आए तभी मेरी मदद माँगना। यह मैं तेरे भले के लिए कह रहा हूँ····"

अकलंक की समझ में नहीं आया कि बेसहारा हो जाने में उसकी भलाई उत्तम को कैसे दिखाई देने लगी। पहले तो कहता था मैं ····लगता है ऊब गया मुझसे····

"मैं ऊबा नहीं हूँ। कहीं तू मेरे बारे में गलत-सलत सोचने लगे," उत्तम ने अकलंक को उदास और चुप ही रहा देखा सो टोका।

"मैं तेरे साथ-साथ या तू मेरे पीछे-पीछे फिरेगा तो सब तुझे मेरा पिछलग्गू कहेंगे। फिर जिसे मुझसे शिकायत होगी वह तुझे बेवजह तंग करेगा। मेरा क्या पता, कब तक हूँ, कब चला जाऊँ या निकाल दिया जाऊँ।

"तू जब नया आया था, मैंने तुझे सब दिखा दिया, बता दिया, सिखा दिया। अब आगे तुझे अपने फैसले खुद लेने हैं। मैं तेरे से कक्षा में भी ज्यादा बात नहीं करूँगा। वहाँ भी वही होगा। कक्षा में भी तो मैं सबसे बड़ा हूँ न!

"तू मेरा पल्लू पकड़े रहा तो तेरे में कभी हिम्मत नहीं आने की। हाँ, तुझे कोई मारे-पीटे या डराए-धमकाए तो मुझे जरूर बताना····"

अपनी समस्याएँ, अकलंक की भलाई, सब कह-सुन लेने के बाद उत्तम लगभग यह भूल ही गया कि अकलंक उसके साथ वाले तख्त पर रहता है। पहले उसके पास-पास बने रहने के कारण खोजा करता था, अब उससे दूर-दूर रहने के बहाने तलाशने लगा।

अगले कुछ दिनों में अकलंक ने यह जान लिया कि उसके जैसे बीच की उम्र के, बीच की कक्षाओं के लड़कों के लिए तो यहाँ कदम-कदम पर दुविधाएँ मौजूद हैं।

अकलंक से पहले इसी साल चार और लड़के भी नए भर्ती हुए थे, लेकिन वे चारों छोटे-से थे। पहली कक्षा में पढ़ने योग्य। उन्हें आश्रम में कोई दिक्कत नहीं थी या फिर उनमें दिक्कत महसूस करने की समझ नहीं थी। वे हर कदम पर अपने से बड़ों का अनुसरण करते थे।

दिक्कतें हैं पाँच से आठ कक्षा के बीच पढ़ने वाले लड़कों के सामने।

वे नहा रहे होते कि कोई बड़ा लड़का आ पहुँचता। इन्हें नल के नीचे से हटाकर खुद नहाने लगता। उनके नहा चुकने के बाद भी पहले से नहा रहे लड़के को नहाने का अवसर न मिलता। वे उसे अपनी चड्डी, बनियान थमाकर आदेश देते—धो इसे!

जब तक किसी एक का चड्डी-बनियान धोकर उससे मुक्ति मिलती, कोई दूसरा आ धमकता। सो नहाने के लिए मिला सारा समय बड़े लड़कों की तीमारदारी में खर्च!

अब क्या हो?

झटपट हाथ-मुँह धोओ। जैसा भी, जितना नहाया है, वही बहुत, कपड़े बदलो और भागकर तेल की पंक्ति में लगो।

कभी टट्टी करते वक्त कोई बड़ा लड़का आ गया। उसे टट्टीघर खाली नहीं दिखा तो किसी भी टट्टीघर का दरवाजा खोल दिया। सामने छोटा लड़का दिखाई दिया कि डपटा—चल बे, जल्दी उठ! सारा आज ही हगेगा क्या! साला, खाने को मिलता नहीं, जाने कहाँ से इतना गू बना लेता है!

अब! जितनी कर चुके ठीक, शेष को ऊपर साधो। योगी बनो। दिन-भर, जब तक दोबारा जाने का मौका न मिले, साधे रहो। आधी छुट्टी तक कक्षा से नहीं जा पाए तो भोजन के समय जाओ। जाना ही होगा। जब तक पेट में मल है, खाया कैसे जाएगा? फिर जरूरी नहीं, आधी छुट्टी में टट्टी खाली मिले ही। स्कूल में बाहर से आए लड़कों को भी तो जाना हो सकता है।

यदि खाने का समय पेट खाली करने में गँवा दिया तो शाम तक खाली पेट कैसे निभेगा? सो अपने हमउम्र से दोस्ती करो ताकि वह तुम्हारे लिए भोजनालय से दो-चार रोटियाँ छुपाकर ले आए। मौका मिलते ही उन रूखी-सूखी रोटियों को निगलो। छुप-छुपाकर। कहीं किसी ने देख लिया तो रोटियाँ और लाने वाले का नाम पेट से उगलवा लिया जाएगा। तब अगले दिन तक रहो दोनों भूखे।

नन्हे-मुन्नों का क्या है! पेशाबघर में कर आए।

किसी बड़े लड़के को खेलने जाना है। स्कूल का काम पूरा नहीं हुआ। किसी भी मझोले को पकड़ लिया। अपनी कक्षा के जिस लड़के ने काम कर लिया हो, उसकी कापी थमाई, अपनी काफी थमाई। आदेश दे दिया—खबरदार! साफ-साफ नकल उतारना। जब तक मैं लौटूँ, पूरा काम हो जाना चाहिए!

अब अपना स्कूल का काम पिछड़ता है, पिछड़े। खेल नहीं पाए, कोई बात नहीं। एक दिन न खेलने से हाथ-पाँव सुन्न नहीं होने के।

पहली बार अकलंक को कपड़े धोने और नहाने की एक-एक टिक्की मिली थी। एक ही बार मिली। नया आया था न। फिर भेजने आने वाले मामा यहीं थे तब तक।

उसके बाद से तो दोनों साबुन आधी-आधी टिक्की मिलते हैं। उनसे अपने कपड़े ही पूरे नहीं धुलते, ऊपर से बड़ों के बड़े कपड़े न केवल धोओ, अपने साबुन से धोओ।

कभी हमउम्र लड़के आँख बचाकर साफ-सुथरी कमीज पहन गए, कभी नेकर, कभी कुर्ता, कभी पाजामा। अब मुलाकात होगी स्कूल के बाद या विद्यालय के बाद या दावत के बाद। तब तक पहनो गंदी कमीज, नेकर, पाजामा, कुर्ता। गंदा पहनते ही स्कूल में संगी-साथियों के आगे हँसी के पात्र बनो, विद्यालय में प्राचार्य के डंडे खाओ। दावत के समय पंक्ति से बाहर निकलो। सब खाने जाएँ, तुम टुकुर-टुकुर देखो। भूखे रहो।

लौटने पर जिसने पहना था उसे पकड़ भी लो तो! वह हँस देगा। हो सकता है

क्षमा भी माँग ले। अब ले लो वापस गंदा किया कपड़ा। हो सकता है कोई पकड़ में ही न आए। कपड़ा जैसे गायब हुआ था, उसी तरह तख्त पर, बिस्तर के नीचे, किताबों के पीछे या आलमारी के पीछे इस हालत में मिले कि अपनी भर्ती संख्या के अलावा कुछ पहचान में ही न आए।

महीनों हो गए अकलंक को इन समस्याओं से जूझते। कुछ के हल निकले, कुछ के नहीं। अंततः अबूझ रही आई समस्याएँ उत्तम को बताईं। उत्तम ने उसे उन समस्याओं से पार पाने के उपाय सुझाए।

"दो उपाए हैं। पहला तो यह कि जब सुबह दौड़ लगाने जाते हैं, तब आश्रम के दस चक्कर न लगाकर समाधि की दिशा में जाया कर। जहाँ और भी कई लड़के जाते हैं। वहाँ एक नहर है। नल है। वहीं नहर के पास शौच करके, नहर में नहा भी लिया कर।

"दूसरा उपाय यह है कि सुबह आलम के जगाने से पहले उठाकर। जैसे वे कई लड़के उठते हैं जो किसी झमेले में नहीं पड़ना चाहते। न अपने से छोटों को हैरान करना चाहते हैं, न अपने से बड़ों से उलझना चाहते हैं।

"तभी उठकर टट्टी जा। नहा, मंजन कर। फिर प्रार्थना के बाद जब दौड़ लगाकर लौटेगा, तब तुझे पढ़ने के लिए भी थोड़ा समय मिल जाएगा। तेरे लिए यही उपाय अच्छा है। पर एक बात का ध्यान रखना, अपने साथ मुझे मत जगाना। मैं इन संकटों से मुक्त हूँ। बड़ा हो गया हूँ न! जिसकी शामत आई होगी, मुझे तो वही छेड़ेगा···

"और सुन···थोड़ी आँखें खोलकर चलाकर। देखा कर कि कौन कैसे इन झंझटों से मुक्ति पाता है। कई बार दूसरों पर नजर रखने से भी अपनी बुद्धि खुलती है।

"अभी तू इतना हैरान-परेशान हो जाता है। अगले साल जब सातवीं में आ जाएगा, तब खाना परोसने की जिम्मेदारी पर भी लगना होगा, मंदिर में प्रछाल करने भी जाना होगा। इतना सोचने वाला, इतना छुई-मुई बना रहेगा, तो कैसे काम चलेगा! उन कामों के लिए भी सप्ताह में एक दिन समय निकालना होगा कि नहीं! वह भी सुबह प्रार्थना और चाय के बीच, पढ़ाई के समय और स्कूल के समय के बीच में से, शाम को मंडली के बाद, खेलने के समय में से। वहाँ थोड़े ही मैं तेरे साथ रहूँगा···"

अकलंक ने उत्तम का बताया दूसरा तरीका अपना लिया। सुबह जब भी नींद खुलती, वह बिस्तर छोड़ देता। बरामदे में जाकर घड़ी देखने पर पता चलता —चार बजे हैं, साढ़े चार बजे हैं, पौने चार बजे हैं। जैसा समय होता उसी गति से सुबह के दैहिक, दैनिक काम निबटाने लगा। ज्यादा समय होता तो आधा-आधा घंटा टट्टीघर में बैठकर सोचता रहता। सपने बुनता रहता। कम समय होता तो झटपट सब काम करता। शुरू-शुरू में डर भी लगता था, धीरे-धीरे स्वतः डर कम होता गया, कुछ हुआ यह कि कई और लड़के भी प्रायः उसी के समय उठने लगे।

अकलंक के भोर में, जागते में देखे तमाम स्वप्नों में सबसे अहम स्वप्न होता

था—कि वह कक्षा का मानीटर बन गया है।

एक दिन उसने अपना यह स्वप्न उत्तम को बड़े चाव से बताया। उत्तम ने हाथों-हाथ उसके स्वप्न पर पानी फेर दिया। बोला, "इस स्वप्न को देखना बंद कर दे। यह असंभव है। आश्रम का लड़का कब खा-पीकर स्कूल पहुँचेगा, कौन जाने! कब मंडली के साथ बीच कक्षा में से भजन गाने चला जाएगा, किसे खबर! जब वह खुद ही साफ-सुथरी, पूरी वर्दी पहनकर नहीं आएगा तो औरों को कैसे रोकेगा! खुद ही पूरा काम करके नहीं लाएगा तो औरों को किस मुँह से शर्मिंदा करेगा! कहीं किसी दिन शोर-शराबा करने वाले लड़कों की पिटाई करते समय किसी ऐसे सेठ के लड़के को पीट दिया, जिसका बाप आश्रम की कमेटी का सदस्य हो, तब तो लड़के की आश्रम से ही छुट्टी हो लेगी। फिर सबसे बड़ी बात, कक्षा के लड़के मुँह पर भले ही न कहें, सब-के-सब एक जैसे हों, यह भी मैं नहीं कहता, लेकिन ज्यादातर अमीरों के लड़के हमें बराबरी का मानते कब हैं! वे तो हमें दया का पात्र समझते हैं। हम उनसे हँसकर बोल लें तो साले अपनी जूठन खिलाकर बड़प्पन बटोरने से बाज न आएँ····"

उत्तम के भाषण ने अकलंक का स्वप्न भंग ही नहीं किया, उसे सतर्क भी कर दिया। उसे चेता दिया कि कक्षा में उसे किन बातों का ध्यान रखना चाहिए। किन लड़कों से दोस्ताना करना चाहिए, किन से नहीं। यह भी कि वह होशियार होने भर से ज्यादा हवा में न उड़े।

अकलंक ने उत्तम की सब बातें गाँठ बाँध लीं और उसी दिन से एक नया स्वप्न देखना शुरू कर दिया—इन तमाम हकीकतों के बावजूद मैं इन सबसे बड़ा बनकर दिखाऊँगा। इन सबसे अपना बड़प्पन मनवाकर रहूँगा। इस साल न सही अगले साल, अगले साल न सही, उससे अगले साल····

परीक्षा परिणाम आने पर अकलंक की खुशी की सीमा न रही। वह अपनी कक्षा में प्रथम रहा। न केवल कक्षा में, तीनों सेक्शन में भी प्रथम। उत्तम भी सातवीं में पहुँच गया। आश्रम के प्रायः सभी लड़के अपनी कक्षाओं में उत्तीर्ण रहे। हाँ, सुरेश और राजेंद्र ने अपने पिछले परिणाम को बरकरार रखा। दोनों फिर अनुत्तीर्ण हो गए।

विद्यालय में संस्कृत की कक्षाओं की परीक्षाएँ देर से होनी थीं, सो इस बार जिन लड़कों को उन परीक्षाओं में बैठना था, उन्हें मंडली में नहीं ले जाया गया। अकलंक ऐसे ही लड़कों में शामिल था। उसे प्रथमा की परीक्षा देनी थी। इसके बाद पूर्वमध्यमा, फिर उत्तरमध्यमा की परीक्षा दो-दो वर्ष बाद देनी होगी। यानी अगले साल, फिर एक साल छोड़कर उससे अगले साल ही वह मंडली में जा सकेगा। यदि वे परीक्षाएँ समय पर हुईं तो हर साल····

तेरह

अकलंक को फिर भी उम्मीद थी कि छठी के तीनों विभाग में वह प्रथम रहा है इसलिए सातवीं में अपने विभाग का मानीटर उसी को बनाया जाएगा। वह आश्रमवासी है तो क्या, आखिर सब कक्षाओं में वे ही लड़के मानीटर बनाए जाते हैं, जो पढ़ाई में होशियार हों। लेकिन ऐसा नहीं हुआ। सातवीं में उसके विभाग के मानीटर फिर वही केशव और अशोक बनाए गए, जो छठी में भी थे।

सातवीं में आते ही उत्तम ने अपना विभाग बदलवा लिया। अब वह सातवीं सी से सातवीं बी में चला गया और उसकी जगह आश्रम का एक लड़का रज्जन सातवीं बी से सी में आ गया।

उत्तम स्कूल की फुटबाल टीम में जगह पाना चाहता था। सातवीं सी के नरेश को पहले ही फुटबाल टीम में स्थान मिलना तय हो चुका था। एक दिन आश्रम के लड़कों को मैदान में फुटबाल खेलते देखकर खेल मास्टर ने घोषणा कर दी थी कि अगले साल नरेश को स्कूल टीम में ले लेंगे। एक विभाग से आश्रम के दो लड़कों को टीम में नहीं रखा जाता था, सो उत्तम को विभाग परिवर्तन करना पड़ा। हालाँकि उसका यह परिवर्तन उसके काम नहीं आया। मालूम हुआ स्कूल की जूनियर टीम में कक्षा आठ तक के लड़के लिए तो जाते हैं, लेकिन जूनियर टीम में सोलह साल से ऊपर के लड़के नहीं लिए जा सकते, जबकि उत्तम सोलह पार कर चुका था। दिसंबर में सत्रह भी पार कर चुकेगा।

उत्तम के विभाग परिवर्तन से अकलंक को कुछ दिन अटपटा-सा लगता रहा। अभी तक वह आश्रम से संबंधित कुछ-न-कुछ शिकवे-शिकायतें या सलाह-मशवरा उत्तम से कक्षा में कर लेता था, ऐसा उत्तम का ही निर्देश था। अब अकलंक के लिए यह भी कठिन हो गया।

रज्जन के प्रति अकलंक में कोई लगाव नहीं था। बल्कि वह रज्जन से मन-ही-मन घृणा करता था। अकलंक को रज्जन से अनंत शिकायतें थीं, जो गए साल में उसके आचरण को देख-देखकर अकलंक के मन में घर करती गई थीं।

रज्जन हर समय किसी-न-किसी बड़े लड़के का पिछलग्गू बना रहता देखा जा सकता था। कभी किसी के कपड़े धो रहा है, कभी किसी के कपड़े सुखा रहा है। कभी

अपनी रजाई किसी को दे रहा है ! कभी अपना साबुन, तौलिया। कभी किसी की मालिश में लगा है। अकलंक को रज्जन की इस सेवादारी से सख्त नफरत थी।

रज्जन ने कक्षा में आते ही अकलंक से अंतरंगता बनाने की कोशिश की। आश्रम में तो दोनों एक कमरे में रहते ही थे, विद्यालय में भी दोनों पूर्वमध्यमा के विद्यार्थी थे। स्कूल की कक्षा में एक ही विभाग में आ जाने से अब तो चौबीस घंटे एक-दूसरे के सामने रहना होने लगा।

रज्जन ने अकलंक के साथ बैठना शुरू किया। जब भी कक्षा में खाली समय मिलता, वह अकलंक को अपने बारे में, अपने आचरण के बारे में कुछ-न-कुछ बताता रहता। उसने बताया कि वह अकलंक से दोस्ती तो पिछले ही साल करना चाहता था, लेकिन उत्तम के डर से नहीं की। उसने यह भी बताया कि उसने अपना विभाग इसीलिए बदलवाया ताकि अकलंक का साथ मिले। उसे भी पढ़ाई में मन लगाने का गुर पता चले। उत्तम से अदला-बदली इसलिए की ताकि उत्तम खुश हो जाए, उसे अकलंक के साथ उसकी अंतरंगता नागवार न गुजरे।

रज्जन की बातों की सच्चाई या अकलंक की प्रशंसा, जिसने भी प्रभावित किया हो, अकलंक बहुत दिनों तक रज्जन से दूर-दूर नहीं रह पाया। दोनों में संवाद कायम हुआ, और कुछ ही दिनों में संवाद रहस्यों के आदान-प्रदान तक आ पहुँचा।

अकलंक ने रज्जन के सामने उसके प्रति अपने मन में मौजूद शिकायत बयान की····"तू अपने आपको सबका नौकर क्यों समझता है ?"

"मैं अपने को किसी का नौकर नहीं समझता····"

"फिर तू सबकी जी-हुजूरी क्यों करता फिरता है ?"

"वह तो मजबूरी में····"

"कैसी मजबूरी ?"

"मैं भूखा नहीं रह सकता। बात-बात पर मार नहीं सह सकता। सुबह जल्दी नहीं उठ सकता। बिना दावत खाए नहीं रह सकता। अब तुझे क्या-क्या गिनाऊँ····

"यदि मैं भोजनालय में भोजन परोसने वाले लड़कों के काम न करूँ तो वे भोजन परोसते समय मुझे ज्यादा रोटियाँ नहीं देंगे, ज्यादा दाल-सब्जी नहीं देंगे। एक-दो दिन की बात हो तो सह भी लूँ, रोज-रोज आधा पेट कैसे खाऊँ ? यदि वे काम करने को न कहें, तब तो कोई बात नहीं, कहें, और मैं टाल जाऊँ तो बदले में मार खाने को मिलेगी, रोटियाँ खाने को तरस जाऊँगा।

"अगर आलम की चाकरी न करूँ तो सुबह प्रार्थना के लिए जगाते समय वह प्यार से पुचकार कर थोड़े ही न जगाएगा। उसी तरह जगाएगा जैसे घंटी बजने के बाद भी सोते रह गए और सब लड़कों को जगाता है। मुँह से कपड़ा हटाकर तड़ाक से गाल पर तमाचा मारेगा या बिना कपड़ा हटाए कहीं भी घूँसा मारता चला जाएगा।

"अगर जितेंद्र की हाजिरी न बजाऊँ तो चाय के गिलास में चाय कम और

चायपत्ती ज्यादा उँड़ेल देगा····

"तू तो इन बातों की चिंता नहीं करता न ! जाने कहाँ खोया रहता है हर समय। तुझे क्या पता कितने लड़कों को चाय के नाम पर चाय मिलती है और कितनों को चायपत्ती।

"अब इन सबकी चाकरी के लिए जब मैं बदनाम ही हूँ तब तर माल खाने से क्यों चूकूँ ! इसीलिए राजेंद्र की सेवा में भी हाजिर रहता हूँ ताकि जब भी चार, आठ, दस, बीस लड़कों की दावत का न्यौता आए तो मैं भी जा सकूँ। तुझे क्या पता, कई लड़के चाहते हैं कि बड़े लड़के मेरी जगह उनसे सेवा-टहल करवाने लगें।"

अकलंक अवाक् रज्जन की समस्याओं को सुनता भर रह गया····

आश्रम की कार्यकारिणी कमेटी का कार्यकाल पूरा हो चुका है, यह बिना किसी घोषणा के लड़कों को पता चल गया। आश्रम में कार्यकारिणी के सदस्यों और कई नए चेहरों की आवाजाही यकायक बढ़ गई। कई पाबंदियाँ, कटौतियाँ यकायक हटा ली गईं।

अधीक्षक का व्यवहार बदल गया। साबुन, तेल, भोजन सब पर्याप्त मात्रा में मिलने लगा। दावतों का दौर-दौरा शुरू हो गया। लड़के जानते थे यह सब चार दिन की चाँदनी है, फिर तो वही तीन साल के लिए अँधेरी रातें स्थायी रूप से आ धमकेंगी।

इन दिनों राजेंद्र लंगड़ की खूब बन आई। जब भी ऐसा निमंत्रण आता जिसमें दस, पाँच या पंद्रह-बीस लड़कों को दावत खाने जाना हो, वह अपने गुट के लड़कों को चुनकर भेजता। यों दिखावे के लिए पचासों लड़कों को कतार में खड़ा किया जाता। फिर किसी के कपड़े, किसी के बाल, किसी के हाथ-पाँव तो किसी के नाखून मैले होने का बहाना करके उन्हें कतार से अलग कर दिया जाता और शेष रह जाते उसके चहेते, जो दावत में मिली दक्षिणा उसे थमाते हैं, उसकी सेवा-टहल में ना-नुकर नहीं करते हैं।

कतार से अलग किए गए लड़कों को कभी राजेंद्र के तो कभी अधीक्षक के दो-चार चाँटे, घूँसे भी खाने पड़ते थे। वजह—वे उस गंदी हालत में दावत में जाकर आश्रम का नाम बदनाम कर सकते थे।

यह दौर कुछ ही दिन चला। इस बीच आश्रम कमेटी के चुनाव संपन्न हो गए।

आश्रम कमेटी के चुनाव और परिणाम घोषणा के बाद पहला रविवार खासी गर्मा-गर्मी से शुरू हुआ। सभी विभागों के मानीटरों ने लड़कों को हिदायत दी कि प्रार्थना, नहाना, तेल लगाना, मंदिर जाना, सामूहिक पूजन, सब शांति और उत्साहपूर्वक करना है। किसी भी क्षण नए पदाधिकारी आश्रम आ सकते हैं।

सामूहिक पूजन के बाद भोजनालय में पहुँचने पर अधीक्षक को वहाँ देखकर सब लड़कों को लगा अब नए पदाधिकारी आने ही वाले हैं। चाय के समय अधीक्षक प्रायः भोजनालय में नहीं आते। इस समय लड़के एक-दूसरे से बतियाते हैं। चाय के समय

शांति तभी रह पाती है जब अधीक्षक वहाँ किसी दानी-पुण्यात्मा या पदाधिकारी को लेकर आए हों।

अधीक्षक या उनके साथ किसी और के आने का अर्थ होता है चाय ठीक से छानी जाएगी। चाय का गिलास पत्ती से नहीं चाय से भरा जाएगा। चाय सुड़क-सुड़क-कर नहीं, धैर्य से, धीमे-धीमे पीनी होगी। चाय के साथ एक-दो बिस्कुट भी मिल सकेंगे।

अधीक्षक ने बताया—थोड़ी देर बाद घंटी बजेगी। वह न तो खाना खाने का संकेत होगा, न मंडली में जाने का। घंटी बजते ही सबको हॉल वाले कमरे में पहुँचना है। वहाँ आश्रम के प्रचार मंत्री आ रहे हैं। वे हर रविवार को यहाँ आया करेंगे·····अब से हर रविवार को मंडली की छुट्टी। संगीत कक्षा नहीं लगा करेगी····

हिदायत देकर अधीक्षक चले गए।

उनके जाते ही लड़के अटकलें लगाने लगे—कौन है आश्रम का नया प्रचार मंत्री? कैसा है? किसलिए आया करेगा वह यहाँ? हमसे क्या चाहता है?

अधीक्षक के जाने के बाद चाय समाप्त करके आपस में बतियाते सब लड़के भोजनालय के बाहर आना ही चाहते थे कि तभी आश्रम के प्रचारक पंडितजी भोजनालय में आ पहुँचे। उन्हें देखते ही अकलंक के तन-बदन में आग लग गई।

प्रचारक पंडितजी ने लड़कों को वहीं रुकने को कहा। लड़के हाथ में खाली गिलास लिए एकजुट होकर खड़े हो गए।

प्रचारक पंडित ने बताना शुरू किया, "देखो बच्चो, हमारे नए प्रचारमंत्री कभी बहुत बड़े अफसर हुआ करते थे। उन्हें अनुशासन बहुत प्रिय है। वे मन के सच्चे और सरल हैं लेकिन अनुशासनहीनता करने वालों के लिए उनसे कठोर दंडाधिकारी भी कोई न होगा। इसका ख्याल रखना····"

प्रचारक पंडितजी के जाते ही लड़कों ने एक-दूसरे की तरफ कंधे उचकाकर इशारों ही इशारों में जानना चाहा—तू समझा क्या, पंडित ने क्या बोला?

घंटी बजते ही सब लड़के बड़े हॉल कमरे में पहुँच गए। इस कमरे का हुलिया बदला हुआ था। पहली से पाँचवीं तक के छोटे-छोटे बच्चों के रहने का यह कमरा प्रायः अस्त-व्यस्त रहता देखा जा सकता था।

आज इस कमरे का कायाकल्प देखकर सब हैरान थे। दोनों पंक्तियों के सभी तख्तों पर धुली हुई चादर बिछी थीं। सामने टेबल टेनिस की मेज के पीछे चार कुर्सियाँ रखी थीं। मेज के एक किनारे मास्टर राधिकाप्रसाद मय हारमोनियम के मौजूद थे। वहीं किनारे पर तबला जोड़ी के पास दूसरे संगीत मास्टर कृष्णचंद्र विराजमान थे। कमरे का फर्श इतना साफ-सुथरा था कि चेहरा देखा जा सकता था।

जब मंदिर में लड़के सामूहिक पूजन में व्यस्त थे, यह तमाम तैयारी तभी कर ली गई लगती थी।

अधीक्षक ने सब लड़कों को दो कतारों में रखे तीस तख्तों पर बैठने को कहा।

थोड़े-थोड़े लड़के एक-एक तख्त पर बैठ गए।

सबके मन में एक ही सवाल था—अब क्या होगा ?

कुछ देर बाद एक वयोवृद्ध दंपती और उनके साथ एक युवती हॉल कमरे में पहुँचे। उनके आते ही अधीक्षक ने सब लड़कों को तख्त से उठ खड़े होने का संकेत दिया।

लड़कों का प्रणाम स्वीकारते हुए तीनों आगंतुक मेज के पीछे रखी तीन कुर्सियों पर बैठ गए। अधीक्षक ने लड़कों को बैठने का संकेत दिया और स्वयं चौथी कुर्सी की तरफ चल पड़े।

कुर्सी के पास पहुँचकर अधीक्षक ने वयोवृद्ध सज्जन की ओर हाथ से इशारा करते हुए बताया—"बच्चो, आप हैं श्री विद्याप्रसादजी जो अब अपनी इस संस्था के प्रचारमंत्री चुने गए हैं, और आपके साथ हैं आपकी धर्मपत्नी श्रीमती पद्मावतीजी····और ये बहन····" उनके साथ आई युवती की तरफ संकेत करते हुए अधीक्षक ने कहा—"ये बहन तुम लोगों से मिलकर कोई किताब लिखेंगी। उसमें तुम्हारी समस्याएँ, तुम्हारा अतीत, तुम्हारी कल्पनाएँ, तुम्हारी उपलब्धियाँ, तुम्हारी कमजोरियाँ····सब दर्ज करेंगी। ये बहन इस काम के लिए तुमसे मिलने अक्सर आया करेंगी। ये तुम सबकी दीदी हैं।"

अधीक्षक ने तीनों का परिचय देने के साथ ही मास्टर राधिकाप्रसादजी की तरफ आँखों-ही-आँखों में कुछ संकेत पहुँचाया।

"मंडली के लड़के यहाँ मेरे पास चले आएँ····" मास्टरजी ने आदेश दिया।

अकलंक सहित कई लड़के तख्त से उठकर मास्टरजी के करीब आ खड़े हुए।

"स्वागत-गान गाना है····"

मास्टरजी ने हिदायत दी और हारमोनियम पर स्वर साधने लगे। मास्टर कृष्णचंद्रजी ने तबले पर संगत देने की तैयारी की····

आज यहाँ श्रीमान पधारे आनंद अपरम्पार
आओ जी करें हम, स्वागत शत-शत बार।
धन्य दिवस, ये धन्य घड़ी है, आप यहाँ जो पधारे हैं
दर्शन पाकर हुए कृतारथ, छात्र ये हर्षित सारे हैं
समय सुहाना मिला ये हमको छाई अजब बहार
आओ जी करें हम, स्वागत शत-शत बार।

"बहुत अच्छे, बहुत अच्छे !" मास्टर कृष्णचंद्रजी तबले पर थाप देते हुए बोले।

विद्या प्रेमी छात्र हितैषी दानी आप कहाते हैं
देश, धर्म और आर्य जाति के भूषण समझे जाते हैं
किस मुख से हम करें प्रशंसा नहीं समय अधिकार
आओ जी करें हम, स्वागत शत-शत बार।

"बहुत खूब ! बहुत खूब ! शाबाश !" मास्टर कृष्णचंद्रजी ने फिर टिप्पणी की।

स्वागत-गान गा रहे लड़के सिर नीचा करके मंद-मंद मुस्काए। इस सावधानी के साथ कि मुँह से स्वर न निकले। मास्टरजी अंधे तो हैं लेकिन उनके कान बहुत तेज हैं। कहीं भनक पड़ी तो खैर नहीं !

स्वागत-गान समाप्त होते ही लड़के अपनी जगह जा बैठे।

मंत्री दंपती ने उठकर सबका अभिवादन किया।

मंत्री दंपती के साथ आई दीदी ने बताया—"भाइयो, आज हम और आप यहाँ एक विशेष काम से इकट्ठे हुए हैं। आज यहाँ अभी एक बालसभा का गठन किया जाएगा। आप सबको आज की तरह हर रविवार को यहाँ आना होगा। आपके बीच मंत्रीजी भी आने की कोशिश किया करेंगे। इस सभा में आप जो कुछ भी कहना, बताना, सुनाना चाहें, वह कह सकेंगे, सुना सकेंगे। जैसे कोई निबंध, कविता, चुटकुला, कहानी, सफरनामा, आश्रम संबंधी कोई शिकायत, कोई सुझाव, अपनी कोई परेशानी।

"अभी हम आप सबके बीच से किसी एक साथी को बालसभा का अध्यक्ष, एक को उपाध्यक्ष, एक को मंत्री और एक को उपमंत्री चुनेंगे। इनका चुनाव आप सब करेंगे। आज की सभा चुनाव के बाद शुरू होगी। सभा के अध्यक्ष और मंत्री वगैरह यहाँ हमारी जगह आकर बैठेंगे। जिसे भी कुछ कहना होगा वह अध्यक्ष की अनुमति से कहेगा। मंत्री उसे कहने के लिए बुलाएँगे। यदि कभी अध्यक्ष या मंत्री अस्वस्थ हुए या उन्हें कोई काम हुआ तो उनकी जगह उपाध्यक्ष या उपमंत्री उनका स्थान लेंगे।

"एक बात और···अध्यक्ष का पद गरिमापूर्ण है। इस पद के लिए आप अपने बीच से किसी ऐसे साथी को चुनें जिसका सब कहना मानते हों। यों कहना तो अपने से बड़ों का उनका आदर रखने के लिए और छोटों का उनकी भावनाओं की कद्र करने के लिए सबको मानना चाहिए।

"मंत्री का पद ऐसे साथी को सौंपें जो बोलने में संकोची न हों। साथ ही जो सभा की कार्रवाई को लिख सकें। लोगों से संपर्क कर सकें। जिन्हें अपनी किताबों से इतर दीन-दुनिया की भी जानकारी हो।

"हो सकता है अभी आपके बीच ऐसे साथी कम हों या न ही हों, फिर भी किसी को तो आगे करना ही होगा। यह बालसभा इसीलिए गठित की जा रही है ताकि आप सबका व्यक्तित्व और निखरे। आप में दीन-दुनिया को जानने की ललक पैदा हो। आप अपनी भावनाओं को, अपने ज्ञान को दूसरों के सामने अभिव्यक्त कर सकें।

"हर रविवार को आप लोग इसी समय सभा किया करेंगे। अगली सभा में किस विषय पर बोलना होगा यह पिछली सभा में तय कर लिया करेंगे। जो साथी स्वतः बोलने के लिए तैयार होंगे, उनका तो स्वागत है ही, अध्यक्ष और मंत्री अपनी तरफ से भी कुछ साथियों को बोलने के लिए कहेंगे ताकि उनका भी संकोच टूटे।

"जब तक आपकी सभा सुचारु रूप से नहीं चलेगी, मैं हर रविवार को आया करूँगी। साहित्य और समाज विज्ञान से जुड़े विद्वानों को भी लाने की कोशिश करूँगी।

फिर यह दायित्व आपकी बालसभा के अध्यक्ष और मंत्री का होगा····

"इस बालसभा के गठन के अलावा मेरे मन में आप सबके लिए एक और भी योजना है। मैं चाहती हूँ कि आप में से कुछ लड़कों को दूसरे शहरों के आश्रमों में कुछ दिन रहने के लिए भेजा जाए। वहाँ के लड़कों को यहाँ मेहमान बनाकर बुलाया जाए। ताकि आप उनकी और वे आपकी दिनचर्या देख सकें। हो सकता है उनकी दिनचर्या में कुछ ऐसा हो जिससे आपको कुछ सीखने, अपने समय का और सदुपयोग करने की प्रेरणा मिले, या उन्हें यहाँ आकर ऐसी ही कोई सीख मिले।

"खैर, वह सब बाद की बात है। योजनाएँ तो कई हैं। मैं इधर कई साल से आप जैसे ही बच्चों के बीच आ-जा रही हूँ न। अब आप लोगों के बीच आना-जाना होगा, तब जानूँगी कि आपको क्या सलाह दूँ, क्या सिखाऊँ, क्या सुधार करूँ।

"फिलहाल तो हम बालसभा की कार्यकारिणी का गठन करते हैं।"

दीदी के निर्देशानुसार लड़कों ने छात्रावास में रहनेवाले भाई अमरनाथजी को बालसभा का अध्यक्ष, भाई बनवारीलालजी को मंत्री, भाई सुरेश फैंसी को उपाध्यक्ष और भाई वीरेंद्र भगवानजी को उपमंत्री चुन लिया।

पदाधिकारियों के चुनाव के बाद चारों साथियों को सामने बुलाया गया। सबने खड़े होकर उनका अभिवादन किया। प्रचारमंत्री दंपती और अधीक्षक कुर्सियों से उठकर पहले तख्त पर आकर बैठ गए। दीदी स्वयं भी कुर्सी से उठीं। चारों साथियों को उन चार कुर्सियों पर विराजमान किया। वे ससंकोच वहाँ बैठ गए।

दीदी ने वहीं खड़े-खड़े उन सबकी तरफ देखकर कहा, "आज की बालसभा के अध्यक्ष महोदय और उनकी कार्यकारिणी का हृदय से स्वागत करने के बाद मैं रेणुका उनसे सभा की कार्रवाई का संचालन करने की अनुमति चाहूँगी····"

भाई अमरनाथजी और भाई बनवारीजी के लिए यहाँ आश्रम में इस तरह की सभा का अनुभव नया जरूर था, लेकिन दोनों जन जिस महाविद्यालय में पढ़ते हैं, वहाँ इस तरह की सभा होती रहती है, सो अब उनके क्या दायित्व हैं, क्या कर्त्तव्य हैं, क्या अधिकार हैं, यह भली-भाँति जानते थे।

भाई बनवारीजी ने खड़े होकर रेणुका दीदी का अभिवादन किया। वह बोले, "हम मातृ-पितृ-बंधु-बांधवहीन बालवृंद आदरणीय विद्याप्रसादजी, माननीया पद्मावतीजी और स्नेहमयी रेणुकाजी के हृदय से आभारी हैं। हम आपके इस वाग्दान के जीवन-भर ऋणी रहेंगे। हमारा अनुरोध है कि आप सुसंस्कृत-जन अपना स्नेह और मार्गदर्शन हमें चिरकाल तक इसी तरह दिए रहें। आपकी भावनाओं की प्रशंसा में कुछ कहना तो हमारे लिए सहज, सरल नहीं है, लेकिन हम अपनी भावनाओं की बात तो कर ही सकते हैं। आपने हमें अपनी भावनाओं को अभिव्यक्त करने का जो मार्ग सुझाया है, हम प्रयास करेंगे कि इस पर जितनी दूर संभव हो, चलकर देखें। अकेले-दुकेले नहीं, सबको साथ लेकर।

"रेणुकाजी का हृदय से आभार स्वीकारते हुए, अध्यक्ष महोदय की आज्ञा से मैं उनसे प्रार्थना करूँगा कि वे अपना स्थान ग्रहण करें और आज से ही हमें उस मार्ग पर चलता हुए देखें जो मार्ग स्वयं उन्होंने हमें सुझाया है।"

रेणुकाजी की आँखों में आँसू छलक आए। भाई बनवारीजी के बोल-सुनकर लड़कों का मन कभी बल्लियों उछल रहा था, कभी तलों डूब रहा था। तभी रेणुकाजी ने भाई बनवारी के सिर पर स्नेहपूर्ण हाथ फेरा और स्वयं भी प्रचारमंत्री दंपती के पास जा बैठीं।

भाई बनवारी ने कहा, "आज की सभा का आरंभ भाई अकलंक के श्लोक पाठ से होगा···"

अकलंक तख्त से कब उठा, कब ठीक उसी स्थान पर खड़े होकर जहाँ कुछ देर पहले स्वागत गान गाया था, श्लोक पाठ करके, कब वापस अपने स्थान पर आकर बैठा, इसकी सिवा अकलंक के सबको खबर हो गई···

सभा उसी रूपरेखा पर चल पड़ी, जो रेणुकाजी ने बयान की थी। अकलंक को अलबत्ता पता नहीं चला कि आगे क्या-क्या हुआ। वह इस बीच जाने कब अपने भीतर गोता लगा चुका था—यह निश्चय करने के लिए कि मैं इस बालसभा का पूरा-पूरा लाभ उठाऊँगा। सभा में अपनी भावनाओं को अभिव्यक्त करके, अपनी अपेक्षाओं, क्षमताओं को उजागर करूँगा···

बालसभा समाप्त होने पर जब सब लोग हॉल कमरे से बाहर आए, मंत्री दंपती ने अकलंक को इशारे से अपने पास बुलाया।

अकलंक ससंकोच उनके करीब जा खड़ा हुआ।

श्रीमती पद्मावती देवी ने अकलंक के सिर पर हाथ फेरते हुए कहा, "बहुत अच्छा नाम है तुम्हारा।"

तभी रेणुकाजी ने अकलंक को कंधों से पकड़कर उसका माथा चूमते हुए कहा, "तुम्हारा गला और संस्कृत का उच्चारण दोनों उम्दा हैं। मेरा नाम रेणुका है। तुम मुझे रेणुका दी कह सकते हो···"

"कहाँ से आए हो तुम? कौन-कौन हैं तुम्हारे घर में?"

प्रचारमंत्री विद्याप्रसादजी ने एक साथ दो सवाल किए। उनके सवालों ने अकलंक को चौंका दिया···सवाल सुनते ही अकलंक को उत्तम की हिदायत याद आ गई···उसे तब वहाँ से टल जाने में ही भलाई दिखाई दी।

"कोई नहीं···" अकलंक ने कहा और रेणुका दी की पकड़ से अपने को छुड़ा उनसे विपरीत दिशा में भाग खड़ा हुआ।

हालाँकि अकलंक को इन तीनों का व्यवहार इतना सुखद लग रहा था कि वह मन-ही-मन चाहने लगा था—समय यहीं थम जाए···

चौदह

दीदी का आश्रम आना अकलंक के लिए वरदान सिद्ध होता जा रहा था। ऐसा कोई रविवार न जाता, जब बालसभा में अकलंक कोई-न-कोई कार्यक्रम प्रस्तुत न करे। कभी निबंध, कभी कहानी, कभी कविता, कभी शिकवे-शिकायतें।

दीदी ने तो जैसे गूँगों को आवाज का वरदान दे दिया। आश्रम के प्रायः सभी लड़के बढ़-चढ़कर बालसभा में हिस्सेदारी करने लगे। शुरू में एक-दो घंटे से शुरू हुई बालसभा धीरे-धीरे दो सत्रों में समाप्त होने लगी। मंदिर से लौटकर चाय के बाद सब जन बालसभा में उपस्थित होते, फिर भोजन के लिए अंतराल घोषित होता और भोजन के बाद फिर सब बालसभा में उपस्थित।

कभी अंताक्षरी, कभी वाद-विवाद, कभी निबंध प्रतियोगिता। कभी स्वरचित रचना-पाठ। हर रविवार को दीदी के साथ शहर की, समाज की, साहित्य की कोई महान विभूति भी आतीं। उनसे प्रशंसा पाने के लिए सब लड़के अच्छा प्रदर्शन करते।

मंत्री दंपती तो यदा-कदा ही आते थे, लेकिन दीदी न केवल बालसभा के समय, यों भी जब-तब आश्रम में आ पहुँचतीं। कभी किसी से बतियातीं, कभी किसी से। कभी किसी का अधूरा काम पूरा करवातीं, कभी बातों-बातों में कोई अड़चन सुलटा देतीं।

दीपावली आने को थी। दशहरा समाप्त होते ही दीदी ने बालसभा में घोषणा की, इस बार हम दीपावली पर एक झाँकी सजाएँगे। उसका उद्घाटन किसी धनी व्यक्ति से करवाएँगे। प्रचार करेंगे। लोगों को बताएँगे कि यहाँ झाँकी सजाई गई है ताकि वे उसे देखने आएँ। आने वाले लोग जो रुपये, पैसे इनाम के रूप में देंगे उससे पढ़ने के लिए किताबें, अखबार, पत्रिकाएँ मँगाएँगे।

योजना अच्छी थी। लड़कों ने बढ़-चढ़कर हिस्सेदारी का मन भी बना लिया था, लेकिन अब तक किसी को ठीक-ठीक इसका अंदाज नहीं हो पाया था कि झाँकी होगी कैसी, बनाएगा कौन, कहाँ, कैसे?

दशहरा समाप्त होते-न-होते आश्रम के लड़कों का एक दायित्व और बढ़ गया था। आश्रम भवन में स्थित मंदिर में भगवान् की मूर्तियों का सुबह-सबेरे प्रक्षाल करने का। गर्मियों में, बरसात में तो श्रद्धालु-जन आकर इस काम को अंजाम देते हैं, लेकिन सर्दियों में प्रतिवर्ष यह काम आश्रम के लड़कों से लिया जाता है। चूँकि प्रक्षाल भोर में,

सूर्योदय तक होना होता है। उतनी सुबह भला सुखद नींद छोड़कर कोई क्यों आए?

सातवीं से ग्यारहवीं तक के विद्यार्थियों की जिम्मेदारी वाले इस काम में अकलंक को भी शामिल कर लिया गया। अकलंक के साथ-साथ थे खेमचंद्र, आलम और वीरेंद्र भगवानजी। प्रति बुधवार इनका प्रक्षाल के लिए जाना तय हुआ। खेमचंद्र ने अपनी ओर से व्यवस्था कर दी कि एक बुधवार वह और आलम जाएगा, अगले बुधवार अकलंक और वीरेंद्र भगवानजी।

दीपावली से दो रात पहले अकलंक दीदी के साथ फैंसी वाले कमरे की बगल वाले कमरे में झाँकी सजवाने में व्यस्त रहा। अगली सुबह तक झाँकी तैयार हो जानी चाहिए थी, चूँकि उससे अगले दिन यानी दीपावली की सुबह झाँकी का उद्‌घाटन होना तय था। नगर के एक गण्यमान्य सेठ इस काम को सहर्ष करना स्वीकार चुके थे।

झाँकी में भगवान् के विवाह का दृश्य सजाया जाना था। अकलंक को भगवान् की पूरी कथा कंठस्थ थी—कि किस तरह उनकी बारात चली। छप्पन सौ यदुवंशियों की बारात जूनागढ़ पहुँची। भगवान् के सारथी बने उनके चचेरे भाई श्रीकृष्ण। श्रीकृष्ण को पता था कि मेरे भाई ने प्राणीमात्र के उद्धार के लिए जन्म लिया है। जरूरत है बस उन्हें सांसारिक माया-मोह से विरत करने की। उन्हें शंका थी कि विवाह बाद भाईजी सांसारिक बंधनों में आकंठ डूब जाएँगे। तब जगत् का उद्धार कैसे होगा? श्रीकृष्ण को यह भी ज्ञात था कि होने वाली भाभी सर्वगुण संपन्न हैं। उन्हें पाने के बाद भाईजी के वैराग्य की कल्पना भी नहीं की जा सकती। तिस पर यदि विवाहोपरांत भाईजी वैरागी हुए तो यह एक स्त्री के प्रति अन्याय होगा।

भगवान् को किसी उपदेश से संन्यास की ओर उन्मुख करना अनुचित था। वे विषयों में आसक्त नहीं थे, पिता-माता के लाड़ले, आज्ञाकारी थे। उन्हें अपने आगामी अतीत का बोध किसी और ही उपाय से कराना था। जिससे परदुखकातर भगवान् को अपराध बोध भी न हो, दुःख भी न पहुँचे।

यादव कुल शिरोमणि श्रीकृष्ण को ऐसा उपाय सूझ ही गया, जिससे करुणानिधान भगवान् को उनके लक्ष्य का आभास करवाया जा सके। बिना कुछ कहे, बिना कोई उद्बोधन किए। ताकि वे प्रायश्चित को नहीं, परोपकार को तत्पर हों।

श्रीकृष्ण भगवान् के रथ को उस मार्ग पर ले चले, जहाँ बहुत-से जीव-जंतु एक बाड़े में घिरे छटपटा रहे थे। उनकी करुण पुकार कानों तक पहुँचते ही भगवान् ने श्रीकृष्ण से पूछा, "बंधु, इन जीवों को इस तरह कारागार में क्यों रखा गया है? इन्हें स्वतंत्र विचरण के लिए क्यों नहीं छोड़ा गया? क्या ये हमारे मार्ग में अवरोध उत्पन्न करते?"

श्रीकृष्ण ने बताया, "नहीं भाईजी, ये स्वतंत्र होते तो यहाँ ठहरते ही नहीं। अपने आहार की तलाश में वन में विहार कर रहे होते। इन्हें प्रयोजनवश यहाँ एकत्रित किया गया है...."

"इतने जीवों को एक जगह एकत्रित करने का ऐसा क्या प्रयोजन आन पड़ा होगा?"

"आपकी बारात में जो मांसाहारी अतिथि आए हैं, उनके भोजन के निमित्त इन्हें जुटाया गया है। जब तक हम यहाँ से प्रस्थान करेंगे, ये सब जीव अपनी पशु योनि से मुक्ति पा चुकेंगे।"

"मुक्ति! तुम इसे मुक्ति कहते हो अनुज! यह तो हिंसा है, सरासर हिंसा! अपनी जिह्वा को तृप्त करने के लिए किसी का जीवन लेना कहाँ का न्याय है? इस तरह तो कोई शक्तिशाली हमें भी इस मानव-देह से मुक्ति दे सकता है। रथ रोको बंधु!" भगवान् ने आदेश दिया, "मैं ऐसे विवाह बंधन में नहीं बँधना चाहता जिसके लिए इतने जीवों की हत्या हो…"

…और भगवान् रथ से उतरकर वन की ओर प्रस्थान कर गए। प्राणीमात्र के प्रति अहिंसा, दया, ममता, करुणा की प्रेरणा देने योग्य स्वयं को तपाने के लिए।

यही तो श्रीकृष्ण चाहते थे!

कहना न होगा, वे सब जानवर मुक्त कर दिए गए, तुरंत…

दीदी ने झाँकी सजाते समय पूरी रात अकलंक को अपने साथ रखा ताकि वह कथा के अनुरूप दृश्य संयोजन हो रहा है या नहीं, देखता रहे, बताता रहे।

सुबह पूरा गिरि पर्वत बन जाने पर, झाँकी सज चुकने पर दीदी अपने घर चली गईं, स्नान वगैरह करने। अकलंक भी मिट्टी से सने हाथ धोने नीचे गुसलखाने में चला आया।

अकलंक आँखों में झाँकी के दृश्य सँजोए नल पर झुककर हाथों से मिट्टी छुड़ा रहा था कि यकायक खेमचंद्र ने पीछे से उसके नितंबों पर लात मारी। अकलंक फिसलता हुआ सीधा सामने की दीवार से जा टकराया। वहाँ मौजूद एक और नल से सिर टकराते ही सिर फट गया। देखते-ही-देखते गुसलखाने में पानी से कहीं ज्यादा खून बिखरा नजर आने लगा। खेमचंद्र ने न बहता खून देखा, न अकलंक का सिर। वह बेइंतहा लातों, घूँसों से अकलंक को तब तक रौंदता रहा, जब तक वह बेहोश नहीं हो गया…

होश में आने पर पता लगा कि खेमचंद्र मंदिर में भगवानों का प्रक्षाल करने नहीं गया था। आलम भी नहीं। किसी दर्शनार्थी ने भगवानों का प्रक्षाल न होने की शिकायत अधीक्षक से की। अधीक्षक ने खेमचंद्र से जवाब-तलब किया।

खेमचंद्र ने कहा, "अकलंक और वीरेंद्र भगवानजी को जाना था…"

अधीक्षक ने उन दोनों को बुला लाने की जिम्मेदारी खेमचंद्र पर सौंपी।

खेमचंद्र अकलंक को आया तो अधीक्षक के पास ले जाने के लिए था, लेकिन उसे देखते ही खेमचंद्र के हाथ-पाँव खुजलाने लगे। उसने सोचा, क्यों न पहले अकलंक

को खुद ही सजा दे दी जाए। इतना आतंकित कर दिया जाए कि वह अधीक्षक के सामने यह न कहे—मेरी बारी नहीं थी।

अकलंक को अस्पताल ले जाया गया। वहाँ से सिर पर पट्टी कराकर लौटने तक रेणुका दी आश्रम लौट आई थीं। उन्होंने खेमचंद्र को डाँट लगाई। उससे अकलंक से क्षमा माँगने को कहा।

खेमचंद्र ने अकलंक से क्षमा तो माँग ली, लेकिन खुद ने उसे क्षमा नहीं किया। उसने उसी क्षण अकलंक को प्रक्षाल के काम से हटाने का और अकलंक के स्थान पर श्यामसिंह को अपने साथ प्रक्षाल के काम पर रखने का एलान कर दिया।

अकलंक को प्रक्षाल के काम से हटा दिए जाने की घटना से कई लड़के उदास हो आए, जबकि अकलंक को खुशी ही हुई। लड़कों की उदासी की वजह अकलंक अच्छी तरह जानता था।

जिन लड़कों की जिस दिन प्रक्षाल करने की बारी होती है, उन लड़कों की उस दिन खाना परोसने की भी बारी होती है। प्रक्षाल से हटा देने का अर्थ हुआ खाना परोसने के अवसर से भी हाथ धो बैठना। खाना परोसना चूँकि लड़के सौभाग्य का काम मानते आए हैं, इसलिए अकलंक के प्रति उनकी सहानुभूति होना स्वाभाविक ही था।

नियमानुसार सभी लड़कों को एक साथ खाना खाने आना होता है। अगर कोई विशेष काम ही हो तब किसी को पहले या बाद में, लेकिन सूर्यास्त से पहले हर हाल में, खाना खाने की अनुमति मिलती है।

सौ लड़कों को एक साथ खाना परोसना रसोइयों के लिए संभव नहीं होता, सो प्रतिदिन चार लड़कों को खाना परोसने का काम करना होता है।

सर्दियों के शुरू में दशहरा के पहले दिन सप्ताह के सातों दिन में से किस दिन किन लड़कों को खाना परोसना होगा, यह घोषणा कर दी जाती है। सर्दियों भर सप्ताह के उस दिन उन लड़कों को मंदिर में सुबह प्रक्षाल करने भी जाना होता है, लेकिन खाना परोसने की जिम्मेदारी पूरे साल चलती है।

जिस दिन जिन लड़कों को खाना परोसना होता है, वे खाना खाने के समय से एक घंटा पहले रसोईघर में पहुँचते हैं। भंडार से घी, जीरा वगैरह निकलवाते हैं। दाल, सब्जी में छोंक लगाते हैं। घी से तमाम रोटियों को चुपड़ कर तैयार करते हैं। फिर सब लड़कों के आ पहुँचने पर भोजन परोसते हैं।

डाकखाने में जिस गति से चिट्ठियों पर मुहर लगाई जाती है, लगभग उसी गति से यहाँ रोटियों पर घी चुपड़ा जाता है। एक साथ रोटियों का बड़ा-सा ढेर सामने रखकर एक छोटी-सी कटोरी में घी रख लिया जाता है। फिर डाकिए से भी कहीं तेज रफ्तार से रोटियों पर घी में डूबी हथेली से थपकी दी जाती है और दूसरे हाथ से घी की मुहर लगी रोटियों को एक टोकरी में फेंक दिया जाता है। एक लड़का रोटियों पर तड़ातड़ ठप्पे लगाता है, दूसरा ठप्पा लगी रोटियों को करीने से जोड़े बनाकर रखता जाता है।

गर्म रोटियों पर ठप्पा लगाते-लगाते जब एक लड़के की हथेली सुर्ख लाल हो चुकती है, तब गड्डी लगाने वाले लड़के से काम की अदला-बदली कर ली जाती है।

इस तरह कुल आधा किलो या डेढ़ पाव घी में सब रोटियाँ चुपड़ ली जाती हैं। शेष बचे घी को रसोइए और भोजन परोसने आए लड़के मिल-बाँटकर उदरस्थ कर लेते हैं। अपने हिस्से की रोटियों को लगभग घी में डुबोकर, अपने हिस्से की दाल-सब्जी को घी से तर करके। शेष लड़कों को मिलती हैं ठप्पा लगी रोटियाँ, जीरा दर्साती दाल-सब्जी। रोजाना जो घी काम में आने के लिए भंडार से निकाला जाता है उसका आधा हिस्सा अधीक्षक और प्रचारक पंडितजी के पास पहुँचता है नियम से, सो इस मामले की शिकायत कहीं संभव नहीं।

चूँकि सभी बड़े लड़कों की एक न एक दिन खाना परोसने की बारी होती है सो उन्हें भी शिकवा-शिकायत नहीं। जिन लड़कों की खाना परोसने में रुचि नहीं, जो अपनी बारी नहीं रखवाते, वे इसलिए शिकायत नहीं करते कि तब उन्हें खाना परोसने का काम सौंप दिया जा सकता है। ऐसे में उनका अतिरिक्त समय तक खेलना या किसी और काम में संलग्न रहना संभव नहीं रह जाएगा।

छात्रावास के लड़के भी इस अन्याय का विरोध नहीं करते। चूँकि उन्हें अक्सर कॉलेज से आने में देर हो जाती है या सुबह जल्दी जाना होता है, ऐसे में उन्हें भोजन के समय से पहले या बाद में भोजन तभी मिल पाता है जब जिन लड़कों की भोजन परोसने की बारी होती है वे उन्हें समय से पहले दाल, सब्जी, रोटी परोसने को आ जाएँ या बाद के लिए याद से भोजन रखवा दें।

चूँकि प्रायः भोजन कम पड़ता है, ऐसी स्थिति में अन्य लड़के भी इस फिराक में रहते हैं कि परोसने वाले उन्हें ज्यादा रोटियाँ दे दें ताकि वे जल्दी-जल्दी खा सकें या छुपाकर ले जा सकें। ताकि बाद में छुपकर खाकर भूख मिटा पाएँ। सो शेष लड़के भी इस अन्याय का विरोध नहीं करते।

श्यामसिंह को अकलंक के स्थान पर भोजन परोसने वालों में शामिल कर लिया गया था। खेमचंद्र ने उसके प्रति जो विश्वास दिखाया वह उसे उचित सिद्ध करने के अवसर की तलाश में था···

शाम को भोजन के लिए कतार में बैठे लड़कों को एक-एक बार दो-दो रोटियाँ परोस दी गईं। दाल, सब्जी भी। इसके बाद श्यामसिंह जब दूसरी बार रोटियाँ परोसने आया तो उसके हाथ में रोटियाँ ठीक अकलंक की थाली तक आते-आते समाप्त हो गईं।

श्यामसिंह फिर से रसोईघर में गया। रोटियाँ लाया। इस बार उसने पंक्ति के दूसरे सिरे से रोटियाँ परोसनी शुरू कीं। इस बार भी हाथ की रोटियाँ ठीक अकलंक की थाली आते-आते समाप्त हो गईं।

रोटियाँ परोसने का तीसरा दौर आने पर भी यही हुआ।

अकलंक के पास पहुँचते-पहुँचते श्यामसिंह के हाथ में रोटियाँ दाईं ओर से परोसते हुए आते समय भी समाप्त हो गईं और बाईं ओर से भी।

अकलंक समझ गया श्यामसिंह जानबूझकर गिनकर रोटियाँ ला रहा है।

अकलंक थाली उठाकर बाहर जाने लगा। तभी उसके करीब बैठे नरेश ने उसे रोका। इशारे से कहा कि जाओ मत, शिकायत करो।

अकलंक ने भी इशारे से अपनी अनिच्छा जताई।

वह फिर थाली उठाने लगा, तभी नरेश ने उसका हाथ थाम लिया। असावधानी में थाली हाथ से छूट गई। छनननन की आवाज हुई।

भोजन मानीटर सुरेश और पारी का वरिष्ठ सहयोगी खेमचंद्र देर से श्यामसिंह की चतुराई, अकलंक की परेशानी का आनंद ले रहे थे।

ज्यों ही थाली की आवाज हुई, दोनों एक साथ अकलंक की ओर लपके।

वे उसे घसीटते हुए से भोजनालय से बाहर ले जाने लगे।

तभी वहाँ अधीक्षक आ पहुँचे।

"क्या हुआ ?" अधीक्षक ने पूछा।

दोनों ने कहा, "जी यह थाली फेंककर भोजन का अपमान कर रहा था···"

"ऐसा···" अधीक्षक ने अकलंक का कान उमेठा। दो चपत लगाईं और मुर्गा बना दिया। फिर मुर्गा बने अकलंक के नितंबों पर गर्म दाल से भरी कटोरी रखकर चला गया। जाते-जाते हिदायत दे गया कि यह दाल गिराए तो इसे पीटना।

सिर पर सप्ताह-भर पहले लगी चोट में टीस मचने, नितंबों पर गर्म दाल से जलन होने के चलते अकलंक ज्यादा देर मुर्गा बना नहीं रह पाया। वह वहीं ढेर हो गया। पूरी पीठ पर गर्म दाल बिखर गई। तभी सुरेश और खेमचंद्र ने एक साथ उसके नितंबों पर एक-एक लात जमा दी।

अकलंक अधउठा-सा, लुढ़कता-सा दरवाजे के पास पहुँचा कि यकायक उत्तम ने उसे थाम लिया। एक हाथ से अकलंक को थामे दूसरे हाथ से घूँसा बना सुरेश की तरफ लहराया। सुरेश पीछे हट गया। तभी पीछे से आकर वीरेंद्र भगवानजी ने खेमचंद्र और सुरेश के गाल पर एक-एक तमाचा जड़ दिया।

छात्रावास के अमरनाथजी सामने सीढ़ियों से आते हुए यह सारा तमाशा देख चुके थे। बिना किसी के बताए इस घटना को पिछले सप्ताह की घटना की अगली कड़ी समझते उन्हें देर नहीं लगी।

इससे पहले कि सुरेश और खेमचंद्र उत्तम या भगवानजी पर प्रहार करते, उन्होंने भोजनालय में पहुँचते ही दोनों के ताबड़तोड़ चाँटे, घूँसे मारने शुरू कर दिए।

इस बीच कई लड़के दोनों-तीनों में बीच-बचाव कराने आ जुटे।

अकलंक हैरान ! उसकी समझ में नहीं आ रहा था कि आखिर उसका कुसूर क्या है ? क्यों यकायक अधीक्षक, खेमचंद्र, सुरेश उसके दुश्मन हो गए !

कमरे में आने पर उत्तम ने बताया, "दरअसल उन्हें तुझसे कोई शिकायत नहीं है। अधीक्षक को रेणुकाजी का इस तरह आना, हम लोगों में घुलना-मिलना पसंद नहीं। उसे डर है कि लड़के उनके लाड़-प्यार में आकर कहीं उसकी पोल-पट्टी न खोल दें। अब वह रेणुकाजी से तो कुछ कह नहीं सकता, सो इन लड़कों के जरिए, हम सबको डराना चाहता है ताकि कभी कोई कुछ कह न बैठे। फिर तू तो रेणुकाजी का कुछ ज्यादा ही मुँहलगा, प्यारा भैया ठहरा…"

उत्तम ने अकलंक को समझाया, "तू जरा सँभलकर रहा कर। कहीं ऐसा न हो चोरी-चकारी या गिलमेबाजी के अपराध में फँसाकर अधीक्षक तुझे आश्रम से ही निकलवा दे।"

अकलंक ने उत्तम की हिदायत की गाँठ बाँध ली। वह हर समय चौकन्ना और सावधान रहने लगा। न ऊधो की हाँ से कोई मतलब रखा, न माधो की न से…

शहर में जीव-रक्षा आंदोलन का जुलूस निकलेगा, ऐसी खबरें पिछले कई दिनों से अखबारों की सुर्खियों में थीं। जुलूस पुराने किले से शुरू होकर आश्रम के सामने से होता हुआ नए न्यायालय भवन तक जाना था।

जुलूस में देशभर से आनेवाले अहिंसाप्रेमी शामिल होनेवाले थे। इस संभावना को देखते हुए जुलूसवाले दिन शहर के स्कूल-कॉलेजों में अवकाश घोषित किया जा चुका था…

वह निश्चित दिन आ पहुँचा। किले से जुलूस चलना शुरू हुआ। जुलूस के स्वागत के लिए जगह-जगह स्वागत द्वार बनाए गए थे। आश्रम के पास वाले स्वागत द्वार पर अकलंक भी मौजूद था।

जुलूस के आगे-आगे कई शंकराचार्य, सिख संत, वैष्णव संत, जैन संत चल रहे थे। उनके पीछे नेतागण और उनके पीछे अपार जन समुदाय।

जैसे ही जुलूस की अग्रिम पंक्ति आश्रम के नजदीक पहुँची, अकलंक की नजर आगे-आगे चल रहे एक आचार्य संत पर गई। वे अकलंक को देखकर मुस्कराए। अकलंक भी मुस्कराया। वे लगातार मुस्कराते ही रहे। अकलंक का साहस बढ़ा। उसमें कर्तव्यबोध जागा। वह उनके करीब गया। सब संतों के चरण-स्पर्श किए। फिर धीमे से आचार्य संत की उँगली थाम ली। उन्होंने स्नेह से उसके सिर पर हाथ फेरा।

अकलंक उनकी उँगली थामे-थामे जुलूस की अग्रिम पंक्ति में चलने लगा। चारों तरफ विजयी मुस्कान बिखेरता। न संतजी ने उँगली छुड़ाई, न किसी और ने उसे वहाँ से हटाया।

करते-कराते वे जुलूस के लिए निर्धारित अंतिम पड़ाव तक पहुँच गए। वहाँ एक मंच बना हुआ था। सभी संत उस मंच पर जाकर विराजमान हो गए। अकलंक भी संतजी के करीब बैठ गया। तभी किसी ने सूचना दी कि जुलूस जहाँ से शुरू हुआ था,

वहाँ अभी भी हजारों लोग ऐसे मौजूद हैं जो आगे आना चाहते हैं। चूँकि वहाँ से यहाँ तक का तमाम रास्ता जुलूस में शामिल लोगों से भर चुका है सो उन्हें लाचारी में वहीं रुकना पड़ रहा है।

जुलूस के पूरे रास्ते में अकलंक का कई जगह भव्य स्वागत हुआ था। हर कोई उस छोटे से नादान बालक को जुलूस की अग्रिम पंक्ति में चलता हुआ देख उत्साहित हो-हो जाता रहा था। अकलंक स्वयं भी उस समय से अब तक अपने को अभिमान से भरा-पूरा महसूस कर रहा था।

अभी नारेबाजी ही हो रही थी। भाषण वगैरह शुरू नहीं हुए थे। अहिंसा परमो धर्मः। जीवों पर दया करो। गाय हमारी माता है····जैसे नारे कभी कहीं से, तो कभी कहीं से हवा में उछल रहे थे।

उधर इस बीच पूरे रास्ते पर पुलिस के सिपाहियों की तादाद लगातार बढ़ती जा रही थी। उनके हाथों में डंडे और लकड़ी की ढाले थीं।

यकायक एक पुलिस जीप मंच के पीछे आकर रुकी।

एक पुलिस अधिकारी मंच पर आया।

वहाँ मौजूद तमाम शंकराचार्यों और संतों को मंच से उठाकर जीप में बैठाकर ले गया।

अकलंक वहीं बैठा रह गया····अकेला····निरापद····

उनका जाना था कि चारों तरफ से पुलिस हरकत में आती दिखाई दी। गोलियाँ, आँसू गैस के गोले, लाठियाँ चल निकलीं। भगदड़ मच गई।

अकलंक को वह दृश्य देखकर किताबों में पढ़ा जालियाँवाला बाग कांड याद हो आया। अकलंक डर गया। अब जाए तो कहाँ जाए!

अचानक वह मंच से उठा। मंच पर बिछी चादर को ऊपर उठाया। तख्त पर तख्त रखकर बनाए गए उस मंच के बीच के तख्तों में छुप जाना चाहा। तभी एक सिपाही की नजर अकलंक पर गई। उसने तख्त के बीच घुस रहे अकलंक को पाँवों से पकड़कर पीछे घसीटा और उसी तरह घसीटते हुए दूर तक ले गया।

सिपाही जहाँ जाकर थमा, वहाँ कई बसें खड़ी थीं। उनमें ढेरों-ढेर लोगों को भूसे की तरह भरा जा चुका था। सिपाही ने अकलंक को दोनों हाथों में उठाया और ऐसी ही एक बस में खिड़की से अंदर फेंक दिया। बस के भीतर मौजूद लोगों ने अकलंक को सँभाल लिया, वरना यकीनन उसकी हड्डी-पसली एक हो गई होतीं। सड़क पर घसीटे जाने से हाथों और पीठ की खाल कई जगह से छिल चुकी थी। स्वेटर, कमीज, बनियान कब की धूल में सन चुकी थीं। सिर के नीचे हथेली दिए रहने से सिर चोटिल नहीं हुआ, यही गनीमत थी।

अचानक सभी बसों के दरवाजों पर सिपाही आ खड़े हुए। उनके मोर्चा सँभालते ही बसें चल पड़ीं। कुछ दूर तक सरपट दौड़ने के बाद सभी बसें बड़ी जेल के फाटक पर

जा लगीं।

अभिमान और प्रतिष्ठा की भावना से शुरू हुई अकलंक की अहिंसक यात्रा अपमान, भय और हिंसा का एक चक्र पूरा करके समाप्त हो गई।

जेल में कितने दिन गुजर गए पता ही नहीं चला। हजारों की तादात में अहिंसा के पुजारी वहाँ बंद थे। अकलंक सबके लिए मनोरंजन और उत्साहवर्धन का माध्यम बना हुआ था। उसकी उम्र, उसका जीवट सबके लिए हैरानी का विषय था। अकलंक स्वयं भी वहाँ मौजूद नेताओं की सेवाटहल में, आंदोलनकारियों से मिली किताबें पढ़ने में इस तरह व्यस्त रहा कि अपने बारे में कुछ सोचने का अवसर ही न मिला····

सुबह जेल में खबर मिली कि आंदोलन के अगुवा संतजी ने अपना आंदोलन वापस ले लिया है, सो जेल में बंद आंदोलनकारियों को छोड़ देने के आदेश आ गए हैं।

जिस तरह रेले-के-रेले जेल में लाए गए थे, उसी तरह भेजे जाने लगे।

अकलंक भी इस रोमांचक यात्रा की समाप्ति का इंतजार कर रहा था कि जेल में भीड़-भड़क्का कम होते ही मुख्य जेलर की नजर अकलंक पर पड़ी।

जेलर ने इशारे से अकलंक को अपने पास बुलाया।

ज्यों ही अकलंक उनके करीब पहुँचा, वे उसका हाथ पकड़कर अपने दफ्तर में ले आए।

एक कुर्सी पर उसे बैठाकर उन्होंने ढेर सारे सिपाहियों को तलब किया।

कुछ ही क्षण में वे तमाम सिपाही वहाँ आ हाजिर हुए।

"इस छोकरे को कौन लाया था?" जेलर ने अकलंक की तरफ हाथ से इशारा करते हुए सिपाहियों से पूछा।

सब सिपाही मौन रहे।

"हरामजादो! बकते क्यों नहीं? किसे सूझी थी यह बात! किसे इससे खटका लगा था। हैं! ये बाहर रह जाता तो तूफान मचा देता क्या?"

सिपाही अब भी मौन थे।

"यह इतने दिनों से बंद है, यह बात मुझे क्यों नहीं बताई गई?"

जेलर का यह प्रश्न भी निरुत्तर रहा आया। हालाँकि सिपाहियों को देखते ही अकलंक उनमें से कई ऐसे सिपाहियों को पहचान गया था जो उसकी बैरक में आते-जाते रहे थे।

जेलर के इस सवाल-जवाब ने अकलंक को अपने वर्तमान का भान करा दिया···

अब क्या होगा! सोचते ही अकलंक थरथर काँपने लगा।

उत्तम की हिदायत याद हो आई।

"तेरा घर कहाँ है लड़के?" जेलर ने आवाज धीमी करके अकलंक से पूछा।

अकलंक ने डरते-डरते अपना पता-ठिकाना, स्कूल का नाम, यहाँ तक पहुँचने की

दास्तान कह सुनाई।

"तुझे अपने स्कूल का टेलीफोन नंबर याद है?" जेलर ने अगला सवाल किया।

"जी हाँ।" और अकलंक ने एक कागज पर टेलीफोन नंबर लिख दिया।

जेलर ने फोन मिलाया। दूसरी तरफ मौजूद स्कूल के प्रधानाचार्य से कुछ बातचीत की।

टेलीफोन रखकर एक सिपाही से कहा, "इस लड़के को स्टेशन जाने वाली बस में बैठा आओ। कंडक्टर से कह देना, इससे टिकट के पैसे न माँगे और याद से इसे आश्रम के पास उतार दे····"

सिपाही ने सैल्यूट बजाकर हुकुम मानने का संकेत दिया।

जेलर ने अकलंक की पीठ थपथपाकर कहा, "जाओ बेटे, अपने आश्रम में जाओ। आइंदा ऐसे जलसे-जुलूसों से दूर रहना। इस बार भगवान् का शुक्र समझो कि तुम सही-सलामत बच गए। अपनी दिलेरी का इस्तेमाल पढ़ाई और खेलों में करो। ये काम तुम्हारे करने के नहीं हैं। जाओ····"

सिपाही अपने साथ अकलंक को लिए जेल से बाहर आया।

अपनी मोटर-साइकिल पर बैठाकर बस स्टैंड तक लाया और बस कंडक्टर को हिदायतें देकर चला गया।

थोड़ी देर बाद बस चल पड़ी, साथ ही चल पड़ा अकलंक का दिमाग····

अब क्या होगा?

शहर का यह हिस्सा अकलंक ने कभी देखा नहीं था। आते समय शरीर इस बुरी तरह छलनी था और बस में आंदोलनकारियों की इतनी भीड़ थी कि कुछ दाएँ-बाएँ देखना संभव ही नहीं हुआ था।

अब रह-रहकर दिमाग कोई उपाय सोचने के लिए दौड़ लगा रहा था और आँखें आसपास के मकानों, बाजारों को भर नजर देखने के लिए दौड़-दौड़ पड़ रही थीं।

काफी दूर चलने के बाद बस एक चौराहे पर रुकी। तभी अकलंक की नजर एक नामपट्ट पर अटक गई। उस पर बड़े-बड़े अक्षरों में लिखा था—अहिंसा भवन। अहिंसा आंदोलन के प्रवर्तक आचार्य संत श्री महाराज यहाँ पधारे हुए हैं।

अकलंक ने बिना आगा-पीछा सोचे यकायक बस से बाहर छलाँग लगा दी। तभी हरी बत्ती होते ही बस चल पड़ी। कंडक्टर दरवाजे के पास आकर पीछे मुड़-मुड़कर अकलंक को दौड़ने का इशारा करता रहा लेकिन अकलंक ने दौड़ने के तो दूर चलने तक के लक्षण नहीं दिखाए।

देखते-देखते अकलंक और बस के बीच दूरी बढ़ती गई और कुछ पल बाद बस अकलंक की नजर से और अकलंक कंडक्टर की नजर से ओझल हो गए।

चौराहे पर थमे अकलंक के कदम अहिंसा भवन की ओर चल पड़े।

अहिंसा भवन के एक बड़े कमरे में कई लोग जमीन पर बिछी दरी पर बैठे थे।

सामने एक तख्त पर आचार्य संतजी विराजमान थे।

अकलंक को देखते ही संतजी के चेहरे पर वही मुस्कान आ गई जो उस दिन जुलूस के आगे चलते समय उनके चेहरे पर दिखाई दी थी।

उनका मुस्कराना था कि अकलंक के तन-बदन में आग लग गई। वह अपना आपा खो बैठा। समय, स्थान, अवसर, कुछ भी उसके ध्यान में न रहा····

"तू कैसा संत है बुड्ढे! तुझे तो हँसी आएगी ही। तू तो यहाँ आराम से बैठा है न! बड़ा अहिंसा का पुजारी बनता है। लोगों की हत्या करवाता है! उनसे उनका आसरा छीनता है! और बनता है अहिंसा आंदोलन का प्रवर्तक! रहता है अहिंसा भवन में····"

अकलंक लगातार आएँ-बाएँ बके जा रहा था। संतजी पूर्ववत् मुस्कराए जा रहे थे। वहाँ बैठे श्रद्धालु कुछ न समझ पाने का भाव लिए अवाक् बैठे थे।

तभी संतजी का एक युवा शिष्य साधु अपने स्थान से उठा। लगभग छलाँग लगाते हुए उसने अकलंक को पकड़कर झिंझोड़ा, "ओए लड़के! क्या बकता है? देखता नहीं महाराजजी कितने बड़े हैं। सम्माननीय हैं। किस नीच कुल का बालक है तू!"

अकलंक ने हिम्मत लगाकर अपने को उस साधु की गिरफ्त से छुड़ाया। उससे थोड़ा दूर हटकर उसकी आँखों में आँखें डालकर उसे घूरा। फिर गुस्से से चेहरा लाल करते हुए बोला, "आप बीच में मत आना महाराजजी। मैं ईंट उठाकर मार दूँगा, हाँ···· सिर फोड़ दूँगा उसका जो मेरे और इसके बीच में आया। यह मेरा-इसका झगड़ा है। किसी को क्या····"

तभी आचार्य संत ने मुस्कान बिखेरते हुए, अपने शिष्य से कहा, "अशोक, तुम अपने स्थान पर बैठो। यह मेरा और इस बालक का विवाद है। इसे हम दोनों सुलझा लेंगे।"

साधु अशोक वहाँ से हट गया। अकलंक अब भी आचार्य संत की तरफ गुस्से से घूर रहा था····

"हाँ तो बच्चा, और कहो जो कहना है।" कहने के दौरान और कहने के बाद भी संतजी पहले की तरह मुस्कराते रहे।

अकलंक का साहस यकायक जवाब दे गया। वह फूट-फूटकर रोने लगा। रोते-रोते वहीं बैठ गया, जहाँ खड़े रहकर अब तक दहाड़ रहा था।

कोई भी जन उसके करीब नहीं आया। हालाँकि इस बीच वह उम्मीद कर चला था कि कोई तो आकर उसे चुप कराए।

काफी देर बाद संतजी अपने तख्त से उठे। अकलंक के करीब आए।

अकलंक ने रोते-रोते उलाहना दी, "आखिर उस जीप में मैं कितनी-सी जगह घेर लेता····"

संतजी ने स्नेह से उसके सिर पर हाथ फेरा। चुप हो जाने को कहा।

उनका इतना कहना था कि अकलंक की थमती-सी रुलाई फिर फूट पड़ी। उसने

रोते-रोते ही संतजी को अपना नाम, परिचय सब बताया। अपना भय, आशंका भी उजागर की कि अब मुझे आश्रम में कौन रखेगा? स्कूल से, विद्यालय से मेरा नाम कट चुका होगा। मैं कहाँ जाऊँगा? मेरा भविष्य क्या होगा?

संतजी ने उसे चुप कराया। एक श्रद्धालु को बाजार भेजकर जलपान मँगवाया।

जब वह जलपान कर चुका, तब आशीर्वाद देकर एक श्रद्धालु के साथ उसे आश्रम भिजवा दिया।

आश्रम में वह श्रद्धालु अधीक्षक से मिलकर जाने क्या कुछ कह गए, स्कूल में प्रधानाचार्य को भी जाने क्या पट्टी पढ़ा गए कि किसी ने अकलंक से कोई सवाल-जवाब नहीं किया।

लड़कों से इतना भर पता चला कि उसके गुम हो जाने की सूचना नगर के कई थानों में दी जा चुकी थी। जब कहीं से कोई अता-पता नहीं मिला, तब उसे आंदोलन में शहीद हुआ मानकर स्कूल में, आश्रम में, विद्यालय में उसकी स्मृति में शोक सभा भी मनाई जा चुकी थी। आंदोलन में पुलिस की गोली से, लाठी से, भगदड़ से कई लोगों की जानें गई थीं। कई कुचले गए थे। जैसा कि होता है, पुलिस ने, प्रशासन ने मरने वालों की संख्या सही-सही नहीं बताई, जैसे तेरे ही मरने की····

पंद्रह

जेल से अकलंक एक नई आदत लेकर आया। वहाँ जितने दिन रहा अन्य आंदोलनकारियों से किताबें ले-लेकर पढ़ता रहा। पहले तो किताबें समय काटने के लिए ली गईं, फिर उनमें आनंद आने लगा।

जेल से आने के बाद अकलंक इस प्रयास में रहने लगा कि उसे कहीं से भी, कैसे भी ऐसी किताबें मिल जाएँ जो घंटों में पूरी पढ़ ली जाती हैं। जिनके पात्र एक से एक नायाब कारनामों को पलक झपकते अंजाम तक पहुँचाने में कामयाब हो जाते हैं। जिनके नायक जीवन में कभी, किसी मुहिम में खेत नहीं रहते। जिनके पास षड्यंत्र रचने और षड्यंत्र तोड़ने के एक से एक अचूक उपाय मौजूद रहते हैं।

ऐसी किताबें अकलंक ने यदा-कदा अपने कुछ सहपाठियों के हाथों में देखी थीं। उन्हीं से पता चला कि बाहर रेहड़ी-खोमचे वाले इस तरह की पॉकेट बुक्स उपलब्ध करवाते हैं, किराए पर देते हैं।

अकलंक हरदम उन किताबों को पाने की जुगत भिड़ाने लगा। सहपाठियों से किताब मिलते ही सब काम भूल-भाल कर उन्हें पढ़ने का प्रयास करने लगा···

अकलंक कक्षा में पाठ्यपुस्तक के बीच एक किताब रखकर दत्तचित्त होकर पढ़ रहा था कि नए अध्यापक वी. पी. गोयल की नजर में यह हरकत आ गई। उन्होंने किताब छीन ली। अकलंक को बैंच पर खड़े हो जाने की सजा दी।

किताब को उलटते-पलटते गोयल गुरुजी अपनी सीट तक गए। फिर कक्षा से बाहर जाते हुए अकलंक को अपने पीछे-पीछे आने को कहा।

अकलंक को साथ लिए-लिए गोयल गुरुजी दूध उबालने के लिए जलाई गई अँगीठी तक गए। किताब को जलते हुए कोयलों के हवाले किया···फिर अकलंक को मैदान में दीवार की तरफ खड़े होने की सजा और 'जब तक मैं न आऊँ इसी तरह खड़े रहना!' का आदेश दे कक्षा में लौट गए।

अकलंक वहाँ खड़ा-खड़ा थरथर काँपता रहा। पूरे स्कूल के उपहास का सामान बना रहा। अधीक्षक तक शिकायत पहुँच जाने का भय सताता रहा सो अलग। किताब देने वाले को किताब की कीमत कहाँ से चुकाऊँगा—यह समस्या, सब समस्याओं से ऊपर और अकाट्य नजर आती रही।

स्कूल की छुट्टी तक अकलंक को उसी मुद्रा में ख़ड़े रहना पड़ा। छुट्टी होने पर सभी कक्षाओं के छात्र उसे वहाँ सजा भुगतता देख, उसका उपहास उड़ाते अपने-अपने घर चले गए।

कुछ ही देर बाद गोयल गुरुजी वहाँ आए। अकलंक की पीठ पर हाथ रखकर उन्होंने नया आदेश दिया, "मेरे साथ आओ···· !"

अकलंक उनके पीछे-पीछे चल पड़ा। आश्रम के लड़के कोनों-अंतरों में छुपे खड़े यह नजारा देख रहे थे।

गोयलजी अकलंक को साथ लिए आश्रम भवन से बाहर आए। अपनी साइकिल पर बैठे और अकलंक को पीछे बैठने को कहा।

काफी दूर तक साइकिल चलाने के बाद गोयलजी ने रेलवे स्टेशन के ठीक सामने एक इमारत के पास साइकिल रोकी। दोनों जन उतर पड़े। इमारत पर बड़े-बड़े अक्षरों में लिखा था—राजकीय जिला पुस्तकालय।

गोयलजी ने साइकिल एक किनारे खड़ी की। उसमें ताला लगाया और अकलंक को साथ लिए इमारत में प्रवेश कर चले।

भीतर पहुँचकर एक कमरे में मौजूद एक बाबू से एक फॉर्म लिया। यह पुस्तकालय का सदस्यता फॉर्म था। उसे भर कर उस पर अकलंक के हस्ताक्षर करवाए। फॉर्म बाबू को दिया। बाबू ने उसे रजिस्टर में दर्ज किया। दो कार्डों पर अकलंक का नाम लिखा। अकलंक से रजिस्टर में हस्ताक्षर करवाए और दोनों कार्ड गोयलजी के हाथ में सौंप दिए।

कार्ड मिलते ही गोयलजी अकलंक को साथ लेकर पुस्तकालय के और भीतर आए। एक बड़े से हॉल में पहुँचे। यहाँ चारों तरफ अलमारियों में किताबें ही किताबें रखी थीं ! कुछ लोग एक-दो बैंचों के साथ रखी मेजों पर किताबें रखकर पढ़ रहे थे, कुछ लोग आलमारियों से किताबें निकाल रहे थे।

गोयलजी ने अकलंक को आदेश दिया, "यहाँ रखी किताबों में से कोई दो किताबें छाँट लो। मैं बाहर तुम्हारा इंतजार करता हूँ।"

अकलंक को लगा, वह किताबों के समुद्र में आ पहुँचा है। कहाँ वह एक-एक किताब पाने के लिए लालायित रहता था, कहाँ इतनी किताबें उसकी पहुँच में हैं कि जीवन समाप्त हो जाए, पढ़ना पूरा न हो।

गोयलजी जिस जगह अकलंक को छोड़कर गए थे, वहाँ सामने ही बांग्ला भाषा से हिंदी में अनूदित किताबें रखी हुई थीं।

अकलंक ने और लोगों की देखादेखी किताबों को उलट-पलटकर देखना शुरू किया। दो पुस्तकें पसंद कीं। शंकर का 'चौरंगी' उपन्यास और मनोज बसु का 'रात का मेहमान' उपन्यास। दोनों पुस्तकों के शुरुआती भीतरी पृष्ठों की जानकारी ने उसे ऐसा करने को प्रेरित किया। दोनों पर लिखा था—साहित्य अकादमी पुरस्कार प्राप्त

उपन्यास। 'चौरंगी' पर अतिरिक्त सूचना थी—पंच सितारा होटलों के जीवन की झाँकी। तो 'रात का मेहमान' के बारे में शुरुआती सूचना थी—एक सेंधमार चोर की कथा।

अकलंक की बाँछें खिल गईं। यही सब तो वह पढ़ना चाहता है। जब मास्टरजी स्वयं उसे यहाँ लाए हैं तब इन किताबों को पढ़ने से मना तो करने से रहे। अब मास्टरजी भी प्रसन्न हो जाएँगे और उसकी अपनी खुराक भी पूरी हो जाएगी। कहाँ वे सौ-सवा सौ पृष्ठों की छोटी-सी पॉकिट बुक, कहाँ ये चार-चार सौ पृष्ठ के उपन्यास····

अकलंक दोनों पुस्तकें साथ लिए हॉल से निकलकर बरामदे में आ गया। गोयलजी वहाँ बोर्ड पर लगी एक सूची पढ़ रहे थे जिसमें पुस्तकालय में आई नई पुस्तकों की सूचना थी।

गोयलजी ने अकलंक के हाथ से किताबें ले लीं। उसे अपने साथ लिए-लिए एक और कमरे में गए। वहाँ मौजूद दो लड़कियों में से एक को किताबें और कार्ड थमा दिए।

उस लड़की ने किताब के शुरू के पृष्ठ पर मुहर लगाई, कार्ड अपने पास रखे और किताबें गोयलजी को दे दीं।

गोयल गुरुजी पुस्तकालय से बाहर आकर। साइकिल की तरफ न जाकर पुस्तकालय के साथ लगे मैदान में जाने लगे। अकलंक भी उनके पीछे-पीछे मैदान तक आया और गोयल गुरुजी द्वारा निर्दिष्ट स्थान पर बैठ गया।

"अकलंक बेटे, पुस्तकें पढ़ना अच्छी बात है। अपने पाठ्यक्रम से इतर पुस्तकें पढ़ने से विद्यार्थी को अपनी पढ़ाई में भी मदद मिलती है। पुस्तकें ज्ञान का भंडार हैं। लेकिन सब पुस्तकें नहीं। तुम जो पुस्तकें पढ़ते रहे हो वे तुम्हारा ज्ञानवर्धन नहीं करतीं, समय बर्बाद करती हैं। तुम्हारी बुद्धि को भ्रष्ट करती हैं। तुम्हें झूठे सपनों में, झूठे संसार में उलझाए रहती हैं।

"मैंने तुम्हें इस पुस्तकालय का सदस्य इसीलिए बनवाया है ताकि तुम अच्छा साहित्य पढ़ सको। कई लोग अपनी कमाई के आगे दूसरों का हित-अहित नहीं देखते। वे कैसा भी अनर्गल साहित्य लिखकर या छापकर रुपया कमाना चाहते हैं। उनका रचा या छापा साहित्य पढ़कर किसी का भविष्य चौपट हो, उनकी बला से····

"इस पुस्तकालय में तुमने स्वयं देखा है, हजारों पुस्तकें हैं। यहाँ आने वाली पुस्तकों का चयन विद्वान लोग करते हैं। इसलिए यहाँ की पुस्तकें तुम्हारा कोई हित भले ही न करें, क्योंकि इनसे अपना हित साधन करने के लिए पढ़ने वाले के पास बुद्धि और विवेक भी होना चाहिए, लेकिन इतना तय है कि ये पुस्तकें तुम्हारा अहित कतई नहीं करेंगी।

"ये जो पुस्तकें तुम्हें यहाँ से मिली हैं, इन्हें पंद्रह दिन बाद यहाँ वापस करना होगा, अन्यथा विलंब शुल्क लगेगा। पंद्रह दिन से पहले तुम कभी भी इन्हें वापस करके दूसरी

दो किताबें ले जा सकते हो····

"तुम्हें करना यह है कि इन्हें हफ्ता-दस दिन में पढ़कर मुझे दे देना। मैं भी इन्हें पढ़ूँगा। तुम मुझे यह भी बताना कि तुम्हें ये पुस्तकें कैसी लगीं। तुम्हारी राय जानने के बाद मैं यह बताऊँगा कि तुम पहले किसी और तरह की पुस्तकें पढ़ो या इसी तरह की····

"अच्छा, यह बताओ, वह पुस्तक तुम्हें किसने दी थी····" गोयल गुरुजी ने अकलंक को अपनी बातों से प्रभावित होते देख पूछा।

अकलंक चुप बना रहा।

"तुम उसका नाम नहीं बताओगे ?"

अकलंक अब भी चुप बना रहा।

"मैं सिर्फ इसलिए जानना चाहता हूँ ताकि उसे भी सुधार सकूँ। तुम नहीं बताते तुम्हारी इच्छा। लेकिन तब एक काम तुम्हें और करना होगा। इन पुस्तकों को पढ़ने के बाद यदि तुम्हें ऐसा लगे कि ऐसा ही साहित्य पढ़ना चाहिए, तो उसे भी यहाँ लाना। उसकी भी खराब किताबें पढ़ने की लत छुड़वाना····"

अकलंक ने गोयल गुरुजी का सुझाव, आदेश मानने के लक्षण दिखाते हुए गर्दन को 'हाँ' में घुमा दिया।

"तब ठीक है, अब उठो, चलो····"

अकलंक उठ खड़ा हुआ। गोयल गुरुजी भी उठे।

"और हाँ," गोयल गुरुजी एक कदम चलकर रुके। अपने कोट की जेब से पाँच रुपये का एक नोट निकालकर अकलंक को देते हुए बोले, "मैंने उस लड़के की किताब जला दी है न ! वह चार रुपये की थी। हो सकता है वह उसे किराये पर लाया हो। उसे यह पाँच रुपये दे देना ताकि उसे आर्थिक नुकसान न हो····"

अकलंक गोयल गुरुजी का मुँह ताकता रह गया। मन में तो आया कि रुपये न ले, लेकिन न लेने पर दंड की भरपाई कहाँ से करता ! अकलंक को समझते देर न लगी कि गुरुजी जानते हैं अनाथ अकलंक के पास अर्थ-मुद्रा का क्या काम !

गोयल गुरुजी अकलंक को वापस आश्रम तक छोड़ने आए।

आश्रम में पहुँचने पर अधीक्षक से कह गए, "मैंने इस लड़के को दो बड़ी किताबें पढ़ने को कहा है। इन्हें पढ़ने में इसे समय लगेगा, सो आप इसे रात देर तक पढ़ने देना····"

अकलंक लगभग रात-भर 'रात का मेहमान' किताब पढ़ता रहा। अगले दिन रविवार को सुबह बालसभा में भी बेमन से शामिल हुआ। अकलंक को बार-बार ऐसा लगता रहा जैसे रचना के पात्र उसे टेर लगा रहे हैं।

'फिर क्या हुआ···· ?' का कुतूहल किसी भी काम में और दिनों की तरह मन को रमने नहीं दे रहा था।

बालसभा और सुबह के भोजन से निवृत्त होते ही अकलंक किताब लेकर छत पर चला आया। पूरे दिन में वह 'रात का मेहमान' किताब पढ़ गया।

अगले दिन एक खाली पीरियड में अकलंक किताब लेकर अध्यापकों के विश्राम-कक्ष में गया। उस समय वहाँ गोयल गुरुजी और एक अन्य अध्यापक खुशहालीराम ही मौजूद थे।

अकलंक ने 'रात का मेहमान' की प्रति गोयल गुरुजी को सौंपी।

"पूरी पढ़ ली···?" गोयल गुरुजी ने पूछा।

अकलंक ने 'हाँ' में गर्दन हिला दी।

"अच्छा जाओ···दूसरी भी पढ़ लो, फिर बात करेंगे।" गोयल गुरुजी ने उसे विदा किया।

अकलंक ज्यों ही विश्राम-कक्ष से बाहर आया, खुशहालीरामजी ने गोयल गुरुजी को हिदायत दी, "गोयल, तुमने परसों इस लड़के को सजा दी सो दी, तुम नए आए हो इसलिए आगाह कर रहा हूँ, भविष्य में किसी आश्रमवासी को सजा मत देना···"

अकलंक के पाँव जहाँ के तहाँ थम गए।

"क्यों···?" गोयल गुरुजी ने पूछा, "क्या ये मेरे विद्यार्थी नहीं हैं या मैं इनका अध्यापक न होकर कोई दुश्मन हूँ जो पुश्तैनी बैर के चलते इन्हें सजा दूँगा···"

"अरे यार पता नहीं इनमें कौन-सा किस घृणित कुल का हो। कहीं कोई डाकू-लुटेरे या जल्लाद-कसाई की औलाद हुआ तो तुम्हारी गर्दन उतार लेगा···" खुशहालीराम ने पूरी मायूसी के साथ सजा न देने का तर्क उजागर किया।

"क्या कहते हैं आप···!" गोयल गुरुजी चौंके, "मैंने तो कई बार देखा है, महावीर भाई तो आश्रमवालों को चुन-चुनकर सजा देते हैं···"

"हाँ, वह देता है। पर उसकी बात और है···"

"और क्यों है? यह क्या बात हुई? वह दे सकते हैं हम नहीं···"

"वह तो इन्हीं में से एक है न!" खुशहालीराम ने खुशखबरी दी।

अकलंक को याद आया—हाँ, महावीर गुरुजी हमें वजह, बेवजह पीटते हैं। बल्कि सिर्फ हमें पीटते हैं। लेकिन हम उनकी पिटाई को पिटाई ही कब मानते हैं! जानते हैं न, वे तो हमारे बीच के हैं।

महावीर गुरुजी पहले इसी आश्रम में रहे। फिर छात्रावास में रहे। फिर यहीं इसी स्कूल में अध्यापक हो गए। लेकिन आज भी ज्यादातर अध्यापक उनसे मेल-मिलाप नहीं रखते। वे भी खिंचे-खिंचे से रहते हैं। उनसे तो हम यह सोचकर पिट लेते हैं कि वे अध्यापक की हैसियत से नहीं पीट रहे होंगे तो अभिभावक की हैसियत से पीट रहे होंगे। आखिर अधीक्षक भी तो जब-तब बेबात पीटता ही है न।

गोयल गुरुजी और खुशहालीरामजी में वार्तालाप बंद हो चुका था या इतना धीमा

हो चला कि अकलंक को कुछ सुनाई नहीं दिया, यों भी वहाँ अधिक देर रुकना खतरे से खाली नहीं था, सो अकलंक वहाँ से हट गया।

अगले दो-तीन दिन में अकलंक ने 'चौरंगी' भी पढ़ ली। दोनों किताबों को पढ़कर अकलंक चमत्कृत रह गया। उसे अब जाकर गोयल गुरुजी की बात की सच्चाई मालूम हुई कि किताब-किताब में कितना अंतर होता है। एक किताब जहाँ पढ़ने वाले का समय और समझ को भोथरा कर देती है, दूसरी किताब उसी पाठक को समय और समाज की सच्चाइयों से न केवल परिचित कराती है, उसे प्रेरित करती है, उसे जगाती है और सद्कार्यों में लगाती है।

'चौरंगी' और 'रात का मेहमान' पढ़कर जो-जैसी अनुभूति अकलंक को हुई, उसने गोयल गुरुजी को बताई। गोयल गुरुजी ने उत्तर में सिर्फ इतना कहा, "तो अब तुम पुस्तकालय से किताबें लाकर पढ़ा करोगे न!"

अकलंक उनका चेहरा-भर देखने से जान गया कि गोयल गुरुजी ने सिर्फ न तो इतना-भर कहा है, न कहना चाहा है। उन्होंने जो नहीं कहा था वह भी अकलंक ने न केवल सुना, बल्कि गुन भी लिया।

इधर अकलंक का राजकीय जिला पुस्तकालय को खँगालने का दौर शुरू हुआ, उधर गोयल गुरुजी ने उसे अवकाश के दिन वाद-विवाद प्रतियोगिताओं में, निबंध प्रतियोगिताओं में भी ले जाना शुरू कर दिया।

अकलंक की इन नई व्यस्तताओं के चलते उसका संगीत की कक्षा में जाना प्रायः टलता रहा। शुरू-शुरू में संगीत अध्यापकों ने अधीक्षक से शिकायत की, अकलंक को दंडित भी किया।

तब गोयल गुरुजी ने अधीक्षक को समझाया—यह लड़का कहीं मटरगश्ती करने नहीं जाता है। मंडली में किसी और को भी शामिल किया जा सकता है, इसका रुझान जिस ओर है, हमें इसे उसी दिशा में प्रोत्साहित करना चाहिए····

अधीक्षक ने संगीत के दोनों अध्यापकों को अकलंक का नाम मंडली की कक्षा से काट देने की सलाह थमा दी। इस तरह अकलंक को आए-दिन भजन-कीर्तन और स्वागत-गान गाने से मुक्ति मिल गई।

अकलंक अब ऐसे जगत् में रम गया, जिसका आश्रम में वह अकेला कलाकार था····

जनवरी के शुरू में रेणुका दी ने बालसभा में एक योजना रखी कि एक-दूसरे की पढ़ाई-लिखाई की निगरानी का काम लड़के स्वयं करें।

योजना के अनुसार नवमी, दसवीं, ग्यारहवीं के लड़कों की पढ़ाई-लिखाई पर नजर रखने का काम छात्रावास के लड़कों को सौंपा गया। छठी, सातवीं, आठवीं के लड़कों पर निगरानी का काम नवमी, दसवीं, ग्यारहवीं के लड़कों पर। तीसरी, चौथी, पाँचवीं के

लड़कों की मदद करने का काम छठी, सातवीं, आठवीं के लड़कों पर और पहली, दूसरी के लड़कों की मदद का काम चौथी, पाँचवीं के लड़कों पर।

यह योजना बनते ही लड़कों ने अपनी निगरानी में जिस लड़के या जिन लड़कों को रखना चाहा, उनका चयन कर लिया।

दसवीं के जिनेंद्र ने सातवीं के अकलंक की जिम्मेदारी ली और सातवीं के अकलंक ने चौथी कक्षा के जिनेंद्र की। इस चुनाव ने लड़कों को एक रोचक साम्य पर चर्चा का अवसर दिया। अकलंक किसके जिम्मे—जिनेंद्र के। अकलंक के जिम्मे कौन—जिनेंद्र। यानी अकलंक जिनेंद्र से डाँट खाएगा, जिनेंद्र को डाँट पिलाएगा···

रेणुका दी अपनी नई व्यवस्था का क्या नतीजा रहा, यह देखने के लिए अक्सर आश्रम आने लगीं।

ऐसे ही एक निरीक्षण दौरे के समय प्रचारमंत्री भी उनके साथ आए। ज्यों ही वे अकलंक के कमरे में पहुँचे, रवींद्र जो अब तक पढ़ नहीं रहा था, उन्हें आता देखकर पढ़ने का अभिनय करने लगा।

प्रचारमंत्री सीधे उसी के पास चले आए। उसकी किताब अपने हाथ में लेकर उससे कुछ सवाल पूछे। रवींद्र निरुत्तर रह गया। तब प्रचारमंत्री ने उसकी किताब सामने रखते हुए कहा, "अच्छा, जरा यह पाठ पढ़कर तो दिखाओ···"

रवींद्र पढ़ाई से ज्यादा सुरेश की सेवकाई में व्यस्त रहने वाला लड़का था, वह भला कैसे पढ़ता। जब सुरेश या राजेंद्र नहाने जाते तब रवींद्र और सतीश मोटा उनके लिए साबुन, तेल, तौलिया लिए हाजिर रहते थे।

रवींद्र ने अनाप-शनाप पढ़ना शुरू कर दिया।

मंत्रींजी ने उसे टोका, "बेटे, तुम तो गलत पढ़ रहे हो··· !"

रवींद्र जानता था कि वह गलत पढ़ रहा है लेकिन यह बात माने कैसे! वह बोला, "नहीं जी, मैं तो सही पढ़ रहा हूँ···"

मंत्रीजी ने कहा, "सही कहाँ पढ़ रहे हो। तुम ए को कभी ओ पढ़ते हो, कभी ई को एफ तो कभी पी। क्या तुम अंग्रेजी में कमजोर हो ?"

"नहीं तो···" रवींद्र ने नकारा।

इसी बीच सुरेश वहाँ आ पहुँचा था। रवींद्र उसी के जिम्मे था···उसने रवींद्र की स्थिति सँभाली, "बाबूजी, दरअसल इसकी नजर कमजोर है।"

"ऐसा··· ! तब पहले बताना था···" कहते हुए मंत्रीजी ने अपनी जेब से एक कार्ड निकालकर सुरेश को देते हुए कहा, "देखो, तुम इस लड़के को डॉक्टर झुनझुनवाला के पास ले जाना। कहना मैंने भेजा है। इसकी आँखों का तुरंत इलाज करवाओ।"

"बहुत अच्छा बाबूजी···" कार्ड जेब में डालते हुए सुरेश बोला।

मंत्रीजी के जाते ही सुरेश ने रवींद्र की पीठ थपथपाई, "बच गया न बच्चू! देखा हमारा कमाल··· !"

रवींद्र ने कृतज्ञ भाव से सुरेश का आभार स्वीकारा।

सुरेश रवींद्र को लेकर डॉक्टर झुनझुनवाला के यहाँ गया। जाहिर है उन्होंने कहा कि लड़के की आँखों में कोई खराबी नहीं है। फिर भी सुरेश ने रवींद्र को बिना नंबर का चश्मा पहनवा ही दिया। आश्रम में आकर अधीक्षक से चश्मे की कीमत भी वसूल की।

जिनेंद्र की जिम्मेदारी में रहने से अकलंक को अन्य लड़कों की धौंसपट्टी से तो मुक्ति मिली थी लेकिन परीक्षाओं के दिन आने तक जिनेंद्र ने न तो कभी अकलंक को कुछ पढ़ाया था, न यही जानना चाहा था कि वह पढ़ाई में कैसा है, उसे कोई दिक्कत तो नहीं है····

ज्यों ही परीक्षाएँ शुरू हुईं, जिनेंद्र को यह चिंता सताने लगी कि कहीं अकलंक अनुत्तीर्ण न हो जाए और तब बदनामी उसकी हो····

चूँकि जिनेंद्र ने अकलंक की पढ़ाई में सहायता नहीं की थी, इसलिए उसने मन-ही-मन तय किया कि वह इसकी भरपाई परीक्षा में भरपूर नकल करवाकर कर देगा। अलबत्ता अकलंक को न तो उसके अपराधबोध की खबर थी, न प्रायश्चित के प्रण की।

अकलंक उत्तर पुस्तिका में धैर्यपूर्वक प्रश्नों के उत्तर लिख रहा था, यकायक उसे सड़क से 'सात सौ उनतीस', 'सात सौ उनतीस' कहकर टेर लगाने की आवाज सुनाई दी। इस आवाज को सुनकर और लड़कों को तो कोई हैरानी नहीं हुई, लेकिन अकलंक के कान खड़े हो गए। उसने आवाज पर कान दिए तो समझ में आया कि यह तो जिनेंद्र की आवाज है।

जाहिर है वह आश्रम का भर्ती नंबर बोलकर इसलिए आवाजें दे रहा था ताकि आश्रम के लड़कों के अलावा कोई और न समझे।

अकलंक को याद नहीं आया कि जिनेंद्र का उसके बिना ऐसा क्या काम रुका पड़ा है जो उसे इसी समय उसकी जरूरत महसूस हुई। न जाने पर जिनेंद्र पिटाई कर सकता है, यह भय सताते ही अकलंक ने झटपट अपनी उत्तर पुस्तिका अध्यापक को सौंपी और स्कूल भवन से बाहर आ गया।

बाहर सड़क पर पहुँचते ही जिनेंद्र ने पूछा, "कौन-सा प्रश्न नहीं किया···· ?"

अकलंक जल्दबाजी के चक्कर में सचमुच चौथा प्रश्न छोड़ आया था। उसने वही बता दिया।

जिनेंद्र के हाथ में अकलंक की स्कूल की अंग्रेजी की कापी थी। कापी अकलंक को थमाते हुए जिनेंद्र ने कहा, "ले इसमें से जल्दी से उत्तर फाड़ ले और जाकर लिख आ····"

अकलंक की समझ में यह माजरा ही नहीं आया कि आखिर जिनेंद्र ने उसे क्यों बुलाया, वह उसकी कापी क्यों लाया···· फिर उसके आदेश का पालन अब संभव ही

कहाँ था···अकलंक ने सोचा—यदि इन्होंने न बुलाया होता तो मैं चौथे प्रश्न का उत्तर तो लिख ही आया होता। पहले तो खुद ही शोर मचा-मचाकर बुला लिया, अब कहते हैं कि उत्तर लिख आ।

"मैं तो कापी अध्यापक को दे आया हूँ।" अकलंक ने अपनी लाचारी प्रकट की।

"क्यों?"

"आपने बुलाया था न। बिना कापी दिए कैसे आता···"

अकलंक का उत्तर सुनते ही जिनेंद्र का पारा चढ़ गया। उसने गुस्से से अकलंक को देखा और कालर पकड़कर आश्रम की तरफ ले चला।

आश्रम में पहुँचते ही बोला, "मैं सुबह से दौड़-धूप कर रहा हूँ और हमारे धर्मराज युधिष्ठिर हैं कि कापी दे आए। अब फेल होगा तब बेइज्जती होगी मेरी! चल मुर्गा बन! तेरी यही सजा है!"

····और जिनेंद्र ने सचमुच अकलंक को अपने तख्त के पास रखी मेज के नीचे मुर्गा बना दिया। फिर मुर्गा बने अकलंक के पास ही तख्त पर बैठकर हिदायद दी, "कल जब मैं आवाज दूँ तब पेशाब करने के बहाने शौचालय में आना। वहाँ शौच का दरवाजा भीतर से बंद करके खिड़की के रास्ते दीवार से सटा पाइप पकड़कर नीचे उतरना···मुझ से उत्तर लेकर उसी रास्ते वापस जाना और पूरा प्रश्न-पत्र करके आना···समझा!"

अकलंक ने स्वीकार किया—समझ गया।

"तब ठीक है, निकल बाहर···"

अगले दिन जैसे ही जिनेंद्र ने पहली बाँग दी—सात सौ उनतीस···अकलंक ने पेशाब करने जाने की इजाजत माँगी।

शौच के कमरे में आया। दरवाजा बंद किया। खिड़की पर पाँव रखकर पाइप थामा···

पाइप के रास्ते उतरना शुरू किया ही था कि नीचे से प्रधानाचार्य की आवाज सुनाई दी, "कौन है?"

प्रधानाचार्य की आवाज सुनते ही अकलंक के हाथों से पाइप छूट गया। वह धड़ाम से जमीन पर आ गिरा। पाँव की हड्डी टूट गई।

अकलंक को तुरंत अस्पताल पहुँचाया गया।

अस्पताल से पाँव पर पलस्तर चढ़वाकर लौटते समय जिनेंद्र ने रास्ते में ही समझा दिया—प्रधानाचार्य पूछें तो कहना शौच की सिटकनी खुल नहीं रही थी। बहुत खटखटाया, आवाजें दीं, कोई नहीं आता दीखा, तब यह उपाय आजमाया था···

कहना न होगा, अकलंक ने प्रधानाचार्य के सामने यही सब दोहरा दिया।

अगले दिन से शेष पेपर उसे एक अध्यापक की निगरानी में अपने बिस्तर पर पड़े-पड़े देने पड़े···

सोलह

कक्षा छः का रवींद्र वार्षिक परीक्षा में अनुत्तीर्ण रहा, उसके अलावा वही तीन लड़के फिर अनुत्तीर्ण रहे—सतीश मोटा तीसरी में, सुरेश नवमी में और राजेंद्र लंगड़ छठी में। आश्रम के शेष लड़के अपनी कक्षा से अगली कक्षा में पहुँच गए।

खेमचंद्र ने कक्षा ग्यारह पास कर ली। वह आश्रम से छात्रावास में रहने नहीं गया। खेमचंद्र ने बताया—जो लोग उसे अनाथ होने पर आश्रम में भर्ती करवाने आए थे, उन्हीं की देख-रेख में उसकी थोड़ी-बहुत पैतृक खेती-किसानी है। वे लोग उसे लगातार समाचार देते-लेते रहे हैं। सो, अब वह आगे न पढ़कर अपने गाँव वापस जाना चाहता है। वहीं रहकर खेती-किसानी करेगा या कोई और काम। पढ़ाई में उसकी खास रुचि न अब तक रही, न आगे बनने की उम्मीद है।

छात्रावास के लिए स्कूल और संस्कृत विद्यालय वाले भवन में कमरे बन चुके थे सो छात्रावास के लड़के वहीं जाकर रहने लगे। ग्यारहवीं पास कर चुके लड़कों के अलावा छात्रावास में ऐसे लड़के ज्यादा आ गए जो इससे पहले किन्हीं और शहरों में पढ़ते रहे थे। जिनके माता-पिता ने उन्हें उच्च शिक्षा के लिए यहाँ भेजा था। ताकि रहने और भोजन की मुफ्त सुविधा पा सकें। इन लड़कों के सामने अपनी शेष जरूरतों के लिए कोई काम-धंधा करने की जरूरत पेश नहीं आती थी। उनकी फौरी जरूरतों के लिए उनके माता-पिता रुपये भेजते थे।

आश्रम में अकलंक, उत्तम और सातवीं पास कर चुके अन्य लड़के कमरा नंबर एक से कमरा नंबर दो में आ गए। अन्य कमरों में भी इसी तरह से तब्दीलियाँ हुईं।

पुस्तकालय, प्रतियोगिताएँ, स्कूल और विद्यालय में अकलंक इस तरह व्यस्त रहने लगा कि आश्रम में कब क्या घटना घटी, किसका किससे क्यों विवाद छिड़ा, कब सुलझ गया, किसे कहाँ दावत पर भेजा गया, क्या मिला, क्या छीना गया, उसे पता ही नहीं चल पाता था। अब तो वह था और थीं उसकी व्यस्तताएँ।

इस बीच नए भर्ती हुए लड़कों पर क्या गुजरी, वे किस हाल में हैं, अकलंक को खबर नहीं। पुराने लड़कों में से किसकी किससे मुरव्वत है किससे अदाबत, अकलंक को इल्म नहीं। अकलंक किताबी कीड़ा हो गया है—यह आम राय बन चली थी।

अकलंक को यकीन हो चला था कि इस वर्ष तो उसे कक्षा का मानीटर जरूर बनाया जाएगा, लेकिन ऐसा फिर नहीं हुआ। रज्जन से चर्चा करने पर उसने भी वही कारण दोहरा दिए जो कभी उत्तम ने गिनाए थे।

अकलंक ने मन-ही-मन तय किया—मैं अपने आचरण से आश्रम के लड़कों की इन ऊपरी कमियों को नजरअंदाज करने के लिए सबको बाध्य कर दूँगा। उनके भीतरी गुणों की पूँजी उन्हें पर सबके सम्मान का अधिकारी बनवाऊँगा।

इस निश्चय के बाद अकलंक और भी अंतर्मुखी हो चला···

दस दिन के व्रत-त्यौहार की समाप्ति पर आश्रम की ओर से प्रति वर्ष एक कैलेंडर का प्रकाशन किया जाता है जो भारतीय तिथि दर्पण के नाम से जाना जाता है। यों तो यह कैलेंडर लगभग पूरे वर्ष मंदिरों के जरिए बिकता रहता है लेकिन त्यौहारों की समाप्ति के दिन अनंत चतुर्दशी को जब शहर के सभी मंदिरों में धर्मप्रेमीजन हजारों की संख्या में आते हैं, कैलेंडर को हाथोंहाथ बेचने के लिए आश्रम के लड़कों को मंदिर-मंदिर भेजा जाता है।

सभी लड़के यानी आठवीं कक्षा से ग्यारहवीं कक्षा तक के लड़के कैलेंडर बेचने का काम पूरे उत्साह से करने को तैयार रहते हैं। कुछ लड़के मंदिरों में जाकर बेचते हैं और कुछ अनंत चतुर्दशी के अलावा दीपावली पर भी शहर में जहाँ कहीं धार्मिक उत्सव मनाए जा रहे होते हैं, वहाँ पांडाल में जाकर कैलेंडर बेचते हैं।

कैलेंडर बेचने के पीछे लड़कों के उत्साह की वजह का खुलासा करते हुए उत्तम ने अकलंक को बताया—"अभी दो दिन बाद तुझे भी कैलेंडर बेचने जाना पड़ेगा। कैलेंडर की कीमत एक रुपया है। बिना एक रुपया लिए किसी को कैलेंडर मत देना और यदि कोई कैलेंडर के बदले एक रुपये से ज्यादा दे तो मना मत करना। तुझे जितने कैलेंडर राजेंद्र लंगड़ सौंपेगा उसमें से जितने बिकें, एक रुपये के हिसाब से उतने रुपये राजेंद्र को लाकर दे देना, शेष रुपयों का उससे जिक्र मत करना। वे तेरी कमाई कहलाएँगे। वहाँ तेरे साथ कोई और तो जाएगा नहीं सो किसी को यह मालूम नहीं होने का कि रुपये उतने ही मिले या ज्यादा। समझा··· !"

अकलंक उत्तम की सलाह और सूचना से दुविधा में पड़ गया। त्यौहारों की शुरुआत में ही अकलंक ने यह प्रण किया था कि वह अनंत चतुर्दशी को न केवल उपवास रखेगा बल्कि मौन व्रत भी लेगा। इस बारे में वह किसी को बताना नहीं चाहता था। न केवल मौन व्रत के बारे में बल्कि उपवास के बारे में भी।

अब उत्तम की सूचना ने उसे दुविधाग्रस्त कर दिया। और इस दुविधा को दोगुना किया उत्तम की इस सलाह ने कि जो रुपये ज्यादा मिलें उनके बारे में किसी को बताना नहीं···

छल-कपट ! वह भी ऐसे पुण्य के दिन ! इससे तो बेहतर है उपवास किया ही न जाए। मैं उपवास, व्रत तो सत् कर्मों की भावना जाग्रत करने के लिए करना चाहता हूँ

और आचरण करूँ ठीक उससे उलट !

इस दुविधा का अकलंक के पास कोई निदान नहीं था।

राजेंद्र लंगड़ को उपवास, मौन व्रत रखने की बात बताकर इसके लिए सहमत करना भी कठिन था कि वह उसे कैलेंडर बेचने भेजे ही नहीं। राजेंद्र तो जाने क्यों हर समय उसे सताने के उपाय खोजता रहता था। यह बात अलग थी कि उसे ऐसे अवसर अपवाद स्वरूप ही हाथ लगते थे।

यदि राजेंद्र को भनक भी लग गई तो वह सहानुभूति तो नहीं ही दिखाएगा, इसका पूरा प्रयास करेगा कि जितनी जल्दी हो उसका उपवास, मौन व्रत भंग करवा सके।

इन हालात में अकलंक ने किसी को कुछ न बताकर तय किया कि चतुर्दशी को जैसे हालात होंगे, उनका सामना करूँगा। इसी बहाने स्वयं के संयम की परीक्षा भी हो लेगी।

चतुर्दशी को जैसी कि संभावना थी, राजेंद्र लंगड़ ने पचास कैलेंडर अकलंक को थमाते हुए कहा, "तुझे यहाँ से पंचायती मंदिर जाना है। वहाँ तब तक रुकना है जब तक ये सब कैलेंडर न बिक जाएँ···· !"

कैलेंडर लेकर अकलंक आश्रम से चला सो सीधा बताए गए मंदिर में आकर ही थमा।

कैलेंडर बेचते समय मौन व्रत टूटने के आसार पैदा हो चले। एक-दो सज्जन बिना मूल्य चुकाए कैलेंडर लेकर चलते बने। चूँकि अकलंक ने मुँह से कीमत माँगी नहीं, सो वे समझे, मुफ्त में बाँटे जा रहे हैं। वह हाथ से उन्हें रुकने का संकेत करता रह गया, पर वे भला क्यों रुकते ?

अकलंक अवाक् ! धर्म संकट में !

"गूँगे हो क्या ?" एक और सज्जन, जो दूर से तमाशा देख रहे थे, उन्होंने अकलंक के करीब आकर पूछा।

'न !' अकलंक ने गर्दन हिलाकर बताया।

"मौनव्रत किया है ?" उनकी ओर से दूसरा सवाल आया।

'हाँ।' अकलंक ने फिर गर्दन हिलाकर जवाब दिया।

"धन्य हो ! धन्य हो !" उन्होंने अकलंक की पीठ थपथपाई। उसके हाथ में लटक रहे कैलेंडरों को गिना। वे बयालीस थे।

"कितने कैलेंडर लाए थे ?" उन्होंने पूछा।

अकलंक ने संकेत से समझाया—बयालीस ये और उँगलियों के संकेत से बताया—आठ बिक चुके हैं।

"पचास थे ?"

'हाँ।' अकलंक ने गर्दन हिलाई।

उन्होंने कुर्ते की जेब में हाथ डाला। रुपये निकाले। दस-दस के पाँच नोट

अकलंक की तरफ बढ़ाकर कहा, "ये रखो और सब कैलेंडर मुझे दे दो। तुम आश्रम में जाकर आश्रम में आराम करो या मंदिर में बैठकर धर्म-ध्यान करो।"

अकलंक ने रुपये ले लिए। कैलेंडर दे दिए।

ज्यों ही वे सज्जन चलने को हुए, अकलंक घूमकर उनके सामने पहुँचा। उन्हें रोककर उनके सामने अपनी हथेली फैला दी। उसकी हथेली में एक-एक के छः नोट रखे थे। जो बिक चुके आठ कैलेंडरों में से छः कैलेंडर खरीदने वालों ने दिए थे।

वह सज्जन अकलंक का आशय समझ गए। उन्होंने अकलंक की मुट्ठी बंद कर दी। बोले, "ठीक है, ठीक है। इन्हें भी तुम्हीं रखो...."

अकलंक ने न में गर्दन हिलाई। दोनों हाथ कानों तक ले गया। भगवान् की प्रतिमा की तरफ इशारा किया।

"अच्छा, अच्छा ! भगवान देख रहा है। पाप लगेगा...."

अकलंक ने हाँ में गर्दन हिला दी।

इस बीच वहाँ बहुत से लोग जमा हो चुके थे। वह सज्जन कुछ तो प्रसन्नतावश, कुछ प्रदर्शनवश और कुछ भावातिरेक में अपना सवाल और अकलंक का भावार्थ भी, ऊँची आवाज में बोल रहे थे, तिस पर उनका आश्रम के लड़के के पास इतनी देर खड़े रहना, आते-जातों के पाँव थाम ले रहा था।

कुछ जानना चाहते थे—माजरा क्या है? कुछ जान-मान रहे थे—आश्रम का लड़का भीख माँग रहा होगा, दान माँग रहा होगा, जबरन सेठजी को कैलेंडर थमाना चाह रहा होगा। ऐसे और वैसे, सब के सब थमकर देखना चाहते थे—याचक की याचना का तौर-तरीका क्या है, दानी सेठ का दिल पसीजता है या नहीं !

लेकिन यहाँ तो हालात ही कुछ और थे।

उन सज्जन की अंतिम व्याख्या सुनते ही एक साथ कई हाथ अकलंक की पीठ पर थमकी देने आ जुटे। एक साथ कई स्वर सुनाई दिए—"धन्य हो, धन्य हो ! रख लो बेटे, रख लो...."

अकलंक ने सबकी बात अनसुनी कर फिर अपनी बंद मुट्ठी उन सज्जन के आगे खोल दी।

वह क्षण-भर को असमंजस में पड़े। वे दान करने निकले थे, दान बटोरने नहीं। फिर कुछ सोचकर बोले, "अच्छा लाओ। मैं ज्यादा जिद नहीं करना चाहता। कहीं तुम्हारा मौन व्रत न टूट जाए और पाप मेरे सिर आए।"

जैसे ही उन्होंने हथेली पर रखे छः रुपये उठाए, अकलंक का चेहरा खिल गया।

भीड़ फिर से अकलंक को शाबाशी दे तितर-बितर हो गई।

अकलंक कैलेंडर बेचकर सबसे पहले आश्रम लौट आया। अधीक्षक कार्यालय में नहीं मिले सो सीधा अपने कमरे में चला आया। आश्रम में मौजूद लड़के भोजनालय में भोजन कर रहे थे।

कमरे में पहुँचकर अपने तख्त के पास ही जमीन पर बैठकर आँखें बंद कीं और जाप देने लगा। थोड़ी देर में सब लड़कों के आ जाने पर जाप देने में कठिनाई होती।

अकलंक को आज केवल दिन में दो बार जल ग्रहण करना था। उसने मन-ही-मन तय किया कि जाप देकर उठूँगा, तब मंदिर जाऊँगा। वहाँ से रस्सी-बाल्टी लेकर कुएँ से पानी भरूँगा। पानी छानकर भरपेट पिऊँगा, फिर शाम तक मंदिर में एकांत में बैठकर कोई शास्त्र पढ़ूँगा।

जाप पूरा होने पर ज्यों ही आँखें खोलीं, अपने सामने उन्हीं सज्जन को अधीक्षक के साथ मौजूद पाया जिन्होंने उससे बयालीस कैलेंडर खरीदे थे।

"धन्य हो, धन्य हो!" अपने सामने उठ खड़े हुए अकलंक को तख्त पर बैठाते हुए वह बोले, "बेटे, मैंने तुम्हारे अधीक्षक से कह दिया है, कल तुम्हारे उपवास का उद्यापन हम अपने घर करवाएँगे, हमारा नौकर सुबह यहाँ आ जाएगा, तुम उसके साथ हमारे घर आना···"

अकलंक ने हाँ में गर्दन हिला दी। अपनी जेब से पचास रुपये निकाले और अधीक्षक की ओर बढ़ा दिए।

अधीक्षक ने रुपये जेब में रखने के बाद अकलंक की पीठ थपथपाकर कहा, "शाबाश, अब तुम धर्म-ध्यान करो···" फिर उन सज्जन की ओर मुखातिब होकर बोले, "बड़ा ही धर्मात्मा लड़का है, सेठजी। कोई महान पुण्यात्मा है पिछले जन्म की। लेकिन कर्मों की गति देखिए, कैसे दिन देखने पड़ रहे हैं।"

"होता है, होता है, अधीक्षकजी, कई बार ऐसा भी होता है, असत् कर्म किसी के और दुर्गति किसी की। लेकिन बहुत दिन ऐसा नहीं चल पाता। कहते हैं न उसके घर में देर है, अंधेर नहीं है। इस बच्चे के दिन भी फिरेंगे बहुत जल्द। पिछले जन्मों के अशुभ कर्मों का उदय जब होता है तब दो तरह के फल सामने आते हैं। समझदार जीव उनका सामना पुण्य कर्मों में लीन होकर करता है और नासमझ और भी पाप बटोरने में। इस बच्चे की जीवात्मा जागृत है। अपना भला-बुरा पहचानती है। यह उम्र में भले ही नादान है, इसकी आत्मा सजग और प्रबुद्ध है। वह अपने आचरण से न केवल अपने पिछले पापों का क्षय कर लेगी, औरों को भी सुख पहुँचाएगी, उन्हें भी सत्मार्ग दिखाएगी···"

सेठजी अधीक्षक से बतियाते कमरे से बाहर चले गए।

अकलंक ने जैसा चाहा था, शेष दिन उसी तरह बिताया।

सुबह अभी अकलंक स्नान-ध्यान से निवृत्त भी नहीं हुआ था कि सेठजी का नौकर हाजिर। उसने सूचना दी—सेठजी ने कहा है, तुरंत ले आओ। सेठजी के घर में चैत्यालय है। पूजा-अर्चना वहीं चलकर करना।

नौकर के साथ चल पड़ने के अलावा कोई चारा न था।

सेठजी के घर पहुँचने पर अकलंक को सुखद आश्चर्य हुआ।

अकलंक का स्वागत करने के लिए दरवाजे पर सेठजी के साथ उसका हमउम्र ही नहीं, उसकी कक्षा में पढ़ने वाला अनिल भी मौजूद था।

अनिल ने आगे बढ़कर अकलंक को गले से लगा लिया। अकलंक हैरान! अनिल तो आश्रम के लड़कों की तरफ देखना तक गवारा नहीं करता! वही अनिल गलबहियाँ ले रहा है! यह जानते हुए भी कि मैं आश्रम में रहने वाला अज्ञात-कुल-शील का अनाथ हूँ!

अनिल ने बताया—यह मेरा घर है। यह मेरे पिताजी हैं।

अकलंक को घर के भीतर ले जाया गया।

घर के भीतर ऊपर की मंजिल में बने छोटे से मंदिर में सबने पूजन की।

अनिल ने बताया—यह हमारा पैतृक घर है। अम्मा, बाबा, दादी, पिताजी कुछ व्यस्तता और कुछ अस्वस्थता के चलते मंदिर प्रतिदिन नहीं जा पाते। देवदर्शन के बिना, अन्न-जल ग्रहण नहीं कर सकते, सो घर में चैत्यालय की स्थापना की हुई है।

उसने यह भी बताया—हमारे ही क्या, कई धनी-मानी सेठों के घर में ऐसे चैत्यालय बने हैं। मंदिर में तो हम तीज-त्यौहार पर ही जाते हैं।

अनिल ने बातों-ही-बातों में एक और रहस्य खोला—मेरे पिताजी तुम्हारे आश्रम की कार्यकारिणी के भी सदस्य हैं।

अपने परिवार का परिचय देते हुए उसने बताया—हमारा कागज का कारोबार है। वीर प्रभु की कृपा से अच्छा चल रहा है।

अकलंक का मौन व्रत उद्यापन के बाद खुलना था। उससे पहले तक खुद का कुछ बोलना संभव था नहीं, सिर्फ सुनना संभव था, सो सुनता रहा।

अनिल बोला—कल से, जब से पिताजी तुमसे मिले, तभी से तुम्हारे गुण गा रहे हैं। जब उन्होंने तुम्हारा नाम लिया, तब मैंने कहा—अकलंक तो मेरी कक्षा में पढ़ता है। तुम पढ़ाई में होशियार हो, मैंने यह भी बताया। ठीक किया न!

अनिल का उत्साह ही नहीं, उसका स्वर भी अकलंक के लिए एकदम नया था।

"लो बेटे, यह दूध पी लो····"

अभी-अभी कमरे में पहुँचे अनिल के पिताजी ने एक गिलास अकलंक की तरफ बढ़ाया। अकलंक ने उन्हें रुकने का संकेत दिया।

सोफा से उठकर वह नीचे बिछी चटाई पर पद्मासन लगाकर बैठ गया, फिर हाथ बढ़ाकर गिलास थामा और आहिस्ता-आहिस्ता वह गाढ़ा, काजू-पिश्ता-बादाम मिला दूध पी गया।

दूध पीकर पास ही तिपाई पर रखा पानी का गिलास उठाकर कुल्ला किया। फिर दोनों हाथ दोनों तलवों के बीच रखकर जाप देने लगा।····

जाप पूरा होने पर जमीन से उठकर अनिल के करीब आकर बैठते हुए कहा, "तुम्हें देखकर, तुम्हारी बातें सुनकर बहुत खुशी हुई, अनिलजी।"

"ऐं ! ये जी-वी क्या लगा रखा है यार ! मैं तेरा दोस्त हूँ। तेरा सहपाठी····"

"फिर भी···· कहाँ····"

"चुप···· !" अनिल ने अकलंक के मुँह पर हाथ रख दिया···· "आगे कुछ मत कहना। मैं सब जानता हूँ तू क्या कहना चाहता है। उन सब बातों को जाने दे। आज क्षमावाणी पर्व है न। मैं तुझसे अपने पिछले आचरण के लिए क्षमा माँगता हूँ। तू तो धर्मात्मा है यार, क्षमा करना····"

अकलंक कुछ कहना चाहता था, तभी अनिल के पिताजी फिर कमरे में आ गए। उन्होंने पूछा, "भोजन अभी या कुछ देर बाद ?"

"मैं भोजन नहीं कर सकूँगा सेठजी····" अकलंक ने असमर्थता जताई।

"क्यों ?"

"मैंने संकल्प किया था कि उद्यापन के समय मुझे जो कुछ भी एक बार में परोस कर दिया जाएगा, वही ग्रहण करूँगा।"

"क्या···· ! ओह, यह तो अनर्थ हो गया····नहीं बेटे, नहीं····अभी तुम्हारी उम्र ही क्या है। इतने कठोर व्रत न लिया करो····" वह चिंतित होते हुए बोले।

"ऐसा कुछ कठोर व्रत नहीं लिया कि आप इतने चिंतित हों। दो-चार दिन बिना अन्न के रहने में मुझे कोई कठिनाई नहीं होती।" अकलंक ने उन्हें निश्चिंत किया।

अकलंक ने कहना चाहा कि आश्रम में आने के बाद से अब तक इतने से दिनों में कितनी बार भूखा, अधपेट रहना पड़ा है, इसकी ठीक-ठीक गिनती तक याद नहीं। अब तो यह आदत में शामिल हो चुका है।

अनिल का पूरा परिवार पापबोध से त्रस्त हो आया और स्वयं अकलंक अपराध बोध से।

अंततः यह तय पाया गया कि अकलंक पूरा दिन उन्हीं के घर विश्राम करे।

अनिल के पिता ने कहा, "तब तुम शाम का भोजन यहीं करके जाना। हम आश्रम में खबर भेज दे रहे हैं कि तुम दिन-भर यहीं रहोगे।"

वह पूरा दिन अकलंक ने अनिल के परिवार के साथ चैत्यालय में बैठकर भजन-कीर्तन करने में बिताया।

शाम को छप्पन भोग उदरस्थ करवाने के बाद जब अकलंक को आश्रम के लिए विदा किया गया तब उसके साथ आश्रम तक अनिल भी आया और आया फलों की टोकरी से लदा-फंदा उनका एक सेवक।

आश्रम में लौटने के बाद पूरी शाम जब तक सोने का समय नहीं हुआ, लड़के उसके पास आते-जाते रहे। उसे शाबाशी देते रहे। रेणुका दी भी आईं। उन्होंने भी अकलंक को शाबाशी दी, बधाई दी, स्नेहाशीष दिया। भाई बनवारीजी ने, अमरनाथजी ने उसे गले लगाया। घोषणा की कि अकलंक ने अपने आचरण से आश्रम के लड़कों का मनोबल बढ़ाया है सो इस रविवार को बालसभा अकलंक का अभिनंदन करेगी।

अमरनाथजी से मालूम हुआ कि आज दोपहर में आश्रम की कार्यकारिणी कमेटी की बैठक हुई थी। अनिल के पिता कार्यकारिणी के सदस्य हैं सो वह भी उसमें शामिल हुए थे। उन्होंने पूरी कार्यकारिणी के सामने अकलंक के साथ कल जो कुछ मंदिर में घटा और आज उसका जो रूप उन्होंने अपने घर में देखा, सब बयान किया, उसे सुनकर पूरी कार्यकारिणी ने अकलंक को साधुवाद का प्रस्ताव पास किया है।

क्षमावाणी पर्व के उपलक्ष्य में विद्यालय में अवकाश होने से किसी लड़के को कहीं जाना-आना, पढ़ना-पढ़ाना था नहीं, सो यही सब बातें, प्रसंग सोने का समय होने तक चलते रहे।

इस गफलत में स्कूल में मिला गृह-कार्य करने का अकलंक को ख्याल ही नहीं रहा। चूँकि अकलंक स्वयं तो पूरे दिन अनिल के घर में रहा था, इसलिए उसका स्कूल जाना नहीं हो सका था। शाम को चले इस बधाई प्रसंग में उसे रज्जन या नरेश से गृह-कार्य पूछने का ख्याल ही नहीं आया···

मास्टर खुशहालीराम ने कक्षा में आते ही उपस्थिति लेने के बाद आदेश दिया, "जो विद्यार्थी गृह-कार्य करके नहीं लाए हों, वे बैंचों पर खड़े हो जाएँ··· !"

ऐसे विद्यार्थियों में आज अनिल भी शामिल हुआ और पहली बार अकलंक भी।

मास्टर खुशहालीराम एक-एक करके बैंच पर खड़े लड़कों को सजा देने लगे। ज्यों ही वह अकलंक के पास आए, उन्होंने एक बार अकलंक को देखा और बिना सजा दिए अगले छात्र की तरफ चले गए।

अकलंक को उनका यह व्यवहार अपमानजनक लगा। उसे अचानक पिछले वर्ष विश्राम-कक्ष में गोयल गुरुजी से मास्टर खुशहालीराम का हुआ संवाद याद हो आया। वह याद आना था कि अकलंक ने जिद ठान ली—मैं आज इनके हाथों सजा पाकर रहूँगा !

मास्टर खुशहालीराम एक-एक करके सब लड़कों को सजा के रूप में दो-दो डंडे दोनों हाथों पर मारकर अपने स्थान पर जा बैठे।

अकलंक अभी भी अपने बैंच पर खड़ा था।

मास्टर खुशहालीराम ने ज्यों ही अकलंक की तरफ देखा, उसने याद दिलाया, "आपने मुझे सजा नहीं दी है।"

"कोई बात नहीं, तुम बैठ जाओ··· !" मास्टरजी ने हिकारत से कहा।

"पहले आप मुझे सजा दीजिए, तब बैठूँगा···" अकलंक ने उनकी नजर में आ बिराजी उपेक्षा को नजरअंदाज कर जिद ठानी।

"मैं नहीं देता···तुमसे कहा न, बैठ जाओ··· !" मास्टरजी दहाड़े।

अकलंक को लगा इन पूर्वाग्रही मास्टरजी को सबक सिखा ही देना चाहिए। वह पूर्ववत् खड़ा रहा।

मास्टरजी ने उसकी हँसी-सी उड़ाते हुए कहा, "तुम्हारी सजा इतनी देर खड़े रहने

से पूरी हो गई है, तुम बैठ जाओ···· ! मुझे पढ़ाना भी है।"

"मास्टरजी, आप पक्षपात कर रहे हैं।" अकलंक ने प्रतिवाद किया।

"यह देखना मेरा काम है। तुमसे कहा न बैठो !"

"आइंदा यदि मैं काम करके न लाऊँ तो बैंच पर खड़ा होऊँ या नहीं, यह भी बता दीजिए····" अकलंक ने पूछा।

"क्यों ? यह सवाल तुमने क्यों किया ?" मास्टरजी बोले। उनके स्वर और शब्दों से लगा वे अपने आप पर जबरन काबू रखकर बोल रहे हैं।

"मैं नहीं चाहता कि आप मुझे आइंदा भी सजा न दें और हमारे साथियों को ऐसा लगे कि आप मेरे साथ पक्षपात करते हैं····"

"ठीक है, ठीक है। तुम अब चुप करो····बैठो, और आइंदा काम न करके लाने पर भी खड़े मत होना···· !" मास्टरजी ने हथियार-से डाले। जाहिर है किसी अज्ञात नीच कुल के वंशज से उन्हें वार्तालाप करना पड़ रहा है, यह अहसास उन्हें उससे जल्दी-से-जल्दी पिंड छुड़ाने को बाध्य कर रहा था····

अकलंक बैंच से उतर गया। ज्यों ही वह बैठने को हुआ, खुशहालीराम उसके करीब आए। उन्होंने नया आदेश दिया, "यहाँ नहीं, अपनी किताबें-कापियाँ उठाओ और पीछे की बैंच पर जाकर बैठो···· !"

अकलंक ने तत्काल उनके आदेश का पालन किया।

मास्टरजी का यह आचरण पूरी कक्षा को अटपटा लग रहा था।

मास्टरजी को भी यह अहसास हो चला, सो उन्होंने सफाई दी, "बच्चो, मैं इस विद्यार्थी को दंडित नहीं कर रहा हूँ इसकी भी वजह है। इसे तो अगले साल भी इसी कक्षा में बने रहना है, सो अगले साल इसकी जमकर पिटाई करूँगा। हाँ, इस साल अब यह सजा से मुक्त रहेगा। कम-से-कम मेरी ओर से !"

मास्टरजी की इस दलील पर कक्षा के किसी विद्यार्थी को यकीन तो क्या होता, फिर भी किसी ने प्रतिवाद नहीं किया।

कक्षा से पढ़ाकर बाहर जाते समय खुशहालीराम ने नया आदेश दिया, "मानीटर, यदि कोई अध्यापक इस लड़के को आगे के बैंच पर बैठाए तब भी इसे मेरे पीरियड में पीछे के बैंच पर बैठाने की जिम्मेदारी तुम्हारी रहेगी···· !"

मानीटर केशव और अशोक ने 'जो आज्ञा' वाले अंदाज में गर्दन हिला दी।

अकलंक का इस अपमान के बाद पढ़ाई में मन नहीं लगा। पूरे पीरियड वह उद्विग्न बना रहा।

मास्टरजी के जाते ही कई लड़के उसके पास आ जुटे। उसकी पीठ पर थपकी दे-देकर उसके प्रति सहानुभूति प्रकट करने लगे। अकलंक बमुश्किल अपने आँसुओं पर काबू पाए चुपचाप सबका आभार स्वीकारता रहा।

अनिल ने उसकी किताबें-कापियाँ उठाईं और फिर उसी बैंच पर ला रखीं जहाँ से

अकलंक को अपमानित करके शरारती छात्रों के लिए नियत पीछे की बैंच पर भेजा गया था।

नए अध्यापक के आने से पहले यह परिवर्तन हो जाने से अगले किसी भी पीरियड में न वह अप्रिय प्रसंग छिड़ा, न किसी और अध्यापक को अपना निर्णय लेने या खुशहालीराम के निर्णय को यथावत् कहने या नकारने का अवसर मिला।

अगले दो-चार दिन में सब लड़के भूल भी गए कि कक्षा में कोई अप्रिय प्रसंग हुआ था। बिना किसी मानीटर के याद दिलाए खुशहालीराम का पीरियड आते ही अकलंक स्वतः पीछे की बैंच पर जाकर बैठने लगा था।

अकलंक यों भी इस प्रसंग को भूलने वाला नहीं था, फिर इस व्यवस्था ने तो उसे हरदम वह घटना, वह दृश्य स्मृति में बनाए रखने का कारण जुटा दिया····

अकलंक को मन-ही-मन विश्वास हो चला था कि यदि और अध्यापकों के सामने अकलंक को कहाँ बैठाया जाए, यह निर्णय लेने की स्थिति आती तो गोयल गुरुजी, महावीर गुरुजी के अलावा एक-दो अध्यापक ही उसे उसके पहले से निर्धारित स्थान पर बैठाने का निर्णय देते। शेष सब खुशहालीराम के निर्णय को ही मान्यता देते।

अकलंक के पास इस विश्वास का जीता-जागता कारण था—महावीर गुरुजी के प्रति ज्यादातर अध्यापकों का एक दूरी बनाए रखने का व्यवहार। पिछले साल खुशहालीराम और गोयल गुरुजी के बीच हुआ संवाद सुनने के बाद अकलंक जान चुका था कि महावीर गुरुजी के प्रति शेष अध्यापक उपेक्षा का भाव क्यों रखते हैं। क्योंकि महावीर गुरुजी अनाथ हैं। इसी अनाथ आश्रम में पले-पुसे हैं।

जो अध्यापक अपने साथी, अपने समान योग्य, अपने हमपेशा महावीर गुरुजी को अपना नहीं समझते, वे अध्यापक भला अकलंक के लिए अपने साथी के फैसले को क्यों बदलने लगे···· !

रविवार को बालसभा में अकलंक ने एक प्रस्ताव रखा—बालसभा को आश्रम में पहले रह चुके लड़कों को भी कभी-कभार यहाँ आमंत्रित करना चाहिए। उनके अनुभव, उनकी उपलब्धियाँ हमारे लिए प्रेरणादायक हो सकती हैं।

पिछले तीन-चार दिन से अकलंक लगातार महावीर गुरुजी के बारे में सोच रहा था। गुरुजी कितने अकेले हैं! गुरुजी का कोई नहीं! ऐसा क्यों? क्या आज भी हम उनके, वे हमारे नहीं हो सकते!

अकलंक ने सीधे-सीधे महावीर गुरुजी का नाम नहीं लिया था, लेकिन भाई अमरनाथ और भाई बनवारी को समझते देर नहीं लगी कि अकलंक के इस प्रस्ताव का उद्देश्य महावीर गुरुजी को बालसभा में, बच्चों के बीच बुलाने से है।

अकलंक का प्रस्ताव न केवल सर्वसम्मति से, करतल ध्वनि से स्वीकृत हो गया।

सत्रह

महावीर गुरुजी ने बालसभा में आने का निमंत्रण सहर्ष स्वीकार किया। बालसभा में उन्होंने बताया—मैं तो जब से तुम लोगों ने बालसभा का गठन किया, तभी से यहाँ आना चाहता रहा, लेकिन जाने क्यों संकोच बना रहा।

महावीर गुरुजी ने रेणुका बहन की खूब प्रशंसा की। उनका आभार व्यक्त करते हुए कहा—आज रेणुका बहन की वजह से मैं अपनों के बीच लौट सका।

महावीर गुरुजी बोले—आश्रम का कोई भी लड़का अच्छा काम करता है तो मुझे इतनी खुशी होती है कि मैं बता नहीं सकता। मुझे लगता है वह काम, वैसा काम मैं नहीं कर सका, चलो मेरे भाई ने किया, मेरे खानदानी ने किया। खासकर अकलंक की कामयाबियों ने तो मेरा सब अध्यापकों के बीच मान बढ़ा दिया।

अपने मन की बातें कहते-न-कहते रो पड़े महावीर गुरुजी। कुछ देर अपने को संयत करने में जुटे रहे गुरुजी। इस बीच बालसभा में मौजूद तमाम लड़कों की आँखें भी पनिया आईं।

गुरुजी बोले—तुम लोग सोचते होओगे, मैं तुमसे चिढ़ता हूँ, नाराज रहता हूँ, इसीलिए तुम्हें बात-बेबात पीटता हूँ।

अपनी आँखों का पानी उँगली से हटाते हुए गुरुजी बोले—नहीं भाइयो, तुमसे चिढ़ूँगा, तुमसे नाराज रहूँगा तो फिर जिऊँगा कैसे! तुम्हीं तो हो जो मेरे अपने हो। दरअसल मुझे तुम्हारी जरा-सी भूल भारी लगती है। तुममें से किसी की भी पढ़ाई के प्रति लापरवाही मुझे चिंतित कर देती है। तुम समझते होओगे—हमारी जरा-सी भूल पर ज्यादा दंड मिला। नहीं, तुम्हें दंडित करते समय मेरे दिमाग में तुम्हारी पिछली भूलें तो रहती ही हैं, मैं नहीं चाहता कि तुम आगे भी कोई भूल करो। मैं तुम्हें नहीं चेताऊँगा तो फिर कौन चेतायेगा?

गुरुजी का गला फिर भर आया। बोले—मैं चाहूँगा कि हर रविवार को यहाँ आऊँ। अपनी पत्नी, बच्चों को भी लाऊँ।

सब लड़कों ने ताली बजाकर गुरुजी के इस इरादे का समर्थन किया।

गुरुजी बोले—पर एक शर्त भी है मेरी। जब-जब मैं यहाँ आऊँ तुम लोग मुझे गुरुजी, मास्टरजी नहीं, भाईजी कहोगे। मेरी पत्नी को भाभीजी। तभी मैं यहाँ आता रह

सकूँगा। अपनापन महसूस कर सकूँगा।

सब लड़कों ने तालियाँ बजाकर फिर अपनी सहमति दी।

यह सुखद संयोग ही कहना होगा कि ठीक जिन दिनों रेणुका दी इस शहर को अंतिम विदा कहकर जाना चाह रही थीं, उन्हीं दिनों महावीर गुरुजी आश्रम के लड़कों के बीच आ मिले। इस तरह लड़कों को अपने सिर पर उस वरदहस्त का आभास ज्यों-का-त्यों बना रहा, जिसकी रेणुका दी ने साल-सवा साल में आदत-सी बना दी थी।

महावीर गुरुजी के आश्रम में आना शुरू करने के सुखद परिणाम न केवल लड़कों में, स्वयं महावीर गुरुजी में भी नजर आने लगे। उनका चिढ़चिढ़ापन कम होते-होते एकदम तिरोहित हो गया। चेहरे पर हरदम मुस्कान रहने लगी। सभी लड़के गुरुजी से पढ़ाई से इतर ढेरों-ढेर बातें करते। उनके जमाने के आश्रम का हाल-हवाल पूछते। उनके संघर्ष के दिनों के ब्यौरे सुनते।

बालसभा के बाद अकलंक को जिला पुस्तकालय में आयोजित एक भाषण प्रतियोगिता में भी जाना था। जब वह आश्रम से चलने को हुआ, महावीर गुरुजी बोले, "रुको, मैं भी तुम्हारे साथ चलता हूँ।"

रास्ते में महावीर गुरुजी ने अकलंक को बताया कि मास्टर खुशहालीराम ने उसे जिस तरह अपमानित किया है उससे उन्हें दुःख पहुँचा है। गुरुजी ने अकलंक को सुझाया कि यदि तुम चाहो तो उनकी शिकायत प्रधानाचार्य से कर सकते हो। प्रधानाचार्य तुम्हारे बारे में अच्छी राय रखते हैं। वे जरूर मास्टर खुशहालीराम को शर्मिंदा करेंगे।

अकलंक ने गुरुजी का सुझाव न मानते हुए कहा, "भाईजी, मैं किसी से उनकी शिकायत नहीं करूँगा। हाँ, अपने आचरण और परीक्षा परिणाम से उनकी भविष्यवाणी को गलत सिद्ध करना चाहूँगा⋯"

महावीर गुरुजी ने गर्व से उसकी पीठ थपथपाकर कहा, "शाबाश ! मुझे उम्मीद है तुम ऐसा कर गुजरोगे।"

मास्टर खुशहालीराम का प्रसंग चल निकलने पर अकलंक ने महावीर गुरुजी को गोयल गुरुजी और मास्टर खुशहालीराम में हुआ संवाद सुनाकर पूछा, "लेकिन भाईजी, मास्टरजी हम आश्रम के लड़कों से इतनी घृणा क्यों करते हैं ?"

महावीर गुरुजी क्षण-भर को मुस्कराए। फिर खुशहालीरामजी का उपहास-सा करते हुए बोले, "दरअसल इसके पीछे एक पुरानी घटना है।"

"क्या है वह घटना भाईजी ?"

बहुत पहले की बात है। उन दिनों मैं बी.ए. कर रहा था, तब की घटना है यह। एक बार आश्रम के एक लड़के को आधी छुट्टी के बाद कक्षा में आने में देर हो गई। कक्षा को खुशहालीराम पढ़ा रहे थे।

उस लड़के ने कक्षा में आने की अनुमति माँगी।

खुशहालीराम ने पूछा—देर क्यों हुई ? अब तक कहाँ था ?

लड़के ने बताया—खाना देर से मिला।

हट ! हट ! भुक्खड़ कहीं का। भाग यहाँ से। खुशहालीराम ने उस लड़के को इस बुरी तरह दुत्कारा कि कोई कुत्ते को भी न दुत्कारता होगा।

लड़के के तन-बदन में आग लग गई।

वह वहाँ से भागा तो, लेकिन अकेला नहीं। कक्षा से जब वह बाहर आया तब बारह बच्चों के बाप खुशहालीराम उसके कंधों पर थे।

लड़के ने उन्हें स्कूल के मैदान में ले जाकर नीचे पटक दिया।

इस बीच कई कक्षाओं से अध्यापक और लड़के दौड़कर मैदान में आ पहुँचे। कहीं वह लड़का खुशहालीराम की मरम्मत न करने लगे, इस भय से मास्टरों ने लड़के को दबोच लिया।

उस लड़के और खुशहालीराम को प्रधानाचार्य के सामने ले जाया गया।

लड़के ने रोते-रोते प्रधानाचार्य को बताया कि कोई दानी-पुण्यात्मा यदि देर से भोजन लेकर आए तो इसमें मेरा क्या कुसूर है ?

लड़के की मजबूरी जायज थी। प्रधानाचार्य ने उसे चुप होने को कहा। जब वह चुप हो गया तब समझाया—फिर भी तुमसे भूल हुई है। तुम्हें अपने अध्यापक का अपमान नहीं करना चाहिए था। तुम इनसे क्षमा माँगो।

लड़के का गुस्सा शांत हो चुका था। उसे अब खुशहालीरामजी से कोई शिकायत नहीं थी। यदि उन्होंने मौका दिया होता तो यही वजह वह उन्हें भी बता सकता था।

उसने माना कि हाँ मुझसे भयंकर अपराध हुआ है। गुरु का अपमान करने का मुझे कोई हक नहीं था। वह खुशहालीराम के पैरों में लोट गया। फूट-फूटकर रो पड़ा। उनसे बार-बार आग्रह करने लगा कि आप मुझे पीटिए, मुझे मेरे किए की सजा दीजिए।

खुशहालीराम ने झुककर उसे उठाया और बोले—जाओ। मैंने तुम्हें क्षमा किया।

लड़के के जाने के बाद प्रधानाचार्य ने खुशहालीरामजी को आड़े हाथों लिया। बोले—आप अध्यापक हैं। आपको अपने सम्मान की रक्षा स्वयं भी करनी चाहिए। यदि आप ही छात्रों से ऐसा व्यवहार करेंगे, तो उनसे अच्छे व्यवहार की उम्मीद कैसे की जा सकती है ! विद्यार्थी धनाढ्य हो या अनाथ, आपके लिए समान होने चाहिए। आपको तो दोनों को सदाचार का पाठ पढ़ाना है।

फिर आप क्या इतना भी नहीं जानते कि आश्रम के लड़कों को खाने-पीने, कपड़े-लत्ते के मामलों में छूट देनी ही होती है। इन पर उनका अपना कोई वश नहीं ! जो, जब, जैसा मिलता है, उन्हें वही पहनना होता है, वही खाना होता है।

तब से एक पाबंदी तो यह लगी कि स्कूल के दिनों में किसी भी दानी को बाहर से खाना बनाकर लाने की मनाही कर दी गई। उनसे कहा जाने लगा कि यदि आप अपने घर से बना बनाया खाना लाकर खिलाना चाहते हैं तो शाम के समय खिलाएँ या

छुट्टी के दिन। यदि स्कूल की पढ़ाई के दिनों में सुबह अपनी ओर से खाना खिलाना चाहते हैं तो जो भी खिलाने का आपका मन हो, वह बता दीजिए, हमारे रसोइए यहीं पका देंगे। हाँ, आप स्वयं अपने हाथों परोसना चाहें तो भोजन के समय यहाँ मौजूद रहिएगा। यदि आपको आने में विलंब हुआ तो आपका इंतजार नहीं किया जाएगा।

अकलंक ने जानना चाहा—भाईजी इस पर कभी अमल भी हुआ?

हाँ। गुरुजी ने बताया, कुछ समय तक तो हुआ, लेकिन किसी दानी-पुण्यात्मा की भावनाओं को नकारना संभव नहीं है न, उनसे आग्रह ही किया जा सकता है, सो जब-तब इस नियम की अनदेखी हमारे समय में भी की जाती रही और मैं देखता हूँ अब भी की जाती है।

खैर, इसका परिणाम यह निकला कि उस दिन के बाद खुशहालीराम ने आश्रम के किसी लड़के को बेवजह डाँटना-डपटना तो दूर, वजह होने पर भी दंडित करना छोड़ दिया। इतना ही नहीं, वह स्कूल में आने वाले हर नए अध्यापक को आगाह करना नहीं भूलता कि खबरदार, कभी किसी आश्रमवासी को सजा मत देना! भले ही वह पढ़ाई के प्रति कितनी भी लापरवाही दिखाए, उद्दंडता करे। जाने कौन-किस नीच खानदान का हो! जाने कब किसके खानदानी अवगुण जोर मारने लगें और वह तुम्हारा टेंटुआ दबा दे!

अकलंक, मेरे भाई, खुशहालीराम की इस आदत की खबर मुझे भी है। लेकिन मैं उसका मुँह तो बंद नहीं कर सकता न! बस, हर बार जब कोई नया अध्यापक मुझे यह बताता है और वह नहीं बताता जो खुशहालीराम ने उससे मेरे बारे में कहा होगा, उसके बाद मैं उस अध्यापक से सहजता से पेश नहीं आ पाता। उसकी नजर में अपने को हरदम अपमानित महसूस करता रहता हूँ।

इसीलिए, अकलंक, इसीलिए जब आश्रम के किसी लड़के से मुझे शिकायत होती है तो मैं उसे ज्यादा दंडित करता हूँ। सोचता हूँ यदि मैं भी दंडित नहीं करूँगा तो इसे किसी का भय ही नहीं रह जाएगा। उसे पीटते समय मुझे लगता है मैं लड़के को नहीं, उन मास्टरों को पीट रहा हूँ जिन्होंने इसे अपनी उपेक्षा देकर इतना निर्भय बना दिया कि लड़के को अपना भविष्य चौपट रह जाने का भय तक नहीं रहा…

महावीर गुरुजी लगातार बोले चले जा रहे थे। उनके पास इतना कुछ, इतने दिनों से इकट्ठा हुआ पड़ा था कि कहने के लिए मिला कितना भी समय अपर्याप्त होता। अपने विचार व्यक्त करने के लिए गुरुजी सुयोग्य पात्र पाकर भावविह्वल हो आए थे या सुखद अवसर पाकर, कहना कठिन है।

पुस्तकालय आ चुकने पर अकलंक ने गुरुजी से अनुमति चाही। महावीर गुरुजी को यकायक स्थान और समय का भान हुआ। अकलंक की सफलता की कामना करते हुए महावीर गुरुजी अपने घर की ओर चले गए और अकलंक प्रतियोगिता कक्ष की ओर।

महावीर गुरुजी की बातों ने अकलंक को भावुक बना दिया था। वह जान रहा था कि यदि गुरुजी प्रतियोगिता कक्ष में मौजूद रहे आए तो वह कुछ भी बोल नहीं पाएगा।

प्रतियोगिता कक्ष में हिंदी के यशस्वी लेखक अरिहंत कुमार को उपस्थित देखकर अकलंक का मन प्रसन्न हो आया। कुछ अर्सा पहले अरिहंत कुमारजी रेणुका दी के साथ आश्रम की बालसभा में भी आए थे। तब उन्होंने अकलंक की प्रशंसा में भी दो शब्द कहे थे।

महावीर गुरुजी के विदा ले लेने से अकलंक को लगा था कि अब वह सहजता से प्रतियोगिता में हिस्सा ले सकेगा''' लेकिन यह संभव नहीं हुआ। कब, कौन बोलने के लिए मंच तक गया, कब लौट आया, अकलंक को वहाँ मौजूद रहते भी आभास तक न मिला। जाने वह कब महावीर गुरुजी की बातों की गहराई में, गुरुजी के कष्टों, गुरुजी की चिंताओं में गोता लगा गया।

जब दो-तीन बार अपना नाम पुकारे जाने पर भी अकलंक ने उठने के लक्षण नहीं दिखाए, तब एक प्रतियोगी ने, जो पहले भी एक बार उसके साथ एक अन्य प्रतियोगिता में सहभागी हो चुका था इसलिए उसे पहचानता था, उसे चेताया।

अकलंक अकबकाकर उठा और मंच पर पहुँचकर कहा, "मान्य अरिहंत कुमार जी, और मित्रो! क्षमा कीजिएगा, मैं आज बहुत उद्विग्न हूँ सो आपके सामने अपने विचार नहीं रख सकूँगा''' !" इसी के साथ वह वापस अपनी जगह आ बैठा।

प्रतियोगिता की समाप्ति पर अकलंक के करीब आकर अरिहंत कुमारजी ने पूछा, "क्या बात है बेटे! तुम्हें कोई चिंता सता रही है क्या?"

बात करने के साथ ही अरिहंत कुमार अकलंक को शेष जन से दूर एकांत में ले आए।

उत्तर में अकलंक ने जो कारण बताया, वह कारण बताए जाने से पहले उसके मस्तिष्क में दूर-दूर तक कहीं नहीं था। बता चुकने के बाद उसे खुद भी हैरानी हुई कि इस बारे में मैंने अब से पहले सोचा ही कहाँ था''' फिर'''

अकलंक बोला, "जी हाँ। दरअसल मेरा एक साथी उत्तम, इसी महीने अठारह साल पूरे करने जा रहा है। आश्रम के नियमानुसार वह इसके बाद आश्रम में नहीं रह सकता। छात्रावास में रहेगा तो अपने खर्च कहाँ से पूरे करेगा। यदि उसे चार महीने और आश्रम में रहने की अनुमति मिल जाती तो वह आठवीं कक्षा पास कर लेता। तब कहीं किसी नौकरी के योग्य हो जाता'''"

इसके बाद अकलंक ने उत्तम के इतनी उम्र में आठवीं कक्षा तक पहुँच पाने की पूरी कहानी अरिहंत कुमारजी को सुना दी।

"यह मामला है," अरिहंतजी बोले, "तुम चिंता मत करो। अपने साथी से कहना, वह एक प्रार्थना-पत्र लिखकर मुझे दे। मैं तुम्हारे प्रधानमंत्री से उसे चार महीने और रहने की अनुमति दिला दूँगा। यों तो वे मेरे परिचित भी हैं, न होते तब भी बच्चे के भविष्य

को सँवारने के लिए इतनी छूट जरूर देते, मुझे ऐसी उम्मीद है।"

अकलंक को लगा, उसका आज का दिन सार्थक रहा। उसने प्रतियोगिता जीत ली।

उत्तम का प्रार्थना-पत्र मिलने पर प्रधानमंत्री ने अधीक्षक को उन लड़कों की सूची देने को कहा जो अठारह वर्ष पूरे कर चुके थे या पूरे करने वाले थे।

अधीक्षक ने उत्तम को घुड़का—तुझे क्या जरूरत थी प्रार्थना-पत्र देने की। चुपचाप चार महीने और रहता रहता।

अधीक्षक की नाराजी की वजह उत्तम खूब अच्छी तरह जानता था। उसने चाहा कि अधीक्षक को करारा-सा जवाब दिया जाए—कि कल तक तो मुझे निकलवाने के बहाने ढूँढ़ रहे थे, अब पैंतरा बदल रहे हो!

अधीक्षक को जो डर था, वही हुआ भी।

इस बीच सुरेश, राजेंद्र लंगड़, आनंदमणि और अरविंद भी अठारह साल की उम्र पूरी कर चुके थे। ज्यों ही पूरी सूची प्रधानमंत्री के सामने रखी गई, यह देखकर कि राजेंद्र और सुरेश पिछले आधे युग से उसी कक्षा में हैं, उन्होंने दोनों को तुरंत आश्रम से निकाल देने के आदेश जारी कर दिए। साथ ही अरविंद, आनंदमणि और उत्तम को इस साल की पढ़ाई पूरी करने की अनुमति दे दी।

सुरेश और राजेंद्र ने प्रधानमंत्री के आगे फरियाद की। महावीर गुरुजी के साथ दोनों जन प्रधानमंत्री से मिले। उन्हें बताया कि अधीक्षक ने उनका बेजा इस्तेमाल किया। उन्हें पढ़ाई की जगह अन्य-अन्य कामों में उलझाए रखा। लड़कों को डाँटने-डपटने में, लड़कों से चीजें छीनने में, कपड़े, घी, तेल, साबुन, अनाज वगैरह को आश्रम से बाहर ले जाकर बेचने में।

प्रधानमंत्री ने उनकी दलीलें सुनने के बाद भी अपना फैसला नहीं बदला। हाँ, उसमें इतनी बढ़ोतरी जरूर कर दी कि तुरंत आश्रम छोड़ने वालों में अधीक्षक का भी नाम शामिल कर लिया…

सुरेश और राजेंद्र के आश्रम छोड़ जाने के बाद उत्तम को सफाई और दावत का मानीटर बनाया गया। उत्तम ने घोषणा की—अब से दावत में जिसे जो इनाम या दान मिलेगा, उसे वह अपने पास ही रखेगा।

उत्तम की इस घोषणा का नतीजा यह रहा कि आश्रम के लड़कों के पास कुछ रुपये या ऐसी चीजें भी नजर आने लगीं जो आश्रम से नहीं मिलती थीं। दान-दक्षिणा से मिले रुपयों से लड़के जरूरत पड़ने पर कापी, पेन या मोजे वगैरह खरीदने लगे।

आश्रम में नए अधीक्षक आ गए। उनके साथ परिवार के नाम पर केवल उनका एक लड़का था जो संयोग से आठवीं में पढ़ रहा था। उसका दाखिला आठवीं सी में हो गया।

अभी अधीक्षक को आए थोड़े ही दिन हुए थे कि एक दिन खेल के मैदान में

अधीक्षक के लड़के का दो लड़कों से झगड़ा हो गया। बढ़ते-बढ़ते झगड़ा मार-पिटाई पर आ गया। वे लड़के अधीक्षक के लड़के को धुनने ज़ा रहा थे कि तभी आश्रम के दो लड़कों ने यह नजारा देख लिया।

दोनों अधीक्षक के लड़के को बचाने दौड़े। दोनों ने झगड़ने वाले लड़कों के पास पहुँच उन्हें पीछे से दबोच लिया।

अब पासा पलट चुका था। पीटने को उद्धत लड़के गिरफ्त में थे और पिटने जा रहा लड़का आजाद।

अधीक्षक के लड़के ने उन लड़कों की जमकर धुनाई की और वहाँ से भाग गया। जिन दो लड़कों ने उन दो लड़कों को अपनी गिरफ्त में लिया हुआ था, उन्होंने भी पिट-पिटा चुके लड़कों को छोड़ा और जैसे उनकी पीठ-पीछे से आए थे, वैसे ही भाग चले····

तभी पिट चुके एक लड़के ने भाग रहे आश्रम के लड़के की कमीज पकड़ ली। लड़का तब भी नहीं रुका। नतीजतन उसकी कमीज फट गई। कमीज का छोटा-सा हिस्सा उस लड़के के हाथ में रह गया।

आश्रम में पहुँचने पर अधीक्षक के लड़के ने सारा किस्सा अपने पिता को बता दिया। अपनी रक्षा करने वाले लड़कों के नाम भी बता दिए।

अकलंक स्कूल की छुट्टी के बाद पुस्तकालय चला गया था। शाम के भोजन के समय जब वह आश्रम में लौटा तो आश्रम में सन्नाटा छाया हुआ था। उसे लगा आने में देर हो गई। लड़के भोजन कर रहे होंगे।

भीतर आने पर उसने देखा कि लड़के तो सब हैं लेकिन चुप हैं, डरे हुए हैं। अधीक्षक के कमरे में दो महानुभाव बैठे हैं। उनके साथ दो लड़के भी हैं।

अकलंक ने जानना चाहा कि माजरा क्या है।

उत्तम ने बताया—स्कूल के दो लड़कों की किसी बात पर अधीक्षक के लड़के से कहा-सुनी हो गई। उन्होंने सोचा आश्रम का लड़का है। बहस करने की जुर्रत कर रहा है, सो उसे पीटने पर उतर आए। अब वह आश्रम का लड़का तो था नहीं कि डरकर भाग खड़ा होता। वह भी डट गया। वे दो थे, यह अकेला। इससे पहले कि वे इसे पीटते, आश्रम के दो लड़कों ने उन्हें पीछे से दबोच लिया। अधीक्षक के लड़के ने उन दोनों को तबीयत से कूटा। फिर तीनों भाग खड़े हुए। इस भागमभाग में हुआ यह कि एक लड़के की कमीज का कुछ हिस्सा पिटे हुए एक लड़के के हाथ में रह गया।

दोनों लड़कों ने अपने घर में जाकर शिकायत की होगी कि हमें आश्रम के लड़कों ने बिना बात मारा है। सो दोनों के बाप यहाँ आ धमके।

मारा तो अधीक्षक के लड़के ने था सो अधीक्षक ने पहले तो इस बात से ही इनकार कर दिया कि कोई लड़ाई-झगड़ा हुआ है या आश्रम के लड़के खेल के मैदान में गए भी थे। जब वे दोनों नहीं माने तब सब लड़कों को हाजिर किया। हाजिरी रजिस्टर से हाजिरी करवा दी। कह दिया कि पहचान लो, ये रहे लड़के। एक तू ही नहीं था सो

तेरी शिनाख्त के लिए बैठे हैं दोनों।

बात यह है कि वे दोनों लड़के आश्रम के लड़कों को तो पहचान नहीं पाए क्योंकि उन्होंने उन्हें देखा ही नहीं था। फिर वे अधीक्षक के लड़के को बचाने के चक्कर में फँसे हैं इसलिए अधीक्षक भी उन्हें बचाना चाहता है।

अब उन लोगों की जिद है कि जब तक लड़के स्वयं उनके आगे आकर अपना अपराध नहीं कुबूलते, वे यहाँ से नहीं जाने वाले। जरूरत हुई तो आश्रम कमेटी के सब पदाधिकारियों को भी यहाँ बुलवाएँगे।

"यानी उनकी तसल्ली जरूरी है। है न!"

"हाँ!" उत्तम ने समर्थन किया।

यकायक अकलंक का दिमाग दौड़ा। उसे ऐसा उपाय सूझ गया जो उनकी तसल्ली भी करवा दे और किसी लड़के पर कोई आँच भी न आए···

अकलंक ने उत्तम को सुझाया, "उत्तम भाई, तुम एक काम करो। अधीक्षक के लड़के से उसकी एक कमीज ले लो। उस कमीज पर जिस लड़के की कमीज फट गई है उसकी भर्ती संख्या लिख दो, जैसे सबके कपड़ों पर लिखी हुई है। काली स्याही से। काली स्याही तुम्हें अधीक्षक के घर में मिल ही जाएगी। उस फटी कमीज को अधीक्षक के घर में रखवा दो। संख्या लिखी कमीज उस लड़के को दे दो। यह सब हो चुकने पर मुझे इशारा कर देना। मैं अपनी शिनाख्त करवाने और उन महानुभावों को उलझाए रखने के लिए अधीक्षक के दफ्तर में जा रहा हूँ····"

ज्यों ही अकलंक अधीक्षक के दफ्तर में पहुँचा, अधीक्षक ने उन महानुभावों से कहा, "यह रहा अकलंक भी। मैंने बताया था न, यह पुस्तकालय तक गया है, आता ही होगा···"

दोनों महानुभावों के सुपुत्रों ने अकलंक को गौर से देखा और न में गर्दन हिला दी।

अकलंक तब भी वहीं बना रहा। उसने मायूसी से पूछा, "क्या बात हो गई अधीक्षकजी? सेठजी लोग क्या तलाश रहे हैं?"

अधीक्षक शुरू से अब तक जो कुछ घट चुका था, सिलसिलेवार अकलंक को सुनाने लगे····

अधीक्षक पूरा किस्सा बयान भी न कर पाए थे कि उत्तम ने बाहर से इशारा किया—हो गया।

ज्यों ही किस्सा समाप्त हुआ, अकलंक बोला, "नहीं अधीक्षकजी, सेठजी की तसल्ली जरूरी है। जिन लड़कों ने यह नालायकी की है उन्हें सजा मिलनी ही चाहिए।"

अधीक्षक अकलंक की राय जानकर अवाक् रह गए।

इससे पहले कि वे उसे वहाँ से टरकने को कहें, अकलंक ने दोनों महानुभावों को सलाह देनी शुरू कर दी, "आश्रम के लड़कों की करतूत को पकड़ना तो बहुत आसान है सेठजी···"

दोनों सेठ चौंके—वह कैसे ?

"देखिए, आश्रम के सब लड़कों के पास कुल दो-दो कमीज हैं। सबकी कमीजों के कालर पर उनकी भर्ती संख्या लिखी है। इस तरह····" अपनी कमीज का कालर उठाकर अकलंक ने दोनों को दिखाया, "लिखा है न सात सौ उनतीस। इसी तरह सब लड़कों की कमीजों पर लिखा है।

"आप सब लड़कों की कमीजें मंगवा लीजिए। जिसके पास एक कमीज हो या जिसकी एक कमीज फटी हो, उतनी फटी हो जितना टुकड़ा आपके बच्चे के पास है, सो समझ लीजिएगा कि एक लड़का तो वही है। दूसरे या तीसरे लड़के का नाम वह लड़का खुद ही बता देगा····"

अकलंक का उपाय सुनकर उन्हें लगा—हाँ, लड़के को उनके लड़के भले ही नहीं पहचान पाए हों, इस युक्ति से तो वे जरूर पहचान लिए जाएँगे।

दोनों ने अधीक्षक से कहा—आप अभी सब लड़कों को अपनी-अपनी कमीजें लेकर बुलवाइए।

अधीक्षक के चेहरे पर हवाइयाँ उड़ने लगीं।

"ऐसा कीजिए न सेठजी, थोड़ी देर बाद यह पहचान परेड़ करवाइएगा। देखिए न सूर्यास्त होने वाला है। इसके बाद हम लोग भोजन नहीं कर पाएँगे। यदि आपकी अनुमति हो तो हम लोग पहले भोजन कर लें····"

दोनों सेठ उखड़ गए—"नहीं-नहीं। इसमें देर ही कितनी लगनी है। आप तो बुलाइए। अपनी तसल्ली करके हमें भी तो जाना है।"

अधीक्षक मन-ही-मन डरते-डराते अपने दफ्तर से बाहर आए।

उत्तम ने अधीक्षक के पास आकर धीमे से कहा, "आप घबराइए नहीं, सेठ लोगों को मायूसी ही हाथ लगेगी। अकलंक ने पहले नई कमीज की व्यवस्था कर ली, तभी सुझाव दिया है····"

यह पता चलना था कि अधीक्षक हवा से बातें करते नजर आए।

अधीक्षक ने घंटी बजाई। ज्यादातर लड़के तो आसपास ही मँडरा रहे थे। अधीक्षक ने उन्हें अपनी कमीजें लाने को कहा····

एक-एक कर सब लड़के अपनी कमीजें दिखाकर जाते रहे····

अंततः सेठों को मिली मायूसी····नहीं, तसल्ली।

वे इस विश्वास के साथ विदा हुए कि उनके लड़कों पर हाथ उठाने की जुर्रत किसी अनाथ ने नहीं की है! उन्हें वह सीख भी याद आई कि बच्चे तो बच्चे ठहरे। लड़ेंगे-झगड़ेंगे तो कभी दो झापड़ खाकर आएँगे, कभी दो लगाकर। बहरहाल, दोनों हालात में हम बापों को इनके झंझट में नहीं उलझना चाहिए····

अठारह

वार्षिक परीक्षाएँ पूरी होते ही उत्तम आश्रम को अंतिम नमस्कार कर गया। उसने एक फैक्टरी में नौकरी कर ली। भाई बनवारी और भाई अमरनाथ ने भी पढ़ाई पूरी कर ली। दोनों ने छात्रावास छोड़ दिया। सुरेश फैंसी, वीरेंद्र भगवानजी छात्रावासी हो गए। आनंदमणि, सुभाष और कुछ और लड़के आश्रम से विदा ले गए। कोई ग्यारहवीं की परीक्षा देकर, कोई अठारह वर्ष पूरे कर लेने पर।

अकलंक को बालसभा का मंत्री चुन लिया गया। भाई सुरेश फैंसी को अध्यक्ष। प्रायः सभी कामों के मानीटर नए सिरे से चुने गए। जिन लड़कों को विद्यालय की परीक्षाओं में शामिल नहीं होना था, वे मंडली के साथ एक महीने के लिए देश-भ्रमण पर चले गए।

अकलंक ने इस सत्र में संस्कृत की पूर्वमध्यमा परीक्षा उत्तीर्ण कर ली। अब दो वर्ष बाद उत्तरमध्यमा की परीक्षा में बैठना होगा। यदि मंडली में रहा आया होता तो अगले वर्ष उसे भी मंडली के साथ जाना पड़ता।

नवमी में आते ही अकलंक को स्कूल की फुटबाल और कबड्डी टीम में शामिल कर लिया गया।

अभी तक अकलंक की शामें पुस्तकालय में बीतती थीं, नवमी कक्षा में आने पर उसकी सुबह भी आश्रम से बाहर बीतने लगी। उसकी कक्षा का गुरमीत रोजाना अपना गृहकार्य अकलंक की कापी से उतारने लगा। कुछ दिनों बाद गुरमीत ने अकलंक को सुझाया कि जब तू सुबह दौड़ लगाने जाता है, तब अपनी कापियाँ मुझे घर पर दे जाया कर। मैं काम करके कापियाँ स्कूल में ले आया करूँगा। नकल उतारने के लिए मुझे रात तेरे पास विद्यालय में या सुबह स्कूल से पहले आश्रम में नहीं आना पड़ेगा।

गुरमीत का घर आश्रम के पास ही था। अकलंक ने उसकी सलाह पर अमल करना शुरू कर दिया। दो-चार दिन गुजरे होंगे कि गुरमीत के पिता ने गुरमीत को सुझाया—यह सबेरे-सबेरे तेरा दोस्त हम सबकी नींद खराब कर देता है। तू ऐसा कर, नीचे अपनी टाइप की दुकान में सोया कर। अपने दोस्त के आने पर तब तुझे ही जगना होगा। हम सब आराम से सो सकेंगे।

गुरमीत ने ऐसा ही किया। अकलंक को इस व्यवस्था में भी कोई असुविधा नहीं

थी, बल्कि इस नई व्यवस्था ने अकलंक के मन में एक लोभ जगा दिया। अब वह दौड़ लगाकर आने के बाद कुछ देर गुरमीत की दुकान में रुकने लगा। गुरमीत जब तक उसकी कापियों से नकल उतारता, अकलंक दीवार पर टंगे चार्ट देख-देखकर टाइपराइटर पर टाइप करना सीखता रहता।

अकलंक ने अधीक्षक से चाय के समय तक आश्रम से बाहर रहने की इजाजत ले ली। उन्हें आश्वस्त किया कि मैं दौड़ लगाने जाने से पहले स्नान, ध्यान, देवदर्शन सब कर चुकता हूँ चूँकि मैं सुबह चार बजे उठता हूँ। यदि आपकी अनुमति हो तो मैं अपने सुबह के समय का सदुपयोग टाइपिंग सीखने में करना चाहता हूँ।

यह सिलसिला कई महीने चला।

इस बीच अनिल के पिता ने अकलंक की तस्वीर वाला कैलेंडर प्रकाशित कर अनंत चतुर्दशी पर मंदिरों में बँटवाया। कैलेंडर में अकलंक को जाप करते हुए दिखाया गया था। संभवतः यह तस्वीर उन्होंने उसी दिन ली थी, जब अकलंक अपने मौनव्रत का उद्यापन करने क्षमावाणी के दिन उनके घर गया था। तब उनके चैत्यालय में देर तक वह पूजा-आराधना में तल्लीन रहा था।

अपने आपको कैलेंडर में देखकर अकलंक को संकोच भी होता रहा, खुशी भी। दो-चार दिन इसकी भी चर्चा रही, फिर सब यथावत्।

अकलंक ने नवमी कक्षा में वाणिज्य और अर्थशास्त्र विषय लिए थे। दोनों ही विषय उसके लिए नए थे, फिर सुबह टाइप सीखने और बालसभा के मंत्रिपद के दायित्व ने उसका पुस्तकालय मोह फिलवक्त भुलवा दिया। उधर विद्यालय में भी उत्तरमध्यमा में कंठस्थ करने वाली पुस्तकों की एक लंबी सूची थी, साथ ही फुटबाल टीम में शामिल हो जाने से अकलंक का टीम के साथियों के साथ शाम को स्कूल के बाद खेलने जाना भी आवश्यक हो गया था।

दीपावली आते-न-आते अधीक्षक ने एक नई सूचना दी। उन्होंने बताया—अर्सा पहले तुम लोगों की रेणुका दी ने जिन अन्य आश्रमों से लड़कों के कुछ समय के लिए आदान-प्रदान के लिए पत्राचार किया था उनमें से जयपुर के एक आश्रम से पत्र आया है कि फिलहाल हम तो अपने लड़के नहीं भेज पाएँगे, यदि आप चाहें तो पंद्रह दिन के लिए दो लड़के हमारे यहाँ भेज दें।

स्वयं अधीक्षक को भी यह विचार और प्रस्ताव रुचिकर लगा था। उन्होंने बताया कि आश्रम के प्रधानमंत्रीजी ने भी अनुमति दे दी है। अब आप लोग बालसभा में यह तय कीजिए कि किन दो लड़कों को भेजा जाए।

उसी रविवार बालसभा में यह सूचना सबको दे दी गई।

बालसभा ने सर्वसम्मति से यह निर्णय किया कि अकलंक और प्रेम कुमार को अपने प्रतिनिधि के रूप में जयपुर भेजा जाए। ये वहाँ ऐसा जो कुछ भी देखें जिससे यहाँ के लड़के अपने समय का और सदुपयोग कर सकें, यहाँ के लड़कों की प्रतिभा

निखर सके, उसे लौटकर यहाँ लागू करवाएँ।

अधीक्षक ने अकलंक और प्रेम कुमार के जाने की पूरी व्यवस्था करवा दी। जयपुर के आश्रम को सूचना भेज दी कि फलाँ तारीख को अकलंक कुमार और प्रेम कुमार जयपुर पहुँच रहे हैं....

अकलंक और प्रेम कुमार पूरे पंद्रह दिन जयपुर आश्रम में रहे। दोनों को इस आश्रम और अपने आश्रम में कोई खास अंतर नजर नहीं आया। यहाँ भी लगभग सौ लड़के रह रहे थे। शाम को विद्यालय में पढ़ना इनकी भी मजबूरी थी। ग्यारहवीं कक्षा के बाद आगे पढ़ाई जारी रखने के लिए यहाँ भी छात्रावास की व्यवस्था थी। पढ़ाई के बीच से भजन-कीर्तन को, दावत खाने को यहाँ के लड़कों को भी भेज दिया जाता था। यहाँ के अधीक्षक, प्रचारक ही नहीं कई पदाधिकारी भी आश्रम के चंदे में हाथ साफ करने से नहीं चूकते थे।

उनके आश्रम में किसी लड़के से अशोभन व्यवहार के अवसर जहाँ अपवाद स्वरूप आते थे, यहाँ लड़कों ने बातचीत में, रहस्य-रोमांच के आदान-प्रदान के दौरान बताया कि यहाँ इस तरह के मामले बार-बार सामने आते हैं।

इस पूरे पखवाड़े यहाँ रहने के दौरान अकलंक की यहाँ के छात्रावास में रह रहे एक लड़के विनय से खासी मित्रता हो गई। विनय की रुचियाँ, विनय की सोच, विनय की चिंताएँ अकलंक को अपनी रुचियों, सोच और चिंताओं के आसपास जान पड़ीं। दोनों देर-देर तक एक-दूसरे को अपने स्वप्नों, अपने कष्टों का विवरण देते-लेते रहे। विनय ने अकलंक और प्रेम को शहर की सैर भी करवाई।

विनय ने एक दिन बातों-बातों में बताया कि उनके यहाँ एक महिला आई थीं रेणुका देवी।

रेणुका दी का जिक्र आते ही अकलंक ने उसे बताया कि वह भी उन्हें जानता है। अकलंक ने रेणुका दी के सद्प्रयासों का, उनकी योजनाओं का, उनके योगदान का पूरा ब्यौरा भी विनय को दिया। साथ ही जानना चाहा कि रेणुका दी हैं कहाँ?

विनय ने बताया, "यह तो खबर नहीं। वे एक बार हमारे आश्रम में आई थीं। हम लोगों को काफी कुछ सिखा-बता गईं। उन्होंने आश्वासन दिया था कि वे फिर आएँगी, बार-बार आएँगी। कब? यह हमें खबर नहीं, अलबत्ता हमें उनका इंतजार जरूर है। और अब तो, तुमसे रेणुका दी के उपकारों की जानकारी मिलने के बाद तो मेरा मन चाह रहा है वे जल्दी आएँ और हो सके तो आकर हमारे बीच ही बनी रह जाएँ...."

अकलंक ने अनुमान लगाया—हो-न-हो, यहाँ के आश्रम से लड़कों के आदान-प्रदान की अनुमति भिजवाने में जरूर रेणुका दी का हाथ रहा होगा।

विनय और अकलंक में उम्र का, कक्षा का अंतर था, फिर भी दोनों में किस तरह इतने से दिनों में घनिष्ठता हो गई, यह सोच-सोचकर औरों को तो दूर खुद अकलंक को

जब-तब हैरानी होती है।

विनय ने अकलंक को अपने आश्रम के लड़कों के कारनामों के ढेरों किस्से सुनाए थे, जिनसे अकलंक इस नतीजे पर पहुँचा कि उनके आश्रम के लड़कों से यहाँ के लड़के एक मामले में तो जरूर भिन्न हैं। वह भिन्नता है साहस की। दुस्साहस की। ये लड़के साहसी अधिक हैं। जोखिम उठाने से कतई नहीं डरते।

विनय ने बताया—हमारे यहाँ छात्रावास में जो आश्रम के पुराने साथी रहते थे उनमें एक थे भाई गोकुलचंद्रजी। वह ट्यूशनें करके अपना खर्चा निकालते थे। जो दो-तीन ट्यूशन वे करते थे उनमें एक आश्रम की कार्यकारिणी कमेटी के एक सदस्य के लड़के की भी थी। सेठ ने स्वयं उन्हें अपने लड़के को पढ़ाने का काम सौंपा था। सेठ आश्रम का वित्तमंत्री भी था।

कई महीने ट्यूशन पढ़ाते हो गए लेकिन गोकुल भाई को ट्यूशन के रुपये नहीं मिले। सेठ के दर्शन ही नहीं होते थे, सो वे माँगें तो किस से माँगें। चूँकि गोकुल भाई का काम बिना उन रुपयों के भी चल रहा था सो उन्होंने ज्यादा प्रयास भी नहीं किया।

जब गोकुल भाई के सामने कॉलेज की फीस जमा करवाने का समय आया, तब इकट्ठे रुपयों की जरूरत महसूस हुई। उन्होंने सेठजी की दुकान पर जाकर याद दिलाया कि मेरी चार महीने की ट्यूशन की रकम आपकी तरफ निकलती है। यदि अभी मिल जाती तो····

गोकुल भाई की बात सुनते ही सेठ आग-बबूला हो उठा। बोला, "कैसी फीस! तुम छात्रावास में रहते हो कि नहीं! हमने तुम्हें रहने, खाने की सुविधा दी हुई है और तुम हमसे····"

गोकुल भाई अवाक्! गोकुल भाई को लगा फीस नहीं भरी तो परीक्षा नहीं दे पाऊँगा····पढ़ाई चौपट····

गोकुल भाई परेशान रहने लगे। खोए-खोए से। डरे-डरे से।

करते-कराते आश्रम के लड़कों को उनकी परेशानी पता चली। सबने मिलकर चंदा किया। किसी ने अपने इनाम के पैसे दिए, किसी ने दक्षिणा के, किसी ने कोई चीज बनाकर बेचकर पैसे जुटाए, कुछ छात्रावास के और लड़कों ने सहायता की। इस तरह गोकुल भाई की फीस भर दी गई। उनका साल बच गया। उनकी पढ़ाई नहीं रुक पाई।

इस घटना के बाद लड़कों ने उस जौहरी सेठ वित्तमंत्री को सबक सिखाने का मन बना लिया। संयोग से चार महीने बाद ही ऐसा अवसर हाथ आ गया।

जौहरी की लड़की की शादी थी। उसने छात्रावास वाला मैदान और छात्रावास के दो कमरे खाली करवा लिये। अपने मेहमानों को ठहराने के लिए। विवाह समारोह यहाँ से संपन्न करने के लिए।

शादी के दिन अचानक मंडप की और पूरे छात्रावास की बिजली गुल हो गई। जब बिजली आई तो पता चला कि जिस कमरे में गहने-जेवर रखे थे, वह कमरा खुला

पड़ा है और सब बक्सों में से जेवर गायब हैं।

आनन-फानन में शोर मच गया····और जल्दी ही चोर का न केवल पता चल गया, वह पकड़ा भी गया।

हुआ यह कि इस बीच आश्रम के चार लड़कों ने सेठ को सबक सिखाने की योजना बनाई थी। योजना के अनुसार एक लड़के को छत से बिजली का कनेक्शन काटना था, जिससे बिजली गुल हो जाए। दो लड़कों को उस कमरे के पिछवाड़े वाले गलियारे में खिड़की के पास मौजूद रहना था और एक लड़के को कमरे में घुसकर जेबर बटोरने थे।

पूरी कार्यवाही योजनानुसार पूरी हो गई थी, लेकिन हुआ यह कि बिजली का तार काटते समय तार काटने वाले लड़के को करंट लग गया और वह वहीं छत पर पछाड़ खाकर गिर पड़ा।

जब बिजली कहाँ से खराब हुई है, यह देखते-जाँचते बिजली मिस्त्री छत पर पहुँचा तो वहाँ उसे वह लड़का बेहोश पड़ा मिला। उसके हाथ में कैंची और वहीं तार कटा मिलते ही सबको यकीन हो गया कि चोरी में यह लड़का भी शामिल है।

उस लड़के ने पूरा किस्सा बयान कर दिया।

कमेटी ने उसी क्षण चारों लड़कों को आश्रम से निकाल दिया।

गोकुल भाई इस प्रसंग से इतने दुखी हुए कि छात्रावास छोड़ गए।

विनय ने एक और किस्सा सुनाया। यह किस्सा एक अधीक्षक से संबंधित था। विनय ने बताया—हमारे एक अधीक्षक ने लड़कों के लिए पैंट का जो कपड़ा आया था, उसमें से कुछ कपड़ा बचाकर अपने बच्चों की पैंटें सिलवा दीं। शेष कपड़े से आश्रम के लड़कों की। जाहिर है सबकी पैंटें छोटी बनीं। लड़कों ने अधीक्षक से शिकायत की। अधीक्षक ने शर्मिंदा होने के बजाय लड़कों को बुरा-भला कहना शुरू कर दिया। बात-बेबात उन्हें दंडित करने के बहाने ढूँढ़ने लगा। यही नहीं, वह लड़कों के लिए आने वाली प्रायः सभी चीजों में से आधी से ज्यादा चीजें अपने परिवार के लिए हड़पने लगा।

लड़कों ने तय किया—अधीक्षक को सबक सिखाया जाए।

एक रात जब अधीक्षक अपने बड़े लड़के के साथ अँधेरे बरामदे से होकर अपने घर की तरफ जा रहा था, अचानक दो लड़कों ने अधीक्षक और उसके लड़के के मुँह पर तकियों का गिलाफ पहना दिया। इतने में दो और लड़के सामने से आए और चारों ने दोनों की खूब कुटम्मस की। फिर दोनों को उठाकर एक खाली कमरे में पटक आए।

थोड़ी देर बाद अधीक्षक और उसके लड़के की दहाड़ें सुनाई देने लगीं। दोनों दरवाजा पीट-पीटकर बचाओ-बचाओ चिल्लाने लगे। उनकी आवाजें सुनकर एक चपरासी उस कमरे तक गया। बाहर से लगी कुंडी खोली, तब कहीं दोनों जन कैद से

मुक्त हुए।

अधीक्षक ने प्रचारक, कई चपरासियों, संगीत शिक्षक, सबको सोते से उठाया। पूरा किस्सा बयान किया। सबने तय पाया कि चलकर देखना चाहिए, कौन-कौन लड़का कमरों में से गायब है, किनके तकियों के गिलाफ नदारद हैं।

जिन लड़कों ने इस पूरी योजना को अमलीजामा पहनाया था वे चारों तो अपने बिस्तरों पर इस तरह घोड़े बेचकर सोने का अभिनय करते मिले कि बम की आवाज से भी शायद उनकी नींद न टूटे। मारा गया बेचारा धर्मचंद्र।

धर्मचंद्र आश्रम में अपनी ही किस्म का लड़का था। न किसी से बोलता, न किसी की सुनता। हरदम अपने गुमसुम। उसे जब भी बोलते-बतियाते देखा गया, केवल दीवारों से, अकेले में एकांत से।

उस रात भी यही हुआ। धर्मचंद्र को तो कुछ पता था नहीं। जब सब लड़के सो चुके, धर्मचंद्र जाग रहा था। नीचे की मंजिल में मचे शोर-शराबे की उसे भनक तक नहीं लगी थी।

सन्नाटा होते ही धर्मचंद्र तख्त से उठा और दीवारों को आदेश देने लगा—सब सो जाओ। कोई जागेगा नहीं। सब सो जाओ····

धर्मचंद्र अपनी धुन में डोल रहा था तभी अधीक्षक, प्रचारक, संगीत मास्टर और दो चपरासी दबे पाँव उसके पास आए और उसे दबोच कर अपने साथ ले गए। उन लोगों ने धर्मचंद्र को उसी कमरे में बंद कर दिया, जहाँ लड़कों ने अधीक्षक और उसके लड़के को बंद किया था।

धर्मचंद्र बेआवाज रात भर वहाँ बंद रहा। किसी लड़के को इस कांड की भनक तक नहीं लग पाई थी। यदि लगी होती तो उन लड़कों ने धर्मचंद्र को वहाँ से मुक्त करवा लिया होता।

खैर, अगली सुबह धर्मचंद्र को इस आरोप के साथ आश्रम के प्रधानमंत्री के सामने हाजिर किया गया कि रात को उसने अधीक्षक और उनके लड़के की पिटाई करवाई, उन्हें कमरे में बंद किया। फिर खुद पहरेदारी पर रहा, अब उन लड़कों के नाम नहीं बताता।

प्रधानमंत्री ने धर्मचंद्र को बहुतेरा डराया-धमकाया, लेकिन धर्मचंद्र को कुछ पता होता तो बताता! किसी के सामने बोलने की आदत होती तो इतना भर कहता कि मुझे नहीं पता।

प्रधानमंत्री ने धर्मचंद्र को तुरंत आश्रम से निकालने के आदेश दे दिए।

जब तक लड़के स्कूल से लौटे, उन्हें धर्मचंद्र के पकड़े जाने, प्रधानमंत्री के सामने पेश किए जाने और उसे निकाले जाने की खबर मिली, तब तक धर्मचंद्र आश्रम से जा चुका था।

अपनी करतूत की इस परिणति से उन चारों लड़कों में अपराध-बोध जागा। वे

चारों प्रधानमंत्री से मिले। उन्हें पूरा किस्सा सुनाया। ऐसा क्यों किया, यह भी बताया। अपना अपराध स्वीकार किया। धर्मचंद्र की निर्दोषता सिद्ध की। जो दंड देना हो वह हमें दें, यह आग्रह किया।

प्रधानमंत्री ने पूरी कथा सुनने के बाद उन चारों को क्षमा कर दिया। अधीक्षक को आश्रम से निकाल दिया। धर्मचंद्र की खोजबीन करवाई ताकि उसे आश्रम में वापस लाया जा सके, लेकिन धर्मचंद्र किसी को नहीं मिला।

इस घटना के कुछ दिनों बाद जब मंडली के लड़के एक धार्मिक समारोह में भजन-कीर्तन करने गए तो वे यह देखकर हैरान रह गए कि जिस एक युवक के संन्यासी होने के उपलक्ष्य में यह समारोह आयोजित किया गया है, संन्यास लेने वाला वह युवक कोई और नहीं, उनका अपना मितभाषी साथी धर्मचंद्र है!

संन्यासी हो जाने के बाद धर्मचंद्र अब 'मुनिश्री 108 धर्मकीर्ति जी महाराज' के नाम से जाने जाते हैं।

अकलंक को इस किस्से की अंतिम परिणति ने हिलाकर रख दिया।

विनय ने और भी ढेरों किस्से सुनाए। सबका लब्बोलुआब यही था कि किस अवसर पर आश्रम के लड़कों ने किस विधि से विषम परिस्थितियों पर विजय पाई।

किस्से सुन-सुनकर अकलंक इस नतीजे पर पहुँचा कि हमारे आश्रम के और इस आश्रम के लड़कों में सबसे बड़ा अंतर है साहस का, संगठन का। ये साहसी भी हैं और संगठित भी।

अकलंक और प्रेम को न केवल किस्से सुनने को मिले, एक किस्सा तो दोनों ने अपनी आँखों के सामने बनता देखा····

हुआ यह है कि इस आश्रम में एक लड़का रहता है प्रदीप। तबला बजाता है। इसकी एक बहन है मृणालिनी जो इसी शहर के एक महिला आश्रम में पढ़ रही है। प्रदीप को जब भी कहीं से इनाम में या दक्षिणा में कोई चीज या रुपये मिलते हैं, उन्हें वह अपनी बहन को दे आता है।

उस दिन प्रदीप को तबला बजाने के लिए एक संगीत संस्था ने बुलाया था। प्रदीप भी यह सोचकर चला गया कि पारिश्रमिक के रूप में कुछ रुपये मिल जाएँगे।

शाम जब प्रदीप लौटा, तब तक विद्यालय की घंटी बज चुकी थी। विद्यालय में देर से पहुँचने पर प्राचार्य ने उसकी खूब पिटाई की।

आश्रम के लड़के विद्यालय के प्राचार्य की निर्दयता से दुखी थे ही। विनय को यकीन था आज प्रदीप की पिटाई जरूर होगी, चूँकि वह आश्रम की तरफ से नहीं, निजी तौर पर गया है।

ज्यों ही प्रदीप दोनों हाथों को डंडों से लाल करवाकर प्राचार्य के कमरे से बाहर आया, विनय उसे विद्यालय के बाहर ले गया। उसने प्रदीप की दोनों हथेलियों पर नींबू रगड़ दिया। नींबू रगड़ते ही दोनों हथेलियों पर सूजन उभर आई। डंडों के निशान स्पष्ट

नजर आने लगे।

विनय इसी हालत में प्रदीप को आश्रम के प्रधानमंत्री के घर तक ले गया। प्रदीप के हाथ दिखाकर उसने प्रधानमंत्री को बताया कि प्राचार्य ने इसकी यह दुर्दशा की है। इसका अपराध केवल यह था कि एक संस्था के बुलाने पर यह एक समारोह में गया था। वहाँ संस्था वालों ने इसे अपनी मंडली के साथ तबले पर संगत देने को कहा था। इससे आश्रम का प्रचार होगा, यही सोचकर यह चला गया था।

प्रधानमंत्री प्रदीप के हाथों की दुर्दशा देखकर दहल गए।

उन्होंने तुरंत प्राचार्य को बुला लाने का आदेश दिया।

जब विनय प्राचार्य को सूचना देने के लिए मुड़ा, तभी प्रधानमंत्री बोले, "उनसे कहना अपना डंडा भी साथ लाएँ।"

विनय दौड़ा-दौड़ा विद्यालय तक आया। प्राचार्य को सूचना दी, "आपको प्रधानमंत्रीजी ने याद किया है, अभी। और यह भी कहा है कि आप अपना डंडा भी साथ लेते आएँ।"

प्राचार्य उस समय एक कक्षा को पढ़ा रहे थे। उन्होंने गौर से विनय के चेहरे को पढ़ना चाहा। लेकिन वहाँ कोई इबारत या शरारत नजर नहीं आई।

"कहाँ हैं प्रधानमंत्री ?" प्राचार्य ने पूछा।

"अपने घर में।"

"नालायक, तू वहाँ क्या करने गया था ?" कुर्सी से उठकर विनय का कान उमेठने की उतावली दिखाते बोले प्राचार्य।

"मैं खुद नहीं गया था गुरुजी," अपने आपको प्राचार्य की पकड़ से बचाते हुए विनय ने बताया, "मैं तो कक्षा से शौचालय की तरफ जा रहा था, तभी मैंने देखा प्रदीप रोता हुआ प्रधानमंत्री के घर की तरफ भागा जा रहा है। मैं शौच जाना भूलकर उसके पीछे भागा। जब तक मैं उसके करीब पहुँचता, वह प्रधानमंत्री के घर में घुस चुका था।

"प्रदीप की हालत देखकर प्रधानमंत्री ने मुझे आपको बुला लाने के लिए भेजा है।"

प्राचार्य सकते में आ गए। प्राचार्य को प्रदीप पर, विनय पर गुस्सा तो बहुत आया, लेकिन वे कुछ कर पाने की स्थिति में नहीं थे।

प्रधानमंत्री ने प्राचार्य को खूब लताड़ा। खबरदार किया कि भविष्य में किसी लड़के को शारीरिक दंड न दें। उनका डंडा भी रखवा लिया।

इस घटना को अपने सामने किस्सा बनता देखने के बाद तो अकलंक और प्रेम को यकीन हो गया कि यहाँ के लड़के न केवल साहसी, चतुर भी हैं।

जयपुर से लौटने के दिन तक विनय और अकलंक अभिन्न मित्र बन गए....

उन्नीस

अकलंक और प्रेम कुमार ने जयपुर से लौटकर अपने अनुभव सब लड़कों को सुनाए। जो किस्से सुने थे और जो किस्सा बनते देखा था, सब बयान किया। लड़कों ने रुचि लेकर न केवल उन्हें सुना, उन लड़कों के साथ अपनी तुलना करने लगे।

एक सुबह खबर मिली आश्रम के प्रधानमंत्री का देहांत हो गया। वे काफी दिनों से अस्वस्थ चल रहे थे।

उनके देहांत के बाद तय पाया गया—चूँकि आश्रम कमेटी का कार्यकाल लगभग पूरा होने जा रहा है, सो किसी और को प्रधानमंत्री चुनने की अपेक्षा नई कार्यकारिणी के चुनाव करवा लिए जाएँ।

आश्रम में कुछ दिन फिर गहमा-गहमी रही। बाहरी लोगों की आवाजाही बढ़ गई। हालाँकि ऐसे दिन आश्रम में अच्छे दिनों में गिने जाते रहे थे लेकिन इस बार ये दिन पहले की तरह के नहीं रहे। पुराने अधीक्षक के चले जाने, सुरेश और राजेंद्र की धाँधली खत्म हो जाने के बाद आश्रम का माहौल काफी-कुछ बदल चुका था। फिर नए अधीक्षक का व्यवहार ऐसा नहीं था कि लड़कों को अच्छे दिनों का इंतजार रहता। अधीक्षक लड़कों की जरूरतों का बराबर ध्यान रखते थे। कोई भी लड़का अपनी किसी भी जरूरत के लिए उनके पास निःसंकोच पहुँच जाता था। वह रविवार को बाल सभा में नियमित रूप से शामिल होते थे। उनका लड़का तो आश्रम के लड़कों में इस तरह घुल-मिल गया था कि पता ही नहीं चलता था वह उनमें से एक नहीं है।

नई कार्यकारिणी के चुनाव के बाद कोई राय बहादुर आश्रम के प्रधानमंत्री बने। सुनने में आया कि अंग्रेजों के जमाने में वह सेना में किसी ऊँचे ओहदे पर रहे थे। अब उनका शहर में कपड़े का खासा कारोबार है। कई इमारतें हैं जिनका किराया लाखों में आता है।

राय बहादुर ने प्रधानमंत्री पद सँभालते ही सबसे पहले अधीक्षक को नौकरी से निकाल दिया। उनकी जगह हस्तिनापुर से एक व्यक्ति को बुलाया गया। सुनने में आया कि सतीश कुमार नाम के ये अधीक्षक भगतजी नाम से विख्यात हैं। इनका पूरा जीवन आश्रमों, छात्रावासों में अधीक्षकगिरी करते बीता है। बालब्रह्मचारी हैं। पहले भी एक बार जब रायबहादुर यहाँ की कमेटी के प्रधानमंत्री चुने गए थे, तब यही भगतजी यहाँ

अधीक्षक नियुक्त किए गए थे। महावीर गुरुजी ने यह सब बताने के साथ यह भी बताया था कि तब भगतजी को यहाँ से बेइज्जत करके भगाया गया था। उनकी करतूत ही ऐसी थी। अलबत्ता महावीर गुरुजी ने बहुत आग्रह करने पर भी भगतजी की करतूत की जानकारी किसी को नहीं दी थी।

राय बहादुर ने प्रधानमंत्री पद सँभालते ही, कुछ समय पहले ही ठीक-ठाक ढर्रे पर चल निकली आश्रम की व्यवस्था को फिर तितर-बितर कर दिया। उन्होंने ढेर सारे नियमों में परिवर्तन कर दिया। उनके बनाए नियमों में लड़कों की अपेक्षाओं, विवशताओं, जरूरतों का कतई ध्यान नहीं रखा गया था। भगतजी ने आनन-फानन में उन नियमों पर अमल भी शुरू कर दिया।

दो-चार दिन लड़कों ने सब सहा लेकिन रविवार को बालसभा में प्रायः सभी लड़कों ने अपनी समस्याएँ सभा के पटल पर रखीं। बालसभा का मंत्री होने के नाते अकलंक पर यह जिम्मेदारी डाली गई कि वह, और बालसभा की कार्यकारिणी, इन हालात से मुक्ति का रास्ता तलाशे।

बालसभा के पदाधिकारियों ने भगतजी से निवेदन किया कि राय बहादुर को कहें, उनके बनाए गए नियम लड़कों के गले नहीं उतर रहे हैं। इनके चलते तो लड़कों का जीना हराम हो जाएगा।

जीवन में कभी नमक न खाने का दावा करने वाले भगतजी ने अपनी स्थिति दो टूक शब्दों में स्पष्ट कर दी—मैं राय बहादुर का नमकहलाल नौकर हूँ, उनकी इच्छा के विरुद्ध न कोई बात उनसे कह सकता हूँ, न किसी को कहने का अवसर दे सकता हूँ।

लड़कों के सामने यह बात पूरी तरह साफ हो गई कि राय बहादुर से जो कहना है, खुद कहना होगा। राय बहादुर से जो मनवाना है उसके लिए उन्हें खुद ही बाध्य करना होगा!

अकलंक को खबर मिली कि राय बहादुर आश्रम में आए हुए हैं। एक लड़के ने खेल के मैदान में फुटबाल खेल रहे अकलंक को वहीं पहुँचकर यह सूचना दी। सूचना मिलते ही अकलंक और आश्रम के अन्य लड़के खेल छोड़कर आश्रम चले आए।

आश्रम पहुँचकर अकलंक सीधा प्रधानमंत्री के कक्ष में जा पहुँचा। ज्यों ही राय बहादुर ने उसकी तरफ आँख उठाकर देखा, अकलंक ने कहा, "नमस्कार जी, मैं इसी आश्रम का लड़का हूँ। बालसभा का मंत्री हूँ। आपसे लड़कों की तरफ से कुछ निवेदन करने आया हूँ...."

"चोप्प.... !" यकायक राय बहादुर दहाड़े, "बाहर निकलो यहाँ से! तुम्हारी जुर्रत कि हमारे सामने शिकायत लेकर आए! भागो!"

राय बहादुर, बहत्तर बर्षीय राय बहादुर, ब्रिटिश इंडिया आर्मी के रिटायर्ड कर्नल राय बहादुर, समाज के प्रतिष्ठित भद्रजन राय बहादुर, अनाथों के समाजीनाथ राय बहादुर को यह कतई गवारा न हुआ कि एक अनाथ कीड़ा....उनके आसपास बिलबिलाता

दिखाई दे···· !

अकलंक ने राय बहादुर का यह रौद्र रूप देखा तो क्षण-भर को सकते में आ गया। इस बीच भगतजी दौड़कर प्रधानमंत्री के कक्ष में चले आए थे। उन्होंने हाथ पकड़कर अकलंक को कमरे से बाहर कर दिया।

अकलंक अवाक्। उधर सामने प्रायः सभी लड़के चौक में 'अब क्या होगा' का कुतूहल लिए खड़े थे।

यकायक अकलंक ने कोई निर्णय ले लिया। तय कर लिया—आज अपना आश्रम भी हो जाए जयपुर वाला आश्रम····

अगले ही क्षण अकलंक आश्रम के मुख्य दरवाजे तक आया। राय बहादुर के ड्राइवर और आश्रम के चौकीदार को मुख्य द्वार से बाहर जाने को कहा। उनके बाहर जाते ही दोनों फाटक बंद करके आगर लगा दी। चौकीदार के कमरे से ताला उठाया। आगर में ताला जड़ा। कुंजी अपनी नेकर की जेब के हवाले की। अधीक्षक के कक्ष तक आया। घंटी तक हाथ बढ़ाया और बजा दी खतरे की घंटी—टनाटन टनाटन टनाटन टनाटन !

खतरे की घंटी का बजना था कि जो लड़के चौक में मौजूद थे वे रसोई की तरफ दौड़े, जो लड़के अब तक ऊपर के कमरों में बैठे पढ़ रहे थे वे भंडार की तरफ दौड़े···· कुछ ही क्षण बाद सबके सब हाथों में बैट, विकेट, लकड़ी, डंडा, हॉकी स्टिक लिए चौक में फिर जमा हो गए।

भगतजी ने लड़कों का यह रौद्र रूप देखा तो सनाका खाकर रह गए। राय बहादुर को बदले हालात की खबर देने उनके कक्ष में जा घुसे।

लड़कों ने नारे लगाने शुरू कर दिए।

"राय बहादुर मुर्दाबाद···· !" "राय बहादुर मुर्दाबाद···· !"

नारों की आवाज सुनकर राय बहादुर कमरे से बाहर आए। उनके पीछे-पीछे भगतजी भी आए।

"चुप हो जाओ हरामजादो ! वरना सबको कान पकड़कर आश्रम से बाहर कर दूँगा···· !" राय बहादुर दहाड़े।

लड़के चुप हो गए। तभी अकलंक ने राय बहादुर को सूचना दी, "यह तो बाद की बात है राय साहब ! फिलहाल तो जब तक हम नहीं चाहेंगे, आप भी यहाँ से बाहर नहीं जा सकेंगे।"

राय बहादुर ने घूमकर मुख्य दरवाजे की तरफ देखा। वहाँ ताला झूलता देख उनका पारा चढ़ गया। तमतमाया चेहरा लड़कों की तरफ घुमाकर राय बहादुर दहाड़े, "यह किसकी हिमाकत है···· !"

"हम सबकी···· !" लड़के एक स्वर में चिल्लाए।

लड़कों को अस्त्र-शस्त्रों से लैस, एकजुट देखकर राय बहादुर को एहसास हो चला

कि मामला सरल नहीं खासा जटिल है। ऐसे में उनका ज्यादा लाल-पीला होना इन्हें आग-बबूला भी कर सकता है। इस समय वे अकेले, ये सौ हैं। वे निहत्थे, ये सशस्त्र हैं। वे अपनी चौकी में नहीं इनकी माँद में हैं।

हालात की नजाकत समझते ही राय बहादुर कुछ नर्मी पर उतरे।

"तुम लोग क्या चाहते हो?"

"नियमों में परिवर्तन····।" लड़कों ने फिर सामूहिक उत्तर दिया।

"कौन से नियमों में?" राय बहादुर ने अकलंक को लक्ष कर पूछा।

अकलंक ने उत्तर देने से पहले हाथ के संकेत से सब लड़कों को चुप रहने को कहा। फिर राय बहादुर की ओर मुखातिब होकर बोला, "पहला नियम—आपने आदेश दिया है कि आश्रम के लड़कों को रोजाना तेल लगाने को न दिया जाए बल्कि सप्ताह में एक दिन दिया जाए····"

"हाँ, ठीक कहा। हम भी सप्ताह में एक दिन तेल लगाते हैं····" राय बहादुर ने अपने नियम का औचित्य बताया।

"आप तेल लगाते नहीं, तेल में नहाते हैं, जबकि हमें तेल शरीर से छुआने भर को मिलता है।" अकलंक ने उनकी जानकारी में संशोधन किया।

राय बहादुर ने कोई उत्तर नहीं दिया।

"दूसरा नियम—आपने कहा है बच्चों को साल में एक बार चप्पलें मिलेंगी, तीन बार नहीं····"

"हाँ, हमारा जूता जब दो साल चलता है, तब तुम्हारी चप्पल एक साल क्यों नहीं चल सकती?" राय बहादुर ने फिर अपना उदाहरण दिया।

अकलंक ने राय बहादुर की जानकारी में फिर संशोधन किया, "आप जूता पहनते ही क्यों है राय साहब! आप तो कालीन से हटते ही कार में जा बिराजते हैं, कार से उतरते ही कालीन पर। यहाँ-वहाँ टहलने के लिए आपके पास खड़ाऊँ होंगी, हवाई स्पीलर होंगे, आपका जूता तो जीवन-भर चलना चाहिए। और हमें, हमें इन्हीं चप्पलों में तीन-तीन कोस पैदल जाना होता है दावत खाने। भजन-कीर्तन गाने। जलसे-जुलूसों में, रथ-यात्रा में मीलों चलने। फिर हमारी चप्पल होती है बाजार में मिलने वाली चप्पलों में सबसे घटिया श्रेणी की····और आपके जूते, आपकी चप्पलें होते हैं सबसे उम्दा श्रेणी के। यह भी संभव है वे स्वदेशी कंपनी के होते ही न हों····"

"तुम फालतू बकवास बंद करो····केवल अपनी समस्या बताओ····"

राय बहादुर ने अकलंक को डपट कर अपनी झेंप छुपाने का प्रयास किया।

"तीसरा नियम—आपने फरमाया है कि हमें रोजाना साबुन से नहीं नहाना चाहिए। घी भी रोजाना नहीं खाना चाहिए। इन दोनों के उपयोग का सप्ताह में केवल एक दिन निश्चित कर दिया जाए····"

"हाँ, हम भी ऐसा करते हैं।" राय बहादुर ने फिर अपना उदाहरण दिया।

"आप दिन में कितनी बार जूस पीते हैं⋯आपकी खुराक में कितने-कितने विटामिन होते हैं, प्रोटीन होती है, जरा यह भी खुलासा कर दीजिए! हमारे भोजन से अपने भोजन का मिलान कर लीजिए, फिर कहिएगा कि हमें नाममात्र का घी, तेल जो मिल रहा है, वह रोज मिले या न मिले। हमारे सूखे, बुझे चेहरे क्या इस बात की गवाही नहीं दे रहे कि जो खुराक आपको अधिक लग रही है, वह पर्याप्त भी नहीं है⋯!"

"अच्छा, अच्छा! और कुछ⋯" राय बहादुर ने हकीकत से फिर किनारा किया।

"चौथा नियम—आपका कहना है कि बच्चों को पाँच-छः रोटियाँ खाने को न दी जाएँ। कम की जाएँ।"

"हम एक फुलका खाते हैं, फिर⋯"

"फुलका तो जरूर एक खाते होंगे," अकलंक ने राय बहादुर की बात पूरी होने से पहले ही उसे लपका, "सुबह टोस्ट-बटर, दिन में चावल-पुलाव, रात को साग-भाजियाँ, दूध, फल, ये सब क्या⋯" अकलंक ने क्षण-भर को मौन साधा, "और हम खाते हैं दिन में दो बार केवल वे सूखे, अधजले या कच्चे टिक्कड़, जिन्हें आप रोटियाँ कह रहे हैं।"

अपनी बात पूरी करते ही अकलंक मौन हो गया।

सब लड़के अकलंक-राय बहादुर संवाद को धैर्यपूर्वक सुन रहे थे। सबने अकलंक की तरफ देखा। देखने की मुद्रा कुछ ऐसी थी गोया पूछ रहे हों—अगला आदेश क्या है अकलंक भाई⋯

राय बहादुर अकलंक की दलीलें और लड़कों के तेवर देख समझ गए कि कम-से-कम आज तो इन्हें डराया-धमकाया नहीं जा सकता। आज तो समर्पण में ही समझदारी है।

राय बहादुर ने अधीक्षक भगतजी से भंडार की कुंजियों का गुच्छा लेकर अकलंक की तरफ उछाल दिया। बोले, "हमारा मकसद हर हाल में तुम लोगों की खुशहाली, अच्छी परवरिश है। आज से हम तुम्हें भंडार की जिम्मेदारी सौंपते हैं। लड़कों की जरूरत के मुताबिक तुम खुद चीजें निकलवाओ, बनवाओ, हमें कोई ऐतराज नहीं। हाँ, यदि बदनीयती दिखाई या पक्षपात की शिकायत सुनने को मिली, तो हमसे बुरा कोई न होगा⋯"

अकलंक ने कुंजियाँ वापस भगतजी को थमाते हुए कहा, "हमें गलत न समझिए राय साहब⋯दरअसल हमें अभावों से उतना लगाव है नहीं, जितना आप लोग समझते आ रहे हैं⋯"

फिर मुख्य दरवाजे की कुंजी रज्जन को देते हुए अकलंक ने कहा, "दरवाजा खोल दो। राय बहादुर संभवतः अब अपने घर जाना चाहेंगे।"

अधीक्षक भगतजी की स्थिति वह हो चली थी कि काटो तो खून नहीं⋯

अकलंक ने आश्रम की व्यवस्था में कुछ परिवर्तन किए। उनके जो सुखद परिणाम सामने आए, आश्रम में सौहार्द का जो वातावरण बना, अकलंक का मन था कि

राय बहादुर स्वयं आकर उन्हें देखते।

उसे यकीन था कि यदि राय बहादुर सचमुच हृदय से निर्मल हुए, उन्हें सचमुच हम बच्चों की खुशहाली और अच्छी परवरिश की ही चिंता हुई तो आश्रम का यह परिवर्तित रूप उन्हें खुशी से भर देगा। वे चाहें तो समाज में इसे अपनी सेवा का फल कहकर प्रचारित कर सकते हैं।

यह अकलंक का दुर्भाग्य कि राय बहादुर उस दिन के कटु संवाद के कुछ दिन बाद अपनी आँखों का ऑपरेशन कराने विदेश गए सो महीनों नहीं लौटे।

तेल लगाने के लिए लड़कों के पंक्ति में खड़े होने की प्रथा से मुक्ति पा ली गई। सभी कमरों में तेल की शीशियाँ भरकर रख दी जाने लगीं। सप्ताह के सप्ताह उनमें तेल भर दिया जाता था। सभी कमरों में एक-एक ऐना और दो-दो कंघे रख दिए गए। दोपहर का नाश्ता बाँटने की प्रथा समाप्त कर दी गई। ऊपर के बीच वाले हॉल कमरे के लड़कों को उन कमरों में भेज दिया गया, जो छात्रावास के लड़कों के चले जाने से खाली हुए थे। हॉल कमरे में बीचों-बीच टेबल टेनिस वाली मेज लगाई गई। इस पर नाश्ते की टोकरी रख दी जाती। अधीक्षक नाश्ते के मानीटर को पहले से सूचना दे देने लगे कि जो चीज आई है वह संख्या या मात्रा में कितनी है। मानीटर घोषणा कर देते थे कि एक-एक लड़के को कितनी चीज लेनी है। लड़के मेज के ऊपर रखे नाश्ते में से अपने हिस्से का नाश्ता लेकर वहीं मेज के इर्द-गिर्द खड़े रहकर खाते और चले जाते।

सुबह के समय लड़कों को बाहर दावत खाने भेजने पर पाबंदी लागू कर दी गई। दानी महानुभावों से आग्रह किया जाने लगा कि या तो शाम के समय बुलाएँ या भोजन यहीं ले आएँ। संभव हो तो अवकाश के दिन बुलाएँ।

रेणुका दी ने बड़े लड़कों की देखरेख में छोटे लड़कों को रखने की जो परंपरा शुरू की थी, अकलंक ने उस पर भी अमल किया। स्वयं अकलंक ने पाँच छोटे बच्चों की जिम्मेदारी अपने सिर ले ली। अकलंक ने न केवल उनकी पढ़ाई पर ध्यान दिया, उनके पेशाब में भीगे कपड़े धोना, उन्हें नहलाना, उनके कपड़ों पर इस्त्री करना, उनकी साफ सफाई पर भी ध्यान देना शुरू किया। अकलंक ने देखा, उसकी देखादेखी कई लड़कों ने अपने-अपने जिम्मे लिए गए लड़कों की पढ़ाई के अलावा और-और मामलों में रुचि लेनी शुरू कर दी है।

अगले चार महीनों में आश्रम का सचमुच कायाकल्प-सा हो गया। इस बीच लड़कों पर ध्यान देने का अकलंक को समय भी बहुत मिला था। पूरे देश में अंग्रेजी हटाओ आंदोलन का दौर चल रहा था। यह शहर भी उसकी चपेट में आने से भला कैसे चूकता। इस आंदोलन के चलते प्रायः स्कूल बंद रहने लगे। धरने, जुलूस, अंग्रेजी नामपटों को पोतने की मुहिम, प्रदर्शन, इश्तहारबाजी, किसी भी आंदोलन में जो-जो भी कदम उठाए जाते हैं, सब आजमाए गए। यह आंदोलन और आंदोलनों से ज्यादा मुखर और प्रहारक भी था। वजह थी लड़कों की रुचि, उनका इसमें शामिल होना। जहाँ कहीं

भी जुलूस या प्रदर्शन, भाषण या धरना का आह्वान होता, हजारों की संख्या में छात्र-छात्राएँ हाजिर। इनमें स्कूलों के भी छात्र होते, कॉलेजों, विश्वविद्यालयों के भी।

आंदोलन के चलते अकलंक उच्च न्यायालय में हिंदी ध्वज फहराते रँगे हाथों पकड़ा गया। सैकड़ों लड़कों के साथ अकलंक को भी दो दिन का कारावास हुआ। जहाँ पहले अहिंसक आंदोलन, पशुवध-निषेध आंदोलन के दौरान वह अनजाने में सप्ताह भर जेल में रहा था, इस बार जानते-बूझते, स्वेच्छा से गिरफ्तारी देकर जेल-यात्रा पर गया।

जेल से लौटने के बाद अकलंक का स्कूल में जमकर स्वागत हुआ। अपने स्कूल से जेल जाने वाला वह इकलौता छात्र था।

आंदोलन के चलते स्कूलों में कई महीने पढ़ाई अस्त-व्यस्त रही। सुनने में आया कि इस बार सभी विद्यार्थियों को बिना परीक्षा लिए अगली कक्षाओं में भेज दिया जाएगा। इस चर्चा के साथ ही आश्रम में लड़कों ने परिहास में एक-दूसरे से कहा—काश! यह आंदोलन एक साल पहले होता तो कम-से-कम राजेंद्र और सुरेश छठी, नवमीं तो पास कर जाते।

राय बहादुर से हुई भिड़ंत के बाद अधीक्षक भगतजी प्रायः अकलंक के सामने हाथ जोड़कर खड़े होकर पूछने लगे, "मेरे लिए क्या आदेश है?"

अकलंक ने भगतजी को कई बार समझाया, "देखिए भगतजी, आप मुझे इस तरह शर्मिंदा न किया करें। आप हमारे आदरणीय हैं, बुजुर्ग हैं। हम आपका अपमान न स्वयं करना चाहते हैं, न किसी और को ऐसा करने देना चाहते हैं। आप हमें उद्दंडी या गलत भी न समझें। कृपया हमें अपना संरक्षण और आशीर्वाद दें।"

भगतजी ने अकलंक की बात सुनकर भी अनसुनी कर दी। वे उसी आचरण को दोहराते-तिहराते रहे। अकलंक जानता था कि उसके उस दिन के व्यवहार से भगतजी आतंकित हैं। उस प्रसंग की परिणति से उनके अधिकारों का हनन हुआ है इसलिए कुपित भी हैं। उनकी परेशानी और लाचारी यह है कि वे चाह कर भी अकलंक का कुछ बिगाड़ नहीं पा रहे हैं। अकलंक को यह भी यकीन था कि जिस दिन भगतजी के हाथ कोई ऐसा सूत्र लग गया, जो अकलंक को किसी मामले में दोषी सिद्ध कर सके, वे दयनीय से दंडाधिकारी बनने में देर नहीं करेंगे।

अकलंक के दिमाग में यह आशंका भगतजी के व्यवहार से नहीं, उनकी बातचीत से उभरी थी।

प्रायः जब भी अकलंक अपने कमरे में अकेला बैठा पढ़ रहा होता या कुछ विचार कर रहा होता था, भगतजी वहाँ आते। आकर चुपचाप बैठ जाते। एकटक अकलंक को निहारते रहते।

कई दिनों तक यही सिलसिला चलता रहा। चूँकि भगतजी आश्रम के अधीक्षक हैं, उन्हें कभी भी, किसी भी लड़के से मिलने, किसी भी कमरे में जाकर लड़कों की

गतिविधियों पर नजर रखने का पूरा अधिकार था, सो उन्हें न आने या जाने को कहने का प्रश्न ही नहीं उठता था। अकलंक ऐसा कोई काम नहीं करता था जो छुपकर करना हो, फिर भगतजी उसे बातों में लगाकर व्यवधान भी पैदा नहीं करते थे कि यही कहा जा सके—मुझे एकांत चाहिए, शांति चाहिए।

अकलंक के हाव-भाव, अकलंक का चेहरा-मोहरा, जाने वह क्या था, जिसमें से भगतजी कुछ खोज लेना चाहते थे, पा लेना चाहते थे····

भगतजी ने अपनी जिज्ञासा, अपने कुतूहल, अपनी शंका, अपनी खोज, अपने लक्ष, अपनी उपलब्धि पर पड़ा पर्दा थोड़ा-सा हटा दिया····

भगतजी बोले, "अकलंक बेटे, तुम्हें देखकर जाने क्यों मुझे लगता है, मैंने तुम्हें पहले भी कहीं देखा है····"

अकलंक हँसा, "आप भी क्या बात करते हैं भगतजी। आप तो मुझे रोजाना घंटों देखते ही हैं, इसमें लगने वाली बात कहाँ है?"

"नहीं, नहीं····" भगतजी ने टोका, "इन दिनों नहीं, यहाँ नहीं, बल्कि यहाँ आने से पहले, बहुत पहले, कहीं और। हाँ, यह याद नहीं पड़ता कि कहाँ देखा होगा! वर्धा में, हस्तिनापुर में, नागपुर में, जालंधर में, दिल्ली में, जयपुर में, उज्जैन में या बनारस में! इन तमाम जगहों पर मैं कहीं छात्रावास का, कहीं आश्रम का, कहीं ब्रह्मचर्याश्रम का अधीक्षक रहा हूँ····"

भगतजी की दलील सुनते ही अकलंक के चेहरे पर हवाइयाँ उड़ने को हुईं। अपने मनोभावों को छुपाते हुए उसने कहा, "लेकिन मैं तो इनमें से किसी संस्था में कभी नहीं रहा····"

अपनी ओर से सफाई देने के साथ ही अकलंक कमरे से चल पड़ने को उठ खड़ा हुआ।

उसे बाहर जाने को उद्यत देख भगतजी भी वहाँ से विदा हो गए····

अकलंक यूँ ही निरुद्देश्य कमरे से, फिर आश्रम से भी बाहर चला आया। अवकाश का दिन था। पुस्तकालय, वाचनालय जाना संभव नहीं था। गुरमीत की टाइपिंग की दुकान भी बंद थी। सो अकलंक खेल के मैदान की ओर चल दिया····

एकांत में बैठकर अकलंक ने अपने आप से स्वीकारा कि क्यों भगतजी को उसे देखकर पहले भी देखा है, ऐसा लगा। यदि भगतजी ने अपने पुराने कार्यक्षेत्रों में बनारस का नाम न लिया होता, तब उनके संदेह को अकलंक संदेह ही मानता, लेकिन बनारस का जिक्र आते ही उसके सामने यह स्पष्ट हो गया कि भगतजी दरअसल कहना, मानना, समझना, समझाना क्या चाहते हैं····

हाँ, बनारस में दाऊ, अकलंक के बड़े भाई—नहीं, नहीं, पंचम के बड़े भाई—पढ़ते थे। जरूर भगतजी ने उन्हीं को देखा होगा। पंचम को—नहीं अकलंक को—याद है गाँव में प्रायः सभी कहा करते थे कि पंचम हू-ब-हू अपने दाऊ पर गया है। भाभी के

उसके प्रति अतिरिक्त स्नेह की वजह भी शायद यही थी।

अकलंक को भय ने आ घेरा। कहीं भगतजी को पूरी तरह यह याद आ गया तो यह भी प्रमाणित हो जाएगा कि अकलंक अनाथ नहीं है। तब भगतजी उसे आश्रम से निकलवाए बिना नहीं मानेंगे। राय बहादुर भी शायद एक पल की देरी न लगाएँ।

यह ठीक है कि अकलंक का जो परिचय आश्रम के भर्ती फॉर्म में दर्ज है, वह भगतजी के संदेह या विश्वास की गवाही नहीं देगा, लेकिन उसे चुनौती देगा कौन? उसे सच मानेगा कौन? भगतजी ने कहे को झुठलाने के लिए आगे आएगा कौन?

दाऊ से साम्यता का ध्यान आते ही, दाऊ की याद आते ही अकलंक को अपना पूरा परिवार याद हो आया। उसे हैरानी हुई कि अब तक एक भी बार, न कष्ट के क्षणों में, न उपलब्धियों के क्षणों में, उसे घर, परिवार, गाँव, दादा, बाई, मँझले भैया, सँझले भैया, हलके भैया, दोनों छोटे भाई, छोटी बहन, बड़ी जिज्जी, मामा, माईं, कक्का, काकी और भी तमाम नाते-रिश्तेदारों में से किसी की याद क्यों नहीं आई? न आश्रम में आने के बाद के शुरुआती दिनों में, न अब से पहले कभी भी!

अगले ही पल अकलंक को अपने इस सवाल का जवाब मिल गया।

आश्रम में ऐसा है ही कौन जिसने कभी अपने अतीत का जिक्र छेड़ा हो। लगता है, यहाँ सबका अतीत या तो इतना दर्दनाक रहा है कि वे उसे याद नहीं करना चाहते, या स्वयं उसके अतीत की तरह इतना रहस्यात्मक है कि वे नहीं चाहते, उसकी कोई परत कभी उघड़े। फिर यहाँ ढेरों तो ऐसे भी हैं जिन्हें खबर ही नहीं कि उनका कोई अतीत भी था।

स्वयं मेरे अपने मामले में—परिवार ने मेरे साथ जो छल-बल किया, उसके बाद उनकी याद ऐसी कोई सहानुभूति या शाबाशी की भावना तो जगाने से रही थी जिसकी किसी घटना विशेष के क्षण अपेक्षा रहती है····संभवतः इसलिए भी कभी घर-परिवार याद नहीं आया।

भगतजी द्वारा पुरानी यादें उकेर देने के बाद अकलंक को लगा—एक बार अपने घर जरूर जाना चाहिए। जाकर देखना चाहिए कि घर के अन्य सदस्यों को मेरे बिना कैसा महसूस हो रहा है····

अकलंक ने अगले दिन से भगतजी से किनारा करना शुरू कर दिया। एकांत में उनके साथ आमना-सामना न हो, इस तरफ विशेष सावधानी बरतनी शुरू कर दी। इसमें कभी उसे सफलता मिलती रही, कभी असफलता।

वार्षिक परीक्षाएँ नहीं होंगी—इस घोषणा के बाद एक दिन अकलंक ने भगतजी से निवेदन किया, "मैं गर्मियों की छुट्टियाँ किसी धर्मस्थल में रहकर बिताना चाहता हूँ। यदि आपकी अनुमति हो तो····"

भगतजी ने उसे सहर्ष अनुमति दे दी····

बीस

चार साल बाद गाँव लौटे पंचम को गाँव जरा भी बदला नजर नहीं आया। ऐसा लगा मानो यहाँ सब-कुछ वैसा ही है। जैसे गाँव ठहरा रहा हो ताकि जब पंचम लौटे तो उसे कुछ अटपटा न लगे।

पंचम ने गाँव को पहचान लिया, अलबत्ता गाँव को पंचम को पहचानने में देर लगी। जब पहचाना तो जैसे पूरा गाँव ही उससे मिलने को आतुर दिखाई देने लगा।

घर तक पहुँचते-पहुँचते पंचम के घर आने की खबर घर में हो चुकी थी। बाई, दादा दरवाजे पर खड़े थे। दोनों छोटे भाई, छोटी बहन दूर तक दौड़े चले आए थे। पंचम का झोला अपनी गिरफ्त में ले चुके थे। दोनों भाई उसके पाँव छूकर आगे-आगे चलने लगे। बहन बार-बार उसकी कमर में दोनों हाथ फँसा झूल-झूल जाने लगी।

पंचम ने थम कर बहन को चूमा। उठाकर गोदी में लेना चाहा। बहन शर्मा गई। गोदी में टिकी भी नहीं। पंचम ने उसे अपने कंधों पर बैठा लिया। बहन की खुशियों का ठिकाना न था। उसके कंधों पर बैठी बहन आकाश से बातें करने लगी।

रास्ते-भर बहन बताती रही कि उसे यकीन था उसके दूर देश गए भैया एक दिन जरूर मिलने आएँगे। जल्दी आएँगे। उसे देखने आएँगे। उससे लाड़ लड़ाने आएँगे।

बहन ने पंचम को इतनी-सी देर में पूरे गाँव के हाल-समाचार सुना दिए। परिवार में जो बढ़ोतरी हुई थीं, सब बता दीं।

घर में सभी मौजूद थे। दादा, बाई, मँझले भैया, सँझले भैया, दोनों छोटे भाई, बहन। नहीं थे तो केवल हलके भैया। उनकी पूर्ति के लिए मौजूद थीं दो भाभियाँ। मँझली भाभी और सँझली भाभी।

बाई पंचम को देखती और रो पड़ती। रोती और पंचम को देखने लगती। रोते-रोते बाई ने अपनी तमाम बातें कह लीं, पंचम की खैर-खबर जान ली। बाई बार-बार रोते हुए कहती—दाऊ जीवित होते तो ये दिन न देखने पड़ते, बेटा। तुझे यों आँखों से दूर, योजनों दूर न जाना पड़ता, बेटा।

दाऊ की याद आते ही बाई की जो रुलाई शुरू हुई वह थमने में ही न आती थी।

पंचम ने बाई को ढेरों बार समझाया, ढाँढस बँधाया कि मत रो बाई। दाऊ तो नहीं लौट सकते। मैं लौट सकता था, सो लौट आया। आगे भी आता रहूँगा।

अपनी दिक्कत बताई कि वहाँ से छुट्टी नहीं मिलती। यह तो मैं कहीं और के लिए चला, यहाँ पहुँच गया हूँ। तेरी याद खींच लाई। बहन को देखने का मन हुआ, सो आया हूँ। भैया वगैरह के यहाँ होने की तो मुझे उम्मीद ही नहीं थी।

भरोसा दिलाया कि मैं मजे में हूँ। मन लगाकर पढ़ रहा हूँ। पढ़ाई पूरी होते ही आऊँगा। तुझे भी अपने साथ ले जाऊँगा। दादा को भी।

बाई को पंचम की बातें सुनाई नहीं दे रही थीं। या वह और-और सुनना चाहती थी, सो लगातार रोए जा रही थी, पंचम को निहारे जा रही थी।

जब तक बाई पंचम को अपने पास बैठाए रही, दादा वहीं बने रहे। बाई के हर सवाल पर, पंचम के हर जवाब से पहले दादा चौंक-चौंक जाते थे।

बाई बहुत कुछ पूछना-जानना चाहती थी लेकिन दादा ने उन्हें अवसर नहीं दिया। बाई को समझाया कि बेटा इतने साल बाद आया है, इसके कलेवा का इंतजाम करो, तब तक हम इसे नहलाने-धुलाने ले जाते हैं।

बाई उठी। उठते ही उसे कुछ याद आया। बाई ने पंचम को हिदायत दी, "बेटा, पहले मँझले कक्का, मँझली काकी, हलके कक्का, हलकी काकी के पाँव छू आना..."

"हाँ, हाँ, छू आएगा...पहले इसे नहा-धो लेने दो...मीलों पैदल चलकर आया है।" दादा ने कहा और रस्सी-बाल्टी उठाकर बाखर के बाहर आ गए।

पंचम दादा के साथ हो लिया। दादा बोले, "मँझले तुम भी आ जाओ!"

मझले भैया अब तक सिर झुकाए पौर के चबूतरे पर बैठे थे। पंचम ने घर में आते ही जब उनके पाँव छुए, तब भी वह उसी तरह बैठे रहे थे। पंचम उनकी शर्मिंदगी की वजह जानता था लेकिन संकट यह था कि कुछ कह नहीं सकता था।

मझले भैया दादा का आदेश सुनते ही उठ खड़े हुए। उसी तरह खाली हाथ घर के बाहर आ गए। न उन्होंने तौलिया लिया, न चड्डी, न बनियान। जबकि पहले जब भैया लोग शहर से छुट्टियों में गाँव आते थे, तब कुएँ पर नहाने के लिए जाते समय तीन कपड़े जरूर ले जाते थे ताकि नहाने के बाद बदन पोंछ सकें, कपड़े बदल सकें। हाँ, तब रस्सी, बाल्टी की जरूरत नहीं रहती थी।

दादा सुबह-सबेरे घर में ही नहाते थे। मझले भैया को तैरना आता है, पंचम को भी, फिर दादा ने रस्सी-बाल्टी क्यों ली, पंचम की समझ में नहीं आया। कहीं इस बीच कुएँ की सीढ़ियाँ तो नहीं टूट गईं! एक-दो तो तब भी टूटी हुई थीं। इन सीढ़ियों की जगह जो दराज-सी रह गई थी, सब जन उन्हीं में पाँव फँसा कर, कुएँ की भींट में ईंटों के बीच रह गए छेदों में उँगलियाँ फँसाकर उस हिस्से से ऊपर आते थे।

पंचम को लगा—हो सकता है अब इतनी सीढ़ियाँ टूट चुकी हों कि उस तरह भी कुएँ में जाना-आना संभव न हो। जाने में तो कोई दिक्कत तब भी न होती होगी। सीढ़ियों से जाता कौन है। सब ऊपर से छलाँग लगाकर कुएँ में पहुँचते हैं, लेकिन वापसी के लिए तो सीढ़ियाँ चाहिए ही।

रामसागर में भी नहाया जा सकता है। उसमें बावड़ी की तरह चारों तरफ सीढ़ियाँ ही सीढ़ियाँ हैं। वहाँ न सीढ़ियाँ टूटने का खतरा है, न रस्सी-बाल्टी ले जाने की जरूरत। पंचम को याद है दाऊ ने उसे रामसागर में ही तैरना सिखाया था।

दादा उस दिशा में नहीं जा रहे, इसका मतलब है उसमें पानी कम है या गंदा है। लगता है अभी भी गाँव की औरतें रामसागर में कपड़े-लत्ते धोने जाती हैं। तभी उसका पानी नहाने लायक नहीं रह गया होगा। जब बरसात में रामसागर ऊपर तक लबालब भरेगी, उसका पानी बाहर आएगा, तभी गंदगी छँटेगी।

मँझले भैया और दादा के साथ ने पंचम को दुविधा में डाल दिया। पंचम की हकीकत से मँझले भैया परिचित थे, जबकि दादा की जानकारी में पंचम की हकीकत कुछ और थी। पंचम को लगा यदि दादा ने उससे कुछ जानना चाहा तो वह कौन-सा जवाब देगा—काल्पनिक कि वास्तविक। क्या दादा सुन पाएँगे कि उनके सामने जो बेटा बोल रहा है उसके माँ-बाप हैं ही नहीं। वह नायक वंश का चिराग नहीं किसी अज्ञात-कुल-शील का वंशज है। ····उसे अज्ञात कुल-शील का घोषित किया है स्वयं उसके मामा ने, उसकी जननी के सहोदर ने। इतना ही नहीं, यह घोषित करने का दायित्व पहले अपने कंधों पर उठाया था उन्हीं के अंश ने, उन्हीं के अंश के सहोदर ने!

दादा सुन पाएँगे कि पंचम मर चुका है! यह जो सामने मौजूद है यह है एक अनाथ अकलंक। इसे स्नेह बटोरने नहीं, दान बटोरने भेजा जाता है जहाँ-तहाँ। हो सके तो इसकी झोली खाली मत रहने देना। तुम्हारे सपूतों ने कुछ कमाया हो तो अगले जन्म के लिए पुण्य जमा करने की खातिर ही सही, इसे दान-दक्षिणा देकर विदा करना।

मँझले भैया दुविधाजनक स्थिति को अधिक देर तक नहीं झेल पाए। पहले भी पंचम के प्रसंग में मँझले भैया दुविधा ज्यादा देर झेल नहीं पाए थे। आश्रम के लिए मामा के यहाँ से चले थे, लेकिन बीच रास्ते में उनका साहस जवाब दे गया था। वह पंचम को लौटा लाए थे। आज पंचम को लौटाना संभव नहीं था। जरूरी भी नहीं। हाँ, भैया को डर था कि पंचम ने कहीं हकीकत बयान कर दी तो भैया कहाँ मुँह छुपाएँगे! कुएँ में डूबेंगे या बावड़ी में! इतने साल जिस हकीकत को दादा से छुपाए रहे, अब उसके उघड़ने पर क्षमा भी माँगेंगे तो किस मुँह से!

भैया ने पंचम को दुविधा से तो उबार लिया लेकिन पंचम को इस बात का दुःख भी हुआ कि भैया ने उस पर विश्वास नहीं किया। उन्होंने यह क्यों नहीं सोचा कि हकीकत बताने के लिए पंचम को इस दिन के इंतजार की जरूरत ही क्या थी। वह कभी भी एक पत्र लिखकर अपनी हकीकत लिख भेज सकता था। अपना पता-ठिकाना लिख भेज सकता था। उसे पढ़ते ही दादा दौड़े आते। पंचम को वापस ले जाते।

जब वह सब नहीं हुआ, पंचम ने वैसी शर्मनाक स्थिति नहीं पैदा होने दी, तब आज, इतने वर्षों बाद, किसलिए ऐसा करेगा?

पंचम ने मन-ही-मन तय किया—भैया के सामने अपनी स्थिति फिर कभी स्पष्ट

कर दूँगा। उन्हें विश्वास दिला दूँगा कि आपको शर्मिंदा होना पड़े, वह अवसर मैं नहीं आने दूँगा। आप मेरा अहित करने तो निकले नहीं थे। आपको मेरे भविष्य की चिंता थी, आप असमर्थ थे, तभी न दिल पर पत्थर रखकर ऐसा कदम उठाने चले थे! मेरा पालन-पोषण आपका नहीं, दादा का दायित्व था। मेरा भविष्य सँवरने न सँवरने से आपको मानसिक क्लेश भले ही होता रहता, आपकी उन्नति, आपकी प्रतिभा में तो उससे बाधा पड़नी नहीं थी। फिर मानसिक क्लेश भी क्यों होता! अपनी क्षमताओं भर भार आपने उठा ही लिया था। अपना भविष्य दाँव पर लगा ही लिया था। आखिर अपनी पढ़ाई बीच में छोड़कर प्राइमरी मास्टर बनने का इरादा इसीलिए तो बनाया था न कि दादा की सामर्थ्य आपको पढ़ाने की नहीं थी। आपको अपने छोटे भाइयों के भविष्य की चिंता थी! आप अपने कर्तव्य का आज भी निर्वाह कर ही रहे हैं। मैं जानता हूँ आपकी सामर्थ्य होती, मेरे पढ़ने-पढ़ाने के अवसर अगर आपके आसपास होते, तो आपने मेरा भार भी वहन किया होता।

भैया के चले जाने पर पंचम को दादा के सामने अपनी स्थिति की मनगढ़ंत बेहतरी का बखान करना आसान हो गया। मनगढ़ंत या मामा की इच्छाओं के अनुरूप, दोनों में से जो भी कहो।

कुएँ पर पहुँचकर दादा ने रस्सी-बाल्टी आम के पेड़ के नीचे रख दी। स्वयं भी बैठ गए और पंचम को भी वहीं बैठने का संकेत दिया।

कुएँ पर एकांत था। इन दोनों के अलावा कोई नहीं था। यदि दादा साथ न आए होते तो इस समय कुएँ पर बच्चों का ताँता लगा होता। पंचम का यों अकेले कुएँ तक आ पाना, इतनी जल्दी पहुँच पाना संभव न हुआ होता।

जब भैया लोग शहर से आते थे, उनके घर से निकलते ही बच्चों का जो रेला उनका लगातार पीछा करता था, पंचम वर्षों तक उसका स्वयं भी हिस्सा रहा है। आज भी वही दृश्य उपस्थित होता। ज्यादा घना होता। पंचम तो हर साल नहीं चार साल बाद पहली बार शहर से लौटा है।

दादा ने पंचम को नहाने के लिए नहीं कहा। उनके बैठने के ढंग से भी ऐसा नहीं लगा कि वे यहाँ बैठने के अलावा किसी और काम से भी आए हैं।

पंचम दादा से थोड़ी दूर पर बैठा गया। इस इंतजार में कि दादा कुछ पूछें तो वह जवाब दे। सावधानी के साथ, इतनी दूरी बनाकर बैठा था कि कहते समय उसके चेहरे पर आए भाव दादा न देख सकें, उसके बोल और विचार में आए अंतर को न पहचान सकें। उसकी थर्राहट को, अकुलाहट को न भाँप सकें। उसकी आवाज के धीमेपन को दूरी का दोष मान सकें।

दादा ने कुछ नहीं पूछा। वे अपनी जगह से उठे और पंचम के बिल्कुल करीब आकर बैठ गए। पंचम सिर झुकाए जमीन पर बिखरे आम के पत्तों से मिट्टी में आड़ी-टेढ़ी रेखाएँ बनाता रहा।

दादा ने पंचम की पीठ पर हाथ रखा।

"पंचम बेटे, यहाँ किसी से यह मत कहना कि तुम अनाथालय में रहते हो। अपनी बाई से भी नहीं, सँझले से भी नहीं और दोनों भाभियों से भी नहीं···"

दादा के मुँह से अपनी हकीकत सुनने की अपेक्षा पंचम को स्वप्न में भी नहीं थी। उसके मुताबिक तो यह रहस्य दादा को भी ज्ञात नहीं होना चाहिए था।

अब !

पंचम को लगा सातों आसमान उस पर टूट पड़े हैं। जमीन ने उसे न जाने किस तहखाने में छिपा दिया है ताकि वह बच जाए···

पंचम का दिमाग भन्ना गया। हाथ-पाँव सुन्न पड़ गए···

दादा ने फिर बहुत कुछ कहा लेकिन पंचम को कुछ सुनाई नहीं दिया।

दादा अपने कष्ट, आकांक्षाएँ, स्वप्नभंग के हादसे बयान करते भी रहे और स्वयं सुनते भी रहे।

—बेटा, जब तुम्हारे मामा ने पहली बार हमें यह मनहूस खबर दी तब हमारा कलेजा मुँह को आ गया था। हाथ उठ गया था हमारा तुम्हारे मामा पर। जीवन में कभी उसे इस अपराध के लिए हम क्षमा नहीं करेंगे, यह प्रतिज्ञा कर ली थी हमने।

मामा ने फिर ठंडे दिमाग से हमें सब सोचने-विचारने को कहा।

तुम्हारा भविष्य उज्ज्वल हो, यही तो हम भी चाहते हैं, यही मामा ने चाहा तो क्या बुरा किया ! तुम हमारे बेटे हो तो उसकी बहन के बेटे भी तो हो। आखिर इतना बड़ा कदम उसने वैर भाँजने के लिए तो उठाया नहीं था। हमने दिल पर पत्थर रखकर इस सच्चाई को स्वीकार कर लिया। लेकिन तुम्हारी बाई को नहीं बताया। हमें पता है वह भी तुम्हारी भलाई चाहती है, तुम भी उसे उतने ही प्रिय हो जितने और बच्चे। फिर भी वह यह जानते ही कुएँ में कूद मरती। अपना हित देखती न तुम्हारा। ममता अंधी होती है, बेटा। स्त्रियाँ दिल की कमजोर होती हैं और पेट की भी। इसलिए हमने तुम्हारी भाभियों को भी खबर नहीं लगने दी।

तुम्हारे मामा, तो कभी तुम्हारे मँझले भैया, तुम्हारे नाम से खत लिखकर भेजते रहते हैं। कभी मैं, कभी कोई और, खत पढ़कर तुम्हारी बाई को सुना देता है। उसे तुम्हारी खैर-खबर मिल जाती है।

गाँव में भी हमने यही कहा हुआ है कि तुम बहुत दूर एक महानगर में पढ़ते हो। वहाँ पढ़ने वाले बच्चों को पूरी पढ़ाई से पहले आने नहीं दिया जाता। उससे उनकी पढ़ाई में व्यवधान आता है। इधर-उधर आने-जाने से उनकी एकाग्रता टूटती है। अपनों के पास बार-बार आने से उनका मन उचटता है। सबको भूलकर केवल पढ़ाई में मन लगाने में कठिनाई होती है। वहाँ पढ़ाने में खर्चा तो बहुत होता ही है, खर्च से ज्यादा वहाँ की शर्तें कठोर हैं। बच्चे के भविष्य की खातिर उसके माता-पिता को वे शर्तें मंजूर करनी पड़ती हैं। किसी रिश्तेदार को वहाँ पढ़ रहे बच्चे से मिलने भी नहीं दिया जाता,

इसलिए हम लोग इच्छा होने पर भी तुमसे मिलने नहीं जा पाते।

हमने सोचा था कि एक-दो साल में जब घर की हालत सुधर जाएगी, तब हम तुम्हें अनाथालय से उठा लेंगे। गाँव वालों को कह देंगे कि हमसे बेटे का विछोह नहीं सहा गया, सो ले आए। अब जैसा इसका भाग्य होगा, बन-सँवर जाएगा। न बन सके उतना बड़ा अफसर जितना वहाँ पढ़ने पर बनता, छोटा-मोटा अफसर बनेगा तब भी रहेगा तो हमारी आँखों के सामने।

ऐसा दिन आएगा, यह हम सोचते तो रहे, लेकिन ऐसा दिन आ नहीं पाया।

पहले तो सँझले ने पढ़ाई छोड़ी। एक मोटर पर टिकट काटने का काम किया। फिर तुमसे बड़े ने पढ़ाई छोड़ी और एक होटल में काम करने लगे।

हमने सोचा दोनों से कहेंगे कि अब तुम दोनों मिलकर पंचम को पढ़ाओ।

सोच ही रहे थे कि तुम्हारे मँझले कक्का एक दिन कहीं गए और जब लौटे तो उन्होंने हमें बताया कि भैया, हम मँझले और सँझले का रिश्ता पक्का कर आए हैं। दो लड़कियाँ हमें बहुत भा गईं। हमने सोचा इन्हें अपने घर की बहू बनाना चाहिए।

मँझले वचन दे आए थे सो उससे मुकरना मुनासिब नहीं था। फिर दोनों ठिकाने से लग ही चुके थे। एक न एक दिन यह काम हमें करना ही था। हमारा भाई कर आया तो भी वही बात हुई।

मँझले और सँझले के विवाह में तुम्हारी बहुत याद आई। तुम्हारी कमी खली। सब्र करना पड़ा। कोई उपाय ही नहीं था। मँझले के विवाह से दोनों छोटों को आराम हो गया। मँझले को भी अपना खाना पकाने से मुक्ति मिल गई।

विवाह के बाद सँझले ने मोटर वाली नौकरी छोड़ दी। कुछ महीने घर बैठे, फिर बहू के गहना-जेवर लेकर जाने कहाँ बिला गए। किसी को कोई खबर दी, न पता-ठिकाना बताया। बहू यहीं रही। हमारी तो रात-दिन की नींद उड़ गई।

सालेक पीछे सँझले घर लौटे। बताया कि वे गुजरात गए थे। वहाँ धंधा-पानी जमाने में जुट गए। घर खबर इसलिए नहीं दी कि जब किसी लायक हो जाएँगे, तब देंगे।

उनके लौटने पर जान में जान आई। वे अपने साथ बहू को भी ले गए।

हम उन्हें कुछ कहते, लिखते कि खबर मिली, तुमसे बड़े भी होटल की नौकरी छोड़-छाड़कर सँझले के पास पहुँच गए हैं।

सँझले उनके लिए रोजगार-धंधे की तलाश में जुट गए। कहीं कुछ डौल नहीं बैठता दीखा सो अपने कारोबार में लगा लिया।

अभी दोनों मिलकर वही कारोबार कर रहे हैं। सँझले अभी उन्हीं के भरोसे काम छोड़कर यहाँ आए हैं। कहते हैं जल्दी ही उनका अलग कारोबार शुरू हो जाएगा। कोई एक लाइसेंस है, वह मिलने की देर है, उनका कारोबार भी ठीक-ठाक चल निकलेगा...

इन हालात में हमारे मन की बात मन में रह गई और चार साल गुजर गए...

पंचम ने कब स्नान किया, कब लौटे, वे कब घर पहुँचे, पंचम को कुछ याद नहीं।

घर आते ही पंचम ने अपने झोले में से पाजामा-कुर्ता निकाला। उसे कपड़े पहनते देख छोटी बहन ने, कुर्ते के कालर का भीतरी हिस्सा दिखाते हुए जानना चाहा, "भैया, तुम्हारे सब कपड़ों पर यह क्या लिखा है ?"

अंग्रेजी संख्या में लिखे 729 को बहन पहचान नहीं सकी। गाँव में देवनागरी लिपि के अंकों में पढ़ाई होती है। यह दिक्कत पंचम को भी आई थी, जब वह आश्रम में पहुँचा था और अधीक्षक ने उसके सब कपड़ों पर यह संख्या लिखी थी। तब पंचम को उत्तम ने बताया था कि यह लिखा है सात सौ उन्तीस।

पंचम के मन में आया कह दे—प्यारी बहना, यह मेरा कैदी नंबर है। मुझे नायक वंश में जन्म लेने के अपराध में छः साल की सजा बे-मुरब्बत हुई है। वही काट रहा हूँ। अन्य जेलों में अच्छे चाल-चलन के चलते सजा माफ होती है, हमारी जेल में बुरे चाल-चलन के चलते। हो सकता है यह जो मैं जेल वालों को धोखे में रखकर यहाँ भाग आया हूँ, पता चल जाने पर इसे मेरा बहुत बुरा चाल-चलन माना जाए और मेरी शेष दो साल की सजा माफ कर दी जाए।

पंचम ने यह सोचा, पर कहा नहीं। कहना चाहा नहीं। फिर बहन से कहना भी कोई कहना होता भला ! बहन के सवाल को टाल जाना चाहा, लेकिन बहन अपने सवाल का जवाब पाने से पहले कुर्ता कैसे छोड़ दे !

"हमारे कपड़े हम खुद नहीं धोते न। धोबी धोता है। अब सब कपड़ों में कौन से हमारे हैं, कौन से नहीं, इसकी पहचान का निशान है यह...."

"हाँ, तभी मैं कहूँ सब पर एक-सा क्यों छपा है !" बहन ने अपनी जिज्ञासा का समाधान पा लिया।

"तो क्या तूने सब कपड़े देख लिए.... !"

"कपड़े ! मैंने तो सब किताबें भी देख लीं। आपके झोले में है ही क्या, कुछ कपड़े, कुछ किताबें और ये दो नोट...."

बहन ने अपनी बंद मुट्ठी पंचम के आगे खोल दी। उसमें दस-दस के दो नोट थे। पंचम की पूँजी। महानगर से चलते समय पंचम के पास तीस रुपये थे। इनाम के। उनकी फुटबाल टीम ने सब टीमों को हराकर फाइनल जीता था। स्कूल की तरफ से सब खिलाड़ियों को एक-एक कोट और एक-एक स्वेटर इनाम के रूप में मिलना था। कोट तो बनवा दिए गए। स्वेटर की जगह खिलाड़ियों को 30-30 रुपये दे दिए गए थे।

वे तीस रुपये हाथ में आ जाने पर तो पंचम को गाँव देख पाने की तमन्ना पूरी होती लगी थी। इन्हीं में से दस रुपये यहाँ तक आने में खर्च हो चुके थे। पंचम ने तय किया था—लौटते समय इनमें से दस रुपये छोटी बहन को देता आऊँगा, शेष दस रुपये से वापस आना संभव हो जाएगा।

"इन्हें मैं रख लूँ पंचम भैया.... !" बहन आजिजी से पूछ रही थी।

पंचम फिर दुविधा में पड़ गया। नोट दो हैं, घर में उससे छोटे प्राणी तीन हैं। दोनों भाइयों के यहाँ होने की तो उसे कल्पना ही नहीं थी। यदि तीनों को पाँच-पाँच रुपए भी देता है तो जाने का क्या होगा ?

मँझले भैया, सँझले भैया, दादा, बाई, दोनों भाभियाँ उसे कुछ न कुछ देंगी, यह तय था, लेकिन पंचम कुएँ पर बैठे-बैठे तय कर चुका था कि वह किसी से कुछ नहीं लेगा। अपने खर्च से आया है, अपने खर्च से जाएगा। संभव हुआ तो कल ही····

"ऐसा कर, एक रख ले, एक मुझे दे दे····"

पंचम की सलाह ने बहन को खिला दिया। खुश हो गई बहन। उसे उम्मीद नहीं थी शायद कि पंचम भैया उसे एक भी रुपया देगा। वह तो समझे बैठी थी कि रुपये छूने के अपराध में डाँट-फटकार सुनने को मिलेगी।

बहन को यकीन हो गया—पंचम भैया और भाइयों जैसा नहीं है। बहन ने भी अपने को और बहनों जैसी न होने का दिखावा किया, "नहीं, नहीं, भैया, मैं तो हँसी कर रही थी। मैं इतने रुपयों का क्या करूँगी।"

बहन ने दोनों नोट पंचम की तरफ बढ़ा दिए।

पंचम ने उनमें से एक नोट अपने हाथ में लिया, दूसरा बहन की हथेली में ही दबाते हुए कहा, "रख ले। तेरे और दोनों छोटों के लिए हुए। अब तो ठीक !"

"तब ठीक है।" बहन ने मुट्ठी बंद कर ली। उसे लगा अब उसके हिस्से में ज्यादा रुपये नहीं कहे जाएँगे। फिर भैया ने रुपये सिर्फ उसे दिए ऐसा भी नहीं कहा जाएगा। रुपये पाने वाले तीन हो गए। यानी यदि रुपये लेना, माँगना, पाना, अपराध है तो यह संयुक्त अपराध हुआ। न माँगे हों दोनों भाइयों ने, डाँट पड़ेगी तो उन्हें भी पड़ेगी।

पंचम तैयार होकर मंदिर गया। वहाँ देर तक बैठा सोचता रहा—दादा ने एक बार भी मेरा हाल-चाल नहीं पूछा ! दादा ने एक बार भी मेरी इच्छा नहीं पूछी ! दादा ने एक बार भी मुझे शाबाशी नहीं दी ! भरोसा नहीं दिलाया !

दादा ने जो कहा उसका अर्थ तो यह है कि हम तो तुझे मरा मान चुके थे, यही सबको बताया भी था, सब्र भी कर चुके थे। अब तू कहाँ से जिंदा होकर लौट आया ! गड़े मुर्दे उखाड़ने ! तुझे शर्म नहीं आई ! हमें शर्मिंदा करने आया है ! उलटे पाँव लौट जा ! फिर कभी इधर की तरफ पाँव न बढ़ाना ! तू मेले में खोया, मेरे साले को मिला, न जाने किस अज्ञात कुल-शील का वंशज ! हमसे तेरा क्या सरोकार ! हमारा बेटा तो एक महान देश की महान पाठशाला में महान बनने की पढ़ाई कर रहा है। तू उसका हमशक्ल होने का फायदा उठाने आया है ! तुझसे हमारा कोई रिश्ता होता तो चार साल में एकाध बार तुझे चोरी-छिपे देखने हममें से कोई न पहुँच गया होता ! हमें देखकर क्या तेरा पूरा शहर पहचान जाता कि हम तेरे पूर्वज हैं ! यहाँ तेरी चतुराई नहीं चलने वाली !

मंदिर से उठते-उठते पंचम को एहसास हो चला कि उसने यहाँ आकर भूल की। यहाँ उसका है ही कौन ? एक ममता में अंधी माँ और तीन अबोध-अज्ञानी छोटे

भाई-बहन····इनके अलावा कोई भी तो ऐसी प्रतीति नहीं होने दे रहा कि वह कह सके— यह मेरा है, यह मेरा भी है !

मंदिर से उठकर पंचम मँझले कक्का, हलके कक्का के घर गया। दोनों कक्का, काकी के चरण स्पर्श किए। कुशलक्षेम पूछी, अपनी बताई और घर आ गया।

खाना खाते समय भी यही आभास होता रहा जैसे वह घर में नहीं, किसी दानी के यहाँ दावत खाने बैठा है। भाभियों की बातचीत, भाइयों के व्यवहार, किसी से उसे ऐसा आभास ही न होकर दिया कि वह उनके बीच का हिस्सा है। न सामने, न स्मृतियों में। उसे क्या पसंद है, क्या नापसंद, न किसी को खबर है, न जानने की इच्छा।

खाना खा चुकने पर बाई ने बताया, "मँझले भैया को ताप चढ़ गई है। इसीलिए वह कुएँ तक साथ नहीं जा सके। तभी से खाट पर पड़े तड़प रहे हैं····"

भैया की खाट ढोरों वाली बाखर में बिछी थी। पंचम वहाँ पहुँचा तो भैया मुँह ढककर सोते मिले। वह उलटे पाँव लौट आया। दादा, सँझले भैया, दोनों छोटे भाई अटारी में थे। बहन उन्हें खाना परोस रही थी।

पंचम मढ़ा में आया। सोचा कोई किताब पढ़ता हूँ। किताब निकाली भी लेकिन मन नहीं लगा। किताब वापस रखी। झोले को खूँटी पर टाँगा। तभी उसकी नजर पास में एक और खूँटी पर टँगे तार पर पड़ी। जो भी चिट्ठी घर में आती है इस तार में लटका दी जाती है। दादा की इस आदत से पंचम परिचित था।

पंचम ने तार को खूँटी से उतारा और उसमें से ढेर सारी चिट्ठियाँ निकाल लीं। चिट्ठियाँ सभी भाइयों की थीं। कुछ पंचम के नाम की भी थीं। पंचम ने एक-एक कर उनमें से अपने नाम की चिट्ठियाँ छाँट लीं। शेष सबकी चिट्ठियों को तार में वापस डालकर तार खूँटी पर टाँग दिया। उसी तार में पंचम को एक और चीज मिली। पंचम का गाँव के प्राथमिक स्कूल का प्रमाण-पत्र। पंचम को याद आया, आश्रम में जो प्रमाण-पत्र दिया गया था वह तो नकली था। मझले भैया ने बनाया था। यह बाद में मिला होगा। गैर-जरूरी था सो यहाँ लटका दिया गया। पँचम ने उस प्रमाण-पत्र को तार में वापस न लगाकर अपने थैले में रख दिया।

अपने नाम से आई चिट्ठियों को पंचम ने एक-एक कर पढ़ना शुरू किया। चिट्ठियाँ क्या झूठ का पुलिंदा थीं, जो बाई को भ्रम में रखने, आश्वस्त रखने के लिए पंचम के नाम से कभी मँझले भैया ने, कभी मामा ने लिखकर भेजी थीं।

चिट्ठियाँ पढ़कर पंचम को हँसी भी आई और खेद भी हुआ।

पंचम को लगा, इन चिट्ठियों को इस तार में नहीं रहना चाहिए। अपने विचार को अमल में लाते हुए उसने एक-एक कर चिट्ठियों को चिंदियों में बदला। आले में रखी दियासलाई उठाई। एक तीली जलाई और चिट्ठियों की चिंदियों में आग लगा दी····

"बाई····बाई ····बाई पंचम भैया ने अपनी चिट्ठियाँ जला दीं···· !"

जाने कब से अटारी की सीढ़ियों वाली दीवार में बनी एक बड़ी ताक से बहन

पंचम का यह नाटक देख रही थी। नाटक के अंतिम दृश्य की समाप्ति के साथ ही पंचम के नाम से बाई तक पहुँचाए गए झूठ पर हमेशा के लिए पर्दा पड़ता कि बहन ने एक नया पर्दा उठा दिया। एक नए दृश्य के आसार पैदा कर दिए।

बाई अटारी से सब काम छोड़-छाड़ कर दौड़ी-दौड़ी नीचे आई।

पंचम एकाग्र-भाव से जलते हुए टुकड़ों को देख रहा था। बाई उसके पास आ बैठी। दोनों हाथों में माथा थामा और बोली, "बेटा यह क्या किया तुमने ! क्या घर से अपना नाता तोड़ना चाहते हो ! अपनी निशानियाँ तो कोई तभी मिटाता है जब ऐसा इरादा हो...."

अपने मन में उठे सवाल को सच मान बाई ने फिर रोना शुरू कर दिया।

पंचम के पास बाई के सवाल का, बाई की शंका का कोई जवाब शेष नहीं था। जवाब बाई की शंका और सवाल में शामिल था ही। पंचम उस सच को दोहरा नहीं सका। सच उद्‌घाटित किया नहीं जा सकता था, झूठ कहना नहीं चाहा, सो वहाँ से उठकर चला गया।

बाई जाते हुए पंचम को अबूझ पहेली की तरह निहारती रह गई।

पंचम घर से निकलकर गाँव में बैठने, लोगों से मिलने-मिलाने चल पड़ा....

अभी पहले मुकाम पर ही पहुँचा था कि दादा वहाँ आ गए।

लोग हालचाल ले-दे भी न पाए थे कि दादा को देखकर मौन साध लिया।

दादा को वहीं बैठा हुआ छोड़कर पंचम कहीं और चल दिया।

यहाँ भी वही हुआ। पंचम जहाँ भी पहुँचता, एक-दो पल बाद दादा पहुँच जाते।

पंचम दादा से कहना चाहता था कि आप निश्चिंत रहें, वह किसी को सच्चाई नहीं बताएगा। लेकिन कह नहीं पाया।

झूठ का दामन उसने इस कदर थामा कि जब गाँव वालों ने जानना चाहा—तुम सात समुंदर पार रहते हो न ! तब उनको सच्चाई नहीं बताई। कहा—हाँ। तुम पर बहुत खर्च होता है न! तब भी कहा—हाँ। तुम यहाँ आ नहीं सकते न! हाँ। तुम छिप-छिपाकर आए हो न ! नहीं, कहीं और जाने के लिए निकला था, सोचा एक-दो दिन गाँव में ठहर लूँ। वही हुआ न छिपकर आना....

पंचम के लिए यह स्थिति असह्य हो चली। परिवार में माँ या छोटी बहन के अलावा कोई उससे इस तरह भी पेश नहीं आ रहा था जिस तरह स्वजन और आत्मीय तो अलग दूर के रिश्तेदार से भी आते हैं। बहन नासमझ थी और बाई कुछ न समझ ले इसका पंचम को ख्याल रखना था।

दोनों छोटे भाई पंचम के पास आना चाहते थे लेकिन अपने अभिभावक मँझले भैया, मँझली भाभी को तटस्थ देख उनका साहस जवाब दे-दे रहा था। उन्हें धर्मसंकट में डालने का इरादा पंचम का भी नहीं था। उनसे वह बातें तो करना चाहता था लेकिन उसके चलते उन्हें भैया या भाभी का कोपभाजन बनना पड़े उसे यह गवारा न था।

रात सोने से पहले दादा ने पंचम को एक और दुविधा में डाल दिया। दादा ने बताया—खबर मिली है कि तुम्हारे मामा गाँव आए हुए हैं। हम सुबह-सबेरे उन्हें तुम्हारे आने की खबर देने चले जाएँगे। वे हो सकेगा तो हमारे ही साथ, नहीं तो एक-दो दिन बाद तुमसे मिलने आ जाएँगे।

पंचम ने बताया—मैं कल और रुकूँगा। इससे ज्यादा रुकना संभव नहीं है। हालाँकि पंचम दस-बीस दिन रुकने का कार्यक्रम बनाकर चला था। लेकिन यहाँ के हालात देख उसने अगले ही दिन लौटने का मन बना लिया था। दादा की इच्छा को सिरे से नकारना संभव नहीं लगा सो एक दिन बीच में बढ़ा लिया।

"तब ठीक है, हम उन्हें अपने साथ ही लेते आएँगे। रात-भर वे तुम्हारे पास रह लेंगे। सुबह उन्हीं के साथ तुम चले जाना। वहीं से मोटर में बैठ जाना····"

दादा ने पंचम के कार्यक्रम के मुताबिक अपनी योजना बदल दी। जबकि पंचम उम्मीद कर रहा था, दादा कुछ दिन रुकने को कहेंगे।

पंचम को अपने भोलेपन पर तुरंत हँसी भी आ गई। भला दादा क्यों चाहेंगे, पंचम नाम का यह बम का गोला यहाँ फटने के दिन तक रुका रहे!

सुबह दादा चले गए। पंचम भी दैहिक कामों से निवृत्त होने घर से निकला।

कई घंटे बाद, गाँव के ढेर सारे लोगों से बतिया कर, कुएँ में ढेर सारे बच्चों के साथ नहाकर, हुड़दंग मचाकर, पंचम जब घर में पहुँचा, हलके कक्का मँझले भैया की खाट के पास बैठे बतिया रहे थे।

हलके कक्का ने बताया—वे पंचम की पसंद, बेरी के बेरों का मिर्चन लाए हैं गिलास में। गमछे में बाँध कर। पंचम उनके सामने मिर्चन खा ले तो वे गिलास को गमछे में छिपाकर वापस ले जाएँगे।

कहीं हलकी काकी को घर में एक गिलास कम दिखाई दिया तो उन पर देवता सवार हो जाएँगे, और तभी अपनी सवारी वापस ले जाएँगे, जब गिलास और पंचम के पेट से निकाला गया मिर्चन का वमन हलकी काकी की आँखों देख चुकेंगे।

पंचम को पहली बार यह एहसास हुआ कि वह अपने ही लोगों के बीच आया है। जब पंचम गाँव में रहता था, भरी ठंडों में सुबह-सबेरे बेरियों से झड़े बेर बीनने जाता था। बेरों को सुखाकर, पिसवाकर, उनका मिर्चन बड़े चाव से खाता था।

हलके कक्का उसे ऐसा करने के लिए शह भी देते थे। दादा के मना करने पर कहते थे, "बड़े भैया, गर्मी के महीनों में मिर्चन खाने से लू नहीं लगती। यह तो औषधि है····"

हलके कक्का को याद तो रहा पंचम को क्या पसंद है। वरना यहाँ तो सब यह तक भूल गए लगते हैं कि कोई पंचम भी था····

कक्का ने बताया मिर्चन छोटी बहन भीतर ले गई है। वे तो गिलास के लौटने का इंतजार कर रहे हैं।

आँगन में पहुँचते ही पंचम ने देखा सँझली भाभी हाथ में मिर्चन का गिलास लिए नाली के पास खड़ी हैं। चुटकी भर मिर्चन अपने मुँह में ले जा रही हैं और अगले ही पल आक्-थू करती उसे नाली में थूक रही हैं।

पंचम ने झट से आगे बढ़कर मिर्चन का गिलास भाभी के हाथ से झपट लिया। भाभी ने हैरानी से पंचम की तरफ देखा····तभी मढ़ा से बाहर आए सँझले भैया ने तड़ाक् से एक थपप्ड़ पंचम के गाल पर दे मारा।

मिर्चन मय गिलास के नाली में····

पंचम ने हैरानी से भैया की तरफ देखा····भैया दूसरा थप्पड़ मारने की तैयारी करते हुए बोले, "यही सीखा है तुमने शहर में रहकर···इसी शिक्षा के लिए दादा खेत बेच-बेचकर तुम पर हजारों रुपये खर्च रहे हैं! देखते नहीं, खटमिट्ठा खाने के दिन तुम्हारे नहीं, तुम्हारी भाभी के हैं!"

भैया ने हाथ उठाया, लेकिन पंचम के गाल तक नहीं ले जा पाए। बीच में ही पंचम ने उनके हाथ को थामा और यथास्थान पहुँचा दिया।

'ओह! सबके मुँह फूले होने की वजह यह है! मेरी पढ़ाई-लिखाई पर दादा की पूँजी स्वाहा हो रही है! इनके हिस्से का धन मुझ पर खर्च हो रहा है! इसीलिए ये सब मुझे फूटी आँख भी नहीं देखना चाहते!'

'नहीं, नहीं। अब इस घर में एक क्षण भी नहीं ठहरना! अब थमा तो अब तक थमा गुस्सा, अब तक ढँका सच उजागर हो जाएगा····वह किसी के हित में न होगा। मैं तो इन्हें क्या मिलूँगा, मुझे तो ये क्या पाएँगे, अपने आपको भी खो देंगे। अपनी-अपनी पत्नियों की नजर में ओछे हो जाएँगे····'

पंचम ने निमिष मात्र में घर त्यागने का फैसला कर लिया। मढ़ा में गया। अपना झोला उठाया। बाहर आकर अवाक् खड़ी बाई के चरण छुए और पौर की तरफ लपका।

खाट पर पड़े-पड़े मँझले भैया ने अनुनय की, "पंचम अभी मत जाओ····मेरी कसम तुम्हें पंचम। बाई की कसम। दादा की कसम। दादा के आने पर चले जाना····"

भैया की कोई कसम पंचम के घर से बाहर निकले पाँव भीतर नहीं ला सकी। पंचम ने रुकना तो दूर, मुड़कर भी नहीं देखा।

हलके कक्का कुछ देर तो इसे हँसी-ठट्ठा समझे। जब उन्हें लगा कि मामला गंभीर है, तब वे पंचम के पीछे भागे।

"पंचम रुक जाओ!" "पंचम रुक जाओ····" चिल्लाते हलके कक्का वहाँ तक दौड़ते रहे जहाँ तक चड्डी-बनियान पहने जा सकते थे। फिर थम गए····

उन्होंने अंतिम बार आवाज दी····अंतिम बात पूछी, "पंचम, बड़े भैया आएँगे तो हम उन्हें क्या जवाब देंगे····!"

पंचम ने बिना पलटे सुझाव दिया—"कहना···पंचम मर गया····"

इक्कीस

अकलंक अपने अतीत को पुनर्जीवित करने गाँव गया था, इधर भगतजी भी चैन से नहीं बैठे थे। वे भी अकलंक के अतीत में गोता लगाने का मन बना चुके थे। अकलंक तो अपने अतीत को पुनर्जीवित करने के साथ ही उसे दफन भी कर आया था लेकिन भगतजी ने ऐसा नहीं किया। उनका उद्देश्य यह था भी नहीं। वे अकलंक के अतीत का कफन साथ लेकर लौटे थे ताकि अकलंक को उसमें लपेट सकें।

आश्रम में पहुँचते ही अकलंक को आश्रम कमेटी के प्रधानमंत्री राय बहादुर सेठ जगजोत प्रसाद सिंह अवकाश प्राप्त कर्नल थल सेना के सामने पेश किया गया।

प्रधानमंत्री ने इकतरफा आदेश सुना दिया—चूँकि भगतजी को इस बात से पुख्ता सुबूत मिले हैं कि तुम अनाथ नहीं हो। तुम्हारे माता-पिता, भाई-बहन सब जीवित हैं। तुम्हारे भर्ती फॉर्म में भी यह नहीं लिखा है कि तुम अनाथ हो, इसलिए नियमानुसार तुम आश्रम में रहने के अधिकारी नहीं हो ! लिहाजा तुम्हें आश्रम से बाहर किया जाता है····

चूँकि कमेटी तुम्हारे प्रति अनुदार नहीं होना चाहती····लिहाजा तुमसे पढ़ने का अवसर नहीं छीनना चाहती····तुम अब से आश्रम में नहीं छात्रावास में रहोगे। छात्रावास के कायदे-कानून के अनुसार तुम्हें केवल रहने की जगह और भोजन मुफ्त मिलेगा। अपनी शेष जरूरतों के लिए तुम्हें खुद पैसे जुटाने होंगे····

याद रहे यदि तुम किसी चोरी-चकारी के काम में लिप्त पाए गए या आश्रम में लड़कों से गुपचुप अपनी जरूरत की चीजें लेते पाए गए तो यह कमेटी तुमसे सहानुभूति भी नहीं रखेगी। तब तुम्हें छात्रावास भी छोड़ना होगा।

अपना आदेश सुनाने के साथ ही प्रधानमंत्री ने कलम बंद की। कुर्सी से उठे और कमरे से बाहर आ, कार में बैठ चल दिए।

अकलंक वहाँ अकेला बैठा रह गया। अपने सवालों से घिरा—कि आश्रम में उसके अनाथ होने का जो प्रमाण दर्ज है, उसके मुताबिक उसके माँ-बाप मरे नहीं हैं, यह तो सही है, लेकिन वे कहाँ हैं इसका तो कोई उल्लेख नहीं। फिर वे जीवित ही हैं, इसका क्या प्रमाण है ? जो स्थिति उसे यहाँ भर्ती करते समय थी, यदि आज भी वही है, तब उसे आश्रम त्यागने का आदेश आज क्यों दिया जा रहा है, उसी दिन आश्रम में भर्ती करने से इनकार क्यों नहीं कर दिया गया था ?

प्रधानमंत्री को, भगतजी को बताया जाए कि उस दिन तक तो उसके माँ, बाप, भाई, बहन सभी थे, लेकिन आज वे सचमुच उसके नहीं रह गए हैं। तब नहीं, अनाथ तो वह अब हुआ है····

अकलंक के मन में घुमड़ते सवाल मन ही में रह गए। वह इन्हें जुबान देता भी तो वहाँ उन्हें सुनने के लिए सिर्फ दीवारें थीं।

भगतजी प्रधानमंत्री को विदा करके कमरे में आए।

अकलंक को देखकर मुस्कराए। मुस्कराने से तसल्ली नहीं मिली, तब ताली बजाते हुए अट्टहास लगाया। फिर अकलंक की पीठ पर थपकी देते हुए बोले, "उठिए श्रीमान अकलंक देव···· !"

अकलंक को दुविधा में डालने भर से भगतजी को तसल्ली नहीं मिली। अकलंक नाम के इस साँप का केवल जहर निकाल लेने से उनको चैन नहीं पड़ा। वे इस साँप का फन कुचलने की ठाने हुए थे। नमक न खाने से उनका शरीर ही नहीं, उनका दिमाग भी कितना जहरीला हो चुका है वह इसका प्रमाण देने पर तुले थे।

शाम को जब अकलंक आश्रम से छात्रावास में गया, तब उसके साथ सिर्फ बदन पर पहने कपड़े, इनाम में मिला कोट और कुछ किताबें थीं। स्कूल की किताबें, कापियाँ, दरी, चादर में से उसे भगतजी ने कुछ भी नहीं ले जाने दिया।

उनके अनुसार यह सब आश्रम की संपत्ति थी और इसे ले जाने की अनुमति प्रधानमंत्री के लिखित आदेश में कहीं नहीं थी।

भगतजी ने अपनी समझ से अकलंक को काट लिया था, साथ ही मान लिया था कि उनका काटा तो साँप भी नहीं बचता, अकलंक क्या खाकर बचेगा।

कभी, भगतजी ने जीवन में कभी नमक नहीं खाया, उनकी इस ख्याति का उपहास करते हुए अकलंक ने कहा था, "फिर तो भगतजी का पूरा शरीर जहरीला होगा····कहीं भूल से किसी लड़के को उनका नाखून भी चुभ गया····तो उसकी मौत निश्चित है !"

भगतजी ने अकलंक के अस्तित्व पर एक ही दाँत गड़ाया था और अकलंक के कहे को सच सिद्ध कर दिखाया।

भगतजी और प्रधानमंत्री अकलंक को सिर्फ इतनी-सी सजा देकर संतुष्ट नहीं होना चाहते थे। उनका वश चलता तो वे अकलंक को आश्रम से ही नहीं इस दुनिया से भी विदा कर देते।

फिर भी प्रधानमंत्री को उसे आश्रम से निकालकर छात्रावास में भेजने से संतुष्ट होना पड़ा। प्रधानमंत्री जानते थे कि अकलंक को यूँ ही निकाल देने से बावेला मचेगा। अकलंक की ख्याति उन्होंने यहाँ का प्रधानमंत्री बनने से पहले सुनी हुई थी। अकलंक का नाम आए दिन किसी-न-किसी सद्कार्य के चलते सुर्खियों में रहता रहा है। पिछली कमेटी ने अपनी उपलब्धियों में अकलंक का भी जिक्र किया था। एक कागजी ने तो बाकायदा वर्षभर का कैलेंडर अकलंक की तस्वीर वाला छापा था।

इन सब हालात को देखते हुए प्रधानमंत्री अकलंक को केवल नियमानुसार दंडित करना चाहते थे। भगतजी ने उनकी इच्छा पूरी की। थोड़ा ही सही, सबक तो सिखाया। भगतजी और प्रधानमंत्री के लिए फिलहाल इतना ही बहुत था।

अकलंक चाहता तो कमेटी के अन्य सदस्यों के सामने अपना दुखड़ा रो सकता था। अपनी दलील पेश कर सकता था। वे उस पर सहानुभूतिपूर्वक विचार करते। अपने को अकलंक के पक्ष में पाते। प्रधानमंत्री पर दबाव डालते। अकलंक की पुरानी स्थिति लौटा लाते।

अकलंक ने वह सब नहीं किया। जब अपनों से अपना हक नहीं माँगा, तब गैरों के आगे क्या हाथ पसारना।

अकलंक ने नई स्थितियों से, नए औजारों से जूझने का मन बना लिया।

स्कूल की छुट्टियाँ समाप्त होने में अभी काफी दिन थे।

अकलंक ने अपनी नई परिस्थितियों पर विचार किया।

छात्रावास में रहने पर उसे स्कूल में पढ़ना जरूरी नहीं था। वह स्वतंत्र छात्र के रूप में दसवीं, ग्यारहवीं की परीक्षाएँ दे सकता था। छात्रावास के नियमानुसार उसे विद्यालय में जरूर पढ़ना होता। विद्यालय चूँकि शाम को लगता है, इसका अर्थ था अकलंक चाहे तो दिन में कोई नौकरी कर सकता है।

अकलंक की तात्कालिक जरूरत भी यही थी। जैसे भी हो कुछ रुपये कमाना ताकि जरूरत की कुछ चीजें खरीदी जा सकें। बिस्तर, कपड़े, साबुन, तेल वगैरह।

स्कूल की पढ़ाई का मुद्दा फिलहाल दोयम दर्जे की चिंता का विषय था। संभव था स्कूल के प्रधानाचार्य अकलंक की अब तक की प्रगति को देखते हुए उसे स्कूल में न आने पर भी परीक्षा में बैठने की अनुमति दे दें।

गर्मियों के दिन होने से रात को अकलंक को बिस्तर की जरूरत महसूस नहीं हुई। यों छात्रावास में रह रहे सभी लड़कों ने उसके प्रति सहानुभूति दिखाई। जरूरत की चीजें निःसंकोच इस्तेमाल करने की इजाजत भी दी। लेकिन यह सब किया ससंकोच। ऐसा स्वाभाविक भी था।

अकलंक छात्रावास के लिए नया छात्रावासी जरूर था, लेकिन किस तरह का! प्रधानमंत्री के कोपभाजन के चलते न। छात्रावास भी प्रधानमंत्री के अधिकार क्षेत्र से बाहर नहीं। ऐसे में अकलंक के प्रति दर्शाई गई घनिष्ठता प्रधानमंत्री को नागवार गुजरी तो! एक क्षण नहीं लगेगा छात्रावास से छुट्टी करने में।

अकलंक जैसी स्थिति छात्रावास के और लड़कों की तो है नहीं कि प्रधानमंत्री से कोई जवाब-तलब करेगा या विरोध करेगा।

गए साल सीखी टाइपिंग एकमात्र ऐसा हुनर था जिसने अकलंक में यह आत्मविश्वास बचाया हुआ था कि वह अपने खर्च लायक रुपये कमा लेगा। उसे किसी

के आगे हाथ नहीं फैलाना होगा। उसे किसी की दया का, दान का, कृपा का, अहसान का पात्र नहीं बनना पड़ेगा।

सुबह नहा-धोकर अकलंक एक प्रकाशन के दफ्तर में गया। इस प्रकाशन की पुस्तकों का पाठक और प्रशंसक होने के चलते अकलंक के मन में इस प्रकाशन की छवि एक परोपकारी संस्था के रूप में बनी हुई थी।

प्रकाशन के दफ्तर में मौजूद अधिकारी को अकलंक ने अपनी समस्या बताई। बताया कि मैं पढ़ाई जारी रखना चाहता हूँ। फौरी जरूरतों के लिए कुछ कमाई जरूरी है। यदि आप अपने प्रकाशन में मुझे टाइपिंग का काम दे दें तो मैं स्कूल की छुट्टी के बाद आकर उसे कर दिया करूँगा।

अकलंक की इच्छा और जरूरत दोनों ने अधिकारी को प्रभावित किया। वह सहर्ष तैयार हो गए।

अकलंक ने वहाँ तीन दिन काम किया था कि चौथे दिन उक्त अधिकारी ने बताया—हमारे बड़े अधिकारी दूसरे शहर में रहते हैं। आज वे यहाँ आए हुए हैं। तुम्हें उनसे मिलना होगा। तुम यहाँ काम करते रहोगे या नहीं, वही तय करेंगे।

अकलंक जब उन अधिकारी के कमरे में गया, वे किसी से फोनवार्ता में व्यस्त थे। अकलंक एक कुर्सी पर चुपचाप बैठ गया।

अधिकारी को अकलंक के इस व्यवहार में अभद्रता दिखाई दी। अकलंक को नहीं। दोनों में विवाद हुआ। नतीजा—अकलंक को तीन दिन के वेतन के रूप में छः रुपये के साथ वहाँ से विदाई मिल गई।

नौकरी तो गई लेकिन अकलंक के इस आत्मविश्वास को और पुख्ता कर गई कि वह अपनी जरूरत-भर का रुपया जरूर कमा सकेगा।

अकलंक ने जिस दिन आश्रम में प्रवेश किया था, उसी शाम एक सेठ के घर दावत खाने जाने का अवसर मिला था। उन्होंने खाना खिलाने के साथ-साथ सब लड़कों को एक-एक रुपया दक्षिणा भी दी थी। इन सेठजी की शहर के मुख्य बाजार में खासी बड़ी घड़ियों की दुकान थी।

अकलंक अगली सुबह इसी दुकान पर हाजिर हुआ। सेठजी को बताया कि उसे अपनी पढ़ाई जारी रखने के लिए कोई रोजगार चाहिए। वह टाइपिंग का काम जानता है।

सेठजी ने उसे डेढ़ सौ रुपये माहवार पर नौकरी दे दी।

अकलंक को लगा दुनिया की सब घड़ियाँ किसी भी हाल में क्यों न हों, उसका अपना समय ठीक गति से चलेगा····

मैं सेठजी के यहाँ नौकरी कर रहा हूँ। डेढ़ सौ रुपया महीना पाऊँगा। यह सूचना देकर अकलंक ने कई दुकानों से जरूरत की चीजें उधार हासिल कर लीं। सबको वायदा कर दिया कि वेतन मिलते ही रुपये चुका दूँगा। यकीन न हो तो सेठजी से कहलवा दूँ।

दुकानदारों के लिए न सेठजी अजनबी थे, न अकलंक। सेठजी को वे स्वयं जानते थे और अकलंक को उसके साथ उसी के स्कूल में या कक्षा में पढ़ने वाले उनके बच्चे। सो सेठजी से कहने-कहलवाने की जरूरत नहीं पड़ी।

सेठजी अकलंक को एक चिट्ठी बोलकर लिखवा रहे थे तभी दुकान के बाहरी हिस्से से एक कर्मचारी भीतर केबिन में दाखिल हुआ।

सेठजी ने चिट्ठी की इबारत बोलनी बंद की और उसकी तरफ देखने लगे।

कर्मचारी ने बताया, "एक बड़ी पार्टी आई है। चार जन हैं। कई घड़ियाँ छाँट चुके हैं। अब दीवार वाली गोल्डन घड़ी दिखाने को कह रहे हैं..."

सेठजी तुरंत उठ खड़े हुए। अकलंक को निर्देश दिया, "जितनी चिट्ठियाँ लिखवाई हैं, उन्हें टाइप करो। इसे फिर लिखवाएँगे।"

निर्देश देने के साथ ही सेठजी उठकर केबिन से बाहर चले गए। अकलंक भी अपनी कापी, पेंसिल लेकर बाहर वाले हिस्से में आया और अपनी जगह पर बैठ गया।

दुकान में चार ग्राहक थे। उनके पास ढेर सारी किस्म-किस्म की घड़ियाँ रखी थीं। एक चपरासी ने सीढ़ी लाकर उस जगह लगा दी थी जहाँ गोल्डन घड़ी टँगी थी।

इस दुकान में यह सबसे महँगी घड़ी है। विदेशी है। इसके अक्षर, सुइयाँ, ढाँचा सोने के ढले हैं। घड़ी के भीतर के कलपुर्जे भी सोने के हैं या उसी धातु के जिसके सबमें होते हैं, यह बात अकलंक दुकान में काम करने के बाद जिस दिन इस घड़ी की खूबियों का पता लगा था, उसी दिन से किसी से पूछना चाहता रहा। पूछा नहीं। इस घड़ी में रुचि दिखाना अपने को संदेह के घेरे में ले आने वाली बात ठहरी।

इस घड़ी को झाड़ने-पोंछने, इसमें चाभी देने का दायित्व सेठजी स्वयं या उनके छोटे भाई निभाते हैं। यह काम उनके जवान बेटे तक नहीं कर सकते, ऐसे में किसी कर्मचारी के करने का तो प्रश्न ही नहीं उठता। सुना है साल-दो साल में किसी ग्राहक के कहने पर उसे घड़ी दिखाते भी सेठजी ही हैं।

सेठजी सीढ़ी पर चढ़े। ऊपर के पायदान पर पहुँचने पर सावधानी से घड़ी को कील से उतारा। दोनों हाथों में घड़ी थामी और नीचे उतरने का उपक्रम करने लगे।

अभी सेठजी दो पायदान नीचे ही पहुँचे थे कि चार ग्राहकों में से दो हरकत में आ गए। एक ने सेठजी और दूसरे ने कर्मचारियों की तरफ रिवॉल्वर तान ली।

"खबरदार... !"

ग्राहकों को इससे ज्यादा कुछ नहीं कहना पड़ा।

सेठजी अजीब दुविधा में। घड़ी छोड़ते हैं तो हजारों की क्षति, घड़ी सौंपते हैं तो हजारों का घाटा। सेठजी वहीं ठहर गए। समय भी ठहर गया।

"सब अपने-अपने काम में लगो!"

ग्राहकों में से एक ने भौचक, थर-थर काँपते कर्मचारियों को आदेश दिया। वे

बाहर से दुकान में झाँकनेवालों को यहाँ की स्थिति अटपटी नहीं लगने देना चाहते थे।

कर्मचारी काम में तो क्या खाकर जुटते। डरे-डरे से गर्दन झुका काम में लगे होने का अभिनय जरूर करने लगे।

सेठजी अभी भी सीढ़ी पर थे।

ग्राहकों में से एक ने सेठजी के छोटे भाई के पास रखा गल्ले का बक्सा उठाया। उसमें से एक-एक रुपया निकालकर अपने झोले में डाला। दूसरे ने इकट्ठी की गई घड़ियाँ समेटीं। शेष दोनों अपना मोर्चा सँभाले खड़े रहे।

अपनी मुहिम में कामयाब होते ही ग्राहकों ने एक बार फिर सबको खबरदार किया और नौ-दो-ग्यारह हो लिए····

सेठजी अभी भी उसी अवस्था में थे। इतनी महँगी घड़ी बच गई इससे खुश थे या इतनी घड़ियाँ, रकम लुट गई, इससे दुखी, ठीक-ठीक अंदाज करना कठिन था।

सामान्य होने पर सेठजी ने सीढ़ी के दो पायदान फिर लाँघे। घड़ी को उसके स्थान पर लटकाया। एक बार हाथ छोड़कर, घड़ी के नीचे हाथ लाकर तसल्ली की कि घड़ी टँगी है या हाथों में आना चाहती है।

इत्मीनान हो जाने पर सेठजी सीढ़ी से नीचे उतरे।

अकलंक को लगा, सेठजी अब पुलिस को खबर देंगे।

सेठजी ने ऐसा कुछ नहीं किया।

"कितनी रकम थी ?" सेठजी ने छोटे भाई से पूछा।

"अस्सी···· !"

"कौन से कितने ?"

छोटे भाई ने एक कागज पर दो तरह की रकम लिखकर कागज उन्हें थमा दिया।

सेठजी अब दुकान मैनेजर से मुखातिब हुए, "सक्सेना, जो घड़ियाँ गई हैं उनमें से कितने के बिल खाते में हैं···· ?"

मैनेजर सक्सेना ने काउंटर पर रखी घड़ियाँ देखीं। अपने कागजों से मिलान किया और सेठजी को ठीक-ठीक स्थिति बता दी।

"सक्सेना, बिना बिल वाला सारा माल उठवाकर घर भिजवा दो। फौरन ! ज्यादा देर करना ठीक नहीं है····और तुम," सेठ अपने छोटे भाई से बोले, "फर्जी रसीद बुकें भी फौरन हटवाओ···· !"

अगले एक घंटे में सेठजी के कहे मुताबिक सब-कुछ सँवर गया। इस पूरे समय सेठजी दुकान में इधर-से-उधर चक्कर काटते रहे। दुकान के आधे शटर गिरा दिए गए थे, ताकि कोई ग्राहक भीतर आकर व्यवधान न डाले। सब ठीक-ठाक हो चुकने पर शटर खोल दिए गए।

सेठजी ने फोन उठाया। एक नंबर घुमाया।

हलो····पुलिस स्टेशन····मैं सेठ घड़ीवाला बोल रहा हूँ····हमारी दुकान लुट गई····

जल्दी आइए···चार आदमी थे···कार में भागे हैं···

सेठजी कुछ क्षण फोन थामे रहे। फिर फोन रखते हुए सबसे कहा, "पुलिस आ रही है। कोई जाना नहीं। सबको रुकना है। पुलिस को यही बताना है कि लुटेरे अभी-अभी गए हैं···"

अकलंक को सेठजी की स्थिति पर तरस आ रहा था। दया भी। दुःख भी हो रहा था। बेचारे सेठजी, इतनी मेहनत करते हैं, इतने धर्मात्मा हैं, फिर भी···

पुलिस आ पहुँची। सेठजी ने लुटेरे कैसे आए, क्या, कहाँ से उठाया, कैसे गए, सब बताया।

इस बीच पुलिस के एक-दो सिपाही कर्मचारियों से पूछताछ करने में जुटे और तीन-चार पुलिसकर्मी दुकान का मुआयना करने में।

काफी देर तक खाना-तलाशी चलती रही।

तभी कई और पुलिसकर्मी दुकान में पहुँचे। उनके आते ही दुकान के सभी कर्मचारियों को छुट्टी दे दी गई। चलते समय हिदायत दी गई—कल सब दुकान में मौजूद रहें। किसी भी हालत में कोई छुट्टी न करे।

अकलंक दुखी मन से दुकान से निकला। दुखी मन से छात्रावास पहुँचा और दुखी मन से रात बिताई···

अगले दिन दुकान में पहुँचने पर अकलंक ने पाया, वहाँ पहले जैसी गहमा-गहमी है। किसी का भी चेहरा देखने पर ऐसा नहीं लगा कि कल यहाँ डाका पड़ा था। अकलंक को, नहीं, पंचम को याद आया, उसके गाँव में जब किसी साहूकार के घर डाका पड़ता था, तब महीनों तक पूरा गाँव थर्राता था···

लंच का समय होते ही अकलंक पर यह भेद खुल गया कि कोई भी कर्मचारी दुखी क्यों नहीं है।

एक साथी ने बताया, "सेठ को क्या फर्क पड़ता है। इतना इन्कमटैक्स, सेल्स टैक्स बचाता है। फिर दुकान के सामानं का बीमा है। नुकसान बीमा कंपनी देगी। सेठ ने जितना गया उससे कई गुणा गया बताया होगा···"

इतना धर्मात्मा सेठ और बेईमान ! नहीं, नहीं !

अगले कुछ ही दिनों में अकलंक को और बहुत कुछ मालूम हो गया। बताने वालों ने बताया कि पुलिस यकीन ही नहीं कर रही थी कि सेठजी ने जिस समय सूचना दी, लुटेरे तभी गए थे। सेठजी से सूचना मिलते ही पुलिस ने नाकाबंदी कर ली थी। ऐसे में, इस भीड़भाड़ वाले बाजार से, जिसमें पैदल चलने वाला भी एक किनारे से दूसरे किनारे तक पहुँचने में आधा घंटा लगाता है, कोई कार कैसे पाँच मिनट में गायब हो गई ? और वह भी आसपास के, पटरी वाले किसी दुकानदार को दिखाई तक नहीं दी !

उसने बताया—पुलिस ने सेठजी से कहा कि जिस तरीके से लूट की वारदात हुई, उससे तो लगता है कि उनके साथ आपका कोई ऐसा कर्मचारी मिला हुआ है जिसे यह

पता है कि आपको उलझाने का तरीका क्या है। सेठजी की दिक्कत यह कि कर्मचारी पर शक करें तो किस पर। पुलिस को कर्मचारियों से सख्ती से पूछताछ करने का मौका देते हैं तो कहीं कोई पूरी कथा न उगल बैठे।

सेठजी की रुचि लुटेरों में तो थी नहीं, लूट के माल में भी नहीं थी, उन्हें तो सिर्फ लूट हुई है इसका पुलिस से प्रमाण-पत्र चाहिए था।

पुलिस का संदेह सही है या गलत, सेठजी इस पचड़े में पड़ना ही नहीं चाहते थे। दिक्कत यह थी कि पुलिस यदि संदेह ही करती रहे, लूट को लूट ही न माने तब लूट के बदले बीमा कंपनी से हर्जाना कैसे मिले ? सो सेठजी ने अच्छी-खासी रकम दे-दिलाकर पुलिस को यकीन दिलाया कि यहाँ डाका पड़ा था।

तब कहीं पुलिस ने डाका पड़ने का मामला दर्ज किया। खोजबीन के बाद पुलिस ने यह घोषणा की कि सेठ घड़ीवाला की दुकान में पाकिस्तान से आए, महीनों से इस महानगर में सक्रिय लुटेरों ने डाका डाला है। यह तरीका उन्हीं का है।

पुलिस की खोजबीन और निष्कर्ष के साथ सेठ घड़ीवाला की दुकान में डाका पड़ने की खबर अखबार में छप गई। सेठ खुश। पुलिस खुश। अखबार पढ़ने वाला खुश। अखबार वाले खुश। बीमा कंपनी खुश। लूटने वालों ने तो यह कारनामा किया ही खुशी के लिए था…

अकलंक का काम में मन न लगता। काम करते हाथ यकायक रुक जाते। मन में एक ही सवाल बार-बार उठता—सेठजी और बेईमानी ! नहीं, नहीं ! सेठजी और हेराफेरी ! नहीं, नहीं ! सेठजी और झूठ ! नहीं, नहीं !

अकलंक इन दिनों एक नहीं दो दुविधाओं में घिरा रहता था। लूटवाली उस घटना के बाद जिस-तिस से सेठजी के बारे में जो सुनने को मिल रहा था, वह सब अकलंक को विश्वास के योग्य नहीं लग रहा था। दूसरे, गर्मियों की छुट्टियाँ समाप्ति की ओर थीं। अगले दस दिन बाद स्कूल खुलने जा रहे थे।

अब मुख्य समस्या यह थी कि वह आगे नौकरी करता रहे या पढ़ाई करे ! पढ़ाई के साथ भविष्य जुड़ा था और नौकरी के साथ वर्तमान। यदि इस वर्तमान को ही स्थायी भविष्य बनाना हो तो स्कूल, छात्रावास सब छोड़ा जा सकता था। यदि भविष्य को कुछ और बनाना है तो नौकरी को नमस्कार करना जरूरी था।

एक उपाय और भी था जिसमें पढ़ाई भी संभव थी और नौकरी भी। यह उपाय स्कूल के प्रधानाचार्य की इच्छा और सहमति पर निर्भर था। यदि उन्होंने अनुमति नहीं दी या असमर्थता दिखाई तब क्या करना होगा ?

अकलंक कई दिनों से इस पर विचार कर रहा था।

वेतन के दिन अकलंक सुबह से अजीब तरह की बेचैनी महसूस करने लगा। आज जीवन में पहली बार अपने श्रम का, पूरे माह के श्रम का वेतन उसके हाथ पर आने वाला था। शाम को इसका अधिकांश उन दुकानों पर पहुँचाना था, जहाँ से चीजें आज

ही के दिन का वास्ता देकर उधार ली थीं।

हालाँकि वह क्षण आने में अभी कई घंटे शेष थे, पर अकलंक अभी से उस क्षण को साक्षात् देख रहा था, जब जैसे ही उसने दुकानदार के हाथ पर रुपये रखे, दुकानदार ने गौर से अकलंक को देखा। डपट लगाई—अमाँ, हाथ में मेहनत की कमाई है। शान से थामो ! गर्व से दो !

"अकलंक बबुआ, इधर आकर दस्तखत तो करो···· !" दुकान के मैनेजर सक्सेना बाबू ने आवाज दी।

उनके पास पहुँचने पर उसके आगे रजिस्टर फैलाते हुए मैनेजर ने कहा, "हाँ भई, तुम भी दस्तखत करो। रसीदी टिकट पर करना····"

अकलंक ने रजिस्टर में दर्ज सभी नाम पढ़ लिए, लेकिन उसे कहीं अपना नाम लिखा नहीं मिला।

उसे रजिस्टर न लौटाते देख मैनेजर ने उसकी तरफ सवालिया नजर उठाई।

"मेरा नाम तो यहाँ है ही नहीं···· !"

"ओह ! मैं तुम्हें बताना भूल गया। दरअसल तुम 18 साल के नहीं हो न। तुम्हें नौकरी पर नहीं रखा जा सकता। सेठजी ने कहा था कि तुम्हारा नाम न लिखकर कोई और नाम रजिस्टर में लिखा जाए। ये देखो····" मैनेजर ने एक नाम पर उँगली रखकर कहा, "यहाँ रजिस्टर में तुम्हारा यह नाम है। इसी के आगे दस्तखत करो····"

मैनेजर की हथेली हटने पर अकलंक ने देखा, वहाँ लिखा था—विनायक कुमार।

अकलंक ने उसी नाम के आगे लगी रसीदी टिकट पर मुक्त हस्त से लिख दिया—विनायक कुमार।

मैनेजर ने रुपये गिने। रुपयों की गड्डी अकलंक की तरफ बढ़ाई। बोले, "लो, जीवन का पहला वेतन !"

अकलंक का चेहरा खिल गया। वेतन के रुपये हाथ में आते ही हाथ काँपने लगे। कहीं रुपये गिर न जाएँ, कहीं हँसी का पात्र न बनना पड़े····यों उस पर हँसने वाला यहाँ कोई था नहीं। अकलंक यहाँ सबसे छोटा है। इतना छोटा कि नौकरी पर रखना कठिन हो। नौकरी पर रखना गुनाह। फिर भी अकलंक को ऐसा लगा कि रुपये गिरे तो हँसेंगे सब लोग। उसने झटपट रुपये जेब में रख लिए।

"अरे, पहले गिन तो लो····" मैनेजर ने टोका।

"बाबूजी, आपने····"

"तो क्या हुआ ! कभी भी किसी से रुपये लो तो गिनो····इस मामले में किसी का विश्वास नहीं करो। हो सकता है देने वाले ने बदनीयती से न सही, भूल से कम दिए हों। बाद में वह तो कुबूलेगा नहीं, तब दोष तो अपना ही माना जाएगा न ! दंड भी भुगतना पड़ सकता है। है कि नहीं ?"

"सो तो है।" अकलंक ने स्वीकारा।

"तब इसकी शुरुआत अभी से करो। रुपये जेब से निकालो। मेरे सामने खड़े-खड़े इन्हें गिनो। फिर जेब में रखना···"

'यह तो लगता है पहले अध्यापक रहे होंगे, वह भी गणित के। पूरा सवाल हल करवाकर ही दम लेंगे।' अकलंक ने मन-ही-मन सोचा।

और कोई चारा न था सो जेब से रुपये निकाले। गिनने शुरू किये—दस, बीस, तीस, चालीस, पचास, साठ, सत्तर, अस्सी, नब्बे !

अरे ! यह क्या ! इस हाथ में तो रुपये खत्म !

"बाबूजी, ये तो कुल नब्बे हैं ?"

"हाँ, नब्बे ही तो दिए हैं। कहो पूरे हैं।" मैनेजर ने गर्दन झुकाए-झुकाए कहा।

अकलंक की समझ में नहीं आया कि जब इन्होंने अपने सामने रुपये गिनने को कहा, तब उसकी गिनती पूरी होने से पहले गर्दन क्यों झुका ली ! और ये नब्बे···

"बाबूजी," अकलंक ने गर्दन झुकाकर, उनके कान के पास मुँह ले जाकर कहा, "मेरा वेतन तो डेढ़ सौ तय हुआ था···"

"मालूम है," मैनेजर ने उसी मुद्रा में जवाब दिया, "पर सेठजी ने इतने ही देने को कहा है···"

"बाबूजी···नब्बे में तो मेरी गुजर नहीं हो पाएगी···"

"तुम सेठजी से बात करना। पर अभी नहीं, जब तुम्हारा गुस्सा शांत हो जाए तब। आज तो वे सुनेंगे भी नहीं। आज कहोगे तो सुनने से पहले ही चुप रहने को कह देंगे। उन्हें मालूम है आज तुम इसके अलावा और कुछ कहने जा ही नहीं सकते उनके पास। कल, परसों कहना। हो सकता है वे नब्बे से सौ कर दें।"

अकलंक का उत्साह ठंडा पड़ गया। मन की कल्पनाएँ चकनाचूर हो गईं। ठगे जाने का एहसास सिर चढ़ आया। सेठजी और बेईमान, नहीं ! नहीं ! यह भावना पैरों तले रुँदती नजर आई।

किसी तरह पूरा दिन कटा। उद्विग्न, ठगा गया अकलंक छात्रावास की ओर लौट चला। पूरे रास्ते वह हालत रही कि यदि कोई कपड़े भी उतार लेता तो उसे महसूस ही न हो पाता कि वह नंगा हो चुका है।

अगले दिन ही नहीं, अकलंक ने लगभग सप्ताह-भर सेठजी से कुछ नहीं कहा। मन में तरह-तरह के सवाल-जवाब जरूर उमड़ते-घुमड़ते रहे इस बीच।

आठवें दिन अकलंक सेठजी के सामने था। सामना तो रोज ही होता था। चिट्ठियाँ लिखते समय तो कभी कोई बिल टाइप करने के लिए लेते समय।

आज वह अपने काम से सेठजी के सामने उपस्थित हुआ।

"सेठजी, एक धर्मसंकट पैदा हो गया है···"

"क्या हुआ ?" सेठजी चौंके। अकलंक समझ गया, सेठजी ने सुना है धर्म पर संकट पैदा हो गया। धर्मात्मा ठहरे···चौंकना लाजिमी था···

"सेठजी, मैंने कई दुकानदारों से जरूरत का सामान उधार लिया था। सबको बताया था कि मैं आपकी दुकान में नौकरी करने लगा हूँ। डेढ़ सौ रुपया वेतन मिलेगा। वेतन मिलते ही उधारी चुका दूँगा····"

"तुम्हें मैनेजर ने बताया नहीं था कि नब्बे मिलेंगे ?"

"नहीं····मुझे तो आप ही ने कहा था कि डेढ़ सौ रुपया देंगे। मुझे यदि खबर होती कि नब्बे रुपये पाऊँगा तो मैं उतने रुपये का ही सामान खरीदता। अब यदि मैं दुकानदारों से यह कहूँगा तो वे यकीन नहीं करेंगे। वे मुझे झूठा समझेंगे। हो सकता है वे आपसे सच्चाई जानने आएँ। रुपये नहीं पहुँचाता हूँ तब भी वे आपके पास शिकायत करने आ सकते हैं। यदि मुझे इस महीने का वेतन अग्रिम····"

"हाँ, हाँ, ठीक है। किसी से कुछ कहने की जरूरत नहीं है। अपने भेद हर किसी के आगे नहीं उघाड़ने चाहिए। तुम वही करो। एक प्रार्थना-पत्र लिखकर दो कि मुझे इस महीने का वेतन अग्रिम दे दिया जाए। उससे उधारी चुका देना। और देखो, डेढ़ सौ मिलें या नब्बे, काम में फर्क नहीं आना चाहिए। वह दिन भी आएगा, जब तुम डेढ़ सौ से भी ज्यादा पाओगे।"

"जी अच्छा····" अकलंक ने कहा और सेठजी के केबिन से बाहर चला आया।

अपनी सीट पर आकर प्रार्थना-पत्र लिखा। जाकर मैनेजर को दिखाया। मैनेजर ने अकलंक का नाम काटकर विनायक कुमार लिखा और प्रार्थना-पत्र टाइप करने को कहा।

अकलंक ने फिर से प्रार्थना-पत्र तैयार किया।

मैनेजर ने हाथ से संकेत दिया— तुरंत अंदर जाओ····

सेठजी ने प्रार्थना-पत्र पढ़ा। बोले, "देखो बेटे, जितनी कमाई करो, उतनी ही खर्च मत किया करो। भविष्य के लिए भी कुछ बचाना चाहिए। हो सकता है कल और बुरे दिन देखने पड़ें।"

प्रार्थना-पत्र अकलंक को लौटाते हुए सेठजी ने सलाह दी, "भविष्य के लिए दस रुपये बचाने की आदत आज ही से बना लो। मैनेजर से कहना मैंने तुम्हें इस महीने से सौ रुपये देने को कहा है।"

"जी अच्छा····" अकलंक ने प्रार्थना-पत्र लेते हुए कहा और बाहर चला आया। मैनेजर के पास गया। उन्हें बताया, "सेठ जी ने सौ रुपये देने को कहा है····"

मैनेजर ने अकलंक की बात अनसुनी कर दी। प्रार्थना-पत्र पलट कर देखा। फिर बोले, "हाँ, कहा होगा। जरूर कहा होगा····"

मैनेजर के पन्ना पलटते ही अकलंक ने भी ध्यान दिया—दूसरी तरफ एक के अंक के आगे दो शून्य बने हुए थे।

मैनेजर ने उसी प्रार्थना-पत्र पर अकलंक से दस्तखत करवाकर सौ रुपये का एक नोट उसे थमाया। बोले, "वेतन रजिस्टर पर वेतन के दिन ही दस्तखत करवाएँगे।"

अकलंक ने नोट को मुट्ठी में भींचा, इतनी जोर से कि यदि नोट में जान होती तो

टें बोल गया होता····

"अरे भाई, ये सेठजी का गला नहीं, तुम्हारी कमाई का नोट है।" मैनेजर ने अकलंक के कान के पास मुँह लाकर कहा और हँस पड़े।

अकलंक मन-ही-मन मुस्कराता अपनी सीट पर आ बैठा।

अकलंक को सप्ताह लगा था इस योजना को बनाने में। सेठजी से अपने श्रम का मूल्य लेने, उन्हें सबक सिखाने का उसे यही उपाय सबसे सटीक लगा। प्रश्न था अपने श्रम का पूरा मूल्य पाने का। गाली-गुत्था से कुछ होना नहीं था। उस मामले में तो अकलंक की हड्डियाँ ही टूटतीं। चोरी-चकारी का आरोप भी लग सकता था। घड़ियाँ तोड़ने से भी सेठजी को नुकसान भले ही हो जाता, हालाँकि वह भी बीमा कंपनी का होता, अकलंक के हाथ कुछ लगने से रहा था। समाज में या दुकानदारों से कहने का भी लाभ नहीं था। सेठजी कह सकते थे, झूठ बोलता है यह लड़का। इसने हमारे यहाँ कभी काम ही नहीं किया। चाहो तो आकर रजिस्टर देख लो।

काफी सोच-विचार के बाद अंततः यही इकलौता उपाय ऐसा लगा था जो साँप भी मारे और लाठी भी सही सलामत रखे।

उपाय कारगर रहा। अकलंक बेहद खुश। जीत की खुशी। इतने प्रबल शत्रु को मात देने की खुशी।

शाम को दुकान को अंतिम प्रणाम कर अकलंक बाहर आ गया।

साला! कहता था दस रुपये भविष्य के लिए बचाओ। हमने भी इसी तरह यह कारोबार खड़ा किया है।

ठग कहीं का। अब अपने को सब पता चल चुका है। नई-नई बीमा कंपनी से एक दुकान का बीमा करवाया था। माल गायब करके वहाँ कूड़-कबाड़ भरा था और खुद ही आग लगा दी थी। बीमा कंपनी को अपनी साख बनानी थी सो बिना ज्यादा जाँच-पड़ताल के पूरी रकम थमा दी। बीमा कंपनी ने सोचा होगा, चलो प्रचार तो होगा। जो लोग हकीकत जानते होंगे वे ललचाएँगे। अभी साख जमने दो। फिर सख्ती बरतना शुरू करेंगे।

ऐसे इतना बड़ा कारोबार खड़ा किया और उपदेश देता है····

मैं सोचता था बड़ा धर्मात्मा है। अनाथ बच्चों को खाना भी खिलाता है और रुपया भी थमाता है।

अरे, गरीब मजदूरों का लाखों रुपया जेब में रखने वाला एक रुपया दे भी दे तो क्या! यह तो हजारों दे तब भी अपनी जेब से नहीं देगा। दूसरों का होगा वह भी।

अगले दिन से अकलंक दुकान पर नहीं गया।

चार दिन बीते थे कि सेठजी अकलंक को मंदिर में टकरा गए।

"ए सुनो! तुम दुकान पर काम करने क्यों नहीं आते?"

सेठजी ने अकलंक को डपट लगाई। उनकी डपट में वह धार नहीं थी जो दुकान

पर किसी कर्मचारी को डाँटते समय होती थी।

अकलंक ताव में आ गया। पहले तो सोचा खूब खरी-खरी सुनाऊँ। फिर अपने को सँभाला। नहीं, नहीं, मैंने अपना बदला ले लिया। अब कुछ ऐसा-वैसा कहा तो सेठ छात्रावास से निकलवा देगा। पहुँचवाला है। सब इसी की सुनेंगे। मुझसे कोई कुछ न पूछेगा।

सेठ अब भी अपने सवाल का जवाब पाने को अटका हुआ था।

"स्कूल खुलने वाले हैं सेठजी। मुझे पढ़ना है सो नौकरी नहीं कर पाऊँगा...."

सेठ धर्म-संकट में। अब क्या करे! रुपये वापस माँगे?

नहीं, नहीं! यह गरीब, अनाथ, लाचार....! इसके आगे क्या हाथ पसारना.... चलो, छोड़ो, समझेंगे दान दिया, पुण्य कमाया....

"ठीक है, ठीक है," कहता सेठ खिसक लिया मंदिर के भीतर।

अकलंक बड़बड़ाया, "ये सेठ लोग तुझे अंधा समझते हैं भगवान्! तेरी पूजा करके तुझे मूर्ख बनाते हैं। मैंने तो इसे सबक सिखा दिया, अब तेरी बारी है...."

स्कूल में पढ़ूँ या न पढ़ूँ इस ऊहापोह से उबरते ही अकलंक ने सेठ घड़ीवाला से झटकी रकम से दसवीं कक्षा की किताबें, कापियाँ खरीद लीं। इतनी जरूरी सामग्री भी इकट्ठी कर ली कि एक-दो महीने किसी चीज की कमी न अखरे।

सेठ घड़ीवाला से मुक्त होते ही अकलंक ने फिर पुस्तकालय जाना शुरू किया। एक अर्से से वह पुस्तकालय में नहीं गया था। किताबें आवाज देती थीं, उनकी आवाज सुनाई भी देती थी, पर इस बीच हालात ऐसे बदले कि किताबों से नाता ही टूट गया।

अकलंक ने किताबों में अपनी समस्या का हल तलाशना चाहा। किताबों ने हल तो नहीं सुझाया पर हिम्मत वहीं से मिली उसे।

पुस्तकालय में एक पत्रिका उलटते-उलटते यकायक अकलंक के हाथ थम गए। इस कथा-पत्रिका का अकलंक पिछले दो वर्ष से नियमित पाठक रहा है। आज ही पत्रिका का नया अंक आया था। सूची वाले पृष्ठ पर रचनाओं के नाम पढ़ते-पढ़ते अचानक अकलंक की नजर पत्रिका के मुद्रण स्थल के पते पर अटक गई।

'अरे! यह पत्रिका तो उसी फैज बाजार से निकलती है, जहाँ मैं रहता हूँ! यह जगह तो वही है जो टाइपिंग की दुकान के सामने है। जब मैं टाइपिंग सीखने जाता था, तब रोज ही तो इस प्रकाशन के और इस प्रेस के नामपट्टों को देखता रहा हूँ। हाँ, इस पत्रिका का नामपट्ट वहाँ कभी नहीं देखा.... ।'

पुस्तकालय में और बैठने का इरादा छोड़कर अकलंक उलटे पाँव लौटा और सीधे फैज बाजार गया, जहाँ पत्रिका में छपे पते के अनुसार इसका मुद्रणालय था।

अकलंक मुद्रणालय के भीतर गया। सामने जो सज्जन दिखाई दिए उनसे कहा, "मुझे कोई काम मिलेगा.... ?"

उन्होंने एक बार अकलंक को ऊपर से नीचे तक देखा। फिर और भीतर बने एक काँच के कमरे की तरफ इशारा करके कहा, "वहाँ जाओ। वहाँ मैनेजर बैठते हैं।"

मुद्रणालय में छपाई की मशीनों का शोर इतना था कि न अकलंक की बात उन सज्जन को सुनाई दी होगी, न उनकी बात अकलंक सुन पाया। उनके हाथ के इशारे से अकलंक को यह समझ में आ गया कि उसे जो कहना है, वह सुनने के अधिकारी उस काँच वाले कमरे में विराजते हैं।

अकलंक उस काँच के कमरे के पास पहुँचा। कमरे के दरवाजे पर नामपट्टिका लगी थी। उस पर लिखा था—गोवर्धन शास्त्री, मैनेजर, प्राचीन प्रेस।

दरवाजा खोलकर अकलंक ने भीतर आने की अनुमति माँगी। मैनेजर ने दरवाजा खुलने से कमरे में पहुँचे शोर से जान लिया था—कोई दरवाजे पर है।

हाँ में गर्दन हिलते ही अकलंक दरवाजे को छोड़ कमरे में पहुँचा। दरवाजा स्वतः बंद हो गया। शोर थम गया।

मैनेजर ने अकलंक की बात सुनी। अकलंक ने यह भी बताया कि वह उनकी पत्रिका नियमित पढ़ता है। पसंद करता है।

मैनेजर ने कुछ देर सोचने के बाद कहा, "ठीक है, तुम आते रहा करो। हम तुमसे किताबों के, पत्रिकाओं के छपे फॉर्म मुड़वाने का काम लेंगे। बाइंडिंग के ठेकेदार को कह देंगे, वह तुम्हें काम दिया करेगा। यदि तुम कंपोजिंग सीख लोगे तो उसका भी काम देंगे।"

अकलंक खुश।

स्कूल में कक्षाएँ विधिवत् शुरू हो गईं। अकलंक पहले की तरह स्कूल जाने लगा। उसके न चाहते हुए भी स्कूल में कई दिन तक उसे आश्रम से निकालकर छात्रावास में डाल दिए जाने पर चर्चा-विचर्चा होती रही।

इस चर्चा में सबसे ज्यादा हिस्सेदारी करते थे अर्थशास्त्र और गणित के अध्यापक खुशहालीराम गुप्ता। अकलंक से भी और दूसरों से भी।

खुशहालीराम को इस विषय को जीवित रखने में विशेष आनंद आ रहा था। जहाँ और अध्यापक इस दुःखद परिवर्तन में भी यह जानकर खुश थे कि अकलंक की पढ़ाई नहीं छूटी····खुशहालीराम की खुशी और रुचि का कारण यह नहीं था। उनकी रुचि का प्रसंग वह था जो भगतजी के विश्वास, संदेह और घोषणा में निहित था।

भगतजी ने जो संदेह कभी अकलंक के सामने कई बार एकांत में प्रकट किया था वह अब उजागर कर दिया था। बताया था सबको कि अकलंक एक संभ्रांत, समृद्ध घर का लड़का है। इसका बड़ा भाई कभी बनारस में पढ़ता था। मैं वहाँ अधीक्षक रहा हूँ। बात बहुत पुरानी हो चुकी है इसलिए मुझे ठीक-ठीक याद नहीं कि वह कहाँ का रहने वाला था। उसका नाम क्या था। अलबत्ता उसकी शक्ल अकलंक से हू-ब-हू मिलती है। प्रमाण के लिए भगतजी के पास एक सामूहिक चित्र था जिसमें कई लड़कों के बीच, भगतजी के ठीक पीछे एक लंबा लड़का खड़ा दिखाई देता था। भगतजी का दावा है कि

यदि आज आश्रम के लड़कों का कोई सामूहिक चित्र खींचा जाए, उसमें अकलंक को उनके पीछे खड़ा किया जाए, तो जो चित्र बनकर आएगा, उसे और इसे देखने के बाद कोई भी यही कहेगा कि इसमें दो समानताएँ हैं। पहली—कुछ बूढ़े भगतजी इसमें भी हैं, दूसरी—वह लड़का जैसा का तैसा यहाँ भी मौजूद है। इसे दोनों जगह देखकर लगता है जैसे समय ठहर गया हो।

खुशहालीराम की रुचि इसी प्रसंग में ज्यादा थी, बल्कि सिर्फ इसी प्रसंग में थी।

तीस साल से इसी स्कूल में अध्यापकी कर रहे खुशहालीराम के दामाद भी यहीं अध्यापक थे। विज्ञान के अध्यापक। उनके माता-पिता गुजर चुके थे। गए साल उनकी पत्नी, खुशहालीराम की बड़ी बेटी का भी देहांत हो गया। घर में दो छोटे-छोटे बच्चे। बच्चों की चिल्लपों से परेशान हुए, या अपने एकाकी भविष्य से डरे, या अपनी पत्नी को बेहद प्यार करते रहे, उसके बिना जीवन निरर्थक लगा, वजह जो भी हो, एक दिन विज्ञान की प्रयोगशाला से कोई जहरीला पदार्थ ले गए और उसे निगलकर अपनी इहलीला समेट ली।

दोनों बच्चे अनाथ हो गए।

खुशहालीराम की खुशी और रुचि का कारण वही बच्चे हैं।

खुशहालीराम ने अकलंक को खुशी-खुशी बताया, "जहाँ तुम्हारे जैसा उच्च कुल का बच्चा रहा, मैं अपने दोनों अनाथ नातियों को वहीं रखूँगा। वे भी तुम्हारी तरह योग्य और साहसी बनेंगे····"

अकलंक के बारे में उद्घाटित अर्धसत्य ने खुशहालीराम की दुविधा हर ली। अब खुशहालीराम को इंतजार है नातियों के बड़े होने का। जैसे ही वे पाँच वर्ष की उम्र को पाएँगे, खुशहालीराम बड़ी बिटिया की अंतिम जिम्मेदारी से मुक्त हो जाएँगे····

अकलंक को प्राचीन मुद्रणालय से न सिर्फ गुजारे लायक आय होने लगी थी, नई-नई किताबें, नई-नई कहानियाँ पढ़ने को मिलने लगी थीं। जिस दिन फर्मे मोड़ने का काम नहीं रहता था, उस दिन का उपयोग कंपोजिंग सीखने में करने लगा था।

अकलंक ने इसी तरह अगले दो वर्ष बिताने का मन बना लिया था, लेकिन यह सिलसिला कुछ माह भी नहीं चलेगा, ऐसे आभास मिलने लगे। मुद्रणालय के कर्मचारियों की बातचीत से उसे यह भनक लग चुकी थी कि जल्दी ही मुद्रणालय यहाँ से अन्यत्र जानेवाला है।

वह दिन बहुत जल्द आ गया····

मैनेजर ने बताया—एक-दो दिन में मुद्रणालय यहाँ से चला जाएगा। नए मालिकों ने यहाँ से पंद्रह मील दूर नई जगह ले ली है। तुम्हारा वहाँ पहुँचना कठिन है। सो तुम आज ही से अपने को यहाँ से मुक्त समझो!

बाईस

अब क्या होगा···? अकलंक के सामने फिर वही दुविधा आ खड़ी हुई। वह उद्विग्न रहने लगा। उसे लगा—एक-दो महीने बाद उसकी पढ़ाई ठप्प हो जाएगी। उसका भविष्य मजदूरी के अलावा और किसी योग्य नहीं बन पाएगा।

अकलंक को परेशानी में देख एक दिन उसके सहपाठी गुरमीत ने पूछा, "क्या बात है यार, तू आजकल उखड़ा-उखड़ा-सा रहता है?"

गुरमीत से अकलंक का पुराना दोस्ताना है। पिछले साल उसी की टाइपिंग की दुकान पर उसने टाइप सीखी थी।

अकलंक ने उसे अपनी परेशानी, दुविधा बता दी।

"बस्स···! इतनी-सी बात है!" गुरमीत ने उसकी परेशानी को हँसी में उड़ाया। फिर संजीदगी से बोला, "देख यार, तू मुझसे तो मदद लेगा नहीं वरना मैं कहता अपनी जरूरत-भर की चीजें या रुपये मुझसे ले लिया कर···मैं जानता हूँ तू बहुत ही खुद्दार किस्म का है। इसीलिए तो तू मुझे इतना अच्छा लगता है, यार···'

"खैर, मैं तुझे रुपये कमाने के तरीके सिखाऊँगा। तुझे तेल-साबुन, कपड़े-किताबों के लिए आखिर कितने से तो रुपये चाहिए! तू कल से मेरे साथ चलना···मैं तुझे ट्रेनिंग दूँगा, दो-चार दिन में तू खुद रुपये कमाने लगेगा···

"तू तो यार, बस खुश रहा कर··· और पहले की तरह झटपट स्कूल का काम करके अपनी कापियाँ नकल उतारने के लिए मुझे दे दिया कर···"

गुरमीत अकलंक को ढाँढस बँधाकर चला गया।

अगले दिन स्कूल की छुट्टी होते ही गुरमीत अकलंक को साथ लिए एक सिनेमाघर पर पहुँचा। टिकट खरीदे, कुछ देर बड़े बाजार में घुमक्कड़ी की और वापस वहीं लौटकर सिनेमाघर के भीतर। गुरमीत ने दो टिकट गेटकीपर को थमाए और शेष जेब में रख लिये।

अकलंक की समझ में नहीं आया कि गुरमीत उसे ट्रेनिंग दिलाने लाया है या घुमाने-फिराने, सिनेमा दिखाने। या ट्रेनिंग गुरमीत नहीं, सिनेमा देगा!

"तू फिक्र छोड़। अभी फिल्म शुरू होने वाली है। मजे से फिल्म देख, फिर बताऊँगा, तुझे क्या करना है।" अकलंक की प्रश्न पूछती आँखें देख, गुरमीत ने कहा।

अगले तीन घंटे दोनों ने फिल्म देखी। फिल्म थी—जिगरी दोस्त।

सिनेमाघर से बाहर निकले तो भीतर जाने वालों की भीड़ बाहर जमा हो चुकी थी। कुछ लोग वहाँ ऐसे भी थे जिनके पास टिकट नहीं था।

गुरमीत ने फुसफुसाना शुरू किया—सवा की तीन में, सवा की तीन में।

अकलंक हैरान···यह क्या तमाशा है! उसने देखा—दो-चार लोग गुरमीत के पास आए और सचमुच तीन-तीन रुपये देकर उससे टिकट ले गए।

चार-पाँच टिकट बेचकर गुरमीत अकलंक के करीब आकर बोला, "देखा तूने! इतनी-सी देर में मैंने आठ रुपये कमा लिये! है न कमाल का धंधा···बस जरा-सी होशियारी चाहिए। दरअसल यहाँ स्टेशन, बस अड्डा और बड़ा बाजार होने से हर समय लोगों का आना-जाना लगा रहता है। जिनके पास ज्यादा समय होता है वे सोचते हैं चलो फिल्म देख ली जाए। ऐसे लोग पहले से टिकट तो लेते नहीं। मन बन जाने पर या समय काटने की लाचारी, जो भी वजह हो, जिस कीमत पर भी टिकट मिल जाए, खरीद लेते हैं। बेचने वाले को केवल इतना ध्यान रखना होता है कि जिस दाम का टिकट खिड़की पर मिल रहा हो, उससे कम कीमत पर बेचे।

"अब तू मेरे साथ चार-छः दिन आएगा न, तो सब सीख जाएगा। लेकिन एक बात याद रखना! केवल सिनेमा के टिकट बेचना। सिनेमाघर के बाहर धंधा करना। सिनेमा देखना नहीं। सिनेमा देखने का चस्का मत पालना। ऐसा किया तो···समझ लेना तू गया काम से। मैंने तुझे इस करके फिल्म दिखाई कि कहीं इस तमन्ना को पूरा करने के फेर में तू यही न सोचता रहे—हाय, जाने भीतर ऐसा क्या देखने को मिलता है कि ये ड्योढ़े-दोगुने रुपए देकर भी जाते हैं।"

गुरमीत अकलंक को नियम से कई दिन तक इसी तरह सिनेमाघरों तक ले गया। स्कूल के बाद दोनों सीधे किसी एक सिनेमाघर तक जाते। चार-पाँच टिकट खरीदते। टिकट जेब के हवाले करके राजकीय पुस्तकालय में पहुँचते। वहाँ बैठकर किसी पत्रिका के पन्ने पलटते और शो का समय होने पर सिनेमाघर पर आकर अपने टिकट बेचकर अपने-अपने रास्ते लगते।

गुरमीत ने अकलंक को टिकट बेचने के उपाय बताने के साथ-साथ और भी बहुत कुछ बताया—कि सभी फिल्मों के टिकट आसानी से नहीं बिकते। नई फिल्मों के बिकते हैं या फिर उन अभिनेताओं की फिल्मों के जो प्रसिद्ध हैं। जो फिल्म दो-चार सप्ताह चल चुकी हो उसके टिकट बेचने में माथा-पच्ची नहीं करना। कई बातें तुझे भीड़भाड़ देखकर, दर्शकों की बातें सुनकर अपने आप समझ में आ जाएँगी।

कुछ दिनों बाद गुरमीत अकलंक को एक और सिनेमाघर में ले गया। यहाँ भी उसने दो टिकट खरीदे और सीधा सिनेमाघर के भीतर चला आया। मालूम हुआ आज भी फिल्म देखी जाएगी। अकलंक ने इस बीच टिकट तो कई फिल्मों के बेचे थे लेकिन फिल्म केवल वही देखी थी—जिगरी दोस्त, जो गुरमीत ने दिखाई थी।

फिल्म थी—फूल और पत्थर। मध्यांतर तक दोनों जन चुपचाप फिल्म देखते रहे। मध्यांतर के बाद अभी फिल्म शुरू ही हुई थी कि गुरमीत उठा साथ ही अकलंक को अपने पीछे-पीछे आने का इशारा किया।

दोनों जन अँधेरे सिनेमा हॉल में कुर्सियों को टटोलते-टटोलते, दर्शकों से टकराते, झिड़की खाते बाहर आ गए।

बाहर आते ही गुरमीत सिनेमाघर के मुख्य द्वार की तरफ न जाकर एक छोटे से कमरे में घुस गया। अकलंक को उसने दरवाजे पर रुकने को कहा। हिदायत दी कि यदि कोई इधर को आता हुआ दीखे तो मुझे बताना।

अकलंक की समझ में ही न आया कि गुरमीत क्या करने जा रहा है। उसने एक आँख दरवाजे के बाहर गलियारे में और एक गुरमीत पर टिका दी।

गुरमीत ने कमरे की एक दीवार में बीचोंबीच लगी एक टीन का छोटा-सा ढक्कन ऊपर उठाया। ढक्कन उठते ही एक छेद नजर आया क्षण भर को, अगले ही क्षण उस छेद में दस-बारह हाथ आ समाए। वे हाथ किनके हैं पता नहीं चला क्योंकि हाथों के अलावा इधर से कुछ भी दिखाई नहीं दे रहा था। उस छेद के अलावा उस पूरी दीवार में कोई खिड़की-झरोखा तो दूर दरार तक नहीं थी। हाथों के पास से बाहर कहीं हो रहा शोर जरूर सुनाई दे रहा था।

सब हाथों की हथेलियों पर कुछ रेजगारी रखी थी। गुरमीत ने एक-एक कर तमाम हथेलियों से रेजगारी उठा ली। फिर बटोरी गई रेजगारी को अपनी जेब के हवाले किया और उस टीन का दरवाजा उन हथेलियों पर टिकाकर अकलंक के पास आ गया।

अकलंक उजबक की तरह यह तमाशा देख रहा था····

गुरमीत ने अकलंक को बाँह से पकड़ा और तेजी से सिनेमाघर से बाहर की तरफ चलने लगा····

बाहर सिनेमाघर की दीवार से सटे लोगों की कतार में शोर-शराबा मचा हुआ था। अकलंक ने उधर ध्यान दिया कि गुरमीत बोला, "न उधर देखना है, न कहीं रुकना है। तू तो सीधा पार्क की तरफ चला चल। मैं तुझे वहीं सारी बात बताऊँगा।"

अकलंक गुरमीत के साथ-साथ पार्क में आकर बैठ गया।

गुरमीत ने बताया, "वह जो तूने लोगों की कतार देखी थी न····वह दस आने का टिकट खरीदने वालों की कतार है। यहाँ दस आने का टिकट शो शुरू होने के आधा घंटा पहले मिलता है। ये लोग घंटों पहले कतार बनाकर खड़े हो जाते हैं। ज्यों ही खिड़की खुलती है, कई लोग पहले टिकट पाने के चक्कर में एक साथ खिड़की में हाथ घुसेड़ देते हैं। चूँकि खिड़की हाथों से भर जाती है सो बाहर वालों को पता ही नहीं चलता कि भीतर कौन है! क्या कर रहा है! वे समझते हैं भीतर वाले ने पैसे ले लिए हैं, अब टिकट भी देता ही होगा।

"मैं तो पैसे बटोर कर यहाँ आ बैठा हूँ। वे सब वहाँ टिकट मिलने का इंतजार

कर रहे होंगे। अब जब तक टिकट न मिले वे हाथ बाहर कैसे निकालें ! उधर पीछे वाले शोर मचा रहे होंगे कि तुम इतनी देर लगाओगे तो हमें टिकट कैसे मिलेगा।

"जब काफी गाली-गलौज के बाद जैसे-जैसे मायूस होकर वे अपने हाथ बाहर निकालने शुरू करेंगे, खिड़की बंद होती जाएगी। जब आखिरी हाथ बाहर निकलेगा, तब पूरी खिड़की बंद !

"सब समझ जाएँगे कि वे ठगे गए, पर कोई गम नहीं। तब भी ये लोग वहाँ से हटेंगे नहीं। वहीं खड़े रहेंगे। हाँ, अगली बार जब खिड़की खुलेगी तब एक साथ कई जन हाथ नहीं डालेंगे, बल्कि झाँककर पहले देखेंगे कि भीतर टिकट बाँटने वाला ही है न···

"तो प्यारे, यह भी एक तरीका है, लेकिन इसे बार-बार नहीं, महीनों में एकाध-बार ही आजमाया जा सकता है, वह भी केवल ऐसे सिनेमाघर में, जहाँ का भूगोल खूब अच्छी तरह पता हो···"

अकलंक हैरान-परेशान-सा गुरमीत का मुँह जोहता रहा।

"अरे यार···तुझे बुरा लग गया, है न ! अमाँ इसमें बुराई की कोई बात ही नहीं। ये लोग कोई भूखे बच्चों के लिए आटा खरीदने तो आए नहीं हैं। पैसे फूँकने ही तो आए हैं न। टिकट न मिलने पर दस आने की दो रुपए में खरीद कर भी सिनेमा देखकर ही लौटते।"

अकलंक अब भी गुमसुम बैठा था। गुरमीत ने उसकी उदासी दूर करने के लिए कहा, "अब यह उदासी छोड़ भी यार। तुझे यह तरीका पसंद नहीं आया तो मत आजमाना। हालाँकि इसमें कोई बुराई मुझे तो नजर नहीं आई। हमने ब्लैक में टिकट नहीं बेचे, बस ब्लैक जितनी रकम ले ली। यही तो हुआ न···"

अकलंक को तब भी गुमसुम बैठा देख गुरमीत उठ खड़ा हुआ। बोला, "तू भी यार है एक नमूना ही। बुरे काम करने में भी एक लक्ष्मण रेखा खींचना चाहता है। यहाँ पहले ही इतनी अच्छी फिल्म बीच में छोड़ने का गम है। दो टिकटों पर पाँच रुपए फूँके। आठ कमा पाया। यानी कुल तीन रुपये की कमाई। वह भी अगली बार पूरी फिल्म देखने में खर्च हो जाएगी, और तू है कि···खैर, अब उठ भी ! कभी यह तरीका आजमाने का मन बने तो समय का पूरा-पूरा ध्यान रखना। कहीं ऐसा न हो इधर तू कमरे में पहुँचे, उधर सचमुच टिकट बाँटनेवाला भी पहुँच जाए···"

गुरमीत ने अकलंक को हाथ पकड़कर उठाया और पार्क से बाहर आने लगा···

अकलंक की हैरानी-परेशानी की वजह वह नहीं थी जो गुरमीत समझ रहा था। दरअसल फिल्म उसे भी बेहद अच्छी लग रही थी। वह उसमें भी उलझा हुआ था साथ ही इस अजब तमाशे ने, गुरमीत के आज के व्यवहार ने उसे एक पुरानी घटना याद दिला दी थी। वह घटना कभी अकलंक के जीवन में घटी नहीं थी। लेकिन गुरमीत का आज का करिश्मा देखने के बाद से अकलंक को ऐसा लग रहा था जैसे वह घटना भी उसने

अपनी आँखों घटती देखी हो····वह बार-बार उसी घटना को याद कर रहा था।

वह घटना उसने जीवन में पढ़े पहले उपन्यास 'रात का मेहमान' में पढ़ी थी····

एक सेंधमार था। उसे खबर मिली कि एक परिवार में आज ही नई दुल्हन आई है। सेंधमार को लगा आज घर में भीड़भाड़ होगी, देर रात तक जश्न मनाया जाएगा। आज अच्छा अवसर है सेंधमारी करके कुछ खा-कमा लेने का।

सेंधमार ने घर के पिछवाड़े दीवार में सेंध काटी। सेंध में से पहले पाँव भीतर डाले। कोई दुर्घटना नहीं घटी। तब निश्चिंत होकर उसी सेंध से घर में प्रवेश किया। छुपते-छुपाते उस कमरे में जा पहुँचा, जहाँ नई दुल्हन गहनों से सजी, घूँघट काढ़े पिया के इंतजार में बैठी थी।

सेंधमार ने कमरे का दरवाजा उढ़काया। कमरे में जल रहे दीये को बुझाया।

दुल्हन के करीब पहुँचा। उसे छुआ भर था कि दुल्हन लजा कर और भी सिकुड़ कर बैठ गई।

सेंधमार ने आहिस्ता-आहिस्ता उसे सहलाया। बिस्तर पर लिटाया। एक-एक कर उसके गहने-जेवर उतरवाए। कपड़े उतरवाए। उसे उन्माद से भर दिया। इस बीच उसे स्वयं भी नई नवेली यौवन से भरपूर मादा गंध ने उन्माद से सराबोर कर दिया।

हठात् सेंधमार को अपने गुरु की बात याद आ गई····

सेंधमारी के लिए सबसे अच्छा अवसर होता है किसी दुल्हन की सुहागरात। तब तक न तो वह अपने पति की पदचाप से परिचित होती है, न शरीर से, न सूरत से, न स्पर्श से, न गंध से। उधर पूरा परिवार आधी रात तक खुशियाँ मनाने में व्यस्त रहता है, इधर दुल्हन पिया मिलन की राह तक रही होती है। सो, जो भी पुरुष उसके पास पहले-पहल पहुँचेगा, दुल्हन उसी को पति मानकर चलेगी। ऐसे में जरूरी है कि दुल्हन के साथ वैसा ही व्यवहार करो जैसा एक पति करता। इससे इतर व्यवहार करते ही उसे संदेह हो सकता है। वह शोर मचा सकती है। केवल पति-जैसा व्यवहार करने पर न केवल वह शोर नहीं मचाएगी, बल्कि खुद भी बढ़-चढ़कर गहने-कपड़े उतारने में मदद करेगी, पूरी सावधानी के साथ····

लेकिन सावधान! गुरु ने चेताया था—यौवन से भरपूर, समर्पण को तैयार मादा देह देखकर बहकना नहीं। यह कठिन परीक्षा का क्षण है। उसे संतुष्ट करने के फेर में आए कि जान से गए। याद रखना—तुम्हारा काम किसी की इज्जत से खेलना नहीं, धन-दौलत से खेलना है। धन हुआ तो औरतें बहुत पाओगे।

सो, जब वह पूरे आवेश में हो····तुम उसके गहनों की पोटली बाँधो और रफूचक्कर हो लो। तुम्हारे हुनर की कामयाबी उसी क्षण में है। तुम्हारे ईमान की परीक्षा उसी क्षण पर निर्भर है।

····और गुरु की शिक्षा याद आते ही सेंधमार अपने काम में कामयाब होकर सकुशल लौट गया था····

आज गुरमीत ने भी ठीक उसी सेंधमार की तरह केवल अपने लक्ष को ध्यान में रखा था। फिल्म की रोचकता, लोगों का शोर-शराबा, फिल्म देखने की उत्सुकता···कोई व्यवधान अपने लक्ष्य साधन में आड़े नहीं आने दिया···

पार्क से लौटते हुए अकलंक ने सोचा—मैं भी कभी कोशिश करके देखूँगा कि मैं भी सेंधमार हूँ या नहीं···

दीपावली आने को थी। पिछले साल इन दिनों अकलंक जयपुर में था सो मन की एक इच्छा मन ही में रह गई थी। अकलंक की इच्छा थी कि दीपावली पर आश्रम में वही झाँकी सजाई जाए, जो कुछ साल पहले रेणुका दी ने सजाई थी।

बालसभा में अकलंक की योजना स्वीकृत हो जाने पर अकलंक, रज्जन, प्रेम कुमार और सुरेश फैंसी नगर-सेठ जलेबीवाला के पास गए। उनसे आग्रह किया कि वे दीपावली के दिन आश्रम में आएँ और बच्चों द्वारा सजाई गई झाँकी का उद्घाटन करें।

सेठ जलेबीवाला हर साल दीपावली के दिन आश्रम में सौ लिफाफों में गर्मागर्म जलेबियाँ भिजवाते हैं। यह क्रम पिछले बीसियों साल से चला आ रहा है। सेठजी के बारे में यह मशहूर था कि रोजाना सुबह जब तक वे पाँच किलो अन्न का दान नहीं कर लेते, तब तक जलेबियाँ बेचनी शुरू नहीं करते। उनकी जलेबियाँ शहर में ही नहीं, दूर-दूर तक मशहूर हैं। इस शहर में आने वाले लोग उनकी जलेबियों का स्वाद लिए बिना नहीं लौटते।

सेठजी का नाम सूझने का एक और कारण गए साल जुड़ा था। आश्रम कमेटी के चुनाव में सेठ जलेबीवाला राय बहादुर के प्रतिद्वंद्वी के रूप में खड़े हुए थे। उन्होंने राय बहादुर को खासी टक्कर दी थी। यहाँ तक सुनने में आया था कि सेठ जलेबीवाला इस बार भले ही हार गए, अगली बार उनकी जीत निश्चित है।

सेठ जलेबीवाला ने न केवल अकलंक वगैरह का प्रस्ताव स्वीकार किया, उन्होंने कहा, "मैं अपनी पत्नी के साथ वहाँ आऊँगा और पूरा दिन आश्रम में लड़कों के बीच बिताऊँगा। उस दिन दोनों समय का भोजन भी मेरी तरफ से बनेगा···"

राय बहादुर को ज्यों ही अकलंक की योजना की खबर मिली, उन्होंने अकलंक को तलब किया।

अकलंक ने कमरे में पाँव धरा ही था कि प्रधानमंत्री राय बहादुर दहाड़े, "तुमने जलेबीवाले को उद्घाटन के लिए क्यों बुलाया?"

अकलंक ने सहजता से उत्तर दिया, "आश्रम की झाँकी का किसी-न-किसी से उद्घाटन करवाना ही था। सेठजी हर साल दीपावली पर हमें जलेबियाँ खिलाते रहे हैं, सो हमने सोचा क्यों न उन्हीं को···"

"तुम मुझे भी तो बुला सकते थे!" प्रधानमंत्री ने अकलंक को बीच में टोका।

"आप तो रहेंगे ही राय साहब!"

"तुम हमारा अपमान करना चाहते हो ? तुमने ऐसे आदमी को दावत दी जो महा-बेईमान है। जिसने हमारे खिलाफ चुनाव लड़ा····"

"जी····यह सब हमें तो पता नहीं है। हम तो उन्हें एक दानी की हैसियत से जानते हैं····" अकलंक ने मायूस चेहरा बनाकर कहा। हालाँकि मन-ही-मन वह राय बहादुर की तिलमिलाहट पर प्रसन्न हो रहा था। यह उसकी विवशता थी कि अपनी प्रसन्नता को प्रकट करना तो दूर, उसका आभास तक नहीं होने दे सकता था।

"राय साहब, हम नादान बच्चे हैं। हमसे भूल हो गई। आप कहें तो हम सेठजी से न आने का निवेदन कर आएँ····" अकलंक ने सुझाव दिया।

"नहीं, नहीं। उस सबकी जरूरत नहीं। आइंदा खयाल रखना। तुम लोग जाओगे तो वह बेईमान समझेगा कि हमने भेजा है।"

राय बहादुर ने क्षमादान-सा देते हुए अकलंक को विदा कर दिया।

झाँकी के उद्घाटन का समारोह विधिवत् संपन्न हो गया। सेठजी ने अपने वायदे के मुताबिक पूरा दिन आश्रम के लड़कों के बीच बिताया। अकलंक को पूरे दिन सेठजी के आसपास बना रहना पड़ा। शाम जब सेठ-सेठानी आश्रम से विदा हुए, तभी उसे मुक्ति मिली।

रात को अकलंक का सामना एक नई सूचना, एक नई उलझन से हुआ।

हर साल दीपावली के दिन मंदिर में चढ़ाने के लिए निर्वाण लाडू बनाए जाते हैं। इस बार भी बनाए गए थे। दर्शनार्थियों ने चढ़ाए भी। लेकिन हर साल की तरह इस साल आश्रम के लड़कों को मंदिर में चढ़ाने के लिए लाडू नहीं दिए गए। भगतजी ने बताया कि राय बहादुर का आदेश है—लड़कों को मुफ्त में बाँटकर लाडू बर्बाद न किए जाएँ। बाहर से आने वाले भक्तगण चूँकि लाडू खरीदकर भगवान् के आगे चढ़ाते हैं, इसलिए जितने भी लाडू बनें, सब बेचे जाएँ।

अकलंक, सुरेश, प्रेम, रज्जन, वीरेंद्र भगवानजी वगैरह तो पिछली रात से झाँकी सजाने, सेठ-सेठानी को लाने में व्यस्त थे, सो इनमें से किसी को इस परिवर्तन की खबर नहीं हो पाई थी। लड़कों ने उन्हें बताया भी नहीं। यदि लाडू चढ़ाने से वंचित रह जाते तो लड़के यह बात जरूर बताते, लेकिन राय बहादुर के न चाहने के बावजूद लड़कों ने हर साल की तरह लाडू चढ़ाया। अलबत्ता यह जरूर हुआ कि हर साल खुलेआम चढ़ाते थे, इस बार चोरी-छुपे चढ़ाया।

हुआ यह कि फूलचंद्र को मालूम था कि लाडू भगतजी के घर में रखे गए हैं। जब भगतजी नीचे चौक में लाडू बेचने में व्यस्त थे, फूलचंद्र छत के रास्ते भगतजी के घर के आँगन में उतरा। वहाँ से एक चादर में ढेर सारे लाडू बाँधकर लाया और सब लड़कों को बाँटकर हिदायत दी—इसे चुपचाप मंदिर में चढ़ा आओ।

भगतजी को लाडू चोरी हो जाने की भनक लग गई। लगनी ही थी। कोई दो-चार लाडू तो कम हुए नहीं थे। लगभग एक सैकड़ा लाडू कम थे। एक टोकरा आधे

से ज्यादा खाली, जबकि उन्होंने अपनी देख-रेख में वह टोकरा भी पूरा भरवाकर रखवाया था।

लड़के तो इधर झाँकी और सेठ-सेठानी में व्यस्त थे, उधर भगतजी ने लाडू कहाँ गए, इसकी पड़ताल शुरू की।

मंदिर के माली से यह भनक मिलते ही कि लड़कों ने भी लाडू चढ़ाए हैं, भगतजी ने चार-छः छोटे बच्चों को पीटा और सच्चाई उगलवा ली।

भगतजी ने लाडू चोरी जाने की बात और चोर को राय बहादुर के सामने हाजिर किया। राय बहादुर ने फूलचंद्र को तुरंत आश्रम से निकाल देने का आदेश दे दिया।

फूलचंद्र दौड़ा-दौड़ा अकलंक वगैरह के पास आया। पूरी घटना कह सुनाई। उसकी बात सुनते ही अकलंक वगैरह ने तुरंत प्रधानमंत्री से मिलना तय किया। पता चला प्रधानमंत्री राय बहादुर तो अपना तुगलकी आदेश सुनाकर जा चुके हैं।

अकलंक और कई और लड़कों ने भगतजी से आग्रह किया—जब तक हमारी भेंट राय बहादुर से नहीं होती, आप फूलचंद्र के खिलाफ कार्रवाई न करें··· !

अगली शाम भगतजी ने सूचना दी, "मैंने आप लोगों की बात राय बहादुर तक पहुँचा दी है। उन्होंने कहा है कि कुछ दिन बाद जब आश्रम कमेटी की वार्षिक बैठक होगी, तब आप लोग अपनी शिकायत, सफाई उनके सामने रख सकते हैं। तब तक फूलचंद्र को आश्रम में रहने की इजाजत है।"

कुछ दिन सुख-शांति से गुजर गए।

अकलंक ने इस बीच गुरमीत के सिखाए गुर आजमाने शुरू कर दिए थे। पुस्तकालय में भी नियमित रूप से जाने लगा था। इन दिनों भारतीय स्वतंत्रता आंदोलन संबंधी साहित्य अकलंक का प्रिय विषय बना हुआ था···

आश्रम की कार्यकारिणी कमेटी की वार्षिक बैठक का दिन आ गया। कमेटी के इक्यावन सदस्य नीचे के हॉल कमरे में बैठक कर रहे थे। अकलंक, प्रेम, रज्जन, अशोक और कई लड़के फूलचंद्र को अपने साथ लेकर हॉल कमरे में आ पहुँचे।

संभवतः राय बहादुर इससे पहले ही फूलचंद्र द्वारा चोरी करने की बात कमेटी के सदस्यों को बता कर उसे आश्रम से निकाले जाने की सूचना दे चुके थे।

हॉल में पहुँचकर अकलंक ने फूलचंद्र को अपने साथ खड़ा किया। तमाम सदस्यों को अभिवादन किया। उसकी देखा-देखी साथ में आए सभी लड़कों ने भी सब सदस्यों को हाथ जोड़कर प्रणाम किया।

"·····तो आप सब महानुभावों ने इस फूलचंद्र को आश्रम से निकालने का फैसला कर लिया है?" अकलंक ने बिना किसी भूमिका के कहा।

"हाँ···इसने काम ही ऐसा किया है।" एक सदस्य उसके सवाल का आशय समझते ही बोले।

"आपकी जानकारी में, क्या चुराया था इसने?" अकलंक ने उन्हीं से पूछा।

"चोरी चोरी होती है। उसमें क्या चुराया, क्या नहीं, यह क्या देखना...." उन्हीं सज्जन ने अकलंक को डपट-सी लगाते हुए जवाब दिया।

"यानी आपको नहीं मालूम। मैं बताता हूँ। इसने भगतजी के घर में से सौ लाडू चुराए थे। वे लाडू इसने खाए नहीं, बेचे नहीं, बल्कि सब लड़कों में बाँट दिए थे ताकि सब भगवान् के आगे चढ़ा सकें।"

"यह माँग भी तो सकता था। आखिर जब लाडू बने थे तो इन्हें भी मिलते ही। चोरी, वह भी इस काम के लिए...." वह सज्जन अपना वाक्य अधूरा छोड़कर चुप हो गए।

"जी हाँ, इसने क्या, सभी लड़कों ने लाडू माँगे थे। माँगने की नौबत इसलिए आई क्योंकि सुबह सबेरे लाडू नहीं मिले थे, जैसे कि हर साल मिल जाया करते थे। भगतजी ने बताया कि राय साहब ने कहा है लड़कों को मुफ्त में बाँटने में लाडू नष्ट न किए जाएँ। आप जानते हैं यह दिन हमारे समाज के लिए पुण्य का दिन है। हर कोई भगवान् को लाडू चढ़ाकर पुण्य कमाना चाहता है। इस दिन लाडू न चढ़ा पाने का मतलब है पुण्य कमाने के लिए एक साल तक इंतजार। फिर धर्माचरण न करने से जो पाप चढ़ता सो अलग। ऐसी स्थिति में यह और क्या करता! इसे जो उपाय सूझा वही अपनाया...."

अकलंक को बोलने से मना करते हुए राय बहादुर दहाड़े, "ज्यादा बकवास करने की कोई जरूरत नहीं है। यहाँ नासमझ लोग नहीं बैठे हैं और न यह तुम्हारी बालसभा है। हम जानते हैं इसने चोरी की है और चोरी की सजा इसे सुनाई जा चुकी है!"

अकलंक ने राय बहादुर की दहाड़ सुनी-अनसुनी कर दी। वह भी उत्तेजित हो आया। बोला, "मैं पूछता हूँ आप यह क्यों नहीं सुनना चाहेंगे कि इसने चोरी क्यों की? यह लड़का जब इस आश्रम में आया तब भी चोर था क्या? यह कुल दो साल का था जब यहाँ लाया गया था। इस चारदीवारी में रहते यदि यह चोर बना तो कुसूर किसका है? ऐसे हालात क्यों पैदा किए गए कि इसकी धार्मिक भावनाओं को ठेस पहुँची। इसे चोरी पर बाध्य होना पड़ा। यह आश्रम चोर-उचक्के तैयार करने का कारखाना नहीं है। यदि आप इसे वह मानते हों तब कोई बात नहीं। तब तो यहाँ आगे भी चोर-बदमाश तैयार होते रहेंगे और यहाँ से निकलकर वे समाज में आपका, इस संस्था का, अपना खूब नाम रोशन करेंगे...."

अपनी बातों का क्या असर रहा, यह देखने का अवसर अकलंक ने नहीं चाहा। अपना वक्तव्य समाप्त करते ही वह फूलचंद्र को साथ लिए हॉल कमरे से बाहर आ गया। उसके हटते ही शेष लड़के भी वहाँ से चले आए।

रात जब सब लड़के विद्यालय से लौटे, भगतजी ने बताया कि कमेटी ने फूलचंद्र को इस बार क्षमा करने का प्रस्ताव किया है। यदि भविष्य में फूलचंद्र ने या किसी और लड़के ने चोरी-चकारी की तो उसे क्षमा नहीं किया जाएगा।

फूलचंद्र के विषय में राय बहादुर के फैसले का निरस्त हो जाना छोटी-मोटी घटना नहीं थी। आश्रम के तमाम लड़के अपनी इस जीत पर बेहद खुश थे। अकलंक को रह-रहकर लगने लगा था—उसके आश्रम के साथी जयपुर के आश्रमवासियों की तरह साहसी हो चले हैं।

स्कूल में, विद्यालय में कानों-कान इस घटना की खबर पहुँच चुकी थी। कई अध्यापकों ने इसके लिए अकलंक को शाबाशियाँ दीं।

बालसभा में भाई सुरेश फैंसी ने सुझाव रखा कि हमें राय बहादुर साहब का आभार व्यक्त करना चाहिए। उन्हें बालसभा में निमंत्रित करके यह भरोसा दिलाना चाहिए कि भविष्य में उन्हें हमारे किसी साथी से शिकायत का अवसर नहीं मिलेगा।

बालसभा द्वारा सर्वसम्मति से इस प्रस्ताव को स्वीकृति मिल गई। तय पाया गया कि कुछ लड़के राय बहादुर की कोठी पर जाकर उनसे बालसभा में पधारने का आग्रह करें।

राय बहादुर के निवास पर जाने वालों में अकलंक शामिल नहीं किया गया···

अकलंक को राय बहादुर का दंभ, राय बहादुर का हिटलरी रवैया रह-रहकर याद हो आता था। स्वतंत्रता-संग्राम से संबंधित साहित्य पढ़ने पर उसे यह मालूम हो चुका था कि ये राय बहादुर—सर सेठ किस्म के लोग दरअसल हैं क्या! इस नई जानकारी ने उसके मन में राय बहादुर के प्रति कभी पैदा हो सकने वाली आदर की तो दूर, सहानुभूति तक की भावना के आसार तक समाप्त कर दिए थे।

बालसभा के दिन जब राय बहादुर का स्वागत-सत्कार हो चुका, तब अकलंक ने बालसभा के मंत्री की हैसियत से लड़कों को संबोधित करते हुए कहा, "साथियो, क्या आप सब जानते हैं हमारे प्रधानमंत्री को राय बहादुर क्यों कहा जाता है?"

लगभग सभी लड़कों ने एक स्वर में कहा, "नहीं जी, आप बता दीजिए···"

अकलंक ने गर्दन घुमाकर अपने दाईं ओर बैठे राय बहादुर को निहारा। अकलंक से नजर मिलते ही राय बहादुर ने अपना चेहरा-मोहरा गंभीर बनाया और कान अकलंक की अगली बात सुनने को तैयार किए।

अकलंक बोला, "साथियो, मैं तुम्हें आज एक कटु सत्य बताने जा रहा हूँ। यह तो तुम सब जानते ही हो कि सन् सैंतालीस से पहले तक अपना देश, अपनी भारत माता अंग्रेजों के अधीन थी। तो, जिन दिनों वे गोरी चमड़ी वाले विलायती हमारी भारत माता के सपूतों पर अत्याचार कर रहे थे, हमारी भारत माता के साथ बलात्कार कर रहे थे, तब भारत माता के जो कपूत उनके हंटर और दीया लेकर उनकी सेवा में खड़े रहते थे, उन्हें अंग्रेज स्वामीभक्त, वफादार चौकीदार उर्फ राय बहादुर···सर सेठ···जैसे तमगे पहनाया करते थे···"

शर्म, शर्म, शर्म, शर्म! बालसभा में कोहराम मच गया···

इस कोहराम के बीच जाने कब राय बहादुर वहाँ से मुँह छुपाते नदारद हो लिए…

पहली बार बालसभा बिना किसी भाषण या अन्य कार्यक्रम की प्रस्तुति के समाप्त घोषित कर दी गई।

पूरे दिन लड़कों को यह खटका लगा रहा कि अब, नहीं तो अब, कोई दुःखद समाचार, कोई घातक फैसला सुनने को मिलेगा।

छात्रावास के कई लड़के अकलंक से कहना चाह रहे थे कि तुमने यह अच्छा नहीं किया। बेवजह राय बहादुर को नाराज कर दिया। तुम्हें उनकी ताकत का अंदाजा क्यों नहीं रहा! तुम्हें अपने भविष्य की चिंता क्यों नहीं रही?

रात अभी सब लड़के बेफिक्र होकर रजाई ओढ़े सोए पड़े थे कि वह क्षण आ गया जिसका सुबह से इंतजार था…

आधी रात के करीब किसी ने छात्रावास के कमरों के दरवाजे खटखटाए।

जागने पर जब दरवाजे खोले गए तो सामने कई सिपाही खड़े दिखाई दिए।

सिपाहियों ने लड़कों से पूछा, "तुममें से अकलंक कौन है?"

"मैं हूँ…" उनींदा अकलंक बदन पर एक चादर लपेटता हुआ सामने आया।

"तो आओ हमारे साथ!" उसी सिपाही ने कहा।

"कहाँ?" अकलंक ने जानना चाहा।

"फिलहाल तो छात्रावास से बाहर। सड़क तक। तुम्हारे प्रधानमंत्री ने थाने में सूचना दी है कि तुम्हें छात्रावास से निकाला जा चुका है, फिर भी तुम जबरन यहाँ डटे हुए हो। हमारे थानेदार ने हमें कहा है कि यदि तुम यहाँ मिलो तो तुम्हें गिरफ्तार कर लिया जाए…

"अलबत्ता तुम्हारे चौकीदार ने हमें सब किस्सा बता दिया है। इसलिए हम तुम्हें कहीं भी भाग जाने की छूट देते हैं। लेकिन अभी, इसी समय! हाँ, साथ में कुछ लेकर मत जाना…और तुम्हारे इन साथियों को खबरदार करते हैं कि तुममें से कोई भी किसी को यह न बताए कि जब हम यहाँ आए, अकलंक यहीं था…! वरना…"

पंचनामा

आनंद

तेईस

चार जनवरी की ठिठुरती रात के शेष चार घंटे अकलंक ने छात्रावास के बाहर सड़क की दूसरी तरफ रोजगार दफ्तर की दीवार से टिक कर काटे। जो हो चुका था उसे बदलना संभव नहीं था। राय बहादुर के सामने कोई याचना, प्रार्थना, दलील काम नहीं आने की, यह अकलंक ही नहीं, तमाम लड़के भलीभाँति जानते-मानते थे। अकलंक की व्याख्या राय बहादुर को अपना व्यक्तिगत अपमान जान पड़ा था। एक तरह से यह सच भी था। अब राय बहादुर को अपना निर्णय बदलने के लिए कहने के फेर में यह भी संभव था कि वे और ज्यादा क्रूरता पर उतर आते।

छात्रावास में एक साथी को पहरेदारी पर तैनात करके शेष सिपाही लौट गए थे।

भोर होते ही पहरे पर मौजूद सिपाही से सैर करने जाने की इजाज़त लेकर कई लड़के अकेले ठिठुरते अकलंक के आसपास आ बैठे। आगे क्या करना चाहिए, क्या नहीं, सोचते-विचारते रहे। कई संभावनाओं पर चर्चा होती रही।

अंततः तय पाया गया कि अकलंक को क्षमा करने या उस पर दया करने का राय साहब से निवेदन न किया जाए। इससे वे और भी भड़क सकते हैं। तब हो सकता है वे अकलंक को स्कूल और विद्यालय से भी निकलवा दें।

इसके ठीक विपरीत यदि भगतजी के मार्फत उन तक यह खबर पहुँचाई जाए कि पुलिस के आने से पहले ही छात्रावास के लड़कों ने अकलंक को धक्के देकर वहाँ से भगा दिया था और अब लड़के उसे किसी सूरत में न तो छात्रावास में आने देंगे, न उसे किसी तरह की मदद पहुँचाएँगे, तो राय बहादुर का गुस्सा ठंडा पड़ सकता है। तब वे किसी और मौर्चे पर उसे शिकस्त देने की रणनीति नहीं बनाएँगे। इस बीच अकलंक कुछ दिन न स्कूल आए, न विद्यालय। वैसे भी जब तक कोई रहने-सहने की व्यवस्था नहीं होती, वह आएगा भी कैसे।

लड़के अकलंक के सुदूर भविष्य को लेकर चिंतित थे और अकलंक की चिंता का विषय था नया सबेरा, जो बस हुआ ही चाहता था। जिसकी शुरुआत होते ही इस दीवार से टिका कर बैठे रहना भी संभव नहीं रह पाना था। अकलंक को बार-बार उत्तम की याद आ रही थी, लेकिन उसका दुर्भाग्य कि वही क्या, किसी भी लड़के को यह खबर नहीं थी कि उत्तम इन दिनों रहता कहाँ है, काम कहाँ करता है।

अचानक अकलंक के दिमाग में एक नाम कौंधा।

अकलंक को लगा —हाँ, यह संभव है।

सब साथी अकलंक प्रकरण में उलझे रहे और स्वयं अकलंक अभी-अभी सूझे व्यक्ति से मिल लेने का मन बनाने में व्यस्त हो रहा…

विश्वविद्यालय में दर्शन विभाग के विभागाध्यक्ष डॉ. इंद्रदेव शास्त्री से अकलंक को दो-चार बार मिलने का सौभाग्य मिल चुका था। एक बार वह बालसभा में मुख्य अतिथि के रूप में आमंत्रित किए गए थे। एक बार स्कूल में वार्षिकोत्सव के अवसर पर पुरस्कार वितरण के लिए बुलाए गए थे। राजकीय पुस्तकालय की साहित्यिक संस्था ने भी उन्हें दो बार अपनी साप्ताहिक वाद-विवाद प्रतियोगिता में आमंत्रित किया था। संयोग से वहाँ दोनों बार अकलंक ने प्रतियोगिता जीती थी।

इन भेंट-मुलाकातों के दौरान अकलंक का शास्त्रीजी से इकतरफा परिचय हो चला था। एक बार शास्त्रीजी ने अकलंक से कहा भी था—कभी मेरे योग्य कोई काम हो तो खबर देना। चूँकि बालसभा के लिए शास्त्रीजी को लाने अकलंक उनके निवास तक गया था, सो वहाँ पहुँचना उसके लिए कठिन भी नहीं था।

इस बीच एक दुःखद प्रसंग जरूर आ जुड़ा था। सुनने में आया था कि शास्त्रीजी प्रज्ञाचक्षु हो गए हैं। किसी रोग के चलते उनकी आँखों की रोशनी जाती रही। कई जगह उपचार का प्रयास किया गया लेकिन ज्योति बचाने में सफलता नहीं मिली। अकलंक को यह समाचार समाचार-पत्र के माध्यम से मिला था। अकलंक ने इस रूप में उन्हें न देखा था, न किसी से मालूम हो सका था कि शास्त्रीजी की स्थिति अब कैसी है।

भोर का झुटपुटा होते ही साथियों से विदा लेकर अकलंक शास्त्रीजी के मुहल्ले की दिशा में चल पड़ा। हालाँकि पिछली बार शास्त्रीजी के निवास तक टैक्सी से जाना-आना हुआ था, फिर भी अकलंक को यह विश्वास था कि वह बिना किसी से पूछताछ किए पैदल-पाँव उनके घर तक पहुँच जाएगा।

अकलंक को अपनी स्मृति पर पूरा भरोसा रहा है, खासकर किसी स्थान और घटना के संदर्भ में। जिस रास्ते से वह एक बार पूरे होशो-हवास में गुजर जाए, वह हमेशा के लिए उसकी स्मृति का हिस्सा हो जाता रहा है।

अपनी स्मृति की सबसे कठिन परीक्षा से अकलंक अभी कुछ माह पहले ही गुजर चुका था। निरे बचपन में कभी मँझले भैया के साथ पहली बार जिस रास्ते से शहर आना हुआ था, अभी सात महीने पहले और पाँच वर्ष बाद, ठीक उसी रास्ते से वह गाँव जा पहुँचा था।

शास्त्रीजी ने अकलंक की पूरी व्यथा-कथा धैर्य के साथ सुनी।

ज्यों ही अकलंक मौन हुआ, शास्त्रीजी बोले, "यदि तुम चाहो तो मेरे घर में रह सकते हो। अब मैं स्वयं तो पढ़-लिख सकता नहीं। मुझे यों भी एक सहायक की जरूरत

है जो मुझे पढ़कर सुना सके, मैं जो बोलूँ उसे लिख सके। सप्ताह में एक बार विश्वविद्यालय तक मेरे साथ आ-जा सके। यदि तुम यहाँ रहो तो ये सब काम मैं तुम से ले सकता हूँ। सुबह-शाम तुम मुझे पढ़ने-लिखने में मदद करना। दिन में स्कूल जाना। हाँ, तुम्हारा विद्यालय जाना नहीं हो सकेगा। मैं कोशिश करूँगा कि तुम्हारी संस्कृत की पढ़ाई मैं घर पर ही करवा दूँ। अलावा इसके, तुम सप्ताह में केवल पाँच दिन स्कूल जा सकोगे। कहीं और आने-जाने का कार्यक्रम मैं तुम्हारी सुविधा से बना लिया करूँगा या जो निमंत्रित करेंगे, मुझे ले जाने की जिम्मेदारी उन्हीं को सौंपूँगा, लेकिन विश्वविद्यालय तक मेरे साथ तुम्हीं को जाना हुआ करेगा।

"मेरा अनुमान है इस व्यवस्था से तुम सहमत ही होओगे। इस बहाने तुम्हें अपना भविष्य बनाने का ठौर मिल जाएगा और मेरी सक्रियता भी फिर से लौट आएगी। अन्यथा विधि ने तो मुझे या तुम्हें निष्क्रिय करने के मामले में अपनी निष्ठुरता दिखाने में कोई कमी नहीं छोड़ी····"

अकलंक को ठौर मिल गया।

शास्त्रीजी ने अपने मकान में एक कोठरी अकलंक को रहने के लिए दे दी।

दिन में छात्रावास में जाकर अकलंक अपनी निजी चीजें ले आया। लड़कों को बता आया कि उसे रहने को जगह और गुजर-बसर करने योग्य रोजगार मिल गया है।

शास्त्रीजी सुबह नौ बजे तक कुछ-न-कुछ लिखवाते, शाम को कभी अखबार, कभी कोई किताब पढ़कर सुनाने को कहते। शास्त्रीजी के पास किताबों का अंबार था, लेकिन तमाम किताबें थीं दर्शन, धर्म, आध्यात्म विषयक।

अकलंक को शास्त्रीजी के बोले हुए शब्द लिखने में बहुत आनंद आने लगा था। शास्त्रीजी धार्मिक विषयों पर, व्यक्तियों पर, लेख लिखवाते थे। लेकिन प्रशस्ति गान वाले ढर्रे पर नहीं, समीक्षात्मक, आलोचनात्मक। उनके पास आने वाली प्रतिक्रियाओं को पढ़कर अकलंक ने जाना कि अकेला वही नहीं, सैकड़ों जन हैं जिन्हें शास्त्रीजी के विचार प्रेरक लगते हैं। हालाँकि शुरू-शुरू में यह सब सुनते हुए, लिखते हुए, अकलंक के धर्मभीरु मन को ठेस पहुँचती रही, लेकिन शास्त्रीजी के तर्क, उनका वैज्ञानिक विश्लेषण 'यही सत्य है' कहने पर बाध्य कर देता रहा।

ऐसा नहीं था कि शास्त्रीजी के पास सब प्रशंसा-पत्र ही आते थे, कभी-कभार किसी नाराज पाठक के पत्र में यह आरोप भी लगाया गया होता था कि शास्त्रीजी की सोच नकारात्मक है।

कुछ दिनों तक अकलंक पूरे समय शास्त्रीजी को उपलब्ध रहा। बाद में उसने स्कूल जाना शुरू कर दिया। दस बजे से पौने चार तक स्कूल में रहने के लिए सुबह नौ बजे अकलंक घर से निकलता और शाम पाँच बजे वापस आता।

रहने की व्यवस्था शास्त्रीजी के घर में हो गई थी और भोजन की व्यवस्था पास ही में एक पहाड़ी ढाबे में। शुरू के चार-छः दिन अकलंक ने रोजाना भुगतान देकर

भोजन किया, फिर ढाबे वाले ने उसका महीना बाँध दिया। चालीस रुपये में पूरे महीने दोनों समय का भोजन।

शास्त्रीजी ने अकंलक को पैंतालीस रुपये महीना वेतन देना तय किया। शेष बचे पाँच रुपये में स्कूल जाना, साबुन, तेल, स्कूल की फीस, और भी नितांत आवश्यक मदों की पूर्ति असंभव थी। आमदनी का कोई और रास्ता भी न था। एक और रास्ता जो गुरमीत ने सुझाया था, सिखाया था, उसे अपनाने का न तो अकलंक के पास समय बचा था, न साहस। फिर उस उपाय में आमदनी कम, जोखिम अधिक था। कालाबाजारी में मिले रुपयों में से पुलिस का हिस्सा दो। टिकट खिड़की वाले का भी। कई बार लाभ की जगह घाटा भी होता था। टिकटों का एक भी खरीदार नहीं मिलता था।

सब कामों में व्यस्त रहने के बावजूद आय और व्यय का यह असंतुलन अकलंक को बेचैन किए हुए था। हालाँकि अभी एक-डेढ़ महीने आर्थिक संकट से सामना होने का प्रश्न नहीं था, चूँकि सिनेमा टिकटों की कालाबाजारी से मिले कुछ रुपये अभी भी अकलंक के पास थे।

अंततः इस आर्थिक असंतुलन में उलझने से अकलंक को बचाया ढाबे वाले पहाड़ी भाई ने।

एक शाम जब अकलंक भोजन करके ढाबे से बाहर जाने को हुआ, उसे अपने पास बैठाकर उन्होंने एक प्रस्ताव रखा—बाबू, तुम पढ़े-लिखे हो। मैं ठहरा अनपढ़-गँवार। हमारे कई ग्राहक मेरी कमजोरी का नाजायज फायदा उठाते हैं। वे उधारी वाली बही में उलटा-सीधा हिसाब दर्ज कर जाते हैं। कभी कम लिखते हैं, कभी अपने हिस्से की रोटी-दाल दूसरे के हिस्से में दर्ज कर जाते हैं। किसी नौकर से लिखवाता हूँ तो वह भी देर-सबेर ग्राहकों से मिल जाता है। यदि तुम्हें बुरा न लगे तो रात का खाना खाने के बाद थोड़ी देर मेरे पास बैठकर हिसाब लिख दिया करो। तुम ग्राहकों के नाम बोलते जाना, मैं उनका हिसाब बताता रहूँगा। इसके बदले में मैं तुम्हें पंद्रह रुपया महीना दूँगा…

अकलंक ने तुरंत हाँ भर दी।

सिर के बालों से कनपटियों की कोरों को परनाला बनाकर गर्दन और कपड़ों तक बहता तेल, कान की कोरों पर ठुसी हुई साहब के मेहमानों की भूल से छूट गई सिगरेट, पट्टे की कमीज पर दोनों फेफड़ों वाले हिस्से में बनी जेबों में बीड़ी का बंडल, माचिस और घरेलू सामान की सूची वाली पर्चियाँ, दुनिया-भर की अशोभन पत्रिकाओं से फाड़कर एकत्रित किए गए सिने तारिकाओं के चित्र, सब जबरन ठूँस लेने से स्तनों की तरह उभर आई जेबें, पाँवों में धारीदार पाजामा और हवाई चप्पल, एक हाथ में सब्जी का झोला और दूसरे हाथ से मालिक के बेबी की आरामकुर्सी को धकियाता चला आ रहा किशोर, जिसके पूरे व्यक्तित्व पर घरेलू नौकर का अलिखित्त पट्टा लगा हो—अपना

भावी वर्तमान अकलंक को दिन-ब-दिन ऐसा ही होता जान पड़ने लगा।

शास्त्रीजी की धर्मपत्नी ने अकलंक को इसी रूप में ढालने की हरचंद कोशिश शुरू कर दी थी। सुबह-सबेरे श्रीमती शास्त्री अकलंक के हाथ में दूध का डोल पकड़ा कर उसे डेयरी भेजने लगी थीं। वहाँ से लौटते ही चाय बनाने का हुक्म। चाय लेकर जब तक अकलंक शास्त्रीजी के पास पहुँचता, वे पढ़ने-लिखने का विचार त्याग चुकते। उनसे मुक्ति मिलते ही श्रीमती शास्त्री की बन आती। जब तक अकलंक स्कूल के लिए नहीं निकलता था, वे कभी बर्तन वाली के न आने की सूचना देकर उससे घर के बर्तन साफ करवातीं, कभी कपड़े और कभी झाड़ू-पोंछा। कभी छोटी बेटी को स्कूल तक छोड़ आने भेजतीं, कभी राजा बेटा के लिए पानी गर्म करने का काम सौंप देतीं।

शुरू-शुरू में शास्त्रीजी ने श्रीमती शास्त्री के आचरण, उनकी मंशा का दबी जुबान विरोध किया, लेकिन श्रीमती शास्त्री ने शास्त्रीजी की बात पर कान देना तो दूर, उससे उलट अकलंक को अपने कामों में और ज्यादा उलझाना शुरू कर दिया। उनकी मंशा तो यहाँ तक बढ़ चुकी थी कि अकलंक स्कूल ही न जाए, लेकिन इस मुद्दे पर शास्त्रीजी ने अपनी पत्नी को स्पष्ट संकेत दे दिया था कि जिस दिन ऐसा होगा, वे अकलंक को सिरे से ही मुक्त कर देंगे।

अकलंक का स्कूल जाना तो जारी रहा, लेकिन देर-सबेर।

दसवीं की वार्षिक परीक्षा का पहला दिन था। स्कूल जहाँ सुबह दस बजे से लगता था, परीक्षा का समय नौ बजे से बारह बजे का था। अकलंक को और दिनों की अपेक्षा जल्दी जाना था। उधर श्रीमती शास्त्री थीं कि एक के बाद एक काम बताए जा रही थीं।

घर से निकलने में खासी देर हो गई। इस बीच अकलंक के स्कूल की दिशा में जाने वाली नगर परिवहन की बस निकल गई। अगली बस से जाने पर दस बजे से पहले पहुँचना संभव नहीं था। बस स्टाप के पास ही वह ढाबा था जहाँ अकलंक दोनों समय भोजन करता था। ढाबे वाले पहाड़ी भाई को अकलंक ने पिछली रात ही यह सूचना दे दी थी कि कल से सुबह का भोजन करने वह दो बजे आया करेगा।

अकलंक को बस स्टाप पर देखते ही ढाबे वाले भाई ने आवाज देकर उसे अपने पास बुलाया। पूछा, "अब तक यहीं डोल रहे हो, परीक्षा देने कब पहुँचोगे?"

अकलंक ने अपनी समस्या बताई। वे क्षण-भर को चिंतित हुए, अगले ही क्षण उन्होंने पड़ोस के दुकानदार की साइकिल अकलंक को थमाते हुए कहा, "झटपट पहाड़ी वाले रास्ते से भागो। तभी समय पर पहुँच पाओगे!"

अकलंक साइकिल पर सवार हुआ और हवा से बातें कर चला....

काफी दूर निकल आने पर ज्यों ही अकलंक एक चौराहे पर पहुँचा, चौराहे पर मौजूद यातायात सिपाही ने उसे रुकने और विपरीत दिशा के वाहनों को चलने का संकेत दिया।

अकलंक का दिमाग तो स्कूल तक पहुँचने पर लगा हुआ था। सिपाही के संकेत को नजरंदाज कर वह अभी चौराहे के बीचोंबीच पहुँचा ही था कि अपने को दो दिशाओं से आ पहुँची बसों के बीच पाया····

इससे पहले कि दोनों बसें उसका कचूमर निकालें, अकलंक साइकिल को वहीं छोड़ छलाँग लगाकर बसों की पहुँच से दूर जा कूदा। दुर्घटना का आभास पाते ही तमाम वाहन जहाँ के तहाँ थम चुके थे। अकलंक ने जमीन पर पड़े-पड़े पीछे देखा तो दोनों बसों को टकराने से बाल-बाल बचा हुआ पाया। उसकी साइकिल उन दोनों के बीच खटारा बनी पड़ी थी।

तभी यातायात सिपाही ने जमीन पर पड़े अकलंक को कालर थाम कर गरियाया, हरामी के! दुर्घटना करवाकर सीटी बजाता है! बहुत मजा आया न तुझे यह तमाशा देखकर! अभी कोई और या तू खुद मर-मरा जाता तब!

कई लोग अपने वाहनों से उतरकर वहाँ आ जुटे।

क्या हुआ? मारो साले को! छोड़ो बच्चा है।

तरह-तरह के आदेश, संदेश सिपाही तक पहुँचते रहे।

कैसे छोड़ूँ? बच्चा है? साला बसों में टक्कर करवाकर सीटी बजा रहा था! सिपाही ने सबको सूचना दी।

"वह तो आदतवश निकल गई संतरीजी····" अकलंक ने सफाई दी।

"चुप्प···· ! यह तो तब पता चलेगा, जब मैं तुझे आत्महत्या के प्रयास में जेल में बंद करवाऊँगा····" संतरी ने अपनी भावी योजना बताने के साथ ही अकलंक को कालर से थामकर अधर में उठाया और अगले ही पल कालर छोड़ दिया····

धड़ाम!

अकलंक इधर जमीन पर गिरा उधर उसके मुँह से फिर सीटी की आवाज निकली।

चूँकि दुर्घटना टल चुकी थी। जो भी हानि हुई वह अकेले अकलंक की हुई। अकलंक की इस बार की सीटी की आवाज यह प्रमाण दे चुकी थी कि पहले भी उसके मुँह से आदतवश सीटी निकली होगी, इसने जानबूझकर नहीं बजाई होगी····लोगों का गुस्सा शांत हो चला था। अब जितनी भी देर संतरी यहाँ उलझा रहेगा, यातायात ज्यादा जटिल होता जाएगा। सबको जाने की जल्दी थी····

भीड़ ने संतरी को सलाह दी—संतरीजी, इसे छोड़ भी दीजिए। जाने भी दो यार। गजब का लड़का है यार! साला मौत मुँह में घुसते समय भी सीटी बजाता है···· !

तरह-तरह के वाक्य अकलंक के कानों से टकराते रहे। लेकिन अकलंक के कान सब-कुछ सुनना बंद कर चुके थे। उसकी चिंता का, चिंतन का विषय था—साइकिल कैसे दुरुस्त होगी? परीक्षा कैसे दे पाऊँगा?

संतरी ने अकलंक और साइकिल को एक साथ एक-एक हाथ से घसीटकर एक

किनारे पटका। अब तक रुके खड़े वाहनों के आने-जाने का रास्ता बनाया।

चौराहे पर इस बीच ढेरों वाहन जमा हो चुके थे। यह नजारा देख यातायात के दो और सिपाही वहाँ आ गए। वे भी पहले वाले सिपाही की मदद में जुट गए।

यातायात सुचारु होते ही संतरी ने नए आए सिपाहियों में से एक को चौराहे पर अपनी जगह तैनात किया। फिर वह सिपाही अकलंक को और अकलंक अपनी साइकिल को सँभाले थाने की ओर चल दिए।

चौराहे से थोड़ी दूर आते ही सिपाही ने दो-एक सवाल किए—तेरे पास साइकिल का टोकन है? साइकिल किसकी है? तुझे किसने दी?

अकलंक ने सच-सच बता दिया कि साइकिल मेरी नहीं एक दुकानदार की है, उसने भी मुझे नहीं, होटल वाले को दी थी, उन्होंने मुझे दी।

थाने में पहुँचते ही सिपाही ने अकलंक की साइकिल को एक तरफ पटकवाया। कालर से पकड़कर अकलंक को हवालात के पीछे पहुँचाया और थानेदार को सूचना दी—कहीं से साइकिल चुराकर लाया है। तेजी से भाग रहा था। गनीमत हुई कि खुद बच गया, मैं बच गया और सैकड़ों लोग बच गए। दो बसों के बीच आ गया था। बसें भिड़तीं तो मैं भी लपेटे में आता। इसका तो नामोनिशान रहना नहीं था। अब मनगढ़ंत किस्सा सुना रहा है। धोखा देने के लिए स्कूल की वर्दी पहन रखी है। आप दो-चार लगाओ तो शायद सच्चाई बताए।

"मरने दो साले को····!" थानेदार ने सिपाही को आश्वस्त किया, "तू तो जाकर अपना काम सँभाल। इसके सगेवाले होंगे तो अपने आप भागे-भागे आएँगे, तब सच्चाई पता चल जाएगी। मैं काहे को मगज खपाऊँ। साला पिद्दीभर का लौंढा। कहीं मेरा एकाध हाथ ठीक से पड़ गया तो टैं बोल जाएगा। कौन लफड़े में पड़े! जब तक रहेगा हुकुम भी तो बज़ाएगा····"

थानेदार ने एक ही वक्तव्य में अकलंक का भविष्य, अपनी मंशा और फैसला बयान कर दिया····

हवालात से अकलंक की रिहाई हुई चौथे दिन। उसे थाने से मुक्त करवाने आए थे ढाबे वाले पहाड़ी भाई और उनके पड़ोसी वही दुकानदार जिनकी साइकिल सहित अकलंक थाने लाया गया था।

एक टैंपो में साइकिल डालकर उसी में तीनों जन बैठ गए। रास्ते में पहाड़ी भाई साथी दुकानदार को अकलंक को खोज निकालने की कथा सुनाने के बहाने अकलंक को वह सब बता गए जो इन तीन दिनों में घट चुका था····

शाम तक अकलंक के न लौटने पर उन्हें चिंता हुई।

रात को ढाबा बंद करने से पहले वे शास्त्रीजी के घर गए। पता चला अकलंक नहीं लौटा है। शास्त्रीजी ने कहा—हो सकता है परीक्षाओं-भर वह वहीं रुके। हालाँकि ऐसा कहकर नहीं गया था।

अकलंक को लगा, उसके हालात की जानकारी होने की वजह से शास्त्रीजी ने यह अंदाजा लगाया होगा।

पर जी, मुझे उनका अंदाजा जँचा नहीं। मैंने सोचा, इनका क्या है, पैंतालीस रुपये का नौकर गया तो कोई पचास का मिल जाएगा।

हाँ जी, हमें सब पता है। शास्त्रीजी के बेटे ने एक दिन बताया था कि हम इसे पैंतालीस रुपया देते हैं। तभी तो मैंने इसे पंद्रह रुपए का काम सौंपा कि कहीं रुपयों के अभाव में ये हमारी तरह ढोर-गँवार न रह जाए। पढ़ना चाहता है तो पढ़-लिख ले।

अकलंक अवाक् ! तो इसलिए इन्होंने मुझे····

मैंने सोचा जी, कि वहाँ रुकना होता तो भी खबर करने तो जरूर आता। फिर इसे पता था कि इसके पास आपकी साइकिल ठहरी। आपको उसकी जरूरत ठहरी।

आपने भी तो हमें खूब खरी-खोटी सुनाईं थीं जी उस रात।

उसे छोड़ो भी यार। मैं तो खुद यही समझा था कि लड़का आपके भोलेपन का फायदा उठा गया····मेरी साइकिल ले गया····

होता है जी, होता है। मैं आपको दोष नहीं देता। पर जाने क्यों मुझे इस लड़के पर अपने बच्चों से ज्यादा भरोसा हो चुका है। इसी करके तो मुझे आपकी बात का बुरा लगा था····

परसों मैं इसके स्कूल में गया तो पता चला ये परीक्षा देने पहुँचा ही नहीं। बस्स ! तभी मुझे खटका हुआ कि बच्चा किसी मुसीबत में है जी। मुझे इसकी फिकर लग गई। समझ में नहीं आया कि कहाँ तलाश करूँ ! कहाँ जाऊँ !

वह तो हुआ यह जी कि कल मेरा एक ग्राहक जब रात को खाना खाने आया तो उसने बताया कि पंडितजी तुम्हारे उस हिसाब वाले बाबू को परसों मैंने शनीचर चौराहे पर देखा था। मरते-मरते बचा समझो····

बस्स जी···· उससे पूरा किस्सा सुनते ही मैं भागा थाने की तरफ। थानेदार बोला—हाँ एक लड़का पकड़ा तो गया है चोरी की साइकिल के साथ।

यह पता चलते ही मैंने आपके घर का रास्ता पकड़ा। मैं जानता था आपकी गवाही के बिना थानेदार मेरी बात पर यकीन नहीं करेगा····

चलो रात गई, बात गई। दुकानदार ने पहाड़ी भाई की पीठ थपथपाई। आपकी मेहनत और भलमनसाहत से एक बच्चे की जिंदगी बच गई। जेल हो गई होती तो बाहर आने तक यह शरीफ आदमी तो नहीं रह पाता····

ढाबे वाले पंडितजी को कहे जा सकने वाले शब्द नहीं थे अकलंक के पास। उस अकलंक के पास—जो शब्दों के बाण चला कर ढेरों वाद-विवाद प्रतियोगिताएं जीत चुका था, जो शब्दों के संसार में यात्रा करना ही अपने जीवन का इकलौता लक्ष्य तय कर चुका था, जो शब्दों की कमाई खा रहा था, जो शब्दों का दंड भुगत रहा था, जिसे शब्दों के बीच सुरक्षा महसूस होती रही थी, जिसे शब्दों के चलते असुरक्षित, असहाय और

निराश्रित होना पड़ा था···

अकलंक की आपबीती सुनकर शास्त्रीजी ने दुःख प्रकट किया। अफसोस जताया कि उनके ख्याल में यह बात क्यों नहीं आई कि वह किसी मुसीबत में भी हो सकता है।

बहरहाल, शास्त्रीजी बोले, "तुम फिक्र मत करो। कल के पेपर की तैयारी में जुटो। मैं तुम्हारे प्रधानाचार्य से बात करूँगा। जो पर्चे तुम नहीं दे पाए हो, वे बाद में दे सकने की सुविधा दिलवा दूँगा···"

"नहीं शास्त्रीजी, मैं अब परीक्षा नहीं देना चाहता···"

"क्यों ?"

"मेरी मानसिक स्थिति ठीक नहीं है···"

"वह तो मैं भी समझ रहा हूँ। पर बेटे, यह तुम्हारे भविष्य का सवाल है···"

"जो भी हो, मैं अब परीक्षा तो नहीं ही दूँगा···" अकलंक ने कहा।

शास्त्रीजी चाहकर भी शर्म में डूबा अकलंक का चेहरा भले ही नहीं देख पा रहे थे लेकिन उसके भीतर मची उथल-पुथल उन्हें पूरी तरह महसूस हो रही थी।

"खैर, तुम्हारे विद्यालय की परीक्षाएँ कब से हैं ?" शास्त्रीजी ने इस प्रसंग में अकलंक की अरुचि देखते हुए नया प्रकरण शुरू किया।

"जून में होंगी," अकलंक ने बताया।

"तब ठीक है। तुम्हें परेशान होने की कतई जरूरत नहीं। तुम आज ही से उसकी तैयारी में जुट जाओ। यदि तुम उत्तर-मध्यमा उत्तीर्ण कर गए तो दसवीं नहीं, बारहवीं पास समझे जाओगे। तब किसी विश्वविद्यालय से शास्त्री की परीक्षा स्वतंत्र विद्यार्थी के रूप में दे लेना। इस तरह तुम बी. ए. के समकक्ष माने जाओगे। फिर जैसी सुविधा हो··· शिक्षा-शास्त्री यानी बी. एड. करना या आचार्य, या फिर हिंदी या संस्कृत में एम. ए.। तब कहीं भी स्कूल में अध्यापक या कॉलेज में प्राध्यापक की नौकरी पा सकते हो। तुम बेफिक्र रहो···मैं कल से ही तुम्हें तीन-चार घंटे पढ़ाना शुरू करता हूँ।"

शास्त्रीजी की बातों ने, शास्त्रीजी की योजना ने अकलंक में नए सिरे से अपने लक्ष को पा लेने की ललक जगा दी···

शास्त्रीजी जहाँ उसके भविष्य के प्रति चिंतित थे, वहीं श्रीमती शास्त्री इस वर्तमान को ही अकलंक का भविष्य बना देने के लिए प्रयत्नशील और दृढ़प्रतिज्ञ···

शास्त्रीजी ने जो कहा था, अगले ही दिन से उस पर अमल भी शुरू कर दिया। जो उन्होंने नहीं कहा, उस पर अकलंक ने। श्रीमती शास्त्री को नाराज करके न इस घर में रहना हो सकेगा, न शास्त्रीजी जैसे विद्वान् से पढ़ना, यह अकलंक जान चुका था। इसलिए वह श्रीमती शास्त्री के बताए काम तो करता ही था, जो काम बताए जा सकते थे, उन्हें भी बताए जाने से पहले ही समेटने लगा···

सुबह दूध लाने के बाद सबको चाय देना अकलंक के कामों में शामिल था।

चाय बनाकर जब वह शास्त्रीजी की मँझली लड़की मधु के कमरे में पहुँचा, वह

सो रही थीं।

अकलंक ने उन्हें दो-तीन आवाजें दीं, "दीदी, दीदी, उठिए, मैं चाय लाया हूँ।"

मधु तब भी नहीं उठीं।

अकलंक ने चाय का कप मेज पर रखा। सोचा, चादर हटाकर जगाता हूँ।

उसका हाथ मधु की चादर तक पहुँचा ही था कि श्रीमती शास्त्री की दहाड़ ने उसे चौंका दिया।

"बदतमीज ! यहाँ क्या कर रहा है ! ये दीदी, दीदी क्या लगा रखी थी ? तुझे बोलना नहीं आता क्या ? जाने किस जाति का, खानदान का है तू ! आइंदा छोटी मालकिन कहा कर···"

अकलंक को लगा उसके कानों में पिघला शीशा उँड़ेला जा रहा है। वह श्रीमती शास्त्री का मुँह जोहता रह गया।

"खड़ा-खड़ा मेरा मुँह क्या देखता है ! जा, जाकर रसोई साफ कर···"

अकलंक गर्दन झुकाए कमरे से बाहर चला आया। रसोई का काम निबटाया, झाड़ू-पोंछा किया और लज्जित, आहत, प्रताड़ित-सा अपनी कोठरी में पहुँचकर बेसाख्ता रो दिया···

रोता रहा, खुद को ढाँढस बँधाता रहा, फिर-फिर रोता रहा···

अचानक कंधे पर किसी का स्पर्श पाकर अकलंक ने चारपाई में गढ़ा अपना चेहरा ऊपर उठाया।

सामने शास्त्रीजी की बेटी मधु खड़ी आँसू बहा रही थी···

मधु ने अकलंक की आँखों से आँसू पोंछते हुए समझाया, "मेरे अच्छे भैया, तुम मुझे दीदी ही कहा करो, पर मम्मी के सामने नहीं···"

अकलंक फिर अवाक् !

अपने हिस्से का विश्वास देकर मधु वापस चली गई।

अगले ही क्षण अकलंक ने अपना सामान समेटा और शास्त्रीजी को प्रणाम कर उस घर से बाहर आ गया।

विदा देते समय शास्त्रीजी ने अकलंक की मुट्ठी में वेतन के नाम पर एक सौ का नोट थमा दिया। इस आग्रह के साथ कि वापस मत करना···यह दान, दया नहीं, तुम इससे कहीं ज्यादा के हकदार रहे हो···

चौबीस

शहर में साधुओं के प्रवास, चातुर्मास के लिए जगह-जगह भवन बने हुए हैं। ऐसा ही एक भवन शास्त्रीजी के घर से थोड़े-से फासले पर था। अकलंक इस भवन में कई बार आ चुका था। यह जान चुका था कि यहाँ साधुओं के अलावा बाहर से आने वाले गृहस्थों को भी बेरोक-टोक कुछ दिन रहने दिया जाता है।

अपना सामान लेकर अकलंक सीधा इसी भवन में चला आया। मन में यह विचार बनाकर कि उत्तर-मध्यमा की परीक्षाओं तक यहीं रहूँगा। रुपये पास में हैं ही। मन लगाकर तैयारी करूँगा और भविष्य के बारे में परीक्षाओं के बाद विचार करूँगा।

भवन में इन दिनों एक साधु भी ठहरे हुए थे। पहली मंजिल के एक कमरे में अपना सामान रखकर अकलंक उनके दर्शन करने ऊपर की मंजिल पर गया। भवन की सबसे निचली मंजिल में भवन में जाने की सीढ़ियों के अलावा दुकानें ही दुकानें थीं। पहली मंजिल पर यात्रियों के ठहरने के लिए कमरे और दूसरी मंजिल पर साधुओं के ठहरने और प्रवचन करने के लिए विशाल हॉल।

साधु महाराज उस समय अकेले बैठे कोई शास्त्र पढ़ रहे थे। अकलंक के पहुँचने पर उनका ध्यान बँटा।

अकलंक ने मुनिजी को अपने आने का उद्देश्य बताया। निवेदन किया कि यदि आप कह दें तो यहाँ के व्यवस्थापक मुझे यहाँ रहने देंगे, अन्यथा इतना लंबा प्रवास संभव नहीं हो पाएगा।

मुनिजी ने अकलंक को आश्वस्त किया कि तुम निश्िंचत होकर तैयारी करो। मैं यहाँ के व्यवस्थापकों से तो कह ही दूँगा, तुम आगे भी पढ़ाई जारी रख सको इसके लिए छात्रवृत्ति वगैरह की भी व्यवस्था करवा दूँगा।

अकलंक भविष्य को भविष्य के गर्त में छोड़कर पूरी एकाग्रता से परीक्षा की तैयारियों में जुट गया। दिन-भर एकांत कमरे में बैठकर अध्ययन करता। सुबह का थोड़ा-सा समय मुनिजी के प्रवचन सुनने में बिताता। रात को विद्यालय से लौटने के बाद ढाबे वालों का दिन-भर का उधारी का हिसाब कापी में दर्ज करके धर्मभवन में आकर सो रहता।

शास्त्रीजी के यहाँ से नौकरी छोड़ने की बात उसने अभी तक न तो ढाबे वाले

पंडितजी को बताई थी, न विद्यालय में किसी लड़के को। न बताने के पीछे केवल एक ही तर्क था—नाहक सब चिंतित होंगे। उसके सामने भी चिंता प्रकट करेंगे। बार-बार उनके ढाँढस बँधाने या भयावह भविष्य की चर्चा से मन उचटेगा।

मुनिजी जरूर इस बीच उसे जब भी एकांत में पाते निश्चिंत रहने की सलाह देने से न चूकते। पढ़ाई कैसी चल रही है, इस विषय में जानने की उत्सुकता दिखाते।

कई दिनों तक मुनिजी का प्रवचन सुनते-सुनते अकलंक ऊबने लगा। रोज वही बातें। वही तर्क। लँगड़े तर्क। उनमें न तो शास्त्रीजी जैसी प्रखरता होती थी, न तार्किकता। फिर भी अकलंक की यह विवशता थी कि उसे प्रवचन सुनने, ग्रहण करने, आत्मसात् करने, कृत-कृत्य होने का ढोंग करना पड़ता था।

उत्तर-मध्यमा की परीक्षा के अंतिम प्रश्न-पत्र के दिन जब अकलंक विद्यालय पहुँचा, प्राचार्यजी ने उसे आदेश दिया, "परीक्षा के बाद घर जाने से पहले मुझसे मिल कर जाना··· !"

क्यों ? अकलंक कोई अनुमान नहीं लगा सका।

परीक्षा समाप्त होने पर वह प्राचार्य के कक्ष में आ उपस्थित हुआ। प्राचार्य ने उसे एक ओर बैठने का संकेत दिया और स्वयं अन्यान्य कामों में व्यस्त हुए रहे।

अकलंक देर तक उनके सब कामों से निवृत्त होने की प्रतीक्षा करता बैठा रहा। हालाँकि इस बीच अकलंक का मन बार-बार वहाँ से भागने को हो-हो रहा था।

इस विद्यालय में, इस प्रांगण में आज के बाद संभव था कभी आना ही न हो। इसलिए अकलंक आज आश्रम के, छात्रावास के तमाम लड़कों से जी-भर कर मिल लेना चाहता था। प्राचार्य के आदेश का पालन करने के चलते वह इच्छा पूरी होने में जितना विलंब हो रहा था, अकलंक के पास भेंट-मुलाकात का उतना ही समय छ्योंटता जा रहा था···

सबको विदा करने के बाद प्राचार्यजी अपने आसन पर विराजे। हाथ के इशारे से उन्होंने अकलंक को भी अपने पास वाली कुर्सी पर आ बैठने को कहा।

"देखो बेटे, मेरी डॉ. इंद्रदेव शास्त्री से तुम्हारी बाबत बातचीत हुई थी फोन पर। उन्होंने बताया तुमने उनका घर, काम छोड़ दिया है। कोई बात नहीं। तुमने कभी इसका जिक्र किसी से नहीं किया, यह बहुत अच्छा किया। इस तरह से तुमने अनायास शास्त्रीजी के सम्मान की रक्षा की है। मैं तुम्हें इसके लिए साधुवाद देता हूँ और आशीर्वाद भी कि तुम अपना लक्ष अवश्य प्राप्त करो।

"मैंने तुम्हें यही कहने के लिए नहीं रोका था। यह बात तो मैं तुमसे बहुत पहले से कहना चाहता था। पर खैर, तुम्हारे साथ राय बहादुर ने जो किया, वह मुझे व्यक्तिगत रूप से बहुत बुरा लगा था। तुमने उस मामले में भी जिस संयम और साहस का परिचय दिया, वह भी प्रशंसनीय है।

"अब मैं तुम्हें तुम्हारे हित की बात बताने जा रहा हूँ। इस शहर में एक नया

संस्कृत महाविद्यालय खुलने जा रहा है। सोलह अगस्त से वहाँ का पहला सत्र शुरू हो जाएगा। मैं वहाँ के व्यवस्थापकों को पत्र लिखकर सिफारिश करूँगा कि वे तुम्हें उसमें दाखिला जरूर दें। वहाँ छात्रावास की भी व्यवस्था रहेगी। हाँ, भोजन वगैरह का खर्च छात्रों को खुद उठाना होगा। हो सकता है एक-दो वर्ष बाद छात्रवृत्ति भी मिलने लगे, पर फिलहाल नहीं···

"मैं चाहता हूँ, तुम वहाँ से शास्त्री, आचार्य करो। तुम्हारा भविष्य उज्ज्वल हो, यह हमारी कामना भी है और विश्वास भी···"

एक कागज अकलंक की तरफ बढ़ाते हुए प्राचार्य बोले, "यह लो, यह उस भवन का पता-ठिकाना है जिसमें महाविद्यालय शुरू होने जा रहा है। तुम अगस्त के शुरू में ही वहाँ पहुँच जाना। संभवतः मुक्ताप्रसादजी वहाँ प्राचार्य होकर आ रहे हैं। विद्वान् आदमी हैं, युवा हैं, मेरे परिचित हैं। मैं उन्हें भी व्यक्तिगत रूप से तुम्हारे विषय में पत्र लिखूँगा···

"अब तुम जाना चाहो तो जा सकते हो···!" प्राचार्य ने आज्ञा दी।

अकलंक कुर्सी से उठा। आगे बढ़कर प्राचार्यजी के चरण-स्पर्श किए। प्राचार्यजी देर तक उसके सिर पर हाथ रखे आशीर्वचन उच्चारते रहे, "तुम्हारा सदैव मंगल हो···"

अगली सुबह ज्यों ही अकलंक मुनिजी का प्रवचन सुनने दूसरी मंजिल पर पहुँचा, मुनिजी ने उसे अपने पास बुलाकर कहा, "प्रवचन के बाद तुम यहीं ठहरना। तुमसे कुछ बातचीत करनी है।"

प्रवचन के पूरे समय अकलंक यही सोचता रहा कि मुनिजी मुझसे एकांत में क्या कहना, पूछना चाहते हैं···!

प्रवचन के बाद एक-एक कर सभी धर्मप्रेमीजन मुनिजी को प्रणाम कर चले गए। रह गए मुनिजी, अकलंक और एक नगर-सेठ धारीलाल कपड़ावाला।

मुनिजी ने संकेत से दोनों को अपने करीब आने को कहा।

अकलंक और सेठ कपड़ावाला मुनिजी के नजदीक आए।

"हाँ, तो तुम्हारी परीक्षाएँ समाप्त हो गईं?" मुनिजी ने पूछा।

"हाँ महाराज।" अकलंक ने बताया।

"क्या उम्मीद है?"

"मैं अवश्य सफल होऊँगा महाराज!"

" और भविष्य के विषय में?"

"अब सोचूँगा महाराज!"

महाराज सेठ की तरफ इशारा करते हुए बोले, "इन सेठजी को तो जानते हो न, इन्हें तुम्हारी बहुत चिंता है। मैंने इन्हें तुम्हारे विषय में बताया था। ये तुम्हारी मदद करना चाहते हैं···"

अकलंक ने सेठ को निहारा। वह गर्दन हिला-हिलाकर जी-जी कर रहे थे।

"यह तो आपकी कृपा का फल है महाराज···"

"नहीं, नहीं, तुम्हारे भाग्य का। तुम्हारी धर्म-भावना का। हम क्या हैं, केवल निमित्त।" मुनिजी ने फरमाया।

"तुम पढ़-लिखकर क्या करोगे बेटे?" सेठ ने अकलंक को घेरा।

"जी?" अकलंक उनका प्रश्न समझ नहीं पाया। जो समझा उसी का उत्तर दिया, "नौकरी करूँगा..."

"नौकरी करके क्या होगा?"

"रुपया कमाऊँगा..."

"रुपया कमा कर क्या होगा?"

"मेरा जीवनयापन और मेरे पालनहारों, आश्रितों की सहायता..."

"तुम्हारा और है ही कौन?"

"सब कोई हैं। मतलब माता-पिता, भाई-बहन..."

"तुम माता-पिता को कितना रुपया कमा कर दे दोगे भला... !"

"जब तक वे जीवित रहेंगे, समझ लीजिए दस-बीस हजार..."

"यदि इतना रुपया तुम्हारे पास इकट्ठा हो जाए तो तुम माता-पिता के प्रति अपने दायित्व से मुक्त हो जाओगे?"

"हो सकता है, लेकिन मेरे पास इतना रुपया इकट्ठा कहाँ से होगा... ?"

"हम देंगे," सेठ ने गर्व से कहा।

"इसके बदले मुझे क्या करना होगा?" अकलंक ने जानना चाहा।

"कुछ नहीं। हम तुमसे प्रसन्न हैं। तुम्हें तो केवल हमारे महाराज जी का चेला बनना होगा..."

"महाराजजी का चेला तो मैं अभी भी हूँ ही। इन्हीं की शरण में रहता हूँ। इनके प्रवचन सुनता हूँ। इन्हीं की कृपा से मेरा भविष्य सँवरने जा रहा है। महाराजजी ने मुझे भरोसा दिलाया है कि मेरी पढ़ाई के खर्च की व्यवस्था करवा देंगे..."

"वह भी होगी। हम तुम्हारे लिए एक से एक योग्य अध्यापक की व्यवस्था कर देंगे। बस तुम्हें..."

"तब मुझे और क्या चाहिए! बल्कि आप केवल यह व्यवस्था भर कर दें। माता-पिता को रुपये देने की बात तो मैंने यूँ ही आपकी बात का जवाब देने के लिए कही थी। वह जरूरी नहीं है..."

"नहीं, नहीं, हम वह रकम भी तुम्हें देंगे। तुम्हारी कोई सांसारिक इच्छा, लौकिक कर्तव्य अधूरा नहीं रहना चाहिए...महाराजजी का शिष्य बनने से पहले।"

"सेठजी, इच्छाओं का भी भला कभी अंत होता है!"

"वह तो करना ही होगा बेटे। कहीं तो विराम लगाना होगा..."

"चलिए कोशिश करके देखूँगा...महाराज के साथ रहते-रहते हो सकता है यह शक्ति भी मुझमें आ जाए..."

"तब ठीक है। यही तो हम चाहते हैं।" अकलंक की पीठ थपथपाकर सेठजी क्षण-भर को मौन हुए, फिर बोले, "महाराजजी, लड़के की बुद्धि तो प्रखर है। तो फिर इसका संस्कार···"

मुनिजी ने सेठजी को वाक्य पूरा नहीं करने दिया। हाथ के इशारे से उन्हें चुप रहने को कहा और स्वयं अकलंक की ओर मुखातिब होकर बोले, "क्या तुम एक बार अपने परिवारीजनों से मिलने जाना चाहोगे?"

"अभी तो ऐसी इच्छा नहीं है महाराजजी···"

"फिर ऐसा अवसर कहाँ मिलेगा?" सेठजी बोले।

"क्यों? मैं मरने थोड़े ही जा रहा हूँ।" अकलंक हँसा।

"मरें तुम्हारे दुश्मन···" सेठ ने अकलंक का कंधा पकड़कर झिंझोड़ा, "मेरा मतलब है दीक्षा लेने के बाद लौकिक रिश्ते-नाते बचते कहाँ हैं। फिर तो पूरा समाज ही अपना होता है, पूरा संसार ही पराया होता है···"

"दीक्षा··· !" अकलंक चौंका।

तभी मुनि महाराज वहाँ से उठकर चले गए।

"हाँ भई। अभी तो बताया था हमने। तुम्हें महाराज का शिष्य बनना होगा···"

"शिष्य बनने के लिए दीक्षा जरूरी है क्या?"

"वाह, तो क्या गृहस्थ रहते हम तुम पर इतनी रकम लुटा दें। कल को तुम भाग गए तो··· ! तुम्हें लिबास तो बदलना ही होगा···"

"ओह··· !" अकलंक के तेवर बदले··· " तो आप मुझे खरीदना चाहते हैं! ताकि मरने से पहले आपके मुनिजी एक शिष्य बनाने के एवज में मरने के बाद स्वर्ग के अधिकारी हो जाएँ··· !"

अपनी बात पूरी करते-न-करते अकलंक ने हाथ बढ़ाकर वहीं रखी एक छड़ी उठा ली। उसे ऐसा करते देख सेठजी सतर्क हो आए।

"सेठजी, आपको याद है न, अभी आपने कहा था—मरें तुम्हारे दुश्मन? तो हे मेरे दुश्मन, अब मरने को तैयार तो हो जाओ··· !"

अकलंक ने अभी छड़ी आसमान की ओर उठाई ही थी कि सेठ ने सीढ़ियों की तरफ दौड़ लगाई···

"भाग गया डरपोक!" छड़ी जमीन पर पटकते हुए अकलंक बड़बड़ाया···

पहली मंजिल पर आकर अकलंक ने अपना सामान समेटा और सीढ़ियाँ उतर उस धर्मभवन से हमेशा के लिए बाहर चला आया···

धर्म और धनपति को धता बता कर धर्मभवन से चले अकलंक ने पहाड़ी भाई पंडितजी के ढाबे पर शरण ली।

उसे सामान सहित आया देख पंडितजी चौंके। पड़ौस के दुकानदार भी उसे पेटी, बिस्तर सहित आया देख ढाबे तक चले आए। दोनों जन तुरत-फुरत जानना चाहते

थे—क्या हुआ ?

अकलंक ने शास्त्रीजी का घर छोड़ने से लेकर धर्मभवन छोड़ने तक का पूरा किस्सा संक्षेप में सुनाने के बाद पंडितजी से आग्रह किया कि मुझे कोई छोटा-सा कमरा रहने को दिलवा दीजिए। मैं जो भी, जैसी भी नौकरी मिलेगी, करने लगूँगा···

पंडितजी ने उसे हिम्मत बँधाई, "तू फिक्र न कर। मैं तुझे कमरा भी दिलवाऊँगा और नौकरी भी···"

अकलंक दिन-भर पंडितजी के ढाबे में बैठा रहा। शाम को पंडितजी उसे अपने साथ दो जगह ले गए। पहले एक कमरे में जहाँ अकलंक का सामान रखवाया। दरवाजे पर ताला लगाया और कुंजी अकलंक को सौंपते हुए कहा, "आज से तुम यहीं रहोगे। इसका किराया तीस रुपया महीना हमारे पड़ोस वाले दुकानदार को दे दिया करना···"

इसके बाद वे अकलंक को लेकर रेल पटरी पार एक कारखाने में ले गए। यहाँ पेन की निब बनाई जाती थीं। कारखाने में अकलंक को डिब्बों की पैंकिग का काम मिल गया। सौ रुपया महीना वेतन पर।

अगले दिन से अकलंक की नई दिनचर्या शुरू हो गई। सुबह कारखाने जाना। आधी छुट्टी में ढाबे पर खाना खाना। शाम को छुट्टी होने पर पुस्तकालय जाना और रात को ढाबे पर खाना खाकर, हिसाब लिखकर कमरे पर आकर सो जाना···

कारखाने में डिब्बों पर नाम-पते लिखने वाला बाबू नहीं आया था। ऐसे में पैंकिग का काम रोक दिया गया। पैंकिंग वाले सभी मजदूरों को एहसास हो गया—आज की दिहाड़ी गई। यानी महीने के वेतन में से एक दिन का वेतन काट लिया जाएगा···

सब के चेहरे पर उड़ती हवाइयाँ देखकर अकलंक ने फोरमैन से कहा, "आप इजाजत दें तो मैं नाम-पते लिख देता हूँ ?"

इजाजत मिल गई। अकलंक डिब्बों पर नाम-पते लिखने में व्यस्त हो गया। पैंकिग वाले शेष मजदूर पैकिंग पर जुट गए।

यह तमाम काम पूरी मुस्तैदी से चल रहा था कि अचानक कारखाने के मालिक आ गए। अकलंक को नाम-पता लिखते देखा तो चौंके।

फोरमैन से पूछा, "यह तो पैकिंग वाला मजदूर है न !"

अकलंक को उसी फोरमैन ने काम पर रखा था।

फोरमैन ने पूरी स्थिति स्पष्ट कर दी।

मालिक अकलंक को अपने साथ भीतर दफ्तर में ले गए। वहाँ पहुँचकर एक बाबू को बुलाया। उसके आने पर आदेश दिया, "इस लड़के का हिसाब बना कर लाओ !"

बाबू के जाते ही अकलंक से बोले, "तुमने फोरमैन को पहले क्यों नहीं बताया था कि तुम पढ़े-लिखे हो। हमारे कारखाने में पढ़े-लिखे लोगों को मजदूर नहीं रखा जाता।

हजार लफड़े हैं इसमें। कल को तुम सरकारी रेट माँगोगे। हमें तो केवल पैकिंग करानी है। तुम्हारी पढ़ाई-लिखाई को हम चाटेंगे क्या!"

तभी बाबू छब्बीस रुपये पचास पैसे का बाउचर और रुपये हाथ में लिए वहाँ आ उपस्थित हुआ।

मालिक बोले, "रुपये इसे दे दो। बाउचर पर दस्तखत ले लो···इसे बता दो कल से यहाँ काम पर न आए···· !"

अकलंक फिर ढाबे वाले पंडितजी के सामने हाजिर।

पंडितजी ने कारखाने के मालिक के नाम चार गालियाँ उच्चारीं, फिर अकलंक को समझाया, "तू फिक्र मत करना। अब मैं तुझे ऐसे काम में लगाऊँगा जहाँ न कोई खाता-बही होगा, न हाजिरी-गैरहाजिरी का झंझट, न पढ़े-अनपढ़े का झमेला। तू आज रात मेरे घर सोना···"

आधी रात को अचानक पंडितजी ने अकलंक को सोते से जगा दिया। बोले, "झटपट उठ भाई! बरसात किसी भी वक्त शुरू हो सकती है। उससे पहले हमें सब्जी मंडी पहुँचना है।"

अगले दस-पंद्रह मिनट में दोनों जन घर से निकल मंडी की ओर चल पड़े।

सब्जी मंडी में चारों तरफ सब्जी, फलों से लदे ट्रकों, ट्रालियों, ट्रेक्टरों, बुग्गियों की भीड़ लगी थी। सबसे बचते-बचाते अकलंक पंडितजी के पीछे-पीछे चलता रहा। मंडी के भीतर पहुँचकर पंडितजी एक आढ़तिए के ठीए पर थमे। अकलंक भी वहीं रुक गया।

पंडितजी ने वहाँ मौजूद सज्जन से कहा, "चौधरी साहब, इस बच्चे को लाया हूँ। पढ़ा-लिखा है। इसे कोई काम दीजिए। मेरे ढाबे का हिसाब-किताब भी लिखता है।"

चौधरी साहब ने गौर से अकलंक को निहारा। अगले ही पल फैसला सुनाया, "पंडित, तू इसे यहाँ छोड़ और जा, घर जा। समझ ले लड़का काम से लग गया···· !"

"बहुत मेहरबानी चौधरीजी····" पंडितजी ने सिर नवा कर चौधरी का आभार, उपकार माना। फिर अकलंक को हिदायत दी, "देख बेटा, चौधरी साहब का कहना मानना···· जब काम खत्म हो जाए तब ढाबे पर चले आना····"

"आ, यहाँ आकर बैठ····" पंडितजी के मुड़ते ही चौधरी ने अकलंक को अपने पास बुलाया।

अकलंक उनके करीब जाकर बैठ गया।

"देख भाई, यहाँ रात दो बजे से सुबह पाँच-साढ़े पाँच बजे तक का काम होता है। बोलियाँ लगानी होती हैं। खरीदार का नाम पुर्जी पर लिखना होता है। माल के दाम और वजन की पुर्जी बनानी होती है। तू ये सब कर सकेगा न···· !"

अकलंक ने गर्दन हिलाई—हाँ।

"मुँह से बोल मेरे यार। यहाँ तो सारा धंधा ही जुबान का ठहरा···· बुलंद आवाज

का···गर्दन ससुरी को कौन तके है···"

"हाँ जी कर लूँगा···" अकलंक ने जोर से कहा।

"हाँ, यह हुई न कोई बात। ठीक है फिर···आज ही से देखना-परखना चालू कर दे। मैं बखत-बखत पर समझाता, चेताता रहूँगा। अभी मैं तेरे को तीन रुपया रोज दूँगा, फरचंट हो जाएगा तब पाँच रुपये दूँगा। जब तक मन करे आना, जब न करे न आना। यहाँ रोज तेरे जैसे जरूरतमंद आते हैं···

"हमारा काम ना रुकता। हाँ उन्नीस-बीस जरूर हो जाता है। तू न आवेगा तो हम बुरा न मानने के, आवेगा, तो तेरे से बेगार न कराने के। समझा··· !"

"जी, समझ गया।" अकलंक ने स्वीकार किया।

थोड़ी देर बाद खरीदारों की भीड़ जुटने लगी। चौधरी केवल आलू के आढ़तिए हैं। ठीये पर दसियों तरह के आलुओं की छोटी-छोटी ढेरी लगी थीं। खरीदार एक-एक ढेरी से आलू उठाकर देखते-परखते रहे। बोली का इंतजार करते रहे।

अकलंक ने ढेरी-दर-ढेरी आलू की कीमत की बोरियों की दर से बोली लगाई। ज्यों-ज्यों बोली बढ़ती गई खरीदार के नाम के साथ उसे कागज पर दर्ज किया। जितने में बोली छूटी उतनी रकम और मात्रा की पुर्जी बनाकर खरीदार को थमा दी। रकम का भुगतान चौधरीजी को करके खरीदार वहाँ से पुर्जी लेकर जाते रहे। चौधरीजी का आलू से लदा ट्रक कहाँ खड़ा है यह खरीदारों को खबर है। वहाँ पुर्जी दिखाकर माल लेकर वे अपने रास्ते लगेंगे।

दो-ढाई घंटे में जितना माल था, सब बेच-बाचकर चौधरीजी अपने ठिकाने को चले और अकलंक जैसे तमाम बोलिए अपने ठिकाने को। अपना-अपना मेहनताना नकद-नारायण लेकर।

अकलंक रोज सुबह आलू की किस्मों और दामों की बोलियाँ रटने लगा और शेष पूरे दिन सोलह अगस्त आने का इंतजार करने लगा···

सुबह अखबार में एक कारखाने का विज्ञापन पढ़कर अकलंक वहाँ पहुँचा। कारखाना उस इलाके में था जहाँ वह नया संस्कृत महाविद्यालय खुलने वाला था, जिसमें प्रवेश लेने के स्वप्न अकलंक पिछले कई दिनों से दिन में भी देखने का आदी हो चला था।

इस कारखाने में बिजली के तार बनाए जाते हैं। तीन पालियों में काम होता है। कारखाना चौबीसों घंटे चालू रहता है।

कारखाने में मैनेजर के सामने पहुँचते ही अकलंक ने स्पष्ट किया—मैं इंटर तक पढ़ा हूँ। आगे भी पढ़ना चाहता हूँ। बिना नौकरी किए पढ़ाई नहीं कर सकता, इसलिए नौकरी चाहता हूँ।

जाने मैनेजर को अकलंक की साफगोई पसंद आई या उन्हें आदमियों की सख्त जरूरत थी, जो भी वजह रही हो, हुआ परिणाम यह कि अकलंक को नौकरी मिल गई।

मैनेजर ने कहा, "यह तो बहुत अच्छी बात है, शाबाश! हमारे यहाँ तीन पालियों में काम होता है। हम तुम्हें काम पर रख ले रहे हैं। कल से नौकरी पर आ जाना। जब तुम्हारी पढ़ाई शुरू होगी, तब जिस पाली में तुम्हें सुविधा हो उसमें तुमसे काम ले लेंगे। फिलहाल तुम दिन के दो बजे वाली पाली में आओगे। रात दस बजे तुम्हारी छुट्टी होगी...."

अकलंक ने मैनेजर का आभार व्यक्त किया और नमस्कार कर चला आया।

अगले दिन उसे कारखाने में पहुँचते ही एक फोरमैन के सुपुर्द कर दिया गया। फोरमैन अकलंक को साथ लिए-लिए कारखाने के भीतर आए। वहाँ एक बड़े से हॉल में एक किनारे पर तार से भरी घिर्री रखी थी। तार का एक सिरा दूसरे किनारे पर रखी एक मशीन में गया हुआ था। घिर्री के पास एक मजदूर बैठा था।

फोरमैन मशीन के पास एक स्टूल पर बैठ गए, फिर एक अन्य स्टूल पर बैठे सज्जन से बोले, "उस्तादजी जरा उठिए तो...."

उस्तादजी के उठते ही फोरमैन ने अकलंक को उस स्टूल पर बैठने को कहा।

उस्तादजी ने इशारे से फोरमैन से कुछ पूछा।

"नई भर्ती है। अकलंक नाम है। आज से तुम्हारा हेल्पर यही होगा...." फोरमैन ने बताया।

उन सज्जन ने अकलंक की पीठ थपथपाई।

फोरमैन ने मशीन की तरफ इशारा करते हुए अकलंक से कहा—देखो, यह बटन दबाते ही मशीन चलेगी। घिर्री में लिपटा तार आहिस्ता-आहिस्ता इसमें से जाएगा और पीछे जमा होता रहेगा। जैसे ही मशीन में ऐसा तार पहुँचेगा जो नंगा होगा, मशीन सीटी बजाएगी। ये उस्तादजी इस दूसरे बटन को दबाएँगे। मशीन रुक जाएगी। वहाँ जो मजदूर बैठा है, वह घिर्री को रोकेगा। तब तुम्हें आगे बढ़कर मशीन में गए तार को वापस खींचना होगा। तार को गौर से देखना होगा। ऐसे हिस्से पर, जिस पर कॉपर पर प्लास्टिक का कवर नहीं चढ़ा हो, उस पर टेप चढ़ाना होगा। यह काम पूरा होते ही मजदूर घिर्री को टाइट कर लेगा। उस्तादजी फिर बटन दबाएँगे। अगर टेप सही जगह चढ़ गया होगा तो मशीन सीटी नहीं बजाएगी, नहीं चढ़ा होगा तो फिर सीटी बजेगी।

जब-जब नंगा तार मशीन में आएगा, यही सब करना होगा। जब घिर्री का तार पूरा मशीन में से गुजर चुकेगा तब मजदूर नई घिर्री चढ़ाएगा। जब तक वह घिर्री चढ़ाए, उस्तादजी तार का एक सिरा मशीन में फिट करें, तुम्हें जँच चुका तार उठाकर वह जो पीछे टोकरी-सी दिखाई दे रही है, उसमें इकट्ठा करके टोकरी के पास लगा लाल बटन दबाना होगा। बस, उस तार पर तुम्हारा काम खत्म। घंटी सुनकर हेल्पर आएगा, टोकरी धकेल कर बंडल विभाग में ले जाएगा। टोकरी खाली करके ले आएगा। वह ले जाए, न ले जाए, तुम्हारी बला से। तुम्हें तो फिर से यहाँ आकर मशीन पर मुस्तैद हो जाना होगा। अगली सीटी की आवाज का इंतजार करने को....

पच्चीस

"क्या मैं अंदर आ सकता हूँ?" द्वार खोलकर भीतर आई आवाज पर तीर्थंकर संस्कृत महाविद्यालय के प्राचार्य मुक्ताप्रसादजी ने गर्दन घुमाकर दरवाजे की ओर देखा और सामने आ उपस्थित हुए विद्यार्थीनुमा युवक को भीतर आने का संकेत दिया।

"नमस्कार···मुझे भद्रबाहु संस्कृत महाविद्यालय के प्राचार्यजी ने कहा था कि सोलह अगस्त को यानी आज के दिन मैं आपके दर्शन करूँ···"

"हाँ, हाँ···तुम आनन्दवर्धन हो न?" प्राचार्य ने याद किया।

अकलंक क्षणभर को चौंका। अगले ही क्षण याद आया—'हाँ, मैं आनंदवर्धन ही तो हूँ। विद्यालय में मेरा नाम यही तो था। इसीलिए प्राचार्यजी ने इसी नाम का उल्लेख किया होगा।'

"जी हाँ···मैं आनंदवर्धन ही हूँ।" उसने स्वीकारा।

प्राचार्यजी ने उसे बैठने का संकेत दिया। अपनी मेज की दराज से दो प्रवेश-पत्र निकाल कर उसकी ओर बढ़ाते हुए कहा, "इन्हें यहीं बैठकर भर दो। एक विद्यालय में शास्त्री कक्षा में प्रवेश के लिए है, एक छात्रावास में आवास के लिए है।"

नाम—आनंदवर्धन, शिक्षा—उत्तर-मध्यमा (जिसका परिणाम अभी घोषित नहीं हुआ है), वर्तमान पता—द्वारा प्राचार्य, भद्रबाहु संस्कृत महाविद्यालय आदि-आदि लिखकर उसने दोनों प्रवेश-पत्र प्राचार्य को दे दिए।

प्राचार्य ने देखा-परखा। दोनों पर दस्तखत किए और तब बोले, "तो ठीक है। तुम्हें प्रवेश दिया जाता है। आज ही या कल सुबह अपना सामान लेकर आ जाना। विद्यालय में कक्षाएँ विधिवत् पच्चीस तारीख से शुरू होने जा रही हैं। अब तुम जा सकते हो। कल मुझे आने की सूचना देना। तभी कार्यालय में आवश्यक सुरक्षित धन जमा करवाना होगा। परिचय-पत्र वगैरह बनेगा। छात्रावास में स्थान मिलेगा। पाठ्य-पुस्तकों की सूची मिलेगी ताकि इस बीच पुस्तकें वगैरह ख़रीद सको।"

सब-कुछ इतनी सरलता और सहजता से हुआ कि इस बीच जो एक पेचीदा मसला पेश आया, वह भी उसी सहजता का हिस्सा बन गया।

वह पेचीदा मसला था—नाम परिवर्तन का। यानी अब अकलंक नाम की भी उसी तरह छुट्टी जैसे कभी पंचम नाम की हुई थी!

नहीं, नहीं। अकलंक इस नतीजे पर पहुँचता कि याद आया—अकलंक नाम सहजता से नहीं छूट सकेगा। पंचम से अकलंक हो जाने के बाद भी जैसे गाँव में अकलंक पंचम ही रहा, ठीक उसी तरह यहाँ विद्यालय में आनंदवर्धन हो जाने पर भी कारखाने में तो उसे अब भी अकलंक ही रहना था। अब तक के जीवन में छुट्टी आसानी से हुई केवल एक नाम की। वह जो सेठ घड़ीवाला ने अपने हाजिरी रजिस्टर में दर्ज किया था—विनायक कुमार।

अकलंक ने कारखाने से दो दिन की छुट्टी ली हुई थी। विद्यालय में प्रवेश मिल जाने के बाद अपने ठिकाने पर पहुँचकर ढाबे वाले पंडितजी को सूचना दी कि मुझे आगे पढ़ने के लिए विद्यालय में प्रवेश मिल गया है। छात्रावास में रहने की जगह मिल गई है। अब विद्यालय का जो समय होगा, उसी हिसाब से मैं कारखाने में काम के घंटों में फेरबदल करवा लूँगा। यह सब मनमाफिक हुआ, विद्यालयवालों को ऐतराज न हुआ तो समझिए अगले दो साल बेफिक्री में कटेंगे। शास्त्री करने के बाद सोचूँगा कि आचार्य करूँ, एम. ए. या बी. एड.।

अकलंक की सूचना ने पंडितजी को इतनी प्रसन्नता दी कि वे उससे बिछुड़ने का गम पी गए। पंडितजी ने उस दिन अपने तमाम ग्राहकों को मुफ्त में खाना खिलाया।

दूसरी सुबह पंडितजी ने अकलंक को भीगी आँखों विदाई दी, शुभकामनाएँ दीं। उनके आशीर्वादों का कवच पहनकर जब चलने का क्षण आया, तब अकलंक ने पंडितजी को विश्वास दिलाया कि मैं जीवन-भर आपको नहीं भूलूँगा। आपके दर्शन करने आता रहूँगा। आप भी कभी-कभार मुझसे मिलने मेरे विद्यालय में आइएगा। पर हाँ, वहाँ मेरा नाम अकलंक नहीं, आनंदवर्धन है। यही नाम लीजिएगा।

अकलंक को उम्मीद थी पंडितजी पूछेंगे, 'ऐसा क्यों? नाम बदलने की क्या जरूरत थी?' लेकिन उन्होंने इस तरह का न कोई सवाल किया न हैरानी जताई। अकलंक को लगा पंडितजी सोचते होंगे—जिस गाँव नहीं जाना, उसका रास्ता क्या जानना····

छात्रावास में आनंदवर्धन को स्थान मिल गया। पाठ्य-पुस्तकों की सूची मिल गई। मालूम हुआ विद्यालय में कक्षाएँ सुबह नौ बजे से एक बजे तक लगा करेंगी। इसका मतलब था अकलंक कारखाने में अभी जिस पाली में काम करता है, उसी में जाता रह सकेगा। छात्रावास में ही भोजनालय की व्यवस्था रहनी थी। छात्रावास के छात्रों को इसी भोजनालय में भोजन करना आवश्यक था। न करें, उनकी इच्छा, लेकिन दोनों समय के भोजन का भुगतान उन्हें फिर भी करना होगा। फिलहाल छात्रावास से बाहर रहने का कोई अंतिम समय निर्धारित नहीं किया गया था, यह मानकर चला जा रहा था कि चूँकि सभी छात्रावासी छात्र दूसरे शहरों से आने हैं, सो वे जाएँगे ही कहाँ····लेकिन कुछ समय बाद कोई एक समय निश्चित किया जा सकता है इसकी पूरी-पूरी संभावना थी। जाहिर है यह समय निर्धारण छात्रावास अधीक्षक पर निर्भर था जो अभी तक नियुक्त नहीं

किया गया था।

आनंदवर्धन को महाविद्यालय के प्रशासनिक अधिकारी ने एक चेतावनी भी दी थी—आपको महाविद्यालय और छात्रावास में अस्थायी तौर पर प्रवेश दिया गया है। यदि आप उत्तरमध्यमा में अनुत्तीर्ण रहे तो आपका प्रवेश निरस्त कर दिया जाएगा। जैसे ही परीक्षा परिणाम घोषित हो, हमें सूचना देना।

कागजों पर तो अकलंक आनंदवर्धन ही रहा, लेकिन महाविद्यालय में एक सप्ताह पूरा बीतते न बीतते सिर्फ आनंद रह गया।

छात्रावास में एक-एक कमरे में दो छात्रों के रहने की व्यवस्था की गई थी। दूसरे ही दिन आनंद को साथी के रूप में विमल कुमार मिला। बहुत ही स्नेही और सीधा सरल स्वभावी। परिचय के दौरान विमल ने बताया—वह आगरा का रहने वाला है। एक स्वतंत्रता सेनानी का बेटा। इंटर करके यहाँ आया है। पिताजी चाहते हैं वह पारंपरिक पढ़ाई करे। यहाँ विशेष रूप से इसलिए भेजा है क्योंकि यहाँ के पाठ्यक्रम में परंपरागत संस्कृत विषयों के साथ आधुनिक विषय भी पढ़ाए जाएँगे।

आनंद ने आधुनिक विषय के रूप में हिंदी साहित्य और अर्थशास्त्र चुने, विमल ने हिंदी साहित्य और राजनीति शास्त्र। सामान्य संस्कृत व्याकरण, सामान्य दर्शन, सामान्य अंग्रेजी और सामान्य हिंदी सभी विद्यार्थियों के अनिवार्य विषय थे। परंपरागत विषयों में विशिष्ट विषय के रूप में आनंद ने सर्वदर्शन चुना और विमल कुमार ने जैन दर्शन।

छात्रावास में जब तक लड़के आते रहे आनंद को काम पर जाने-आने में कोई परेशानी पेश नहीं आई। जब छात्रावास पूरी तरह भर गया, नए छात्रों का प्रवेश बंद हो गया, तब छात्रावास व्यवस्थित होना शुरू हुआ। एक अंग्रेजी की प्राध्यापिका सुश्री सुरेखा शर्मा को छात्रावास की अधीक्षिका नियुक्त किया गया। सुरेखाजी स्वयं दूसरे शहर से आई थीं। अब तक शहर में कहीं मकान किराए पर लेकर रह रही थीं। शेष प्राध्यापक-प्राध्यापिकाएँ इसी शहर के थे, सो एक पंथ दो काज का यह फैसला किया गया। यों भी महाविद्यालय चूँकि नया था, यहाँ सब-कुछ नया था, अनुभवहीन हाथों में, सो न किसी के कोई पूर्वाग्रह थे, न वरिष्ठता-कनिष्ठता का झमेला। सब-के सब एक-दूसरे को बढ़-चढ़कर सहयोग करने के लिए तत्पर दिखाई देते थे।

विमल आनंद के लिए रात का भोजन भोजनालय से लाकर रख देता था। आनंद की कारखाने से वापसी रात साढ़े दस बजे हो पाती थी। उस समय तक छात्रावास का भोजनालय बंद हो चुकता था। आनंद ने विमल को बता दिया था कि वह नौकरी करने जाता है, साथ ही यह आग्रह भी किया था कि यह रहस्य किसी को बताए नहीं।

अधीक्षिका ने छात्रावास में रात आठ बजे उपस्थिति लेने की घोषणा की। नौ बजे छात्रावास का मुख्य द्वार बंद करने का आदेश भी हाथों-हाथ प्रसारित कर दिया।

नई व्यवस्था ने आनंद के सामने दुविधा खड़ी कर दी। अगले दो दिन उसका कारखाने जाना नहीं हो पाया। तीसरे दिन आनंद ने अधीक्षिका को बताया कि मैं रात

दस बजे से पहले छात्रावास में उपस्थित नहीं हो सकता, सो उपस्थिति के समय मेरी अनुपस्थिति को क्षम्य समझा जाए।

अधीक्षिका ने नहीं पूछा—क्यों? वे ऐसा कोई सवाल नहीं करेंगी, यह आनंद भी जानता था। कक्षा में प्राध्यापकों से अपनी समस्याओं का हल जानने की दिशा में निःसंकोच भाव से सवालों की झड़ी लगाने की अपनी आदत के चलते आनंद अधीक्षिका की नजर में उद्दंड, वाचाल, पढ़ाई के प्रति गैर-जिम्मेदार छात्र के रूप में मान्यता पा चुका था। तिस पर आनंद का उत्तरमध्यमा का परीक्षा परिणाम अभी तक न आने से वह यों भी अस्थायी छात्र था, सो अधीक्षिका न तो उसके सवालों को महत्त्व देती थीं न उसके आचरण को।

अधीक्षिका ने स्पष्ट किया, "उपस्थिति के समय तुम मौजूद नहीं रह सकते तो न रहो, लेकिन केवल तुम्हारे लिए मैं छात्रावास का नियम नहीं बदल सकती। नौ बजे तक तुम्हें छात्रावास में हर हाल में आना होगा। ठीक नौ बजे दरवाजे पर ताला लग जाया करेगा। इसके बाद बाहर रहे आए तो बाहर ही रहे आओगे।"

आनंद ने अपनी समस्या विमल के सामने रखी। विमल ने एक ऐसा हल बताया जो था तो जोखिम भरा लेकिन अमल में लाया जा सकता था।

विमल ने कहा, "उपस्थिति के बाद मैं कमरे का दरवाजा भीतर से बंद कर लिया करूँगा। किसी के लिए भी नहीं खोलूँगा। तुम रात को पीछे वाले पाइप के सहारे खिड़की से कमरे में आ जाया करो। अपने पिछवाड़े में यों भी कोई आता-जाता तो है नहीं।"

कोई और उपाय सूझता न देख, आनंद ने इसी पर अमल शुरू कर दिया···

विमल आनंद को पसंद करता था, उसकी मुसीबतों में, उसके रहस्यों में उसका मददगार बनता था, राजदार बनता था, फिर भी विमल को आनंद का और लड़कों से अलग-थलग रहना, आधी रात तक काम पर जाना, अपने काम से काम रखना, यह सब पसंद नहीं आता था। विमल ने कई बार देखा था कि जब भी किसी अवकाश के दिन में दस-बीस लड़के एक जगह जुटते, घर-परिवार की, अपने देश-प्रदेश की बातें सुनाते, आनंद मौन साधे बैठा रहता या उठकर चला जाता है। वह कभी कोई किस्सा नहीं सुनाता। किसी स्थानीय लड़के के घर भी नहीं आता-जाता। कक्षा, नौकरी और जब भी फुरसत मिलती है तब साहित्यिक पुस्तकों का पारायण।

तीन-चार महीने साथ रहते-रहते विमल ने लक्ष किया कि इस बीच आनंद के पास कहीं से कोई पत्र भी नहीं आया! यह तो हो सकता है कि इसके अभिभावक इतने समर्थ न हों कि इसकी पढ़ाई का खर्च वहन कर सकें, सो इसे नौकरी करनी पड़ी, लेकिन इतने निर्धन तो नहीं ही होंगे कि दस पैसे का एक पोस्टकार्ड भी न भेज सकें···

आखिर एक दिन विमल ने अपनी तमाम शंकाएँ, संदेह, शिकायतें आनंद के सामने उजागर कीं और जानना चाहा कि वह कौन है, कहाँ का है, यहाँ कैसे पहुँचा और

यह भी कि वह करता क्या है ?

आनंद ने संक्षेप में विमल को बताया कि मैं अनाथालय में पला-बढ़ा हूँ। मेरा कोई सगा-संबंधी है नहीं, सो अपना पेट पालने को, अपना कल सँवारने को मुझे आज कमाना भी है, पढ़ना भी है। जब कोई है ही नहीं तब पत्र आएगा कहाँ से। जब मुझे खबर ही नहीं, मैं कौन हूँ, कहाँ का हूँ तब कोई संस्मरण होगा कैसे ? जो हैं भी वे मुझ जैसे अनाथ बच्चों के नीरस जीवन के बयान हैं। उनकी छोटी-छोटी महत्त्वाकांक्षाएँ, उनकी ना-कुछ-सी शरारतें, उनके भारी-भरकम भय, उनकी याचक आँखों का स्वप्न, उनकी भूखी आँतों का कंपन ही मेरी स्मृतियाँ हैं....उन्हें जानने, उन्हें सुनने में किसी को रुचि हो नहीं सकती, सो मैं मौन न रहूँ तो क्या करूँ ?

अपने कुतूहलों के, अपने सवालों के जवाब में यह वृत्तांत सुनने की अपेक्षा विमल ने कतई नहीं की थी। वह अवाक् रहा आया देर तक।

इस वास्तविकता से परिचित होने के बाद तो विमल आनंद के प्रति और भी आत्मीय हो आया। और भी सहयोगी।

विमल के व्यवहार में परिवर्तन आते ही आनंद ने सावधान किया, "देखो यार, तुम्हारा यह बदला हुआ व्यवहार मुझे संकोच में डालने लगा है। मुझे लगता है अब तुम मुझे मित्र नहीं, दया का पात्र समझने लगे हो। मेरी एक प्रार्थना है तुमसे। किसी के सामने मेरा अतीत उजागर न करना और हो सके तो पहले की तरह बने रहना।"

विमल ने आनंद को आश्वस्त किया कि वह दोनों ओर से निश्चिंत रहे। अपने व्यवहार में वह अंतर नहीं आने देगा, साथ ही किसी को उसके अतीत की जानकारी नहीं देगा।

सुबह जब आनंद की नींद टूटी तो उसने पाया कि बदन तप रहा है। शरीर में उठने की ताकत नहीं है। वह चुपचाप बिस्तर में लेटा रहा। कक्षा में नहीं गया। विमल कमरे में ही चाय, नाश्ता, दूध वगैरह ले आया।

उसने दवाई लाने को भी कहा लेकिन आनंद ने मना कर दिया। हँसी करते हुए बोला, "थकान होगी। बीमारी तो मुझसे कोसों दूर भागती है। जानती है न, यहाँ खातिर-तवज्जो नहीं मिलने वाली। थोड़ी देर और आराम करता हूँ। हरारत है, भाग खड़ी होगी...."

चिंतित विमल कक्षा में चला गया। बीच-बीच में आकर देखने पर पाया कि आनंद की तबियत में सुधार के कोई लक्षण नजर नहीं आ रहे।

छुट्टी के बाद विमल एक डॉक्टर को ले आया। उन्होंने आनंद की नब्ज टटोली। तापमान लिया। दवाई दी और हिदायत दे गए—पाँच दिन तक दवाई खिलाइए और सप्ताह भर आराम करने दीजिए। मियादी बुखार है, अपने समय से उतरेगा।

शाम होने को आई थी तब आनंद ने विमल से आग्रह किया कि मेरे कारखाने में

फोन कर दो। कहना मेरा स्वास्थ्य ठीक नहीं है। डॉक्टर ने कहा है सप्ताह भर आराम करो।

विमल आनंद से टेलीफोन नंबर लेकर फोन करने चला।

विद्यालय के कार्यालय तक पहुँचने पर देखा कि कार्यालय तो बंद हो चुका है। विद्यालय से बाहर जाकर फोन करने का विचार बनाया ही था कि विमल को याद आया, अधीक्षिकाजी के कमरे में भी तो एक फोन है।

आनंद की चिंता में चिंतित विमल आनंद की पुरानी हिदायत भूल गया।

अधीक्षिका के कमरे से कारखाने में फोन मिला कर विमल ने मैनेजर को सूचना दी, "आपके एक हेल्पर अकलंक को मियादी बुखार हो गया है। डॉक्टर ने उसे सप्ताह भर आराम करने को कहा है, वह कुछ दिन कारखाने में काम पर नहीं आ सकेगा।''

अधीक्षिका विमल की फोनवार्ता सुन रही थीं, उनकी समझ में नहीं आया कि कौन-सा कारखाना, कौन हेल्पर, क्या काम, कौन बीमार है।

"क्या बात है विमल? तुम इतने परेशान क्यों हो।" अधीक्षिका ने धन्यवाद कह-कर बाहर जाते विमल को टोका।

"जी, दरअसल वह आनंद की तबियत खराब है न। अभी डॉक्टर आया था। उसने बताया मियादी बुखार के लक्षण हैं····"

"अच्छा····पर तुम तो फोन पर किसी अकलंक को भी यही बीमारी हुई बता रहे थे अभी-अभी। ये अकलंक कौन है? कहाँ रहता है? तुम्हारा उससे क्या वास्ता?"

विमल सन्न! यह क्या हुआ····

तब विमल तो बताना पड़ा कि अकलंक यानी अपना आनंदवर्धन।

इसी के साथ बयान करना पड़ा उसका इतिवृत्त····

विमल तो चला गया, अधीक्षिका उलझन में पड़ गईं। विमल से आनंद के बारे में सब-कुछ जान लेने के बाद उनकी समझ में नहीं आया कि वे आनंद को शाबाशी दें या छात्रावास का अनुशासान तोड़ने के अपराध में दंड सुनाएँ?

बीमारी के दौरान आनंद ने महसूस किया कि अधीक्षिका के व्यवहार में परिवर्तन आने लगा है। परिवर्तन की वजह एक बीमार बच्चे के प्रति उपजी सहानुभूति नहीं, एक असहाय, असमर्थ, बेचारे के प्रति उपजी करुणा है।

विमल ने उसे यह नहीं बताया था कि वह अधीक्षिका के सामने आनंद का अतीत उजागर कर चुका है, लेकिन विमल का संकोच, विमल की सावधानी और अधीक्षिका के व्यवहार में आए बदलाव ने आनंद को इसका आभास दे दिया।

अधीक्षिका जब भी आनंद का हाल-चाल जानने कमरे में आतीं, उसके तख्त के करीब कुर्सी डालकर बैठ जातीं····देर तक बैठी रहतीं। कभी अपने हाथों अकलंक को दवाई देतीं, कभी विमल को हिदायतें।

स्वस्थ होने के अगले दिन आनंद कारखाने में जाकर सूचना दे आया कि मैं

स्वस्थ तो हो गया हूँ लेकिन कमजोरी अभी भी बाकी है, सो अभी कुछ और दिन काम पर नहीं आ सकूँगा····

आनंद इस बीच एक नई उलझन में पड़ चुका था····यह तय था कि अधीक्षिका को उसकी नौकरी की खबर लग चुकी थी। इसके एक-दो प्रमाण भी आनंद को मिल चुके थे। अब समस्या यह थी कि नौकरी पर जाने के लिए उनसे अनुमति किस मुँह से माँगी जाए! उनके प्रति जो विश्वासघात अब तक किया, उसके लिए खेद क्या कहकर प्रगट किया जाए!

दो-तीन दिन इसी ऊहापोह में गुजर गए····

शाम अभी वह पुस्तकालय से लौटा ही था कि विमल ने सूचना दी, "तुझे अधीक्षिकाजी ने बुलाया है।"

"क्यों?" आनंद ने जानना चाहा।

विमल ने बताया, "आज विद्यालय की छुट्टी के बाद अधीक्षिकाजी ने मुझे अपने कमरे में बुलाया था। जब मैं वहाँ पहुँचा तो उन्होंने पूछा—आजकल आनंद काम पर नहीं जाता?"

"उन्हें कैसे पता चला कि मैं····" आनंद ने अपनी शंका पूरी बयान भी न की थी कि उसका हाथ अपनी हथेलियों में लेते हुए विमल बोला, "दरअसल यह मैंने ही उन्हें बताया था।"

आनंद का एक अनुमान सही सिद्ध हुआ।

"खैर, ····फिर?" आनंद ने मौन और मायूसी को तोड़ा।

"मैंने बताया, संभवतः उसे आभास हो गया है कि उसके चुपके-चुपके जाने की खबर आपको लग गई है। इसलिए अब वह उस तरह जा-आ नहीं सकता और आपसे अनुमति लेने की हिम्मत नहीं जुटा पा रहा····

"अधीक्षिकाजी ने कहा—तो क्या नौकरी छोड़ देगा। फिर पढ़ेगा कैसे? वह मुझसे अनुमति भी तो ले सकता है!

"मैंने कहा—मैं उसे सलाह दूँगा।

"अधीक्षिकाजी ने कहा—नहीं, तुम कुछ मत कहना। जब भी वह छात्रावास में लौटे, उससे कहना मैंने बुलाया है। मेरे पास भेजना।"

"चलो यह तो अच्छा हुआ।" विमल को फिर मायूसी की चपेट में आते देख आनंद ने हँसकर कहा, "मैं खुद भी आज उनसे मिलने का फैसला कर चुका था। लेकिन मैं एक-दो दिन बाद मिलता। अब, जब सब उजागर हो ही चुका है तो जो होना हो, वह भी आज ही हो ले····"

आनंद थोड़ा व्यवस्थित होकर अधीक्षिकाजी के कक्ष में पहुँचा।

"आपने उपस्थित होने का आदेश दिया था।"

"हाँ, बैठो !" एक कुर्सी की तरफ संकेत कर अधीक्षिकाजी ने कमरे का दरवाजा बंद कर दिया।

"तुमने फीस माफ करवाने से मना क्यों कर दिया··· ?"

"क्योंकि मैं दे सकता हूँ।"

"अच्छा ! तुम्हारा ख्याल है कि वे ही विद्यार्थी फीस माफी के हकदार हैं जो फीस नहीं दे सकते ?"

"जी··· !"

"क्या मिलता है तुम्हें कारखाने से ?"

"सौ रुपये महीना···"

"बस्स···"

"मेरे लिए पर्याप्त हैं···"

"आजकल काम पर जाते हो··· ?"

"नहीं···"

"क्यों··· ? मुझे पता लग गया इसलिए ? मुझसे इजाजत लेने में तुम्हारी हेठी होती ? या छिपकर जाने में जो आनंद तुम्हें मिलता है, वह नहीं मिल पाता···इसलिए ?"

"ऐसी कोई बात नहीं है। बीमारी के बाद कमजोरी बनी हुई है इसलिए नहीं गया। आज मैं आपसे इजाजत लेने आने वाला था···"

"अच्छा···मुझे विश्वास तो नहीं हो रहा, फिर भी तुम कह रहे हो तो सच ही कह रहे होओगे !"

"इतना अविश्वसनीय मान कर चलती हैं, तब तो शायद इजाजत न भी दें···"

"नहीं भी दे सकती···"

"फिर भी मेरा निवेदन है कि दोपहर दो बजे से रात साढ़े दस बजे तक छात्रावास में मेरी अनुपस्थिति क्षम्य मानी जाए···"

अपनी ओर से निवेदन करके, अपना इरादा बताकर, आनंद चला आया··· अधीक्षिकाजी ने न उसे रोका, न टोका, न पीछा किया···

रात जब अधीक्षिकाजी छात्रावास का मुख्य दरवाजा बंद करके ताला लगाने आईं तब वहाँ ताला डालकर अपने कमरे में न जाकर विमल और आनंद के कमरे में गईं। मुख्य दरवाजे की एक कुंजी आनंद को दी और शुभ रात्रि कहती चली गईं।

कुंजी मिल जाने पर आनंद को कारखाने से आने पर चोरी-छुपे पाइप के रास्ते कमरे में आने से मुक्ति मिल गई···

दिन में किसी समय जब कभी बरामदे में या कक्षा में आनंद का सामना अधीक्षिकाजी से होता, वे मुस्कराकर किनारा कर गुजरतीं।

आनंद को मालूम नहीं उनके चेहरे पर आने वाली मुस्कराहट उसके अपने चेहरे की घबराहट, बेचैनी या ढीठता का प्रत्युत्तर होती थी या उनकी मुस्कराहट का कारण

आनंद या उसका व्यवहार था ही नहीं····

रविवार को अधीक्षिकाजी ने फिर आनंद को अपने कक्ष में बुलाया।

"काम कैसा चल रहा है?" उन्होंने जानना चाहा।

"जी, ठीक चल रहा है····"

"आनंद, मैं बहुत शर्मिंदा हूँ जो तुम्हें अब तक उद्दंड विद्यार्थी समझती रही····" कहते न कहते अधीक्षिकाजी की आवाज भर्रा गई।

"वही ठीक था····"

आनंद की प्रतिक्रिया ने उन्हें चौंका दिया।

"क्या मतलब? तुम्हारे प्रति मेरी धारणा बदली, यह ठीक नहीं हुआ क्या···· ?"

"नहीं····"

"क्यों? क्या तुम चाहते हो कि कोई तुम्हें गलत समझता रहे···· ?"

"ऐसा तो नहीं चाहता। लेकिन मैं अपने आचरण से आपको अपनी धारणा बदलने पर विवश करने की कोशिश करता····"

"अगर मैं पहले से तुम्हारे विषय में इतना सब जानती होती तो····"

"यही तो मैं कह रहा हूँ मैडम। आप गलत मुझे समझती थीं, इस आनंदवर्धन को, जो आपका विद्यार्थी है। और जहाँ तक मुझे याद है, इस बीच इस आनंदवर्धन ने ऐसा कुछ नहीं कर दिखाया जो आपको अच्छा लगा हो, हालाँकि इसी आनंदवर्धन ने अपने जानते-बूझते ऐसा भी कुछ नहीं किया था जिसके चलते आप इसे गलत समझती थीं। फिर भी, इतना तय था कि मेरा अब तक का आचरण आपकी नजर में नालायक विद्यार्थी की निशानी था। इन हालात में लायक विद्यार्थी तो मैं तभी बन पाता न जब अपने आचरण में परिवर्तन लाता! वह मुझमें आया नहीं, फिर····"

"तुम कहना क्या चाहते हो, यह मेरी समझ से परे है आनंद।"

"मैं पूछ सकता हूँ आपने मेरे बारे में अपनी राय क्यों बदली···· ?"

"क्योंकि मुझे विमल से मालूम····हुआ····तुम····"

"····अनाथ हो···· यही न····इसलिए आपको मुझ बेचारे पर तरस आ गया। आप यकायक उदार हो गईं। चूंकि मैं अनाथ हूँ, इसलिए यदि मेरा व्यवहार आपको नागवार भी गुजरे तो आप उसे नजरंदाज कर देंगी····क्योंकि आप समर्थ हैं····दयावान हैं! वह नहीं हैं जो मैं हूँ····! ऐसा करना बड़प्पन की निशानी है।

"सच तो यह है कि आप मुझे अब भी गलत समझती हैं, पर दयावश मुझे क्षमा करना चाहती हैं। सोचती हैं इससे मुझे सुख पहुँचेगा····मेरे दुःख कम होंगे। आप मेरी नजरों में महान हो जाएँगी।

"पर कभी आपने यह भी सोचा कि····मैं अनाथ हूँ तो इसमें मेरा अपना क्या दोष है? मैं क्यों किसी की सहानुभूति का पात्र बनूँ? यह अपराध तो मेरे माता-पिता का है

कि वे मेरी परवरिश करने का जिम्मा लेकर मुझे इस दुनिया में लाए और फिर वायदा खिलाफी करके दुनिया छोड़ भागे।

"मैं कोई अपराध करूँ तब न आप मुझे क्षमा करेंगी···? मुझमें कोई गुण होगा तब न मुझे श्रेय देंगी····! फिर जो मुझसे ताल्लुक ही नहीं रखता, जो मेरे अस्तित्व से इतर है, उसके गुण-दोष को ध्यान में रखकर आपका विचार बदला, आपका मन पसीजा, तो मैं भी उसे उसी रूप में ग्रहण क्यों करूँ?

"आपके मन में जो करुणा उपजी है, जो क्षमा आ समाई है, वह मेरे लिए नहीं, मेरे स्वर्गीय माता-पिता के लिए आई है। वह भी मैं स्वीकार कैसे कर लूँ? यह तो अभी मैं स्वयं तय नहीं कर पाया हूँ कि मेरे माता-पिता जीवित हैं या मृत, मैं उनका उत्तराधिकारी हूँ या नहीं। सच तो यह है कि मैं तो अनाथ भी नहीं हूँ और सनाथ भी नहीं। मेरी स्थिति तो त्रिशंकु वाली है। मैं केवल इतना जानता हूँ कि आज की तारीख में मैं आनंदवर्धन हूँ····"

आनंद ने धाराप्रवाह अपने मन का गुबार निकाला और अधीक्षिकाजी को पशोपेश में छोड़ उनके कक्ष से बाहर चला आया···

बाद इसके, शेष पूरे सत्र में अधीक्षिकाजी का जब भी अकलंक से आमना-सामना हुआ, उनका चेहरा एक मृदुल मुस्कान अकलंक तक पहुँचाता रहा, लेकिन दोनों के बीच किसी संवाद की नौबत नहीं आई····

छब्बीस

विद्यालय का नया सत्र आरंभ हुए कुछ ही दिन हुए थे। सुबह-सुबह किसी ने विमल और आनंद के कमरे का दरवाजा खटखटाया। आनंद शौच में था। दरवाजा खटखटाने और विमल द्वारा दरवाजा खोलने की आवाज उसे भी सुनाई दी थी।

"यहाँ कोई आनंदवर्धन रहते हैं?" किसी अजनबी आवाज ने पूछा।

"हाँ···भीतर आइए···" यह विमल का स्वर था।

आनंद को कुतूहल हुआ। कौन हो सकता है? झटपट निवृत्त हो, मुँह धोकर आनंद शौच से बाहर आया तो क्षण-भर को नवागंतुकों को देखता रह गया। कमरे में बैठे दोनों युवाओं के चेहरे पर एक ही भाव था—पहचाना!

"अरे··· ! विनय भाई आप··· ! और यह प्रदीप है न··· !"

आनंद ने दोनों को पहचाना। जयपुर के आश्रम में जिनसे भेंट हुई थी, जिनके कारनामे अपनी आँखों देखे थे—वही विनय भाई और प्रदीप।

"हाँ, खूब पहचाना।" विनय भाई ने स्वीकारा और उठकर आनंद को गले लगा लिया। आनंद ने उसी मुद्रा में खड़े-खड़े प्रदीप को अपने पास बुलाया और अपने अंक से सटा लिया···

इस भरत-मिलाप को देखते ही विमल बिना किसी के बताए समझ गया कि दोनों आनंद के बहुत आत्मीयजन हैं।

"आप लोग बैठिए, मैं चाय-नाश्ते का प्रबंध करता हूँ।" विमल ने कहा और कमरे से बाहर चला गया।

"यह नाम का क्या चक्कर है भाई?" विनय ने विमल के जाते ही पूछा।

"वह सब बाद में बताऊँगा। पहले आप बताइए, यहाँ तक कैसे पहुँचे?"

"यहाँ तक पहुँचने में थोड़ी परेशानी तो हुई पर जहाँ चाह है, वहाँ राह है। हमारे प्रदीप ने इस साल इंटरमीडिएट पास कर ली है। तुम्हारे शहर की एक कंपनी ने आज इसे इंटरव्यू के लिए बुलाया है। हम लोग एक दिन पहले चल पड़े। सोचा था तुमसे मिलकर कुछ अता-पता चलाएँगे। सो, स्टेशन के पास एक होटल में सामान रखकर सीधे तुम्हारे आश्रम गए। हमारा अनुमान था कि तुम वहीं मिलोगे। वहाँ तुम तो नहीं मिले, हाँ प्रेम कुमार से तुम्हारे बारे में ढेरों चौंकाऊ सूचनाएँ जरूर मिलीं। प्रेम भाई से

डॉ. इंद्रदेव शास्त्री का पता-ठिकाना लिया। उनके घर पहुँचने पर एक नया पता मिला। हम वहाँ पहुँचे। ढाबे वाले पंडितजी ने यहाँ का पता दिया और यह हिदायत भी कि यहाँ अकलंक से नहीं आनंदवर्धन से मिलना है, ऐसा कहना···सो···आज ···"

विमल इस बीच चाय-नाश्ता लेकर आ गया। उसके आते ही विनय भाई मौन हो गए। आनंद को समझते देर नहीं लगी कि विनय भाई मौन क्यों हो गए। कहीं विमल तुरत-फुरत भाग न ले, सो आनंद ने रहस्योद्घाटन किया, "आप अपना बयान जारी रखिए विनय भाई, विमल जानता है मेरा एक नाम अकलंक भी था···बल्कि···है।"

"नहीं, वह बात नहीं है," विनय भाई बोले, "दरअसल इससे आगे कुछ बताने को है ही नहीं। इसके बाद तो जो हुआ वह यह कि हम तुम्हारे सामने हैं···"

विनय भाई के बयान का समापन होते ही चारों-जन ने ठहाका लगाया।

हँसकर बात को टाल देने के बावजूद ऐसा नहीं था कि बातें समाप्त हो चुकी थीं। बहुत कुछ ऐसा था जो आनंद विनय भाई को और विनय आनंद को बताना-जानना चाह रहे थे, लेकिन चाहकर भी कमरे में आ जुटे अनमनेपन को वे मेट नहीं पा रहे थे।

"खैर, तो यह बताइए आप कर क्या रहे हैं? प्रदीप का तो पता चल गया, रोजगार की तलाश में है। मेरा भी आप जान ही चुके हैं। जो जानना शेष है वह मैं बता देता हूँ, खर्च-पानी चलाने के लिए मैं एक कारखाने में हेल्पर का काम करने जाता हूँ।" अकलंक ने फिर से माहौल में सहजता लाने को कहा।

"मैं ऐसा कुछ खास नहीं कर रहा हूँ। बी. ए. पूरा कर चुका हूँ। इस साल एम. ए. में दाखिला लिया है, साथ ही आई. ए. एस. की तैयारी में जुटा हूँ। गुजारे के लिए वही ट्यूशन। वहाँ रहकर और किया भी क्या जा सकता है। हाँ, राजस्थान पत्रिका में कभी-कभार मेरा लिखा कुछ छप जाता है।"

"अब आज क्या कार्यक्रम है?"

"अभी तो प्रदीप को इंटरव्यू देने जाना है। ऐसा करो, तुम विद्यालय के बाद हमारे होटल पर आ जाओ। बैठकर गपियाएँगे।" विनय भाई बोले।

"ठीक है, आप मुझे होटल का पता दीजिए। विद्यालय के बाद मैं वहीं पहुँच जाऊँगा।"

विनय और प्रदीप विदा ले गए।

आनंद ने कारकाने में सूचना दी कि आज मैं काम पर नहीं आ पाऊँगा···विद्यालय की छुट्टी के बाद किताबों की दुकान से तीन-चार साहित्यिक पुस्तकें खरीदीं और जा पहुँचा होटल में··· विनय भाई को बहुत कुछ बताने, विनय भाई से बहुत कुछ बतियाने।

जीवन में आज समान अवसर आनंद को मिला ही कहाँ था कि कोई उसका इंतजार करे, कि कोई उससे मिलने आए, कि किसी से वह निष्प्रयोजन मिलने जाए, कि कोई ऐसा हो जो केवल उसका अपना कहलाए?

आनंद जब होटल में पहुँचा, विनय और प्रदीप होटल में वापस आ चुके थे। पहुँचते ही आनंद ने जानना चाहा, "प्रदीप, तुम्हारा इंटरव्यू कैसा रहा···?"

प्रदीप ने बताया, "इंटरव्यू तो अच्छा रहा, लेकिन मैंने यहाँ की नौकरी स्वीकार नहीं की···"

"क्यों···?" आनंद हैरान··· इतनी दूर जिस नौकरी के लिए दौड़ा आया, वही मिली तो ठुकरा दी···!

प्रदीप बोला, "कंपनी वाले मुझे नौकरी इसलिए देना चाहते हैं क्योंकि मैं अनाथ हूँ। सो, औरों की अपेक्षा मुझे कम वेतन देने से काम चल जाएगा···"

आनंद ने सलाह दी, "इससे तुम्हें क्या फर्क पड़ता है कि वे तुम्हें कम वेतन दे रहे हैं या ज्यादा··· तुम्हारे लिए पर्याप्त है या नहीं, तुम तो सिर्फ इस पर ध्यान दो···"

आनंद की बात सुनकर प्रदीप उत्तेजित हो आया, "फर्क कैसे नहीं पड़ता अकलंक भाई? मैं अनाथ हूँ, अकेला हूँ, मेरा खर्च कम आय से भी चल सकता है, महज इसलिए वहीं काम करने वाले अन्य कर्मचारियों से कम वेतन क्यों स्वीकार करूँ? अपने श्रम की मैं भी वही कीमत क्यों न चाहूँ जो औरों को मिल रही है? फिर मैं अकेला हूँ भी तो नहीं। मेरी बहन अभी भी बालिका आश्रम में रह रही है। नौकरी तो मैं इसीलिए करना चाहता हूँ ताकि उसे वहाँ से ला सकूँ। अब वह सोलह पार कर चुकी है। वहाँ का माहौल···" प्रदीप से उत्तेजना या संकोचवश आगे बोला न गया।

"तो तुम्हें बता देना चाहिए था कि तुम पर भी किसी की जिम्मेदारी है···"

"क्यों? क्या वे मेरे तमाम उत्तरदायित्वों का जिम्मा ले रहे थे! उन्हें मेरा श्रम चाहिए तो जो कीमत औरों को दी जाती है वह मुझे भी स्वतः मिलनी चाहिए।"

आनंद ने अपनी उस पुरानी धारणा में संशोधन किया, जो जयपुर के आश्रम में कुछ दिन रहने के दौरान उसने बनाई थी कि—जयपुर के आश्रम के लड़के साहसी हैं। आज उसमें सुधार किया—साहसी ही नहीं स्वाभिमानी भी। हमसे अधिक!

तभी विनय भाई बोले, "छोड़ो यार, तुम क्यों खामखा इसके दिमाग में नपुंसकता का फितूर भर रहे हो। यह दुनिया का आखिरी रोजगार तो था नहीं। प्रदीप के पास हुनर है। यह बहुत अच्छा तबला बजा लेता है। किसी संगीत मंडली के साथ जुड़ेगा तो इससे ज्यादा कमाएगा। नाम पाएगा सो अलग।"

फिर प्रदीप से कहा, "प्रदीप, ऐसा करो, तुम स्टेशन जाकर आज रात के टिकट रिजर्व करवा लाओ। तब तक हम बातचीत करते हैं।"

प्रदीप संभवतः स्वयं भी वहाँ से टलना चाहता था। वह अविलंब वहाँ से चला गया।

प्रदीप के जाते ही विनय भाई ने पूछा, "यह नाम का क्या झमेला है! तुम्हारे आश्रम में पहुँचने पर प्रेम कुमार ने बताया कि बिना किसी प्रमाण के तुम्हें आश्रम से यह कहकर छात्रावास में भेजा गया था कि तुम अनाथ नहीं हो···सच्चाई क्या है?"

आनंद ने संक्षेप में विनय भाई को अपने पूरी कथा कह सुनाई। बताया कि सचमुच जिन दिनों मेरा सनाथ होना बताया गया ठीक उन्हीं दिनों मैं अनाथ हुआ था। आज भी मैं अपने आपको यही मानता हूँ।

आनंद ने सोचा था उसकी कथा सुनकर विनय भाई भावुक हो जाएँगे, लेकिन ऐसा नहीं हुआ।

वह और भी गंभीर हो आए। बोले, "मुझे लगता है इन अनाथ आश्रमों में ऐसे और भी कई लड़के होंगे जो किसी एक सच्चाई को छुपाने के फेर में सहजता से रह नहीं पाते। हरदम एक भय, एक संकोच, एक दूरी औरों से बनाए रखते हैं। वह अतीत, जो उनका कोई हित नहीं साधता, उनके वर्तमान को भी नष्ट कर देता है। उन्हें वर्तमान में जीने नहीं देता। ऐसे में इन अनाथ आश्रमों को, अनाथों के अलावा निराश्रितों, निर्धनों का आश्रम भी क्यों नहीं घोषित कर दिया जाता···

"मेरी अपनी स्थिति भी तुमसे भिन्न नहीं है। हालाँकि यह रहस्य मैंने आज तक किसी पर उजागर नहीं किया, भविष्य में भी किसी और के सामने उजागर नहीं करना चाहता, लेकिन तुम्हारे हालात सुनने के बाद तुम्हें जरूर बताना चाहता हूँ। मेरा-तुम्हारा निकट अतीत ही नहीं, शुरुआती अतीत भी समान रहा है। शायद यह समानता ही हमें एक-दूसरे के इतने करीब ले आई है कि मैं तुममें स्वयं को या अपने में तुमको महसूस करता रहा, भले ही हम कुल पंद्रह दिन साथ रहे थे···जब मैं तुम्हारे आश्रम पहुँचा, प्रेम से तुम्हारे कारनामे सुने, तब हठात् मुझे लगा, ये गुण तुम हमारे यहाँ से चुरा लाए थे। है कि नहीं! हालाँकि तुम्हारे साथ प्रेम भी आया था, पर उसने तो ऐसा कोई गुल नहीं खिलाया।"

"हो सकता है विमय भाई, पर आप मुझमें और अपने में समानता की बात कैसे सोचने लगे! यह सही है कि मुझे आपने, आपके व्यवहार ने, आपके आश्रम के लड़कों के साहस, एकजुटता ने प्रभावित किया था, वही सब मैं अपने आश्रम के लड़कों में देखना चाहने लगा था, फिर भी इसे समानता नहीं कह सकते, यह तो अनुकरण हुआ···"

"मैं दूसरी समानता की बात कर रहा हूँ। चूँकि तुम उस विषय में कुछ नहीं जानते, कल्पना भी नहीं कर सकते, जैसे जब तक मैं तुम्हारे बारे में यह सच्चाई नहीं जानता था, मैं भी तुम्हारे बारे में जो सुना है, उसकी कल्पना तक नहीं कर सकता था।

"दरअसल मैं भी अनाथ नहीं हूँ। केवल घोषित अनाथ हूँ। मेरे-तुम्हारे मामले में एक अंतर और है—तुम्हें कम-से-कम यह तो पता था, पता है कि तुम्हारे सगे-संबंधी हैं कहाँ, किस हाल में। मुझे यह तो पता है कि मेरे भी सब सगे-संबंधी हैं तो, लेकिन वे हैं कहाँ, किस हाल में हैं, यह न उस दिन पता था जिस दिन मुझे अनाथ घोषित किया गया, न आज पता है····"

आनंद अवाक्! चाह कर भी मुँह से एक शब्द नहीं निकला···

"हाँ, मैं विनय कुमार एक सुख-संपन्नता में आकंठ डूबे खानदान का चौथा बेटा

हूँ, किसी अज्ञात कुल-शील की लावारिस औलाद नहीं····

विनय ने बताया—मध्यप्रदेश में एक गाँव है–सिद्धपुर। इसी गाँव में एक धनी परिवार था बनियों का। आसपास के अठारह गाँवों में इस परिवार की जमींदारी थी।

आजादी के बाद सिद्धपुर और शेष चौबीस गाँवों की एक पंचायत बनने की बात चली। मेरे चाचाजी सरपंच के चुनाव में खड़े हुए। वे आजादी से पहले करीब दस साल तक गाँव-घर से दूर गाँधीजी के आह्वान पर स्वतंत्रता आंदोलन में शामिल रहे थे। बचपन से विधुर थे।

इस चुनाव में एक ठाकुर लाखन सिंह भी सरपंची पाना चाहता था। उसने कई बार संदेशा भिजवाया कि सेठ चुनाव मैदान से हट जाओ वरना····

चाचाजी ने कान नहीं दिए। पिताजी ने बहुतेरा समझाया, लेकिन परिणाम वही। एक शाम जब चाचाजी जंगल में दिशा मैदान को गए तो घर नहीं लौटे। कोई दो जन चाचाजी को और घने जंगल में घसीट ले गए थे। वहाँ वही ठाकुर मौजूद था। ठाकुर ने चाचा को पेड़ से बँधवाया और आग लगा दी।

गाँव में जब खबर पहुँची तो पिताजी आपे में न रह सके। एक तो कल तक के जमींदार, फिर जवान भाई की इतनी निर्मम हत्या! बस, आगा-पीछा कुछ नहीं सोचा। ठाकुर लाखन सिंह के खि़लाफ रपट लिखा दी।

मुकदमा कायम हुआ। गाँव में कोई गवाही देने को तैयार नहीं हुआ। यों चाचाजी को जंगल में घसीट कर ले जाते, आग के हवाल करते कइयों ने देखा था। कई लोग चाचाजी की चीख-पुकार सुनकर वहाँ पहुँचे थे।

गाँव के लोगों को भय था—हमरी गवाही के बावजूद ठाकुर छूट गए तो···· !

पिताजी ने इसका हल भी खोज निकाला। अपनी तमाम जमीन-जायदाद बेचकर गवाहों को इतनी रकम दी कि वे गवाही देने के बाद चाहें तो गाँव छोड़कर अन्यत्र जा सकें।

कुछ दिनों में अदालत ने फैसला सुना दिया। ठाकुर लाखन सिंह को फाँसी की सजा हो गई। उन्हीं के साथ उनके दो सहयोगियों को भी।

लाखन सिंह के छोटे भाई प्रीतम सिंह ने अपने भाई को फाँसी पर लटकवाने वाले हमारे परिवार को खत्म करने का बीड़ा उठा लिया।

एक शाम जब मेरे बड़े भाई शहर से गाँव लौट रहे थे, प्रीतम सिंह के आदमियों ने उनकी हत्या कर दी।

यह हुआ कि पिताजी गाँव से भाग खड़े हुए।

जब वे गाँव से चले उनके साथ केवल मैं था और अम्मा थीं। मेरे दो और भाई उन दिनों अलग-अलग शहरों में पढ़ रहे थे। पिताजी मुझे और अम्मा को एक छोटे से कस्बे की एक धर्मशाला में छोड़कर दोनों भाइयों को लिवाने चले गए। दो-चार दिन बाद जब पिताजी लौटे तो दोनों भाई उनके साथ थे।

अगले दिन कहीं और पहुँचने के लिए हमने वह कस्बा भी छोड़ दिया।

मेरे अम्मा-पिताजी, दोनों भाई तो सचमुच वह कस्बा छोड़ने में सफल हो गए, लेकिन मैं वहीं रह गया···

हुआ यह कि जब रेलगाड़ी स्टेशन पर आकर लगी, चढ़ने-उतरने वालों की आपा-धापी में मैं डिब्बे में चढ़ नहीं पाया। मैं प्रयास ही करता रह गया और गाड़ी स्टेशन से चलती बनी।

मैं हैरान! परेशान! भयभीत! रोने लगा, चिल्लाने लगा···सब व्यर्थ···

थोड़ी देर बाद स्टेशन मास्टर ने मुझसे पूछा—कहाँ जाना था?

मुझे पता ही नहीं था सो मैं बताता क्या?

उसने पूछा—कहाँ के हो?

यह मुझे पता था, लेकिन मैं बताता कैसे! यह रहस्य बताने का अर्थ था अपने आपको ठाकुर प्रीतमसिंह के हवाले करना। यानी मौत!

मैं चुप रहा। उन्होंने बहुतेरा समझाया···बहलाया···मैंने एक ही उत्तर दिया—मुझे नहीं पता।

उसी शाम स्टेशन मास्टर मुझे जयपुर लाए और अनाथ आश्रम में छोड़ गए···

विनय मौन हो गया।

"आपको खोजने कोई नहीं आया?" आनंद ने पूछा।

"नहीं, अब तक तो कोई नहीं आया। आश्रम में भी मैंने यह नहीं बताया कि मैं कहाँ का हूँ, कौन हूँ। आश्रम वालों ने मुझे अनाथ मानकर रख लिया···"

"आप कभी अपने गाँव नहीं गए···?"

"गया था एक बार। पता चला हमारी जमीन-जायदाद पर हमारे ही खानदान के कुछ लोगों का कब्जा हो गया है। पहले तो उन्होंने मुझे अपना खानदानी मानने से ही इन्कार कर दिया। फिर जिस-तिस तरह रात-भर रुकने की इजाजत दी। मैं रात में सोया ही था कि कुछ लोगों की बातचीत मेरे कानों में पड़ी। वे दूसरे कमरे में बैठे मेरी हत्या की योजना बना रहे थे···

"मैं पहले तो घबराया, फिर मेरा दिमाग दौड़ा··· मैंने उठकर आवाज लगाई। मेरी आवाज पर एक सज्जन ने आकर पूछा—क्या चाहिए?

"मैंने कहा—शौच करनी है। जोर से आ रही है।

"उन्होंने एक लोटा मेरे हाथ में थमाया और हिदायत दी—जा, बसावट के पार जाकर कर आ···!

"मैं लोटा लेकर घर से निकला। गाँव का चप्पा-चप्पा मेरा जाना हुआ था ही। सुबह दिन के उजाले में मैं जिस रास्ते से गाँव तक पहुँचा था, रात के अँधेरे में उसी रास्ते गाँव से भाग खड़ा हुआ···शेष रात कस्बे के स्टेशन पर रेल का इंतजार किया और भोर में रेल में बैठा सो जयपुर पहुँचने पर ही जान में जान आई। इसके बाद मैं कभी उस

दिशा में नहीं गया। इस घटना को भी कई बरस होने को आए···"

"उन लोगों ने आपको नहीं खोजा··· ?"

"वे क्यों खोजते। उनके हिसाब से तो बला अपने आप टल गई। जिस तरह मैं भागा था, उससे उन्हें यकीन हो गया होगा कि भविष्य में मैं दोबारा वहाँ जाने की हिम्मत करने से रहा। फिर उन्हें क्या खबर कि मैं गया तो कहाँ गया···"

आनंद ने एक बार फिर मन-ही-मन स्वीकारा—जयपुर के आश्रम के लड़के साहसी, स्वाभिमानी और बुद्धिमान हैं।

विनय और प्रदीप से विदा लेकर आनंद छात्रावास लौट आया। वे दोनों वापस जयपुर चले गए।

आनंद अगले कई दिनों तक उन्हीं के बारे में सोचता रहा। उसे हैरानी हो रही थी अपने उस व्यवहार पर जो उसने प्रदीप के साथ किया था। बार-बार उसे लगता—प्रदीप को जो सलाह मैं दे रहा था, अपने जीवन में मैं स्वयं तो उससे ठीक उलट व्यवहार करता रहा हूँ! फिर प्रदीप को मैंने वह सब करने को क्यों कहा जो वैसी स्थिति सामने आने पर मैं स्वयं नहीं करता!

बहुत सोचने-विचारने पर भी अकलंक को इसका उत्तर नहीं मिला···

हठात् एक दोपहर आनंद को विनय का तार संदेश मिला—आनंद, तुरंत जयपुर पहुँचो—विनय कुमार।

जयपुर पहुँचने पर आनंद का सामना दुःखद घटनाओं-सूचनाओं से हुआ···

मालूम हुआ यहाँ के आश्रम के प्रधानमंत्री बालिका आश्रम के भी प्रधान हैं। कुछ अर्सा पहले एक शाम बालिका आश्रम में प्रदीप की बहन मृणालिनी के लिए प्रधानमंत्री के घर से बुलावा आया। वह अधीक्षिका के आदेश से प्रधानमंत्री के घर गई। वहाँ उस समय प्रधानमंत्री या उनकी पत्नी नहीं, केवल उनका इकलौता बेटा मौजूद था। उसी ने मृणालिनी को बुलवाया था। बेटाराम के इरादे नेक नहीं थे। अपने बाप के धन, यश और अधिकारों के मद में डूबे बेटाराम ने मृणालिनी से बदसलूकी करनी चाही। मृणालिनी उसके इरादे भाँप गई। इससे पहले कि वह उसका जीवन बर्बाद कर पाए मृणालिनी उसे चकमा देकर भाग खड़ी हुई····

बदहवास मृणालिनी भागी-भागी प्रदीप के पास पहुँची। सारा किस्सा बयान किया। प्रदीप ने मृणालिनी को छात्रावास के लड़कों के भरोसे छोड़ा और स्वयं दौड़ा प्रधानमंत्री की हवेली की ओर···

प्रधानमंत्री के बेटाराम ने प्रदीप को आता देखा सो भागे छुपने। प्रदीप के इरादे तो कुछ और ही थे। उसने खोज-खाज कर बेटाराम को हवेली की तीसरी मंजिल पर जा दबोचा। बेटाराम अपनी सुरक्षा के लिए जो चाकू संग-संग लिए लुकते-छिपते फिर रहे थे, उसी से प्रदीप ने उसके जिस्म की गुदाई की और वहीं से नीचे छलाँग लगा दी····

प्रदीप की मौत ने, बेटाराम की हत्या ने पूरा शहर हिला दिया। बेटाराम की हत्या पर कोई आँसू बहाने वाला नहीं मिला पूरे शहर में, उसके अपने बापराम भी नहीं··· प्रदीप की मौत पूरे शहर में चर्चा का विषय बन गई।

अब स्थिति यह है कि मृणालिनी का क्या हो? भाई की मौत, अपनी बेइज्जती ने मृणालिनी को विक्षिप्त-सा कर दिया है।

विनय ने बताया कि इन दिनों वह आश्रम के अधीक्षक का काम भी देख रहा है। पुराने अधीक्षक आश्रम के प्रधानमंत्री के पद त्याग के साथ ही आश्रम से चले गए थे। प्रधानमंत्री की शहर में वह छीछालेदर हुई है कि वे किसी को मुँह दिखाते शर्माते हैं।

विनय ने आनंद के सामने अपनी दो योजनाएँ उजागर कीं।

पहली मृणाल से संबंधित। दूसरी आश्रम से।

विनय ने बताया, "मैंने फैसला किया है कि मैं मृणालिनी से विवाह करूँगा। साथ ही इस कार्यकारिणी का कार्यकाल पूरा होने पर, आश्रम कमेटी का चुनाव लड़ूँगा। यदि मैं चुनाव जीत गया तो आश्रम का कायाकल्प करना चाहूँगा। इस काम में मुझे तुम्हारी भी मदद चाहिए। तुम जितने संभव हो, उतने लोगों को हमारे आश्रम की समिति का स्थायी सदस्य बनवाओ। चुनाव के समय वे लोग यदि मेरे पक्ष में मतदान करेंगे तो मैं चुनाव जीत भी सकता हूँ। मेरी इच्छा तो यह है कि पूरी कार्यकारिणी कमेटी ही यहाँ के भूतपूर्व लड़कों की हो···"

आनंद ने अगले ही दिन चंदा देकर आश्रम की आजीवन सदस्यता ले ली। कुछ सदस्यता फॉर्म भी ले लिए ताकि अपने आश्रम के भूतपूर्व लड़कों से भरवाए जा सकें।

दस दिन जयपुर में रुककर जब आनंद का अपने शहर लौटना हुआ, तब आनंद केवल वही आनंद नहीं रह गया था जो जयपुर पहुँचने के दिन तक था···

वहाँ से लौटा आनंद अनाथों की एक संस्था का माननीय सदस्य, उस संस्था के अधीक्षक विनय कुमार का साला और श्रीमती विनय कुमार उर्फ मृणालिनी देवी का धर्म भाई, उसका एकमात्र अभिभावक, संरक्षक भी बन चुका था···

सत्ताईस

जयपुर से लौटने के बाद आनंद एक नई मुहिम पर जुट गया। विनय को जो दायित्व वहन करने का वचन देकर आया था, उसे पूरा करना जरूरी था। जैसे भी हो अपने प्रयासों से जयपुर आश्रम के आजीवन सदस्यों की संख्या बढ़ानी थी।

जिस दिन भी विद्यालय में या कारखाने में अवकाश रहता आनंद उस दिन को अपनी नई मुहिम पर खर्च करने लगा।

अपने आश्रम में, छात्रावास में जाने पर पता चला राय बहादुर फिर से आश्रम के प्रधानमंत्री बन चुके हैं।

आनंद ने वहाँ रह रहे लड़कों से पता लगाया—यहाँ पुराने लड़कों में से कौन-कौन आता है। आग्रह किया कि आगे से जो भी आएँ, उनका पता-ठिकाना पूछना न भूलना। मैं समय-समय पर यहाँ आता रहूँगा। मुझे तमाम पुराने लड़कों से काम है।

इस खोज अभियान के कई सुखद परिणाम भी मिले। आनंद की इन दिनों में कई पुराने लड़कों से भेंट-मुलाकात हुई। भाई बनवारी, भाई अमरनाथ, भाई हुकुमचंद्र, भाई शिखरचंद्र विश्वविद्यालय में प्राध्यापक हो चुके हैं। सुरेश, जो नवमीं में कई साल अनुत्तीर्ण हुआ, इन दिनों एक निजी पब्लिक स्कूल चलाता मिला। उत्तम का पता-ठिकाना भी मिला। मालूम हुआ उत्तम ने फैक्टरी की नौकरी छोड़ दी है। अब वह स्कूली किताबों की दुकान करने लगा है एक स्कूल में। उत्तम भी आनंद उर्फ अकलंक से मिलकर बेहद खुश हुआ। उत्तम ने आनंद को हिदायत दी—कभी-कभी समय निकालकर आया कर। मैं भी तेरे छात्रावास में आ सकता हूँ, पर यार, मैं वहाँ आया तो कभी-न-कभी तेरा भेद खुल जाएगा, इसलिए तू ही आया कर। कभी किसी चीज की जरूरत हो, रहने-सहने की दिक्कत हो···तो मेरे घर को अपना ही समझना···

एक से दूसरे, दूसरे से तीसरे, तीसरे से चौथे···होते-करते आनंद बीसियों लड़कों तक पहुँचा। उनमें से एक ने भी विनय की योजना में शामिल होने से इन्कार नहीं किया। सभी ने बढ़-चढ़कर सहयोग का आश्वासन दिया। सदस्यता शुल्क दिया। अपनी शुभकामनाएँ दीं। अपने सुझाव दिए।

इस अभियान के दौरान वह दो-तीन बार आश्रम गया···तीसरी बार उसके पहुँचने पर वीरेंद्र भगवानजी ने आनंद को सुझाव दिया, "तुम यहां मत आया करो। तुम्हारे आने

की खबर भगतजी ने राय बहादुर को दी थी। जो-जो लड़के तुमसे मिले थे उन्हें वेवजह दंडित होना पड़ा। आइंदा तुम मुझसे मेरे कॉलेज में मिल लिया करो····"

आज भी अवकाश था। आनंद ने भोजन के बाद महावीर गुरुजी के घर जाने का कार्यक्रम बनाया। आनंद, नहीं, अकलंक ने जब दसवीं की परीक्षाएँ नहीं दी थीं, तब एक दिन महावीर गुरुजी शास्त्रीजी के घर उससे मिलने आए थे। उन्होंने अकलंक को समझाया था—मैं तुम्हारा बीमारी का प्रमाण-पत्र बनवा देता हूँ। तुम बाद में परीक्षाएँ दे सकोगे। उसने मना कर दिया था। तब महावीर गुरुजी नाराज होकर चले गए थे। तब से आनंद की उनसे कभी भेंट नहीं हुई। पिछले दिनों तीन बार आश्रम जाने पर भी नहीं हुई।

अवकाश के दिन आनंद और विमल एक साथ भोजन करने आते रहे हैं। इन दिनों जहाँ आनंद अपनी मुहिम में व्यस्त था, विमल भी अधीक्षिकाजी के साथ किसी काम में उलझा हुआ था। वह अवकाश के दिन प्रायः पूरे-पूरे दिन छात्रावास से नदारद रहता है, अधीक्षिकाजी भी, ऐसी सूचनाएँ आनंद के कानों तक भी पहुँची थीं, यहीं भोजनालय में।

आज भी जब से वह भोजनालय में अकेला बैठा भोजन का इंतजार कर रहा था, पास वाली मेज पर भोजन कर रहे लड़के विमल के बाहर होने की चर्चा कर रहे थे। उन्होंने आनंद को आता हुआ देखने के बाद ही संभवतः यह विषय शुरू किया था। जाहिर था—उनका इरादा आनंद को सूचित करना था।

उनकी बातचीत विमल से शुरू हुई, अधीक्षिकाजी का संदर्भ भी उसमें जुड़ा और दो-चार संवादों के बाद विमल और अधीक्षिका के बीच अनैतिक संबंधों की संभावना, कल्पना, परिणति तक का विवरण समेटने लगी····

अचानक आनंद अपनी जगह से उठा। साथ वाली मेज तक गया। हाथ आगे बढ़ाकर उस गप्प-गोष्ठी के अगुआ रामकिशन का गिरेबाँ पकड़ा। उसे कुर्सी सहित घसीटा। भोजनालय के बाहर तक लाया और लातों-घूँसों से उसकी बातचीत का समापन-पर्व शुरू कर दिया।

यह सब इतना अप्रत्याशित और इतनी जल्दी में हुआ कि उसका साथ दे रहे लड़के थोड़ी देर को भौंचक खड़े रह गए। जब तक वे बीच-बचाव के लिए आगे आए, आनंद रामकिशन को पीट-पाटकर बेहोश कर चुका था।

इधर अपना काम पूरा करके आनंद यूँ ही निरुद्देश्य भटकने के लिए छात्रावास से बाहर गया, उधर रामकिशन के साथी उसे उठाकर अस्पताल की ओर दौड़े····

गई रात जब आनंद छात्रावास में लौटा, दरवाजे पर ही विमल इंतजार करता मिला। वह आनंद को सीधे अधीक्षिकाजी के कक्ष में ले गया। संभवतः यह जिम्मेदारी अधीक्षिकाजी ने ही उसे सौंपी थी।

आनंद को कक्ष में पहुँचाकर विमल स्वयं वहाँ से चला गया।

आनंद के करीब भोजन से भरी थाली रखकर अधीक्षिकाजी ने आदेश दिया "पहले तुम यह भोजन करो तब तक मैं चाय बनाती हूँ···"

भोजन करके आनंद ने थाली एक किनारे रख दी।

उसके हाथ में चाय का गिलास थमाते हुए अधीक्षिकाजी ने पूछा, "यह क्य तमाशा खड़ा कर दिया तुमने? जानते हो रामकिशन को नौ घंटे बाद होश आया···"

"मरा नहीं?" आनंद ने गुस्से में कहा।

"तुम्हें यह सब करने की क्या जरूरत थी! लोग तो जाने क्या-क्या कहते हैं और फिर मेरी खातिर···"

"मैंने किसी की खातिर कुछ नहीं किया··· वह अनर्गल बातें कर रहा था, उसे रोकना जरूरी था सो रोक दिया···"

"पर तुम्हीं को रोकने की क्यों सूझी? और भी तो थे वहाँ··· फिर उसका मुँह, वह कुछ भी बके···"

"मुँह उसका है इसका मतलब यह तो नहीं कि किसी का चरित्रहनन करे···"

"फिर भी, ऐसे पीटा जाता है किसी को···?"

"अपराध तो वह अक्षम्य कर रहा था···"

"यह भी तो हो सकता था, वह अपराध न हो···"

"जिस दिन ऐसा हुआ उस दिन आपको इस खिड़की से नीचे फेंकना मेरे लिए मुश्किल नहीं होने का···"

"क्या···!" अवाक् रह गईं अधीक्षिकाजी क्षण-भर को। आँखों में खुशी के आँसू छलक आए। अंतरतम आह्लादित हो आया उनका···

"ओह आनंद, तुम्हें इतना विश्वास है मुझ पर···! इतनी श्रद्धा रखते हो मुझमें! यहाँ आने पर जब से मुझे इस हादसे का पता चला, मैं तभी से असमंजस में थी आनंद। एक तरफ यह सोच-सोचकर कि तुमने अच्छा सबक सिखाया उसे। दूसरी तरफ यह सोचकर कि इन कुछ लड़कों की अटकलबाजी अब सबकी जबान पर होगी। मैं किस-किस से चेहरा छुपाती फिरूँगी। किस-किस को सफाई देती फिरूँगी। पर अब···तुम्हारी बात सुनने के बाद तो मैं खुद भी···मेरी तो धारणा ही बदल गई तुम्हारे बारे में!"

"मैंने बताया न आपको कि मैंने कोई धारणा तोड़ने, बदलने के लिए यह सब नहीं किया···न यह सोचकर किया कि उभय पक्ष आप हैं··· मुझे वह अपराध लगा, सजा देना जरूरी लगा, सो दे दी···"

"चलो, यही सही। पर आनंद, तुम जानते हो मैं विमल के साथ इन दिनों कहाँ जाती रही हूँ!"

"मैं नहीं जानता और न जानता चाहता हूँ।"

"लेकिन मैं तो तुम्हें बताना चाहती हूँ। हालाँकि मैं अभी तुम्हें यह सब बताना

नहीं चाहती थी। आज जो हालात बदले हैं इस वजह से····मैं पिछले दो इतवार विमल के साथ उस आश्रम में गई थी जहाँ तुम रहे हो। आज उन शास्त्रीजी के घर गई थी जहाँ तुम कुछ दिन रहकर आए हो···· अगले रविवार को मैं अपनी तरफ से आश्रम के लड़कों को भोजन करवाने जा रही हूँ। क्या तुम भी हमारे साथ चलोगे?"

"मैं नहीं जा सकूँगा···· लेकिन आप उन्हें भोजन क्यों देना चाहती हैं?"

"क्योंकि मुझे उनके साथ सहानुभूति है····"

आनंद के चेहरे पर हँसी छलक आई। उपेक्षा भरी हँसी। अधीक्षिकाजी हैरान। उसका मुँह जोहती खड़ी रहीं चुपचाप ····

"देखिए अधीक्षिकाजी, यदि आप यह भोजन महज सहानुभूति में दे रही हैं तो मेरा निवेदन है कि न ही दें। आपको और आप जैसों को यह गलतफहमी है कि उन्हें सहानुभूति की अभी भी जरूरत है। जबकि सच्चाई यह है कि वे अपने आपको जब भी कुछ देते हैं, वह होती है सहानुभूति। दूसरे भी उन्हें वही दें तो उनमें साहस नहीं कमजोरी बढ़ती है।

"उन्हें फिर से, नए सिरे से यह अहसास होता है कि वे निःसहाय हैं, निराश्रित हैं। आप लोगों की सहानुभूति उन्हें यह कटु सत्य भूलने नहीं देती।

"हमें सहानुभूति नहीं चाहिए। उसका तो हमारे पास इतना भंडार है कि अब अपच होने लगी है। आए दिन होने वाले इन सहानुभूति प्रकरणों से हमें जितना मानसिक आघात मिलता है उतना तो उस स्थिति में भी न मिलता जब हमारे तन पर कपड़ा और पेट में रोटी का टुकड़ा नहीं होता।

"अगर आप दाता बनना ही चाहती हैं तो हमें अपना स्नेह दीजिए, प्यार दीजिए, आत्मीयता दीजिए, ममत्व दीजिए, बंधुत्व दीजिए। यही वह पूँजी है जिसे समाज और दुनिया के ठेकेदार अपनी-अपनी जिद में हमसे छीन चुके हैं।

"अगर आप में यह सब देने का साहस है, इच्छा है, तो जाइए, बाँटिए। और मन में जरा भी डरिएगा नहीं। हमें यह निधि देकर आप रीतेंगी नहीं। हम वायदा करते हैं कि बदले में अपना तन-मन सब आपके चरणों में अर्पण कर देंगे। आपकी एक छोटी-सी खुशी के लिए जरूरी हुआ तो अपने प्राण दे देंगे।

"हम····यकीन कीजिए, अविश्वसनीय नहीं हैं। हो भी नहीं सकते। पर हमें विश्वासपात्र बनने का अवसर तो दीजिए। मायूसी नहीं होगी आपको····

"और····" आनंद फिर हँसा, "यह सब संभव न हो आपसे, तब भी जाइए, मैं मना करने वाला कौन होता हूँ! जाइए, और आप भी दूसरों के टुकड़ों पर पल रहे उन निराश्रितों के मुँह में एक निवाला अपने नाम का डालकर समाज में प्रतिष्ठा और स्वर्ग में सिंहासन सुनिश्चित करवा लीजिए····"

यकायक आनंद को लगा वह अनधिकार चेष्टा कर रहा है। वह होता कौन है अधीक्षिकाजी को उपदेश देने वाला! एक दानी-पुण्यतात्मा के पुण्यकर्म में विघ्न उत्पन्न

करने वाला !

"मुझे क्षमा कीजिएगा," आनंद ने अंतिम बात कही और उनके कक्ष से बाहर चला आया।

आनंद के चले जाने के बाद देर तक अधीक्षिकाजी उसी मुद्रा में स्थिर रही आईं जिसमें आनंद की बातें सुनते ही थिर हुई थीं। आनंद की एक-एक बात उनके स्मृति-पटल में अभी भी गूँज रही थी। उन्हें याद आया—वे तो महज आनंद का अतीत जानने वहाँ गई थीं। उसी दौरान वहाँ की परिपाटी के अनुसार एक रविवार का एक समय का भोजन अपनी ओर से देने का प्रस्ताव रखा था।

आनंद के जाने के बाद अधीक्षिकाजी नहीं, सुरेखाजी देर तक अपने से जूझती रहीं...

दूसरे दिन विद्यालय में वही पिछले दिन की दुर्घटना चर्चा का विषय बनी रही। रामकिशन के प्रति किसी ने सहानुभूति नहीं दिखाई। विद्यार्थी, अध्यापक सब एक स्वर से कहते पाए गए—अस्पताल से आते ही रामकिशन को विद्यालय से बाहर कर दिया जाए।

आनंद अर्थशास्त्र का अपनी कक्षा में इकलौता छात्र था। अर्थशास्त्र के पीरियड में उसे अपनी कक्षा से उठकर पुस्तकालय के पास बने कक्ष में जाना होता था। प्राध्यापिका शशिप्रभाजी उस अकेले विद्यार्थी को वहीं पढ़ाती थीं।

वहाँ पहुँचने पर शशिप्रभाजी ने रामकिशन प्रसंग पर चर्चा करनी चाही। चर्चा शुरू होने से पहले ही आनंद ने प्रतिवाद किया, "मान्या, कृपया पाठ्य-पुस्तक ही पढ़ाएँ।"

ज्यों ही पीरियड समाप्ति पर आया, अधीक्षिकाजी उस क़क्ष में आ पहुँची। उनके आते ही आनंद अपनी पुस्तक उठा वहाँ से चलता बना। अधीक्षिकाजी और शशिप्रभाजी उसकी हड़बड़ाहट का आनंद लेती रहीं।

आनंद के विदा लेते ही अधीक्षिकाजी ने कहा, "शशि, तुम बहुत भाग्यवान हो जो तुम्हारे हिस्से इतना अच्छा विद्यार्थी आया..."

उनकी राय को स्वीकारते हुए शशिप्रभाजी ने कहा, "मेरे साथ तो शुरू से ही इसका व्यवहार आदरपूर्ण रहा है। कभी कोई अभद्रता इसके आचरण में तो दूर की बात, बातचीत तक से नहीं झलकी। पढ़ने में पूरी एकाग्रता दिखाई है और शायद यह तो आनंद जानता ही नहीं कि प्राध्यापक से पाठ्यक्रम से इतर भी कोई बातचीत की जा सकती है। पूरे समय गर्दन झुकाए बैठा रहता है। कुछ समझ में न आने पर तुरंत जिज्ञासा दिखाने से जरूर नहीं चूकता। हाँ, जब भी मैं उससे उसके घर-परिवार के बारे में कुछ पूछती हूँ, तब कहता है—आप तो आगे पढ़ाइए महोदया..."

शशिप्रभाजी की बातें सुनकर अधीक्षिकाजी कहीं खो-सी गईं। दो-चार पल

गुम-शुम रहने के बाद बोलीं, "शशि, मेरी एक बात याद रखना···· भविष्य में कभी भी आनंद के सामने उसके घर-परिवार का जिक्र मत छेड़ना····"

"क्यों···· ?"

"शशि, दरअसल आनंद को मालूम ही नहीं उसका कोई घर-द्वार है भी या नहीं। कोई एक सज्जन उसे अनाथ आश्रम में भर्ती करवा गए थे। यह कहकर कि ये लड़का जब छोटा-सा था उन्हें एक मेले में मिला था। अब इसकी परवरिश उनकी क्षमता से बाहर है सो यहाँ ले आए। बाद में उस आश्रम में एक अधीक्षक आए। उनसे आनंद का मतभेद हो गया। वे कहीं से एक पुराना चित्र खोज लाए जिसमें इससे मिलती-जुलती शक्ल का एक लड़का मौजूद था। अधीक्षक ने दावा किया कि यह चित्रवाला लड़का जरूर इसका भाई है। चूँकि उस लड़के के माँ-बाप थे, इसका मतलब इसके भी हैं। यह झूठमूठ अनाथ बनकर यहाँ रह रहा है। नियमानुसार किसी सनाथ को आश्रम में नहीं रखा जा सकता, सो उन्होंने इसे आश्रम से निकलवा दिया। अधीक्षक की, वहाँ के प्रबंधकों की नाराजी की वजह यह थी कि यह किसी भी अनैतिक कर्म को देखकर, किसी भी अन्याय को देखकर औरों की तरह चुप नहीं रह पाता था। अपनी प्रतिक्रिया जाहिर किए बिना नहीं मानता था। चाहे परिणाम जो हो, सो हो। इसका एक नमूना कल यहाँ भी पेश कर ही चुका है····

"वे लोग इससे परेशान तो थे ही। ज्यों ही इससे पिंड छुड़ाने का बहाना हाथ लगा, उन लोगों ने न्याय-अन्याय, अच्छा-बुरा कुछ नहीं सोचा, पुलिस से कहकर इसे दरवाजे से बाहर कर दिया।

"इसे आज भी खबर नहीं कि यह अनाथ है कि सनाथ। लगता है मन-ही-मन इसने यह जरूर मान लिया है कि मैं अनाथ ही हूँ। साथ ही यह नहीं चाहता कि अनाथ होने के चलते किसी की सहानुभूति या दया बटोरे। इसलिए अपना अतीत किसी को नहीं बताता। अपनी इस कमी के एवज में बना कोई संबंध स्वीकार नहीं करना चाहता····"

"सुरेखा····फिर तुझे यह सब कैसे मालूम हुआ?" शशिप्रभाजी से अपनी हैरानी छुपाए न छुपी····

"यही सब मालूम करने के लिए तो मैं विमल को साथ लेकर कई हफ्तों से आश्रम, छात्रावास और वहाँ-वहाँ जाती रही हूँ जहाँ यह यहाँ आने से पहले रह चुका है। मेरे अलावा इसके अनाथ होने की बात यहाँ केवल विमल को मालूम है। बल्कि उसी की असावधानी से यह रहस्य मुझ पर खुला था····"

शशिप्रभाजी भावुक हो आईं। बोलीं, "सुरेखा, आज से आनंद मेरा विद्यार्थी नहीं, अनुज हुआ। मैं अपने व्यवहार से उसे यह भुलवा दूँगी कि उसका दुनिया में अपने अलावा कोई नहीं है····"

"शशि, तुम ऐसा कर सको तो बड़ा उपकार होगा मुझ पर। हालाँकि मैं तुम्हारी

सफलता देखने को यहाँ मौजूद नहीं रहूँगी। इस सत्र के बाद मैं यह नौकरी छोड़ दूँगी। मेरी शुभकामनाएँ तुम्हारे साथ हैं शशि, फिर भी मुझे ऐसा हो पाने में संदेह है···"

"यह सत्र पूरा होने वाला है। यहाँ के प्रबंधक आचार्य की कक्षाएँ फिलहाल शुरू नहीं करने वाले। इस सत्र के बाद आनंद यहाँ से चला जाएगा, यह सब मेरे भी ध्यान में है सुरेखा। लेकिन यहाँ से जाने पर भी आनंद न तो दुनिया छोड़कर चला जाएगा, न यह शहर···"

"नहीं, मेरे संदेह की वजह यह नहीं है शशि। दरअसल कल मैं विमल के साथ डॉ. इंद्रदेव शास्त्री के घर गई थी। आश्रम से निकाले जाने के बाद आनंद ने वहाँ कुछ दिन नौकरी की थी। एक दिन उनकी लड़की मधु को इसने दीदी कहकर आवाज दी। श्रीमती शास्त्री ने इस बात पर इसे ऐसी खरी-खोटी सुनाईं, इतना जलील किया कि पूछो मत। स्वयं मधु को अपनी माँ का व्यवहार अमानवीय लगा। एकांत मिलते ही मधु ने इसे सलाह दी कि तुम मुझे दीदी ही कहा करो लेकिन माँ के सामने नहीं। इसने उसी दिन, उसी क्षण, वह घर, वह नौकरी छोड़ दी थी!"

जयपुर आश्रम की नई कार्यकारिणी के चुनाव की सूचना मिलते ही आनंद मतदान करने जयपुर गया। वहाँ विनय और उसके दल के तमाम लोगों को खासे मत मिले। आनंद के आश्रम के सभी पुराने लड़के जो वहाँ के सदस्य बने थे, मतदान करने पहुँचे। इसी बहाने आनंद की मुलाकात एक बार फिर पुराने साथियों से हुई।

परीक्षाएँ समाप्त होते ही आनंद को छात्रावास का कमरा छोड़ना पड़ा। इस बीच उत्तम उसे कई बार हिदायत दे चुका था—छात्रावास से सीधे मेरे घर आना!

यही हुआ। आनंद छात्रावास को नमस्कार कर उत्तम के साथ रहने आ गया।

नए सत्र में एक अन्य महाविद्यालय में आचार्य कक्षा में प्रवेश ले लिया। कई स्कूलों में अध्यापकी के लिए आवेदन भेज दिए।

नए महाविद्यालय में एक प्राध्यापक दामोदरनजी ने पहले ही दिन आनंद को अपने पास बुलाया और ज्यों ही वह उनके पास पहुँचा, उनके मुँह से भगतजी वाले शब्द निकले—तुम्हें कहीं देखा है!

आनंद को समझते देर नहीं लगी कि माजरा क्या है। वह उन्हें नमस्कार कर वहाँ से चलता बना।

अगले कई दिनों तक दामोदरनजी जब-तब उसे घेरने लगे।

उन्होंने नए-नए रहस्य उघाड़ने शुरू किए···

—बनारस में मेरा एक मित्र हू-ब-हू तुम्हारी शक्ल-सूरत का था। हम दोनों की दाँत काटी दोस्ती थी। वह बहुत ही सिद्धांतप्रिय था। एक बार वहाँ के अधीक्षक भगतजी ने एक लड़के के साथ बदतमीजी की। उसे पता चला। बस, फिर क्या था। उसने आव देखा न ताव, भगतजी को कंधे पर उठाया और छात्रावास के पीछे बह रही

गंगा मैया में फेंक दिया। उनके पाप धोने की सामर्थ्य और किसी में थी भी नहीं····

हठात् आनंद को याद आया—भगतजी का संवाद। भगतजी को दाऊ याद रहे आने का कारण।····तो दाऊ से पाए दंड का प्रतिदंड मुझे देकर भगतजी ने हिसाब बराबर किया है !

दाऊ के विषय में और-और जानने के लिए आनंद अब स्वयं दामोदरनजी के पीछे साए की तरह रहने लगा····

इस महाविद्यालय में एक छापाखाना भी था। वहाँ से एक सांध्य दैनिक प्रकाशित होता था। दामोदरनजी उसमें संपादन का काम देखते थे। और भी कई संस्थाओं से दामोदरनजी के संबंध थे। कहीं वह लेखक की हैसियत से जुड़े थे, कहीं संपादक की। कहीं सलाहकार की, कहीं विद्वान की।

दामोदरनजी ने आनंद को प्रूफ रीडिंग सिखाई। उसकी कारखाने वाली नौकरी छुड़वा दी। यहाँ से निकलने वाले सांध्य दैनिक में 'विदूषकजी' नाम से एक स्तंभ लिखने को प्रेरित किया। उसका लिखा संपादित किया, कई बार पुनर्लेखन किया, प्रकाशित किया।

दामोदरनजी को आनंद को प्रोत्साहित करके, आनंद को सहयोग देकर अपार आनंद की अनुभूति होती थी। उन्हें लगता था वे अपने मित्र की ही मदद कर रहे हैं। कई बार वे कहते थे—न होओ तुम मेरे मित्र के सहोदर, उसके हमशक्ल तो हो। उसका किशोर रूप। वह रूप जब हम पहले-पहल एक-दूसरे के मित्र हुए थे।

दाऊ का प्रसंग चल निकलने पर दामोदरनजी ढेरों-ढेर संस्मरण सुनाते····

इन्हीं दामोदरनजी ने एक दिन आनंद को सूचना दी—लोक हितकारी प्रकाशन को एक शोध सहायक की जरूरत है। तुम वहाँ जाओ। मुझे विश्वास है तुम्हें यह नौकरी मिल जाएगी। वहाँ के प्रबंधक से कहना तुम्हें मैंने भेजा है।

दूसरे ही दिन आनंद वहाँ गया। उसे नौकरी मिल गई।

अगले पाँच वर्षों में आनंद ने कई प्रकाशनों में नौकरी की। उसने लिखना भी जारी रखा। विदूषकजी स्तंभ में लिखे व्यंग्यों का एक संग्रह और एक उपन्यास इस बीच एक बार प्रकाशित भी हुए और प्रकाशन के तुरंत बाद स्थितियाँ ऐसी बनीं कि अप्राप्य, दुर्लभ भी हो गए····

इन पाँच वर्षों में लेखन-प्रकाशन जगत के बारे में आनंद ने जो जाना, जो भोगा, उस पर कभी फुरसत में एक पूरा उपन्यास लिखने का मन ही मन कई बार निश्चय किया····

अट्ठाईस

पिछले पाँच वर्षों से आनंद के पास जयपुर के आश्रम की मासिक पत्रिका नियमित रूप से आती रही है। जब से विनय उस आश्रम का प्रधानमंत्री हुआ, उसके कई आग्रह भरे पत्र भी आए कि कुछ समय के लिए इधर चले आओ। आश्रम के माननीय सदस्य के नाते न सही, अपनी धर्मबहन से मिलने ही सही।

आनंद हमेशा इस निमंत्रण को टालता रहा। इधर विनय के पत्रों की तादाद और आग्रह में व्याकुलता बढ़ती जा रही थी। सो, इस बार जब प्रतिबद्ध प्रकाशन की नौकरी से मुक्ति मिली, आनंद ने कहीं अन्यत्र नौकर होने से पहले जयपुर जाने का मन बना लिया। विनय को पत्र लिखकर सूचना दे दी—मैं आ रहा हूँ····

आश्रम के स्वागत-कक्ष में पहुँचने पर आनंद ने वहाँ मौजूद एक लड़के से कहा, "मैं यहाँ के व्यवस्थापकजी से मिलना चाहता हूँ।"

आनंद के हाथ में अटैची देखकर वह लड़का बोला, "आप बाहर से आए लगते हैं। विराजिए। कहिए, मैं आपकी क्या सेवा कर सकता हूँ!"

आनंद ने कहा, "भाई, मुझे यहाँ के व्यवस्थापक से मिलना है।"

लड़के ने जवाब दिया, "अगले दो घंटे तक तो मैं ही यहाँ का व्यवस्थापक हूँ। आप जो भी सेवा कार्य बताएँगे, मैं पूरे करूँगा।"

"तो क्या दो घंटे बाद कोई और व्यवस्थापक होगा?"

"जी हाँ, अगले तीन घंटे के लिए एक अन्य साथी व्यवस्थापक होंगे और तीन-तीन घंटे के अंतराल से यह क्रम रात नौ बजे तक चलेगा।"

"इसका मतलब यदि मैं कुछ जानना चाहूँ, और उस जानकारी को जुटाने में रात के नौ बज जाएँ तो मुझे कई व्यवस्थापकों से रू-ब-रू होना होगा?"

"जी नहीं, ऐसा नहीं होगा। यदि आप चर्चा करना चाहेंगे तो मैं दूसरे साथी को यहाँ की जिम्मेदारी सौंपकर आपको अतिथि-कक्ष में ले जाऊँगा···क्षमा कीजिएगा, चूँकि आप बाहर से आए हैं, मुझे पहले आपके विश्राम की व्यवस्था करनी चाहिए। क्या आप रात्रि भी यहीं बिताएँगे?"

"केवल एक रात्रि नहीं भाई, मैं यहाँ कई रातें बिताऊँगा····"

आनंद का उत्तर सुनकर वह एक रजिस्टर खोलते हुए बोला, "यह तो हमारे लिए

प्रसन्नता की बात है कि हमें आपका सान्निध्य कई दिनों तक मिलेगा। कृपया यह बताने का कष्ट करें कि आपका शुभ नाम क्या है और आपका आना कहाँ से हुआ ?"

"मेरा नाम आनंदवर्धन है और मैं···"

"ओह, नमस्कार···" रजिस्टर पर लिखना भूलकर वह हाथ जोड़कर बोला, "आप ही आनंदवर्धनजी हैं ! क्षमा कीजिएगा, आप तो भैया के अतिथि हैं। चलिए, मैं आपको उनके कमरे तक पहुँचा दूँ।"

"कौन भैया ?" आनंद ने पूछा, "मैं तो यहाँ विनय से मिलने आया हूँ।"

"वही तो, विनय भैया न ! दरअसल आपने व्यवस्थापक से मिलने की बात कही सो मैं स्वयं उपस्थित था ही। भैया यहाँ के व्यवस्थापक नहीं हैं। वे तो भैया हैं। कागजों में यहाँ के प्रधानमंत्री, लड़कों के हृदय में उनके भैया, उनके दाऊ। व्यवस्थापक तो हम लोग हैं।"

बातें करते-करते दोनों-जन कमरे तक आ गए। आनंद को सुरुचिपूर्ण ढंग से सजे उस कमरे में बैठाकर वह लड़का बोला, "क्षमा कीजिएगा, भैया से आपकी भेंट रात नौ बजे के बाद हो पाएगी, अलबत्ता भाभी जरूर सात बजे तक आ जाएँगी।"

अभी साढ़े चार बजे थे। आनंद यह सोचकर परेशान हो उठा कि इतना समय बैठे-बैठे अकेले कैसे बिताऊँगा ?

आनंद की परेशानी उस लड़के से छिपी नहीं रह पाई। वह बोला, "आप स्नान-ध्यान से निवृत्त हो लीजिए। मेरा नाम महेंद्र है। इस कमरे में वह जो टेलीफोन रखा है, उससे सात-दो-नौ नंबर मिलाइएगा। मुझे आदेश दीजिएगा। मैं आ उपस्थिति होऊँगा···"

सात-दो-नौ—सात सौ उनतीस। आनंद, नहीं अकलंक सुनते ही कहीं खो गया···

"आप चाहेंगे तो इस बीच मैं आपको एक बार पूरा आश्रम दिखा दूँगा···" महेंद्र ने आनंद को चिंतित देख प्रस्ताव रखा।

"हाँ, यही उचित होगा।" आनंद ने उसका प्रस्ताव स्वीकारा।

महेंद्र कमरे से बाहर जाने को हुआ। फिर यकायक दरवाजे पर थमा···

आनंद ने ज्यों ही उसकी तरफ देखा, वह थोड़ा असहज हो आया, "क्षमा कीजिएगा, आप हमारी भाभी के भैया हैं न !"

आनंद ने हँसकर जवाब दिया, "हाँ भई, तुम्हारा साला मैं ही हूँ।"

आनंद का उत्तर सुनकर महेंद्र का चेहरा खिल गया। वह वही मुस्कान अपने साथ लिए कमरे से प्रस्थान कर गया···

आनंद स्नान-ध्यान से निवृत्त हुआ ही था कि महेंद्र चाय, नाश्ते के साथ फिर उपस्थित था।

"क्षमा करना बंधु, मैं यहाँ दो-तीन बार आ चुका हूँ, लेकिन तुमसे परिचय का अवसर नहीं मिला···"

"क्षमा किस बात की?" महेंद्र ने कहा, "आप जब अन्य आश्रमों से छात्रों के आदान-प्रदान के अंतर्गत आए, तब मैं बहुत छोटा था। कोई समझ ही नहीं थी तब तो। जब आप प्रदीप भाई की मौत के दुःखद अवसर पर आए तब भेंट-परिचय का अवसर नहीं था। जब मतदान करने आए तब मैं स्वयं आदान-प्रदान योजना के तहत एक अन्य आश्रम में गया हुआ था। क्षमा तो मुझे माँगनी चाहिए जो मैं आपको नहीं पहचान सका...."

"मेरी ओर से निर्भय रहो। मैंने तुम्हें क्षमा किया...." आनंद ने हँसकर कहा।

चाय से निवृत्त होते ही महेंद्र आनंद को आश्रम की परिक्रमा कराने ले चला।

आश्रम के बारे में महेंद्र द्वारा बताए जा रहे बहुत-से तथ्यों से आनंद आश्रम की पत्रिका के माध्यम से पहले से परिचित था।

अब आश्रम में दो सौ से भी अधिक लड़के रहते हैं। आश्रम में रहने वाले सभी लड़के अनाथ नहीं हैं। बहुत से ऐसे लड़के भी हैं जिनके माता या पिता या दोनों मौजूद हैं। वे इनका भरण-पोषण करने या शिक्षा दिलाने में असमर्थ हैं। इसलिए यहाँ भर्ती करवा गए हैं। यहाँ उन्हें यह झूठ नहीं लिखवाना पड़ता कि बच्चा अनाथ है। इसीलिए आश्रम का नाम अनाथ आश्रम से बदलकर बाल आश्रम किया गया है।

आश्रम के सभी लड़के एक ही स्कूल में नहीं पढ़ते। अलग-अलग स्कूलों में पढ़ते हैं। जो विषय जिस स्कूल में पढ़ाए जाते हैं, उनमें रुचि रखने वाले लड़के को वहीं पढ़ने भेजा जाता है। बहुत से लड़के कॉलेज, विश्वविद्यालय में भी पढ़ रहे हैं। बच्चों को दूर के स्कूलों तक पहुँचाने के लिए आश्रम के पास अपनी टैक्सियाँ हैं।

जिन लड़कों की पढ़ाई में रुचि नहीं है, या जो इतनी उम्र के हो जाने पर यहाँ आते हैं कि चाहकर भी स्कूल की पढ़ाई पूरी न कर सकें, उन्हें अधिकतम मिडिल तक पढ़ाई करने के बाद तकनीकी प्रशिक्षण दिया जाता है। मसलन—सिलाई, कढ़ाई, बढ़ईगीरी, बिजली मिस्त्री, चित्रकारी। सभी तरह के प्रशिक्षण केंद्र आश्रम भवन में हैं। पहले-पहल इन्हें बाहर के प्रशिक्षक चलाते थे। अब जो लड़के प्रशिक्षित हो चुके हैं, वे चलाने लगे हैं। इन केंद्रों को राज्य सरकार से मान्यता मिली हुई है। शहर के लड़के भी शुल्क देकर यहाँ प्रशिक्षण लेने आते हैं। इन केंद्रों में बाहरी काम भी होता है। ऐसे काम का मेहनताना आश्रम को मिलता है।

महिला आश्रम, जिसका नाम अब बालिका आश्रम रख दिया गया है, वहाँ की लड़कियाँ और अन्य आश्रमों के लड़के भी कुछ समय यहाँ आकर प्रशिक्षण लेते हैं।

लड़कों को विद्यालय में धर्म की शिक्षा अब भी दी जाती है लेकिन अब आपके आश्रम की तरह संस्कृत की कक्षाएँ भी लगती हैं। इन दिनों कई लड़के शास्त्री-आचार्य की शिक्षा ग्रहण कर रहे हैं।

अब लड़कों को दावत खाने नहीं भेजा जाता। न पहले की तरह आए दिन दावत

होती है। लड़कों के लिए भोजन की एक निश्चित खुराक तय है। उसी के अनुसार दानदाता को भोजन कराना होता है। जिन लड़कों को उनके मित्र उन्हें अपने घर बुलाते हैं, उनके यहाँ वे मेहमान की हैसियत से तो जा सकते हैं लेकिन सामूहिक रूप से अन्न-दान पाने नहीं।

आश्रम के जो लड़के पढ़ नहीं पाए, किसी तकनीकी काम में भी नहीं लग पाए, वे आश्रम की टैक्सियाँ चलाते हैं। बाहर से आने वालों को नगर भ्रमण को ले जाते हैं।

आश्रम में रेणुका बहन जो बालसभा शुरू करवा गई थीं, उसे भी विस्तार दिया गया है। उसमें राज्य स्तर की प्रतियोगिताएँ आयोजित की जाती हैं। बालसभा की अपनी एक पत्रिका है। सभा को राज्य सरकार से अनुदान मिलता है। सभा की पत्रिका के व्यावसायिक रूप में प्रकाशन की बात यहाँ के स्थानीय समाचार-पत्र से चल रही है। बहुत संभव है निकट भविष्य में वही इसके प्रकाशक हो जाएँ। बालसभा के पास उसकी सामग्री जुटाने और संपादन का दायित्व रह जाए।

आश्रम को दान की गई राशि राज्य सरकार की ओर से कर मुक्त मानी जाती है। इससे दान में आने वाली राशि में काफी बढ़ोत्तरी हो रही है।

विनय भाई के प्रयासों से आश्रम के पाँच सौ स्थायी सदस्य बनाए जा चुके हैं। सभी से नियमित रूप से वार्षिक चंदा आ रहा है। अब यह संख्या एक हजार तक पहुँचाने का लक्ष है।

लड़कों की पढ़ाई में सहयोग करने के लिए आश्रम के कई पुराने छात्र अपनी सुविधानुसार आते रहते हैं। इस समय आश्रम के तीन लड़के सी. ए., दो इंजीनियरिंग और पाँच लड़के बिजनेस मैनेजमेंट का कोर्स कर रहे हैं।

महेंद्र ने इस बीच आनंद का परिचय कई लड़कों से भी करवाया। सभी को आनंद का परिचय दिया—आप भाभी के भैया हैं····

····और मृणालिनी !

आनंद के मन में बार-बार मृणालिनी के विषय में जानने की उत्सुकता पैदा हो रही थी, लेकिन यह जो जानकारी मिल रही थी, वह इससे भी वंचित नहीं होना चाहता था।

अचानक एक महिला ने उन्हें बरामदे में आता देखा। महिला ने दूर ही से पूछा, "महेंद्र भैया, ऊपर जीजी आ गईं क्या ?"

महेंद्र ने उत्तर दिया, "भाभी मुझे मालूम नहीं है, पर आ गई होंगी अब तक।"

महिला ऊपर की मंजिल में पहुँचने को सीढ़ियों की तरफ लपकीं।

"महेंद्र भाई, ये भद्र महिला कौन हैं ?" आनंद ने पूछा।

"ये भी हमारी भाभी हैं, श्रीमती किरण।" महेंद्र ने बताया।

····और फिर चल पड़ा मृणालिनी प्रसंग····

—कि मृणालिनी यहाँ रह रहे तमाम लड़कों और बालिका आश्रम की लड़कियों की भाभी है। वह दिन-भर बालिका आश्रम में रहती है।

सुबह विनय को चाय-नाश्ता देकर मृणालिनी वहाँ चली जाती है। लौटती है शाम सात बजे। भोजन भी वहीं करती है। केवल रविवार को विनय के साथ भोजन करती है। आश्रम के लड़के भी केवल अवकाश के दिन एक साथ भोजन करते हैं, शेष दिन जब जिसे सुविधा हो, लेकिन रात्रि से पहले।

बालिका आश्रम की लड़कियों को ही नहीं, आश्रम के लड़कों को भी कब, क्या करना चाहिए, कब, कहाँ होना चाहिए, कब, क्या पाना चाहिए, यह सब मृगालिनी तय करती है।

सात बजे बालिका आश्रम से लौटकर मृणालिनी थोड़ी देर यहाँ ठहरती है, फिर विद्यालय जाती है। वहाँ से नौ बजे लौटना होता है। इन दिनों चूँकि विद्यालय में अवकाश है इसलिए सात बजे के बाद यहीं रहती है। अलबत्ता विनय रात नौ बजे तक प्रकाशन विभाग में रहता है। आश्रम की पत्रिका, बालसभा की पत्रिका, बाहरी प्रकाशनों की पुस्तकें, आश्रम की ओर से सरल, सुबोध, भाषा में तैयार करवाई गई धार्मिक पुस्तकें, सबके प्रकाशन का दायित्व विनय का है।

मृणालिनी बालिका आश्रम की तेईस लड़कियों के विवाह संपन्न करा चुकी है जिनमें से पंद्रह लड़कियों का विवाह आश्रम के पुराने लड़कों से हुआ है। जिन लड़कियों के विवाह हो चुके हैं उनकी वह जिठानी भी है और जीजी भी। उन्हीं में से कभी कोई, तो कभी कोई, कुछ दिनों के लिए यहाँ अपने मायके में आती रहती हैं। मृणालिनी के काम में हाथ बँटाती हैं।

मृणालिनी सभी लड़के-लड़कियों से सख्ती से पेश आती है। किसी लड़के या लड़की से जब कोई भूल होती है तब उसे सबसे ज्यादा भय मृणालिनी का सताता है। अच्छा काम करने पर सबसे ज्यादा लाड़ भी मृणालिनी से पाया जा सकता है।

दो सौ देवरों और साठ ननदों को मृणालिनी हर पल अपने स्नेह अंकुश से बाँधे रखती है।

महेंद्र से मिल रही सूचनाएँ सुन-सुनकर आनंद का मन बल्लियों उछल रहा था। वह मन-ही-मन अपने आप पर गर्व कर रहा था। सोच रहा था—और इस सबके प्रेरणा-स्रोत विनय का मैं मित्र हूँ, बंधु हूँ, संबंधी हूँ। मृणालिनी मेरी धर्मबहन है। ये लड़के-लड़कियाँ जिस संयुक्त परिवार के वंशज हैं, मैं उसका एक सम्मानित सदस्य, अभिभावक, संरक्षक हूँ····!

ठीक नौ बजे आनंद को विनय के कमरे में पहुँचाकर एक बार फिर अभिवादन करके महेंद्र चला गया।

आनंद जब कमरे में पहुँचा विनय और मृणालिनी दोनों वहाँ मौजूद थे, लेकिन उसके आने की सूचना दोनों में से किसी को नहीं थी।

आनंद को देखते ही विनय ने उसे अंक से सटा लिया।

मृणालिनी की खुशी का तो ठिकाना नहीं था। वह तुरंत उस तक पहुँचने के लिए

तख्त से लगभग कूद ही पड़ी।

विनय अब भी आनंद को अपने अंक से लगाए हुए खड़ा था। मृणालिनी से सब्र न हुआ। वह आनंद की हथेली को अपनी हथेलियों में लेकर, सहलाकर अपनी प्रसन्नता प्रगट करने लगी।

विनय से मुक्त होते ही आनंद से मृणालिनी के चरण छुए और अगले ही क्षण उसके सिर पर हाथ रखकर उसे आशीर्वाद दिया।

आनंद के इस दोहरे आचरण ने मृणालिनी को दुविधा में डाल दिया। उसने हैरानी से आनंद को निहारा। उसे निर्विकार कहीं खोया हुआ पाया तो विनय को निहारा। विनय ने उसे आनंद के दोनों आचरण का अर्थ समझाया—पहला तुम्हारी करतूतों के लिए और दूसरा आनंद का अधिकार ठहरा।

मृणालिनी क्षण-भर को गौरवान्वित हुई, अगले ही क्षण शर्माई और आनंद के पहलू में जा समाई।

आनंद ने उसकी पीठ थपथपाकर कहा, "ऐसी ही बनी रहना बहना····"

मेल-मिलाप से मुक्त होते ही आनंद ने बताया—वह पूरा आश्रम देख चुका है। बहुत कुछ जान चुका है। महेंद्र ने उसे सब दिखा-बता दिया है।

"तुम बहुत अच्छे मौके पर आए····" विनय ने कहा, "हमारे महेंद्र ने इस वर्ष विश्वविद्यालय की एम. कॉम. की परीक्षा में अभूतपूर्व सफलता हासिल की है। उसे विश्वविद्यालय की ओर से प्रशंसा-पत्र और प्राध्यापक के रूप में नियुक्ति पत्र दिया गया है। इस दोहरी सफलता के उपलक्ष्य में इस रविवार को नगर के लोग महेंद्र का नागरिक अभिनंदन करने जा रहे हैं····"

विनय से महेंद्र की उपलब्धियों की सूचना पाकर आनंद के आश्चर्य का ठिकाना न रहा। वही महेंद्र, जो उसे पिछले तीन-चार घंटे से आश्रम घुमा रहा था, जिसने ढेरों बातें बताईं, उसकी हर जिज्ञासा पूरी की, उसी महेंद्र ने एक बार भी अपने बारे में कुछ नहीं बताया। इतनी बड़ी बात····आत्मप्रशंसा में न सही, प्रसंगवश ही बताता। जब आश्रम के लड़कों की उपलब्धियाँ गिनाई थीं तब!

सोचते-सोचते आनंद को महेंद्र पर अभिमान हो आया। उसके प्रति मन में अपार स्नेह, सम्मान उमड़ आया।

फिर आनंद का किसी बात में मन नहीं लगा····

सुबह ज्योंही महेंद्र ने अतिथि-कक्ष में आकर आनंद को नमस्कार किया, आनंद ने हाथ पकड़कर उसे अपने करीब खींचा और गले से लगा लिया। फिर शिकायत की····

महेंद्र बोला, "यही तो सिखाया है हमें भैया ने। अपने नहीं, दूसरों के सद्‌गुणों की चर्चा करो। तुम्हारे तो देर-सबेर मालूम हो ही जाएँगे। यदि तुम अपनी ही प्रशंसा में जुट गए तो चुक जाओगे।

"दूसरों के भी सद्‌गुणों की चर्चा औरों के सामने करो और दुर्गुणों की चर्चा स्वयं उसके सामने। कौन नहीं चाहता कि वह सर्वगुण संपन्न हो ! अपनी ओर से हर व्यक्ति हर काम को पूरी लगन से, मेहनत से अंजाम देता ही है। फिर भी कई बार कमियाँ रह जाती हैं। कई बार इसे वह स्वयं महसूस कर लेता है, कई बार नहीं। उसके ध्यान में कमियाँ आती ही नहीं। और उन कमियों पर उसका ध्यान कभी न जा सके, यह काम करते हैं झूठे प्रशंसक। मुँह देखी बात कहने वाले। ये लोग पीठ पीछे आलोचना करते हैं और सामने प्रशंसा।

"यदि तुम सचमुच किसी के हितैषी हो, तो उसके सामने उसके अवगुण, उसकी कमियाँ उजागर करो, पीठ पीछे उसके गुणों का बखान करो। तुम्हारे इस व्यवहार से उसे क्षण-भर को बुरा तो लगेगा, लेकिन वह अपने में सुधार का आकांक्षी हुआ, तो अपनी कमजोरियों पर ध्यान देगा। तब वह न केवल तुम्हारी संस्तुति बार-बार चाहेगा, तुम्हारा सम्मान भी करेगा।

"आप जानते हैं मैंने क्यों आपको पूरा आश्रम दिखाया ? क्यों सब उपलब्धियों का परिचय दिया ? क्योंकि भैया आपको यह सब नहीं बताते। इसीलिए आश्रम पत्रिका में भी वे केवल भावी योजनाओं की चर्चा करते हैं, उपलब्धियों की नहीं। यदि वे ऐसा न करते होते तो मेरे पास आपको बताने के लिए कुछ होता ही नहीं। सब-कुछ आप पत्रिका से जान चुके होते...."

महेंद्र की बातों से आनंद की एक और गाँठ खुल गई। कल रात जब विनय ने महेंद्र के बारे में आनंद को यह सूचना दी थी, तब उसके चेहरे पर न तो कोई उल्लास का भाव था, न गर्व का, न खुशी का। आनंद के मन में तभी एक गाँठ-सी बँध गई थी। उसे न खोला जा सकता था, न भुलाया जा सकता था। बातों से मन उचटने का एक कारण यह भी था। इस पर स्वयं आनंद का ध्यान तब नहीं गया था, हालाँकि वह गाँठ, वह अरुचि दोनों उपजे आनंद के अपने मन में से थे....

महेंद्र की बातों ने आनंद को विनय के बारे में नए सिरे से सोचने को जमीन दे दी। भला आमूल परिवर्तन और चरम उत्थान का लक्ष लेकर चले विनय की इन छोटी-छोटी उपलब्धियों पर पूर्ण तृप्तों जैसी प्रतिक्रिया हो भी कैसे सकती है ?

आनंद ने देखा विनय का रहन-सहन बहुत ही सादगीपूर्ण है। उसे किसी चीज की अतिरिक्त आवश्यकता ही महसूस नहीं होती। खद्दर के दो-चार कपड़े, दोनों समय कच्चा और साधारण भोजन। खाने में न अचार, न पापड़, न मीठा, न खट्टा, न नमकीन। मृणालिनी उसकी केवल धर्मपत्नी नहीं, सहधर्मिणी, सहगामिनी, मित्र, सखा और एकनिष्ठ शुभेच्छु भी है। दोनों का पूरा समय आश्रम के लिए, केवल आश्रम के लिए समर्पित है। आश्रम में और क्या हो, कैसे हो, कब हो, क्यों हो, किनके लिए हो ! लड़कों को और ज्यादा स्वच्छंद वातावरण कैसे दिया जा सकता है.... !

यही इस दंपती की सोच का दायरा बन गया है। इससे बाहर दीन-दुनिया में क्या

हो रहा है, इसकी केवल जानकारी रखने में रुचि है, उस पर सोच-विचार की फ़ुरसत नहीं है।

लड़कों में भी प्रतिस्पर्द्धा की भावना तो है लेकिन उसमें ईर्ष्या नहीं है। अपनी सफलता उन्हें उतनी ही प्रिय है जितनी साथियों की। नगर के लोगों का आश्रम के प्रति, आश्रमवासियों के प्रति नजरिया बदला है, इसके कई प्रमाणों में से एक तो कल ही देखा आनंद ने। जब महेंद्र का नागरिक अभिनंदन हुआ।

महेंद्र के सम्मान समारोह के बाद विनय ने आनंद को एक काम सौंप दिया था कल ही। अगले वर्ष इस आश्रम की स्थापना को पिचहत्तर वर्ष पूरे होने जा रहे हैं। इस ऐतिहासिक अवसर पर आश्रम की स्थापना का हीरक जयंती समारोह मनाया जाना है आगामी दिसंबर में। इस अवसर पर एक स्मारिका प्रकाशित होनी है। विनय ने इसी स्मारिका का प्रारूप तैयार करने, संपादन करने, सामग्री चयन करने का दायित्व आनंद को सौंप दिया।

आनंद के शब्दों में—लाद दिया।

"यदि तुम इसे लादना मान रहे हो तब भी करवाऊँगा तुम्हीं से····" विनय ने हँसकर कहा था, "आखिर इतना अधिकार तो····"

आनंद ने उसे वाक्य पूरा नहीं करने दिया था, "नहीं भाई, मैं तो लादना कहकर अपनी अयोग्यता जाहिर कर रहा था। यह भार तो कतई नहीं है मुझ पर, यह तो तुम्हारा अनुग्रह है।"

····और फिर आनंद न केवल इस काम में जुट गया, बल्कि पूरा करने पर ही कुछ और सोचने-विचारने की तरफ ध्यान गया। इस दौरान उसकी दिनचर्या इतनी लगी-बँधी हो आई कि पता ही नहीं चला कितने दिन बीत गए यहाँ आए····

अपना दायित्व पूरा करने के बाद आनंद ने वापस जाने की इच्छा जाहिर की। मृणालिनी से भी साथ चलने को कहा।

विनय तो मृणालिनी को भेजने पर सहमत हो गया लेकिन मृणालिनी टाल गई। बोली, "नहीं भैया। अभी तो तुम्हें वहाँ पहुँचकर नौकरी भी ढूँढनी है। फिर ऐसे सूने घर में जाकर मैं क्या करूँगी। हाँ, तुम भाभी ले आओ, तब····"

"यह काम भी क्या मुझे स्वयं करना होगा? तुमने जो इतने देवरों के विवाह रचवाए, कभी अपने भाई के····"

"सच भैया, तो क्या तुम भी····" चहकी मृणालिनी, "ओह भैया, तुमने पहले क्यों नहीं कहा! पर खैर, अभी भी कौन-सी देर हो गई है। मैं अब भी विनय को तुम्हारा साला बना सकती हूँ। क्यों विनय, मंजूर है?"

विनय ने उसकी हथेली पर थाप देते हुए कहा, "मंजूर है····"

"तब ठीक है। कल रविवार है। तुम कल और रुको भैया। परसों चले जाना।"

मन-ही-मन कोई योजना बनाते हुए मृणालिनी ने आनंद की वापसी का दिन निश्चित कर दिया।

सुबह मृणालिनी का हाथ बँटाने एक लड़की आ पहुँची—शालिनी।

खाना खाने के बाद चारों-जन दुनिया-जहान की बातें करते रहे। हर विषय पर शालिनी की बातों को, उसके विचारों को सुन-सुनकर आनंद उससे प्रभावित हुए बिना न रह सका।

रात तकरीबन आठ बजे विनय ने कहा, "तुम दोनों बातें करो, मैं शालिनी को बालिका आश्रम तक पहुँचा कर आता हूँ।"

शालिनी के विदा होते ही मृणालिनी ने पूछा, "कहिए भैया, कैसी लगी मेरी ननद ?"

आनंद ने मुक्त कंठ से उसकी प्रशंसा की।

मृणालिनी ने रहस्योद्घाटन किया, "इसी को तो मैं अपनी भाभी बनाने वाली हूँ भैया।"

आनंद ने मृणालिनी के सामने प्रस्ताव रखा, "तुम अभी शालिनी के सामने यह रहस्य उजागर न करना। मैंने शालिनी को अभी उस नजर से नहीं परखा है। मैं चाहूँगा कि तुम्हारी जगह उसे यह मैं बताऊँ। उससे एकांत में बातें करूँ। अपनी मंशा जाहिर करूँ। उसकी मंशा पता करूँ।"

"ठीक है भैया, तो कल सुबह आश्रम पहुँचते ही मैं शालिनी को यहाँ भेज दूँगी। अब तो खुश !"

आनंद ने उसकी बात का उत्तर नहीं दिया। हल्के से उसकी नाक पकड़कर हिलाई और बोला, "वाचाल कहीं की...."

कुछ देर यों ही मौन रहकर आनंद ने प्रसंग बदला, "तुम्हारा घर-संसार देखकर तो मन करता है यहीं आ रहूँ।"

"सच भैया, तो आ रहो न...."

"नहीं, नहीं, मैं घरजँवाई नहीं बनना चाहता," आनंद हँसा।

"भैया, तुमसे एक बात कहूँ," मृणालिनी बोली।

आनंद ने 'कहो' कहने जैसी मुद्रा बनाकर उसे निहारा।

"विनय बहुत नेक और समझदार इंसान हैं भैया।" मृणालिनी ने अपने हृदय का वह रहस्य आनंद के सामने उजागर किया जिसे वह दुनिया-भर में पहुँचाने की इच्छा रखती है, लेकिन स्थितियाँ ऐसी हैं कि कहना किसी से नहीं हो सकता। उसके आसपास जितने भी प्राणी हैं वे जितने उसके हैं उतने ही विनय के भी। औरों से इतर, औरों से अधिक यदि कोई उसका है, केवल उसका, तो वह है यह आनंद। उसका धर्मभाई, उसका अभिभावक, उसका मायके वाला, उसका संरक्षक....

"हाँ, पर तुम नहीं जानतीं इस नेक विनय की हत्या कर देना चाहते थे कभी इसके अपने सगे !"

जाने कैसे आनंद की जुबान पर एक रहस्य आ विराजा।

आनंद चौंका ! यह क्या हुआ ! अब मृणालिनी के हजारों सवाल···ढेरों ढके-मुँदे सच उजागर करने पर विवश कर देंगे !

"ओह भैया, मैं आपको एक बात बताना तो भूल ही गई। मुझे मालूम है कि विनय के दो भाई, दो भाभियाँ, अम्मा-पिताजी सब हैं।"

"कहाँ ? किसने बताया तुम्हें ?" आनंद ने जानना चाहा, "विनय ने ?"

"नहीं, जब तक मुझे यह पता नहीं चला था, विनय ने भी कभी नहीं बताया था। हुआ यह कि एक बार यहाँ के एक अखबार ने विनय का परिचय प्रकाशित किया। उसमें आश्रम के रिकॉर्ड में दर्ज यह तथ्य भी प्रकाशित किया गया कि जो सज्जन विनय को आश्रम में भर्ती करवाने आए थे, उन्हें विनय स्टेशन पर मिला था। उसके माता-पिता उससे बिछुड़ चुके थे। वह किसी का नाम-पता नहीं बता सका, सो वे इसे बेसहारा मानकर यहाँ भर्ती करवा गए।

"इस सूचना के प्रकाशन को सप्ताह भी न बीता था कि एक बुजुर्ग सज्जन आश्रम में आए। उन्होंने मुझे बताया कि विनय उनका बेटा है। विनय तब यहाँ नहीं था। पिताजी ने मुझे आशीर्वाद दिया, फिर बताया कि विनय के छूट जाने पर वे बेहद दुखी थे। वह किसी और डिब्बे में चढ़ गया होगा, ऐसा सोचते रहे। हर स्टेशन पर गाड़ी के रुकते ही गाड़ी से उतर-उतरकर आवाजें लगाते रहे, लेकिन विनय वहाँ होता, तो न सुनता···

"अंततः पिताजी एक और गाड़ी से उस स्टेशन पर वापस आए। काफी खोजबीन की, लेकिन कुछ पता नहीं चला। पिताजी बता रहे थे कि उन्हें उस समय यह खयाल ही नहीं आया कि स्टेशन मास्टर से मिल लें। यदि उनसे मिले होते, न मिलने पर उनका इंतजार किया होता···तो विनय का पता लग जाता। लेकिन उस समय उनकी अपनी स्थिति ऐसी थी कि समझ जवाब दे रही थी। विनय की अम्मा की हालत तो बयान से बाहर थी।

"देवर बैर का शिकार बना, बड़े बेटे की बैरियों ने बलि ले ली और छोटा बेटा बेगानों में बिला गया··· !

"विनय के बड़े भैया नागपुर में रहते हैं, छोटे भैया और अम्मा-पिताजी उदयपुर में। विनय के मिल जाने की खुशी में बड़े भैया सपरिवार उदयपुर आए थे। तभी पहली और आखिरी बार मैं विनय के साथ उदयपुर गई थी। पूरा परिवार इकट्ठा हुआ था। बड़े भैया का बेटा तो बहुत प्यारा है। मुझे चच्ची-चच्ची कहकर हलकान किए रहा। हमने तो तय किया हुआ है भैया, ये लड़के-लड़कियाँ ही हमारे बाल-बच्चे हैं।

"विनय ने अपने घरवालों से निवेदन किया था—आप लोग आश्रम के बच्चों पर

कभी यह रहस्य उजागर न करें कि उनके अलावा भी मेरे कोई अपने हैं।

"अम्मा-पिताजी को समझाया था—आपके हमारे अलावा भी दो बेटे हैं, बहुएँ हैं, पोते-पोतियाँ हैं। उन लड़के-लड़कियों के तो केवल हम दोनों हैं। हमें आपसे न कोई शिकायत है, न अपेक्षा। आप यही मानकर चलें कि आपके तीन बेटे-बहू हैं। तीनों स्वस्थ-सानंद हैं। इनमें से एक बेटा-बहू दूर देश में रहते हैं, सो मिलना-जुलना नहीं हो पाता···"

सुबह मृणालिनी के जाने के थोड़ी देर बाद ही शालिनी आनंद के पास आ गई। दोनों ने देर तक बातचीत की। फिर शाम को स्टेशन पर मिलने का वायदा करके शालिनी चली भी गई···

शाम को स्टेशन पर विनय ने आनंद को सलाह दी, "तुम चाहो तो यहीं आ रहो··· मेरी मदद करो···"

आनंद ने क्षणभर को शालिनी की ओर देखा।

अगले ही क्षण विनय के प्रस्ताव के जवाब में कहा, "नहीं विनय भाई। अभी तो मैं अपने शहर पहुँचकर जिस आश्रम में मैं कभी रहा हूँ, वहाँ यह आवेदन देने जा रहा हूँ कि दो प्राणियों के भोजन, वस्त्र और आवास के एवज में हम आजीवन आश्रम के बच्चों की सेवा करना चाहते हैं। मैं प्रयास करूँगा और आप कामना कीजिए कि आश्रम की कमेटी मेरे आवेदन और हमारी हार्दिक अभिलाषा को उदारतापूर्वक स्वीकार कर ले···!"

□□

उपसंहार

विनय के आश्रम की पत्रिका का हीरक जयंती वर्ष विशेषांक तैयार कर देने की जिम्मेदारी लेकर आनंद दिल्ली लौट आया। यहाँ पहुँचते ही स्थितियाँ कुछ इतनी प्रतिकूल हुई मिलीं कि जयपुर से चलते समय जो सोचा था वह सोच के स्तर से आगे बढ़ सके ऐसे अवसर ही शेष न रहे। जिस आश्रम में आनंद की परवरिश हुई थी और जिसे वह अपने जीवन के शेष वर्ष देना चाहता था, उसे इसी बीच स्थायी रूप से बंद करने का निर्णय लिया जा चुका था। जिस संस्थान में आनंद अब तक नौकरी करता रहा था, वह नौकरी भी उसे तुरंत छोड़नी पड़ी।

उसके सामने अब दो अहम काम थे। नई नौकरी की तलाश और विनय की पत्रिका के लिए सामग्री की तलाश।

आनंद को याद आया कि कुछ वर्ष पहले हिंदी के यशस्वी लेखक अरिहंत कुमार लोक हितकारी के कार्यालय में आए थे। उन्होंने वह पूरा दिन संचालक जी के अतिथि के रूप में लोकहितकारी कार्यालय में बिताया था।

उस दौरान काम के प्रति उसकी लगन और स्फूर्ति से प्रभावित होने के साथ ही संचालक जी से उसके काम की तारीफ सुनकर उन्होंने कहा था, ''यदि ऐसा कर्मठ युवा हमें भी मिले तो मेरे लेखन और मेरे बेटे के प्रकाशन को गति मिले।''

यह प्रसंग याद आते ही आनंद ने अरिहंत जी से मिलने का निश्चय किया। मन ही मन विचार किया कि उनसे विनय के आश्रम की पत्रिका के लिए रचना तो मांगूंगा ही, उन्हें उन्हीं की बात याद दिलाकर पूछूंगा कि क्या आज भी वे वैसा ही सोचते हैं? उन्हें आज भी उस जैसे किसी युवा की तलाश है या तलाश पूरी हो चुकी है?

अरिहंत जी जिस आत्मीयता से मिले वह अनुभव आनंद के जीवन का विरल अनुभव है।

आनंद ने उन्हें विनय के आश्रम का पूरा विवरण सुनाया। अरिहंत जी उसे सुनकर अभिभूत हुए। उन्होंने पत्रिका के लिए न केवल रचना देने की स्वीकृति दी बल्कि हीरक जयंती समारोह पर वहाँ उपस्थित रहने की इच्छा भी जाहिर की।

आनंद ने मन ही मन कल्पना की, जब मैं यह समाचार विनय तक पहुँचाऊँगा, तब उसे कितनी खुशी होगी।

अब आनंद ने लोक हितकारी वाला प्रसंग याद दिलाते हुए जानना चाहा कि अब भी उन्हें उस जैसे युवा की तलाश है!

अरिहंत जी ने आनंद की उत्सुकता दूर करने की जगह उससे उसके अतीत के बारे में जानना चाहा।

आनंद ने अपने जीवन का इतिवृत्त सुना दिया। पेट की खातिर अब तक जितने पापड़ बेले थे और जिन संस्थानों में काम किया था, उनके बारे में भी बताया। अनंत नौकरियाँ क्यों छोड़नी पड़ीं, उसका मूल कारण भी पहली बार किसी के सामने उजागर किया।

अरिहंत जी ऐसे सुनते रहे जैसे सुनाए जा रहे को वर्तमान में होते देख रहे हों।

सुन चुकने के बाद अरिहंत जी देर तक मौन ही रहे। आनंद को लगा उनका रचनाकार सार-सार को गहने और शेष को तिरोहित करने में जुट गया है। अरिहंत जी का बोलना तो अब छानने का काम पूरा होने के बाद ही होगा।

''आनंद, तुम जानते हो, तुम्हारे साथ बार-बार छल क्यों हुआ? मैं तुम्हारे पारिवारिक अतीत की बात नहीं कर रहा हूँ। मेरा ध्यान तुम्हारे आश्रम प्रवास और उसके बाद नौकरियों में तुम्हें जो बार-बार छलना मिली, उस ओर है।''

''जी नहीं।'' आनंद ने दो टूक उत्तर दिया।

''दरअसल, हमारा समाज सब कुछ पाप और पुण्य के दायरे में सोचने का आदी है। कोई सुखी है, संपन्न है, तो वह पुण्यात्मा है। उसने पिछले जन्म में पुण्य किए होंगे। कोई दुखी है तो वह पापात्मा है, उसने पिछले जन्म में

पाप किए होंगे। परिणाम यह है कि जिसे हम पुण्यात्मा समझते हैं, वह कैसे, क्या कर रहा है, इस पर ध्यान नहीं देते।

"वह शोषण करे, बेईमानी करे, अपराध करे, सब क्षम्य, क्यों? क्योंकि हम उसे वैसा करते देख पाते हैं, न कल्पना में लाना चाहते हैं।

"दूसरी ओर जो दुखी है, उसका दुख मेटना नहीं चाहते। मेट कौन सकता है? वही, जो सुखी है, संपन्न है। पर वह तो ठहरा पुण्यात्मा। उसे भी विश्वास है कि यह जो दुखी प्राणी है, यह अपने पिछले जन्म के पाप के कारण दुखी है।

"अब जब भगवान ने उसे यह दंड दिया है, तब वह भगवान की व्यवस्था में दखल क्यों दे? और देने का लाभ! उससे तो उसके दुख दूर हो जाएंगे। वह भी सुखी संपन्न हो जाएगा।

"तब इनके पिछले जन्म में पुण्य करने का लाभ क्या रह जाएगा और उसे पिछले जन्म में पाप करने से हानि क्या हुई रह जाएगी?

"इसीलिए पुण्यात्माएं किसी के दुख दूर करना जरूरी नहीं समझतीं। खुद जो पाप करती हैं उसे पहले तो पाप नहीं, जीवन जीने के लिए आवश्यक मानती हैं। धर्म-ध्यान करने के लिए अपने को जीवित रखना ही होता है, इसलिए करना पड़ रहा है, ऐसा मानकर चलती हैं। तिस पर अपने पापों की तुरत-फुरत माफी भी तो मांग लेती हैं! तथाकथित भववान की पूजा-अर्चना करके हरदिन माफी मांगती हैं। सुबह से रात तक पाप किए और अगली सुबह फिर माफी मांग ली। अलबत्ता पुण्य जरूर कमाना चाहती हैं।

"पुण्य कमाने का तरीका है दीन-दुखियों की सेवा। इतनी कि वे उन्हें पुण्य करने का अवसर देने के लिए मौजूद रहे आएं। मर न पाएं और इतने समर्थ भी न हो जाएं कि जब इन्हें पुण्य कमाने का मन हो तब वे दुर्लभ हो चुके हों। इनकी निगाह में हमारे-तुम्हारे जैसे अनाथ तो घोर पापी हैं।"

आनंद ने 'हमारे-तुम्हारे जैसे अनाथ' सुना तो चौंका। चौंककर अरिहंत जी को देखा।

अरिहंत जी उसके देखने का आशय समझ गए, "हाँ, हाँ, हमारे-तुम्हारे जैसे। तुम्हें खबर नहीं शायद, मैं भी अनाथ हो गया था निरे बचपन में। एक

ब्रह्मचर्याश्रम में मेरी शिक्षा-दीक्षा हुई। मेरे एक मामा थे। वही मुझे वहाँ छोड़ आए थे। स्वयं वे सन्यासी हो गए थे। खैर, वह लंबी कथा है।

''इनकी नजर में हम घोर पापी हैं। हमारे पापकर्मों का पुख्ता प्रमाण है बचपन में ही हमसे हमारे माता-पिता में से किसी एक का भी या दोनों का ही छिन जाना। हम जैसों को तो देखना भी पाप कमाना है। हमारे साथ इनकी सहानुभूति की वजह भी वही पुण्य कमाने की कामना है। इसीलिए ये थोड़ा दान-दक्षिणा देकर हमारा उपकार करते हैं।

''साहूकार हैं न, उस उपकार से अगले जन्म के लिए केवल पुण्य संचय से तो संतुष्ट नहीं होने वाले। वह तो मूल हुआ, ब्याज तो अभी चाहिए न। सो हमारा श्रम सस्ते में खरीद कर अपने प्रति हमारी श्रद्धा का लाभ उठाते हैं। इसे वे अपना अधिकार और हमारा कर्तव्य समझते हैं। इनका जोर चले तो हमसे बेगार कराएं।

''तुम्हारी कहानी में भी मुझे यही लगा कि इन लोगों ने तुम्हारी भावनाओं का अनुचित लाभ उठाया है। तुम्हारे शोषण का मूल कारण है तुम्हारा अनाथ होना और उसकी खबर इन्हें होना।

''मेरा अनुमान है अगर तुम अपना नाम बदल लो, अपने परिचय में से उस पूरे इतिहास को उजागर न होने दो तो तुम्हारा शोषण करना किसी के लिए भी सरल नहीं रह पाएगा। मुझे तुम्हारी मुक्ति का यही रास्ता दिखाई पड़ता है।''

आनंद ने मन में उठी शंका को दरकिनार कर पूछा, ''एक रास्ता वह भी तो है जो विनय ने अपनाया।''

''हाँ, वह तो सर्वोत्तम है, लेकिन उस पर चलना सबसे संभव नहीं। फिर उसके लिए अवसर भी तो मिले। अब तुम्हीं ने तो बताया कि वह आश्रम हमेशा के लिए बंद होने जा रहा है जहाँ कभी तुम रहे थे और जहाँ अब अपनी सेवाएं देने का मन बना चुके थे।''

आनंद ने एक और शंका जताई, ''मेरे पहले ही कई नाम हैं अरिहंत जी।''

''उससे क्या हुआ? अभी तो आनंद नाम से जाने जाते हो न! पिछले नामों का तो कोई जिक्र नहीं करता न!''

आनंद ने कारण उजागर किया, ''किसी को पता नहीं हैं न।''

अरिहंत बोले, ‘‘होगा जिन्हें, संभव है वे तुम्हें इसलिए न खोज पा रहे हों चूँकि तुम्हारा अब वह नाम है ही नहीं।’’

आनंद ने हामी भरी, ‘‘हो सकता है।’’

‘‘इसीलिए मैंने कहा कि तुम अपना नाम बदल लो। तब तुम देखोगे कि तुम्हारा जो नया परिचय संसार बनेगा, वह तुम्हें उस नजर से नहीं देखेगा, जिस नजर से यह परिचित संसार देखता है। धीरे-धीरे यह संसार भी भूल जाएगा कि तुम पहले क्या थे, कौन थे। ये भी तुम्हें सिर्फ नए नाम से, नए परिचय से याद रखेंगे, याद रखना चाहेंगे। इन्हें तुम्हारी जरूरत हुई तो ये तुम्हारी शर्तों पर जरूरत पेश करेंगे, अपनी शर्तों पर नहीं। यह भान इन्हें सावधान करेगा कि पुराने परिचय को जिस तरह तुम नकार चुके हो, इन्हें भी नकार सकते हो।’’

आनंद ने नई शंका रखी, ‘‘लेकिन यह उपाय तो मुझे अपनों से दूर ले जानेवाला होगा, जबकि मैं उन्हें नहीं भूलना चाहता जो मेरे अपने हैं। मैं तो सामर्थ्य भर उनके काम आना चाहता हूँ। उनका अपना बना रहना चाहता हूँ।’’

अरिहंत जी ने प्रतिवाद किया, ‘‘उनसे दूरी बनाने को किसने कहा? उन्हें इससे कोई फर्क नहीं पड़ता कि तुम्हारा नाम क्या है। तुम उनके अपने हो, यही पर्याप्त है। फिर वे तुम्हारे अनाथ होने के चलते तुम्हें शर्मशार भी तो नहीं करते।’’

आनंद ने सहमति जताई, ‘‘मैं आपके सुझाव पर विचार करूँगा अरिहंत जी।’’

अरिहंत जोर देकर बोले, ‘‘विचार नहीं, कहो स्वीकार करूँगा। यही उचित है। किसी अखबार में विज्ञापन देना कि मैं आनंद कुमार अपना नाम बदल रहा हूँ। जब वह विज्ञापन छप जाए तब मेरी बेटी के पास जाना। वह वकील है। उससे कहना कि मैंने तुम्हें भेजा है। वह तुम्हारा एक हलफनामा बनवाकर इसे कानूनी जामा पहनवा देगी। तब तुम आनंद कुमार तो नहीं रह पाओगे, हाँ, जीवन आनंदमय अवश्य होने लगेगा। हम अपने संस्थान में तुम्हारी नियुक्ति आज ही से कर ले रहे हैं, लेकिन तुम्हारा नियुक्ति पत्र तुम्हारे नए नाम से ही बनाएंगे। ठीक रहेगा न!’’

‘‘जैसी आपकी इच्छा। तो मैं चलूँ?’’ आनंद ने अनुमति चाही।

‘‘हाँ, जाओ। और हाँ, मेरे कहे पर अमल करना।’’

H H H

अरिहंत कुमार ने आनंद को काम पर रखने के साथ ही दो दायित्व सौंपे। पहला यह कि उसे सुबह सवेरे आकर उनका गणेश बनना होगा यानी वे जो बोलेंगे उसे कागज पर उतारना होगा। दूसरा यह कि दिन में पुस्तकों के प्रकाशन और बिक्री का काम सीखना होगा और कालांतर में दोनों काम स्वयं स्वतंत्र रूप से संभालने होंगे।

दोनों काम आनंद के मनोनुकूल थे सो वह नियमित रूप से खुशी-खुशी इन कामों को अंजाम देने लगा।

एक दिन आनंद ने अरिहंत जी से जानना चाहा कि आप लेखक कैसे बने?

अरिहंत जी बोले, ''परिस्थितियों ने बना दिया। बचपन में ही पिता का साया सिर से उठ गया था। माँ किसी तरह अपना पेट पाल रही थी। मेरा पेट उस पर अतिरिक्त भार था। एक मामा थे। एक दिन वे घर आए। मुझे साथ लिया और हस्तिनापुर के एक ब्रह्मचर्याश्रम में भर्ती करवा आए। खुद सन्यासी हो गए।

''वहाँ शिक्षा ले ही रहा था कि आजादी की लड़ाई छिड़ गई। गांधी जी की प्रेरणा से हम उसमें कूद पड़े। बाद को जहाँ भी रोजगार की तलाश में जाते, एक ही सवाल पूछा जाता, 'तुम्हारा बली-बारिश कौन है? तुम्हारी जिम्मेदारी लेनेवाला कौन है?'

''जो ऐसा नहीं पूछते थे वे इस तरह के काम सौंपते थे जिनमें उनको आर्थिक हानि की संभावना नहीं दीखती थी। जाहिर है वे मुझ पर यकीन नहीं करना चाहते थे। एक अनाथ का क्या भरोसा! कब क्या लेकर चल दे! कहाँ ढूँढेंगे उसे! न घर, न द्वार, न कोई ऐसा रिश्तेदार जिससे दंड भरवा सकें।

''वे लोग काम देकर दयावान भी बनना चाहते थे और उन्हें मेरा शोषण करते जरा भी दया नहीं आती थी। मुझे लगा इस तरह तो जीवनभर काम करके भी मैं किसी काम का न हो पाऊँगा।

''शिक्षाकाल में पढ़ता बहुत था। लिखने का मन करता था सो लिखना शुरू किया। मेरा लिखा औरों को पसंद आने लगा। मुझे लगा, यही करना चाहिए। इसी से मैं जो होना चाहता हूँ या जैसा समाज चाहता हूँ, वह कर पाऊँगा, वैसा समाज बना पाऊँगा।

"अपने मन की एक कहानी लिखी और भेज दी माधुरी के संपादक कथाकार प्रेमचंद जी को। कुछ दिनों बाद कहानी लौट आई। देखता हूँ कि कहानी के अंतिम सफे पर संभवतः प्रेमचंद जी ने अंग्रेजी में लिखा है 'क्या यह अनुवाद है ?'

"वह टीप पढ़कर मन गदगद हो आया। तुरंत कहानी दोबारा भेजी और साथ में यह जानकारी भी दी कि न यह अनुवाद है, न किसी अन्य रचना से प्रभाव ग्रहण कर लिखी गई है, यह मेरी मौलिक रचना है, मेरी वैचारिकता और सोच का प्रतिफल।

"बस, फिर क्या था! कहानी स्वीकृत कर ली गई और बाद को प्रेमचंद जी के संपादन में ही पत्रिका में छपी भी। बाद उसके प्रेमचंद जी से उनके जीवनपर्यंत स्नेह और आत्मीयता मिली। यह घर, जहाँ हम बैठकर बातें कर रहे हैं, यह भी प्रेमचंद जी के निमित्त ही लिया गया था। दरअसल वे अपने अंतिम दिनों में बेहद अस्वस्थ थे। हम उन्हें इलाज के लिए दिल्ली लाना चाहते थे। तब यहां इर्बिन अस्पताल ही एकमात्र बड़ा अस्पताल था सो सोचा गया कि क्यों न अस्पताल के पास ही घर लेकर उन्हें ठहराया जाए ताकि अस्पताल आने-जाने में असुविधा न हो। संभवतः प्रेमचंद जी के पास उतना जीवन शेष न था जितने की हम आशा लगाए हुए थे, सो उनका इस घर में रहने के लिए आना तो न हो सका, अलबत्ता उनके निधन के बाद हम परिवार सहित पहाड़ी धीरज सो दरियागंज यानी इस घर में चले आए।

"बहरहाल, तेईस बरस का रहा होऊँगा जब पहला उपन्यास छपकर आया, जिसे तब का प्रतिष्ठित पुरस्कार भी मिला। सो नाम चल निकला। एक बात और। इस क्षेत्र में कोई आपका अतीत नहीं पूछता। सबको आपकी लिखावट से मतलब है। वह ग्राह्य होनी चाहिए। वह प्रेरक होनी चाहिए। फिर लिखनेवाला कभी डाकू था या चांडाल, शूद्र था या क्षत्रिय, राजा था या रंक, जो रहा हो, सो रहा हो, बस उसकी लेखनी में पाठकों को अपनी रचना में डुबोने की क्षमता होनी चाहिए।"

आनंद ने मन ही मन कहा, यही सब तो इस आनंद का संकट है। तब क्या इस आनंद को भी... ?

और स्वयं के मन ने स्वयं के मन को समझा भी दिया, नहीं, नहीं, यह

मेरे बस की बात नहीं।

प्रयास करने में क्या जाता है! जहाँ इतनी शुरुआतें हुईं, एक शुरुआत और सही।

अपनी ऊहापोह को आनंद ने भविष्य के गर्त में धकेला और अरिहंत जी का लेखन सहयोग जारी रखा।

अगले दिन जब आनंद अरिहंत जी के घर पहुँचा, वे कहीं जाने की तैयारी में थे।

मालूम हुआ आज उनका जन्मदिन है। जन्मदिन किसी एकांत स्थान पर अकेले में बिताने जा रहे हैं।

आनंद ने अरिहंत जी को जन्मदिन की बधाई देने के साथ ही उनके चरण स्पर्श किए।

आशीर्वाद के लिए अपनी पीठ तक आया अरिहंत जी का हाथ पीठ से हट जाने के बाद भी आनंद को अपनी पीठ पर ही टिका महसूस होता रहा। उसे लगा, रास्ता मिल गया है, अब मंजिल की खोज में निकल पड़ना चाहिए।

अगले दिन से आनंद एक उपन्यास लिखने में तल्लीन हो गया।

दिनों-महीनों तक जब भी अवकाश मिला, उसे लिखता रहा।

उपन्यास पूरा होने पर अरिहंत जी को सौंपा।

अरिहंत जी ने पांडुलिपि लेते ही उसका पहला सफा खोला।

सबसे ऊपर लिखा पाया - उपन्यास का नाम - अनातीत।

उनका ध्यान अगली पंक्ति पर गया।

जहाँ लेखक का नाम लिखा होना चाहिए था, वहाँ लिखा था - लेखक की उम्र 21 साल।

अरिहंत जी बोले, ''लेखन में लेखक की उम्र का नहीं, उसकी अभिव्यक्ति क्षमता महत्व होता है, परिकल्पनाओं का, परिपक्वता का, पक्षधरता का महत्व होता है। यहाँ यही सब आवश्यक है न कि लेखक की उम्र या उसका कुल-शील।''

अरिहंत कुमार ने अगली पंक्ति अपनी ओर से जोड़ी-उपन्यासकार - वीज कुमार।

उनके चेहरे पर मृदु मुस्कान तिर आई। उसी भावमुद्रा में बोले, ''तो

आज तुम्हारा नया जन्म हुआ समझा जाए।''

आनंद मौन रहा।

सचमुच आनंद ही मौन रहा!

न, न, पंचम भी मौन रहा?

यानी आनंद और पंचम ही मौन रहे!

न, न, अकलंक भी मौन रहा!

तो अंततः आनंद, पंचम और अकलंक ही मौन रहे!

न, न, न, नया-नवेला वीज कुमार भी मौन ही रहा!